U0570300

全本全注全译丛书

中华经典名著

张启成 徐达 等◎译注

# 文选 二

中华书局

# 目　录

## 第二册

# 游览

## 王仲宣

王粲(177—217),字仲宣,山阳高平(今山东邹城)人。建安时期的著名文学家。他年轻时就很有才名,十四岁即受到当时著名文学家蔡邕的器重。西京扰乱,王粲避难荆州,依附刘表,未被重用。后归曹操,先任丞相掾,累官至侍中,赐爵关内侯。由于他亲历变乱,目睹战争的残酷和人民苦难的深重,加上自己长期流寓南方时仕途很不得意,故前期的作品内容真实深刻,情调慷慨悲凉,富于现实主义精神,在"建安七子"中成就最高。四十一岁时随曹操征吴,途中病故。共遗赋、诗、论近六十篇。他擅长辞赋,严可均《全后汉文》收他的作品四十八篇,辞赋最多,其中以《登楼赋》最为人所称道。

## 登楼赋一首

### 【题解】

汉献帝初平四年(193),王粲十七岁时,因长安扰乱,去荆州依刘表。刘表见他容貌丑陋而身体较弱,不予重视。到建安十一年(206),王粲已三十岁了,在荆州仍郁郁不得志,这年秋季登当阳城楼,写下这篇脍炙人口的名赋。

　　赋中抒发了时局动荡不安、自己远离故乡的深刻愁苦,以及报国无门、怀才不遇的无限愤懑,表达了盼望国家早日统一,时局早日平定,自己能施展才能建功立业的崇高愿望。作品写景与抒情密切结合,具有浓郁的诗意;语言自然流畅,一洗汉赋雕琢板滞之弊。清人周平园评此赋说:"篇中无幽奥之词,雕镂之字,期于自抒胸臆,书尽言,言尽意而止……行文低徊俯仰,尤为言尽而意不尽。"颇道出了这篇赋的艺术特色。


　　登兹楼以四望兮,聊暇日以销忧①。览斯宇之所处兮②,实显敞而寡仇③。挟清漳之通浦兮④,倚曲沮之长洲⑤;背坟衍之广陆兮⑥,临皋隰之沃流⑦。北弥陶牧⑧,西接昭丘⑨。华实蔽野,黍稷盈畴。虽信美而非吾土兮,曾何足以少留!


【注释】

①聊:姑且。暇:闲暇。

②斯宇:此楼。

③显敞:明亮宽大。仇:匹,比。

④挟:带。漳:漳水。春秋战国时楚有漳水,源出今湖北南漳西南之蓬莱洞。东南流经钟祥、当阳,合沮水为沮漳河,复东经江宁入长江。通浦:河流注入江海或另一条河流之出口处。

⑤沮:沮水。出今湖北保康西南,东南流经南漳、当阳等地与漳水合流,又东南流经江陵西境,入于长江。长洲:水中长形的陆地。

⑥坟衍:地势高而平。

⑦皋:水边高地,河岸。隰(xí):低洼潮湿之地。沃流:可供灌溉的河川。沃,灌溉。

⑧弥:尽,终极。陶牧:陶朱公范蠡之墓所在的郊野。范蠡至陶(今山东定陶)后改名陶朱公,老死于陶。今山东肥城陶山南有陶公坟。但今湖北江陵西南也有陶朱公坟,其碑云:"是越之范蠡。"可能是衣冠坟。牧,郊野。

⑨昭丘:楚昭王墓。李善注引《荆州图记》:"当阳东南七十里有楚昭王墓。"

**【译文】**

　　登上这高楼向四方眺望啊,姑且用闲暇的时光来消除忧愁。观看这座楼的位置啊,实在是开朗宽敞世上少有。傍着清清漳水的出口处啊,靠着曲折沮水边的沙洲;背后是高而平的广阔陆地啊,前面低洼处有可供灌溉的河流。北面直抵陶朱公的坟场,西面紧接着楚昭王的墓丘。鲜花和果实遮蔽了原野,谷子与黄米长满了田畴。虽然真是美好却不是我的故乡啊,怎能值得我作短期的停留!


　　遭纷浊而迁逝兮①,漫逾纪以迄今②。情眷眷而怀归兮③,孰忧思之可任④!凭轩槛以遥望兮⑤,向北风而开襟⑥。平原远而极目兮,蔽荆山之高岑⑦。路逶迤而修迥兮⑧,川既漾而济深⑨。悲旧乡之壅隔兮⑩,涕横坠而弗禁。昔尼父之在陈兮,有"归欤"之叹音⑪。锺仪幽而楚奏兮⑫,庄舄显而越吟⑬。人情同于怀土兮,岂穷达而异心。


**【注释】**

①纷浊:社会纷乱污浊。此指长安的战乱。迁逝:迁徙流离,指自己避乱于荆州。

②漫:长久。逾纪:超过了十二年。纪,十二年为一纪。

③眷眷:怀念貌。

④任：承受。

⑤轩槛：此指城楼上的窗户和栏杆。

⑥开襟：指敞开衣襟，承受故乡吹来的风。

⑦荆山：在湖北武当山东南，汉水的西岸，为漳水发源处。岑：小而高的山。

⑧迥（jiǒng）：远。

⑨漾：水势盛大。济：渡河。李善注引《韩诗》曰："江之漾兮，不可方思。"作者此句借用其意。

⑩雍隔：阻隔。

⑪"昔尼父"二句：孔子周游列国，在陈被困，曾发出"归欤！归欤！"的叹声。此以孔子处境自喻，以抒发乡思。

⑫锺仪幽而楚奏兮：锺仪，春秋时楚国人，曾被囚禁在晋国军营中。晋景公视察军中仓库，见一戴南方帽子的人，问后知道是楚国战俘，还是一位音乐师，就请他弹琴。他弹的是楚国的乐曲，表示危难中不忘祖国。

⑬庄舄（xì）显而越吟：庄舄，战国时，越国平民庄舄在楚国做了高官。有一次病了，楚王对人说："庄舄是越国的一个穷人，如今在楚国高贵了，难道还会想念祖国吗？"叫人去探听。庄舄在病中还吟着越国歌曲，表示富贵中也不忘祖国。

## 【译文】

　　遭遇战乱出外逃亡啊，经过十二年的漫长时光。真挚的心情怀念故乡啊，深沉的忧思谁能承当？凭着栏杆向故乡遥望啊，让北风吹开我的衣裳。对辽阔的平原放眼远眺啊，又被荆山的高峰阻挡。道路曲折而且漫长啊，江河深而浩荡难以渡航。悲伤故乡被山川阻隔啊，禁不住眼泪滚滚流淌。过去孔子在陈国绝粮啊，感叹地说要归故乡。锺仪囚在晋国而弹奏楚曲啊，庄舄为官于楚仍把越歌吟唱。怀念故乡是人们共同的心情啊，怎会因穷困或显贵而改变心肠！

惟日月之逾迈兮①，俟河清其未极②。冀王道之一平兮③，假高衢而骋力④。惧匏瓜之徒悬兮⑤，畏井渫之莫食⑥。步栖迟以徙倚兮⑦，白日忽其将匿。风萧瑟而并兴兮，天惨惨而无色⑧。兽狂顾以求群兮⑨，鸟相鸣而举翼。原野阒其无人兮⑩，征夫行而未息。心凄怆以感发兮，意忉怛而憯恻⑪。循阶除而下降兮⑫，气交愤于胸臆⑬。夜参半而不寐兮⑭，怅盘桓以反侧⑮。

**【注释】**

①惟：想。逾迈：消逝。

②河清：黄河水清，传说黄河水一千年清一次。后以河清喻时局太平。此句暗引《春秋左传·襄公八年》"俟河之清，人寿几何"句意表示人寿有限，太平难期。极：至。

③一平：统一稳定。

④高衢：大路。此喻太平盛世。骋力：尽力驰骋。指发挥才能，成就一番事业。

⑤匏（páo）瓜：葫芦的一种。《论语·阳货》：孔子对子路说："吾岂匏瓜也哉？焉能系而不食？"意思是怕自己像匏瓜那样白白地悬着，没有施展才能的机会。

⑥井渫（xiè）：浚疏水井，使水洁净畅流。《周易·井》："井渫不食，为我心恻。"意谓井水经过浚疏，洁净畅流，却无人饮用，使人遗憾。渫，除去井中污秽，使水清洁畅流。

⑦栖迟：游息。徙倚：徘徊。

⑧惨惨：暗淡无光貌。惨，通"黪"，暗色。

⑨狂顾：慌乱地张望。

⑩阒（qù）：寂静。无人：指没有农夫。

⑪忉怛(dāo dá)：忧愁悲伤。憯(cǎn)恻：凄惨悲痛。二词意义相似，重复使用表示强调。

⑫阶除：台阶。

⑬交：逆，堵塞，乖戾。李善注引杜预《左氏传》注："交，戾也。"臆：胸。

⑭夜参半：夜及半。参，及。

⑮盘桓：徘徊。此指想来想去。

## 【译文】

想到时光正在流逝不停啊，等候太平盛世却总不见来临。希望国家统一政局平定啊，好在大道上奔驰前进。我怕像匏瓜一样悬挂不用啊，像井水已净却无人取饮。我游息漫步徘徊不定啊，明亮的太阳已倏忽西沉。萧瑟的晚风四面吹起啊，天色已经暗淡四野苍茫不明。野兽慌乱地张望寻找同伴啊，雀鸟鸣叫着飞回树林。原野寂静没有农夫啊，只有赶路的旅人在奔走不停。触景生情内心凄怆啊，情绪更加忧愁悲伤。沿着楼梯慢慢下降啊，悲愤的怨气郁结胸膛。直到半夜还不能入睡啊，在床上翻来覆去无限惆怅。

# 孙兴公

孙绰(314—371)，字兴公，太原中都(今山西平遥)人，家住会稽(今属浙江)。官至廷尉卿。曾过隐居生活，以文才著称于世，是东晋时期玄言诗的代表作家。

由于当时士族清谈玄理的风气极盛，对文学的影响也很大，加之孙绰崇尚老庄哲学，兼通佛教思想，故其作品有如刘勰《文心雕龙》中所说的"诗必柱下之旨归，赋乃漆园之义疏"，充满了玄学佛理，内容枯淡乏味。《诗品》对这种文学现象曾分析道："永嘉时，贵黄老，稍尚虚谈，于时篇什，理过其辞，淡乎寡味。爰及江表，微波尚传，孙绰、许询、桓、庾诸公诗，皆平典似《道德论》。"这种评论是合乎实际情况的。孙绰作品散佚较多,明人辑有《孙廷尉集》。

# 游天台山赋一首　并序

## 【题解】

天台山在开发较晚的浙江天台、临海之间,由于僻处江南海边,在古代不易为人发现,典籍中很少记载。东晋以后,游人才逐渐增多,开始成为名胜。孙绰是首先为文赞赏这座名山的作家;而在辞赋中,本文也是首先以描写山水景物作为中心内容的有影响的作品。

孙绰所处的时代,道家思想风靡一时,佛学也在中国蓬勃兴起,影响了当时的文学创作,给当时的一些作品添了一股清新的气息。孙绰是兼具道、佛思想的作家,这种思想,使他对天台景物的描写,洋溢着清新超逸的审美情趣。只是在结尾部分,抽象地阐述玄理佛义较多,显得索然寡味。但这在一定程度上,也曲折地反映了当时纷乱动荡的局势下,一般士大夫找不到出路,只有向玄学佛教寻求解脱的苦闷心情,所以这篇赋是孙绰作品中少有的可读性较强的篇章。

天台山者①,盖山岳之神秀者也②。涉海则有方丈、蓬莱③,登陆则有四明、天台④,皆玄圣之所游化⑤,灵仙之所窟宅⑥。夫其峻极之状⑦,嘉祥之美⑧,穷山海之瑰富⑨,尽人神之壮丽矣。所以不列于五岳⑩,阙载于常典者⑪,岂不以所立冥奥⑫,其路幽迥⑬?或倒景于重溟⑭,或匿峰于千岭⑮,始经魑魅之涂⑯,卒践无人之境⑰,举世罕能登陟⑱,王者莫由禋祀⑲,故事绝于常篇⑳,名标于奇纪㉑。然图像之兴㉒,岂虚也哉㉓!非夫遗世玩道㉔,绝粒茹芝者㉕,乌能轻举而宅之㉖?非夫远寄冥搜㉗,笃信通神者㉘,何肯遥想而存之㉙?余所以驰神运思㉚,昼咏宵兴㉛,俯仰之间㉜,若已再升者也㉝。方解缨络㉞,永托兹岭。不任吟想之至㉟,聊奋藻以散怀㊱。

**【注释】**

①天台山:在今浙江天台、临海两县境。

②神秀:神奇美丽。

③方丈、蓬莱:古代传说东海中的仙山。

④四明:现在浙江宁波地区的山岭。

⑤玄圣:道家所谓的神仙。游化:游历变化。

⑥窟宅:洞府。这里活用为动词"居住"。

⑦峻极:极其高峻。

⑧嘉祥:美好吉祥。

⑨瑰(guī)富:瑰奇丰富的珍宝。

⑩五岳:东岳泰山、西岳华山、南岳衡山、北岳恒山、中岳嵩山。

⑪常典:一般典籍。

⑫冥奥:幽隐。

⑬幽迥:僻远。

⑭景:通"影"。重溟(míng):大海。

⑮匿:隐藏。

⑯魑魅(chī mèi):古代传说中山林里能害人的怪物。涂:路途。

⑰卒:终于。践:走进。

⑱陟(zhì):攀登。

⑲禋祀:祭祀。

⑳常篇:一般典籍。

㉑奇纪:特殊记载,纪奇述异之书。

㉒图像之兴:天台山图像的绘制。指天台山风景画。

㉓虚:虚构。

㉔遗世:脱离红尘。玩道:研习道术。

㉕绝粒:不吃饭。茹(rú)芝:吃灵芝。

㉖轻举:羽化飞升。

㉗远寄:将心思寄托在远处。这里指志在求仙。冥搜:深深苦思。此指寻求玄妙的道术。

㉘笃信:虔信。通神:诚信感通了神仙。

㉙遥想:悠远思念。存之:心怀仙山。

㉚驰神:精神飞越。运思:深入思虑。

㉛宵兴:夜间兴叹。

㉜俯仰之间:霎时间。

㉝若已再升:好似已两次登山。

㉞缨络:比喻世事缠身。

㉟不任:禁不起。吟想之至:吟咏想念至极。

㊱聊:姑且。一说,凭借。奋藻:发挥文采,指写作。散怀:抒发情怀。

## 【译文】

　　天台山,是神奇秀丽的山岳之一。海中的方丈、蓬莱,陆地的四明、天台,都是神佛游历之地,仙人居住之所。那极其峻伟的峰岭,那无限美好的山岗,有无穷无尽的珍宝蕴藏,是人间天上最壮丽的地方。天台所以不列名于五岳之中,不载于一般的典籍之内,难道不是由于位置偏僻,道路遥远吗?美景倒影于大海的边缘,奇峰隐藏在千山的中间,加以开始要走过鬼怪出没的道路,最后要穿过渺无人烟的地段,举世极少有人能登临,君王也无法去祭奠,所以一般文献都没有它的记载,只在述异记奇的书中才有它的名字出现。然而天台的图画已在人间流传,证明实有此山绝非虚幻。如果不是弃世修道、绝粒餐芝的神仙,谁能飞升山顶以它作为住所?如果不是虔诚向往、心与神通的信士,谁会遥远地把它怀念?我的精神飞驰思想系念,白天吟咏夜晚兴叹,转眼之间,心神就像再度飞上山巅。我打算摆脱世事的纠缠，永远栖身于山间。由于不胜吟叹思念，故提笔为文以抒发内心的情感。

太虚辽廓而无阂①，运自然之妙有②。融而为川渎③，结而为山阜④。嗟台岳之所奇挺⑤，寔神明之所扶持。荫牛宿以曜峰⑥，托灵越以正基⑦。结根弥于华岱⑧，直指高于九疑⑨。应配天于唐典⑩，齐峻极于周诗⑪。邈彼绝域⑫，幽邃窈窕⑬。近智以守见而不之⑭，之者以路绝而莫晓⑮。哂夏虫之疑冰⑯，整轻翮而思矫⑰。理无隐而不彰⑱，启二奇以示兆⑲：赤城霞起而建标⑳，瀑布飞流以界道㉑。

## 【注释】

①太虚：宇宙。辽廓：辽阔。阂(hé)：阻碍。

②妙有：道家的术语。道家认为宇宙本来是空虚无物的，万物由"无"而生。这个"无"中之有，具有奇妙的道理，故称"妙有"。

③融：溶化。渎(dú)：河流。

④阜：丘陵。

⑤嗟：赞叹。台岳：天台山。奇挺：奇特突出。

⑥荫牛宿(xiù)：天台山在牵牛星的庇荫之下。宿，星座。天台山在春秋时期越国境内，是牵牛星座的分野。曜峰：星光照耀山峰。

⑦托灵越：托身于灵秀的越国。正基：奠定根基。

⑧结根：山脚盘结。弥：超过。华：华山。岱：泰山。

⑨直指：峰岭峻挺。九疑：山名。在今湖南宁远境。

⑩应配天于唐典：根据唐尧的典章，天台山可以配天。配天，德与天配。吕向注："尧祭五岳以配天，此山神秀，亦可应也。"

⑪齐峻极于周诗：天台山之高，可以与周诗中所赞颂的峻极之山相

比。《诗经·大雅·崧高》:"崧高维岳,峻极于天。"言五岳之一的嵩山,高峻直达苍天。此谓天台山也如嵩山一样高峻。

⑫邈(miǎo):远。绝域:绝远之地。

⑬邃(suì):深奥。窈窕(yǎo tiǎo):幽深貌。

⑭近智:智力浅近之人。守见:守着自己狭隘之见。之:去,到。

⑮之者:到天台山的人。

⑯哂(shěn)夏虫之疑冰:嘲笑夏虫怀疑冬天会有冰雪。

⑰轻翮(hé):轻捷的羽翼。矫:飞。

⑱理无隐而不彰:任何道理没有藏而不显露的。

⑲二奇:即下文中的赤城和瀑布。示兆:展示有仙人居住的征兆。兆,征兆。一说,迹象。

⑳赤城:山名。在今浙江天台北,为往天台山必经之路。标:高耸的标柱。

㉑界道:划出界限。

**【译文】**

宇宙辽阔空虚,没有任何阻拦,因自然的"妙有"运转,才有万物出现。有的融化成为河川,有的凝结成为山峦。天台山是那么奇特而高耸,这是由于神明的扶持。它上有牵牛星的照耀而得到它的庇荫,下托越地神灵的护佑而把根基奠定。根基比华山、泰山还要深厚,高度超过九疑山的顶峰。合于唐典"配天"的资格,与周诗赞颂的"峻极"之嵩山相同。天台山的地点,幽深而且遥远。眼光短浅的人因限于见闻而不去,去的人因道路不通而未睹奇观。正像可笑的夏虫怀疑冰雪的存在,我想学鸟儿整理羽翼飞上山。任何隐微的事理都能够显现,天台山显示出两样奇观:赤城如飞起的红霞以立标柱,飞瀑在青山之间划出界线。

　　睹灵验而遂徂①,忽乎吾之将行②。仍羽人于丹丘③,寻不死之福庭④。苟台岭之可攀⑤,亦何羡于层城⑥?释域中之常恋⑦，畅超然之高情⑧。被毛褐之森森⑨，振金策之铃铃⑩。披荒榛之蒙茏⑪，陟峭崿之峥嵘⑫。济楢溪而直进⑬，落五界而迅征⑭。跨穹隆之悬磴⑮，临万丈之绝冥⑯。践莓苔之滑石⑰，搏壁立之翠屏⑱。揽樛木之长萝⑲，援葛藟之飞茎⑳。虽一冒于垂堂㉑，乃永存乎长生㉒。必契诚于幽昧㉓，履重崄而逾平㉔。既克隮于九折㉕，路威夷而修通㉖。恣心目之寥朗㉗，任缓步之从容㉘。藉萋萋之纤草㉙，荫落落之长松㉚。觌翔鸾之裔裔㉛，听鸣凤之嗈嗈㉜。过灵溪而一濯㉝，疏烦想于心胸㉞。荡遗尘于旋流㉟，发五盖之游蒙㊱。追羲农之绝轨㊲，蹑二老之玄踪㊳。

## 【注释】

①睹灵验：看到天台山所表现出的灵异。灵验，指上文的二奇。

②忽乎：飘然，轻快。

③仍：接近，追随。羽人：仙人的别称。因其能如鸟般飞升。丹丘：古代神话中仙人居住的地方。

④不死之福庭：神仙享福的乐园。

⑤台岭：天台山岭。

⑥层城：古代传说中昆仑山上的神仙居处。

⑦释：放弃。域中：尘世。常恋：常人所贪恋的事物。

⑧畅：舒畅。超然之高情：超越世俗的情趣。

⑨毛褐(hè)：粗糙的毛制衣服。森森：粗陋貌。

⑩金策：装有金属品的手杖。铃铃：像手杖触地之声。

⑪披：开劈。榛(zhēn)：丛生的草木。蒙茏：草木茂盛貌。

⑫峭崿(è)：高峻而危险的山峰。峥嵘：高险貌。

⑬楢(yóu)溪：又名油溪。是进天台山必须经过的一条河流。

⑭落：斜行。五界：地名。五县的交界处。迅征：急行。

⑮穹隆：长而弯曲貌。此指石桥之拱形。悬磴（dèng）：高悬的
　石桥。

⑯绝冥：极端幽深。

⑰莓（méi）苔：山石上的青苔。

⑱搏：用手抓住。翠屏：此指石桥上的石壁。孔灵符《会稽记》："赤
　城山上有石桥悬渡，有石屏风横绝桥上，边有过径，裁容数人。"

⑲樛（jiū）木：拳曲的树木。萝：藤萝。

⑳援：攀缘。葛藟（lěi）：粗藤。飞茎：屈曲盘旋姿态飞动的藤条。

㉑垂堂：靠近屋檐下。比喻有危险的地方。古谚："千金之子，坐不
　垂堂。"谓富人不敢近屋檐坐，恐瓦堕伤身。

㉒永存乎长生：永远获得长生之道。

㉓契：合。幽昧：此指深奥的道家玄理。

㉔履重崄而逾平：足蹈重重险阻，反而更觉平稳。

㉕克：能够。陟（jì）：登上。九折：曲折盘旋的道路。

㉖威夷：漫长而舒缓貌。修通：通畅。

㉗恣：放任，尽情。寥朗：心舒目明貌。

㉘从容：舒缓貌。

㉙藉：当作席子垫着。纤：柔细。

㉚荫：遮蔽。此作使动用法。落落：形容松树的孤高独立。

㉛觌（dí）：遇见。鸾：传说中的神鸟。裔裔：婀娜多姿貌。

㉜噰噰（yōng）：鸾凤的鸣声。《诗经·大雅·卷阿》："凤皇鸣
　矣……雍雍喈喈。"

㉝灵溪：天台山中的一条溪流。濯（zhuó）：洗涤。

㉞疏：清除。烦想：世俗中的名利杂念。

㉟荡遗尘：涤荡遗留的尘世俗念。旋流：回旋的流水。

㊱发：揭开。五盖：佛经里的话。指人的五种不良思想。一是贪

欲,二是瞋恚(chēn huì),三是睡眠,四是调戏,五是疑悔。游蒙:
愚昧昏庸。

㊲ 羲、农:伏羲、神农,指上古的时代。绝轨:已经绝迹的轨道。此
指高超的行为。

㊳ 蹑(niè):足踩,跟踪。二老:老子和老莱子,都是古代有道的人。
玄踪:玄妙的踪迹。

【译文】

遥望奇景我决心访寻,迈开轻快的步履开始动身。要登上丹丘去追随仙人,寻找长生不死的幸福环境。只要能登上天台的峻岭,又何必美慕昆仑的层城?摆脱尘世的庸俗贪恋,怀抱超然的高尚心情。披着毛褐长毛森森,手杖着地响声铃铃。拨开那丛生的草木,登上了高峻的山岭。渡过楢溪一直深入,斜穿五界迅速前进。登上的拱桥高悬青云,下临的峡谷万丈幽深。踏着的滑石长满青苔,攀上的石壁陡如翠屏。揽着虬枝上面的萝蔓,拽住屈曲盘旋的葛藤。虽然是冒着生命危险,但望一劳永逸求得长生。只要一片诚心去寻仙访胜,即使足履险境也非常平稳。既已经过曲折盘旋的险路,前面的山径就蜿蜒而畅通。我心情轻松高瞻远瞩,信步漫游从容自如。休息于嫩草茂盛的草地,长松又投下浓密的荫影。见鸾鸟在婀娜地飞舞,听凤凰在嘤嘤地和鸣。过灵溪时在清流中沐浴,要把心中的俗念涤除。在漩涡中冲洗得非常干净,连五种邪念都全部洗清。把中断了的伏羲、神农的传统追寻,把极幽隐的老子、老莱子的遗踪紧跟。

陟降信宿①,迄于仙都②。双阙云竦以夹路③,琼台中天而悬居④。朱阙玲珑于林间⑤,玉堂阴映于高隅⑥。彤云斐亹以翼棂⑦,曒日炯晃于绮疏⑧。八桂森挺以凌霜⑨,五芝含秀而晨敷⑩。惠风仁芳于阳林⑪,醴泉涌溜于阴渠⑫。建木

灭景于千寻<sup>⑬</sup>,琪树璀璨而垂珠<sup>⑭</sup>。王乔控鹤以冲天<sup>⑮</sup>,应真飞锡以蹑虚<sup>⑯</sup>。骋神变之挥霍<sup>⑰</sup>,忽出有而入无<sup>⑱</sup>。

**【注释】**

①陟降:登高下降。信宿:过一夜为宿,过两夜为信。此指过了一两夜。

②迄:到达。仙都:仙人所居之都城。

③双阙:古代的城门口,一边有一座高楼,供瞭望用,称为双阙。

④悬居:悬于高空。

⑤阙:五臣本作"阁"。可从。

⑥阴映:冷森森地闪光。高隅:高山深曲之处。

⑦彤(tóng)云:红云。斐亹(fěi wěi):形容花纹复杂的叠韵词。翼:承接。一说,遮蔽,笼罩。

⑧暾(jiǎo)日:白日。炯(jiǒng)晃:光辉灿烂。绮疏:饰有花纹的窗孔。疏:窗口。

⑨八桂:形容桂树繁茂,因为八株树可成林。森挺:茂盛挺拔。凌霜:经霜不凋。

⑩五芝:道家所说的五种灵芝。即丹芝、金芝、玉芝、玄芝、木芝。含秀:含苞。晨敷:清晨开放。

⑪惠风:和风。仃芳:含蓄芳香。阳林:山南的树木。

⑫醴泉:清甜的山泉。涌溜:喷溅,流淌。阴渠:北山的沟渠。

⑬建木:仙境的树木。据《山海经》及《淮南子》说,这种树百仞无枝,日中无影。相传建木为通天柱,众神因之而上天下地。寻:八尺为一寻。

⑭琪树:仙境的树木,华美如玉。琪,美玉。璀(cuǐ)璨:形容美玉光辉灿烂之貌。

⑮王乔:传说中的仙人。一说即周灵王的太子晋,故也称王子乔。

控鹤:驾驭仙鹤。

⑯应真:即佛家所说的罗汉。飞锡:持锡杖而行于虚空。锡,佛教
　　僧徒所用的锡杖。

⑰骋神变:进行神奇的变化。挥霍:迅速貌。

⑱出有而入无:意为出入于虚幻和真实之境。《淮南子·原道训》:
　　"出于无有,入于无间。"

**【译文】**

　　一连两天登山下岭,终于到达神仙的都城。路旁的两座望楼高耸
入云,华美的琼楼瑶台中悬天心。玲珑的红楼掩映于绿林,高处的玉堂
清冷而光明。窗棂笼罩于红云的中央,绮窗辉映着白日的光芒。枝叶
茂盛的桂林经霜不凋,含着嫩苞的五芝凌晨开放。和风载着芬芳在山
南的树林中荡漾,泉水含着甜味在山北的沟渠里流淌。高峰的建木在
阳光照射之下没有阴影,华美的琪树结下了累累珍珠璀璨光明。王乔
乘着白鹤冲天而去,罗汉手执锡杖凌空飞行。它们变化得迅速而又神
奇,忽而化为虚无忽又呈现身形。

　　于是游览既周①,体静心闲。害马已去②,世事都捐③。
投刃皆虚,目牛无全④。凝思幽岩,朗咏长川。尔乃羲和亭
午⑤,游气高褰⑥。法鼓琅以振响⑦,众香馥以扬烟⑧。肆觐
天宗⑨,爰集通仙⑩。挹以玄玉之膏⑪,嗽以华池之泉⑫。散
以象外之说⑬,畅以无生之篇⑭。悟遣有之不尽⑮,觉涉无之
有间⑯。泯色空以合迹⑰,忽即有而得玄⑱。释二名之同
出⑲,消一无于三幡⑳。恣语乐以终日㉑,等寂默于不言㉒。
浑万象以冥观㉓,兀同体于自然㉔。

**【注释】**

①周：全，遍。

②害马：这里指尘世的嗜欲。

③捐：抛开。

④"投刃"二句：暗引《庄子·养生主》中庖丁解牛的寓言。此喻看破世事，进入道家虚无境界。

⑤亭午：正午。

⑥高褰（qiān）：高高地敞开。

⑦法鼓：说法时召集听众的鼓。琅：声音响亮貌。

⑧众香：供神佛时焚烧的各种香。馥（fù）：香气浓郁。

⑨肆觐：便将朝见。肆，将要。李善注："孙安国曰：'肆，遂也。'"天宗：道家认为天上高于一切的神。

⑩爰（yuán）：于是。通仙：群仙。

⑪挹（yì）：用勺舀取。玄玉之膏：仙人所服的黑玉状食品。

⑫嗽：饮。华池：传说中昆仑山上的仙池。

⑬散：宣讲，启发。象外之说：指道家超出物象之外，进入虚无之境的学说。

⑭畅：疏通，使之了解。无生之篇：指佛经。

⑮悟：觉悟，觉察。遣有之不尽：还未将世俗杂念排遣干净。有，指尘世。

⑯涉无之有间：对虚无境界的理解尚有差距。无，指虚无的仙境。有间，有差距。

⑰泯色空以合迹：消灭色和空的界限，使二者合一。

⑱即有而得玄：从有形之中认识到虚无的玄理。李善注："王弼《老子注》曰：凡有皆始于无。又曰：有之所始，以无为本。然王以凡有皆以无为本，无以有为功。将欲寤无，必资于有。故曰：即有而得玄也。"

⑲释：解释。二名：指有和无。同出：有和无同一,有即是无。

⑳消一无于三幡(fān)：消融三幡,同归于"无"。三幡,佛教用语,指色、空、观。

㉑恣语乐以终日：整天纵情畅谈以为乐。

㉒等寂默于不言：等于默默不言。此二句谈有即是无,终日谈论同于默不作声。

㉓浑：混同。万象：万事万物。冥观：深入观察。

㉔兀：茫然无知的样子。李善注："兀,无知之貌也。"

## 【译文】

天台山已经游览殆遍,身体宁静心中安闲。尘世的俗念都已清除,人间的俗务都已抛开。正如庖丁挥刀解牛,游刃于骨节的缝隙之间。我沉思于幽静的山前,朗诵在漫长的河边。太阳正当中午,高空云气消散。敲响了琅琅的法鼓,飞扬着浓郁的香烟。将要去朝见天尊,集中了一大群神仙。取服那黑玉般的仙膏,饮用这华池中的清泉。天尊阐发了道家的理论,解说了佛家的经典。我觉察自己清除俗念尚未干净,领会仙道尚有缺陷。于是消除了"色"与"空"的界限,从"实有"中懂得了"虚玄"。"有"和"无"都同出一源,"色""空""观"都归在"无"里面。比如一整天高谈阔论,结果却等于默默无言。将万物混同起来深深地观察,个人就不知不觉融合于自然。

# 鲍明远

鲍照(414—466),字明远,东海(今山东郯城)人。南朝宋代的著名文学家。出身寒微,少时治学勤奋,才华出众,因献诗临川王刘义庆,得到赏识,擢为国侍郎,后又任秣陵令、永嘉令和临海王刘子顼的前军参军。宋明帝泰始二年(466),刘子顼谋反,战败被诛,鲍照亦死于乱军之中。

鲍照自称"北州衰沦,身地孤贱"(《侍郎上疏》)。在门阀特权盛行的时代,处处受人压抑,这种遭遇使他清醒地认识到当时社会的腐朽。他的作品深刻揭露了当时社会上的黑暗现象,反映了动乱的现实,抒发了自己怀才不遇的愤懑情绪,表现了寒门对世族大地主政治的不满。作品感情充沛,形象鲜明,风格清新。"俊逸鲍参军"是杜甫对他的恰切评价。他的文学创作以诗为主,赋与散文也有一定成就。有《鲍参军集》。

# 芜城赋一首

## 【题解】

广陵(故城在今江苏扬州)在西汉时是吴王刘濞的都城。由于他想据此谋叛,故极力经营,不仅繁荣富庶,而且城防险固,一直是东南重要城市。到南朝刘宋时,竟陵王刘诞在广陵修建了极为华丽的宫殿,孝武帝指使有司弹劾,刘诞遂据广陵而反,孝武帝派沈庆之率大军攻破广陵,杀死刘诞;并命"悉诛城内男丁,以女口为军赏",居民被杀者三千余人,城内一片荒芜。鲍照至江北见广陵荒凉残破景象,写成此赋,说明武力与地利之不足恃,统治者想凭此而长保富贵,甚至想"万祀而一君",只能适得其反。全赋文辞清丽,结构严谨,特别是善用对比与夸张,使形象鲜明,主题突出。清人方伯海评此赋道:"前半城未芜时,何等雄丽,后半城既芜时,何等荒凉,总见兴废由人。不仅是吴王图谋非望,自速其亡,及城亦不能保及五百年以后也……即此可为千秋亡国者鉴戒。"于光华说鲍照为临海王刘子顼参军时,察觉他有意反谋,故作此赋以讽,此说可备参考。

泍迤平原①,南驰苍梧、涨海②,北走紫塞、雁门③。柂以漕渠④，轴以昆岗⑤。重江复关之隩⑥，四会五达之庄⑦。当昔全盛之时，车挂辖⑧，人驾肩⑨；廛闬扑地⑩，歌吹沸天⑪。孳货盐田⑫，铲利铜山⑬；才力雄富⑭，士马精妍⑮。故能侈秦法⑯，佚周令⑰，划崇墉⑱，刳浚洫⑲，图修世以休命⑳。是以板筑雉堞之殷㉑，井幹烽橹之勤㉒；格高五岳㉓，袤广三坟㉔；崒若断岸㉕，矗似长云㉖；制磁石以御冲㉗，糊赪壤以飞文㉘。观基扃之固护㉙，将万祀而一君㉚。

## 【注释】

①沵迤(lì yǐ)：连绵倾斜的样子。

②弛：通达。苍梧：汉苍梧郡，在今广西苍梧一带。涨海：南海的别称。

③紫塞：指长城。因长城土色皆紫。雁门：关塞名。在今山西北部。

④柂(duò)：引，沟通。漕渠：漕河，运粮的河道。此指春秋时吴国所凿的运河。

⑤轴以昆岗：广陵如车轮，以昆岗为轴心。昆岗：高岗名。一名阜岗。广陵城建于其上。

⑥重江复关：多条江多重关。隩(yù)：深曲隐蔽之处。

⑦四会五达：四通八达，交通便利。庄：大道。一说枢纽。

⑧挂辖(wèi)：轮毂相碰撞。辖，车轴末端。

⑨人驾肩：人之肩臂互相挤压，极言人多。

⑩廛闬(chán hàn)：市民住宅区和里门。扑地：到处都是。扑，尽，遍。

⑪歌吹：歌声与吹奏乐器之声。

⑫孳：滋生，增殖。货：钱财。

⑬铲利：采矿获利。铲，开采。

⑭才力雄富：人才杰出而众多。

⑮士马精妍：兵精马壮。

⑯奓：奢侈。此为超越的意思。

⑰佚周令：超越周代的法令制度。佚，同"轶"，超过。

⑱划：开。崇墉：高峻的城墙。

⑲刳(kū)：凿。浚洫(xù)：深沟。此指护城河。

⑳图：希图，图谋。修世：永世。休命：美好命运。

㉑是以板筑雉堞之殷：意为不断地修筑城墙。板筑，即筑墙。板，
　筑墙用的木板。筑，筑土的杵头。雉，城墙高一丈长三丈叫一
　雉。堞，城上端凸凹的墙，即女墙。殷，勤。一说盛大。

㉒井幹：建筑时所搭的木架。烽橹：城上的望楼。全句说不停地加
　强防守。

㉓格：格局，指高度。

㉔袤广三坟：意为幅员辽阔，与三坟接壤。袤，南北的长度。广，东
　西的长度。三坟，指汝河、淮河、黄河的流域。

㉕崒(zú)：高峻。断岸：陡峭的河岸。一说断裂而形成的绝壁。

㉖矗似长云：像大片云彩一样耸立。

㉗制磁石以御冲：用磁石制作城门，以防止持武器来犯者的袭击。
　因磁石吸铁，可吸住敌人兵刃。

㉘糊：粘。赪(chēng)壤：赤色的土壤。飞文：生动如飞的图案。
　文，城墙上的图案。

㉙基：城墙根基。扃：城门。固护：牢固。

㉚万祀：万年。祀，年。

【译文】

辽阔倾斜的平原，向南可到苍梧郡、南海边，向北可到长城畔、雁门
关。漕河从芜城旁边缓缓流过，昆岗像轴心一样控制着平原。有江河、

关口重重环绕周围,有康庄大道通往四方八面。在过去全盛时期,车如流水,经常车轴相碰;行人如潮,挤得叠臂压肩。密集的住宅遍地排列,歌声和管乐响彻云天。有盛产财富的盐田,有获取厚利的铜山。人才众多,兵马精健。所以一切规模和法令,能够超过兴盛的周秦,城墙修得高,壕渠凿得深,图谋世世代代,享受美好命运。城墙和瞭望楼,不断苦心经营;格局高过五岳,广连三水之滨;像陡峭的河岸那么高险,像飞展的长云那么峻挺;用磁石制造城门,防止带刀的人冲进;以赤色的泥土粘贴,城墙出现飞动的花纹。看墙基和城门都这样牢固,打算千年万代都属他一姓。

　　出入三代①,五百余载,竟瓜剖而豆分②。泽葵依井③,荒葛罥涂④。坛罗虺蜮⑤,阶斗麏鼯⑥。木魅山鬼⑦,野鼠城狐,风嗥雨啸⑧,昏见晨趋。饥鹰厉吻⑨,寒鸱吓雏⑩。伏虣藏虎⑪,乳血飧肤⑫。崩榛塞路⑬,峥嵘古馗⑭。白杨早落,塞草前衰⑮。棱棱霜气⑯,蔌蔌风威⑰。孤蓬自振⑱,惊砂坐飞⑲。灌莽杳而无际⑳,丛薄纷其相依㉑。通池既已夷㉒,峻隅又已颓㉓。直视千里外,唯见起黄埃。凝思寂听㉔,心伤已摧㉕。

【注释】

①出入:经历。三代:指汉、魏、晋三个朝代。李善注引王逸《广陵郡图经》曰:"郡城,吴王濞所筑。"自汉至晋末,共经三代,五百余年。

②瓜剖:五臣本作"瓜割"。

③泽葵:一种水生植物,又名水葵。依井:附生于井壁。

④葛:一种蔓生的野草。罥(juàn):缠挂。涂:路途。

⑤坛罗虺(huǐ)蜮(yù)：厅堂中盘踞着毒蛇、短狐。坛，厅堂。王逸《楚辞章句》曰："坛，犹堂也。"虺，毒蛇。蜮，传说中一种含沙射人的虫。即射工。一名短狐。

⑥麋：形似鹿而小。即獐。鼯(wú)：又名大飞鼠，能飞行上树。

⑦木魅(mèi)：林中之妖怪。

⑧嗥(háo)：嚎叫。

⑨厉吻：磨嘴。

⑩鸱(chī)：鹞鹰。雏：小鸟。

⑪伏虣：虣即古文"暴"字。梁章钜《文选旁证》以为"虣"当作"虝(mì)"，即白虎。见《说文解字》。《尔雅》作"虝"，义同。伏虣也是藏虎的意思。

⑫乳血：把鲜血当作乳汁。飧(sūn)肤：以肌肤为饭食。飧，晚饭。

⑬崩榛：倾倒的丛树。

⑭峥嵘：阴森。馗：大道。

⑮塞草：此指城垣上的草。

⑯棱棱：严寒的样子。

⑰蔌蔌(sù)：劲疾的风声。

⑱孤蓬：蓬草。其花如球，随风飘转。自振：自行飘飞。

⑲坐飞：无故而飞。

⑳灌莽：丛生的草木。杳(yǎo)：深远。

㉑丛薄：草木相杂。纷：杂乱。相依：互相交叉连接。

㉒通池：城壕。夷：填平。

㉓峻隅：高峻的城墙角。

㉔凝思：思维凝滞。

㉕摧：极度悲伤。

【译文】

经过汉、魏、晋三代五百多年，终于崩裂毁坏如豆剖瓜分。井壁长满泽葵类水生植物,野生的葛藤缠绕着道路。堂上盘踞着毒蛇和短狐,阶沿斗争着獐子和鼯鼠。那些树妖山鬼、野鼠城狐,经常在风雨中号叫,于晨昏时出没。饥饿的苍鹰在磨嘴捕食,饥寒的鸥鸟将小鸟吓唬。处处都藏着猛虎,吞噬人畜的血肉。断落的树枝阻塞着大路,阴森的古道幽深阴郁。白杨树叶过早凋落,城上野草也提前菱枯。霜气凛冽,风声簌簌。蓬草自行飘舞,尘沙无故飞行。草木丛生无边无垠,草树错杂难以区分。城壕已经夷平,城楼已经坍崩。远望千里之外,只见黄尘滚滚。思想凝滞听觉失灵,内心忧伤无比深沉。

若夫藻扃黼帐①,歌堂舞阁之基②;琁渊碧树③,弋林钓渚之馆④;吴蔡齐秦之声⑤,鱼龙爵马之玩⑥,皆薰歇烬灭⑦,光沉响绝⑧。东都妙姬⑨,南国丽人⑩,蕙心纨质⑪,玉貌绛唇⑫,莫不埋魂幽石⑬,委骨穷尘⑭。岂忆同舆之愉乐⑮,离宫之苦辛哉⑯!天道如何⑰,吞恨者多⑱。抽琴命操⑲,为《芜城之歌》。歌曰:"边风急兮城上寒,井径灭兮丘陇残⑳。千龄兮万代㉑,共尽兮何言㉒!"

**【注释】**

①藻扃(jiōng):绘有花纹的门。藻,彩绘。黼(fǔ)帐:绣花帷帐。黼,古代礼服上黑白相间的花纹。此泛指花纹。

②基:处所。

③琁(xuán)渊:玉池。碧树:玉树。

④弋(yì)林:射猎之林苑。钓渚:钓鱼之洲渚。

⑤吴蔡齐秦:泛指各地。

⑥鱼龙爵马:赏玩之物。爵,通"雀"。一说,古代变幻鱼龙、玩耍雀鸟的杂技。

⑦薰:燃烧香料散发的香气。烬:物体燃烧后残余部分。此借指火光。

⑧光沉响绝:光辉消失,音响停歇。

⑨东都:洛阳。妙姬:美女。

⑩南国:江南。

⑪蕙心:美女芳洁之心灵。蕙,美丽香草。此喻美人纯洁美好之心。
纨质:美人洁白细腻的肌体。纨,白色细绢。此喻美人肌肤。

⑫绛唇:红唇。

⑬埋魂幽石:埋葬灵魂于幽僻的山谷。

⑭委骨穷尘:抛弃尸骨在边远的荒地。

⑮同辇:与君王同坐一辆车。指嫔妃得宠幸时。

⑯离宫:离开君王,独居冷宫。指嫔妃失宠之后。

⑰天道:世事变化的规律。

⑱吞恨:抱恨。

⑲抽琴:从琴囊中取出琴。命操:创作新曲。命,为新曲命题。操,琴曲。

⑳井径:田间道路。此泛指田亩。丘陇:陵墓。一说土丘田埂。

㉑千龄兮万代:千秋万代。

㉒共尽:同归于尽。

## 【译文】

至于那绣帐彩门、歌堂舞厅,玉池碧树、猎苑渔汀,各地悦耳的音乐,各种玩赏的奇珍,都已经飘散了芬芳,熄灭了余烬,消逝了光辉,沉寂了声音。还有那洛阳的美女,南国的佳人,蕙心纨体,玉貌红唇,也都埋魂在深山幽谷,抛骨在穷乡僻境。哪里还会想到同辇时的欢乐,哪里还能追忆离宫中的酸辛!命运真是难说,抱恨的人太多。取琴来谱新曲,谱成《芜城之歌》。歌词是:"北风急啊城上寒,阡陌消失啊陵墓荒残。千秋啊万代,都消亡啊有何可言!"

# 宫殿

## 王文考

　　王延寿,生卒年不详,字文考,南郡宜城(今属湖北)人。东汉时期的辞赋家,著名文学家王逸之子。在其父的培育下,王延寿从小就表现出卓越的文学才能。他曾随其父游鲁"观六艺",写了《鲁灵光殿赋》。其后著名文学家蔡邕也写此赋,见了王延寿此作,非常钦佩,于是"遂辍翰而止"。王延寿后来溺水死,年仅二十余岁。原有文集,已佚不存。

## 鲁灵光殿赋一首　并序

### 【题解】

　　本赋是我国辞赋中集中描写壮丽建筑的名篇。全赋结构非常谨严,内容也极为精粹。正文分三部分:第一部分描写灵光殿的主体建筑。先写宫殿的外观,勾绘出巍峨壮丽的轮廓,接着写前殿,着重表现其宏伟精丽;最后写后殿,着重表现其庄穆幽深。第二部分写灵光殿最有特色的几个方面:一是既宏伟坚固又玲珑剔透的宫殿结构,二是生气勃勃、神气活现的各种雕塑,三是内容丰富、寓意深刻的殿中壁画。第三部分是写周围的辅助建筑,突出描绘高耸入云的渐台。结尾概括灵光殿总体风采,归结到对大汉王朝的颂赞。作者从不同角度,由整体到部分,又由部分到整体对灵光殿进行立体描述。刻画细致入微,描写气象飞动。刘勰在《文心雕龙·诠赋》中评此赋云:"《灵光》含飞动之势。"道出了此赋的神韵。

　　灵光殿修建于西汉经济迅速发展,社会日益繁荣的景帝、武帝时期,王延寿又生活在东汉的鼎盛阶段,他热情赞扬灵光殿的壮丽,从而歌颂大汉王朝的功业,是有其现实依据的。

　　鲁灵光殿者<sup>①</sup>,盖景帝程姬之子<sup>②</sup>,恭王馀之所立也<sup>③</sup>。初<sup>④</sup>,恭王始都下国<sup>⑤</sup>,好治宫室<sup>⑥</sup>,遂因鲁僖基兆而营焉<sup>⑦</sup>。遭汉中微<sup>⑧</sup>,盗贼奔突<sup>⑨</sup>,自西京未央、建章之殿<sup>⑩</sup>,皆见隳坏<sup>⑪</sup>,而灵光岿然独存<sup>⑫</sup>。意者岂非神明依凭支持<sup>⑬</sup>,以保汉室者也?然其规矩制度<sup>⑭</sup>,上应星宿<sup>⑮</sup>,亦所以永安也。

【注释】

①灵光殿:汉代宏伟建筑之一。汉景帝之子鲁恭王刘馀所建,故址在今山东曲阜。

②景帝:汉景帝刘启,文帝子,在位十六年。景帝继孝文之业,轻徭役,薄赋税,以宽民力,建"文景之治",为史家所称。

③恭王馀:汉景帝子刘馀,封为鲁恭王。

④初:当初。

⑤下国:古以中央王朝为上国,诸侯藩属为下国。

⑥好治宫室:《汉书·景十三王传》:鲁恭王"以孝景前三年徙王鲁。好治宫室苑囿狗马"。

⑦鲁僖:鲁僖公。基兆:基础。营:营建。李善注:"昔鲁僖公使大夫公子奚斯,上新姜源之庙,下治文公之宫。故曰'遂因鲁僖基兆而营焉'。"

⑧遭汉中微:指王莽篡汉事。中微,中衰。

⑨奔突:奔闯,冲突。

⑩未央:汉宫名。汉高祖时建。故址在今陕西西安北。建章:汉宫

名。汉武帝时建。在未央宫西。

⑪见：被。隳（huī）坏：毁坏。

⑫岿（kuī）然：高大坚固貌。

⑬意者：揣测。

⑭规矩：方圆。此指法则，法度。制度：规模。

⑮上应星宿：李善注："上应星宿，谓觜陬也。"觜陬，二十八宿之一，有星三颗，属今猎户座。

**【译文】**

　　鲁灵光殿是景帝程姬之子恭王馀所建造的。当初，恭王在他的封地，重视修建宫室，利用鲁僖公宫室的旧址而兴建此殿。当西汉末年，盗贼猖獗，西京的未央、建章等宫殿都被毁坏，唯有灵光殿依然高大而坚固地立在鲁国，这难道不是依凭神灵护佑汉室，它才得到保全的吗？此殿的规模法度，合于天上的星象，这也是它永保安全的原因吧。

　　予客自南鄙①，观艺于鲁②，睹斯而眙曰③："嗟乎！"诗人之兴，感物而作。故奚斯颂僖④，歌其路寝⑤，而功绩存乎辞，德音昭乎声。物以赋显，事以颂宣，匪赋匪颂⑥，将何述焉？遂作赋曰：

**【注释】**

①南鄙：指荆州。《广雅》曰："鄙，国也。"李周翰注："文考客于荆州，故云南鄙。言鲁有周孔遗风，思礼乐之美，故云观艺。"

②艺：亦作"艺"，指六艺。即《诗》《书》《礼》《易》《乐》《春秋》。

③斯：此，指灵光殿。眙（chì）：惊视。

④奚斯：鲁公子。《诗经·鲁颂·閟宫》的作者。颂僖：奚斯作《閟宫》，以颂僖公之功德。

⑤路寝:天子之正殿。

⑥匪:非,无。

【译文】

　　我来自南方边远的荆州,到鲁国学习六经,瞻仰此殿时,不禁失声惊呼:"多伟大啊!"诗人的兴致,为外物触发以后就想形之于文。所以奚斯赞扬鲁僖公,歌唱了他的宫殿,在歌词中表现出他的功绩,在歌声中显扬他的德音。壮丽宫室由于铺叙而得以显耀,丰功伟绩由于赞颂而得到宣扬。没有铺叙和赞颂,怎么能表现这些美好的事物呢? 于是我写了以下一篇赋,赋辞是:

　　粤若稽古帝汉①,祖宗浚哲钦明②,殷五代之纯熙③,绍伊唐之炎精④。荷天衢以元亨⑤,廓宇庙而作京⑥,敷皇极以创业⑦,协神道而大宁⑧。于是百姓昭明⑨,九族敦序⑩,乃命孝孙⑪,俾侯于鲁⑫。锡介珪以作瑞⑬,宅附庸而开宇⑭。乃立灵光之秘殿⑮,配紫微而为辅⑯。承明堂于少阳⑰,昭列显于奎之分野⑱。

【注释】

①粤:助词。用于句首或句中,与"曰"通。若:顺。指顺应天地。稽古:考行古道。

②浚(jùn)哲:深沉聪慧。浚,深。《诗经·小雅·小弁》:"莫浚匪泉。"钦明:圣明。钦,用于对帝王的表敬副词。

③殷:盛。五代:指唐、虞、夏、商、周。纯熙:广大。纯,大。熙,广。

④绍:继承。伊唐:即唐尧时代。伊,语助词,无义。炎精:火德。古人认为唐尧在五行中属火德,汉继唐尧之统,亦属火德。

⑤荷:幸赖,依靠。天衢(qú):天道。元亨:畅通。一说,元,首善。

亨,美事聚集。

⑥廓宇宙:澄清宇内。廓,廓清,澄清。一说,此句极言西京之广大。廓,扩大。京,此指西京长安。

⑦敷:施行,布置。皇极:帝王统治的准则。

⑧协:协和。神道:天道。大宁:指天下太平。

⑨百姓:古代对贵族的总称。《诗经·小雅·天保》:"群黎百姓。"郑笺:"百姓,百官族姓也。"一说,此指平民。因"百姓"在战国以后用作平民的通称。昭明:明礼义。张说《大唐封祀坛颂》:"九族敦叙,百姓昭明。"孔颖达《尚书·尧典》疏:"九族宜相亲睦,百姓宜明礼义。"一说,此指显明,光明。《尚书·尧典》:"百姓昭明,协和万邦。"

⑩九族:指高祖、曾祖、祖、父、己、子、孙、曾孙、玄孙共九代。敦序:分其次第顺序而亲之。《尚书·皋陶谟》"惇叙九族",郑注:"厚次叙九族。"《史记·夏本纪》引作"敦序九族"。

⑪孝孙:指刘馀。刘馀为汉高祖曾孙。

⑫俾侯于鲁:封刘馀为鲁恭王,使主鲁政。俾,使。

⑬锡(xī):赐。《春秋公羊传·庄公元年》:"王使荣叔来锡桓公命。锡者何,赐也。"介:大。《诗经·小雅·楚茨》:"报以介福,万寿无疆。"介福即大福。珪(guī):受权守城的信物。《春秋左传·哀公十四年》:"司马牛致其邑与珪焉。"瑞:此指符信或凭证。

⑭宅:作动词,增加居住处所。附庸:附于诸侯国的小国。如秦的祖先非子,被周孝王封为附庸,邑之秦;后因秦襄公护送周平王东迁有功,才被封为诸侯。《孟子·万章》:"不能五十里,不达于天子,附于诸侯,曰附庸。"此指附属于鲁国的小国。开宇:扩展四境的界限。宇,边界。

⑮秘殿:神殿。

⑯紫微:此指中央朝廷皇帝之居处。

⑰明堂：古代天子宣明政教的殿堂。少阳：东方。

⑱昭列：光辉闪耀。奎之分野：我国古代天文学说，把十二星次的
位置跟地上州、国的位置相对应，如以奎娄对应鲁，鹑火对应周，
鹑尾对应楚等。就天文说，称分星；就地上说，称分野。古人迷
信，还常以天象的变异来比附州、国的吉凶。

【译文】

顺应天地遵行古道的大汉朝廷，祖宗是多么智慧多么英明，胜过五
代伟大的圣主，继承帝尧火德的天命。秉持天道而美善集聚，澄清宇内
而建都西京。施行帝则而建国创业，协和神道而四海安宁。百姓因吏
制澄清而普载光明，九族依长幼之序而互相亲近。于是对恭王这位高
祖的曾孙，授他以治理鲁国的重任。赐予他大的玉珪作为瑞信，增加其
附庸国而扩大国境。建立了灵光殿这座神圣宫殿，像客星陪伴紫微一
样辅佐西京。它像明堂一般屹立在东方，整个鲁国都被它的光彩所
辉映。


瞻彼灵光之为状也，则嵯峨崒嵬①，岿巍嶵嵬②。吁！可
畏乎，其骇人也。迢峣倜傥③，丰丽博敞④，洞轇轕乎⑤，其无
垠也。邈希世而特出⑥，羌瑰谲而鸿纷⑦。屹山峙以纡郁⑧，
隆崛岉乎青云⑨。郁坱圠以嶒崚⑩，崭缯绫而龙鳞⑪。汩硙
硙以璀璨⑫，赫燡燡而烛坤⑬。状若积石之锵锵⑭，又似乎帝
室之威神⑮。崇墉冈连以岭属⑯，朱阙岩岩而双立⑰；高门拟
于闾阖⑱，方二轨而并入⑲。


【注释】

①嵯峨、崒（zuì）嵬：皆高峻之状。

②岿（wéi）巍、嶵嵬（lù wěi）：皆高大峻峭貌。

③迢峣(tiáo yáo):高峻貌。倜傥(tì tǎng):卓异非常。司马迁《报任少卿书》:"古者富贵而名磨灭,不可胜记,唯倜傥风流之人称焉。"

④丰丽:富丽华瞻。博敞:广博宽敞。

⑤洞:幽深。谬辖(jiāo gé):深远貌。

⑥邈:深远。

⑦羌:句首助词,无义。瑰谲:瑰丽奇异。鸿纷:宏伟多彩。

⑧屹:矗立。山峙:像山一般屹立。纡郁:曲折深郁。

⑨隆崛岉(wù):刘良注:"极高貌。言直上而立,曲深而高,入乎青云之中也。"隆,高起。崛岉,耸立。

⑩郁:繁多。块圠(yǎng yà):参差不齐貌。嶒竑(céng hóng):指殿宇深而广。

⑪崱(zè):高峻貌。缯绫(zēng líng):不平貌。此指正殿、偏殿高低不一之状。

⑫汩(gǔ):明净貌。硙硙(ái):通"皑皑",洁白貌。璀璨:光辉灿烂。

⑬赫:红光鲜明貌。烨烨(yì):光明貌。烛坤:照耀尘世。坤,大地。

⑭积石:山名。即今之阿尔玛卿山。在青海东南部,延伸至甘肃南部边境,为昆仑山脉中支。黄河绕流东南侧。主峰玛卿岗日,终年积雪,富有珍贵的野生动物和矿藏。锵锵(qiāng):高大雄伟貌。

⑮帝室:天帝居室。又称紫宫。此指汉朝帝王之宫廷。威神:尊严。

⑯崇墉(yōng):高墙。墉,墙。《诗经·召南·行露》:"谁谓鼠无牙,何以穿我墉。"冈连、岭属:比喻既高又长的城墙,如山冈相连,山岭相接。

⑰朱阙:正门两边红色的望楼。阙,古代宫殿、祠庙和陵墓前的高建筑物,通常左右各一,建成高台,台上起楼观。以两阙之间有

空缺，故名阙或双阙。有的用石雕砌而成，作为记官爵、功勋和装饰之用。岩岩：高峻貌。

⑱阊阖(chāng hé)：传说中的天官之门。

⑲方二轨：两车并行。方，并。轨，车的两轮之间的距离。此代车。

**【译文】**

这座灵光宝殿的雄姿啊，嵯峨崔巍。啊！真是令人触目惊心！它高大耸立卓尔不群，它壮丽博大深广无限。它举世罕有矗立人间，它瑰丽奇特五彩缤纷。它像屹立的崇山曲折迂回，它像隆起的高峰直上青云。它建筑复杂面积宽广殿宇无限深沉，它正殿高耸偏殿参差辉煌如像龙鳞。它色泽明净辉煌灿烂，它红光赫奕照耀广阔人境。它那雄浑的气势好像积石高山，它那威严的气象又如上帝宫廷。崇高的围墙好像连绵的冈岭，红色的望楼双双立于宫门；巍峨的宫门只有天门能比，华车出入可以两辆并行。

于是乎乃历夫太阶①，以造其堂②，俯仰顾眄③，东西周章④。彤彩之饰⑤，徒何为乎？澔澔涆涆⑥，流离烂漫⑦。皓壁暠曜以月照⑧，丹柱歙赩而电烻⑨。霞驳云蔚⑩，若阴若阳，瀖濩燐乱⑪，炜炜煌煌⑫。隐阴夏以中处⑬，霐寥窲以峥嵘⑭，鸿爌炾以爣阆⑮，飂萧条而清泠⑯。动滴沥以成响⑰，殷雷应其若惊⑱。耳嘈嘈以失听⑲，目瞍瞍而丧精⑳。骈密石与琅玕㉑，齐玉珰与璧英㉒。遂排金扉而北入㉓，宵蔼蔼而晻暧㉔，旋室㛹娟以窈窕㉕，洞房叫窱而幽邃㉖。西厢踟蹰以闲宴㉗，东序重深而奥秘㉘。屹铿瞑以勿罔㉙，屑㡻翳以懿濞㉚。魂悚悚其惊斯㉛，心葸葸而发悸㉜。

**【注释】**

①历:经历。太阶:高宽的台阶。

②造:到达。堂:此指宫室的前厅。

③顾眄(miǎn):环顾。

④周章:周游流览。《楚辞·九歌·云中君》:"聊遨游兮周章。"

⑤彤彩:红彩。此指朱漆。

⑥澔澔(hào)汗汗(hàn):光明已极之状。

⑦流离:光彩焕发貌。

⑧皓壁:白色墙壁。暟曜:洁白光亮。

⑨歙赦(xī xì):深红色。电烻(yàn):强的电光。烻,强光。

⑩霞駮(bó):像云霞那样文彩交错。云蔚:像云彩那样绚烂美丽。

⑪濩(huò)渽(huò)燐乱:光色闪烁貌。

⑫炜炜(wěi):光彩辉耀。

⑬阴夏:坐南朝北之宫殿。夏,大殿。《楚辞·九章·哀郢》:"曾不知夏之为丘兮。"

⑭霠(hóng)、寥窲(cháo)、峥嵘:皆幽深之貌。

⑮鸿:广大。炚炛(kuàng huǎng)、熿阆(tǎng lǎng):皆宽敞明亮貌。

⑯飋(sè):清凉貌。萧条:冷落。

⑰滴沥:水珠下滴。

⑱殷:盛大。雷应:雷鸣的回声。

⑲嘈嘈:声音繁多。

⑳瞚瞚(xuàn):眼花缭乱貌。丧精:视力受损。精,视力。

㉑骈(pián):并列。密石:光滑细密之磨石。《国语·晋语》:"天子之室,斫其椽而砻之,加密石焉。"琅玕(láng gān):此指美石。似玉,即今之大理石。

㉒齐:排列。玉珰(dāng):玉饰的瓦珰。璧英:美玉。

㉓排：推。金扉：金饰的门。

㉔霄：通"宵"，夜。霭霭、暗暧：暮色苍茫之状。比喻屋宇深沉幽暗。

㉕旋室：曲折华丽的宫室。婏(pián)娟：回环曲折的样子。窈窕：深远貌。

㉖洞房：深邃的内室。叫窱(tiǎo)：应为窅(jiào)窱，幽远深邃貌。

㉗踟蹰：相连。闲宴：安静。

㉘东序：东厢。与上文"西厢"互文相避。奥秘：隐秘。

㉙屹：特出而高。铿暝：视而不明。勿罔：望之而不清晰。此系作者进入后殿仰视所见，故"屹"状后殿栋梁之高。

㉚屑：倏忽貌。《汉书·外戚传》："屑兮不见。"黡黟(yǎn yì)：昏暗隐蔽貌。懿濞(yì pì)：深邃貌。此句状后殿屋宇重深幽隐。

㉛悚悚(sǒng)：恐惧貌。惊斯：惊于此。斯，此。代灵光殿。

㉜葸葸(xǐ)：害怕，胆怯。《论语·泰伯》："慎而无礼则葸。"

## 【译文】

我于是登上了阶沿，进入了前殿，上下顾盼，左右流览。涂饰的红彩，多么的美观。整个殿堂以内只见光明一片，那明丽的色泽呈于四方八面。洁白的墙壁似月色辉映，朱红的殿柱似电光闪闪。四周云蒸霞蔚无比缛丽绚烂，或像月亮银光，或像太阳金光，众多色彩炫耀不定，熠熠生辉使人眼花缭乱。向北的大殿处于中央，走进去就给人幽静深沉的印象。殿宇是这样的宽敞而且明亮，微风轻荡着沁人心脾的清凉。屋檐下传进来滴沥的雨声，殿堂内的回音好比雷响。繁杂声音的共鸣模糊了听觉，缤纷色彩的闪亮昏花了目光。这美玉般光洁的地面由密石和琅玕铺成，那白亮晶莹的檐口是玉制的瓦珰。我推开了金门再向北走进，这后面的殿宇是那么幽深。旋室华丽而又曲折，内室深沉而且安静。紧连的西厢是那么寂静无声，隐蔽的东厢一层深入一层。往上看，栋梁高悬视之不明；往前看，屋宇重重昏暗幽隐。全部建筑的宏伟震慑了我的灵魂,整个殿阁的庄严惊动了我的内心。

　　于是详察其栋宇,观其结构①,规矩应天②,上宪觜陬③。倔佹云起④,嵚崟离楼⑤;三间四表⑥,八维九隅⑦;万楹丛倚⑧,磊砢相扶⑨。浮柱岧嵽以星悬⑩,漂峣峴而枝拄⑪。飞梁偃蹇以虹指⑫,揭蘧蘧而腾凑⑬。层栌磥垝以岌峨⑭,曲枅要绍而环句⑮,芝栭欑罗以戢舂⑯,枝掌杈丫而斜据⑰。傍天蛴以横出,互黝纠而搏负⑱。下崥蔚以璀错⑲,上崎嵼而重注⑳。捷猎鳞集㉑,支离分赴㉒,纵横骆驿㉓,各有所趣㉔。

【注释】

①结构:指宫殿的屋架结构。

②应天:与天上的星宿相对应。

③宪:效法。觜陬:十二星次之一。古代传说是主管架屋的星宿。

④倔佹(guǐ):变化多端。

⑤嵚崟(qīn yín):高峻貌。离楼:犹纠缠。

⑥三间:东厢、西厢、正殿各为三间。四表:四面。

⑦八维:东、南、西、北、东南、西南、东北、西北八方称为八维。九隅:中央加八方共称为九隅。

⑧楹(yíng):屋柱。丛倚:攒聚。

⑨磊砢(luǒ):壮大貌,高耸貌。

⑩浮柱:立于梁上的短柱。岧嵽(tiáo dì):高远貌。星悬:如繁星悬空。极言其多。

⑪漂:轻貌。峣峴(yáo niè):高险貌。枝拄:支撑。

⑫飞梁:凌空架设的桥,即阁道,又称复道。偃蹇:高耸。屈原《离骚》:"望瑶台之偃蹇兮,见有娀之佚女。"虹指:如长虹似的。

⑬揭：举。蘧蘧(qú)：高貌。凑：聚集。

⑭栌(lú)：斗拱。柱子顶上承托栋梁的方木。礧(lěi)硊：高耸貌。岌(jí)峨：高危貌。

⑮枅(jī)：柱上的横木。要绍：曲折貌。环句：弯曲而相连。

⑯芝栭(ér)：梁上绘有芝草的短柱。欑(cuán)：丛集，攒聚。《礼记·丧大记》："欑至于上。"郑注："欑，犹丛也。"通"攒"。戢舂(jí nǔ)：众多貌。

⑰枝牚(chēn)：梁上交叉相撑的斜柱。李周翰注："枝牚，梁上交木也。"杈丫(chà yā)：参差不齐之貌。据：相依。

⑱"傍夭蟜(jiǎo)"二句：夭蟜、勠(yǒu)纠，李善注："特出之貌。"蟜，通"矫"。搏负，支撑而且负荷。

⑲弗(fú)蔚：突出貌。璀错：繁盛貌。

⑳崎𡾋(yǐ)：高而且险。重(chóng)注：重重连接。注，相连，相属。

㉑捷猎：相接貌。

㉒支离：分散，分布。吕向认为此指椽木分布于屋顶之貌。

㉓骆驿：连续不断。

㉔各有所趣：各有一定的方位。趣，趋向，归向。

【译文】

我反复观看宫殿阁楼，仔细考察它的结构。它的规模合乎天象，取法于天上的"觜陬"星宿。大殿像云一样变化多端，众木交架于高高的空间；巡视正殿两厢与四面，顾看八方及中间；万根大柱坚固地撑着顶梁。梁上短柱如繁星一样高悬，它们轻灵地在高处支撑，把巍峨的屋顶托在蓝天。条条复道像夭矫的彩虹，高高聚于重楼的四边。方形的斗拱高耸于柱端，曲形的斗拱紧密地相连，绘有芝草的短柱丛集于梁上，参差不齐的斜柱支撑于其间。它们从旁侧横斜而挺出，互相密集负荷着万钧重担。下面密排着坚挺的巨柱，无数短柱衔接在高处。它们像鳞片一样紧密连接，有规律地向四处分布，东西南北纵横连续，万椽千柱各有去处。

　　尔乃悬栋结阿①，天窗绮疏②：圆渊方井③，反植荷蕖④，发秀吐荣，菡萏披敷⑤，绿房紫菂⑥，窀咤垂珠⑦。云㮰藻棁⑧，龙桷雕镂⑨。飞禽走兽，因木生姿。奔虎攫挐以梁倚⑩，仡奋翼而轩鬐⑪。虬龙腾骧以蜿蟺⑫，颔若动而躨跜⑬。朱鸟舒翼以峙衡⑭，腾蛇蟉虬而绕榱⑮。白鹿子蜺于欂栌⑯，蟠螭宛转而承楣⑰。狡兔跧伏于柎侧⑱，猿狖攀橼而相追⑲。玄熊舑舕以断断⑳，却负载而蹲跠㉑。齐首目以瞪眄，徒眽眽而狋狋㉒。胡人遥集于上楹㉓，俨雅跽而相对㉔，仡欺㥏以雕眼㉕，鹘颏颗而睽睢㉖；状若悲愁于危处，憯嗌嘤而含悴㉗。神仙岳岳于栋间㉘，玉女窥窗而下视㉙；忽瞟眇以响像㉚，若鬼神之仿佛㉛。

【注释】

①悬栋：屋下重梁。结阿：结彩。阿，古代一种轻细的丝织品。《史记·司马相如列传》："被阿锡。"《集解》："阿，细缯也；锡，布也。"

②天窗：李善注："高窗也。"一说，今之天花板。绮疏：刻镂花纹。绮，花纹。疏，刻镂。

③圆渊：圆池。

④反植：根在上，枝叶朝下。荷蕖：荷花。

⑤菡萏(hàn dàn)：即荷花。《尔雅·释草》："荷，芙蕖……其花菡萏。"披敷：分散布开。敷，布。

⑥绿房：翠绿的莲房。紫菂(dì)：紫色的莲子。

⑦窀咤(zhú zhà)：物在穴中并突出貌。

⑧云㮰(jié)：绘有云朵的柱头斗拱。㮰，柱头的斗拱。藻棁

(zhuō)：绘有花纹的梁上短柱。棁，梁上短柱。

⑨龙桷(jué)：绘着龙形的方椽。桷，方形椽木。

⑩攫(jué)挐：夺取。梁倚：互相扭在一起。

⑪仡(yì)：举头。奋矗：振起。矗，伸。轩：张开，竖起。鬐：背上鬃毛。

⑫虬(qiú)：传说中有角的幼龙。朱骏声《说文通训定声》："龙雄有角，雌无角。龙子，一角者蛟，两角者虬，无角者螭也。"腾骧(xiāng)：飞升。骧，本意为马首昂举。引申为上举，上升。蜿蟺(wǎn shàn)：屈曲盘旋。

⑬颔(hàn)：点头。《春秋左传·襄公二十六年》："逆于门者，颔之而已。"蹊跜(kuí ní)：虬龙扭动的样子。

⑭朱鸟：红鸟。峙：站立。衡：楼殿四周的栏杆。

⑮腾蛇：传说中一种能飞行的蛇。蟉虬：盘绕曲貌。榱(cuī)：屋椽。

⑯孑蜺(jié ní)：伸头。欂(bó)栌：斗拱。朱骏声《说文通训定声》："单言曰栌，累言曰欂栌……方木，似斗形，在短柱上，拱承屋栋。"

⑰蟠螭(pán chī)：屈曲盘绕的蛟龙。楣(méi)：房屋的横梁，即二梁。《仪礼·乡射礼》："堂则屋当楣。"郑注："是制五架之屋也；正中曰栋，次曰楣。"

⑱枅(fū)：斗拱上的横木。

⑲猿狖(yòu)：泛指各种猿猴。狖，长尾猴。

⑳舑舕(tiàn tàn)：吐吞貌。龂龂(yǐn)：露齿貌。

㉑蹲跠(yí)：踞坐。

㉒眽眽(mò)：凝视貌。狋狋(yí)：犬怒貌。《汉书·东方朔传》："狋吽牙者，两犬争也。"

㉓遥集：因刻众多胡人形象于柱的上端，故云"遥集"。上楹：柱的上端。楹，柱。

㉔俨雅：端整，庄重。跽(jì)：长跪。即双膝着地，上身挺直之状。

㉕仡(yì)：抬头。欺罳(sǐ)：李善注："大首也。"雕旼(xuè)：如雕鸟之视。旼，惊视貌。

㉖鸐颎颣(āo yáo láo)：李善注："大首深目貌。"睽睢(kuí suī)：张目貌。

㉗顣蹙(pín cù)：皱眉蹙额。顣，通"颦"，皱眉。含悴(cuì)：含忧。悴，忧伤。

㉘岳岳：站立貌。

㉙玉女：仙女。

㉚瞟眇(piǎo miǎo)：恍惚，视不分明貌。响像：依稀，隐约。

㉛仿佛：见不真切。

## 【译文】

屋下的重梁上用丝绸结着彩饰，天花板上镂刻着画图：有圆圆的池塘和方形的水井，水中倒栽着鲜艳的荷蕖，伸展的嫩茎举着蓓蕾，盛开的红花鲜艳夺目，翠绿的莲房含紫色的莲子，像玲珑的洞穴藏着珍珠。有绘着云霓的柱上斗拱，有刻着水藻的梁上短柱；方椽上还刻着一条条长龙，长龙好像在空中飞舞。各种飞禽和走兽，根据材料而雕塑。成对猛虎扭在一起激烈搏斗，由于暴怒而昂起头颅鬃毛直竖。飞腾的蛟龙在空中蜿蜒，龙头好像在左动右转。红鸟张开翅膀立于栏杆，飞蛇盘曲地绕着屋椽。白鹿在斗拱上昂首站立，螭龙在横梁上蜿转回旋。狡兔蜷伏在横木旁边，猿猴攀着椽而互相追赶。不少黑熊把舌头吐在嘴唇外边，背负着飞梁蹲在柱的顶端。它们一齐抬起头瞪着双眼，生气勃勃地互相观看。胡人远远地聚集在高柱之上，双双跪坐态度恭敬端庄，他们抬着头像雕鸟一样看望，都有着大的眼睛和深陷的眼眶；好像都处于危困的境地，容颜是那么悲惨和忧伤。神仙高高地立于栋梁之间，仙女推开窗户往下界观看。还有一些图像似鬼怪又似神仙，形态依稀隐约视之难以分辨。

　　图画天地,品类群生①,杂物奇怪,山神海灵。写载其状,托之丹青②;千变万化,事各缪形③,随色象类④,曲得其情⑤。上纪开辟⑥,遂古之初⑦;五龙比翼⑧,人皇九头⑨;伏羲鳞身,女娲蛇躯⑩。鸿荒朴略⑪,厥状睢盱⑫。焕炳可观⑬,黄帝唐虞⑭。轩冕以庸⑮,衣裳有殊⑯。下及三后⑰,媱妃乱主⑱;忠臣孝子,烈士贞女⑲。贤愚成败,靡不载叙,恶以诫世,善以示后。

**【注释】**

①品类:区别物的种类。品,区分。

②丹青:红色和青色。泛指画图的颜色。此指图画。

③缪(miù)形:不同形。

④随色象类:用各种颜色画出不同的形象。

⑤曲得其情:曲折细致地表现各种事物的情状。

⑥开辟:开天辟地。

⑦遂古:往古,上古。

⑧五龙:李善注引《春秋命历序》曰:"皇伯、皇仲、皇叔、皇季、皇少五姓,同期俱驾龙,周密与神通,号曰五龙。"

⑨人皇九头:李善注引《春秋命历序》曰:"人皇九头,提羽盖,乘云车,出旸谷,分九河。"

⑩"伏羲"二句:李善注引《玄中记》云:"伏羲龙身,女娲蛇躯。"

⑪鸿荒:指太古时期,混沌初开之世。扬雄《法言·问道》:"鸿荒之世,圣人恶之。"鸿,通"洪",大。朴略:质朴简陋。

⑫厥(jué):其。睢盱(suī xū):简朴貌。

⑬焕炳:光辉明朗。

⑭黄帝:五帝之首。姬姓,号轩辕氏、有熊氏,他得到各部落的拥

戴,在阪泉(今河北涿鹿东南)打败炎帝,又在涿鹿(今属河北)击杀蚩尤,被拥戴为部落联盟的领袖。传说养蚕、舟车、文字、音律、医学、算数等,都创始于黄帝时期。唐:唐尧。相传为父系氏族社会后期部落联盟领袖。陶唐氏,名放勋。传曾设官掌管时令,制定历法。虞:虞舜。传说中父系氏族社会后期部落联盟领袖。姚姓,名重华。他巡行四方,除去四凶,选拔贤人,治理民事。

⑮轩冕以庸:卿大夫的车和帽开始使用。轩,车。冕,帽。庸,用。

⑯衣裳有殊:不同等级的人穿不同样的衣裳。

⑰三后:指夏、商、周三代的开国之君。后,国君。

⑱媱妃:指夏之妹喜、商之妲己和周之褒姒。乱主:指夏桀、商纣、周幽三个国君。

⑲烈士:古代指为了建功立业,实现抱负而勇于献身的人。贞女:封建时代指不事二夫、从一而终的妇女。

**【译文】**

殿堂的墙壁有许多画图,描绘了天地间许多人物,有的人物怪状奇形,好像是些山神海灵。根据历史记载民间传说,一一把它们写入丹青;形象既然是变化多端,各人的事迹也不一般,通过画笔细致地描绘,生动地在壁上予以展现。在蒙昧的太古,天地刚刚形成;五龙比翼飞行,人皇九头一身;伏羲遍体龙鳞,女娲人面蛇身。当时举世荒凉,只有质朴之形。黄帝、尧、舜以还,文物炳焕可观。已经使用车舆冠冕,衣裳也随地位改变。夏禹、商汤、周武的贤明,妹喜、妲己、褒姒的淫乱;忠臣孝子的事迹,烈士贞女的表现。上智下愚的成败,都在壁画上呈现,坏的供世人警惕,好的作后代典范。

于是乎连阁承宫①,驰道周环②;阳榭外望③,高楼飞观④。长途升降⑤,轩槛曼延⑥。渐台临池⑦,层曲九成⑧;屹然特立⑨,的尔殊形⑩;高径华盖⑪,仰看天庭⑫;飞陛揭孽⑬,

缘云上征⑭;中坐垂景,俯视流星⑮。千门相似,万户如一⑯。岩突洞出⑰,逶迤诘屈⑱;周行数里⑲,仰不见日。何宏丽之靡靡⑳?咨用力之妙勤㉑。非夫通神之俊才㉒,谁能克成乎此勋㉓?

**【注释】**

①连阁承宫:阁相连,宫相接。承,接。

②驰道:君王所行之道。因君王出行必乘车马,故称驰道。

③阳榭:无内室的大殿。殿无内室称为榭,榭而高大谓之阳。

④飞观:高耸的宫阙。观,阙。即宫门两边的望楼。

⑤长途:即阁道。楼阁之间,以木架空的通道。升降:上下。

⑥轩槛:有窗子和栏杆的长廊。曼延:漫长。

⑦渐台:汉武帝作建章宫,太液池中有渐台,高二十余丈,台址在水中。灵光殿中有与此相类似的建筑,亦名渐台。

⑧层曲九成:指台共有九层。

⑨屹然:高耸貌。特立:巍然独立。

⑩的尔:的确这样,分明的样子。

⑪径:至。华盖:星名。《楚辞·九怀·思忠》:"登华盖兮乘阳,聊逍遥兮播光。"注:"华盖七星,其柢九星,合十六星,如盖状,在紫微宫中,临勾陈上,以荫帝坐。"

⑫天庭:天上宫殿。

⑬陛:帝王宫殿的台阶。揭孽:高貌。

⑭征:行进。

⑮"中坐"二句:坐于渐台中俯瞰白日,俯视流星,以夸张手法,极言台之高。景,日光。

⑯"千门"二句:李善注:"千门万户言众多也;相似如一,言皆好也。"

⑰岩突洞出：幽深貌。

⑱逶迤：曲折蜿蜒貌。诘屈：曲折。

⑲周行：环行。

⑳宏丽：宏伟绚丽。靡靡：精美貌。

㉑咨：嗟叹。妙勤：技艺精妙，人工勤劳。

㉒俊才：杰出人才。

㉓克成：完成。此勋：如此功勋。

## 【译文】

　　楼阁亭轩簇拥着正殿，君主出行的驰道在四周回环；有台榭可供登高远望，还有那高楼和飞观。重楼之间有高高低低的复道，长廊两旁有曲折绵长的栏杆。渐台立于绿池的中心，凌云直上共有九层；巍然矗立碧空之中，一般池台实难比并；台顶超过华盖星辰，仰头能见天上宫廷；阶梯立在高空之间，缘着云彩步步上登；坐于台中可俯视日影，凭着栏杆可俯瞰流星。其他许多台榭轩亭，千门万户同样迷人。壮丽建筑鳞次栉比，曲折回环而且幽深；在这方圆数里的地面，抬头难见天上的日影。为什么这样的宏伟精美？都因为设计奇妙施工辛勤。若不是举世罕见的俊才巨匠，怎么能完成这人间的奇勋？

　　据坤灵之宝势①，承苍昊之纯殷②；包阴阳之变化③，含元气之烟煴④。玄醴腾涌于阴沟⑤，甘露被宇而下臻⑥。朱桂黝倏于南北⑦，兰芝阿那于东西⑧。祥风翕习以飒洒⑨，激芳香而常芬，神灵扶其栋宇，历千载而弥坚⑩。永安宁以祉福⑪，长与大汉而久存；实至尊之所御⑫，保延寿而宜子孙⑬。苟可贵其若斯，孰亦有云而不珍。

**【注释】**

①坤灵:土地之神。此指大地。

②苍昊:苍天。昊,天。纯殷:李善注:"纯,大。殷,中也。言鲁承天之大中也。"

③阴阳:中国哲学的一对范畴。古代用以解释两种对立和互相消长的物质势力,或用以解释万物的产生和形成。

④元气:指天地未分前混一之气,是形成天地的物质。烟煴(yīn yūn):阴阳二气和合貌。

⑤玄醴(lǐ):即醴泉,甘美的泉水。阴沟:李善注引张载曰:"醴泉出地,故曰阴沟也。"

⑥甘露:甘甜的露水。臻:下降。古人以为甘露降,是帝德感天,国泰民安所致。

⑦朱桂:金桂。勠俙(shū):茂盛貌。

⑧兰芝:香草名。

⑨祥风:和风。翕(xī):风动貌。飒(sà)洒:风声。

⑩弥:更加。

⑪祉(zhǐ):福。《诗经·小雅·六月》:"既多受祉。"

⑫至尊:皇帝。

⑬宜:安。

**【译文】**

灵光殿占据了地灵的宝势,承受了天神的宏大中正;由阴阳的变化所产生,是烟煴的元气所凝成。甘泉从阴谷涌出地上,甘露从高空滴沥下降。丹桂在南北灿烂开放,芝兰在东西婀娜成长。和风习习地吹拂,鲜花阵阵地吐香。有神灵护佑着殿堂,经历千年也坚固无恙。它永保天下幸福安宁,它与大汉王朝长期共存;它是天子宜居的处所,它护佑长寿并安宁子孙。如果宫殿是这样的珍贵,谁能说它不尽善尽美!

乱曰①：彤彤灵宫②，岿崒穹崇③，纷厖鸿兮④。崱屴嵫釐⑤，岑崟嵫嶷⑥，骈尨灇兮⑦。连拳偃蹇⑧，屹菌蹉嵼⑨，傍欹倾兮⑩。歇欻幽蔼⑪，云覆霮霸⑫，洞杳冥兮⑬。葱翠紫蔚⑭，礧碨瑰玮⑮，含光晷兮⑯。穷奇极妙，栋宇已来⑰，未之有兮。神之营之，瑞我汉室⑱，永不朽兮。

**【注释】**

①乱：结语，尾声。

②彤彤：朱红色。

③岿崒（kuī zuì）：巍然屹立貌。穹崇：高大突起。

④纷：繁多。厖：大。

⑤崱屴（zè lì）：高耸貌。嵫（zī）釐：险峻。

⑥岑崟（cén yín）：险峻。嵫嶷（zī yí）：参差不齐。

⑦尨灇（lóng zōng）：高峻。

⑧连拳：弯曲貌。偃蹇（yǎn qiān）：高耸貌。一说曲折貌。

⑨屹菌：突起貌。蹉嵼（chǎn）：曲折险峻。

⑩欹倾：倾斜。

⑪歇欻（xū）：幽深。幽蔼：深邃貌。

⑫霮霸（dàn duì）：云密集貌。

⑬杳（yǎo）冥：幽暗深远。

⑭葱翠紫蔚：翠色、紫色与蓝色相间，构成文彩。

⑮礧碨（lěi wěi）：大石。一说，大山。瑰玮：珍奇。

⑯晷（guǐ）：日影。

⑰栋宇：此指殿堂。

⑱瑞：动词。降吉祥。

## 【译文】

总之：红彤彤的灵光殿，巍然屹立，宏伟壮观啊。高大巍峨，参差错落，矗入云天啊。弯曲盘旋，凹凸曲折，倾斜回环啊。幽隐深邃，森然密集，幽暗深远啊。色彩绚烂，山奇石异，日影变幻啊。神奇精妙，古往今来，从未见到啊！珍重爱护，佑我汉室，永远不变啊！

# 何平叔

何晏（？—249），字平叔，南阳宛（今河南南阳）人。魏晋时期的哲学家、文学家。他是东汉末年大将军何进之孙，何进遇害后，曹操纳何晏之母尹氏为夫人，何晏于是随母成长于曹府。七八岁时，便"慧心天悟，形貌绝美"，深为操所钟爱。后娶金乡公主为妻，与魏关系更为密切。唯因狂放奢侈，为曹丕所忌，终文帝之世未受重用。曹芳正始年间，何晏曲意迎合专擅朝政的大将曹爽，为爽心腹，被任为散骑常侍、吏部尚书，又因尚公主故，得赐爵为列侯。司马懿专权后，曹爽以骄奢僭越被族灭，何晏也牵连遇害。

何晏是当时著名学者，好老庄之学，与夏侯玄等以清谈为高雅，士大夫争相仿效，形成一时风尚。所著《道德经论》《论语集解》《无为论》等哲学著作，为当世所重；赋文流传者数十篇，代表作为《景福殿赋》。

# 景福殿赋一首

## 【题解】

据《三国志·魏书·明帝纪》及《典略》载，魏明帝太和六年（232）三月，明帝曹叡欲东巡，将去许昌，恐炎夏暑热，命先于许昌修建宫殿，殿成名曰"景福"，诏臣僚赋之，何晏乃有此作。同时写此题材的有韦诞的

《景福殿赋》、缪袭的《许昌宫赋》、夏侯惠的《景福殿赋》。其他诸篇影响不大,唯何晏此作为萧统收入《文选》而长期流传。

何晏写此赋时参考了《鲁灵光殿赋》,在结构与内容上颇有相似之处。但何赋不仅语言明净,状物细致,且在铺叙中参以议论,融叙述、描写、议论、抒情于一炉,使文势跌宕俊逸,在大赋中尚属少见。只是从道劲之气势、磅礴之激情来看,不能与《鲁灵光殿赋》相提并论。且系奉命颂圣,有些地方虚夸失实,赞语成为谀词,亦为白璧之瑕。清人孙月峰评此赋道:"虽是赋而文势俊逸,亦是不易及。苍劲稍逊《灵光》,然净细过之。"评论殊属公允。

　　大哉惟魏①,世有哲圣②,武创元基③,文集大命④。皆体天作制⑤,顺时立政⑥。至于帝皇⑦,遂重熙而累盛⑧。远则袭阴阳之自然⑨,近则本人物之至情⑩。上则崇稽古之弘道⑪,下则阐长世之善经⑫。庶事既康⑬,天秩孔明⑭,故载祀二三⑮,而国富刑清⑯。岁三月东巡狩⑰,至于许昌⑱。望祠山川⑲,考时度方⑳。存问高年㉑,率民耕桑㉒。越六月既望㉓,林钟纪律㉔,大火昏正㉕,桑梓繁庑㉖,大雨时行㉗。

【注释】

① 魏:指三国时的曹魏。220 年曹丕代汉称帝,国号魏,都洛阳(今属河南)。265 年司马炎代魏立晋,魏遂亡。共立五帝,四十六年。

② 世有:代代都有。哲圣:指贤德聪明的君主。哲,聪明。《尚书·皋陶谟》:"知人则哲。"

③ 武:魏武帝曹操。三国时著名的政治家、军事家、诗人。元基:伟大的基业。元,大。

④文:魏文帝曹丕。曹操次子。220 年受汉禅即皇帝位,建立魏王朝。集大命:聚集天命于其身之意。集,聚集。《尚书·太甲》:"天监厥德,用集大命。"

⑤体天作制:谓体法天地之德而建立制度。

⑥顺时立政:顺应四时顺序而施政。李善注:"谓依月令而行也。《礼记》曰:'凡举事必顺其时。'"

⑦帝皇:此指魏明帝曹叡(ruì,205—239)。曹丕之子,能诗文,与曹操、曹丕,并称魏之"三祖",但文学成就远逊操、丕。

⑧重熙:继承先帝之光明。熙,光明。《诗经·大雅·文王》:"穆穆文王!於缉熙敬止。"毛传:"缉熙,光明也。"集传:"缉,续;熙,明;亦不已之意。"累盛:继续前朝的强盛。累,接连,继续。

⑨袭:合,和合。《荀子·不苟》:"齐、秦袭。"《淮南子·天文训》:"天地之袭精为阴阳。"阴阳之自然:阴阳自然之道。

⑩人物之至情:人物之真情至理。两句意为,为政合乎阴阳的自然之道,本于人物的真情至理。

⑪崇:崇尚。稽:考查。弘道:大道。

⑫阐:阐扬。长世:长传于世。善经:良好规范,正确道理。经,规范,常理。《孟子·尽心》:"君子反经而已矣;经正则庶民兴。"

⑬庶事:此指各种政事。庶,众多。康:康宁,安定。

⑭天秩:整个社会秩序。秩,秩序,常度。《诗经·小雅·宾之初筵》:"是曰既醉,不知其秩。"毛传:"秩,常也。"孔明:大明,异常清明。

⑮载祀二三:魏明帝太和六年。载、祀,均指纪年。二三,二三相乘,即六年。

⑯刑清:刑法清明,断案公正。

⑰巡狩:君王巡视各地。

⑱许昌:古地名。在今河南许昌东。为汉献帝旧都,曹魏时为五都

（长安、洛阳、邺、许昌、谯）之一。

⑲望祠山川：祭祀山川。望祠，即"望祀"，祭祀山川的专名。

⑳考时度方：考察时势，安抚四方。

㉑存问高年：存恤慰问老人。

㉒率民耕桑：此指劝民农桑。

㉓越六月既望：在六月十六日。越，于。既望，阴历每月十六日。

㉔林钟纪律：林钟，十二律中的第八律。古代律与"历"附合，将十
二律对应十二月。《礼记·月令》："季夏之月……其音徵，律中
林钟。"

㉕大火昏正：大火星黄昏时出现于正南方。大火，星宿名。即心
宿，又叫火星。昏，黄昏。正，正南方。

㉖桑、梓：桑树和梓树。泛指各种草木。繁庑：繁茂。庑，通"芜"。

㉗大雨时行：大雨及时下降。

**【译文】**

伟大啊魏国，几代君王都圣明贤哲，武帝创立最早的基业，文帝膺
荷天命建立魏代帝业。体法天地之德创建制度，顺乎四时月令确定政
策。传至当今皇帝，承袭先帝英明，国势继续强盛。远则合于阴阳的自
然之道，近则本于人民的至理真情。对于先王的大道予以考察崇尚，对
于世俗的正确常理予以阐明。诸事既已安定，政治异常清明。以致我
皇继位六年，国家富强，断讼公平。今年三月巡视东方，来到许昌祭祀
山川，考察时势安抚四方，并且慰问老年，奖励务农艺桑。在六月十六
以后，火星出现于南方，树木繁茂滋长，大雨及时下降。

　　三事九司①，宏儒硕生②，感乎溽暑之伊郁③，而虑性命
之所平④，惟岷越之不静⑤，寤征行之未宁⑥。乃昌言曰⑦：昔
在萧公⑧，暨于孙卿⑨，皆先识博览⑩，明允笃诚⑪。莫不以为
不壮不丽⑫，不足以一民而重威灵⑬；不饬不美⑭，不足以训

后而永厥成⑮。故当时享其功利⑯，后世赖其英声⑰。且许昌者，乃大运之攸庆⑱，图谶之所旌⑲，苟德义其如斯⑳，夫何宫室之勿营㉑？帝曰："俞哉㉒！"玄辂既驾㉓，轻裘斯御㉔，乃命有司㉕，礼仪是具㉖。审量日力㉗，详度费务㉘，鸠经始之黎民㉙，辑农功之暇豫㉚。因东师之献捷㉛，就海孽之贿赂㉜。立景福之秘殿㉝，备皇居之制度。

**【注释】**

①三事九司：三公九卿。

②宏儒：知识渊博的儒者。硕生：学识深广的儒生。

③溽暑：盛夏湿热的气候。《礼记·月令》季夏之月："土润溽暑，大雨时行。"伊郁：因闷热而身心不舒畅貌。

④平：宁静，安宁。

⑤岷越之不静：蜀、吴尚未平定。岷，岷山。此代蜀国。越，吴越。此代吴国。蜀亡于魏元帝曹奂景元四年(263)，吴亡于晋武帝司马炎咸宁六年(280)，在魏明帝曹叡太和六年(232)，蜀、吴均存，故曰"不静"。

⑥寤：觉，知晓。征行：征伐。

⑦昌言：倡言。

⑧萧公：指西汉贤相萧何。

⑨暨(jì)：至，到。孙卿：荀卿。

⑩先识：先识先觉。博览：博览经典。

⑪明允笃诚：聪明诚信。

⑫莫：没有谁。

⑬一民：指万民一心。重威灵：尊重皇帝威严。

⑭不饬(chì)不美：不巧饰不美化。饬，巧饰。《战国策·秦策》："文

士并饬。"

⑮训后而永厥成：垂训后人并永远昭示现代君王的成就。厥，其。指魏明帝曹叡。《汉书·高帝纪》载，萧何治未央宫，上见其壮丽，甚怒。何曰："天子以四海为家，非令壮丽，无以重威，且亡令后世有以加也。"贾逵《连珠》曰："夫君人者，不饰不美，不足以一民。"

⑯其：此指壮丽宫殿。功利：功效利益。

⑰英声：崇高的声威。

⑱大运：天运。攸：所。《周易·坤》："君子有攸往。"戾：到达。《诗经·大雅·旱麓》："鸢飞戾天。"

⑲图谶（chèn）：汉代流行的宗教迷信。"谶"是巫师或方士制作的一种隐语或预言，作为吉凶的预言或征兆。其起源是古代河图、洛书的神话传说，故称图谶。旌：昭示，表彰。《春秋左传·僖公二十四年》："以志吾过，且旌善人。"

⑳斯：此。

㉑营：经营，建造。

㉒俞哉：对啊。俞，然，对。表示赞同。李善注引《尚书·尧典》："帝曰：'俞。'"吕延济注："俞，然也。谓明帝听三公九卿大儒立宫室之言，乃曰：'然哉！'"

㉓玄辂（lù）：黑色的车驾。玄，黑色。辂，天子专用的车。《礼记·月令》："孟冬之月……天子乘玄辂。"

㉔轻裘斯御：穿轻暖的皮衣。裘，皮衣。《论语·乡党》："缁衣羔裘。"御，用，穿。

㉕有司：主管官员。

㉖具：齐备。

㉗审量：审慎地计量。日力：时间和人力。

㉘详度：详细地计算。费务：经费和工务。

㉙鸠：聚集。经始：经营开始。开始营建。黎民：众人。此指众工匠。黎，众。

㉚辑农功之暇豫：意为集中农闲时的农村劳动力。辑，集。农功，农村劳动力。暇豫，闲暇。

㉛因：凭借。东师之献捷：指征伐东吴的魏军所缴获的物资。

㉜就：用。海孽：李善注："《汉书》曰：'虫豸之妖谓之孽。'以吴僻居海曲而称乱，故曰'海孽'。"贿赂：财物。《诗经·卫风·氓》："以尔车来，以我贿迁。"

㉝秘殿：神圣宫殿。秘，神圣。

## 【译文】

此时三公九卿，以及学者儒生，感到溽暑湿气郁塞，将影响身心的安宁。加上吴、蜀尚未平定，深知仍然会有战争。于是发出倡议道：往昔的萧何、荀卿，都有先见之明，而且博览群经，聪明诚信，都认为帝王宫殿不雄伟壮丽，不能使人民万众一心，不足以提高君王的威信；对宫殿不进行装饰美化，不足以把帝王的成功垂训后人。所以宫殿建成，当时既可享受宫殿的功利，到后世也可依赖宫殿传扬英声。况且许昌城是天命之所归止，在图谶上也曾经予以昭示，积累的道义如此深厚，为何不在此营建宫室？皇帝说："对啊！"于是皇上命驾黑车，穿上轻裘，命令有关人员，准备礼品祭天。对人工和时间进行估计，将经费和财物予以预算，聚集工匠积极兴建。农民出工于农闲时间，凭借东征所获的战利品，利用东吴土地的物产，建立"景福"这神圣宫殿，具备帝王皇宫的规范。

　　尔乃丰层覆之耽耽①，建高基之堂堂②。罗疏柱之汩越③，肃坻鄂之锵锵④。飞榍翼以轩翥⑤，反宇輗以高骧⑥。流羽毛之威蕤⑦，垂环玭之琳琅⑧。参旗九旒⑨，从风飘扬。皓皓旰旰⑩，丹彩煌煌⑪。故其华表⑫，则镐镐铄铄，赫弈章灼<sup>⑬</sup>,若日月之丽天也。其奥秘,则翳蔽暧昧,仿佛退概<sup>⑭</sup>,若幽昧之缅连也<sup>⑮</sup>。既栉比而攒集<sup>⑯</sup>,又宏琏以丰敞<sup>⑰</sup>,兼苞博落<sup>⑱</sup>,不常一象<sup>⑲</sup>。远而望之,若摛朱霞而耀天文<sup>⑳</sup>;迫而察之,若仰崇山而戴垂云<sup>㉑</sup>。羌瑰玮以壮丽<sup>㉒</sup>,纷或或其难分<sup>㉓</sup>,此其大较也<sup>㉔</sup>。

**【注释】**

①丰:厚。层覆:层层屋顶。耽耽:深邃貌。

②高基:高墙。基,墙的基脚,此代屋墙。堂堂:高而宽敞貌。

③罗:分布。疏柱:稀疏之殿柱。汩(gǔ)越:光明貌。

④肃:庄严貌。坻鄂:殿堂的基址。锵锵:高貌。

⑤飞榱:高高的屋檐。榱,通"檐"。《淮南子·主术训》:"巧匠之制木也……修者以为榱椽,短者以为朱儒枅栌。"翼以轩翥(zhù):如鸟翼高飞。轩,高。翥,飞举。屈原《远游》:"雌蜺便娟以增挠兮,鸾鸟轩翥而翔飞。"

⑥反宇:檐角翻卷上昂。巘(niè):高。《说文解字》:"巘:载高貌。"骧(xiāng):马首昂举。

⑦流羽:随风飘动的羽毛饰品。葳蕤(wēi ruí):羽毛饰品繁美之貌。

⑧环玭(pín):串串珠玉。玭,珠。琳琅:原指美玉。此指璀璨夺目之状。

⑨参旗:指日旗、月旗、星旗三面旌旗。参,三。旒(liú):旌旗下边垂悬之饰物。《诗经·商颂·长发》:"为下国缀旒。"郑玄注:"旒,旌旗之垂者也。"

⑩皓皓旰旰(hàn):洁白晶莹貌。

⑪丹彩煌煌:红彩辉煌貌。

⑫华表:宫殿华美的外表。

⑬镐镐铄铄,赫弈章灼:谓光显昭明貌。弈,通"奕"。

⑭翳(yì)蔽暧昧,仿佛退概:谓幽深不明貌。

⑮缅(lǐ)连:连绵不断貌。

⑯栉比:像梳齿一样排列。栉,木梳。比,排列。欑(cuán):积聚。

⑰宏逴:宏伟连绵。逴,通"连"。丰敞:宽敞。

⑱兼苞:兼容并包。苞,通"包"。博落:广泛联络。落,通"络"。

⑲不常一象:指形态不一,色彩各异。

⑳若摛(chī)朱霞而耀天文:像红霞舒展,星辰照耀。摛,铺陈,舒展。天文,指日、月、星辰。

㉑若仰崇山而戴垂云:像仰望高山,头顶垂云。

㉒瑰玮以壮丽:奇伟而壮丽。瑰玮,一作"瑰伟"。奇伟。《史记·司马相如列传》:"俶傥瑰伟,异方殊类。"

㉓彧彧(yù):有文彩貌。

㉔大较:大概。

## 【译文】

景福殿的层层屋宇深邃高昂,间间屋室高大宽敞。罗列的殿柱闪闪发光,高高的基地上耸立着殿堂。翘起的飞檐像大鸟张开翅膀,檐角高卷又像是马首昂扬。美丽繁多的羽毛飘浮流动,串串垂挂的珠玉熠熠生光。日月星三旗随风飘荡,洁白晶莹丹彩辉煌。宫殿华美的外表光辉明朗,好像明丽的太阳和皎洁的月亮。至于那宫殿的深奥内室,则是翳蔽昏暗幽邃深远,像夜空里的幽星延续不断。殿宇像梳齿般密集排列,连绵宏伟高而且宽;兼容并包联络广泛,形态色彩变化多端。远远望去,像红霞铺展星辰灿烂;就近观看,像仰望高山云在顶端。真正是奇美壮丽文彩斑斓,令人眼花缭乱难以分辨,这就是景福殿的大观。

若乃高甍崔嵬①,飞宇承霓②,绵蛮黮黤③,随云融泄④,

鸟企山跱⑤,若翔若滞⑥,峨峨岨岨⑦,罔识所届⑧,虽离朱之至精⑨,犹眩曜而不能昭晰也⑩。尔乃开南端之豁达⑪,张筍虡之轮囷⑫。华钟杌其高悬⑬,悍兽仡以俪陈⑭。体洪刚之猛毅⑮,声訇磤其若震⑯。爰有遐狄⑰,镣质轮菌⑱,坐高门之侧堂⑲,彰圣主之威神⑳。芸若充庭㉑,槐枫被宸㉒,缀以万年㉓,绰以紫榛㉔。或以嘉名取宠,或以美材见珍。结实商秋㉕,敷华青春㉖,蔼蔼萋萋㉗,馥馥芬芬㉘。

### 【注释】

①甍(méng):屋脊。崔嵬:高峻貌。

②飞宇承霓:高檐接云。宇,屋檐。

③绵蛮:文彩斑斓貌。黮霮(dàn duì):流云聚集貌。

④随云融泄:随云浮动。融泄,浮动貌。

⑤鸟企山跱:如鸟般伫立,像山般耸跱。

⑥滞:止。

⑦峨峨岨岨:高峻而宽阔貌。

⑧届:到。引申为终点,边缘。

⑨离朱:一作"离娄"。传说为黄帝时代人,能于百步之外,看清针尖。

⑩眩曜:视力昏眩。昭晰:清晰。

⑪南端:宫殿坐北朝南,凡正门皆称为南端。

⑫筍(sǔn)虡(jù):古代悬挂钟磬镈等乐器的横木与直木。《周礼·梓人》"梓人为筍虡"郑玄注:"乐器所县,横曰筍,植曰虡。"轮囷:多貌。

⑬杌(wù):摇动。

⑭仡(yì):壮勇貌。《春秋公羊传·宣公六年》:"祁弥明者,国之力

士也,仡然从乎赵盾而入。"俪陈:成对地陈列。

⑮体洪刚之猛毅:体魄壮大,形象猛悍。

⑯声訇礚(hōng yǐn)其若震:钟声轰鸣有如雷震。

⑰遰狄:高大的狄族人。遰,长,高。

⑱镴质:银色的身躯。镴,纯银。此指银粉。质,身体。泥塑的狄
人身上,涂以银粉,称镴质。轮菌:高大貌。《礼记·檀弓》:"美
哉轮焉。"注:"轮,轮菌,言高大。"

⑲侧堂:正殿侧旁之殿堂。

⑳彰:显耀。

㉑芸、若:均香草名。若,杜若。

㉒槐枫被宸:槐树、枫树荫被宫殿。宸,北宸所居,因以指帝王
宫殿。

㉓缀以万年:与槐、枫相连,生着许多万年树。缀,连。

㉔綷(cuì)以紫榛:杂生着一些紫榛。綷,间杂。

㉕商秋:旧以商为五音中的金音,声凄厉,与肃杀的秋气相应,故称
秋为商秋。《礼记·月令》:"孟秋之月……其音商。"

㉖敷华:开花。

㉗蔼蔼萋萋:花草繁茂之状。

㉘馥馥芬芬:花草芳香之气。

【译文】

至于高峻的屋脊,连云的飞檐,文彩极绚烂,浮动在云间。像伫立
的大鸟,像耸峙的山峦。好似将起飞高翔,又似在停息静站。至高至
宽,不见边缘。即使是离朱那一双千里眼,也迷离昏眩难以分辨。宫殿
的正门开阔通达,设置了许多悬挂乐器的钟架。铸有花纹的华钟在架
上高悬,巨石雕成的猛兽排列在两边。石兽的姿态威猛健壮,钟声隆隆
似雷霆震响。还有高大的狄人塑像,银粉饰身威武雄壮。坐守于高门
旁边的侧室,显示君王的威严至高无上。芸香、杜若满庭飘香,槐枝、枫

叶荫蔽殿堂。连接万年古树,间杂奇美紫榛。有的以美名获宠,有的以良材见珍。结实于凉爽的金秋,开花在明媚的青春。形态繁荣茂盛,气息浓郁芳馨。

　　尔其结构,则修梁彩制①,下褰上奇②。桁梧复叠③,势合形离④。䕒如宛虹⑤,赫如奔螭⑥,南距阳荣⑦,北极幽崖⑧。任重道远,厥庸孔多⑨。于是列棼橑之绣桷⑩,垂琬琰之文珰⑪。蜵若神龙之登降⑫,灼若明月之流光⑬。爰有禁楄⑭,勒分翼张⑮。承以阳马⑯,接以员方⑰。斑间赋白⑱,疏密有章⑲。飞柳鸟踊⑳,双辕是荷㉑。赴险凌虚㉒,猎捷相加㉓。皎皎白间㉔,离离列钱㉕。晨光内照,流景外燄㉖。烈若钩星在汉㉗,焕若云梁承天㉘。

**【注释】**

①修梁:长的栋梁。彩制:彩绘着图画。

②下褰(qiān)上奇:李善注:"修梁跨迥,故曰褰;众彩殊制,故曰奇。"意为椽下长梁横亘,椽上彩绘新奇。

③桁(héng):梁上的横木。梧:柱。一说桁梧即斗拱。

④势合形离:其趋势似相合,而形体实分离。

⑤䕒(xì)如宛虹:颜色深红如一条弯形长虹。䕒,深红色。

⑥赫如奔螭(chī):颜色火红如一条奔螭。赫,火红色。螭,无角的幼龙。

⑦距:自。阳荣:宫殿南边屋檐。

⑧极:至。幽崖:宫殿北边屋檐。李善注:"言椽拱交结,南自阳荣,而北至幽崖,故云任重道远,其功甚多。"

⑨厥庸孔多:其功用很多。厥,其。庸,用。孔,甚,很。

⑩列髹(xiū)彤之绣桷(jué)：排列着用黑漆和红漆绘上花纹的椽子。髹，黑漆。彤，红漆。桷，方椽子。

⑪垂琬琰之文珰：以琬琰美玉垂列椽头作为有文辉的瓦珰。琬琰，美玉。《楚辞·九叹·远游》："吸飞泉之微液兮，怀琬琰之华英。"

⑫蝹(yūn)：龙蛇爬行貌。

⑬灼：光辉闪耀貌。

⑭禁楄(pián)：短方椽。

⑮勒分翼张：如兽肋之分，鸟翼之张。勒，通"肋"。

⑯阳马：屋周四角引出的承短椽的檩子。

⑰接以员方：众材相接，接角或圆或方。员，通"圆"。

⑱斑间赋白：杂色与白色相间。斑，杂色的花纹或斑点。赋，布。

⑲疏密有章：疏密匀称而有纹章。

⑳飞枊(àng)鸟踊：高高的檐角如鸟飞跃。枊，承檐角的斗拱。此代指檐角。

㉑双辕是荷：两根辕木在屋檐下承荷着众多材料。

㉒赴险凌虚：众多材料互相交错跨险凌空。

㉓猎捷相加：相连相交。猎捷，相连。

㉔皎皎白间：明亮的窗户。白间，窗上雕镂的青色连环形图案，以白漆勾边，称白间。此代窗户。

㉕离离：密排貌。列钱：宫窗上连环形图案排列如钱状。

㉖流景：指室内各种精美陈设的反光。景，日光。烻(shān)：光辉内射之状。

㉗烈：光亮。钩星：星宿名。《晋书·天文志》："其西河中九星如钩状，曰钩星，直则地动。"钩星也作"句星"。一说，为紫微垣中之钩陈星。《汉书·天文志》："极后有四星，名曰句星。"汉：银河。

㉘焕：光明。云梁承天：虹霓横空，好像以云霓为栋梁，承负天宇。

## 【译文】

观察景福宫殿的结构，只见彩绘的长梁横跨在空中，众彩极奇丽，跨度又修迥；重叠相承的是势合形离的斗拱。有的深赤似弯虹，有的火红如飞龙。南起南檐边，北至北檐中。真是任重道远，负担极重。红漆彩绘的方椽排列到檐口之上，以琬琰等美玉作檐口的瓦珰。彩绘的椽条像神龙飞跃在上升下降，瓦珰的玉辉又好像明月的流光。那些檐下的方椽如兽肋一样排列，如鸟翼一样分张。众椽相接于屋檩，接角或浑圆或正方。杂色与白色互相掺杂，疏密匀称而有纹章。高高的檐角如鸟在飞跃，仅两根辕木在檐下负荷。众木跨险凌空，互相交错，相接相合。在光线明亮的窗棂上面，镂空的连环形图案排列如钱。当晨光透过窗棂向室内照耀，各种精致陈设的反光辉煌耀眼。光亮如钩星闪耀于河汉，明丽如虹霓横亘于青天。

　　骊徙增错①，转县成郛②。茄蔤倒植③，吐被芙蕖④。缭以藻井⑤，编以绰疏⑥。红葩骈蝶⑦，丹绮离娄⑧。菡萏赩翕⑨，纤缛纷敷⑩。繁饰累巧⑪，不可胜书。于是兰栭积重⑫，窦数矩设⑬，欂栌各落以相承⑭，栾栱夭蟜而交结⑮。金楹齐列⑯，玉舄承跋⑰。青琐银铺⑱，是为闺闼⑲。双枚既修⑳，重桴乃饰㉑，槏柱缘边㉒，周流四极㉓。侯卫之班㉔，藩服之职㉕，温房承其东序㉖，凉室处其西偏㉗。开建阳则朱炎艳㉘；启金光则清风臻㉙。故冬不凄寒，夏无炎燀㉚。钧调中适㉛，可以永年。

## 【注释】

①骊徙增错：骊，通“蜗”。蜗牛徙移，沿途留下交错的纹路。

②转县(xuán)成郛(fú)：转绕回旋，各成城郭。县，通“旋”。郛，外

城，即"郭"。《春秋左传·隐公五年》："伐宋，入其郛。"杜注：
"郛，郭也。"上两句写宫殿屋顶，各自围绕中心玲珑交错的结构
形状。

③茄(jiā)蒍倒植：荷的茎部与根部倒植。茄，荷茎。《尔雅·释
　草》："荷，芙蕖，其茎茄。"扬雄《反离骚》："衿芰茄之绿衣兮，被夫
　容之朱裳。"蒍(mì)：荷的根茎初生时，细瘦如指，称为蒍。《尔
　雅·释草》："荷，芙蕖……其本蒍。"注："茎下白蒍在泥中者。"

④吐被芙蕖：吐蕊开放芙蕖。被，通"披"，花片披散。

⑤缭：环绕。此指彩绘的荷花环绕。藻井：绘有纹彩状如井干形的
　天花板。

⑥编：排。綷(cuì)疏：画槛。

⑦岬蝶(xiá xiè)：花叶重叠繁多之状。《集韵》："花叶重多貌。"或作
　"靸蝶"，花朵次第开放之状。见《广韵》。

⑧丹绮离娄：雕刻着红色花纹。绮，花纹。离娄，雕刻。

⑨菡苕赩(xì)翕：红色的荷花苞丛聚在一起。赩，赤色。《楚辞·大
　招》："北有寒山，逴龙赩只。"注："赩，赤色无草木貌。"翕，聚合。
　《诗经·小雅·常棣》："兄弟既翕。"

⑩纤缛纷敷：精致华美的花纹密布。

⑪繁饰累巧：繁多的雕饰，精湛的技巧。

⑫兰栭(ér)：木兰做的梁上短柱。栭，柱顶上支撑屋梁的方木。积
　重：重重攒聚。

⑬窭(jù)数：众木攒聚貌。矩设：设置合乎规矩。

⑭櫼(jiān)：飞檐。栌(lú)：即斗拱。各落：高而倾危貌。

⑮栾栱：李善注："栾，柱上曲木，两头受栌者；栱，栾类而曲也。"夭
　蛴：形容栾和栱长曲而坚实之貌。

⑯金楹：金色的殿柱。齐列：整齐地排列。

⑰玉舄(xì)：玉石做的柱下石。舄，同"碣"。《广雅》曰"碣，硕也。"

硕即柱下石,也叫础。承:承受,承接。跋:下端,根本处。《类篇》:"跋,本也。"《礼记·曲礼》:"烛不见跋。"注:"跋,本也。"疏:"本把处也。"此指殿柱的下端,即柱根。

⑱青琐:窗户上雕镂的连环形花纹,漆以青色,谓之青琐。银铺:银制的铺首。铺首为门环的底座。

⑲闺闼:内室。一说,此指宫中小门。《尔雅·释宫》:"宫中之门谓之闱,其小者谓之闺。"《汉书·樊哙传》:"哙乃排闼直入。"颜师古注:"闼,宫中小门也,一曰门屏也。"

⑳双枚:屋内重檐。修:长。

㉑重栿(fú):房屋的次栋,即二梁。李善注:"重栿,重栋也。在内谓之双枚,在外谓之重栿。"饰:彩饰。

㉒槐(pí)桓缘边:屋檐前板绕屋周围。槐桓,屋檐前板。

㉓周流四极:周围遍铺,直到四角。

㉔侯卫之班:诸侯拱卫中央之班次。

㉕藩服之职:藩属屏障中央的职责。服,古代天子直辖地方千里,称王畿,以外为藩属,以五百里为率,视距离之远近分为五等,称"五服"。其名称为甸服、侯服、绥服、要服、荒服。详见《尚书·禹贡》。

㉖温房:殿名。东序:东西偏房。

㉗凉室:殿名。西偏:西面偏房。

㉘建阳:指殿东面的建阳门。朱炎:红日。炎,李善注引《白虎通》曰:"炎者,太阳。"

㉙金光:指殿西面的金光门。臻:至。

㉚燀(chǎn):火花飞迸延烧貌。《国语·周语》:"火无灾燀。"韦昭注:"燀,焱起貌也。"此指炎热。

㉛钧调:均匀调和。钧,通"均"。中适:适中,适度。

## 【译文】

殿顶天花板上的花纹，好像蜗牛迁徙留下的回旋曲线，各成城郭或方或圆。彩绘的荷花根上茎下，吐蕊绽花颜色鲜艳；鲜艳的芙蓉环绕藻井，依次还刻镂彩色的画槛。画槛旁边繁花盛开，雕镂的花纹泛丹流彩。更有红色的花苞丛聚一起，精致华美，密集纷繁。复杂的精巧雕饰，真正是美不胜言！木兰梁上的短柱重重攒聚，攒聚的众木合乎规矩。斗拱倾侧以相衬托，曲木屈伸互相交错。殿堂的金色楹柱排列整饬，垫于柱脚的是玉制的础石。窗棂的花纹是青色的连琐，门环的底座为晶亮的银质。这儿就是宫殿的内室，内室的重檐直达屋外，重栌修长，浓彩繁饰。檐板在屋檐下面延伸铺开，一直到屋檐四角普遍设施。像诸侯守卫中央的班次，像藩王在尽屏障的天职。温室接于东边，凉室连于西边。开建阳门则阳光灿烂，开金光门则清风拂面。夏不酷热，冬无严寒。温度适中，居此可以益寿延年。

墉垣砀基①，其光昭昭②。周制白盛③，今也惟缥④。落带金钮⑤，此焉二等⑥，明珠翠羽，往往而在⑦。钦先王之允塞⑧，悦重华之无为⑨。命共工使作缋⑩，明五采之彰施⑪。图象古昔⑫，以当箴规⑬。椒房之列⑭，是准是仪⑮。观虞姬之容止⑯，知治国之佞臣⑰。见姜后之解佩⑱，寤前世之所遵⑲。贤锺离之谠言⑳，懿楚樊之退身㉑。嘉班妾之辞辇㉒，伟孟母之择邻㉓。故将广智㉔，必先多闻。多闻多杂㉕，多杂眩真㉖。不眩焉在，在乎择人。故将立德㉗，必先近仁㉘。欲此礼之不愆㉙，是以尽乎行道之先民㉚。朝观夕览㉛，何与书绅㉜。

**【注释】**

①墉(yōng)垣：墙垣。墉，墙。《诗经·召南·行露》："谁谓鼠无牙，何以穿我墉！"砀(dàng)基：以纹石作墙基。砀，有花纹的石头。

②昭昭：光辉明亮。

③周制白盛：周代盛行白色基石。

④缥(piǎo)：淡青色。蔡邕《翠鸟》诗："回顾生碧色，动摇扬缥青。"

⑤落带：壁带。即宫中室内墙上横木，供安装金钉等饰物之用。钉(gāng)：宫室壁带上的环状饰物。《汉书·孝成赵皇后传》："壁带往往为黄金钉，函蓝田璧，明珠，翠羽饰之。"注："壁带，壁之横木露出如带者也。于壁带之中，往往以金为钉，若车钉之形也。"

⑥此焉二等：指壁带上之金钉，横列两行。李善注："上施金钉，而为二等。"

⑦往往而在：处处皆有。

⑧钦：钦佩。先王之允塞：先王之诚信充塞四境之内。允，诚信。《诗经·小雅·车攻》："允矣君子。"

⑨重华：虞舜双目重瞳，故称重华。此颂曹叡，赞扬他可比德虞舜。无为：颂曹叡为政清静，无为而治。

⑩共(gōng)工：古代工官名。掌百工之事。《尚书·舜典》："帝曰：'俞，咨垂，汝共工。'"又曰："予欲观古人之象，日、月、星辰、山、龙、华虫，作缋宗彝；藻、火、粉、米、黼、黻、绨绣，以五采章施于五色作服。"缋(huì)：绘画。《考工记·画绘》："画缋之事，杂五色。"

⑪彰施：鲜明地施加。

⑫图象古昔：图画古代的人物事迹。

⑬箴规：箴言规诫。《春秋左传·宣公十二年》："箴之曰：民生在勤。"

⑭椒房：后妃所居之宫室，以花椒为粉和泥涂壁，取温馨多子之意。

之列：列之，陈列这些图像。之，代历史人物的图像。

⑮准、仪：准绳和仪则。

⑯虞姬：名损之，齐威王之后妃。威王即位时，诸侯联兵入侵，齐有佞臣周破胡，专权擅势，妒贤嫉能，极力毁谤贤能的即墨大夫，赞誉不肖的阿大夫。虞姬指出周破胡的谄谀奸佞，威王乃封即墨大夫以万户，烹阿大夫与周破胡，兴兵收复失地，齐国大治。事见《列女传·齐威虞姬》。

⑰佞(nìng)臣：善以花言巧语献媚取宠之臣。《论语·卫灵公》："放郑声，远佞人。"

⑱姜后之解佩：《列女传·周宣姜后》载，周宣王之后姜氏，为齐侯之女。宣王尝沉溺女色，夜卧晚起，怠于朝政。姜后乃脱簪解佩，待罪于永巷，规劝宣王疏女色，勤政事。

⑲前世之所遵：指前世所遵行的为政之道。

⑳锺离之谠(dǎng)言：锺离春是出生于齐国无盐邑之女子，貌甚丑。自请见宣王，指出齐有四"殆"。其一为外有横秦强楚，而齐国壮勇不立；二为宫中渐台五层，而国内万民疲困；三为贤者伏匿山林，谄谀强于左右；四为大王沉湎酒色，夜以继日，女乐俳优，恃宠放纵。齐宣王深嘉纳之，封无盐女为后。谠言，善言，忠直之言。

㉑懿：美，赞美。楚樊之退身：楚樊，楚庄王后妃樊姬。《列女传·楚庄樊姬》载，楚庄王尝听朝而罢宴。樊姬问为何罢宴。王曰，今旦与贤者语。樊姬问王之所谓忠贤者，是诸侯之客，还是国中之士？王曰：是虞丘子。樊姬掩口而笑说：妾幸得充后宫，妾所进者九人，今贤于妾者二人，与妾同列者七人。今虞丘子相楚十余年了，其所荐者，非其子孙，则族昆弟，未尝闻其进贤而退不肖。夫知贤而不进，是不忠也；若不知贤，是无知也。岂可谓贤！退身，罢退不称职之臣僚。

㉒班妾之辞辇：班妾，班婕妤。汉成帝后妃。辞辇，拒绝与君王同坐一辆车。《汉书》载，成帝将游后庭，欲使班婕妤同乘玉辇。班婕妤辞道："三代末主，乃有嬖女。今欲同辇，得无近似之乎？"

㉓孟母之择邻：孟母，孟轲之母。《列女传·邹孟轲母》载，孟母原住墓地附近，孟轲年幼，游戏时学筑墓埋葬之事。孟母说："此非所以居处子也！"于是迁居市场附近。孟轲游戏时又学买卖之事。孟母又说："此非所以居处子也！"于是再迁居学宫附近。孟轲游戏时就设俎豆，学习揖让进退。孟母说："此可以居处子。"孟子长成后，学习六艺，终成大儒。择邻，择邻而居。

㉔广智：使知识广博。

㉕多闻多杂：多闻而无主见，将使头脑混杂。

㉖多杂眩真：头脑杂乱，必然迷惑真知，结果知识虽多而无用。眩，迷惑。

㉗立德：树立德行。古人以立德、立功、立言为三不朽。

㉘近仁：接近仁贤之士。

㉙愆：背离，违反。

㉚尽乎行道之先民：尽力于行道，优先考虑民生。

㉛朝观夕览：指早晚观看殿中寓意深刻的壁画。

㉜书绅：将格言箴语记在衣带上。绅，古代士大夫束在衣外的大带。《论语·卫灵公》："子张书诸绅。"

【译文】

　　宫殿的墙基用纹石做成，纹石映日熠熠光明。周代的基石盛行白色，如今则尚浅碧缥青。墙上有壁带金釭，分为上下两层。明珠翠羽，处处辉映。敬佩先王的诚信四海充盈，欢喜虞舜无为而治、政局清明。命令共工绘画，画像五彩分明。绘出古代的圣贤，作为当今的规箴。陈列椒房之中，这是为人的标准。观看虞姬的仪容举止，便会鉴别妨害治国的奸臣；看到姜后解佩的行动，就理解前代贤后之所遵循；以锺离春的善言作为忠良的典型，以楚樊姬斥退庸臣作为懿行的标准；嘉许班婕妤为尊重君王而辞辇，赞叹孟轲母为教育儿子而择邻。若要增广才智，必先博学多闻，多闻可能庞杂，庞杂将会惑真。如何能不惑真？关键在于择人。所以将要立德，必先接近贤仁。要不违背上下之礼，应当致力王道以民为本。对着这些图像朝观夕览，何需在衣带上书写规箴！

若乃阶除连延①，萧曼云征②，棂槛邳张③，钩错矩成④。楯类腾蛇⑤，榍似琼英⑥。如螭之蟠⑦，如虬之停⑧。玄轩交登⑨，光藻昭明⑩。驺虞承献⑪，素质仁形⑫。彰天瑞之休显⑬，照远戎之来庭⑭。阴堂承北⑮，方轩九户⑯。右个清宴⑰，西东其宇⑱，连以永宁，安昌临圃。遂及百子⑲，后宫攸处⑳。处之斯何？窈窕淑女㉑。思齐徽音㉒，聿求多祜㉓。其祜伊何？宜尔子孙。克明克哲㉔，克聪克敏㉕。永锡难老㉖，兆民赖止㉗。

**【注释】**

①阶除：台阶。连延：连接而修长。

②萧曼：高远貌。云征：缘云上行。征，行。

③棂槛：栏杆上的格子。此代栏杆。邳张：大张。邳，通"丕"，大。《尚书·大禹谟》："嘉乃丕绩。"

④钩错：曲栏交错。钩，曲。此指曲栏。矩成：方槛形成。矩，方。此指方形栏槛。

⑤楯(shǔn)类腾蛇：栏杆上雕镂的横木有如飞蛇。楯，栏杆上的横木。腾蛇，飞蛇。

⑥榍(xí)似琼英：栏楯相接合处之木楔有似琼英。榍，楔。指接合之木。琼英，似玉的美石。《诗经·齐风·著》："尚之以琼英

乎而！"

⑦如螭之蟠：如螭龙之蟠曲。螭，无角之幼龙。

⑧虬（qiú）：有角之小龙。

⑨玄：黑色。轩：此指楯下之板。登：升。

⑩光藻昭明：光辉花纹都很鲜明。藻，花纹。

⑪驺虞：也作"驺牙"。《诗经·召南·驺虞》："彼茁者葭，壹发五
豝。于嗟乎驺虞。"毛传："驺虞，义兽也。白虎黑文，不食生物，
有至信之德则应之。"因其为仁兽，体现祥瑞，故常雕塑于宫
殿中。

⑫素质仁形：白色的质地显现着仁义的形象。

⑬天瑞：上天降临的祥瑞。休显：吉庆显明。

⑭照远戎之来庭：照耀远方的夷戎都来朝廷贡拜。

⑮阴堂：北面之殿堂。承北：朝北。

⑯方轩九户：并排着九个门。

⑰清宴：殿名。

⑱西东其宇：殿宇由东到西展开。

⑲"连以永宁"几句：永宁、安昌、临圃、百子，均殿名。

⑳后宫攸处：后宫嫔妃所居之处。攸，所。《周易·坤》："君子有
攸往。"

㉑窈窕淑女：美好善良的女子。《诗经·周南·关雎》："窈窕淑女，
君子好逑。"

㉒思齐徽音：像太任般的庄诚笃敬，像太姒般的继承德音。思齐，
为《诗经·小雅·思齐》中"思齐大任"一句之省，意思是"庄敬诚
笃的太任"。太任，文王的母亲。徽音，是《诗经·大雅·思齐》
中"大姒嗣徽音"一句之省，全句意为"太姒继承太任的德音"。
太姒，文王的后妃。徽音，意为德音。

㉓聿求多祜（hù）：祈求多福。聿，语助词，用于句首或句中，无义。

《诗经·大雅·绵》："聿来胥宇。"胥宇，察看住处。祜，福。《诗
经·大雅·信南山》："受天之祜。"

㉔克：能。

㉕敏：奋勉。《论语·公冶长》："敏而好学。"

㉖锡：赐。难老：寿考。

㉗赖止：依赖。止，语助词，无义。

**【译文】**

　　至于殿堂的台阶修长绵延，既高又远延伸到云彩中间。殿堂周围设置各种栏杆，钩栏交错方栏相连。栏杆上雕镂的横木好像飞蛇，栏楯接合处的木楔像琼英一般。钩栏如螭龙蟠屈蜿蜒，长栏如虬龙停息于深渊。玄轩交错上升，花纹光亮鲜明。仁兽驺虞立于栏杆之上，它有洁白的毛色仁义的外形。上天降下祥瑞预兆吉庆，照耀远方的戎狄归顺于朝廷。阴堂殿位于北面，九道大门并列相连。右为清宴偏殿，通过东西走廊，与永宁殿、安昌殿、临圖殿接成一线；接着是百子殿，那是后妃居住的地点。她们不仅外貌美好，而且内心淑善。像太任和太姒一样庄敬诚笃，继承先贤的美德以求多福。她们幸福的内涵是什么？是子孙明达贤惠、聪颖智敏，是子孙多福长寿、万民信任。

　　于南则有承光前殿①，赋政之宫②，纳贤用能，询道求中③。疆理宇宙④，甄陶国风⑤。云行雨施⑥，品物咸融⑦。其西则有左城右平⑧，讲肄之场⑨，二六对陈⑩，殿翼相当⑪。僻脱承便⑫，盖象戎兵⑬，察解言归⑭，譬诸政刑⑮，将以行令，岂唯娱情⑯。

**【注释】**

①承光前殿：承光殿在前面。

②赋政：颁布政令。赋，通"敷"，颁行。《诗经·大雅·烝民》："明命使赋。"

③询道求中：询问治国之道求得适中之策。

④疆理：划分疆域，进行治理。疆，划分界限。《春秋左传·宣公八年》："楚子疆之。"杜预注："正其界也。"

⑤甄陶国风：李周翰注："甄陶，谓烧土为器。言欲政化纯厚，亦如甄陶乃成。"国风，国家的风俗民情。

⑥云行雨施：喻君王德政普及万民之状。

⑦品物咸融：万物皆通达。此指政通人和，万民安适。品，众。《周易·乾》："品物流形。"融，通。

⑧左墄(qī)右平：上下阶除，左边是台阶，行人；右边是平道，行车。墄，台阶。

⑨讲肄之场：讲习武艺的场所。这里的武艺，是指有军事训练性质的娱乐"蹴鞠"。讲肄，讲习。

⑩二六对陈：十二人相对，每边六人。卞兰《许昌宫赋》："设御坐于鞠域，观奇材之曜晖。二六对而讲功，体便捷其若飞。"

⑪殿翼相当：练武场在宫殿两侧，如鸟翼般互相对称。相当，相对称。

⑫僄脱：便僄轻脱，灵便轻捷。承便：承便取胜。

⑬盖象戎兵：原来是象征戎兵之事。李善注："言相僄脱，似承敌人之便，以象戎兵习战之术也。"

⑭察解言归：察明胜负情况，两队相解而归。言，句中语助词，无义。

⑮政刑：政治法律。

⑯岂唯娱情：李善注："斯实譬之政刑，非为戏乐而已。"

**【译文】**

景福殿的南面，则有承光前殿。在那里颁布政令，纳贤用能；询问治道，以求中正；在那里治理广大疆土，陶冶政风民情。有如降雨行云，使万物繁衍茂盛。景福殿西边阶沿下，左为台阶供上下行人，右为平道供车辇通行。这西方是讲习武艺的场地，还通过蹴鞠运动进行军训：双方各六人，两队相对阵；殿堂两侧各一场，两场同时可进行；健儿灵便又轻捷，乘敌之虚而取胜。这运动象征进攻防守、兴戎用兵，演武后察明胜负、解兵归营。这可比拟施政执法，可练习调兵行令，难道仅仅为了娱乐尽情！

镇以崇台①，寔曰永始②，复阁重闱，猖狂是俟③。京庾之储④，无物不有。不虞之戒⑤，于是焉取。尔乃建凌云之层盘⑥，浚虞渊之灵沼⑦，清露瀼瀼⑧，渌水浩浩⑨。树以嘉木，植以芳草，悠悠玄鱼⑩，翟翟白鸟⑪，沉浮翱翔，乐我皇道⑫。若乃虬龙灌注⑬，沟洫交流⑭。陆设殿馆⑮，水方轻舟⑯。簉栖鸥鹭⑰，濑戏鲲鲉⑱。丰侔淮海⑲，富赈山丘⑳。丛集委积㉑，焉可殚筹㉒？虽咸池之壮观㉓，夫何足以比仇㉔？

**【注释】**

①崇台：高台。

②永始：高台名。

③猖狂是俟：防备猖狂妄行的盗贼。俟，此指防备。

④京庾：大的露天谷仓。京，大。《春秋左传·庄公二十二年》："八世之后，莫之与京。"孔颖达疏："莫之与京，谓无与之比大。"庾，郑玄曰："庾，露积谷也。"

⑤不虞之戒：没有意料到的戒慎之事。此指战争。《诗经·大雅·抑》："用戒不虞。"《春秋左传·桓公十七年》："疆埸(yì)之事，慎守其一而备其不虞。"

⑥凌云之层盘：高台上设置的承露盘。李善注："凌云，层盘名也。为之以承甘露也。"

⑦浚：疏浚。虞渊：池沼名。灵沼：美池。韦仲将《景福殿赋》曰："虞渊灵沼，渌水泱泱。"

⑧瀼瀼(ráng)：形容承露盘中露水很多貌。

⑨浩浩：形容虞渊灵池中渌水很盛貌。

⑩悠悠：鱼在水中悠闲游动貌。玄鱼：青鱼。

⑪皬皬(hé)：形容白鸟肥硕而有光泽的外貌。

⑫皇道：此指德政。

⑬虬龙灌注：筑成如虬龙形的沟渠，吐水以灌注田土。

⑭沟洫(xù)：沟渠。洫，放水的渠。《后汉书·鲍永传》："作方梁石洫。"李贤注："洫，渠也。以石为之，犹今之水门也。"交流：交错流注。

⑮陆设殿馆：陆地上设置殿堂馆舍。

⑯水方轻舟：水中并行轻快小船。方，两船相并而行。

⑰篁栖鹍鹭：竹丛里栖息着鹍鸡与白鹭。篁，竹丛。

⑱濑(lài)戏鳏鮋(yǎn yóu)：浅滩上戏游着鳏鱼和鮋鱼。濑，急流从沙石上流过。

⑲丰侔(móu)淮海：物产之富等于淮河东海。侔，相等。

⑳富赈(zhèn)山丘：物资富裕积如山丘。赈，富裕。

㉑丛集委积：集中堆积。

㉒殚筹：计算得尽。殚，尽。筹，计算。

㉓咸池：古代神话中的地名。屈原《离骚》："饮余马于咸池兮。"王逸注："日浴处也。"《淮南子·天文训》："日出于旸谷，浴于咸池。"

㉔比仇：比配。仇，匹配。

**【译文】**

　　殿旁还有高台耸峙，高台之名称为"永始"，建有复阁重门，为防盗贼而制。其中有仓库林立，各物皆丰富储备。如果一旦发生意外，可从这里得到供给。凌云台上的承露盘高入云霄，并疏浚了名为"虞渊"的湖沼。承露盘中清露瀼瀼，虞渊湖里渌水浩浩。台旁栽满蓊郁佳树，湖边长遍蒌蒌芳草；渌水悠游群群青鱼，台上飞舞肥硕白鸟。它们随意沉浮自由翱翔，怡然自得乐我皇道。虞渊上修有虬龙吐水的沟渠，湖水流过沟渠灌溉四周田土。陆地上设置殿堂馆舍，湖水中并行轻快小舟。竹丛中栖息鹍鸡与白鹭，浅滩上游戏着青鲇和黑鲉。这里物产之丰可比淮河东海，物资之富多如山丘。聚集如山之物怎么能够算尽，即如壮观之咸池也不能与之比并。

　　于是碣以高昌崇观①，表以建城峻庐②，岩峣岑立③，崔巍峦居④。飞阁干云，浮阶乘虚⑤。遥目九野⑥，远览长图⑦。俯眺三市⑧，孰有谁无。睹农人之耘耔⑨，亮稼穑之艰难⑩。惟馑年之丰寡⑪，思《无逸》之所叹⑫。感物众而思深⑬，因居高而虑危。惟天德之不易，惧世俗之难知。观器械之良窳⑭，察俗化之诚伪⑮。瞻贵贱之所在，悟政刑之夷陂⑯。亦所以省风助教⑰，岂惟盘乐而崇侈靡⑱？

**【注释】**

①碣：高举，高耸。高昌：观名。崇观（guàn）：高观。观，台榭。《春秋左传·哀公元年》："宫室不观，舟车不饰。"

②表：特出，屹然独立貌。《楚辞·九歌·山鬼》："表独立兮山之上。"建城：观名。韦仲将《景福殿赋》："北看高昌，邪睨建城。"峻庐：高峻房庐。

③岧峣(tiáo yáo)：山高峻貌。岑立：像高峻的小山一样矗立。岑，
　　山小而高。

④崔嵬：山势巍峨貌。峦居：像长狭之山一样屹立。峦，郭璞曰：
　　"山形长狭者，荆州谓之峦。"

⑤浮阶：高梯。乘虚：升空。乘，升。虚，空。

⑥九野：八方及中央，泛指大地。

⑦长图：广远的疆域。图，版图。此指疆域。

⑧三市：指早、午、晚三时于集市贸易。李善注引《周礼》："大市，日
　　昃而市；朝市，朝时为市；夕市，夕时为市。"

⑨耘耔(zǐ)：除草护苗。耔，以土壅苗根。

⑩亮：显示，体现。稼穑(jià sè)：耕种收获。《诗经·魏风·伐檀》：
　　"不稼不穑，胡取禾三百廛兮？"

⑪飨年：享年。丰寡：多少。

⑫《无逸》：《尚书·周书》篇名。为周公诫成王知稼穑艰难勿耽于
　　逸乐之辞。

⑬物众：万物众多。意为责任重大。思深：思深虑远。

⑭器械：此指礼乐之器及兵器。窳(yǔ)：器物粗劣。《荀子·议
　　兵》："械用兵革，窳楛不便利者弱。"杨倞注："窳，器病也，音庾。
　　楛，滥恶，谓不坚固也。"

⑮俗化：风俗教化。

⑯夷陂(bì)：平正与歪斜。夷，平正。陂，不正，歪邪。《尚书·洪
　　范》："无偏无陂，遵王之义。"

⑰省(xǐng)风助教：了解风俗人情以助教化。省，了解。

⑱盘乐：游乐。盘，安乐，游乐。《尚书·无逸》："文王不敢盘于
　　游田。"

【译文】

殿旁还有高昌、建成两座高观，它们像山峰般耸立，峻岭般绵延。

飞阁矗立云端，浮阶伸向蓝天。遥望九方原野，纵观辽阔地面。俯瞰早、中、午三时的市场，了解何物丰盛何物缺欠。懂得农夫的培苗、除草，体会稼穑之艰苦困难。不论帝王享年之长短，都应牢记《无逸》的规劝。感到管理众生更应当思深虑远，因为地位居高更应当忧危虑险。基于圣德施行美政亦非易事，应当担心世俗情况了解甚难。观察礼、乐、兵器的精良粗劣，明审风俗人情的真诚伪奸。详察物价孰贵孰贱，省悟执法是正是偏。观览风情是为了有助教化，哪里是为享乐而奢侈游玩！

　　屯坊列署①，三十有二。星居宿陈②，绮错鳞比③。辛壬癸甲④，为之名秩⑤。房室齐均⑥，堂庭如一。出此入彼，欲反忘术⑦。惟工匠之多端⑧，固万变之不穷。物无难而不知⑨，乃与造化乎比隆⑩。仇天地以开基⑪，并列宿而作制⑫。制无细而不协于规景⑬，作无微而不违于水臬⑭。故其增构如积⑮，植木如林⑯。区连域绝⑰，叶比枝分⑱。离背别趣⑲，骈田胥附⑳。纵横逾延㉑，各有攸注㉒。公输荒其规矩㉓，匠石不知其所斫㉔，既穷巧于规摹㉕，何彩章之未殚㉖！尔乃文以朱绿㉗，饰以碧丹㉘。点以银黄㉙，烁以琅玕㉚。光明熠爚㉛，文彩璘班㉜。清风萃而成响㉝，朝日曜而增鲜㉞。虽昆仑之灵宫㉟，将何以乎侈侕㊱？

**【注释】**

①屯坊：聚集的别屋。屯，聚集。坊，别屋。列署：排列的官署。

②星居宿陈：像天上的星宿布陈。

③绮错鳞比：像花纹般交错，鱼鳞般密排。

④辛壬癸甲：天干名称，以之定别屋官署之名次。

⑤名秩：名次。秩，次序。

⑥齐均：指别屋官署建筑之形式相同，整齐划一。

⑦忘术：忘记道路。术，道路。

⑧多端：此指技能多端。

⑨物无难而不知：没有什么建筑物能难住他们，是他们不知道的。赞扬工匠什么建筑物都能造成。

⑩与造化平比隆：与大自然比技能高强。造化，大自然。

⑪仇(qiú)天地以开基：与天地配合而开土奠基。古人认为天圆地方，官殿之形状，一般也上圆下方，与天地配合。仇，匹配，配合。

⑫并列宿而作制：按照各星宿的位置而确定建筑的体制。

⑬制无细而不协于规景(yǐng)：确定体制没有哪个细节不合乎规影。协，合。规景，树标杆于所平之地，测日影以定方向，称规影。景，"影"的本字。《诗经·邶风·二子乘舟》："泛泛其景。"孔颖达疏："观之泛泛然，见其影之去。"

⑭作无微而不违于水臬(niè)：进行操作没有哪个细节违背了水臬。水臬，水尺，今称为水平仪。

⑮增构如积：增加的建筑物如云层积聚。

⑯植木如林：栽种的树木如森林密集。

⑰区连域绝：庭院相连，官墙相隔。区，此指庭院。域，此指官墙。

⑱叶比枝分：如树叶之相比，如树枝之相分。

⑲离背别趣：各个官院，或相离，或相背，各具情趣。

⑳骈田：罗列。刘桢《鲁都赋》："其园围苑沼，骈田接连。"胥附：皆相附着。胥，皆。《诗经·小雅·角弓》："尔之教矣，民胥效矣。"

㉑纵横逾延：纵横交错，逾越伸展。

㉒各有攸注：各有所附。攸，所。注，附属，附着。

㉓公输：公输般。春秋时鲁国的能工巧匠。因是鲁人，般与班同音，故又称鲁班。曾创造攻城的云梯和磨粉的硙，旧时建筑工匠

尊之为"祖师"。

㉔匠石：一位善于用斧的匠人。名石，字伯。《庄子·徐无鬼》："郢
　人垩(白土)漫其鼻端若蝇翼，使匠石斫之。匠石运斤(斧)成风，
　听而斫(zhuó)之，尽垩而鼻不伤，郢人立不失容。"斫：砍。

㉕规摹：规模。摹，通"模"。

㉖殚：尽。

㉗文以朱绿：以深红、翠绿两色勾花纹。

㉘饰以碧丹：以深绿、大红两色来绘饰。

㉙点以银黄：用银粉和金粉点染。银，银粉。黄，金粉。

㉚烁以琅玕(láng gān)：以美石铺地、为墙，使屋闪烁发光。琅玕，
　美石。

㉛熠爚(yì yuè)：闪闪发光貌。

㉜璘班：光彩绚烂貌。

㉝萃：到，至。此指吹。

㉞曜：此指照耀。

㉟昆仑之灵官：昆仑山上神灵所住之仙官。

㊱侈：广大。《国语·吴语》："伯父秉德已侈大哉！"此指壮观。旃
　(zhān)：助词或代词，相当于"之"或"之焉"。《诗经·唐风·采
　苓》："舍旃舍旃。"郑玄笺："旃之言焉也。舍之焉，舍之焉。"《春
　秋左传·襄公二十八年》："天其殃之也，其将聚而歼旃。"注：
　"旃，之也。"

【译文】

　　殿周围的别屋、官署，一共有三十二处。它们陈列有如星辰，它们
排比好像龙鳞。以天干甲、辛、壬、癸等称谓，来给它们命名。房屋整齐
匀称，都是同样的堂庭。由此屋出、从彼屋进，归来时常会迷失路径。
各种工匠都算得是才绝艺精，建筑形式千变万化愈出愈新。没有什么
难造的屋宇他们不知晓，简直可以和天地造化较能比胜。正殿上下体

法天圆地方之形而开土奠基，整个建筑依照星辰之位而确定体制。兴修时没有一个细节不合乎规影，没有一小块地面不符合水平。所以殿阁层层有如云积，栽种树木已成丛林。宫院相连、宫墙相隔，有如树叶相比、树枝相分。宫院相离相背各具情趣，连绵罗列而互相依存。它们纵横交错、超越延伸，它们前仰后合、勾连难分。公输见此将舍弃规尺，匠石见此将难运斧斤。规模既然已穷尽巧妙，彩绘为何不极美极精？于是勾花纹以红绿，饰彩色以丹青，点染以银黄，铺饰以琅玕。真正是晶亮光明，五彩缤纷。清风吹而成乐，朝阳照而增新。即使昆仑山上的灵宫，也比不上它壮丽动人。

　　规矩既应乎天地①，举措又顺乎四时②。是以六合元亨③，九有雍熙④。家怀克让之风⑤，人咏《康哉》之诗⑥。莫不优游以自得，故淡泊而无所思。历列辟而论功⑦，无今日之至治⑧。彼吴蜀之湮灭⑨，固可翘足而待之⑩。然而圣上犹孜孜靡忒⑪，求天下之所以自悟⑫。招忠正之士，开公直之路。想周公之昔戒⑬，慕咎繇之典谟⑭。除无用之官⑮，省生事之故。绝流遁之繁礼⑯，反民情于太素⑰。故能翔岐阳之鸣凤⑱，纳虞氏之白环⑲。苍龙觌于陂塘⑳，龟书出于河源㉑，醴泉涌于池圃㉒，灵芝生于丘园㉓。总神灵之贶祐㉔，集华夏之至欢㉕。方四三皇而六五帝㉖，曾何周、夏之足言㉗。

**【注释】**

①规矩：准则，法度。扬雄《太玄经》："天道成规，地道成矩。"

②举措：施政措施。

③六合：上下四方，即天地。元亨：善事美事，聚集呈现。李善注："元，善之长也。亨，嘉之会也。"

④九有:九洲。雍熙:和乐貌。

⑤克让:能够谦让。

⑥《康哉》之诗:歌颂政通人和之诗。《尚书·益稷》载,舜为帝,其臣咎繇作歌曰:"元首明哉,股肱良哉,庶事康哉!"

⑦历列辟(bì)而论功:历观众多君王而评论其功德。列,列位,众位。辟,国君。《尔雅·释诂》:"辟,君也。"《尚书·洪范》:"惟辟作福,惟辟作威,惟辟玉食。"

⑧至治:最清明的政治。

⑨湮灭:消灭。

⑩翘足而待:翘脚而待,坐等之貌。

⑪孜孜(zī):努力不怠。《尚书·益稷》:"惟日孜孜,无敢逸豫。"靡忒(tè):没有差错。忒,差错。《周易·豫》:"故日月不过,而四时不忒。"

⑫自悟:此指使自己觉悟。《孔子家语·屈节解》:"鲁君曰:'……微夫子,寡人无以自寤。'"

⑬周公之昔戒:指《尚书·无逸》,劝诫成王勿耽于逸乐之诗。

⑭咎繇(gāo yáo)之典谟(mó):即指《尚书》中之《皋陶谟》。是皋陶和夏禹在虞舜面前陈述施政方针的记载。咎繇,即皋陶,是虞舜的贤臣,掌刑狱之事。谟,谋略,计谋。

⑮除:清除,排除。

⑯绝流遁之繁礼:杜绝积习相传的繁礼缛仪。流遁,积习相传。

⑰太素:淳朴,俭约。

⑱翔岐阳之鸣凤:使岐山之南的鸣凤翔舞。

⑲纳虞氏之白环:接纳王母献给虞舜的白玉环。《世本》:"舜时西王母献白环及佩。"

⑳觌(dí):见。

㉑龟书:即《洛书》,汉儒谓《洛书》即《洪范》。《尚书·洪范》:"天乃

锡禹《洪范》九畴。"孔安国传:"天与禹洛出书,神龟负文而出,列
于背,有数至于九。禹遂因而第之,以成九类。"

㉒醴泉:甘泉。池囿:池塘园囿。

㉓丘园:山丘田园。

㉔总:合。贶(kuàng):赐予。《春秋左传·文公三年》:"贶之以
大礼。"

㉕华夏:中国。

㉖四三皇而六五帝:三皇五帝加进魏明帝即成四皇六帝,夸赞明帝
可与三皇五帝并肩。

㉗周、夏:周朝、夏朝。足言:足道,值得一提。

## 【译文】

法度准则既已经顺应天地,施政措施又已经合乎四时,因此天下都
充满善美之人事,九州都洋溢和乐的情志。家家都有谦让之风,人人都
唱《康哉》之诗。没有谁人不优游而自得,淡泊而无邪思。历观各代功
德昭著的君王,没有谁达到今天的善政至治。吴、蜀两国之灭亡,当然
可以翘足而俟。然而君王仍然勤于政事毫不懈怠,寻求能够启发自己
的贤才。招纳忠诚正直之士,把进谏的言路广开。长想周公勤劳为政
的告诫,永慕皋陶善于治国的良策。裁汰无用的闲官,杜绝生事的根
源。除去积习相传的繁礼缛仪,使民风归于淳朴节俭。所以能使鸣凤
翔舞于岐山,接纳王母献与虞舜的玉环。青龙出现于陂塘,神龟负书于
河源。醴泉涌出于池囿,灵芝生长于丘园。蒙受神灵的降福,集合华夏
的至欢。可以和三皇五帝相并肩,至于周成王与夏禹帝,如何还值得
一谈。

# 江海

## 木玄虚

木华(约290年前后在世),生平不详。李善注引王俭《七志》:"木华,字玄虚。华集曰:'为杨骏府主簿。'"杨骏为晋武帝、晋惠帝时太尉,木华既为太尉府主簿(掌管簿籍的官员),当为晋武帝、惠帝时人无疑。李善注又引南朝傅亮《文章志》:"广川木玄虚,为《海赋》,文甚隽丽,足继前良。"广川即今河北枣强。木华现仅有《海赋》存世。

## 海赋一首

【题解】

以海为题的咏物赋,木华并非第一人。东汉有班彪《览海赋》、魏曹丕有《沧海赋》、王粲有《游海赋》。但木华《海赋》采用散体大赋的手法,作品气魄宏大,风格独特。作者抓住大海"其为广也,其为怪也,宜其为大也"的气势,描写大海吞吐日月、容纳百川的雄伟奇丽,蔚为壮观,令人惊心动魄,叹为观止。

《海赋》以独到的眼光,捕捉了普通"舟人渔子""徂南极东",与神奇大海周旋的英勇表现,这些平凡的人给读者留下了深刻的印象。

　　两晋知识分子崇尚道家卑弱自守、追求出世的思想。因此木华赋予大海"卑以自居"的宽广胸怀与非凡的气度,大海的这种品格反映了当时知识分子的理想人格。

　　《海赋》剪裁得体,别具一格。如海中诸物,只写鲸鱼叱咤风云,横行海中,困厄而死,避免了惯用的俗套,是高明之处,至于其"云锦散文于沙汭之际,绫罗被光于螺蚌之节"两句,以喻格为主格,为脍炙众口之佳句。


　　昔在帝妫①,巨唐之代②。天纲浡潏③,为凋为瘵④。洪涛澜汗⑤,万里无际。长波涾渳⑥,迆涎八裔⑦。于是乎禹也⑧,乃铲临崖之阜陆⑨,决陂潢而相沷⑩。启龙门之岝㟯⑪,崒陵峦而崅嵼⑫。群山既略⑬,百川潜渫⑭。泱漭澹泞⑮,腾波赴势⑯。江河既导,万穴俱流⑰。猗拔五岳⑱,竭涸九州⑲。沥滴渗淫⑳,荟蔚云雾㉑。涓流泱瀼㉒,莫不来注㉓。


**【注释】**

①帝妫(guī):虞舜。《史记·陈杞世家》:"昔舜为庶人时,尧妻之二女,居于妫汭,其后因为氏姓,姓妫氏。"

②巨唐:巨,或作"臣"。臣唐,舜为唐尧之臣。

③天纲:大水。李善注:"言水之广大为天纲纪。"浡潏(bó yù):急流汹涌。桓谭《新论·离事》:"夏禹之时,鸿水浡潏。"

④为凋为瘵(zhài):李周翰注:"言尧遭洪水,人伤而病之。"凋,伤害。瘵,病。

⑤澜汗:水势浩大。

⑥长波:洪波。涾渳(tà duò):重叠的样子,一浪高于一浪。

⑦迆(yǐ)涎:曲折连绵。八裔:八方。

⑧于是：在当时。

⑨铲：削平。临崖：临水山崖。阜陆：山陵高地。此指洪水不通的地方。

⑩陂潢(huáng)：积水的池塘和陂堤。浚(fá)：灌。

⑪龙门：山名。在河南洛阳南。《汉书·沟洫志》贾让奏："昔大禹治水，山陵当路者毁之，故凿龙门，辟伊阙。"岸峉(zuò è)：山势不齐的样子。

⑫垦：同"垦"，治理。崭凿：崭，通"錾"，开凿。

⑬群山既略：群山已治。治水通山故曰群山既略。略，治。

⑭潜：深。濮：疏通。

⑮泱漭(yǎng mǎng)：水势广大的样子。澹泞(dàn zhù)：水流动的样子。

⑯腾波赴势：腾波逐浪，以赴下游。

⑰万穴：水道。

⑱掎(jǐ)拔：引出，挺起。五岳：即嵩山（中岳）、泰山（东岳）、华山（西岳）、衡山（南岳）、恒山（北岳）。

⑲竭涸：干涸。

⑳沥滴：水下滴的样子。渗淫：小水。

㉑荟(huì)蔚：云雾弥漫的样子。

㉒涓流：小流。泱瀼(nǎng)：停蓄的样子。

㉓注：流入。

【译文】

远古，虞舜还身为唐尧大臣之时。洪水汤汤，汹涌泛滥，伤害百姓，灾难深重。水势浩瀚，万里无涯。洪波一浪冲过一浪，茫茫大地一片汪洋。当此之时，大禹出世，铲平岸边挡住水路的山陵，决开积蓄潦水的塘堤。凿通山势参差的龙门，挖掘山峦陵阜的阻碍。群山已治，百川清深通彻。腾波逐浪，争赴而下。江河已理，万水畅流。洪水既退，五岳挺出,大地干涸,九州显现。水滴浸淫,雾气湿润。涓涓细水,潺潺而流,万流朝东,归向大海。

　　於廓灵海①,长为委输②。其为广也③,其为怪也④,宜其为大也。尔其为状也,则乃浟湙潋滟⑤,浮天无岸⑥。沖瀜沆漭⑦,渺㳽涨漫⑧。波如连山,乍合乍散⑨。嘘噏百川⑩,洗涤淮汉⑪。襄陵广舄⑫,溦瀇浩汗⑬。

**【注释】**

①於(wū):叹词。廓:大。灵海:神奇的大海。

②委输:源源不断地流去。

③广:大。

④怪:神奇。

⑤浟湙(yóu yì):水流的样子。潋滟(liàn yàn):水波荡漾的样子。

⑥浮天无岸:广大无边,似天浮其上。

⑦沖瀜(chōng róng):水又平又广阔的样子。沆漭(hàng yǎng):水深而无边无际的样子。

⑧渺㳽(mí)涨(tàn)漫:水势旷远的样子。

⑨波如连山,乍合乍散:风起浪高如山之连接,合散不定。

⑩嘘噏(xī):呼吸,此处为吐纳之意。李周翰注:"嘘,吹,吸,敛也。言潮起则百川逆流,若吹之也;潮落则如敛之而入也。"指海洋潮涨潮落如吞吐江河。

⑪洗涤:喻潮水往来。

⑫襄陵:洪水越上山陵。广舄(xì):即广斥。广阔的碱地,地碱叫斥。海畔开阔,地皆斥卤故云广斥。《尚书·禹贡》:"海滨广斥。"《史记·夏本纪》作"广潟"。

⑬潒灁(jiāo gé)：浩瀚广大的样子。浩汗：即浩瀚，广大无边。

**【译文】**

呜呼！伟大神奇之大海，普天下之江河，源源流入其怀。如此壮阔啊！如此奇异啊！洵为宏大雄伟。大海之状，气象万千。动荡不停，水波涟漪。辽阔无涯，天浮其上，平广邈远，深沉漫延。风吹浪高，排山之波，乍一会合，突又散离。吞吐江河，涤荡淮汉，怒潮漫陵，水没海滨。浩浩渺渺，苍茫一片。


若乃大明擁辔于金枢之穴，翔阳逸骇于扶桑之津①。影沙礐石②，荡飍岛滨③。于是鼓怒④，溢浪扬浮⑤，更相触搏⑥，飞沫起涛⑦。状如天轮胶戾而激转⑧，又似地轴挺拔而争回⑨。岑岭飞腾而反覆⑩，五岳鼓舞而相磓⑪。湏渍沦而滀漈⑫，郁沏迭而隆颓⑬。盘迂激而成窟⑭，峭㴩溁而为魁⑮。汭泊栢而地飑⑯，磊㲽匂而相隚⑰。惊浪雷奔，骇水迸集⑱。开合解会，瀼瀼湿湿⑲。葩华趽沮⑳，顶汀潒潘㉑。


**【注释】**

①"若乃"二句：言月将沉时，日初出时。大明，月亮。擁辔(póu pèi)：揽住缰绳。传说望舒为月驾车，月有御者故言擁辔。金枢之穴，西方月亮下沉之处。传说月有窟，故言穴。金枢，西方月没处。翔阳，太阳。传说日中有乌，故言翔阳。逸骇，形容太阳升起疾速的样子。骇，起。扶桑，古传说日出之处。《淮南子·天文训》："日出于旸谷，浴于咸池，拂于扶桑，是谓晨明。"津，渡口。

②影：通"飘"。礐(què)：浪激石声。

③飍(yù)：风劲吹的样子。

④鼓怒：指风既疾，波激厉也。

⑤溢浪：激浪。扬浮：飞扬浮涌。

⑥触搏：浪在空中相触搏。

⑦飞沫起涛：波涛撞击，散为泡沫。

⑧天轮：古人认为天地运行如车轮，终则复始。此喻波涛相连如天轮。胶戾：环旋的样子。

⑨地轴：古人认为大地有轴。《博物志》："地有三千六百轴，犬牙相举。"两句言波如天轮环旋不绝，又似地轴拔起浪尽回复。

⑩岑岭：山，喻波浪如山。反覆：上下翻腾。

⑪五岳鼓舞：喻浪涛高大如五岳摇动。碓（duì）：撞击。

⑫渭（wèi）：乱的样子。渍（pēn）沦：波涛起伏汹涌。潘漯（chù tà）：聚集，攒聚。

⑬沏迭：水疾速冲击的样子。隆颓：高低不平，均形容波涛起伏不定之貌。

⑭盘盓（yū）：环旋貌。

⑮涁沛（qiào tān）：巨浪。滐（jié）：特出。魁：喻波浪突起如山丘。

⑯汃（shǎn）：水流疾速。泊栢：小波。地厖：波浪邪起。

⑰磊：大。匒匌（dá kē）：波浪相叠。相厖（huī）：互相冲击。

⑱迸集：散而复集。迸，散。

⑲瀼瀼（ráng）湿湿：水忽聚忽散貌。

⑳葩华：浪花。踧沑（cù nǔ）：水波蹙聚的样子。

㉑顶（dǐng）汀：水势沸腾的样子。潗湁（jí nì）：沸腾的声音。

**【译文】**

　　至于月御望舒揽辔西下，日中金乌翔起扶桑。月沉日出之时，狂飙惊沙，浪激石吼，风劲流急，震荡岛滨。于是狂风掀起巨浪，怒涛飞扬浮涌。白浪冲天相搏击，波涛翻滚溅飞沫，浑如天轮，环旋激转，滚滚不停；又似地轴，挺出大地，盘旋反复。浪高如山，上下飞腾，大如五岳，摇动相碰。忽高忽低,汇合聚集,疾速往前,起伏不平。曲折环旋,形成深邃窟窿,飞浪突起,好似连绵峰峦。小波斜卷疾起,大浪重叠相压。惊涛如走雷,骇浪散复合。乍聚乍散,忽合忽离,浪花骤然汇拢,水势沸腾咆哮。

　　若乃霾曀潜销①,莫振莫竦。轻尘不飞,纤萝不动②,犹尚呀呷③,余波独涌。澎濞滭礚④,碨磊山垄⑤。尔其枝岐潭瀹⑥,渤荡成汜⑦。乖蛮隔夷,回互万里⑧。若乃偏荒速告⑨,王命急宣。飞骏鼓楫⑩,泛海凌山⑪。于是候劲风⑫,揭百尺⑬,维长绡⑭,挂帆席⑮。望涛远决⑯,囧然鸟逝⑰。鹬如惊凫之失侣⑱,倏如六龙之所掣⑲。一越三千,不终朝而济所届⑳。

**【注释】**

①霾曀(yì):风雨昏暗,阴风凄雨。潜销:暗消。
②纤萝:纤细的女萝。
③呀呷:波浪吞吐的样子。以喻风虽静而余波犹壮。
④澎濞:澎湃,水声。滭礚(yù huái):高峻。
⑤碨(wěi)磊:不平的样子。山垄:指大海犹尚波涌如山。
⑥枝岐:支流。此指由支流形成之小浦。潭瀹(yuè):动摇的样子。
⑦渤荡:水波腾涌的样子。汜:水分岔流出后又归到主流。此指由此形成之曲渚。
⑧"乖蛮"二句:李周翰注:"言小浦曲渚,所以乖隔蛮夷之国也;回转即见之。"乖蛮隔夷,指上两句小浦曲渚使蛮夷乖隔。乖,分离。回互,回环交错。
⑨偏荒:边荒。指殊方边国。速告:有急来告上国。

⑩骏：飞速，如骏马之飞奔。楫(jí)：船桨。

⑪汛海凌山：浮帆于海,凌厉于山。

⑫劲风：强风。

⑬揭百尺：举百尺桅杆。

⑭绡：通"梢",船上挂帆的木柱。

⑮帆席：帆。古时帆或以席为之故曰帆席。

⑯决：离。

⑰冏(jiǒng)然：鸟飞的样子。鸟逝：如飞鸟决起远去。

⑱鹬(yù)：迅疾。惊兔之失侣：亦喻船速如飞。苏武《答李陵书》："晨兔失群,不足以喻疾。"

⑲倏(shū)：疾。六龙：传说日神乘车,驾以六龙。刘向《九叹·远游》："贯鸿濛以东揭兮,维六龙于扶桑。"亦以喻船速如太阳神所乘六龙之车。掣(chè)：牵引。喻速疾如一闪而过。

⑳终朝：整天。所届：所至之处,目的地。济：渡。张铣注："一日三千里,则不终夜而及于所至之处。"

## 【译文】

　　阴风凄雨,悄然隐退,天地万物,寂静无声。细尘不飞,女萝不动。唯独大海,波浪腾涌,澎湃轰鸣。浪堆山垒,时起时伏。小浦曲渚,涛击浪打,交互错杂,使蛮夷如隔万里之遥,略一回转,又不难相见。至于边荒殊方,有急来告,或君王之命,急需宣达。轻舟摇楫,快如骏马飞驰,浮帆海上,凌厉群岛。等待强劲风力,竖百尺桅杆,穿系樯绳,悬挂帆席,迎风面向大海,远辞而去。好比飞鸟,振翅而逝,如同孤兔失群,惊慌追逐,又似日神纵辔,六龙急驰。一越几千里,不到一整天,已达目的地。

　　若其负秽临深①,虚誓愆祈②,则有海童邀路③,马衔当蹊④。天吴乍见而仿佛⑤,蛔像暂晓而闪尸⑥。群妖遘迕⑦,

眇睮冶夷⑧。决帆摧橦⑨，戕风起恶⑩。廓如灵变⑪，惚恍幽暮⑫，气似天霄⑬，暧𫘝云布⑭。霵昱绝电⑮，百色妖露⑯。呵嗽掩郁⑰，曈𥇒无度⑱。飞潦相硙⑲，激势相沏⑳。崩云屑雨㉑，浤浤汩汩㉒，趹踰湛溓㉓，沸溃渝溢㉔。濯洿濩渭㉕，荡云沃日㉖。

**【注释】**

①负秽：指人身有罪，如负荷污秽。

②虚誓：虚为誓约。愆祈：不如实祈祷鬼神。同虚誓，即祈祷不信。愆，失。

③海童：海中神童。《吴歌曲》："仙人赍持何等，前谒海童。"邀：遮，阻挡。

④马衔：传说中的海怪。李善注："马衔，其状马首，一角而龙形。"

⑤天吴：水神。《山海经·海外东经》："有神人八首，人面虎身，十尾，名曰天吴。"见：现。

⑥蜽像：即罔象。传说中的水怪。暂晓：暂现即没。闪尸：疾现的样子，一刹那间出现。

⑦遘：遇。迕：遇。

⑧眇睮（yǎo）：看的样子。冶夷：妖媚的样子。

⑨决帆：破帆。橦（chuáng）：桅杆。

⑩戕（qiāng）风：暴风。起恶：起为暴恶，指暴风为虐。

⑪廓如：廓然，开阔。灵变：神怪变幻莫测。

⑫惚恍：隐约不明，捉摸不定。幽暮：作幽暗之气。

⑬气似天霄：言海怪吐气，类天上之云。

⑭暧𫘝（ài fèi）：昏暗的样子。

⑮霵（shū）昱绝电：刘良注："言赤光疾出又没，有如雷电。"

⑯百色:各种色彩。妖露:为妖而呈现。

⑰呵嗽(xù)掩郁:不明貌。

⑱矆睒(huò shǎn):光色闪烁不定。无度:毫无节度。

⑲涝:大波。磢(chuǎng):摩擦。

⑳激势:亦言波浪之大也。沏:磨。

㉑崩云屑雨:如云之崩,雨之飞洒。

㉒浤浤(hóng)汩汩(gǔ):波涛撞击之声。

㉓踸踔(chén chuō)湛滐(zhàn yào):波浪吞吐进退的样子。

㉔沸溃渝溢:水波奔腾泛滥。

㉕濯泋濩渭:波浪翻腾之声。

㉖荡云沃日:水边生云,故曰荡云。日光荡漾水中,故曰沃日。沃,光盛貌。

**【译文】**

若有人身负罪孽,奔临大海,虚誓不实,抛弃忠信,祈祷不诚,欺骗鬼神。水神海童拦其路,或海怪马衔挡其道。天吴突然现形,忽又依稀不清,蝄像出没无常,或又一闪即逝。群怪聚合,瞄视张望,妖形怪状,兴风作浪,狂飙肆虐。船帆破败,樯桅摧折,神灵作法,变幻莫测。恍惚之间,顿使万里晴空,天昏地黑,一片幽暗。海神喷吐气息,犹如天上云雾,一刹那间,乌云密布。赤光疾射,转眼消失,有如雷电,光绝无踪。五光十色,施展妖术,忽明忽暗,光色闪烁,千奇百怪。巨浪飞空冲撞,激流沸腾砌磋。如崩云,如碎雨,浤浤汩汩,响彻云霄。吞吐进退,奔腾泛滥,涛声震耳。天边之云,跳跃水中,灿烂阳光,荡漾海面。

于是舟人渔子①,徂南极东②,或屑没于鼋鼍之穴③,或挂罥于岑嶅之峰④,或掣掣泄泄于裸人之国⑤,或泛泛悠悠于黑齿之邦⑥。或乃萍流而浮转⑦,或因归风以自反⑧。徒识观怪之多骇⑨,乃不悟所历之近远。

**【注释】**

①渔子：打鱼人。

②徂南极东：言往南或返东。徂，往。极，终。

③屑：粉身碎骨。没：沉没。鼋鼍（yuán tuó）：巨鳖与扬子鳄。

④挂罥（juàn）：勾挂。岑嶅（áo）：此指海岛。

⑤掣掣泄泄：随风飘荡的样子。裸人之国：传说中的海外殊方，又作"倮人"。

⑥泛泛悠悠：顺水漂流的样子。黑齿之邦：亦为传说中的东方异国。

⑦浮萍：如萍飘浮。

⑧反：返。

⑨徒：只。识：知。

**【译文】**

　　船夫渔人，往南行驶，风劲波壮，却达东方。有的粉身碎骨，葬身鱼腹；有的触礁撞峰，沉船海岛。有的任风摆布，漂泊裸人之国；有的随波逐流，不期到黑齿之邦。有的如同飘萍，不能自主，有的巧遇归风，侥幸返回。只记所见神怪之多，惊魂未定；竟不觉所历之遥，远及天涯。

　　尔其为大量也①，则南淦朱崖②，北洒天墟③。东演析木④，西薄青徐⑤。经途瀴溟⑥，万万有余⑦。吐云霓⑧，含龙鱼。隐鲲鳞⑨，潜灵居⑩。岂徒积太颠之宝贝⑪，与随侯之明珠⑫。将世之所收者常闻，所未名者若无⑬。且希世之所闻⑭，恶审其名⑮？故可仿像其色⑯，暧霼其形⑰。

**【注释】**

①量：绝限。

②潋(liàn)：浸。朱崖：珠崖，最南的地方。

③天墟：即北陆星宿。指此星之分野，为最北的地方。

④演：长流，流及。析木：《尔雅·释天》：“析木谓之津。”星宿名。
　　亦指此星分野，指最东的地方。

⑤薄：迫。青徐：青州、徐州。古人以为是海最西的地方。以上言
　　东南西北海所至极远处，均为古人的见识。

⑥经：开阔。瀴溟(yīng míng)：极遥远辽阔处。

⑦万万有余：万万里还多。

⑧霓(ní)：虹霓。

⑨鲲：大鱼。《庄子·逍遥游》：“北冥有鱼，其名为鲲。鲲之大，不
　　知其为几千里也。”李善注：“鲲鳞或为昆山，昆山方壶之属也。”
　　故或作“昆山”，指神仙隐居之处。

⑩灵居：神灵所居。

⑪太颠之宝贝：据《琴操》记载，传说殷纣王囚禁文王(当时为西伯)
　　于羑里，纣正欲杀文王，文王的臣下太颠、散宜生、南宫适等在水
　　中得到一个大贝，献给纣王。纣王立即放还文王。

⑫随侯之明珠：传说中的宝珠。先秦时已与和氏璧并闻名于世，
　　《墨子》《谏逐客书》等均已提及。据说东方随侯，见一条巨蛇受
　　伤，就用良药医治它，后来大蛇口衔一颗大夜明珠报答随侯，即
　　为随侯之珠。事见《淮南子·说山训》。

⑬“将也”二句：言世人只听说已知之珍宝，而海中不知名目者还很
　　多。若无，不无。

⑭希：稀。

⑮恶：何。

⑯仿像：仿佛，相似。

⑰碳兮(ài xì)：云雾迷漫。喻对稀世之物模糊不清。

**【译文】**

　　大海无边无际啊！南浸珠崖，北涌天墟，东流析木，西接青、徐。辽阔广大，茫茫无垠。万万余里，尚未计尽。海上生云霓，海中有龙鱼。鲲鱼暗藏，神仙潜居。岂止有太颠大贝和随侯明珠，人间收藏曾见之宝，至于未知名目之珍，海中应有尽有。稀世罕见，不知其名。所以阐述形状，描摹色彩，只能仿佛如此，大略相似罢了！


　　尔其水府之内①，极深之庭，则有崇岛巨鳌②，岧峣孤亭③，擘洪波④，指太清⑤，竭磐石⑥，栖百灵⑦。飏凯风而南逝，广莫至而北征⑧。其垠则有天琛水怪⑨，鲛人之室⑩，瑕石诡晖⑪，鳞甲异质⑫。


**【注释】**

①府：海府，与下句之"庭"均以喻海中。

②崇岛巨鳌(áo)：据《楚辞·天问》《列子·汤问》等记载，传说渤海之东，不知几亿万里，有无底深谷，中有五山，互不相连，随波上下往还，天帝命禹疆使巨鳌十五，更迭举首而戴之，五山始峙而不动。又《列仙传》："巨鳌负蓬莱山而抃沧海之中。"

③岧峣(dié niè)：高耸的样子。孤亭：高耸挺立的样子。

④擘：分开。喻山在海中如劈破洪波而出。

⑤太清：天。指高峻直指苍天。

⑥竭磐石：山下磐石如立。竭，立。磐石，厚而大的石头。

⑦百灵：许多神仙。

⑧"飏凯风"二句：言巨鳌巨力壮勇，常负崇山，逆风而行。凯风，南风。南逝，南往。广莫，北风。《史记·律书》："广莫风居北方；广莫者，言阳气在下，阴莫阳广大也。"征，行。

⑨垠：边际。天琛水怪：天生的宝贝。

⑩鲛人：传说中居于海底的神人。传说鲛人水居如鱼，终日纺织不停，其眼能泣珠。见张华《博物志》。

⑪瑕石：赤色小玉。诡晖：奇异的色泽。

⑫异质：奇异的形状。

**【译文】**

水府海庭，海底深处。又有巨鳌负戴五山，其势高耸，峙立海中。劈破洪浪前进，山峰直指苍天。山下磐石堆立，山上众神栖居。巨鳌负山南往，朔风狂吹，迎风北进。天涯海角，出产天然宝物，鲛人泣珠，水居海下。玉石色彩变幻，鱼类奇形怪状。

　　若乃云锦散文于沙汭之际①，绫罗被光于螺蚌之节②。繁采扬华，万色隐鲜③。阳冰不冶④，阴火潜然⑤。熺炭重燔⑥，吹炯九泉⑦。朱燄绿烟⑧，腰眇蝉蜎⑨。鱼则横海之鲸⑩，突扤孤游⑪，戛岩嶅⑫，偃高涛⑬。茹鳞甲⑭，吞龙舟⑮。噏波则洪涟踧蹜⑯，吹潦则百川倒流⑰。或乃蹭蹬穷波⑱，陆死盐田⑲。巨鳞插云，鬐鬣刺天。颅骨成岳，流膏为渊⑳。若乃岩坻之隈㉑，沙石之嵚㉒。毛翼产㲉㉓，剖卵成禽㉔。凫雏离褷㉕，鹤子淋渗。群飞侣浴，戏广浮深㉖。翔雾连轩㉗，泄泄淫淫㉘。翻动成雷㉙，扰翰为林㉚。更相叫啸，诡色殊音㉛。

**【注释】**

①若乃云锦散文于沙汭（ruì）之际：言沙岸细沙，纹路犹如天上云锦。云锦，指朝霞。沙汭，沙岸。

②螺蚌之节：螺蚌曲节花纹若绫罗之光彩夺目。

③繁采扬华，万色隐鲜：言沙岸上层层细沙之美及螺蚌光彩，使万

物失色。

④阳冰不冶：大海中虽有阳光，但坚冰不化之处。冶，销。

⑤阴火潜然：或有地下之火暗中燃烧。然，燃。

⑥熄(xī)炭：未完全熄灭的炭火。重燔：重燃。

⑦吹炯：吹而复燃，其光鲜亮。九泉：古人认为地有九重，故言
　　九泉。

⑧朱燧：红色的火苗。

⑨曀眇：指绿烟升空，深远分散的样子。蝉蜎：飞腾的样子。

⑩横海之鲸：横在海上的大鱼。鲸，大鱼。

⑪突扤(wù)：突兀，高耸的样子。

⑫戛(jiá)：刮，摩擦削平。

⑬偃：伏。

⑭茹：食。

⑮龙舟：大舟。

⑯噏(xī)：吸。洪涟：巨波。踧踖(cù sù)：退缩不进。

⑰涝：高峻的浪头。倒流：逆流。

⑱蹭蹬(cèng dèng)：本指海水靠近陆地，水势渐渐削弱的样子，波
　　势渐减。此为遭遇挫折。穷波：浅波。

⑲陆死盐田：大鲸死于海边。盐田，海边盛产盐故名。

⑳"巨鳞"几句：极言鱼之大：头骨成山，大鳞插云，脊鳍刺天，流脂
　　为渊。鬐鬣(qí liè)，鱼的脊鳍。岳，山。李善注引魏武《四时食
　　制》曰："东海有鱼如山，长五六里，谓之鲵，时死岸上，膏流九
　　顷。"膏，脂肪。此指鱼油。

㉑岩坻(chí)：小山。隑：海湾。

㉒嶔(qīn)：小山岭。

㉓毛翼：指鸟类。鷇(kòu)：初生小鸟。

㉔剖：破。

㉕"凫雏"二句：离褷（shī）、淋渗，毛羽始生的样子。

㉖戏广浮深：言群鸟或戏广处，或浮深处。

㉗翔雾："雾"一作"鹜"，飞翔。连轩：飞翔的样子。

㉘泄泄淫淫：飞翔之貌。

㉙翻动成雷：言飞动之声如雷鸣。

㉚翰：羽毛。林：言羽毛下落之多。

㉛诡：异。

**【译文】**

　　岸边细沙层层，堆成天然花纹，如朝霞四布；螺蚌弯弯曲节，色彩鲜艳明亮，似光照绫罗。五光十色，光华四溢，使万色自惭，暗淡无光。有阳光之下，坚冰不化之地，地下之火，暗中燃烧之处。死灰复燃，火光照亮九泉。红色火苗，升腾上窜，绿色烟雾，飘飘四散。大鲸鱼横亘海上，高耸突出，单独浮游。行则摧折山岩，进则倒伏巨浪。食鱼鳖，吞龙舟，吸气则海水退缩不进，吐气则百川逆流倒灌。然而大鲸一旦陷入困境，搁浅海滩，困死岸上，巨鳞插入云霄，脊鳍刺破青天，颅骨如山岭，鱼油流成渊。至于悬崖海湾，沙岸之上，鸟类繁殖，卵破雏出，幼凫胎毛未干，鹤子细毛茸茸。或成群飞翔，或结群戏浴，或浮游海面，或沉要深处。海阔天空，飞翔自得。群鸟振翅，聚响成雷，抖动羽毛，散落如林。群鸟欢鸣叫啸，声音奇异美妙。


　　若乃三光既清①，天地融朗②，不泛阳侯③，乘蹻绝往④。觌安期于蓬莱⑤，见乔山之帝像⑥。群仙缥眇⑦，餐玉清涯⑧。履卓乡之留舄⑨，被羽翮之襂纚⑩。翔天沼，戏穷溟⑪，甄有形于无欲，永悠悠以长生⑫。且其为器也，包乾之奥，括坤之区⑬。惟神是宅，亦祇是庐⑭。何奇不有，何怪不储⑮。芒芒积流，含形内虚⑯。旷哉坎德⑰，卑以自居⑱。弘往纳来⑲，以宗以都<sup>⑳</sup>。品物类生<sup>㉑</sup>，何有何无<sup>㉒</sup>？

**【注释】**

①三光：指日、月、星。

②融：朗，光明。

③阳侯：传说中的波神。传说古代陵阳国诸侯，其国近水，溺水而死，死后为神，常兴风作浪，人称阳侯。

④乘蹻：古人追求的神仙术，道家所谓的飞行术。《抱朴子·杂应》："若能乘蹻者，可以周流天下，不拘山河。"又云："凡乘蹻道有三法，一曰龙蹻，二曰气蹻，三曰鹿卢蹻。"绝往：远往。

⑤觌（dí）：相见。安期：传说中的古仙人。蓬莱：传说中的海上仙山。

⑥乔山之帝像：乔山的黄帝冢。乔山即桥山，又称子午山，相传上有黄帝墓。《史记·五帝本纪》："黄帝崩，葬桥山。"帝，指黄帝。

⑦缥眇：远视的样子。

⑧餐玉：仙人食玉液琼浆。《列仙传》："赤松子服玉。"清涯：清水河畔。

⑨履阜乡之留舄（xì）：据《列仙传》记载，安期先生，琅琊阜乡人，自言千岁，秦始皇接见过他，并赐金数千万，安期先生弃置不收，临别留下书信一封以及赤玉鞋一双为答。舄，鞋。安期为阜乡人，故曰阜乡之留舄。

⑩被：披。羽翮：羽毛织成的仙服，仙人所穿。襂缡（sēn lí）：羽毛下垂的样子。

⑪"翔天沼"二句：天沼、穷溟，均指天池。《庄子·逍遥游》："穷发之北，有冥海者，天池也。"

⑫"甄有形"二句：言众仙虽有形而无情欲，故能久视长生。甄，表明。无欲，无情欲。《老子》一章："常无欲以观其妙。"

⑬"且其"几句:言海之广大包容天地之深奥。其为器也,大海作为有形的物类。乾,天。奥,深。坤,地。区,区域。

⑭"惟神"二句:此指大海非唯天地而已,亦神灵所居。神祇,神灵之通称。是,指大海。宅、庐,居。

⑮储:备。

⑯"芒芒"二句:言水之德性,居下守卑,故能容受万物。积流,言大海容纳百川。含形,包含万物。内虚,内空故能受万物。

⑰旷哉:伟大啊! 坎:指水。《周易·说卦》:"坎为水。"

⑱卑以自居:卑下自居。

⑲弘往纳来:李善注:"自海而往,弘之而令大,自外而来,纳之而不逆。"

⑳宗:尊。《尚书·禹贡》:"江汉朝宗于海。"都:聚。

㉑品物类生:各种物品,以类相生。

㉒何有何无:言海何所不有,何者而无,总言其大器也。

## 【译文】

日月星辰,大放光芒,天空晴朗,大地清明。波平浪静,乘驾神龙,飞往远方。会见安期,到达蓬莱仙山;飞往桥山,朝圣黄帝陵墓。群仙逍遥于清水河畔,餐食琼浆玉液于青青崖旁。穿着安期相赠的赤玉鞋,披上羽毛下垂的羽翮服,飞翔天池,遨游北溟。神仙有形无情欲,长生悠悠永不老。大海器宇深广啊! 包括天之深,容纳地之大。仙人居于此,神灵宅于斯,何奇而不有,何异而不备。茫茫大海,江河总汇。含养万物,不遗巨细。伟哉水德! 卑下自处,无私奉献,来者不拒。江汉朝宗归大海,万物集聚居于此。了物以类相生,大海何所不有! 大海何物而无!


# 郭景纯

郭璞(276—344),字景纯,河东闻喜(今山西闻喜)人。晋代文学家。《晋书·郭璞传》曰："璞好经术，博学有高才，而讷于言论，词赋为中兴之冠。好古文奇字，妙于阴阳算历。"时中原即将大乱，郭璞南渡，宣城太守殷祐引为参军，作《南郊赋》，晋元帝见而嘉之，授以著作佐郎，不久又迁尚书郎，后王敦起用璞为记室参军。他曾多次上疏主张任法一致，宽缓刑罚，减轻赋役。又借天人感应之说上疏进谏，对腐败的政治提出警告。后因以卜筮劝阻大将军王敦谋反，被王敦所杀，时年四十九岁。

郭璞为两晋之间的重要作家，作品最著名者为《游仙诗》。他学问渊博，造诣极高，著有《尔雅注》《方言注》《穆天子传注》《山海经注》等，至今传世，为士林所重。

# 江赋一首

## 【题解】

《江赋》为郭璞最佳赋作。描绘了长江的浩大气势、雄伟风光、富饶物产，为人们展现了万里长江的壮丽的画卷。《江赋》亦为东晋少见之大赋，用大赋特有的铺陈手法来表现惊天地、泣鬼神的长江，确实达到了内容与形式完美的结合。文如滔滔长江，气势磅礴，壮丽多姿。

《江赋》有激越的篇章：大江辞岷山，汇集万川，激冲巫峡，茫茫九派，泄之尾泄，"滈汗六洲之域，经营炎景之外"，何其激越高昂，令人惊心动魄。亦有舒缓的乐章：猿猴临空骋巧，鹅雏山崖弄翻，中流荡舟的商船，叩舷高歌的渔父，何其平静澄寂，令人心驰神往。

郭璞歌颂伟大的水德，把道家理想镕铸于长江。赞叹长江是天地灵秀的最完美的体现："焕大块之流形"，"保不亏而永固，禀元气于灵和"，使长江成为无私无欲、连接宇宙、孕育万物的理想人格的化身。

钱锺书在《管锥编》评论说："郭璞《江赋》，按刻画物色，余最叹'晨霞孤征'四字，以为可以适独坐而不徒惊四筵也。"他又指出《江赋》之瑕:"具征左思《三都赋序》所讥'假称珍怪''匪本匪实',几如词赋家之痼疾难瘳矣。"十分中肯。

咨五才之并用①,寔水德之灵长②。惟岷山之导江③,初发源乎滥觞④。聿经始于洛沫,拢万川乎巴梁⑤。冲巫峡以迅激,跻江津而起涨⑥,极泓量而海运,状滔天以森茫⑦。总括汉、泗⑧,兼包淮、湘⑨。并吞沅、澧⑩,汲引沮、漳⑪。源二分于崌崃,流九派乎浔阳⑫。鼓洪涛于赤岸⑬,沦余波乎柴桑⑭。纲络群流,商搉涓浍⑮。表神委于江都,混流宗而东会⑯。注五湖以漫漭,灌三江而漰沛⑰。滈汗六州之域⑱,经营炎景之外⑲。所以作限于华裔⑳,壮天地之崄介㉑。呼吸万里,吐纳灵潮。自然往复,或夕或朝㉒。激逸势以前驱,乃鼓怒而作涛㉓。

**【注释】**

①咨:赞叹之词。五才:五材,指金、木、水、火、土。《春秋左传·襄公二十七年》:"天生五材,民并用之。"

②寔:实,诚。水德:水之德性。古人认为水德大不可极,深不可测,无公无私。灵长:吕向注:"灵长,言上善柔德,广大利物也。"

③惟:句首语气词。岷山之导江:《尚书·禹贡》:"岷山导江,东别为沱。"岷山,山名。在四川松潘县北,绵延四川、甘肃两省边境。为长江黄河分水岭,岷江、嘉陵江发源地,两江汇入长江,故谓"岷山之导江"。导,引,疏导。江,长江。

④滥觞:《荀子·子道》:"昔者江出于岷山,其始出也,其源可以滥觞。"指江河发源处水势极小,只能浮起酒杯,极言水之微弱。

⑤"聿(yù)经始"二句:言长江始经洛、沫,蜿蜒流长,总汇巴郡梁州

的大小江河。聿，句首语助词。经始，开始流经。洛沫，二水名。
洛水，亦称洛河，源出陕西洛南西北部。东入河南，经洛阳，至巩
义洛口流入黄河。沫水，章樵注："《说文》曰：'沫水出蜀西塞外，
东南入江。'"拢，统括，汇合。巴梁，巴郡、梁州。巴郡，包括今重
庆和南充、达县、奉节、彭水、涪陵等地。梁州，古九州之一。东
界华山，南至长江，北为雍州，西无可考。《尚书·禹贡》："华阳
黑水惟梁州。"

⑥"冲巫峡"二句：言江水至巫山，为山所夹，疾激流湍，至江津则水
势始大。巫峡，长江三峡之一，在湖北巴东西，与四川巫山接界，
因巫山得名。《水经注·江水》："江水又东迳巫峡……其间首尾
百六十里，谓之巫峡。"迅激，波浪迅疾涌起的样子。跻，登。江
津，李善注引《水经注》："马头崖，北对大岸，谓之江津。"朱珔《文
选集释》卷十二："其地在江陵县枚回洲之下七十余里。"又曰：
"江大自此始。"起涨，水势浩大。

⑦"极泓量"二句：承上言江水茫茫，无边无际，江水翻腾，浩浩滔
天。泓量，江水深广的样子。海运，江水翻腾的样子。淼(miǎo)
茫，江水辽阔无边的样子。

⑧汉、泗：二水名。汉水，亦称汉江。源出于陕西宁强北蟠冢山，为
长江最大支流。《尚书·禹贡》："蟠冢导漾，东流为汉。"初出山
时名漾水，至武汉入长江。泗水，又称泗河。发源于今山东泗水
陪尾山。因其四源合为一水，故名。古时泗水流经今山东鱼台、
江苏徐州，至洪泽湖畔龙集附近入淮。

⑨淮、湘：二水名。淮，淮河。古四渎之一。源出河南桐柏山，东经
安徽江苏入洪泽湖。湘，湘水。亦称湘江，湖南最大的河流。

⑩沅、澧：二水名。沅，沅江。源出贵州都匀云雾山。上游为清水
江，自西向东，至湖南黔阳下始称沅江，注入洞庭湖。澧，澧水。
源出湖南桑植西北，东南流至大庸，改东北流，至安乡南注洞

庭湖。

⑪汲引沮、漳：汲，引。沮、漳，二水名。沮，沮水。源出湖北保康西南，东南流与漳水合。又东南流经江陵西境，入于长江。漳，漳水。源出湖北南漳西南之蓬莱洞，东南流至钟祥、当阳，合沮水为沮漳河，复东经江陵入长江。沮、漳两水横流入江故云汲引。

⑫"源二分"二句：言源出崏、崍二山，流至浔阳，又分支九流，故云九派。崏，山名。《山海经·中山经》："又东一百五十里曰崏山，江水出焉。"毕沅疑即四川名山西的蒙山，郝懿行谓即今沫水。崍，山名。即邛崍山，有九折阪。在四川荣经西。《山海经·中山经》："岷山东北四十里崍山，江水出焉。"郭璞谓中江出于此，又谓崏山，北江所出，故云"源二分于崏崍"。九派，此指江西九江北的一段长江。这里江水有九个支流，故谓九派。《汉书·地理志》应劭注九江郡曰："江自庐江寻阳分为九。"浔阳，即应劭注之寻阳，今江西九江。

⑬洪涛：巨浪。赤岸：山名。在成都新都南十七里，江中支流经此。

⑭沦：淹没。余波：浪涛渐平，波势减弱。柴桑：古县名。《汉书·地理志》云属豫章郡，今江西九江西南。

⑮"纲络"二句：言长江兼容并包大小支流，总括收纳。纲络：收罗，兼容。群流，众水。商攉，即扬攉，犹言大略。王念孙《广雅疏证》："扬攉，大数之名。又谓之商攉，即扬攉之转。"此句意谓总括支流。涓浍（kuài），细流。

⑯"表神"二句：言长江兼容并蓄，至江都愈显孔殷，为天下众水之尊，且将东临大海。表，现。神，言长江之深广。刘良注："言深广故曰神也。"委，聚。刘良注："言见深广之貌，所聚于江都。"江都，古地名。即今扬州。《汉书·地理志》："广陵国有江都县。"混流，汇合众流。宗，尊。言诸水入于长江，有似诸侯朝宗于天子，故言宗。东会，东会于海。

⑰"注五湖"二句：言长江注入太湖，使太湖茫茫无边，灌入三江，波
涛激荡。五湖，此指太湖。李善注引张勃《吴录》："五湖者，太湖
之别名也。周行五百余里。"在今江苏、浙江两省间，江苏苏州西
南。漫漭，开阔的样子。三江，《尚书·禹贡》："三江既入，震泽
底定。"震泽即太湖。三江各说不一。《水经注·沔水》引郭璞说
以岷江、松江、浙江为三江，当依此说。澎（pēng）沛，波涛相击发
出的轰鸣。

⑱滈（hào）汗：水长流的样子。六州：指益、梁、荆、江、扬、徐各州。
域：区域。

⑲经营：周旋往来。炎景：指南方。李善注："南方火，故曰炎景。"

⑳作限：成为界限。华：中国。裔：蛮夷，殊方绝国。

㉑壮：雄伟。岭（xiǎn）介：险阻。介，李善注引《尔雅》郭璞注："介，
阒也。"

㉒"呼吸"几句：言江潮涨落，吞吐之间，瞬息万里，或朝或夕，往返
有规律。呼吸万里，吞吐万里，言长江之浩大气势。亦言其疾，
李善注："呼吸万里，言其疾也。"灵潮，潮水。或夕或朝，潮水进
退或朝或夕。

㉓"激逸势"二句：言激疾之水势先于平水而前驱，相激起怒潮狂涛
也。逸势，急疾的水势。鼓怒，怒潮涌起。

**【译文】**

啊！金木水火土，并用不废一。水德诚无私，上善利万物。岷山导
引长江之水，源头水浅，仅浮酒杯。江水始出，蛞蜓洛、沫两水，巴郡梁
州，万川合流长江。冲出巫峡，水势湍急迅疾，流至江津，漫过江岸高
涨。宏大深广，浪涛飞腾，浩浩滔天，一片森茫。总括汉、泗，兼包淮、
湘，并吞沅、澧，吸引沮、漳。崌、嵷两山，二分长江之源，茫茫九派，分支
别流浔阳。赤岸山下，巨浪突起，长涛余波，尽于柴桑。网罗百川，囊括
细流。展神奇深广风姿，集于江都，群流朝宗而为尊，东临大海。倾注

五湖,茫茫漫无边际;灌输三江,涛声轰鸣澎湃。浩浩荡荡,泛流六州之域;曲折缭绕,历经极南之外。大江隔华夷,天险成界限。须臾万里,吞吐潮水;往返自然,早潮晚汐。潮水激疾前走,鼓动浪涛怒潮。

峨嵋为泉阳之揭①,玉垒作东别之标②。衡霍磊落以连镇③,巫庐嵬崛而比峤④。协灵通气⑤,渍薄相陶⑥,流风蒸雷,腾虹扬霄⑦。出信阳而长迈⑧,淙大壑与沃焦⑨。若乃巴东之峡⑩,夏后疏凿⑪。绝岸万丈⑫,壁立皲驳⑬。虎牙嵘竖以屹崒⑭,荆门阙竦而磐礴⑮。圆渊九回以悬腾,溢流雷呴而电激⑯,骇浪暴洒⑰,惊波飞薄⑱。迅澓增浇⑲,涌湍叠跃⑳。砅岩鼓作㉑,㵲漂滚溜㉒。潒澳瀩㵽㉓,溃濩减潎㉔。滴湟㳂泆㉕,瀿汛润瀹㉖,漩漫荥湆,溾濡渍瀑㉗。澼减泧涓,龙鳞结络㉘。碧沙遗瀸而往来㉙,巨石碔矶以前却㉚。潜演之所汩㳥㉛,奔溜之所硖错㉜,厓隒为之泐嵸㉝,碕岭为之崪崿㉞。幽㵎积岨㉟,礐硞砮礭㊱。

**【注释】**

①峨嵋:山名。在今四川峨眉西南。山势雄伟,有山峰相对如峨眉,故名。泉阳:即阳泉。

②玉垒:山名。东别:《尚书·禹贡》:"岷山导江,东别为沱。"标:标记。

③衡:南岳衡山,一名岣嵝山,在今湖南。古人认为衡山为荆州之镇山。霍:霍山为安徽霍山西北之天柱山。《尔雅·释山》:"霍山为南岳。"郭璞注:"今在庐江西。"磊落:高大的样子。连:峰峦相连。镇:镇山,一方之主山。《尚书·舜典》:"封十有二山。"孔安国传:"每州之名山殊大者,以为其州之镇。"

④巫：巫山，在四川巫山东，巴山山脉特起处。庐：庐山，在江西九江南，北靠长江，东南傍鄱阳湖。嵬崛（wéi jué）：突起高大的样子。比峤（qiáo）：一样高大。峤，高大的样子。

⑤协灵：刘良注："合神灵之变化。"协，合。通气：李善注引《庄子》曰："川谷通气，故飘风。"指山川之空气流通。

⑥濆（pēn）：指濆涌。此指山川气流相冲激。陶：陶冶。

⑦"流风"二句：指山谷间水气郁蒸，上升为虹蜺，又飘而为云。流风，指川谷间山风飘荡。蒸雷，腾起雷声。指川谷间流风激越，蒸腾之气，轰鸣犹如雷声。腾虹，腾起虹蜺。扬霄，飘起薄云。

⑧信阳：即信陵之阳。李善注引《晋书》曰："建平郡有信陵县。"刘良注："信阳，县名。江水出此而长行。"建平郡，三国吴置，今四川巫山一带。长迈：长行。

⑨淙：流注。大壑：传说中大海的最深处，为众水所归。《列子·汤问》："渤海之东，不知几亿万里，有大壑焉，实惟无底之谷。其下无底，名曰归墟。"沃焦：传说中东海南部的一座大山，一名尾闾。李善注引《玄中记》："天下之大东，东海之沃焦焉，水灌之而不已。沃焦，山名也。在东海南，方三万里。"

⑩巴东之峡：指巴东三峡。盛弘之《荆州记》古歌曰："巴东三峡巫峡长，猿鸣三声泪沾裳。"三峡所指，历代说法不一，长江自奉节以下，宜昌以上，两岸皆山，无地非峡，特就最险者称三峡，今以瞿塘峡、巫峡、西陵峡为三峡。

⑪夏后：夏禹。鲧的儿子。相传禹继鲧治水，采用疏导的办法，历十三年，三过家门而不入，水患悉平。疏凿：禹凿之通江水。

⑫绝岸：悬崖。

⑬壁立：如壁直立。瑕（xiá）驳：本指毛色不纯的马。此指云霞色彩斑斓。

⑭虎牙：山名。李善注引《荆州记》："郡西溯江六十里，南岸有山名

曰荆门,北岸有山名曰虎牙。二山相对,楚之西塞也。虎牙石壁红色,间有白文,如牙齿状,荆门上合下开,开达山南有门形,故因以为名。"嶻(jié)竖:突出竖立的样子。屹峯(zú):高峻的样子。

⑮荆门:山名。在湖北宜都西北。阙竦:如阙之竦立。磐礴:气势雄壮的样子。

⑯"圆渊"二句:言接连不断的漩涡以及汹涌的水流相击犹如雷鸣之声,又如电光相激发散火花。圆渊,回旋的漩涡。张铣注:"峡间江水深急,激岸石而流圆流,故云圆渊也。"九回,江中漩涡一个接一个的样子。悬腾,波涛滔天,悬空腾起。溢(pèn)流,汹涌的水流。电激,如电光相激,水光闪烁。

⑰暴漓:浪花四溅的样子。暴,迅疾,狂飞的样子。漓,分散。

⑱飞薄:飞扬激荡。

⑲迅澓(fú):迅疾的洄流。增:高。浇:水洄旋的样子。

⑳涌湍:喷涌的急流。叠跃:浪盖浪为叠。跃,涌起。

㉑砯(pīng)岩:水冲山岩,发出砯然之声。鼓作:如鼓声大作。

㉒㳆浩(pēng huò):水激射之声。漀潴(xíng zhuó):大波相激之声。

㉓㴡㵥(píng bèi):水声澎湃。水流相激之声。灟瀎(hōng huài):水势汹涌相激之貌。

㉔溃濩(huò):水势汹涌激荡的样子。波漷(xù huò):亦水势汹涌激荡的样子。

㉕潏湟(yù huáng)、㳿泱(hū yāng):皆水流迅疾的样子。

㉖潚汕(shù shǎn)、润瀹(shěn yuè):皆水流漂疾的样子。

㉗"漩澴(huán)"二句:漩澴、荥濙(xíng yíng)、溾瀤(wēi lěi)、溃瀑:皆波浪回旋澴涌而起的样子。

㉘"溠减"二句:溠减(zé yù)、浕涢(jìn yǔn),水波动荡的样子。溠

减即泥湄，联绵字，书写无定形，常写作"漰湀"。龙鳞，喻水波如
龙鳞。结络：波浪交接相连。以上诸句或言急流涌起回旋，或言
水势汹涌相激，或言水声轰鸣如雷，或言水流漂疾，或言水波动
荡，描摹长江三峡中急湍所呈现的各种形态。

㉙ 碧沙：吕向注："江水色碧，故映沙亦为碧也。"遗溾（wěi duò）：江
　　中沙石随水流动的样子。往来：吕向注："往来言随潮水。"

㉚ 碑矹（lù wù）：亦江中沙石随水进退的样子。前却：进退。言潮水
　　之急，虽大石亦随之进退。

㉛ 潜演：地下潜流。演，《说文解字》："水脉行地中。"汩湄（yù gǔ）：
　　水涌出的样子。

㉜ 奔溜：奔腾的小水流。溜，水流。磢（chuǎng）错：摩擦。

㉝ 厓隒（yǎn）：崖岸。泐嵃（lè yǎn）：与下句"岩崿（è）"皆为激流冲
　　成的洞穴。

㉞ 碕（qí）岭：漫长起伏的山岭。碕，长边。

㉟ 幽磵：幽深的山涧。积岨（jū）：积阻成险。

㊱ 碧碻（què kè）、礐礰（luò què）：江水冲击险阻，显出高峻不平的
　　样子。

## 【译文】

下流泉阳，峨嵋为标志。东别为沱，玉垒作表记。衡、霍两岳多雄
伟，峰峦高峻主一方。巫、庐两山皆崔巍，欲与天公试比高。协和阴阳
变化，川谷飘风，气流清新畅通，万物陶冶。山风劲吹，回响犹如雷鸣。
水气蒸腾，化成长虹入云霄。流出信陵而远逝，灌注大壑与沃焦。巴东
三峡，夏禹开凿，悬崖万丈，如壁直立，色赤如霞。虎牙山，突兀特立，直
刺苍穹。荆门山，竦立如阙，气势磅礴。回旋圆流深如渊，漩涡九迴腾
空起。波涛汹涌如雷吼，水花闪烁似电激。骇浪突然散落，惊涛飞腾激
荡。回流飞速，旋转上冲，急波疾涌，层层重叠。水拍山岩，砰然如鼓声
隆隆，巨浪相打，轰轰哗哗，水势激射，江水喷涌。急湍瞬息即逝，水流

疾驰向前。回旋曲折，后浪盖过前浪，水浪激荡相接相连，好比龙鳞，排列整齐。绿水映沙碧，随波往来；急流冲巨石，随潮进退。地下清泉，汩汩涌出，奔腾流水疾磨崖石。水钻岩壁成深窟，浪击长岭起孔穴。山涧幽深，积石成险阻；水激浪打，高峻而不平。

　　若乃曾潭之府①，灵湖之渊②。澄澹汪洸，㲿溟困泫③。泓泫洞濛，涓邻圜潾④。混㳽灏涣⑤，流映扬焆⑥。溟溟渺湎，汗汗沺沺⑦。察之无象，寻之无边⑧，气滃渤以雾杳⑨，时郁律其如烟⑩。类胚浑之未凝，象太极之构天⑪。长波浃渫⑫，峻湍崔嵬⑬。盘涡谷转⑭，凌涛山颓⑮。阳侯砐硪以岸起，洪澜涴演而云回⑯。浺瀜渎滚⑰，乍沺乍堆⑱。䃂如地裂，豁若天开⑲。触曲厓以萦绕⑳，骇崩浪而相礧㉑，鼓怚窟以灂渤㉒，乃溢涌而驾隈㉓。

【注释】

①曾潭：深渊。曾，重，深。府：《楚辞》王逸注："楚人名渊曰潭。"意如人之府库深不可见。与下句的"渊"实同义。

②灵湖：古人以为湖水深处多神灵，故云。

③澄澹(dàn)、汪洸(guāng)、㲿溟(wǎng huàng)、困泫(yuān xuán)：皆水平旷广深、辽阔平静的样子。

④"泓泫(hóng)"二句：泓泫、洞濛(hòng)、涓(yūn)邻、圜(wān)潾：皆水势漫流曲折的样子。圜，"渊"的古字。此用古字嫌与上"渊"字重复之故。

⑤混㳽(hàn)：水势清澈广大的样子。灏涣(xiǎn huàn)：水势清澈的样子。

⑥流映：湖水荡漾散出光辉的样子。扬焆(juān)：湖面阳光闪烁的

样子。焆，光明。

⑦"溟漭（mǎng）"二句：溟漭、渺湎（miǎn）、汙汙、沺沺（tián）：皆水森茫辽阔，无边无际的样子。

⑧"察之"二句：水辽阔无边，水天一色故云。象，物象。

⑨滃渤（wěng bó）：雾气涌出迷漫的样子。雾：江湖水面上蒸腾之气。杳：深厚浓重的样子。

⑩郁律：烟上腾升空的样子。

⑪"类肧浑"二句：言江湖之上云雾笼罩的景象犹如宇宙形成之初的混沌状态，气象浩大。类肧浑之未凝，李善注："言云气杳冥似肧胎，浑浑尚未凝结。"类，如。肧浑，浑沌，指天地万物未成形时的混沌状态。象太极之构天，李周翰注："象太极欲构立二仪也。"意谓如太极之气运生天地万物。太极，指原始混沌之气。《周易·系辞》："易有太极，是生两仪，两仪生四象，四象生八卦。"气运动而生阴阳，由阴阳而生四时，因而出现天、地、风、雷、水、火、山、泽八种自然现象，推衍而为宇宙万物。构天，形成天地万物。

⑫长波：巨波。长，大。浃渫（xiá dié）：李善注引《埤苍》："浃渫，水滂溏也。"水势磅礴的样子。

⑬峻湍：急流腾空。峻，高。崔嵬：形容急流翻起的波涛高险的样子。

⑭盘涡：盘旋的漩涡。谷转：形容盘旋的漩涡巨大如山谷转动。

⑮凌涛：大浪腾空而起。山颓：凌空飞涛，突然落下，犹如山崩。

⑯"阳侯"二句：言江湖中洪涛巨澜之盘旋激荡。阳侯，传说中的波神。此亦指巨浪。硪硪（è é），高耸的样子。岸起，言波高大如涯岸之高起。洪澜，巨澜。涴（wǎn）演，水势回曲的样子。云迴，像云一样迴绕。

⑰沿（yín）沦：水流回旋的样子。溛㵀（wā wāi）：水波起伏不平的样

子。

⑱乍沑(yà)乍堆：突低突高。沑，水波跌下。堆，如土堆之高。

⑲"皲(hǎn)如"二句：皲，豁开的样子。地裂、天开，言水为暴风所吹，四面浪起，中为深孔，如地裂开一般，一时风波平息，云雾退尽，豁然如天开。

⑳曲厓(yá)：曲折的江岸。萦绕：环绕。

㉑骇：波浪惊起。崩浪：倒下来的动荡的波浪。崩，动荡，倒下。相礧(léi)：相击。

㉒鼓：波涛涌起动荡的样子。唇(kè)：李善注："唇亦窟之类也。"湖渤(pēng bó)：浪打洞穴发出的水声。

㉓溢(pén)涌：水汹涌漫溢。驾：凌驾。隈(wēi)：山水弯曲处。

【译文】

至于深不可测的万丈深潭，神灵出没的沉沉湖渊。辽阔平静，空旷平远。水势回旋曲折，漫流盘旋萦环。清澈深澄起微澜，鳞波映日光闪烁。渺渺茫茫，广大深长。江面浩瀚，水天一色，细察万物寂无踪形，探视水面无边无际。江上湖面雾气蒸腾，袅袅上升，杳冥如烟。真如混沌未分，一片朦胧，又如太极之气，欲生万物。巨浪浩浩滔天，急流高涨如山。盘曲漩涡，如旋转的山谷；凌空飞波，下落之势如山崩。大波高耸如悬崖，巨澜翻卷如云霞。水流起伏回旋，水势忽高忽低。四面浪起，中成深穴，如地开裂；风波平息，云消雾退，豁然天开。浪触水弯，曲折向前，掀起巨浪，相互碰击。巨浪冲击洞穴，发出澎湃之声，水势汹涌漫溢，凌驾山曲陆地。

　　鱼则江豚海狶①，叔鲔王鳣②。鳟鰊鳙魦③，鲮鳐鲇鲢④。或鹿骼象鼻⑤，或虎状龙颜⑥。鳞甲锥错⑦，焕烂锦斑⑧。扬鳍掉尾⑨，喷浪飞唌⑩。排流呼哈⑪，随波游延⑫。或爆采以晃渊⑬，或嚇鳃乎岩间⑭。介鲸乘涛以出入⑮，鲮鳖顺时而往还[16]。尔其水物怪错则有潜鹄鱼牛[17],虎蛟钩蛇[18]。蜦蛣蠶蝐[19],鲼䲋鼂鼊[20]。王珧海月[21],土肉石华[22]。三蝬虾江[23],鹦螺蜁蜗[24]。璅蛣腹蟹[25],水母目虾[26]。紫蚢如渠[27],洪蚶专车[28]。琼蚌晞曜以莹珠[29],石蛙应节而扬葩[30]。蜛蝫森衰以垂翘[31],玄蛎魂礧而碨砐[32]。或泛潋于潮波[33],或混沦乎泥沙[34]。若乃龙鲤一角[35],奇鸧九头[36]。有鳖三足,有龟六眸[37]。赪蟼胏跃而吐玑[38],文魮磬鸣以孕璆[39]。儵蜅拂翼而掣耀[40],神蜧蝹蜦以沉游[41],蜳马腾波以嘘蹀[42],水兕雷咆乎阳侯[43]。渊客筑室于岩底,鲛人构馆于悬流[44]。雹布余粮[45],星离沙镜[46]。青纶竞纠[47],缛组争映[48]。紫菜荧晔以丛被[49],绿苔鬖髿乎研上[50]。石帆蒙笼以盖屿[51],萍实时出而漂泳[52]。其下则金矿丹砾[53],云精烛银[54]。珕珋璿瑰[55],水碧潜琘[56]。鸣石列于阳渚[57],浮磬肆乎阴滨[58]。或颎彩轻涟,或焆曜崖邻[59]。林无不溽,岸无不津[60]。

**【注释】**

①江豚(tún):一种鲸类,产于我国长江及印度大河中,状似猪。海狶(xī):即"海豨"。李善注引郭璞《山海经》注:"今海中有海豨,体如鱼,头似猪。"

②叔鲔(wěi):鱼名。李善注引郭璞《尔雅》注:"鲔属,大者王鲔,小者叔鲔。"王鳣(zhān):大鳣鱼。李善注:"王鳣之大者,犹曰王鲔。"

③鳎(huá):《山海经·东山经》:"子桐之水出焉,而西流注于余如之泽,其中多鳎鱼。其状如鱼而鸟翼,出入有光,其音如鸳鸯。"鰊(liàn):鱼名。鰧(téng):鱼名。其状如鳜。鮋(chóu):鱼名。

似鳝鱼。

④鲮(líng):一种大鱼,背腹皆有刺,如三角菱,见李善注引《临海水土记》。鳐(yáo):即文鳐鱼,状如鲤鱼。鲻(lún):鱼名。黑纹,状如鲋,食之不肿。鲢:鱼名。头小鳞细,体侧扁,腹部色白。

⑤鹿觡(gé):指有些鱼类形状奇特,长成麋鹿之角。觡,麋鹿之角。《临海异物志》:"鹿鱼长二尺余,有角。腹下有脚,如人足。"

⑥虎状龙颜:《山海经·北山经》郭璞注:"今海中有虎鹿鱼及海狶,体皆如鱼,而头似虎鹿猪。"龙颜,指颜貌如龙,皆言江中鱼类之奇形怪状。

⑦镶(cuī)错:交错间杂的样子。

⑧焕烂:光辉灿烂。锦斑:华艳斑斓。

⑨扬鳍:举鳍。

⑩唌(xián):口沫。

⑪排流:逆水上游。呼哈:鱼在水中吞吐的样子。哈,以唇啜饮。

⑫游延:长游。

⑬爆采:迸射出色彩。爆,迸出。晃:闪耀。

⑭嚇:开。

⑮介鲸:大鲸。介,大。

⑯鳏(zōng):即石首鱼。李善注引《字林》:"鳏鱼出南海,头中有石,一名石首。"鲚(jì):刀鱼。李善注引郭璞《山海经·南山经》注:"狭薄而长,头大者长尺余,一名刀鱼,常以三月八月出,故曰顺时。"

⑰怪错:奇怪杂错。潜鹄:一种水鸟,似鹄而大。鱼牛:《山海经·南山经》:"鱼牛,其状如牛,陵居,蛇尾有翼。"

⑱虎蛟:水中动物。《山海经·南山经》:"……虎蛟,其状鱼身而蛇尾,其音如鸳鸯。"钩蛇:李善注引郭璞《山海经》注:"今永昌郡有钩蛇,长数丈,尾跂。在水中钩取断岸人及牛马啖之。"

⑲蜦(lún)：《说文解字》："蜦，蛇属也。黑色。潜于神泉之中，能兴云致雨。"为传说中的神蛇。魫(tuán)：又作"魦"，传说中的鱼名。《山海经·南山经》："(鸡山)黑水出焉，而南流注于海。其中有魦鱼，其状如鲋而彘毛，其音如豚。"鲎(hòu)：介类动物。《北堂书钞》引晋刘忻期《交州记》："鲎，如惠文冠玉，其形如龟。子如麻，子可为酱，色黑。十二足，似蟹，在腹下。雌负雄而行。"蝐(mèi)：虫名。形状如虾，寄生蟹壳中。李善注引《临海水土物志》："蝐似虾，中食，益人颜色。"

⑳鲼(fèn)：鱼名。形如大荷叶，长尾，口在腹下，目在额上，尾长有节螫人。䲧(yāng)：龟类。李善注引《临海水土物志》："初宁县多䲧，龟形薄头。喙似鹅指爪。"𪓴䗪(ní má)：龟类。李善注引《临海水土物志》："䲧䗪与𪓨辟相似，形大如蕨。"

㉑王珧(yáo)：大蚌。李善注引郭璞《山海经》注："珧，亦蚌属也。"海月：海中动物。李善注引《临海水土物志》："海月，大如镜，白色，正圆。"

㉒土肉：海中动物。李善注引《临海水土物志》："土肉，正黑，如小儿臂大，长五寸，中有腹，无口目，有三十足。"石华：介类。肉可食。附生于石，肉如蛎房，壳如牡蛎而大。

㉓三蝬(zōng)：介类动物。李善注引《临海水土物志》："三蝬似蛤。"蚹(fù)江：李善注："旧说曰：'蚹江似蟹而小，十二脚。'"

㉔鹦螺：介类。李善注引《南州异物志》："鹦鹉螺，状似覆杯，头如鸟头，向其腹视，似鹦鹉，故名。"蜁蜗：李善注："旧说曰：蜁蜗，小螺也。"

㉕璅蛣(suǒ jié)：介类动物。今称寄居蟹。李善注引《南越志》："璅蛣长寸余，大者长二三寸。腹中有蟹子，如榆荚，合体共生，为蛣取食。"腹蟹：璅蛣为寄居蟹，壳中为腹蟹。

㉖水母：海中浮游动物。形似伞，体缘有很多触手。目虾：水母以

虾为目。李善注引《南越志》:"海岸间颇有水母,东海谓之蛇,正白濛濛,如沫生物,有智识,无耳目,故不知避人。常有虾依随之,虾见人则惊,此物则亦随之而没。"

㉗紫蚢(háng):大紫贝。蚢,大贝。渠:车轮。

㉘洪蚶:大蚶。洪,大。李善注引《临海水土物志》:"蚶则径四尺,背似瓦垄,有文。"专车:满载一车。专,满。《国语·鲁语》:"昔禹致群神于会稽之山,防风后至,禹杀而戮之,其骨节专车。"

㉙琼蚌:水中介类动动。李善注引《异物志》:"蚌似车螯(蛤属),洁白如玉。"故谓琼蚌。晞曜:李善注:"向日也。"指蚌裂开以向阳。莹珠:珠光晶莹。

㉚石蚚(jié):介类动物。外有石灰质的贝壳。李善注引《南越志》:"石蚚,形如龟脚。得春雨则生花,花似草华。"应节:石蚚春生花而冬死故曰应节。扬葩(pā):开花。

㉛蠩蝫(zhū):虫名。亦水边动物。李善注引《南越志》:"蠩蝫,一头,尾有数条,长二三尺左右,有脚,状如蚕,可食。"森衰:下垂的样子。翘:尾。

㉜玄蛎:黑牡蛎,长七尺左右,李善注引《南越志》:"蛎形如马蹄。"魂礧(kuǐ lěi):不平的样子。碨砑(wěi yā):与"魂礧"义同。

㉝潋(liàn):在水波上荡漾起伏的样子。

㉞混:转动。沦:沉没。言水上动物或泛波水上,或沉没于泥沙。

㉟龙鲤:即穿山甲,陵居,其状如鲤。李善注:"或曰,龙鱼一角也。"

㊱奇鸧(cāng):传说中的九头鸟。

㊲有鳖三足,有龟六眸:《尔雅·释鱼》:"鳖三足,能。"郭璞注《山海经》:"今吴兴郡阳羡县君山上有池,池中出三足鳖,又有六眼龟。"

㊳赪鳖(chēng biē):红色的鳖。赪,红色。肺(fèi)跃:形状如肺而跳跃。肺,通"肺"。吐玑:吐珠。玑,不圆的珠或小珠。李善注

引《山海经》：“珠鳖鱼，其状如肺而有目。六足，有珠。”

㊴文鳐(pí)：鱼名。李善注引《山海经》：“文鳐之鱼，其状如覆铫，鸟
首而翼，鱼尾，其声如磬，是生珠玉。”孕璆(qiú)：怀珠。

㊵鯈蟰(tiáo yóng)：传说中的动物。《山海经·东山经》：“（独山）
末涂之水出焉，而东南流，注于沔，其中多鯈蟰，其状如黄蛇，鱼
翼，出入有光。”掣耀：闪光。

㊶神蜧(lì)：神蛇，潜于神泉，亦为传说中的动物。蛩蜦(yūn lún)：
蛇行的样子。沉游：潜游。

㊷驳(bó)马：传说中的兽名。《山海经·北山经》：“（敦头之山）其
中多驳马，牛尾而白身，一角，其音如呼。”嘘蹀：一边踏波而行，
一边喷水。嘘，喷水。蹀，踏行。

㊸水兕(sì)：水兽名。形似牛。《南越志》：“西巩县东，暨于海，其中
多水兕，形似牛。”阳侯：波神，已见前注。

㊹“渊客”二句：渊客，即下句之鲛人。鲛人，神话传说中居于海底
能泣珠的神人。张华《博物志》：“南海水有鲛人，水居如鱼，不废
织绩，其眼能泣珠。”

㊺雹布：如冰雹下降之遍布。形容众多的样子。余粮：即禹余粮。
一种岩石，呈大小圆石片或沙粒状，常胶附褐铁矿上，中有空处
含黏土，匀细清洁，色黄。传说禹治水时弃其余粮而化为此石，
故名，生东海池泽。

㊻星离：如星辰附丽空中，亦形容众多的样子。沙镜：像云母般闪
光的沙。

㊼青纶：似青丝带的海草，即今紫菜。《尔雅·释草》：“纶似纶，组
似组，东海有之。”竞纠：争相缠绕。纠，纠结，缠绕。

㊽缛：色彩斑斓。组：参见“纶”字注。争映：争相辉映。

㊾紫菜：海草名。色紫，状似鹿角菜而细，生海中。荧晔(yè)：光辉
灿烂的样子。丛被：一丛丛蒙生在石上。

(50)绿苔:海藻。一名海苔,生岩石上。李善注引《风土记》:"石发,水苔也,青绿色,皆生于石。"鬖髿(sān suō):本为头发凌乱。此为散乱的样子。研:滑石。

(51)石帆(píng):海草,生海岛石上。蒙笼:茂密四布的样子。

(52)苹实:水草之实。萍,水草。漂泳:漂流。

(53)丹砾(lì):丹砂。

(54)云精:云母。烛银:精光锃亮的银。

(55)珕(lì):蚌蛤之类。珋(liǔ):有光的光石,即壁流离,今称钻石。璿瑰(xuán guī):玉名。

(56)水碧:水中的玉石。潜瑉(mín):亦水玉名。

(57)鸣石:撞击发出声响的石头。《山海经・中山经》:"(长石之山)多竹,共水出焉,西南流注于洛,其中多鸣石。"郭璞注:"晋永康元年,襄阳郡上鸣石,似玉,色青,撞之声闻七八里。"阳渚:向阳之渚。渚,水边。张铣注:"鸣石生皆向阳,故云列于阳渚。"

(58)浮磬:石也,可为磬,生于北岸,故下文曰阴滨。肆:列。

(59)"或颎(jiǒng)彩"二句:言上述奇珍异宝之光彩映照微波,或在涯畔光芒四射。颎彩,光彩。轻涟,微波。焆(juān)曜,照耀。崖邻,水畔。

(60)"林无"二句:言珠玉所出,林岸皆润。李善注引《荀子》:"玉在山而木润,渊生珠而崖不枯。"溽(rù),湿润。津,滋润。

**【译文】**

江中鱼类,应有尽有。江豚海狶,小鲔大鳝。鲳鰊鲼鲉,鲮鳐鲶鲑。有的头长鹿角,有的又似象鼻,有的状如猛虎,有的颜如蛟龙。鳞甲交错间杂,色彩华丽斑斓。摇鳍掉尾,飞涎吐浪,逆流唼喋,随波远游。有的迸发彩色,闪耀深渊中,有的开合鱼鳃,悠游岩穴下。大鲸乘波涛,或出或入,鲼鲎顺时令,或往或还。水中动物,千奇百怪。水鸟大潜鹄,鱼牛状如牛,虎蛟有蛇尾,钩蛇食牛马。兴云致雨的蛉,叫声如豚的蚌,鬻有十二足，蝐的样子如大虾。鳞鱼嘴在腹之下，鼋口竟如鹅指爪，鼍鼍龟形大如席，还有玉珧大蚌，如镜海月，黑色土肉，附石石华。三蝬似蛤，虾江像蟹，鹦鹉螺如鹦鹉，旋蜗小如螺，璅蛣寄居蟹，腹中藏蟹子，水母无眼虾伴随，以虾为目而沉浮。紫贝大如车，大蚶满载车。大蚌向阳珠晶莹，石砝春来脚生花。锯蜪多尾纷纷垂，贝壳凹凸是玄蛎。有的上下起伏泛波上，有的活动埋没泥沙中，龙鲤生一角，奇鸲有九头。珠鳖生三足，有龟六只眼。红鳖跳跃吐珠玑，文鲵磬鸣怀美玉，鯈鳙振翅闪光芒，神蛇蜿蜒潜水行。驿马踏波口喷水，水罡雷吼兴波浪。渊客筑室在水底，鲛人建馆在悬瀑。余粮如冰雹洒地，沙镜似星辰布空。青纶竞相缠绕，繁彩组草争相辉映，紫菜发亮，丛丛遍布，绿苔凌乱，散在岩上。石帆茂密，盖满岛屿，萍实偶现，随处漂流。水下有金矿丹砂，不朽云精，精光白银。蚌蛤之壳，闪烁钻石，美玉璇瑰，水中珍贵玉石水碧和潜璠。鸣石产在向阳沙岸，浮磬出于靠北水边。有时华彩映照在微波中，有时光辉四射于崖岸畔。山林藏玉，一片滋润，渊岸产珠，生津不枯。

其羽族也①，则有晨鹄天鸡②，鸀鹜鸥鷃③。阳鸟爱翔④，于以玄月⑤，千类万声⑥，自相喧聒⑦，濯翮疏风⑧，鼓翅翻拂⑨。挥弄洒珠，𬜯拂瀑沫⑩。集若霞布，散如云豁⑪。产㲋积羽⑫，往来勃碣⑬。樏杞积薄于浔涘⑭，枏梿森岭而罗峰⑮。桃枝筼筜⑯，实繁有丛⑰。葭蒲云蔓⑱，樱以兰红⑲。扬皢毦⑳，擢紫茸㉑。荫潭隩㉒，被长江㉓。繁蔚芳蘸㉔，隐蔼水松㉕。涯灌芊萊㉖，潜荟葱茏㉗。鲮鲤跼蹐于垠隒㉘，猨獭眯瞟乎匼空㉙。迅蜼临虚以骋巧㉚，孤玃登危而雍容㉛。爰牳翘踅于夕阳㉜，鸳雏弄翻乎山东㉝。因岐成渚㉞，触涧开渠㉟。漱壑生浦㊱，区别作湖㊲。磴之以灂瀺㊳，渫之以尾闾㊴。标之以翠蘙㊵，泛之以游菰㊶。播匪艺之芒种㊷，挺自然之嘉疏<sup>㊸</sup>。鳞被菱荷<sup>㊹</sup>,攒布水衸<sup>㊺</sup>。翘茎瀵蘂<sup>㊻</sup>,濯颖散裹<sup>㊼</sup>。随风猗萎<sup>㊽</sup>,与波潭沲<sup>㊾</sup>。流光潜映,景炎霞火<sup>㊿</sup>。

**【注释】**

①羽族:指鸟类。

②晨鹄:郭璞注《山海经》曰:"晨鹄犹晨凫也。"则晨鹄为野鸭,常以晨飞故名。天鸡:《尔雅·释鸟》:"鶾,天鸡。"野鸡、山鸡。郭璞注:"赤羽。"

③鸹(yǎo):鸟名。《尔雅·释鸟》:"鸹,头鸹。"又称头鸹、鱼鸹,一种水鸟,形如野鸭,青身朱目赤尾。鹜(áo):鸟名。《山海经·大荒西经》:"鹜,青鸟、黄鸟,其所集者其国亡。"古人目为不祥之鸟。鸥:水鸟名。在海为海鸥,在江为江鸥,随潮而翔,迎浪蔽日。䳆(dài):《正字通》:"䳆字之讹。"䳆,鸟名。《山海经·西山经》:"其状如凫。"

④阳鸟:鸿雁类的候鸟。《尚书·禹贡》:"彭蠡既潴,阳鸟攸居。"疏:"鸿雁之属,九月而南,正月而北……此鸟南北与日进退,随阳之鸟,故称阳鸟。"

⑤玄月:九月。《尔雅·释天》:"九月为玄。"

⑥千类:众多鸟类。

⑦喧聒(guō):闹声震耳。

⑧濯翮(hé):洗濯翅膀。翮,翅翼。疏风:迎风梳理羽毛。

⑨鼓翅:拍着翅膀。翻胹(yù xù):鸟翅鼓动的样子。

⑩拊(fǔ):拂,拍击。瀑沫:飞溅起泡沫。

⑪"集若"二句:形容众鸟之色彩美丽及上下翻飞的情景。集若霞布,群鸟色彩鲜艳,如彩霞布满天空。集,群鸟聚集。散如云豁,群鸟散飞,犹如云去天青。

⑫产:产卵。鬌(tuò):脱毛。积羽:古地名。《竹书纪年·周纪》:

"穆王北征,行流沙千里,积羽千里。"张铣注:"积羽,地名。方千里,群鸟产乳氄毛之处。"

⑬勃碣:李善注引《齐地记》:"勃海郡东有碣石,谓之勃碣也。"言江上众鸟活动往来,距离遥远。

⑭㯆(lìn):木名。又名㯆筋木,木质坚硬。杞:木名。枸杞。稹薄:茂密丛生。稹,稠密的样子。薄,丛生。浔涘(xún sì):水边。

⑮楠(lì):木名。《广韵》:"楠,小梿也。"梿(lián):木名。森岭:茂林布满山峰。森,树木丛生的样子。罗峰:盖满山峰。

⑯桃枝:竹名。可织席作杖。筼筜(yún dāng):竹名。皮薄,节长而竿高。生水边,长数丈。

⑰实:语助词。繁:繁茂。有丛:有,语助词。丛,丛生。

⑱葭(jiā):芦苇。蒲:草名。即香蒲。云蔓:如云霞蔓延。形容繁茂。

⑲䁔(yìng):彩色相映。兰:泽兰。红:指笼舌,叶大,赤白色,高丈余。

⑳皜眊(hào ěr):洁白的草花。眊,草花。

㉑擢(zhuó):抽出,拔起。紫茸:紫色小草花,蒲初生时状。

㉒荫:覆盖,遮掩。潭隩(yù):潭水的曲岸。

㉓被:蒙,覆盖。

㉔繁蔚:茂荣。芳薿:江蘺,香草名。

㉕隐蔼:繁茂。水松:草名。

㉖灌:丛生。芊萰(qiàn liàn):葱茏,青葱茂盛的样子。

㉗潜荟(huì):水中草木丛生的样子。

㉘鮱(lù):鱼名。《山海经·南山经》:"其状如牛,陵居,蛇尾有翼,其羽在鮱下,其名曰鮱。"跬踽(kuí jú):一步一跳的样子。跬,踏跳。踽,小步移动。垠㟝(yín yǎn):水岸。此句言两鱼行于岸上。

㉙獱獭(biān tǎ)：獱，小獭。獭，《说文解字》："獭，如小狗也，水居食鱼。"睒瞲(shǎn xuè)：短暂的一瞥，又惊视的样子。睒，暂视。瞲，惊视。厱(qiān)空：山崖岸侧空穴。

㉚迅蜼(wèi)：行动敏捷的长尾猨。蜼，长尾猨。临虚：临空。骋巧：显示灵巧。

㉛孤玃(jué)：孤独的大猴。登危：登高。雍容：自得的样子。

㉜夔牬(kuí hǒu)：夔牛之子。李善注引郭璞《山海经》注："今蜀山中有大牛，重数千斤，名为夔牛。"又李善注引郭璞《尔雅》注："今青州呼犊为牬。牬，夔牛之子也。"牬与犳同，犊。翘：举。此指举尾。踛(lù)：跳。夕阳：《尔雅·释山》："山西曰夕阳。"山西面的地方，因傍晚时才能看到太阳，故称夕阳。

㉝鸳雏：鹓鸰。《山海经·南山经》："南禺之山有凤皇、鹓鸰。"郭璞注："鹓鸰，凤属也。"翮(hé)：羽茎，指鸟翅。

㉞岐：山岸弯曲处。渚(zhǔ)：水中小块陆地。

㉟触涧：张铣注："山夹为涧，波潮触之，又为沟渠也。"此句言江潮又冲击山间流水，形成沟渠。

㊱潄：荡涤。壑：山谷。浦：水滨。张铣注："壑亦山曲，水荡之则生浦也。"

㊲区别作湖：江水分流，广停水于低洼之处，形成湖泊。

㊳礧(tēng)：溢。濣(fán)：水瀑溢。瀷(yì)：水潦积聚，无源积水。

㊴渫(xiè)：出水。尾闾：古代传说中海水归宿之处。《庄子·秋水》："天下之水，莫大于海，万川归之，不知何时止而不盈，尾闾泄之。"也称沃焦。

㊵标：标志。翠蘙(yì)：菁翠葱茏，草木茂盛的样子。

㊶游菰(gū)：菰蒋，浮于水上，故曰游菰。菰蒋俗称茭白。

㊷播：布。匪：非。艺：种植。此指自然生长的植物。

㊸嘉蔬：祭祀用的稻。《礼记·曲礼》："凡祭宗庙之礼……稻曰嘉

蔬。”郑玄注:“嘉,善也;稻,瓜蔬之属也。”

㊹鳞被:如鱼鳞一样布满。菱荷:菱角荷花。

㊺攒(cuán):聚在一起。水蓏(luǒ):水中的草类果实。

㊻翘茎:挺出茎干。瀵(fèn)蕊:水溅花蕊。瀵,喷洒。

㊼濯颖:水拂禾穗。濯,本为洗涤,此当指水拂禾穗。

㊽猗(yī)萎:随风飘摇的样子。

㊾潭沲(tuó):随波摇荡的样子。

㊿“流光”二句:言江上各种草花发散出的光与色及其给人的直观感觉。流光,指各种花草散发的绚烂光彩。潜映,映入于水,倒影。景炎,光焰。指花草在日光下光明灿烂。霞火,火红的彩霞。

**【译文】**

至于鸟类,有野鸭山鸡,青身朱目鸺鸟,不祥鸟,名叫鹙,江鸥破浪飞,鴸鸟状如凫,阳鸟翱翔,九月南飞,鸟族千类,万声齐鸣,喧闹震耳。迎风梳洗,整理羽毛,拍动翅膀。群鸟嬉戏,挥洒成珠,扑打波浪,水沫四溅。一时群集,如彩霞满天,霎时惊散,似云消天青。产卵落毛,飞到积羽,任意东西,来去勃碣。橉杞茂盛,丛生水边,槆桂繁荣,盖满山峰。桃枝篔筜,实是佳竹。蒹葭香蒲,似云霞蔓蔓,泽兰红笼舌,光彩辉映。洁白草花,微微抖动,紫茸小花,高高挺起。花叶遮满山弯,绿色掩荫长江。江蓠青嫩茂密,水松郁郁葱葱。涯畔灌木丛生,江中水草葱茏。鲮鲑在岸上跳跃,猵獭在坎穴中惊视。敏捷的长尾猴,临空炫灵巧,孤独的大猿猴,登高自从容。夔牛犊,西山翘尾踢足,鵁鸰鸟,山东展翅飞舞。山岸弯曲,积水处处,自然成渚。波潮冲涧,涧水横流,开为沟渠。流涛涤山壑,水荡生河口。江水分支流,汇而成湖泊。江水瀑溢,水潦积聚,归之大海,泄之尾闾。湖泊河口,青翠一片,菰蒋漂浮,稻麦野生,嘉蔬自长。菱荷鳞比而生,水中果实攒聚。茎干高扬,花蕊水滴,禾穗拂水,散开子包。时或随风飘摇,时或与波荡漾。繁花芳草,流光熠熠,倒影水中央，阳光照耀，明媚如红霞。

其旁则有云梦雷池①，彭蠡青草②。具区洮滆③，朱浐丹漖④。极望数百⑤，沆漭皛溔⑥。爰有包山洞庭⑦，巴陵地道⑧，潜逵傍通⑨，幽岫窈窱⑩。金精玉英瑱其里⑪，瑶珠怪石琗其表⑫。骊虯摎其址⑬，梢云冠其嶒⑭。海童之所巡游⑮，琴高之所灵矫⑯。冰夷倚浪以傲睨⑰，江妃含嚬而瞵眇⑱。抚凌波而凫跃⑲，吸翠霞而夭矫⑳。若乃宇宙澄寂㉑，八风不翔㉒。舟子于是搦棹㉓，涉人于是㧪榜㉔。漂飞云㉕，运舻艎㉖。舳舻相属㉗，万里连樯㉘。溯洄沿流㉙，或渔或商。赴交、益㉚，投幽、浪㉛，竭南极㉜，穷东荒㉝。尔乃䅺雾褫于清旭㉞，觇五两之动静㉟。长风瓟以增扇㊱，广莫飔而气整㊲。徐而不飏㊳，疾而不猛㊴。鼓帆迅越㊵，趋涨截洄㊶。凌波纵柂㊷，电往杳溟㊸。霩如晨霞孤征㊹，眇若云翼绝岭㊺。倏忽数百㊻，千里俄顷㊼。飞廉无以睎其踪㊽，渠黄不能企其景㊾。于是芦人渔子㊿，摈落江山[51]。衣则羽褐[52]，食惟蔬鲜[53]。栫淀为涔[54]，夹泲罗筌[55]。箭洒连锋[56]，礨礨比船[57]。或挥轮于悬碕[58]，或中濑而横旋[59]。忽忘夕而宵归[60]，咏采菱以叩舷[61]。傲自足于一呕[62]，寻风波以穷年[63]。

【注释】

①云梦：古泽名。说法纷纭，大致包括今湖南益阳、湘阴以北，湖北江陵、安陆以南，武汉市以西地区。雷池：水名。即大雷水。今名扬溪河，在安徽望江南。

②彭蠡：湖名。在今江西。因湖接鄱阳山，又名鄱阳湖。青草：湖

名。李善注引《吴录》:"巴陵县有青草湖。"巴陵即今岳阳,在湖南。

③具区:亦湖泽名。即今太湖。在江苏苏州,跨江、浙二省。洮(yáo)、㲿(gé):二湖名。洮湖,在江苏溧阳、金坛两县境内。李善注引《风土记》:"阳羡县西有洮湖。"㲿湖,一名西㲿湖,俗称沙子湖。在江苏武进西南,东连太湖。郦道元以为五湖之一。

④朱:朱湖。李善注引《水经注》:"朱湖在溧阳。"溧阳在今江苏。浐(chǎn):浐湖。李善注引《水经注》:"沔水又东,得浐湖,水周三四百里。"浐湖在汉水旁。丹:丹湖,李善注引《水经注》曰:"丹湖在丹阳。"丹阳,在今江苏东南部及浙江西部。濑:濑湖,李善注:"濑湖在居巢。"在今安徽巢县西,即今巢湖。

⑤极望:极目远望。数百:指广大数百里宽。

⑥沆漾(hàng yǎng):广大无边的样子。皛漾(xiǎo yǎo):水又深又白。

⑦包山洞庭:包山,即苞山。《清统志》曰:"江苏苏州府,包山在吴县西南太湖中,所谓洞庭西山也。"《水经·沔水》郭璞注:"湖(指太湖)有苞山,《春秋》谓之夫椒。山有洞室,入地潜行,北通琅邪东武县,俗谓之洞庭。旁有青山,一名夏架山。山有洞穴,潜通洞庭(指巴陵洞庭)。"高步瀛《文选李注义疏》:"吴中太湖,与巴陵洞庭相通,故亦有洞庭之名。"

⑧巴陵地道:传说巴陵洞庭下有地道。《山海经·海内东经》郭璞注:"洞庭,地穴也。在长沙巴陵。今吴县南太湖中有包山,下有洞庭穴道,潜行水底,云无所不通,号为地脉。"

⑨潜逵:指洞庭水下地道。逵,道。傍通:四通八达。

⑩幽岫(xiù):指地穴幽深。窈窕:形容地穴曲折而有奇状。

⑪金精:金之精华。玉英:玉之精品。瑱(tiàn):以玉塞耳为瑱。引申为填充。里:指地穴内。

⑫瑶珠:美玉珍珠。琗(cuì):珠玉光彩杂错。表:指地穴外。

⑬骊虬(qiú):骊龙。摎(jiū):盘绕。址:地基,指包山脚下。

⑭梢云:高云,瑞云。李善注引《瑞应图》:"梢云,瑞云。人君德至则出,若树木梢梢然也。"嶉(biǎo):山巅。

⑮海童:传说中的海中神童。

⑯琴高:传说中仙人名。《列仙传》记载,琴高,战国赵人,能鼓琴,为宋康王舍人。学修炼长生之术,游于冀州涿城之间,后入涿水取龙子,与弟子期某日返。至时,琴高果乘赤鲤而出,留一月余,复入水去。灵矫:神游。矫,飞。李善注"言飞而去来其中"。

⑰冰夷:传说中的河神。《山海经·海内北经》:"从极之渊深三百仞,维冰夷恒都焉。"又作"冯夷"。傲睨(nì):傲然侧视,目空一切。

⑱江妃:传说中的仙女。妃,亦作"斐"。据《列仙传》记载,江妃二女,游于江汉之滨,遇郑交甫,仙女以佩珠相赠,交甫行数十步,佩珠与仙女皆不见。含顣(pín):面带愁容。瞑(mián)眇:远眺。

⑲抚:指手拂水波。凌波:起伏的波浪。凫跃:指仙人又似凫鸟游跃水上。

⑳翠霞:吕向注:"江上青气也。"夭矫:悠然自得的样子。

㉑宇宙:指天地。澄寂:清澄寂静。

㉒八风:八方之风。八风各家名目不一,依《吕氏春秋·有始》则为炎风、滔风、熏风、巨风、凄风、飂风、厉风、寒风。不翔:不动。

㉓舟子:船夫。搦(nuò):持,掌。棹(zhào):划船的工具。

㉔涉人:即舟子,船夫。扡(yǐ):止,停止。榜(bàng):船棹,亦为划船工具。

㉕漂:漂流。飞云:船名。《吴都赋》刘渊林注:"飞云,吴楼船之有名者。"

㉖舳艎(yú huáng):船名。亦作"馀皇"。《春秋左传·昭公十七

年》:"楚师继之,大败吴师,获其舟馀皇。"

㉗舳舻(zhú lú):此泛指船只。舳,船尾。舻,船头。属(zhǔ):连。

㉘樯:桅杆,挂帆所用。

㉙溯洄(huí):逆流而上。沿流:顺流。

㉚交、益:古代二州名。交州,汉始封,今广西苍梧为首府。益州,
故地大部在今四川境内。

㉛幽、浪:古地名。幽,幽州。故地为今河北北部及辽宁一带。浪,
乐郎郡,汉武帝始置。《汉书·武帝纪》:"朝鲜斩其王右渠降,以
其地为乐浪、临屯、玄菟、真番郡。"

㉜竭:尽。南极:南方极远之地。

㉝穷:尽。东荒:东方荒远之地。

㉞䚕(lì):又作"䚕",伺视。雾祲(fēn jìn):阴阳二气相侵所形成的
征象不祥的云气。清旭:清晨日始出之时。旭,日初出。

㉟觇(chān):窥视。五两:即绕,古代测风的一种设置,楚人叫五
两。李善注引《兵书》:"凡候风法,以鸡羽重八两,建五丈旗,取
羽系其巅,立军营中。"此句言测定风向阴晴,非关兵事。

㊱长风:巨风。亹(wěi):风大的样子。增扇:频吹。增,加多。

㊲广莫:风名。八风之一,指北风。飔(lì):风劲吹的样子。气整:
风力齐整。

㊳飔(wěi):风力迟软的样子。

㊴疾:指风迅疾。

㊵鼓帆:风吹船帆涨满的样子。迅越:迅速飞度。

㊶赻(pò):越过。洀:指宽广的样子。截:横渡。泂(jiǒng):与洀同
义,均指江面开阔深广。

㊷凌波:指破浪向前。纵柂(duò):灵活自如地掌握船舵。柂,船
舵,在船尾调正方向的工具。

㊸电往:如闪电般往前。杳溟(yǎo míng):渺茫绝远之处。

㊹霸(duì):云急飞的样子。晨霞:朝霞。孤:独。征:行。

㊺眇(miǎo):仔细观察。云翼:大鹏鸟翅如垂天之云(天边的云)。《庄子·逍遥游》:"鹏之背不知其几千里也……怒而飞,其翼若垂天之云。"绝岭:飞度山岭。

㊻倏(shū)忽:形容时间短暂,一会儿。

㊼俄顷:须臾之间,亦形容时间短暂。

㊽飞廉:传说中的神禽名。善走。据晋灼《史记》注:"身如鹿,头如雀,有角而蛇尾,文如豹文。"睎(xī):视。踪:踪迹。

㊾渠黄:相传周穆王有八骏,渠黄为其中之一。企:踮起脚跟。此指企望。景:"影"的古字。

㊿芦人渔子:伐芦捕鱼之人。

(51)摈落:李善注:"谓被斥摈而漂落也。"摈,弃。

(52)羽:以毛所织之衣。褐:以粗毛粗麻所织之衣。

(53)蔬:野菜。鲜:指鱼。

(54)栫(jiàn):用柴木堵塞。淀:刘渊林《吴都赋》注:"淀如渊而浅。"涔(qián):积柴木于水中以捕鱼。《尔雅·释器》:"槮谓之涔。"郭璞注:"今之作槮者,聚积柴木于水中,鱼得寒,入其里藏隐,因以簿围捕取之。"可见为古代一种捕鱼方法。

(55)淙(cóng):小水流入大水的地方。《诗经·大雅·凫鹥》毛传:"淙,水会也。"筌(quán):捕鱼之器,竹制。

(56)筩(tǒng)洒:此指投钓钩。筩,捕鱼器。指用筩捕鱼。洒,李善注:"旧说曰:'筩洒,钓名也。'"连锋:鱼钩相连。锋,此指鱼钩。

(57)罾罍(zēng léi):皆捕鱼网。比船:李周翰注:"比船,下网之船而相比行。"指下网的船只相并而行。

(58)轮:收卷钓丝的转轮。悬碕(qí):高峻的岸湾。碕,同"圻",曲岸。

(59)中濑(lài):濑中,在急流中间。濑,湍急之水。横旋:船在急流中横旋。

⑥忽：迅疾，指时间过得飞快。忘夕而宵归：竟忘了傍晚已临，至夜方归。

⑥采菱：乐曲名。《淮南子·说山训》："欲美和者，必先始于阳阿、采菱。"高诱注："阳阿采菱，乐曲之和声。"叩舷（xián）：拍打船边。

⑥傲：傲然。自足：自我安乐。呕：讴，歌唱。

⑥寻：追寻。风波：风浪，喻渔人在江上的漂泊生活。穷年：百年，终身。

## 【译文】

与江水旁通的湖泽有云梦、雷池，彭蠡青草。太湖洮滆，朱浐丹漅。极目远望，茫茫数百里；无边无际，一片水浩渺。包山之下，天然石室，巴陵洞庭，藏伏地道。水底潜行，无所不达，幽远深邃，曲折迴绕。黄金精华，美玉精品，充满地穴；宝玉珍珠，奇异怪石，闪烁山坳。骊龙盘踞包山脚下，瑞云飘飘山，高高笼罩，海童巡游其中，琴高神游飘飘。冰夷倚浪，傲然侧视，江妃带愁，江上远眺。神仙手拂起伏波浪，啜饮翠霞，悠然逍遥。至于天地宇宙，清明寂静，风波不动，八风不翔。舟子撑船，缓缓前行，船夫弃棹，任船飘荡。湖面飘飞云，江上泛舻艎。舟船如云，首尾相接，篷帆一片，万里飞扬。有的逆溯而上，有的顺流而下，有的捕鱼为生，有的远涉经商。远赴交州、益州，奔向幽州、乐浪。到达南极，穷尽东方。细视清晨不祥之雾，观察江上风向动静。巨风激烈，频频劲吹，北风呼啸，风力齐整。有时江风徐缓而不弱，有时迅疾而不猛。风满船帆，急速前驰，穿越激流，横渡过江。如云霞急飞，朝霞独行，似大鹏之翼，飞越绝顶。顷刻数百里，千里只一瞬。快似飞廉不能追其踪，疾如渠黄不能望其影。于是樵夫舟子，流落江山。身穿粗布衣裳，只食野菜鱼鲜。木柴壅水捉鱼，河口安上鱼筌。投下筒，洒下钩，密密麻麻，又布罾，又抛网，渔船并行。有时垂钓水弯悬崖，有时急流横船撒网。不觉傍晚已临，深夜方归，哼着采菱曲，拍着船舷。渔歌一曲，傲然自得，笑逐风波，以终百年。

　　尔乃域之以盘岩①,豁之以洞壑②。疏之以沲汜③,鼓之以朝夕④。川流之所归凑⑤,云雾之所蒸液⑥。珍怪之所化产⑦,傀奇之所窟宅⑧。纳隐沦之列真⑨,挺异人乎精魄⑩。播灵润于千里⑪,越岱宗之触石⑫。及其谲变儵恍⑬,符祥非一⑭。动应无方⑮,感事而出⑯。经纪天地,错综人术⑰。妙不可尽之于言⑱,事不可穷之于笔⑲,若乃岷精垂曜于东井⑳,阳侯遁形乎大波㉑。奇相得道而宅神㉒,乃协灵爽于湘娥㉓,骇黄龙之负舟,识伯禹之仰嗟㉔。壮荆飞之擒蛟㉕,终成气乎太阿㉖。悍要离之图庆,在中流而推戈㉗。悲灵均之任石㉘,叹渔父之棹歌㉙。想周穆之济师㉚,驱八骏于鼋鼍㉛。感交甫之丧佩㉜,愍神使之婴罗㉝。焕大块之流形,混万尽于一科㉞。保不亏而永固㉟,禀元气于灵和㊱。考川渎而妙观㊲,实莫著于江河㊳。

**【注释】**

①域:界。盘岩:刘良注:"盘岩,大山。言江以大山为限界也。"盘,通"般"。《方言》:"般,大也。"

②豁:疏通,开导。洞壑:刘良注:"洞,深。壑,海。"大海。

③疏:疏导,疏通。沲汜(tuó sì):二水名。江水的支流。

④鼓:指波涛涌起。朝夕:潮汐。海水定时涨落,昼涨曰潮,夜涨称汐。此言潮水往来。

⑤归凑:归聚。

⑥云雾之所蒸液:江气润液,蒸为云雾。

⑦珍怪:珍奇怪异之物。化产:衍化产育。

⑧傀(guī)奇:瑰玮奇伟之物。窟宅:宅居。

⑨纳:容。隐沦:神仙。桓谭《新论·辨惑》:"天下神人五:一曰神

仙,二曰隐沦,三曰使鬼物,四曰先知,五曰铸凝。"列真:诸仙人。

⑩挺:挺拔。异人:不寻常之人。《汉书·公孙弘传赞》:"群士慕向,异人并出。"指下文伯禹、荆飞、要离、灵均之辈。精魄:英灵。李周翰注:"言异人生于时,皆得江汉之英灵也。"

⑪播:散播。灵润:灵泽,通气致雨。指长江润泽其周围自然环境。古人以山川河海对周围环境带来有利影响曰润。故《春秋公羊传·僖公三十一年》:"山川有能润于百里者,天子秩而祭之。"

⑫岱宗:泰山。触石:云雾触石,化而为雨。《春秋公羊传·僖公三十一年》:"触石而出,肤寸而合。不崇朝而遍雨天下者,其唯泰山乎。"此指云气触石理而出为雨,连微小之地也能洒遍,唯泰山能常年如此。

⑬谲(jué)变:奇异变化。儵恍:疾速。儵,通"倏"。恍,忽。

⑭符祥:吉凶的征兆。此为古人的迷信观念,以为人事吉凶上天皆有征兆显示。非一:不只一状。

⑮动应:应验。无方:无常。

⑯感事:与人事相感应。出:指吉凶征兆的出现。

⑰"经纪"二句:李善注:"以织为喻也。符祥上则经纪天地,下则错综人术。"用纺织来比喻,符祥交织了天地人事的征兆。经纪,条理,秩序。错综,交错综合。人术,人事,世上的各种事情。

⑱妙:妙理。

⑲事:指与符祥相感之人事。穷:尽。

⑳岷精:岷山之精。垂曜:放射光芒。东井:即二十八宿之井宿。李善注引《河图括地象》:"岷山之地,上为东井络。"李周翰注:"岷山之精,上为东井星。"

㉑阳侯:波神。详见上注。遁(dùn)形:形体隐没。指阳侯形体隐没于波涛之中。

㉒奇相:《广雅·释天》:"江神谓之奇相。"《史记·封禅书·索隐》

引《江记》云："帝女也，卒为江神。"宅神：居江为神。《史记·封
禅书》："江水，祠蜀。"《索隐》引《华阳国志》："蜀守李冰于彭门阙
立江神祠三所。"

㉓协：合。灵爽：神明。湘娥：指尧之二女娥皇与女英，为舜二妃，
后为湘水之神。刘良注："（奇相）得道于江，故居江为神，乃合其
精爽与湘娥俱为神也。"

㉔"骇黄龙"二句：《吕氏春秋·恃君览》："禹南省，方济乎江，黄龙
负舟，舟中之人五色无主。禹仰视天而叹曰：'吾受命于天，竭力
以养人。生，性也，死，命也。余何忧于龙焉？'龙俯耳低尾而
逝。"骇，惊。嗟，叹。

㉕壮：以为壮伟。荆飞：传说中的楚国勇士，名饮飞。荆，楚。飞，
饮飞。擒蛟：《吕氏春秋·恃君览》："荆有次非者，得宝剑于干遂
（地名）。还反涉江，至于中流，有两蛟夹绕其船……'此江中之
腐肉朽骨也。'于是赴江刺蛟，杀之而复上船。荆王闻之，仕之
执圭。"

㉖成气：得剑之神气。太阿：古宝剑名。

㉗"悍要离"二句：悍，以为勇悍。要离之图庆，指春秋吴刺客要离
谋刺王子庆忌的事。据《吕氏春秋》记载，吴公子光既杀王僚，又
谋杀王子庆忌。要离献谋，诈见王子庆忌于卫。庆忌喜，与之谋
夺吴国。至吴地，渡江。要离拔剑刺王子庆忌，王子庆忌揪住要
离投入长江，浮出，又投，如此者三，最后王子庆忌说："你是天下
的国士，让我使你成名。"就放了他。要离后归吴国。推戈，挥
戈，指中流刺王子庆忌。

㉘灵均：即战国楚之大诗人屈原。屈原《离骚》："名余曰正则，字余
曰灵均。"任石：怀石。《史记·屈原列传》："乃作《怀沙》之
赋……于是怀石自投汨罗以死。"

㉙渔父：传说屈原被放逐后，在泽畔所遇之渔父。见《楚辞·渔

父》。棹歌:《楚辞·渔父》:"渔父莞尔而笑,鼓枻而去。歌曰:'沧浪之水清兮,可以濯吾缨;沧浪之水浊兮,可以濯我足。'遂去,不复与言。"棹,枻。

㉚周穆:周穆王。昭王之子,名满。济师:李善注引《纪年》:"周穆王三十七年,征伐大起,九师东至于九江,叱鼋鼍以为梁。"

㉛八骏:相传周穆王有良马八匹。《列子·周穆王》:"周穆王远游,命驾八骏之乘,骅骝、绿耳、赤骥、白仪、渠黄、逾轮、盗骊、山子。"鼋鼍(yuán tuó):鼋,大鳖;鼍,扬子鳄。据传说穆王东至九江,喝令鼋鼍为桥渡师。

㉜感:感叹。交甫之丧佩:指郑交甫事。郑交甫,传说中人物。李善注引《韩诗内传》:"郑交甫遵彼汉皋台下,遇二女,与言曰:"愿请子之佩。'二女与交甫,交甫受而怀之,超然而去,十步循探之,即亡矣,回顾二女,亦即亡矣。"

㉝愍:哀怜。神使:神灵的使者。此指神龟。《庄子·外物》记载,宋元君半夜梦见有人披头散发在侧门窥视,并说:"我来自宰路深渊,我做清江的使者到河伯那里,渔夫余且捉到了我。"元君醒来,使人占卜,回说:"这是神龟。"于是元君把余且找来,余且献出神龟。元君又令人占卜,说:"杀龟来卜卦,吉。"于是刳龟占卜,占了七十二卦,卦卦灵验。婴罗:被罗网所打。婴,触。

㉞"焕大块"二句:言长江真乃大自然最灵秀的形态,使万川尽归于自身。焕,赞美。大块,大自然。《庄子·大宗师》:"夫大块载我以形,劳我以生。"流形,变动成形,亦指万物的各种形体。《周易·乾》:"云行雨施,品物流形。"意谓云气流行,雨泽施布,故品类之物,流布成形。如下则为河岳,上则为日星之类。混,汇合。万,言多。此指万川。尽,尽归。一科,一坎。《孟子·离娄》:"原泉混混(即滚滚),不舍昼夜,盈科而后进,放乎四海。"

㉟保:葆。不亏:不亏损。永固:长固,永不枯竭。

㊱禀：受。元气：李善注引《春秋元命苞》："水者，五行始焉，元气之
　　凑液也。"古人以水为天地之精气所聚的液体。灵和：刘良注：
　　"水柔弱淡然无欲，育于万物，故保道不亏而长坚固，此乃灵和之
　　气所以为也。灵和，和之气也。"

㊲考：考察。川渎：河川。渎，河流。妙观：奇妙的景象。

㊳著：显著。江河：长江、黄河。此偏义复词，指长江，河为押韵。
　　言川渎大观，长江为冠。

## 【译文】

　　长江奔腾于大山之间，畅流于大海之中。沱汜两水，同为支流，潮水鼓怒，朝夕往来。川流汇合，归聚大江。江气润液，蒸为云雾。珍奇动物，江中繁衍，瑰玮奇珍，宝藏江中。神仙居此，众仙来归，非凡之辈，因得大江灵气陶冶。润泽万物，宽达千里，兴风化雨，远超泰山。变化奇异，瞬息万变，吉凶之兆，不止一种。应验莫测，变幻无常。感事而出，显现征兆。交织于天地万物之间，错杂于人间事务之中，玄妙不能言传，感事不可描述。岷山之精，升为东井，光芒四射，阳侯之身，化为波涛，无影无踪。奇相得道，居江为神，神灵精气，与湘娥相合，黄龙负舟而出，众民六神无主，大禹仰天叹息，黄龙俯首曳尾而逃。楚国壮士饮飞，勇擒两蛟，一举成功，全仗宝剑太阿。勇猛的吴国要离，江中谋刺王子庆忌。屈原怀石沉汨罗，悲壮慷慨。渔父笑唱沧浪水，鼓枻而去。遥想周穆王，雄武驱八骏，喝令鼋鼍为桥渡雄师。可叹郑交甫，神女馈玉佩，才行十余步，玉佩已不见。可怜神灵龟，托梦宋元君，身触渔网，难逃厄运。长江真乃造化之灵秀，万川尽收，融于一身。永葆活力，永不枯竭。禀受天地元气，汇集灵和之气。考察天下河川之妙观，唯有长江神伟气象！

# 物色

## 宋玉

宋玉是战国后期著名辞赋作家。生卒年不详。有关他的材料,今天知道得很少。相传他是伟大诗人屈原的学生,楚国鄢(今湖北宜城)人,出身寒微,曾在楚怀王、楚顷襄王时期做过文学侍从一类的官职,但不为楚王所重,一生抑郁。《史记·屈原贾生列传》云:"屈原既死之后,楚有宋玉、唐勒、景差之徒者,皆好辞而以赋见称;然皆祖屈原之从容辞令,终莫敢直谏。"其创作颇受屈原影响,后人常以"屈宋"并称。《汉书·艺文志》著录宋玉赋十六篇,篇目已不可确考。王逸《楚辞章句》、萧统《昭明文选》、章樵《古文苑》等所载宋玉的作品,其真伪问题至今仍有争议。确认为属于宋玉的作品,只有《九辩》一篇。《风赋》《高唐赋》《神女赋》《登徒子好色赋》等篇,后人颇多怀疑是否为宋玉所作。宋玉的作品富于想象力,擅长用夸张和对比的手法描写事物,他是屈原诗歌艺术的直接继承者。

## 风赋一首

【题解】

在早期赋体作品中,《风赋》是一篇结想精巧、设喻别致的篇章。它把"不择贵贱高下而加"的风,分为"大王之雄风"和"庶人之雌风"两种,指出只有像楚王那样的统治者才能享受"雄风",而一般百姓只能享受"雌风",这就巧妙而委婉地揭示出当时社会生活的不平等现象,含有生动的讽喻意味,具有一定的进步意义。

作者又善于观察事物,形象而生动地描绘出风的动态、气势,对风的流转,发生发展过程,开始怎样"起于青蘋之末",后来又怎样渐渐大起来,再后来又怎样小下去,由始至终,既详尽贴切又生动形象,给人以启发并让人领略到风的动态的美感。人们常说的"辨别风向",在《风赋》中有着形象的体现。

楚襄王游于兰台之宫①,宋玉、景差侍②。

**【注释】**

①楚襄王:即楚顷襄王,楚怀王之子。《史记·楚世家》:"太子横至,立为王,是为顷襄王……顷襄王三年,怀王卒于秦。"兰台:当时楚国的一所宫苑,旧址传说在今湖北钟祥。

②景差:战国楚国人,顷襄王时为大夫。善辞赋,与宋玉、唐勒齐名。《楚辞》所收《大招》或题景差所作。侍:侍从,随从。

**【译文】**

楚襄王在兰台宫苑游玩,有宋玉、景差随从。

有风飒然而至①,王乃披襟而当之②,曰:"快哉此风③!寡人所与庶人共者邪④?"

**【注释】**

①飒然:形容风声。

②披襟：敞开衣襟。披，开。当：迎向，迎着。

③快：畅快。

④寡人：寡德之人。古代王侯或士大夫自谦之辞。《春秋左传·隐公三年》："请子奉之，以主社稷，寡人虽死，亦无悔焉。"当时诸侯夫人亦自称寡人。《诗经·邶风·燕燕》："先君之思，以勗寡人。"即卫庄公夫人庄姜自称。唐以后唯皇帝得称寡人。庶人：泛指无官爵的平民、百姓。《论语·季氏》："天下有道，则庶人不议。"

【译文】

　　一阵清风飒飒地吹过来，楚王敞开衣襟，迎着吹来的清风说："这风吹得畅快呀！这是寡人和百姓共同享受的吗？"

　　宋玉对曰："此独大王之风耳①，庶人安得而共之！"

【注释】

①独：只是，仅仅。

【译文】

　　宋玉回答说："这只是大王专有的风呀，百姓哪能和大王共同享受呢？"

　　王曰："夫风者，天地之气①，溥畅而至②，不择贵贱高下而加焉③。今子独以为寡人之风④，岂有说乎⑤？"

【注释】

①天地之气：言大自然发出来的气即为风。

②溥（pǔ）畅：普遍通畅。溥，普遍。《诗经·小雅·北山》："溥天之

下,莫非王土。"《孟子·万章》《荀子·君子》引《诗经》,"溥"皆作
"普"。

③加:指风加于人,吹到身上。

④子:古代对男子的尊称。《春秋穀梁传·宣公十五年》:"其曰子,
尊之也。"范宁注:"子者,人之贵称。"也用于对男子的通称,犹
尔、汝。

⑤说:解说,理由。

【译文】

楚王说:"这风,是天地间的气体,它普遍地无所阻挡地吹过来,不
分富贵贫贱和高低尊卑,都会吹到他们身上。现在你说这只是寡人专
有的风,难道有什么高论吗?"

宋玉对曰:"臣闻于师:枳句来巢①,空穴来风②,其所托
者然③,则风气殊焉④。"

【注释】

①枳句(zhǐ gōu):弯曲的枳树枝。枳,树名。似桔树而矮小,高五
到七尺,叶多刺。春生白花,至秋成实。果小味酸,不能食,可入
药。《周礼·考工记》:"橘逾淮北而为枳。"句,弯曲。枳木多枝
而弯曲,鸟雀常来筑巢其上。也作"枳枸"。《庄子·山木》:"及
其得柘棘枳枸之间也。"

②空穴来风:此谓空穴通风,即门户有空隙之处,就有风吹进来。
李善注引司马彪曰:"门户孔空,风善从之。"按,以上两句,可能
是当时成语,《庄子》佚文曰:"空门来风,桐乳致巢。"义与此略
同。意思是说条件或环境不同,情况也就不同。

③其所托者然:它所依托的是这样。然,指上两句所说的在不同条
件或环境下有不同的情况。

④风气殊焉：风的气势就不同。

【译文】

宋玉回答说："我从老师那里听说过：枳树分杈的地方，就有鸟雀来筑巢；门墙有空隙的地方，风就会吹进来。由于所处的地位、境况如此不同，那么风的气势自然也就两样了。"

王曰："夫风始安生哉①？"

【注释】

①安：何处，哪里。

【译文】

楚王问："风最初是从哪里发生的呢？"

宋玉对曰："夫风生于地，起于青蘋之末①，侵淫溪谷②，盛怒于土囊之口③，缘泰山之阿④，舞于松柏之下，飘忽溯滂⑤，激飏熛怒⑥，耾耾雷声⑦，回穴错迕⑧，蹶石伐木⑨，梢杀林莽⑩。至其将衰也⑪，被丽披离⑫，冲孔动楗⑬，眴焕粲烂⑭，离散转移⑮。

【注释】

①青蘋：水萍，水草。李善注："《尔雅》：'萍，其大者曰蘋。'郭璞曰：'水萍也。'"末：草尖，末梢。

②侵淫：渐进貌。亦作"浸淫"。一说流散的样子。溪谷：山谷。《淮南子·地形训》："凡地形……丘陵为牡，溪谷为牝。"高诱注："丘陵高敞，阳也，故为牡；溪谷污下，阴也，故为牝。"

③盛怒：形容风势猛烈，怒吼。土囊：洞穴，大的山洞。

④缘:沿着。泰山:大山。泰,大极,过甚。《礼记·曲礼》:"假尔泰龟有常,假尔泰筮有常。"孔疏:"泰,大中之大也。"阿:曲处,曲隅。《淮南子·本经训》:"乔枝菱阿。"高诱注:"阿,曲屋。"

⑤飘忽:轻疾貌。这里形容风刮得又轻又疾,如云随时变幻一样。淜滂(píng pāng):大风撞击物体的声音。

⑥激飏熛(biāo)怒:形容风势越刮越猛烈。熛怒,李善注:"如熛之声。"熛,火焰飞迸。

⑦耾耾(hóng):形容风声之大。《法言·问道》:"或问'大声',曰:'非雷非霆,隐隐耾耾,久而愈盈。'"

⑧回穴:纡曲回旋,变化不定。一说急速的样子。错迕(wǔ):错杂交迕。迕,抵触,违反。

⑨蹶(guì)石:飞沙走石。蹶,撼动。伐木:摧折树木。

⑩梢杀:冲击,击杀。梢,通"矟",打击。林莽:草木深邃平远之处。《汉书·扬雄传》:"罗千乘于林莽,列万骑于山隅。"颜师古注:"草平曰莽。"

⑪至其将衰也:此指风势渐渐平息。

⑫被(pī)丽:分散貌。被,通"披"。《汉书·扬雄传》:"亡春风之被丽兮,孰焉知龙之所处?"颜师古注:"被,读曰披。"披离:与"被丽"同义。皆形容风力不集中,向四面分散的样子。

⑬楗(jiàn):关门的木闩、门闩。《老子》二十七章:"善闭无关楗而不可开。"

⑭眴(xuàn)焕粲烂:形容景物鲜明的样子,意谓风定后尘埃被吹去,花草树木分外光彩。眴焕,鲜明貌。

⑮离散转移:形容风势轻微,向四面轻轻地飘散。

## 【译文】

宋玉回答说:"风是从大地上发生的,在细细的水草末梢上刮起来,逐渐进入山谷,到山洞口时就刮得很猛烈,沿着大山的曲隅,在松柏树下飞舞,再迅速飘散,吹打在物体上,砰砰作响,风势迅猛激荡,犹如烈火升腾,发出隆隆雷声,又急剧地回旋,交错撞击,飞沙走石,摧折树木,席卷丛林和草原。等到风势渐渐平息下来的时候,风力慢慢向四处分散,只有透进小孔和动摇门闩的力量了。这时微风吹拂水波和花木,发出闪烁明丽的光彩,清新凉爽的风,轻柔地向四面飘散。

"故其清凉雄风①,则飘举升降②,乘凌高城③,入于深宫,邸华叶而振气④。徘徊于桂椒之间⑤,翱翔于激水之上⑥,将击芙蓉之精⑦,猎蕙草⑧,离秦衡⑨,概新夷⑩,被荑杨⑪,回穴冲陵⑫,萧条众芳。然后倘佯中庭⑬,北上玉堂⑭,跻于罗帷⑮,经于洞房⑯,乃得为大王之风也。

**【注释】**

①雄风:雄骏的风。

②飘举升降:指上下升腾。

③乘凌:上升,超越。

④邸(dǐ):通"抵",触动,吹动。振气:散发香气。振,开放,散发。《春秋左传·文公十六年》:"自庐以往,振廪同食。"杜预注:"振,发也。"

⑤桂椒:桂树和花椒树。桂花和花椒皆有香气。

⑥激水:激起浪花的急流。

⑦芙蓉之精:指荷花。精,指花。李善注:"《广雅》曰:'菁,华也。'精与菁古字通。"

⑧猎:经过,掠过。蕙草:一种香草,俗名佩兰。屈原《离骚》:"兰芷变而不芳兮,荃蕙化而为茅。"古代习俗烧蕙草以薰除灾邪,故亦名"薰草"。蕙草以产于湖南零陵的最著名,故又名"零陵香"。

⑨离:分开。秦衡:一种香草。一说秦是香草,衡是杜衡。杜衡,香
草名。也作"杜蘅"。又名杜葵、马蹄香、土细辛。似葵而香,根
入药。一说秦是木名。

⑩概:古代量粟麦时刮平斗斛的器具。这里引申为吹平之意。新
夷:香木名。即辛夷。树高二三丈,叶似柿叶而狭长。花似莲而
小如盏,色紫,香气馥郁,初出时,苞长半寸,尖如笔头,故一名木
笔。白者名玉兰,亦称望春。《楚辞·九歌·山鬼》:"乘赤豹兮
从文狸,辛夷车兮结桂旗。"一说新夷即留夷。屈原《离骚》:"畦
留夷与揭车兮,杂杜衡与芳芷。"留夷,香草名。

⑪荑(tí)杨:初生的幼杨。荑,草木初生的芽。

⑫冲陵:冲击山岩。陵,土山。

⑬倘佯(cháng yáng):徘徊。中庭:院子。

⑭玉堂:宫殿的美称。《韩非子·守道》:"人主甘服于玉堂之中,而
无瞋目切齿倾取之患。"古代宫殿都坐北朝南,所以风吹进去称
"北上"。

⑮跻(jī):升,登。《诗经·豳风·七月》:"跻彼公堂,称彼兕觥,万
寿无疆。"罗帷(wéi):丝织品制的帐幔。

⑯洞房:幽深的内室。宋玉《招魂》:"娉容修态,絚洞房些。"王逸
注:"洞,深也。"

**【译文】**

"所以那清凉的雄风吹起来,就会上下冲动,不断升腾,飞越高大的
城墙,吹进深邃的宫室,拂过花草枝叶,发出阵阵芳香。风在桂树和椒
树中间回荡,在急流的浪花上翱翔,摇动着池塘里的荷花,掠过蕙草,分
开秦蘅,吹动辛夷,披开幼杨,翻卷着冲击山岩,使芬芳的花草凋零散
落。然后在庭院中间徘徊,向北吹进宫殿,飘入罗帷锦帐,再经过深宫
中的内室,这才成为大王的风。

"故其风中人状①，直憯凄惏栗②，清凉增欷③，清清泠泠④，愈病析酲⑤，发明耳目⑥，宁体便人⑦。此所谓大王之雄风也。"

**【注释】**

①中（zhòng）人：指风吹到人身上。

②直：简直是。憯（cǎn）凄：悲痛。《楚辞·九辩》："憯凄增欷兮，薄寒之中人。"惏（lín）栗：寒冷的样子。

③欷（xī）：歔欷。原形容哀叹抽泣声。此处为舒适地吸气之意。

④泠泠（líng）：清凉、清冷的样子。东方朔《七谏·沉江》："清泠泠而歼灭兮，溷湛湛而日多。"

⑤析酲（chéng）：解醉，解酒。析，解。酲，喝醉了神志不清。

⑥发明：此指清爽明亮。

⑦宁体便人：使人身心安宁便捷。

**【译文】**

"所以这种风吹到人的身上，其情状简直使人遍体透凉，清新舒气，清清爽爽，治病解醉，耳聪目明，身心安宁。这就是所说的大王的雄风呀。"

王曰："善哉论事！夫庶人之风，岂可闻乎？"

**【译文】**

楚王说："你分析事理，讲得好呵！那么百姓的风，也可说来听听吗？"

宋玉对曰："夫庶人之风，塕然起于穷巷之间①，堀堁扬尘②，勃郁烦冤③，冲孔袭门④，动沙堁⑤，吹死灰⑥，骇溷浊⑦，扬腐余⑧，邪薄入瓮牖⑨，至于室庐。故其风中人状，直憞溷郁邑⑩。驱温致湿⑪，中心惨怛⑫，生病造热⑬，中唇为胗⑭，得目为蔑⑮，啗齰嗽获⑯，死生不卒⑰。此所谓庶人之雌风也。"

【注释】

①塕(wěng)然：风起的样子。

②堀堁(kū kè)：尘埃冲起的样子。堀，冲起。堁，尘土。一说堀堁是昏暗的样子。

③勃郁：风回旋的样子。烦冤：与"勃郁"同义。加重形容，表示翻卷回旋之风势。

④袭：侵入。

⑤动沙堁：《初学记》卷一引作"动沙坋"。坋，沙堆。

⑥死灰：已熄灭的冷灰。《庄子·齐物论》："形固可使如槁木，而心固可使如死灰乎？"

⑦骇：搅起。溷浊：污秽混浊的空气。

⑧腐余：腐烂肮脏的东西，即今之所谓垃圾。

⑨邪：同"斜"，偏斜。薄：迫近。瓮牖(yǒu)：以破瓮口做窗户，指贫穷人家。《庄子·让王》："原宪居鲁，环堵之室，茨以生草；蓬户不完，桑以为枢；而瓮牖二室，褐以为塞；上漏下湿，匡坐而弦。"一说窗口大小如瓮口。

⑩憞(dùn)溷：烦乱的样子。郁邑：忧愁的样子。屈原《离骚》："忳郁邑余侘傺兮，吾独穷困乎此时也。"

⑪驱温致湿：指此风驱动温湿之气，会导致湿病。《黄帝内经·素问》："冬伤于寒，春必病温。"又曰："中央生湿，湿生土。"湿，指湿病。

⑫惨怛(dá)：忧伤，悲痛。《庄子·盗跖》："惨怛之疾，恬愉之安，不监于体。"

⑬造热：发烧。

⑭为胗(zhěn)：成为唇疮。胗，唇疮。

⑮蔑：通"瞑"，目不明，眼病。《吕氏春秋·尽数》："气郁处目则为蔑为盲。"高诱注："蔑，眊也。"

⑯啗(dàn)齰(zé)嗽獲：形容人中风时嘴巴颤动抽搐的样子。啗，吃。齰，嚼，咬。嗽，哑。獲，通"嚄"，大叫。四种表情动作皆形容中风后的情状。

⑰死生不卒：死不了，活不成。李善注："言死而未即死，言生而又有疾也，故云不卒。"

【译文】

宋玉回答说："那百姓的风，是纷杂地从冷僻的小巷子里刮起来，尘土飞扬，横冲直撞，冲进窗孔，袭击大门，卷起泥沙，吹起死灰，搅起混浊，扬起垃圾，歪歪斜斜穿过穷人家狭窄的窗口，一直进入百姓住房。所以这种风吹到人的身上，其情状特别使人心烦意乱，忧郁不安。它驱走温暖，带来潮湿；它吹进人的心里，使人悲伤愁苦，生病发烧；它吹到人的嘴唇上，嘴唇就会长疮；它碰到人的眼睛，眼睛就会害病；它使人嘴巴抽搐，咬牙呼叫，不死不活，痛苦不已。这就是所说的百姓的雌风呀。"

# 潘安仁

见卷第七《藉田赋》作者介绍。

## 秋兴赋一首 并序

【题解】

诗赋"以情志为本"(挚虞《文章流别论》)，《秋兴赋》抒情言志可谓明显。潘岳本来热衷名利，但在司马氏专政时期，世族大家权势显赫，潘岳在仕途上很难施展自己的抱负，因而借写秋天悲凉的景物，以抒发受压抑的情怀。加之西晋上层集团斗争酷烈，文士动辄得咎，汲汲于富贵之徒"知安而忘危"，因之作者亦表现出离官归隐、全身远祸的思想。这是在当时政治氛围中，作者对功名利禄"趣舍殊途"的反思，内心矛盾痛苦的反映。

潘岳善写哀情，以清绮的词句，表现细密的感情，具有独特的艺术风格。作者对秋天万象变化、草木盛衰过程的描写，都与自己内心感情交融在一起。"物色之动，心亦摇焉"，外界凄凉的秋景，牵动着作者凄凉的哀心，心随景生，景由情发，渲染出一种清绮凄婉的艺术境界。而且语言简洁明快，确为"选言简章，清绮绝伦"（《世说新语》注引《续文章志》）。


晋十有四年①，余春秋三十有二②，始见二毛③。以太尉掾兼虎贲中郎将④，寓直于散骑之省⑤。高阁连云，阳景罕曜⑥。珥蝉冕而袭纨绮之士⑦，此焉游处⑧。仆野人也⑨，偃息不过茅屋茂林之下⑩，谈话不过农夫田父之客。摄官承乏⑪，猥厕朝列⑫，夙兴晏寝⑬，匪遑底宁⑭。譬犹池鱼笼鸟，有江湖山薮之思⑮。于是染翰操纸⑯，慨然而赋。于时秋也，故以秋兴命篇⑰。其辞曰：


【注释】

①晋十有四年：指西晋建国第十四年，即晋武帝咸宁四年（278）。

②春秋：指年龄。《史记·李斯列传》："且陛下富于春秋，未必尽通诸事。"

③二毛：指头发斑白。《春秋左传·僖公二十二年》："君子不重伤，

不禽二毛。"即谓有德之君子于战争中不擒获头发斑白者。

④太尉掾(yuàn)：太尉的属员。太尉，官名。掾，属员，僚佐。虎贲中郎将：官名。掌领近卫兵之职。虎贲，言如猛虎之奔走。喻其勇猛。

⑤寓直于散骑之省：寄寓在散骑常侍的衙门里值班。寓，寄寓。直，通"值"，值班当差。散骑，官名。即散骑常侍，掌侍从皇帝与规谏之职。省，官署名。

⑥阳景：阳光。

⑦珥(ěr)蝉冕：插有金蝉装饰的冠冕。《宋史·诸臣服》："又侍中、中书令、散骑加貂蝉。"即侍中、散骑等官员之冠以貂尾蝉纹为饰。珥，插。袭纨绮：穿着丝绢华美的衣服。袭，穿衣。纨绮，素绢细绫，指贵戚子弟之服。

⑧游处：交游相处。曹丕《与吴质书》："昔日游处，行则连舆，止则接席，何尝须臾相失？"

⑨野人：乡野之人。

⑩偃息：安卧。

⑪摄官：代理官职。此为做官的谦辞。承乏：亦谦辞。表示所任职位一时无适当人选，暂由自己充数。《春秋左传·成公二年》："敢告不敏，摄官承乏。"杜预注："言欲以己不敏(才)，摄承空乏。"

⑫猥：谦辞。辱。厕：杂置，参加。朝列：官吏在朝廷的位次。泛指百官。

⑬夙兴晏寝：早起晚睡。夙，早。晏，晚。《诗经·卫风·氓》："夙兴夜寐，靡有朝矣。"

⑭匪：非。遑：闲暇。庶：致，得以。宁：安宁。

⑮薮(sǒu)：水少而草木茂盛的湖泽。

⑯染翰：蘸笔。翰，笔毫。

⑰命篇：名篇。命，名，命名。

**【译文】**

西晋建国第十四年，我三十二岁，头上开始出现白发。以太尉属官的身份兼任虎贲中郎将，在散骑常侍的官署里值班。官署的楼阁连绵相接，高入云霄，连阳光都很少照得进去。在此交游相处的都是一些衣冠华贵的达官显宦。我本是个乡野之人，平常居住的不过是林下茅屋，交谈的不过是田家农夫这类人。由于缺乏人选，暂时在此任职充数。置身于朝官之列，早起晚睡，不得安宁。我好像池中鱼笼中鸟，总想着回到江湖山泽中去。于是展纸蘸笔，慨然作赋。时值秋季，故以"秋兴"为题。赋辞是：

　　四时忽其代序兮①，万物纷以回薄②。览花莳之时育兮③，察盛衰之所托。感冬索而春敷兮④，嗟夏茂而秋落。虽末士之荣悴兮⑤，伊人情之美恶⑥。善乎宋玉之言曰⑦："悲哉！秋之为气也。萧瑟兮，草木摇落而变衰。憭栗兮⑧，若在远行，登山临水，送将归。"夫送归怀慕徒之恋兮⑨，远行有羁旅之愤，临川感流以叹逝兮⑩，登山怀远而悼近⑪。彼四戚之疚心兮⑫，遭一涂而难忍⑬。嗟秋日之可哀兮，谅无愁而不尽⑭。野有归燕，隰有翔隼⑮。游氛朝兴⑯，槁叶夕殒。于是乃屏轻箑⑰，释纤绤⑱，藉莞蒻⑲，御袷衣⑳。庭树槭以洒落兮㉑，劲风戾而吹帷㉒。蝉嘒嘒而寒吟兮㉓，雁飘飘而南飞。天晃朗以弥高兮㉔，日悠阳而浸微㉕。何微阳之短晷㉖，觉凉夜之方永。

**【注释】**

①代序：节序变换。代，更代。序，次序，指时序。屈原《离骚》："日

月忽其不淹兮,春与秋其代序。"王逸注:"春往秋来,以次相代。"

②回薄:往返不停地激荡。回,反。薄,逼,迫。贾谊《鵩鸟赋》:"万物回薄兮,振荡相转。"

③莳(shì):栽种,移植。时育:时节所育。《周易·无妄》:"先王以茂对,时育万物。"

④索:尽,指凋落。敷:施布,指生长。

⑤末士:李善注引傅毅《舞赋》:"慢末士之散曲。"然《舞赋》实为"慢末事之散曲"。五臣本此为"虽末事之荣悴",与《舞赋》一致,今从之。末事即微末之事。意谓草木荣枯与人事盛衰相比毕竟是微末之事。荣悴:繁荣与憔悴,指盛衰。

⑥伊:发语词。无实义。

⑦宋玉之言:指此处所引为宋玉《九辩》中的话。

⑧憭栗(liáo lì):凄怆貌。

⑨慕:思慕,向往。徒:同类之人。此指志趣相投的友人。

⑩感流:指感于河水的流逝。叹逝:叹息时光像流水一样一去而不复返。《论语·子罕》:"子在川上曰:'逝者如斯夫,不舍昼夜。'"

⑪怀远:指怀想天地之久远。悼近:指伤悼自身不能长久。《晏子春秋》载,(齐)景公游于牛山,(下)临其国,乃流涕而叹曰:"奈何去此堂堂之国而死乎? 使古而无死,不亦乐乎?"左右皆泣,晏子独笑曰:"夫盛之有衰,生之有死,天之数也。物有必至,事有当然,曷为悲老而哀死:古无死,古之乐也,君何有焉?"怀远悼近,齐景公之谓也。

⑫四戚:四种忧愁,指远行、登山、临水、送将归。

⑬遭一涂:指遭遇到四戚中的一戚。

⑭谅:确实。无愁而不尽:指引起所有的愁绪。

⑮隰(xí):低湿之地。隼(sǔn):鹰的一种,凶猛善飞。

⑯游氛:浮游于空中的云气,指秋气。

⑰屏：弃，不用。箑（shà）：扇子。

⑱释：放开，解开。纤绤（chī）：指轻薄的夏衣。纤，细丝帛。绤，细麻布。

⑲藉：铺。莞（guān）蒻（ruò）：蒲草席子。《说文解字》："蒻，蒲子，可以为平席。"

⑳袷（jiá）：夹衣。

㉑槭（qì）：叶落空枝的样子。洒落：散落。

㉒戾（lì）：劲疾，猛烈。

㉓嘒嘒（huì）：象声词。形容蝉鸣。《诗经·小雅·小弁》："菀彼柳斯，鸣蜩嘒嘒。"毛传："嘒嘒，小声也。"

㉔晃朗：明亮晴朗。

㉕悠阳：柔弱的阳光。浸：渐渐地。

㉖短晷（guǐ）：日影已短。此指天短。晷，古代观测日影定时刻的仪器。此指日影。

## 【译文】

春夏秋冬四季急剧地变换呵，万物纷杂错落而循环动荡。看那花卉随着时令的栽培繁茂呵，便知四季是草木盛衰的依托。感慨冬天草木枯索而春天欣欣向荣呵，嗟叹夏季的繁盛而秋季的凋伤。草木荣枯虽是微末之事呵，却能引起人们心情的愉快和惆怅。宋玉的话说得好："悲凉呵，秋天的气象！秋风萧瑟呵，草木凋落而衰亡。心里凄凉呵，好像远行在外，又像登山临水，送故人还乡。"送别故人自然怀着对朋友的依恋呵，远行也有淹留旅途的忧伤。临水感叹时光的流逝呵，登山怀想天地之久远而伤悼人生之无常。这四种忧愁使人内心痛苦呵，遭遇其一就会有难以忍受的悲伤。唉，秋天真可哀伤呵，确实牵动着人们的无限愁肠。山野间归燕回飞，平原上鹰隼低翔。早晨雾气升腾，傍晚落叶枯黄。这时人们丢掉轻扇，脱去夏装，铺上蒲席，穿起夹衣裳。庭中树木叶子散落而枝条披露呵，秋风凛冽吹动帷帐。秋蝉低微凄凉地鸣叫呵,大雁飘飘飞向南方。秋空晴朗更加高远呵,太阳渐渐微弱而失去炎光。白昼多么短,凉夜正漫长。

月朣胧以含光兮①,露凄清以凝冷。熠耀粲于阶闼兮②,蟋蟀鸣乎轩屏③。听离鸿之晨吟兮,望流火之余景④。宵耿介而不寐兮⑤,独展转于华省⑥。悟时岁之遒尽兮⑦,慨俯首而自省⑧。斑鬓髟以承弁兮⑨,素发飒以垂领⑩。仰群隽之逸轨兮⑪,攀云汉以游骋⑫。登春台之熙熙兮⑬,珥金貂之炯炯⑭。苟趣舍之殊涂兮⑮,庸讵识其躁静⑯。闻至人之休风兮⑰,齐天地于一指⑱。彼知安而忘危兮,故出生而入死⑲。行投趾于容迹兮⑳,殆不践而获底㉑。阙侧足以及泉兮㉒,虽猴猿而不履㉒。龟祀骨于宗祧兮㉔,思反身于绿水㉕。且敛衽以归来兮㉖,忽投绂以高厉㉗。耕东皋之沃壤兮㉘,输黍稷之余税㉙。泉涌湍于石间兮,菊扬芳于崖澨㉚。澡秋水之涓涓兮,玩游儵之澉澉㉛。逍遥乎山川之阿㉜,放旷乎人间之世㉝。优哉游哉! 聊以卒岁。

【注释】

①朣胧(tóng lóng):即朦胧。

②熠(yì)耀:萤火闪烁的样子。《诗经·豳风·东山》:"町畽鹿场,熠耀宵行。"毛传:"熠耀,燐也;燐,萤火也。"阶:门前台阶。闼(tà):宫中小门。

③轩:楼板,栏板。屏:当门的小墙。

④流火:火星渐向西下。流,下。火,星名。夏夜星空中亮星之一。夏历四月在东方出现,六月到正南方,七月开始向西下,是暑退

将寒之时。《诗经·豳风·七月》："七月流火，九月授衣。"

⑤耿介：光明正大。此指孤寂清醒，亦指烦躁不安。《诗经·邶风·柏舟》："耿耿不寐，如有隐忧。"

⑥华省：富丽显贵的官署，指"高阁连云"之散骑省。

⑦道尽：很快到了尽头。道，急，迫近。宋玉《九辩》："岁忽忽而道尽兮。"

⑧俯首：低下头，表示恭顺。

⑨斑鬓髟(biāo)：鬓发黑白相间。斑，指黑白间杂。髟，发长下垂貌。弁(biàn)：冠名。古代男子穿礼服时所戴的礼帽。

⑩素发：白发。飒：凋零，衰老。

⑪群隽(jùn)：许多出众的人物，指散骑省的达官贵人。隽，才智出众。逸轨：高超的行迹。

⑫游骋：尽情游览。

⑬春台：指登眺游玩的胜处。熙熙：温和欢乐的样子。《老子》二十章："众人熙熙，如享太牢，如春登台。"

⑭炯炯：光彩夺目的样子。

⑮趣舍：进取与舍弃。此指追求功名利禄和放弃功名利禄。趣，通"趋"。殊涂：不同的道路。

⑯庸讵(jù)：怎么，何以。《庄子·齐物论》："庸讵知吾所谓知之非不知邪？庸讵知吾所谓不知之非知邪？"躁静：指对功名利禄的急于进取和无动于衷。

⑰至人：道德修养达到最高境界的人。《庄子·逍遥游》："至人无己。"意谓道德修养境界高的人能顺任自然，忘记自己。休风：美好的道德风范。休，美，善。风，风度，风范。

⑱齐天地于一指：即把天地万物看成是一样的，不分彼此，是齐同的。指，客观事物的概念。《庄子·齐物论》："天地一指也，万物一马也。"意谓天地万物都有其共同性。

⑲出生而入死:即离开了生存必然走向死亡。此指那些知安忘危的利禄之徒,不顾危险的苟且偷安最后必然要走向灭亡。《老子》五十章:"出生入死。"《韩非子·解老》:"人始于生,而卒于死,始谓之出,卒谓之入,故曰出生入死。"

⑳容迹:指仅能容下脚印之处。

㉑获底:获得安全。底,止。

㉒阙:通"掘",刨,挖。《春秋左传·隐公元年》:"若掘地及泉,隧而相见,其谁曰不然。"侧足:插足,置足。

㉓履:踏,踩。李善注:"言人之行,投趾在乎容迹之地,近不践而获安。若以足外为无用,欲掘之及泉,虽则捷若猴猿,亦不能履也。"

㉔龟祀骨于宗祧(tiāo):以神龟骨头祭祀于宗庙。宗祧,宗庙。祧,远祖之庙。

㉕思反身于绿水:指神龟想返身回到绿水中去而求生存。反,后多作"返"。此事出自《庄子·秋水》:"庄子钓于濮水。楚王使大夫二人往先焉,曰:'愿以境内累矣!'庄子持竿不顾,曰:'吾闻楚有神龟,死已三千岁矣。王巾笥而藏之庙堂之上。此龟者,宁其死为留骨而贵乎?宁其生而曳尾于涂中乎?'二大夫曰:'宁生而曳尾涂中。'庄子曰:'往矣!吾将曳尾于涂中。'"庄子用"死为留骨而贵"比喻困于官场,用"生而曳尾于涂(泥水)中"比喻不当官活得自由快乐。

㉖敛衽(rèn):提起衣襟夹于带间,表示敬意。《战国策·楚策》:"一国之众,见君莫不敛衽而拜。"也作"敛衽"。古代都指男子而言,元以后始专指妇女的礼节。

㉗投绂(fú):丢下官印。绂,系官印的丝带,代指官印。高厉:向高处疾飞,指脱离官场世俗。厉,疾飞,飞扬。

㉘东皋:田野或高地的泛称。又李善注:"水田曰皋,东者取其春

意"。阮籍《奏记》:"方将耕于东皋之阳。"亦是。

㉙输:交纳。

㉚崖澨(shì):山崖水边。澨,水边。

㉛游儵(tiáo):游鱼。儵,白鱼。潋潋(pì):游动的样子。《庄子·秋水》:"庄子与惠子游于濠梁之上。庄子曰:'儵鱼出游从容,是鱼之乐也。'惠子曰:'子非鱼,安知鱼之乐?'庄子曰:'子非我,安知我不知鱼之乐?'"

㉜阿:山的转弯处。

㉝放旷:自由旷达,无拘无束。

## 【译文】

　　月色朦胧不露清光呵,白露清冷凝成水珠在草叶上。萤火在阶前门外闪烁呵,蟋蟀在楼板和墙下鸣唱。听着孤雁在清晨细长的哀吟呵,望那大火星渐向西下的余光。秋夜清冷孤寂而不能入睡呵,独自在官署里辗转彷徨。想到一年即将过去,感慨万端而俯首自想。两鬓斑白戴着礼帽呵,稀疏的白发直垂到颈项。仰慕官署中那些达官贵人的高逸行迹呵,他们登上高耸入云的楼阁而饱览风光。在游览佳处欢快自得呵,发冠上插着的金蝉貂尾光彩明亮。如果不是对功名利禄追求与舍弃的道路不同呵,岂用识别他们是汲汲于富贵还是淡泊安详。听说具有最高精神境界之人的高风亮节呵,将天地万物看成齐同一样。那些利禄之徒只知安乐而忘记危险呵,所以离开正当生活道路就会走向灭亡。正如行路投足于仅能容脚之地呵,不踏险处方能获得安全无恙。如果掘空脚边的泥土直至黄泉呵,虽是猿猴也难行走其上。又如神龟不愿以其尸骨祭祀宗庙而显贵呵,宁愿返身回到深水中以求生命久长。还是提起衣襟归隐田园呵,及早放下官印向远处高翔。春天在肥沃的田野上耕作呵,秋天交纳一年庄稼的税粮。山间那小溪清泉漱石呵,崖前水边菊花散发着芬芳。在那涓涓的秋水中洗洗澡呵,观赏那鱼儿在水中自由地游动来往。逍遥于幽静的山水之间呵,无拘无束地生活在人间世上。多么悠闲自得呵,且以此来度过一生的时光。

# 谢惠连

　　谢惠连(407—433),祖籍陈郡阳夏(今河南太康),世居会稽(今浙江绍兴)。南朝宋文学家。幼有才悟,十岁能文。本州召为主簿,辞而不就。因居父丧时作诗赠会稽郡吏杜德灵,受到非议,长期不得入仕。元嘉七年(430),尚书仆射殷景仁爱其才,向宋文帝说情,方为司徒彭城王刘义康法曹参军。卒时年仅二十七岁。工诗赋,深得族兄谢灵运嘉赏,时人称“大小谢”。锺嵘《诗品》将其列为中品,并谓:“小谢才思富捷,恨其兰玉夙凋,故长辔未骋。”“又工为绮丽歌谣,风人第一”。其诗赋《隋书·经籍志》著录有集六卷,已散佚。明人辑有《谢法曹集》。《宋书》《南史》有传。

## 雪赋一首

### 【题解】

　　谢惠连今存赋五篇,《雪赋》为其代表作,是南朝咏物小赋之名篇。赋中假托西汉梁孝王与邹阳、枚乘、司马相如等人于兔园赏雪,面对雪景,各逞才思,吟咏构想,铺陈典故,妍辞丽藻,刻画雪景。《宋书·谢惠连传》:“又为《雪赋》,亦以高丽见奇。”最精彩处是司马相如对雪景的描写,对雪的形成、状态、气势,极尽铺陈之能事,并用“纨袖”“玉颜”的对比,以“烛龙衔耀”“冯夷剖蚌”等故事,以渲染雪的光洁,极富想象力。末曲中邹阳、枚乘之歌,借景抒情,表现出六朝小赋由“体物”向抒情过渡的特点。最后十句(自“节岂我名”起),偏于说理。钱锺书谓:“已是释、老之余绪流风。”又说:“盖雪之‘节’最易失,雪之‘洁’最易污,雪之

'贞'若'素'最不足恃,故托玄理以为饰词。"(《管锥编》)艺术上无所因袭倚傍,大都"自铸伟辞"。钱锺书引浦铣《复小斋赋话》:谓惠连《雪赋》"起四句皆三字,后人祖之者"自六朝暨明。张溥云:"《雪赋》虽名高丽,与希逸《月赋》,仅雁序耳。"(《汉魏六朝百三家集题辞》)刘璠《雪赋》即受此影响。


　　岁将暮,时既昏,寒风积①,愁云繁②。梁王不悦③,游于兔园④。乃置旨酒⑤,命宾友,召邹生⑥,延枚叟⑦,相如末至⑧,居客之右⑨。

【注释】

①积:聚。《庄子·逍遥游》:"风之积也不厚,则其负大翼也无力。"

②愁云:阴云。傅玄诗:"浮云含愁色,悲风坐自叹。"繁:多,盛。

③梁王:西汉文帝次子,名武,封地梁国(今河南商丘一带),故称梁王。死后谥孝。《史记》有《梁孝王世家》。

④兔园:梁孝王所筑,又称梁园、梁苑,为游赏与延宾之所。故址在今河南商丘东。当时名士司马相如、枚乘、邹阳皆为座上客。《西京杂记》:"梁孝王好营宫室苑囿之乐,作曜华之宫,筑兔园。"

⑤旨酒:美酒。旨,味美。《诗经·小雅·鹿鸣》:"我有旨酒,以燕乐嘉宾之心。"

⑥邹生:即邹阳,西汉文学家。

⑦延:引进,迎接。引申为邀请。枚叟:即枚乘,西汉著名辞赋家。

⑧相如:即司马相如,西汉著名辞赋家。

⑨右:古代尊崇右,故以右为尊贵的位置。

【译文】

一年将尽,时已黄昏,寒风聚集,阴云密布。梁王不悦,便往兔园游览。于是摆下美酒,吩咐宾友,召来邹阳,请来枚叟,司马相如后到,坐于座位之首。

　　俄而，微霰零<sup>①</sup>，密雪下。王乃歌《北风》于"卫诗"<sup>②</sup>，咏《南山》于"周雅"<sup>③</sup>。授简于司马大夫<sup>④</sup>，曰："抽子秘思<sup>⑤</sup>，骋子妍辞<sup>⑥</sup>，侔色揣称<sup>⑦</sup>，为寡人赋之。"相如于是避席而起<sup>⑧</sup>，逡巡而揖<sup>⑨</sup>，曰："臣闻雪宫建于东国<sup>⑩</sup>，雪山峙于西域<sup>⑪</sup>。岐昌发咏于来思<sup>⑫</sup>，姬满申歌于《黄竹》<sup>⑬</sup>。《曹风》以'麻衣'比色<sup>⑭</sup>，楚谣以《幽兰》俪曲<sup>⑮</sup>。盈尺则呈瑞于丰年<sup>⑯</sup>，袤丈则表沴于阴德<sup>⑰</sup>。雪之时义远矣哉<sup>⑱</sup>！请言其始：若乃玄律穷<sup>⑲</sup>，严气升<sup>⑳</sup>；焦溪涸<sup>㉑</sup>，汤谷凝<sup>㉒</sup>；火井灭<sup>㉓</sup>，温泉冰；沸潭无涌<sup>㉔</sup>，炎风不兴<sup>㉕</sup>；北户墐扉<sup>㉖</sup>，裸壤垂缯<sup>㉗</sup>。于是河海生云，朔漠飞沙<sup>㉘</sup>。连氛累霭<sup>㉙</sup>，掩日韬霞<sup>㉚</sup>。霰淅沥而先集<sup>㉛</sup>，雪纷糅而遂多<sup>㉜</sup>。"

**【注释】**

①霰：雪珠，雨点下降遇冷凝结而成的微小冰粒，俗谓米雪。《诗经·小雅·頍弁》："如彼雨雪，先集维霰。"郑笺："将大雨雪，始必微温，雪自上下遇温气而抟，谓之霰。"零：落。

②歌《北风》于"卫诗"：《北风》，指《诗经·邶风·北风》，首句云："北风其凉，雨雪其雱。""卫诗"，因《诗经》中"邶风""鄘风""卫风"实是卫国一国之风，故云"歌《北风》于'卫诗'"。

③咏《南山》于"周雅"：《南山》，指《诗经·小雅·信南山》，首句云："上天同云，雨雪雰雰。""周雅"，指周朝的雅诗。梁王歌咏《北风》《南山》二首，皆取"雨雪"之意，以应"密雪下"之景象。

④简：古代用以书写的狭长竹片。这里泛指书写材料。大夫：这是对司马相如的尊称。

⑤抽子秘思:抽,引,此处是抒写之意。秘思,蕴藏于内心深处的文思。《楚辞·九章》有《抽思》篇。

⑥妍辞:美好的辞句。

⑦侔(móu)色揣称(chèn):模拟比量。形容描绘物色,恰到好处。侔,等。色,景象,物色。揣,量。称,美好。后因以称诗文状物之工。

⑧避席:离开座位。

⑨逡巡:后退貌。揖:拱手为礼。

⑩雪宫建于东国:齐地处东方,故云东国。雪宫,战国时齐国离宫名。故址在今山东淄博东北。《孟子·梁惠王》:"齐宣王见孟子于雪宫。"

⑪雪山:指天山,因终年积雪,故称雪山。峙:耸立。

⑫岐:地名。在今陕西岐山县东北。相传周族古公亶父自豳(今陕西旬邑)迁此建邑。昌:指周文王姬昌。来思:此处取雨雪之意。语出《诗经·小雅·采薇》末章:"昔我往矣,杨柳依依。今我来思,雨雪霏霏。"思,语尾助词。

⑬姬满:周穆王名满。申歌:反复歌咏。《黄竹》:古诗篇名。《穆天子传》:"日中大寒,北风雨雪,有冻人。天子作诗三章以哀民,曰:'我徂黄竹。'"因以名篇。此取其天寒雨雪之意。

⑭麻衣:《诗经·曹风·蜉蝣》中有"蜉蝣掘阅,麻衣如雪"诗句。

⑮楚谣:《楚辞》。这里指宋玉《讽赋》。《幽兰》:琴曲名。《古文苑·讽赋》:"乃更于兰房之室,止臣其中。中有鸣琴焉,臣援而鼓之,为《幽兰》《白雪》之曲。"这里取白雪之意。俪:对偶。

⑯呈瑞:呈现出吉祥的预兆。瑞,吉祥。

⑰衺(mào)丈:指积雪丈厚。衺,本指长。这里是深之意。表:表明。沴(lì):天地四时之气反常而引起的破坏和危害。《庄子·大宗师》:"阴阳之气有沴。"即谓阴阳之气不顺而引起的灾害。

阴德:即阴道。古代儒家以阴阳之道解释君臣、父子、夫妇之义,
皆取君、父、夫所守的礼法为阳道;臣、子、妇所守的礼法为阴道
(见董仲舒《春秋繁露》)。《汉书·孔光传》对曰:"日者,众阳之
宗,人君之表,至尊之象。君德衰微,阴道盛强,侵蔽阳明,则日
蚀应之。"其思想即认为人事上的君臣父子夫妇之道,常从自然
现象的反常变化中反映出来。

⑱时义:时序之义。

⑲玄律:即十二律。本指古乐的十二调。《汉书·律历志》:"律十
有二,阳六为律,阴六为吕。律以统气类物……吕以旅阳宣气。"
《吕氏春秋》始以律与历附会,以十二律应十二月,这里玄律即
指此。

⑳严气:寒气。

㉑焦溪:水名。《水经注·清水》:"泉发于北阜,南流成溪,世谓之
焦泉也。"涸(hé):水枯竭。此指结冰。

㉒汤谷:温泉。李善注引《荆州记》:"南阳郡城北有荆山,东有一
水,冬夏常温,因名汤谷也。"

㉓火井:天然气。张华《博物志》:"临邛火井一所……昔时人以竹
木投以取火,诸葛丞相往视之,后火转盛热,盆盖井上,煮盐
得盐。"

㉔沸潭:热潭。李善注引《水经注》:"以生物投之,须臾即熟……曲
阿季子庙前,井及潭常沸,故名井曰沸井,潭曰沸潭。"

㉕炎风:古称东北风为炎风。《吕氏春秋·有始》:"东北曰炎风。"
此指热风。李善注:"炎风,在南海外,常有火风,夏日则蒸,杀其
过鸟也。"今从李善注。

㉖北户墐(jìn)扉:将向北的门户用泥涂抹封住。墐,用泥涂抹。
《诗经·豳风·七月》:"穹窒熏鼠,塞向墐户。"向,北窗。户,门。

㉗裸壤:古代传说中的裸人国,其人赤身裸体,不穿衣服。李善注

引《东夷传》："倭国东四千余里,有裸国。"垂缯(zēng):指身上裹

　　起了缯帛等丝织物。垂,挂。缯,丝织物之总称。

㉘朔漠:北方沙漠。朔,北方。

㉙氛:雾气。霭:云气浓厚的样子。

㉚捭:通"掩",遮蔽,掩盖。韬:藏。

㉛淅沥:形容雪、雨、风等声音。此指雪声。

㉜纷糅:乱杂的样子。

**【译文】**

　　不久,天空稀疏地飘洒着雪粒,接着,大雪纷纷降落。梁王于是唱起《诗经·邶风》中的《北风》之诗,又吟诵《诗经·小雅》中的《信南山》之章。歌罢,将竹简授予司马大夫,说:"请抒发你深秘的才思,驰骋你华美的文辞,描绘物色,刻画美景,为寡人作一篇雪赋。"司马相如于是离席站起,后退作揖说:"臣听说雪宫建在东国,雪山耸立于西域。西岐文王对雪吟咏'今我来思,雨雪霏霏'之句,周穆王姬满对雪反复歌唱过'我徂黄竹'的诗。《诗经·曹风》以'麻衣'比喻白雪之色,宋玉《讽赋》以《幽兰》偕《白雪》之曲。雪满一尺则呈现出丰年的祥瑞,雪深一丈则表现出阴盛阳衰的灾象。雪对于时节的意义可谓深远呵! 请允许我从它的开始形成说起:当岁月进入冬季,寒气上升;焦泉冰封,汤谷凝冻;火井熄灭,温泉结冰;沸腾的潭水不再喷涌,炎热的南风不再吹起;人们都用泥土封住向北的窗户,连裸人之国也都裹起了帛缯。于是江河湖海云生雾罩,朔北大漠飞沙走石。阴云连绵,雾气沉沉,遮天蔽日,掩藏霞光。先是细小的雪粒渐渐沥沥地聚集飘散,然后雪片纷乱越下越密。"

　　"其为状也,散漫交错,氛氲萧索①。蔼蔼浮浮②,瀌瀌弈弈③。联翩飞洒④,徘徊委积⑤。始缘甍而冒栋⑥,终开帘而入隙。初便娟于墀庑⑦,末萦盈于帷席⑧。既因方而为珪⑨,

亦遇圆而成璧⑩。眄隰则万顷同缟⑪，瞻山则千岩俱白。于是台如重璧⑫，逵似连璐⑬。庭列瑶阶⑭，林挺琼树。皓鹤夺鲜，白鹇失素⑮。纨袖惭冶⑯，玉颜掩嫮⑰。若乃积素未亏白日朝鲜⑱，烂兮若烛龙衔耀照昆山⑲；尔其流滴垂冰，缘溜承隅⑳，粲兮若冯夷剖蚌列明珠㉑。至夫缤纷繁骛之貌㉒，皓旰皦絜之仪㉓，回散萦积之势㉔，飞聚凝曜之奇㉕，固展转而无穷㉖，嗟难得而备知㉗。若乃申娱玩之无已㉘，夜幽静而多怀。风触楹而转响，月承幌而通晖㉙。酌湘、吴之醇酎㉚，御狐貉之兼衣㉛。对庭鹍之双舞㉜，瞻云雁之孤飞。践霜雪之交积，怜枝叶之相违㉝。驰遥思于千里，愿接手而同归㉞。"

**【注释】**

①氛氲：盛貌。萧索：云气漂流貌。

②蔼蔼(ǎi)：盛多貌，犹言济济。《诗经·大雅·卷阿》："蔼蔼王多吉士。"浮浮：动荡之貌。

③瀌瀌(biāo)弈弈：雪盛貌。《诗经·小雅·角弓》："雨雪瀌瀌，见晛日消。"

④联翩：同"连翩"。形容连续不断，前后相接。

⑤徘徊：形容雪回旋飞舞之貌。委积：积聚。

⑥甍(méng)：屋脊。冒：覆盖。

⑦便(pián)娟：轻盈回旋之貌。墀(chí)：台阶。庑(wǔ)：堂下周围之廊屋。

⑧萦盈：盘旋回舞之貌。

⑨因：依，就。珪(guī)：玉器，上尖下方。

⑩璧：圆玉。

⑪眄(miàn)：斜视。此处是看的意思。缟(gǎo)：白。

⑫台:指楼台。重璧:重叠的玉璧。

⑬逵:四通八达的大路。连璐(lù):连接起来的美玉。璐,美玉。

⑭瑶阶:玉阶。瑶,美玉。

⑮白鹇(xián):鸟名。又名银雉,似山鸡而白色。

⑯纨(wán)袖:用细绢制的衣袖。纨,细绢。冶:艳丽。

⑰玉颜:美好如玉的容颜。《古诗十九首》:"燕赵多佳人,美者颜如玉。"姱(kuā):美好。

⑱积素:指积雪的白色。亏:毁坏,减损。

⑲烛龙衔耀照昆山:此为远古神话。即谓烛龙口衔火精(一说衔烛)把昆山照亮了。烛龙,神龙名。《山海经·大荒北经》:"西北海之外,赤水之北,有章尾山。有神,人面蛇身而赤,直目正乘,其瞑乃晦,其视乃明,不食不寝不息,风雨是谒,是烛九阴,是谓烛龙。"《楚辞·天问》:"日安不到?烛龙何照?"耀,明亮、照耀。这里指发光的东西,即"火精"或"烛"。昆山,神话中西北的昆仑山。

⑳溜(liù):屋檐滴水处。隅:指屋角。

㉑冯夷:传说中的水神河伯。曹植《洛神赋》:"冯夷鸣鼓,女娲清歌。"《抱朴子·释鬼》:"冯夷,华阴人,以八月上庚日,渡河溺死,天帝署为河伯。"蚌:珍珠蚌,壳内产珍珠。

㉒缤纷繁骛(wù):各种景象纷至沓来。

㉓皓旰(hàn):明亮。皦(jiǎo)絜:明亮洁白。仪:容态。

㉔回散萦积:盘旋飘落聚集。

㉕凝曜(yào):光辉凝聚闪耀。

㉖展转:变幻,转移不定。

㉗嗟:发语助词。难得而备知:难以一一详述。

㉘娱玩:娱乐玩赏。

㉙承:接。这里是照射之意。幌:窗帘。晖:明。

㉚湘、吴之醇酎(zhòu)：指产于湘、吴两地之美酒。醇酎，经反复酿造的好酒。

㉛狐貉(hé)：指狐貉皮裘。兼衣：增加衣服。

㉜鹍(kūn)：鸟名。鹍鸡，也作昆鸡。《楚辞·九辩》："雁嗈嗈而南游兮，鹍鸡啁哳而悲鸣。"

㉝相违：分离。

㉞接手：携手。

**【译文】**

"那情状是：四散弥漫，交杂错乱，纷纭密集，上下飞舞。团团滚滚，飘飘浮浮，纷纷扬扬，密密匝匝。联翩飞洒，回旋堆积。始则沿着屋脊下落覆盖栋宇，终则吹开门帘钻入壁隙。初则轻盈回旋在阶前廊屋之下，末则萦回飘落在帷帐床席之上。既依方形而为珪玉，又随圆形而成美璧。看那平原则万顷一片缟素，望那高山则千峰俱为洁白。楼台如同重重叠叠的玉璧，大道好似连绵不断的美璐。庭院排列着玉阶，林中挺立着琼树。相形之下，皓鹤黯然失色，白鹇失去了素洁。纨袖美女自愧不如，玉颜佳人含羞掩面。当那积雪的洁白尚未消损，晴天日出，朝阳明丽，一片灿烂呵，如同烛龙口衔火珠照耀着昆仑冰峰；当那积雪消融，流滴垂下冰柱，挂满屋檐房角，一片晶莹光洁呵，如同冯夷剖开蚌壳排列着颗颗明珠。至于缤纷繁盛的景象，明亮光洁的仪态，回旋飘洒的气势，飞散聚集、光辉闪耀的奇观，实在是变幻无穷，可惜难以详述。如果反复娱乐玩赏不已，则长夜幽静多有感怀。寒风吹着庭柱而发出声响，明月照着纱窗而满室生辉。这时，倾酌湘、吴酿造的美酒，穿起狐、貉的裘衣。面对庭中鹍鸡双双起舞，仰望天空大雁孤飞哀鸣。踏着冰霜交集的雪地，怜惜那树枝与落叶的分离。驰骋遐想于千里之外，希望与思念的人携手同归。"

邹阳闻之，憋然心服①。有怀妍唱②，敬接末曲③。于是乃作而赋积雪之歌④。歌曰:携佳人兮披重幄⑤,援绮衾兮坐芳缛⑥。燎薰炉兮炳明烛⑦,酌桂酒兮扬清曲⑧。又续而为白雪之歌。

歌曰:曲既扬兮酒既陈,朱颜酡兮思自亲⑨。愿低帷以昵枕⑩,念解佩而褫绅⑪。怨年岁之易暮,伤后会之无因⑫。君宁见阶上之白雪,岂鲜耀于阳春⑬!

歌卒,王乃寻绎吟玩⑭,抚览扼腕⑮。顾谓枚叔:"起而为乱⑯。"

乱曰:白羽虽白,质以轻兮;白玉虽白,空守贞兮⑰;未若兹雪,因时兴灭⑱。玄阴凝不昧其洁⑲,太阳曜不固其节⑳。节岂我名?洁岂我贞?凭云升降,从风飘零;值物赋象㉑,任地班形㉒,素因遇立㉓,污随染成;纵心皓然㉔,何虑何营㉕!

【注释】

①懑(mèn)然:默然。

②有怀:指构思。

③末曲:指司马相如赋文之结尾。

④作:起。

⑤披:开。幄(wò):帐帷。

⑥援:拿取。绮衾:华美的被子。

⑦燎:燃,烧。薰炉:用以薰香或取暖的炉子。炳(bǐng):点燃。

⑧扬清曲:响起清亮的歌曲。扬,响起。

⑨朱颜酡(tuó):酒后红晕的面容。《楚辞·招魂》:"美人既醉,朱颜酡些。"王逸注:"酡,著也。言美女饮啗醉饱,则面著赤色而鲜好也。"自亲:躬自亲近,表主动之意。亲,作动词用。后之唐人小说《莺莺传》"当时且自亲"亦此意。

⑩昵(nì)枕：荐枕共寝，表欢爱之意。昵，亲近。

⑪佩：玉佩，身上的饰物。褫(chǐ)：解下。绅：束在腰间的带子。

⑫无因：没有因缘，没有机会。

⑬阳春：温暖的春天。

⑭寻绎：推求，探索。吟玩：体会玩味。

⑮抚览：抚弄欣赏。扼腕：手握其腕，表示振奋。

⑯乱：乐曲最后一章或辞赋篇末总括全篇要旨的一段，即尾声。

⑰贞：贞洁，指白玉坚而不变的性质。《孟子•告子》："白羽之白
也，犹白雪之白；白雪之白，犹白玉之白与？"孟子以为白羽之白，
性轻；白雪之白，性消；白玉之白，性坚。性坚即白玉贞洁的
品格。

⑱兴灭：指白雪随时而盛消。吕向注："羽玉虽白，或轻或贞，不如
此雪，能与时盛衰也。"

⑲玄阴：月亮。《说文解字》："月者，太阴之精。"昧：蒙蔽，隐藏。

⑳固：固守。节：志节，指雪聚而未消的形态。李周翰注："不随玄
阴而昧者，质正；日既耀不守节者，知退也。"

㉑值：相遇。赋：赋予，给予。象：形状。

㉒任：因。班：等同。

㉓遇：指所遇之事物。立：成。

㉔纵心：指不计较个人名利得失的放纵旷达之心。皓然：广大无边
之貌。亦作"浩然"。《抱朴子•论仙》："英儒伟器，养其浩然者，
犹不乐见浅薄之人，风尘之徒；况彼神仙，何为汲汲使刍狗之伦，
知有之何所索乎？而怪于未尝知也。"《孟子•公孙丑》："我善养
吾浩然之气。'敢问何谓浩然之气？'曰：'难言也。其为气也，至
大至刚，以直养而无害，则塞于天地之间。'"浩然之气为天地间
正大刚直之正气。

㉕营：钻营，谋求。

**【译文】**

邹阳听了,默然心服。心中构思着美妙的歌辞,恭敬地接续相如《雪赋》的末曲。于是,他站起身来,吟诵了一首积雪之歌。

歌辞是:携佳人呵掀重帷,拥锦被呵坐芳缛。燃薰炉呵点明烛,斟桂酒呵扬清曲。接着,又续了一首白雪之歌。

歌辞是:歌声飞扬呵酒筵已开,醉颜红晕呵以求欢爱。愿放下帷帐与君同枕共寝,想赶快解下玉佩又松开衣带。唯恐年华倏忽迟暮,担心今宵别后无缘再来。君不见阶上之白雪,岂能鲜耀到春暖花开!

歌罢,梁王揣摩寻思,低吟玩味,抚弄欣赏,扼腕振奋。回头看着枚乘说道:"请先生起而作一尾声。"

尾声道:白羽虽白,质地却轻呵;白玉虽白,空有坚硬之性呵;都不如这积雪,随时生灭。月光凝聚,不能淹没它的洁白;太阳照耀,不能固守它的志节。志节岂是我所追求的名誉?洁白岂是我所固守的品性?我是随云升降,从风飘零;遇到什么物体就变成什么形象,落到什么地方就成什么形状,洁白是因遇到的物体干净,污秽是随外界物体相染而成;纵心于浩瀚无际的广袤世界,没有什么忧虑也没有什么营求!

# 谢希逸

谢庄(421—466),字希逸,陈郡阳夏(今河南太康)人。南朝宋代文学家。他为太常谢弘微之子,幼而聪慧,七岁能文,宋文帝向弘微赞为"蓝田生玉"。初为始兴王濬后军法曹行参军,又转随王诞后军咨议,并领记室;后曾任吏部尚书、吴郡太守,官至金紫光禄大夫。

在政治上,谢庄对外要求收复中原,反对与北魏议和;对内主张不限门阀,任用贤能。他能文章,善诗赋。所作《怀园引》抒写怀念中原欲归不得的忧思,为世所称。著有诗文四百余篇,后多散佚,明人辑有《谢光禄集》。

# 月赋一首

## 【题解】

《月赋》是谢庄辞赋的代表作。赋中的情节纯属虚构。作者假托陈王曹植在好友应玚、刘桢逝世以后，感到人生短促而功业未就，内心郁悒，在月色清明的夜晚游山消忧，并要王粲命笔作赋。王粲深知陈王的心情，在赋中描绘的月夜景色，渗透了陈王好友零落、处境孤危的忧伤，创造了空灵凄清的意境，抒发了政治失意的惆怅。末尾的两首歌词，流露出怀念"美人"、渴望归去的心情，表达了期望贤君出现和及时有所作为的心愿。何义门评价此赋说："前写月之故实，次入即景之语，后言兴感之情，大意全在二歌。"把握了此赋主旨之所在。

谢庄是晋代谢安之后裔，东晋亡后，在刘宋王族的控制下，显赫一时的谢家大族已经失势，特别在宋文帝元嘉十年（433）谢灵运被杀后，更使谢庄感到门庭冷落，处境孤危。《月赋》的构思与情调，正是与作者这样的处境和心情密切相关的。

　　陈王初丧应、刘①，端忧多暇②。绿苔生阁③，芳尘凝榭④。悄焉疚怀⑤，不怡中夜⑥。乃清兰路⑦，肃桂苑⑧；腾吹寒山⑨，弭盖秋阪⑩。临浚壑而怨遥⑪，登崇岫而伤远⑫。于时斜汉左界⑬，北陆南躔⑭；白露暧空⑮，素月流天⑯。沉吟齐章⑰，殷勤陈篇⑱。抽毫进牍⑲，以命仲宣⑳。

## 【注释】

　　①陈王初丧应、刘：这是作者假设的情节。陈王，即曹植，曾经被

封为陈王。应、刘,即应玚和刘桢,建安时期著名文学家,名列
"建安七子"中,都是曹植的好友,也都在建安二十二年(217)
逝世。

②端忧:正在忧愁之中。端,正。

③绿苔:青苔。

④凝榭:积满台榭。榭,台上之屋。

⑤悄焉:忧愁貌。疚怀:伤怀,忧心。

⑥怡:乐。中夜:半夜。

⑦清:打扫。兰路:长遍兰草的路径。

⑧肃:此指清除。一说,使……肃静。桂苑:桂树林苑。

⑨腾吹寒山:在寒山上奏乐。腾,喧腾,奏起。吹,吹奏的管乐器。
此泛指乐器。一说,一边奔驰一边吹奏,奔赴寒山。此意时"腾"
指骑马奔驰。

⑩弭(mǐ)盖秋阪(bǎn):停车于秋天的山前。弭,停下。盖,车盖,
代指车。阪,山坡。

⑪浚壑:深谷。

⑫崇岫(xiù):高峰。岫,峰峦。谢朓《郡内高斋闲望答吕法曹》:"窗
中列远岫,庭际俯乔林。"

⑬斜汉左界:横斜的天河在东边形成一条界线。斜汉,到了秋天,
天河现出倾斜的角度,故称斜汉。左界,在东方划出一条界线。
古代以东为左,所以"左"是东方的意思。

⑭北陆南躔(chán):太阳绕地球运行的轨道由北方向南方移动。
陆,此指黄道。古人认为太阳绕地而行,黄道就是想象中的太阳
绕地的轨道。《汉书·天文志》:"日有中道,月有九行。中道者,
黄道,一曰光道。"南躔,太阳的轨道向南移。躔,日月星辰在太
空运行的度数。古人把周天分为三百六十度,划为若干区域,用
以辨别日月星辰运行的方位。秋冬时,在古人视觉中太阳运行

的方位偏向南，故曰"南躔"。

⑮白露暧空：露气使天空朦胧。暧，朦胧。一说，遮蔽。

⑯素月：皓月。素，洁白。

⑰沉吟：低声吟咏。齐章：指《诗经·齐风·东方之日》。其中有
"东方之月兮，彼姝者子"的诗句。

⑱殷勤：此指反复吟咏。陈篇：指《诗经·陈风·月出》。其中有
"月出皎兮，佼人僚兮"的诗句。

⑲毫：毛笔。牍：古代写字用的木片。《汉书·武五子传》："簪笔持
牍趋谒。"后世称公文为文牍，书札为尺牍。

⑳仲宣：王粲的字，为建安七子之冠，在诗歌辞赋中成就最高。这
里的情节也是假托的。

**【译文】**

陈王初闻应玚和刘桢的噩耗，连日静居无限伤心。馆阁内长遍了
绿苔，台榭中积满了灰尘。他满脸忧色满怀愁情，直到半夜都不高兴。
于是清扫长有兰草的道路，整理桂花飘香的园林；奏乐于清寒的山上，
停车在秋天的坡顶。临着深谷遥望而兴怨，登上高山远眺而伤情。这
时银河倾斜在东天，黄道已经移到了南边；白色的雾气使远空一片朦
胧，皎洁的月光从天上流泻地面。陈王低声吟咏《齐风》中的诗章，反复
体味《陈风》中的名篇。叫人献上笔墨和书板，请王仲宣创作《月赋》
一篇。

仲宣跪而称曰："臣东鄙幽介①，长自丘樊②，昧道懵
学③，孤奉明恩④。臣闻沉潜既义⑤，高明既经⑥，日以阳德⑦，
月以阴灵⑧。擅扶光于东沼⑨，嗣若英于西冥⑩。引玄兔于
帝台⑪，集素娥于后庭⑫。朒朓警阙⑬，朏魄示冲⑭。顺辰通
烛⑮，从星泽风⑯。增华台室⑰，扬采轩宫⑱。委照而吴业

昌⑲,沦精而汉道融⑳。

## 【注释】

①臣东鄙幽介:意为自己是东方边远之地的无学之人。东鄙,东方
　边境。王粲是山阳(今山东金乡)人,山阳在魏国东部,故称东
　鄙。幽介,孤陋寡闻。

②丘樊:山林田园。丘,山丘。樊,藩篱。此指田园。

③昧道懵(měng)学:不通大道缺乏学问。昧,无知。懵,糊涂。

④孤奉明恩:辜负了陈王的恩命。孤,同"辜"。奉,承受。

⑤沉潜:指地。因为地德沉静潜默。《尚书·洪范》:"沉潜刚克。"
　孔传:"沉潜,谓地。"义:合义,义理。

⑥高明:指天。因为天德崇高明朗。《尚书·洪范》:"高明柔克。"
　孔传:"高明,谓天。"经:此指纲常。

⑦阳德:古人认为日为阳性精气所生。

⑧阴灵:古人认为月为阴性精气所生。灵,此指精气。

⑨擅扶光于东沼:意谓早晨月亮让位给日光。擅,通"禅",让位。
　一说,占有。扶光,日光。扶,扶桑。神话传说中的大树名。据
　《山海经》载,太阳生于东方旸谷,经扶桑大树,然后升入高空。
　东沼,即旸谷。传说中的日出之处。

⑩嗣若英于西冥:意谓黄昏月亮又继续日光而升起。嗣,继承。若
　英,若木之花,呈红色。若木,神话传说中长于日落处的树木。
　西冥,即昧谷。神话传说中日入之处。

⑪引玄兔于帝台:意谓月光照耀着帝王的台榭。玄兔,玉兔。神话
　传说谓月中有兔,后为月的代称。帝台,指皇帝的台榭。

⑫集素娥于后庭:意谓月光照耀帝王的后宫。素娥,嫦娥。神话传
　说谓月中有嫦娥,此代指月亮。后庭,皇帝的后宫。

⑬朒(nǜ)朓(tiǎo)警阙:意谓人君看到月缺之象,应当警惕德行上

的缺点。朒,农历月初东方出现的缺月,即上弦月。朓,农历月终西方出现的缺月,即下弦月。警,警诫,警惕。阙,同"缺"。

⑭朏(fěi)魄示冲:古人认为国君见到月初光线不强的月光,应当谦逊地反躬自省。朏,月初生明,月光不强,称为朏,又称为魄。冲,谦虚貌。

⑮顺辰通烛:月球顺着十二个月的顺序运行,普遍照耀。辰,指十二辰,即十二个月。通,普遍。烛,照耀。

⑯泽:雨。古人认为月球运行遇到某一星宿的位置,便会发生某种气象。如遇毕宿,就要下雨;如遇箕宿,就要起风。

⑰增华台室:月亮照耀到精美的楼台住室,将使其增加光华。增,增添。华,光华。

⑱扬采轩宫:月亮照耀到壮丽的轩廊宫殿,更使其扬采飞光。

⑲委照而吴业昌:据《初学记·吴录》载,吴国孙策之母吴氏,生策前梦月入怀,遂生策;后孙策进一步发展其父孙坚的基业,为吴国帝业奠定了基础。委照,下投光辉。吴业,吴国帝王之业。昌,昌盛,兴隆。

⑳沦精而汉道融:据《汉书·元后传》载,汉元帝皇后之母李氏,梦月入怀而生女,后为元帝后。沦,落。精,指月亮。融,和顺。

**【译文】**

    王粲跪着说道:"我出身在东方的边境,一向孤陋寡闻,成长于田园山林,不明大道缺少学问。陈王要我作文,恐怕辜负恩命。我听说地合于义,天合经经,太阳具备阳刚的德性,月亮具有阴柔的精神。早上天色微明,月亮让太阳照明;薄暮太阳西沉,月亮接着它上升。明月照耀着帝台,银光洒满了后庭。残缺的上弦月启示国君应当警惕过错,暗淡的下弦月启示国君应当谦虚反省。月球顺着十二个月的次序运转照明,当它走近箕星和毕星,就会有风雨产生。它使楼台增加光华,它使宫廷光彩悦人。吴国的孙策因其母梦月入怀而诞生,使帝业的基础得以奠定;元帝的皇后也因其母梦月入怀而降生,她使汉朝的宫廷融洽而和顺。

　　"若夫气霁地表①,云敛天末,洞庭始波,木叶微脱②。菊散芳于山椒③,雁流哀于江濑④;升清质之悠悠⑤,降澄辉之蔼蔼⑥。列宿掩缛⑦,长河韬映⑧;柔祇雪凝⑨,圆灵水镜⑩;连观霜缟⑪,周除冰净⑫。君王乃厌晨欢⑬,乐宵宴⑭;收妙舞,弛清县⑮;去烛房⑯,即月殿⑰;芳酒登⑱,鸣琴荐⑲。

**【注释】**

①气:云气。霁:雨住天晴。此指云气消散。地表:地面。

②木叶:树叶。脱:飘落。

③山椒:山顶。

④流:传扬。濑(lài):从沙石上泻过的急水。即浅滩。

⑤清质:清洁的素质。此指月轮。悠悠:舒缓貌。

⑥澄辉:清光。蔼蔼:月光柔和貌。

⑦列宿(xiù):群星。掩缛(rù):掩盖了繁盛光彩。缛,此指光彩繁盛貌。

⑧长河:银河。韬映:隐晦了明亮的光辉。韬,隐蔽,隐晦。映,此指明亮的光辉。

⑨柔祇(qí)雪凝:大地被月光照耀,好像冰雪凝结。柔祇,大地。古人认为地德阴柔,故称柔祇。祇,地神。此指地。

⑩圆灵水镜:天空被月光照得像水一样清明。灵,天。古人以为天圆地方,故称天为圆灵。镜,照。

⑪连观霜缟:连绵的宫观像霜一样洁白。观,宫观。供帝王游息的离宫别馆。缟,洁白。

⑫周除冰净：四周的台阶像冰一样明净。除，台阶。

⑬晨欢：白天欢宴。

⑭宵宴：夜间宴饮。

⑮弛清县：放弃悬挂着的钟磬。县，同"悬"。

⑯去：离开。烛房：灯烛辉煌的房屋。

⑰即：临，到。

⑱芳酒登：芳醇的美酒进上。登，此指敬酒。

⑲荐：献。

【译文】

"如果雨过天晴，云气散尽，洞庭湖风起波涌，树叶渐渐飘零。菊花在山上散布香气，鸿雁在浅滩发出悲鸣；月轮慢慢上升，光色柔和澄明。群星被掩盖了灿烂的光华，银河也消隐了莹洁的形影；大地像铺上了一层积雪，天空像清澈透明的圆镜；连绵的宫观像霜一样洁白，四周的台阶像冰一样明净。于是君王对白天的娱乐感到厌烦，对晚上的宴会倍加喜欢；叫美人不再翩翩起舞，让钟磬不再声飘云天；离开了烛光辉煌的房间，来到了月华溶溶的殿前；侍者捧上芳香的清酒，乐师进献幽雅的琴弦。

"若乃凉夜自凄①，风篁成韵②。亲懿莫从③，羁孤递进④。聆皋禽之夕闻⑤，听朔管之秋引⑥。于是弦桐练响⑦，音容选和⑧。徘徊《房露》⑨，惆怅《阳阿》⑩。声林虚籁⑪，沦池灭波⑫。情纡轸其何托⑬？诉皓月而长歌⑭。"

【注释】

①凄：凄清。

②风篁：风吹竹林。篁，竹林。

③亲懿：即懿亲，好的亲友。懿，好。

④羁(jī)孤：流落在外的人与孤独者。递进：接踵而来。

⑤聆：听。皋禽：鹤。因《诗经·小雅·鹤鸣》有"鹤鸣于九皋"之句。皋，湖沼。夕闻：此指晚间的叫声。

⑥朔管：笛。笛原是羌族的乐器，因羌在朔(北)方，故称笛为朔管。秋引：秋天肃杀、凄凉的曲调。

⑦弦桐：琴。因琴用桐木做成，故称为弦桐。练：通"拣"，选择。响：此指音调。

⑧音容：乐曲的风格情调。和：和谐柔婉的旋律。

⑨《房露》：古乐曲名。情调幽怨忧郁，故曰"徘徊"。

⑩《阳阿》：古乐曲名。情调低沉忧郁，故曰"惆怅"。

⑪声林：风吹有声的树林。虚：静寂。籁(lài)：大自然的各种声音。

⑫沦池：起涟漪的池塘。灭波：静止了微波。

⑬纡轸(yū zhěn)：心有隐痛，郁结不解。纡，曲。轸，痛。

⑭诉：对着，朝向。

【译文】

秋天的凉夜气氛凄清，风吹竹林萧萧成韵。至亲好友不在身边，接连来访的是旅客孤人。听夜雾里白鹤的悲鸣，秋风中羌笛的怨声。于是吩咐：琴弦的音调要与此情此景相适合，乐曲的风格要选择委婉与柔和。弹出了低回婉转的《房露》，又弹起幽怨惆怅的《阳阿》。使飒飒发声的树林停止了喧响，让涟漪层层的池水平静了微波。郁结不解的愁思啊向何处寄托？只有对着明月慷慨高歌。

歌曰："美人迈兮音尘阙①，隔千里兮共明月。临风叹兮将焉歇②？川路长兮不可越③。"歌响未终，余景就毕④；满堂变容⑤，回遑如失⑥。

**【注释】**

①美人：此喻贤明君王。迈：遥远。音尘：音讯。阙：空。

②歇：停止。

③川路：道路。川，平原。越：超越。

④余景就毕：指月影消逝。景，同"影"，指月影。就，接近，将要。毕，完毕。

⑤变容：内心伤痛而变了容颜。

⑥回遑：内心彷徨。如失：如有所失。

**【译文】**

歌词道："美人遥远啊音讯断绝，相隔千里啊共此明月。临风长叹啊何时停歇？道路漫长啊不可逾越。"歌声还在荡漾回环，残月已将隐入西天；满座的人面容凄然，徘徊彷徨内心愁惨。

又称歌曰①："月既没兮露欲晞②，岁方晏兮无与归③；佳期可以还④，微霜沾人衣！"陈王曰："善。"乃命执事⑤，献寿羞璧⑥。敬佩玉音⑦，复之无斁⑧。

**【注释】**

①称：此指唱。

②露欲晞(xī)：露将干。晞，干。

③晏：晚。

④佳期：良辰，好日子。

⑤执事：指左右侍奉之人。

⑥献寿：赠物祝贺。一说，进酒祝贺。羞璧：进献玉器。羞，进献。

⑦佩：佩带。此指记住。玉音：对别人言辞的敬称。此指王粲所说的一番话。

⑧复之无斁(yì)：反复体味毫不厌烦。斁，厌烦。

**【译文】**

接着又唱:"月亮已落啊露水将干,一年将尽啊无人伴我还。吉日良辰啊正好归去,微露沾人衣啊莫再迟延!"陈王说:"好啊。"立刻命令侍从人员,奉送礼品以璧玉进献。又说:"我要谨记你的金玉良言,并且反复吟诵永不厌倦。"

# 鸟兽上

## 贾谊

　　贾谊(前200—前168),洛阳(今属河南)人。西汉初期著名的政治家和文学家。二十余岁时,因洛阳守吴公的推荐,为汉文帝博士。曾提出一系列政治改革主张,得到文帝重视,不到一年,被破格提为太中大夫。但却受到包括周勃、灌婴等元老在内的保守派的中伤,说他"年少初学,专欲擅权,纷乱诸事",文帝因而贬他为长沙王太傅。文帝七年召见贾谊,改任他为梁怀王刘揖太傅。虽较前接近了朝廷,但并未予以重用,使他郁郁不得志。梁怀王坠马死后,他更为苦闷,终于在三十三岁的盛年抑郁而死。

　　贾谊在政治上主张削弱割据势力,巩固中央政权,同时发展农业,充裕粮食。他的政论《陈政事疏》《论积贮疏》《过秦论》见解深刻,内容充实;辞赋以《吊屈原赋》《鹏鸟赋》最为著名。后人辑有《贾长沙集》,另有他的《新书》十卷。

## 鹏鸟赋一首　并序

**【题解】**

　　本篇是贾谊为长沙王太傅时所写的著名作品。据《西京杂记》载,"贾谊在长沙,鹏鸟集其承尘。长沙俗以鹏鸟至人家,主人死。谊作《鹏鸟赋》,齐生死,等荣辱,以遣忧累焉。"赋中假托与鹏鸟问答,抒写自己的不幸遭遇和对政治现实的不满与忧闷,以老庄齐生死、等祸福的思想来自我排遣。赋文貌似说理,实为抒情,看上去像是超脱解悟,实际上是勉强自慰。文中层层推理,有的地方近于枯燥的说教,都体现了作者在深忧之中一再作苦痛挣扎寻求出路的心情。

本赋主要的艺术特点是通过说理来抒情,在汉赋中独具一格;其次是将鵩鸟拟人化,以和鵩鸟对话的方式来进行状物、叙事、说理和抒情,为以后汉大赋一些作家所继承发展。如枚乘、司马相如、扬雄、班固、张衡等一系列名家均曾用过主客对话之法,在表达方式上影响深远。

　　谊为长沙王傅①,三年,有鵩鸟飞入谊舍②,止于坐隅③。鵩似鸮④,不祥鸟也。谊既以谪居长沙⑤,长沙卑湿⑥,谊自伤悼⑦,以为寿不得长,乃为赋以自广⑧。其辞曰:

**【注释】**

①长沙王:汉高祖封吴芮为长沙王。至汉文帝时,长沙王为吴著,是当时仅存的一家异姓王。贾谊曾为其太傅。

②鵩(fú)鸟:因鵩鸟外形似鸮,古人认为是不祥之物。李善注引《巴蜀异物志》曰:"有鸟小如鸡,体有文色。土俗因形名之曰鵩,不能远飞,行不出域。"

③隅(yú):角落。

④鸮(xiāo):猫头鹰。

⑤谪(zhé):贬官。

⑥卑湿:地势低下潮湿。

⑦伤悼:伤感。

⑧自广:自我宽慰。

**【译文】**

贾谊任长沙王的太傅,第三年,有一只鵩鸟飞入贾谊的屋中,栖止在他座位的一角。鵩鸟很像猫头鹰,是不祥之鸟。贾谊因遭贬谪居于

长沙,长沙低洼潮湿,贾谊暗自伤感,以为寿命不长,于是作赋自我宽解。其词如下:

单阏之岁兮<sup>①</sup>,四月孟夏<sup>②</sup>,庚子日斜兮<sup>③</sup>,鵩集予舍。止于坐隅兮,貌甚闲暇<sup>④</sup>。异物来萃兮<sup>⑤</sup>,私怪其故。发书占之兮,谶言其度<sup>⑥</sup>。曰:"野鸟入室兮,主人将去。"请问于鵩兮:"予去何之?吉乎告我,凶言其灾。淹速之度兮<sup>⑦</sup>,语予其期。"鵩乃叹息,举首奋翼;口不能言,请对以臆<sup>⑧</sup>:

【注释】

①单阏(chán è):古代以干支纪年,卯年叫单阏,当在汉文帝前元六年(前174),属于丁卯年。

②孟夏:四月。孟,四季的第一个月。夏季的第一个月为四月。

③庚子:四月庚子这一天是二十八日。

④闲暇:从容自得。

⑤萃(cuì):此指栖止。

⑥谶(chèn)言:迷信的人指将来要应验的话。度:气数,命运。

⑦淹速:迟缓和迅速。此指死期之早迟,生命之长短。淹,迟缓。

⑧请对以臆:因鵩鸟不会说话,请示意回答。

【译文】

在汉文帝六年啊,初夏四月期间,有一天傍晚啊,鵩鸟飞进我的房间。停在我的座位旁边啊,神态从容而又悠闲。房中飞来异物啊,暗想是什么缘故。翻书占卜这件事啊,谶语谈明定数。说:"野鸟入室啊,主人将要离去。"请问鵩鸟啊:"我将去往何处?是好事请你说明,是坏事也讲清楚。寿命是长是短啊,请把期限告诉我。"鵩鸟于是叹息,抬头张开双翼;口中不能说话,心中似这样回答:

"万物变化兮，固无休息。斡流而迁兮①，或推而还。形气转续兮②，变化而蟺③。沕穆无穷兮④，胡可胜言！祸兮福所倚，福兮祸所伏⑤；忧喜聚门兮⑥，吉凶同域⑦。彼吴强大兮，夫差以败；越栖会稽兮，勾践霸世⑧。斯游遂成兮，卒被五刑⑨；傅说胥靡兮，乃相武丁⑩。夫祸之与福兮，何异纠缠⑪；命不可说兮，孰知其极⑫！水激则旱兮⑬，矢激则远；万物回薄兮⑭，振荡相转。云蒸雨降兮⑮，纠错相纷⑯；大钧播物兮⑰，块圠无垠⑱。天不可预虑兮，道不可预谋⑲；迟速有命兮⑳，焉识其时！

## 【注释】

① 斡（wò）流：运转。

② 形气：泛指天地间的万物。形，有形之物，为气之表。气，无形之物，为形之神。

③ 而蟺（chán）：如蝉一样蜕变。而，如。蟺，通"蝉"。《集韵》："蝉，《说文》：'以旁鸣者。'《方言》：'蜩，秦晋谓之蝉。'或作'蟺'。"

④ 沕（wù）穆：幽深隐微。

⑤ "祸兮"二句：意为因祸而得福，由福而致祸，祸与福之间存在着互相转化的辩证关系。语出《老子》五十八章。倚，因。伏，藏。

⑥ 聚门：集于一家。

⑦ 同域：同在一处。

⑧ "彼吴强大"几句：据《史记·越王勾践世家》载，越王允常与吴王阖闾互相争战，结怨极深。允常死，阖闾乘机伐越。允常子勾践举兵抗击，阖闾受伤而死，其子夫差继为吴王。勾践听说夫差日夜练兵，欲报父仇，遂兴师伐吴，结果败于夫椒，进而困于会稽。勾践卑辞厚礼向夫差请和，其身亲为夫差前马。被放回后卧薪

尝胆,励精图治,十年生聚,十年教养,后出兵伐吴,困夫差于姑苏。夫差求和不成自杀。越遂称霸。栖,山居。

⑨斯:李斯,楚国人,受业于荀子,后游于秦,佐秦始皇统一天下,为丞相。被五刑:古代以墨(黥面)、劓(割鼻)、刖(断足)、宫、大辟为五刑。李斯在秦二世时被谗害,“具斯五刑,论腰斩咸阳市”(见《史记·李斯列传》)。

⑩“傅说(yuè)”二句:相传傅说为刑徒,服劳役筑墙,武丁发现他德才兼备,任以内相。傅说,殷高宗武丁的贤相。胥靡,囚犯。

⑪纠:两股拧成的绳子。缪(mò):三股拧成的绳子。

⑫极:终极,止境。

⑬激:鼓动。旱:通“悍”,指水流受激荡而湍急。

⑭回薄:来回激荡。回,返。薄,迫,逼。

⑮云蒸:云彩上升。蒸,此指升。

⑯纠错:交错。纷:纷乱。

⑰大钧:制造陶坯用的转轮。陶工运转钧能制出各种形状的陶坯,因而称运转万物的大自然为大钧。

⑱块圠(yǎng yà):广阔无边貌。垠:界限,边际。

⑲预虑、预谋:均为预先知道之意。

⑳迟速:指死期之早迟。

## 【译文】

“世间万物的变化啊,本来不会停息。反复循环运转啊,永远没有止期。形气转化相传啊,蜕变有如鸣蝉。无限精微深远啊,怎么能够说完! 灾祸啊是幸福的依托,幸福啊有灾祸潜伏;忧愁喜悦聚集一家啊,好事坏事同一处所。吴国非常强大啊,夫差因此败亡;越国被困会稽啊,勾践称霸世上。李斯游说成功啊,终受五刑而亡;傅说为囚徒啊,后成为武丁的宰相。灾祸与幸福啊,像两三股绞合的绳;天命不可说清啊,谁知道它的究竟! 水被外物所激而急流猛进啊,箭被弓弦所击向远处飞行;万物互相回旋激荡啊,经过振荡又互相转化变更。云升变雨下降啊,现象错杂纷纭;造化运转万物啊,变化广阔无垠。天命不可预料啊,天道难以预算;生死由命注定啊,怎知道寿命的期限。

"且夫天地为炉兮,造化为工①;阴阳为炭兮,万物为铜。合散消息兮②,安有常则③? 千变万化兮,未始有极④。忽然为人兮⑤,何足控抟⑥;化为异物兮⑦,又何足患! 小智自私兮⑧,贱彼贵我;达人大观兮⑨,物无不可。贪夫殉财兮⑩,烈士殉名⑪。夸者死权兮⑫,品庶每生⑬。怵迫之徒兮⑭,或趋西东⑮;大人不曲兮⑯,意变齐同⑰。愚士系俗兮⑱,窘若囚拘⑲;至人遗物兮⑳,独与道俱㉑。众人惑惑兮㉒,好恶积亿㉓;真人恬漠兮㉔,独与道息㉕。释智遗形兮㉖,超然自丧㉗;寥廓忽荒兮㉘,与道翱翔。乘流则逝兮,得坎则止㉙;纵躯委命兮㉚,不私与己㉛。其生兮若浮㉜,其死兮若休㉝;澹乎若深泉之静㉞,泛乎若不系之舟。不以生故自宝兮,养空而浮㉟;德人无累㊱,知命不忧㊲。细故蒂芥㊳,何足以疑。"

## 【注释】

①造化:大自然的创造化育。

②消息:消灭和生息。

③常则:不变的规律。

④极:终点,终极。

⑤忽然:偶然,不期而然。

⑥控抟(tuán):爱护,珍惜。

⑦异物:指死后肉体腐朽,产生质的变化,成为异物。

⑧小智:小聪明。此指自私自利之人。

⑨达人：通达之人。大观：看得全面而长远。

⑩殉财：为财富而丧生。

⑪殉名：为名节而献身。

⑫夸者：追求虚荣的人。死权：为争夺权力而死。

⑬品庶：一般老百姓。每生：贪生。

⑭怵（xù）：为利所诱。《汉书·食货志》："善人怵而为奸邪。"迫：为穷所迫。

⑮趋西东：为利禄虚名而东奔西走。

⑯大人：品德高尚的人。不曲：不为利禄弯腰。

⑰意变齐同：情况千变万化也等同看待。意变，千变万化。

⑱愚士：愚昧庸禄之人。系俗：被世俗的见解所羁縻。

⑲囚拘：像囚徒般被拘禁。

⑳至人：品德极高尚的人。遗物：忘物，不为物质利益所牵累。

㉑俱：同，在一起。

㉒众人：普通的人。惑惑：深深迷惑。惑，迷惑。连续反复，表强调。

㉓好恶：所喜好的和所憎恶的。积亿：太多。亿，亿万。一说：积满胸中。亿，通"臆"，胸。

㉔真人：道家所谓存真心、养本性之人。恬（tián）漠：宁静，淡泊。

㉕息：繁殖，生长。《孟子·告子》："是其日夜之所息，雨露之所润，非无萌蘖之生焉。"

㉖释智：弃智，抛弃心机智巧。遗形：忘我忘人。

㉗自丧：自失，自忘其身。

㉘寥廓忽荒：空阔辽远。此喻人之修养达到了高深境界。

㉙坻（chí）：水中小块高地。

㉚纵躯：舍身。委命：托身于命运之意。

㉛不私与己：不把生命视为自己所私有。

㉜浮：浮游，浮寄。

㉝休：休息。

㉞澹：安宁。

㉟"不以"二句：是说不应当看重自己的生命，而应当养其空虚之性，在无得失、无荣辱的境界中逍遥漫游。自宝，自己看重。养空而浮，《汉书·贾谊传》："服虔曰：'道家养空虚，若浮舟也。'"空，指空虚之性。

㊱德人：有道德的人。无累：不为外物所牵累。

㊲知命：知天命，即知穷达荣辱，皆由命定。

㊳细故：细小之事。蒂芥：瓜蒂草芥，指细小的梗塞物。这里比喻心中之结。

**【译文】**

"天地是洪炉啊，造化是锻工；阴阳是炭啊，万物是铜。聚散生灭啊，哪有规律？千变万化啊，没有终极。偶然为人啊，不足珍惜；化为异物啊，何必忧惧！浅见者只顾自身啊，轻视别人看重自己；通达人眼光远大啊，没有何物不可适应。贪夫为财而死啊，烈士重义轻生。好虚荣者为权而死啊，一般的人贪生怕死。有的为利所诱被穷所迫啊，东奔西走趋利避害；大智的人不为物欲所迫屈啊，对万变的事物都同等看待。愚人被世俗所牵累啊，像囚徒一般地被拘禁；高尚的人能把"物累"抛开啊，独自与大道在一块。一般人为私利所迷惑啊，好恶之情积满胸膛；纯真的人恬淡无欲啊，只是随着大道而成长。放弃智虑遗弃形体啊，超然物外把自我遗忘；修养达到高深境界啊，精神与大道一起飞翔。随着河水而流逝啊，遇着沙洲就停止；把身体委托给自然命运啊，不把生命视为私有。活着啊像寄托在人间，死去啊像休息而安眠；安宁啊若幽静的深泉，浮游啊像不系的舟船。不因生存的缘故而宝贵自己啊，涵养空虚之性而忘我浮游；有德的人不为外物牵累，知命的人不为自己担忧。心中之结都是小事，何足以疑虑发愁！"

# 祢正平

祢衡(173—198)，字正平，平原般(今山东临邑)人。东汉末文学家。少有才辩，长于为文。"尚气刚傲，好矫时慢物。"与当时的著名学者孔融友好。因孔融的推荐，曹操想召见他，但他拒不前往。后曹操命他为鼓史，想在大宴时当众羞辱他，却反被祢衡嘲骂。祢衡颇负盛名，曹操不愿亲手杀害他，故送祢衡到荆州牧刘表处；不久祢衡又冒犯刘表，刘表也不愿担负杀才人之名，又送他去江夏太守黄祖处。开始黄祖及其子黄射均重其才名，黄射并与之友善，祢衡还为黄射写过著名的《鹦鹉赋》。其后又因辱骂黄祖，终被黄祖杀害，死时年仅二十六岁。

## 鹦鹉赋一首　并序

【题解】

汉灵帝时，由于太学生与在朝的名士们联合起来反对贪赃枉法的宦官，被宦官以"图危社稷"的罪名逮捕处死达六七百人；熹平元年(172)又有千余人被捕，他们的父子、兄弟、门生及五服以内的亲族都被长期禁锢，造成震惊天下的"党锢之祸"。祢衡生于熹平二年，亲眼见到被禁锢者所过的悲苦生活；加以禁锢解除后又是兵祸相连，士人颠沛流离，托身无所，这种情况是祢衡作此赋的现实基础。赋中鹦鹉不仅德才兼备，聪明识机，而且能言善辩，仪容美好，被捕后，却"闭以雕笼，剪其翅羽"，深受禁锢之苦。其所象征的不仅是德才兼备之士的人生悲剧，也是当时的社会悲剧。论者多以为鹦鹉是祢衡的自我写照，仔细分析，祢衡尚气刚傲，与鹦鹉哀婉求全的形象迥然有别。故知赋中鹦鹉所倾吐者，绝非作者一己之哀情，而是广大士人之哀怨，具有高度的时代意义。

　　时黄祖太子射,宾客大会①。有献鹦鹉者,举酒于衡前曰:"祢处士②,今日无用娱宾③,窃以此鸟自远而至,明慧聪善,羽族之可贵④,愿先生为之赋,使四坐咸共荣观⑤,不亦可乎?"衡因为赋,笔不停缀⑥,文不加点。其辞曰:

**【注释】**

①黄祖:东汉末年江夏太守,急躁专横,为当时地方割据势力之一。太子:封建帝王时代皇帝立为嗣主之嫡长子,但初期并不甚严,诸侯王之子,亦称太子,如汉初吴王濞之子即称吴太子。射(yì):指黄射。黄祖长子,曾任东汉末年章陵太守,与祢衡友善。黄祖并非诸侯王,祢衡称其子射为太子,对专横跋扈、拥兵割据的黄祖暗含讽意。

②处士:未出仕、无官职的文人。

③无用:无以。

④羽族:鸟类。

⑤荣观:荣幸地欣赏。

⑥不停缀:不停止地写文章。缀,连字词为文章。

**【译文】**

　　黄祖的长子黄射,大宴宾客。恰巧有人献上鹦鹉,黄射举杯对祢衡说:"祢处士,今天没有什么可以娱乐宾客的,我认为此鸟自远方而来,聪明灵慧而且善良,是珍贵的禽鸟,愿先生为它作一篇赋,使四座宾客能荣幸地欣赏,不是很好吗?"祢衡于是开始作赋,他手不停笔,文句不加点,一挥而就。其辞为:

惟西域之灵鸟兮<sup>①</sup>，挺自然之奇姿<sup>②</sup>。体金精之妙质兮<sup>③</sup>，合火德之明辉<sup>④</sup>。性辩慧而能言兮<sup>⑤</sup>，才聪明以识机<sup>⑥</sup>。故其嬉游高峻，栖跱幽深<sup>⑦</sup>。飞不妄集，翔必择林。绀趾丹嘴<sup>⑧</sup>，绿衣翠衿<sup>⑨</sup>。采采丽容<sup>⑩</sup>，咬咬好音<sup>⑪</sup>。虽同族于羽毛，固殊智而异心。配鸾皇而等美<sup>⑫</sup>，焉比德于众禽！

**【注释】**

①惟：发语词。西域：鹦鹉生长在陇山，在中国的西部，所以称"西域"，与指现代西北地区的"西域"含义不同。灵鸟：富于灵性的鸟。

②挺：挺出。

③体金精之妙质兮：意指鹦鹉的身上有白色的羽毛，所以体现着金的精神。金精，古代以五行分属五方五色，金属西方白色。妙质，美好的素质。

④火德：鹦鹉的嘴是红的，赤色属五行中的火，所以说合于火德。

⑤辩慧：聪慧善言。

⑥以：而。识机：有预见的智慧。

⑦跱（zhì）：站立。

⑧绀（gàn）：青里带红的颜色，即紫色。

⑨衿：衣服的胸前部分。

⑩采采：形容艳美的盛装。

⑪咬咬（jiāo）：鸟雀清脆的鸣声。

⑫鸾皇：鸾鸟，凤凰。皇，通"凰"。

**【译文】**

生长在西方的鸟儿啊，大自然给它以奇美的外形。白羽象征它有"金"的精神啊，红嘴体现它有"火"的德行。还有能言善辩的智慧啊，有预见时机的聪明。它游戏的峰峦都很高峻,它栖息的山谷都很幽深。飞行时不随便停息,翱翔时一定选择树林。紫脚丹嘴,绿衣翠襟。展现出美丽的容貌,鸣叫出咬咬的清音。虽然同属于鸟类,却有着特殊的智慧与心灵。鸾鸟、凤凰才可以和它比美,一般飞禽怎赶得上它的德行!

于是羡芳声之远畅[1],伟灵表之可嘉[2]。命虞人于陇坻[3],诏伯益于流沙[4];跨昆仑而播弋[5],冠云霓而张罗[6];虽纲维之备设,终一目之所加[7]。且其容止闲暇[8],守植安停[9]。逼之不惧,抚之不惊。宁顺从以远害,不违迕以丧生[10]。故献全者受赏[11],而伤肌者被刑。

**【注释】**

①芳声:美好的声誉。远畅:传扬到远方。

②伟:作珍重解。灵表:灵秀的外貌,高雅的风姿。

③虞人:古代管理山泽禽兽的官名。陇坻:即今宁夏、甘肃、陕西三省交界处的陇山。

④诏:作动词,命令。伯益:传说中唐尧时代负责开发山林川泽的人。流沙:《尚书·禹贡》有流沙地名,指当时极西的边境。

⑤播:此指发射。弋:一种射鸟的器具。

⑥冠云霓:高出云层。

⑦“虽纲维”二句:是说虽然布置大网,但真正猎取鸟雀,只不过一个网目的作用。纲维,罗网上的粗绳。备设,普遍设置。一目,指罗网上的一个网孔。

⑧容止闲暇:态度从容。

⑨守植:怀抱志向。守,此指怀。植,通“志”。安停:稳定。

⑩“宁顺从”二句:是说鹦鹉被捕获的时候,能明智地保持镇静,避

免无益的伤害。违近,抗拒。近,逆。

⑪献全:献上完整的活鹦鹉。

**【译文】**

贵人们美慕它的美名远扬,爱把它的丰姿欣赏。命令掌管山泽林木的官吏,来到陇山之上流沙之旁;登上昆仑放射弋箭,高出云霄张开罗网;罗网布满深山密林,有的网眼捉住珍禽。鹦鹉的态度非常从容,它的志向也很坚定。逼它不害怕,摸它心不惊。宁可顺从以免遭伤害,不愿抗拒而丧失生命。贵人对猎者也有规定:献全鸟的得赏赐,伤鸟身的受处分。

尔乃归穷委命①,离群丧侣。闭以雕笼,剪其翅羽。流飘万里,崎岖重阻;逾岷越障②,载罹寒暑③。女辞家而适人,臣出身而事主。彼贤哲之逢患,犹栖迟以羁旅④;矧禽鸟之微物⑤,能驯扰以安处⑥!眷西路而长怀⑦,望故乡而延伫⑧。忖陋体之腥臊⑨,亦何劳于鼎俎⑩。

**【注释】**

①尔乃:于是。归穷委命:将被捕归之于命运。这里竭力描写鹦鹉被捕获以后的心情。

②岷:岷山。在今四川境内。障:山名。在今甘肃西部。

③载:发语词。罹:遭受,经历。寒暑:寒来暑往。此指旅行时间很长。

④栖迟:停留。羁旅:作客异乡。

⑤矧(shěn):何况。

⑥能:表反向的动词,作"能不"解。驯扰:驯顺。扰,驯。

⑦眷:眷念,怀念。

⑧延伫(zhù)：久立，引颈而望。《楚辞·九歌·大司命》："结桂枝兮延伫。"王逸注："延，长也；伫，立也。"

⑨忖(cǔn)：思量。此指暗自猜想。

⑩鼎：烹调器具。俎(zǔ)：切菜或肉时垫在下面的砧板。

**【译文】**

它把失去自由归于命运，丧失了伴侣脱离鸟群。关进那雕花的樊笼，剪短了翅膀的毛翎。漂流了万里之远，经历了崎岖路径；翻上岷山的高峰越过障山的峻岭，受够了酷暑历尽了寒冷。像女儿一样离家去嫁人，像臣子一样献身去事君。那些贤人遭受灾难，还要羁留异乡附人门庭；何况是小小飞禽，能够不顺从驯服依人安身！但它对西方的怀念无比深沉，整天伸长项颈遥望故乡山林。想到自身的肉味腥臊，大概不至于充当食品。

　　嗟禄命之衰薄，奚遭时之险巇①？岂言语以阶乱②？将不密以致危③？痛母子之永隔，哀伉俪之生离④。匪余年之足惜，愍众雏之无知⑤。背蛮夷之下国⑥，侍君子之光仪⑦。惧名实之不副，耻才能之无奇。羡西都之沃壤⑧，识苦乐之异宜⑨。怀代越之悠思⑩，故每言而称斯⑪。

**【注释】**

①巇(xī)：危险艰难。

②阶乱：引起祸乱的阶梯。

③将：与"或"同义。不密：不安静。密，安定。此指安静。《诗经·大雅·公刘》："止旅乃密，芮鞫之即。"

④伉俪(kàng lì)：配偶。

⑤愍(mǐn)：同"愍"，怜悯。众雏：一窝幼鸟。此指家中幼子。

⑥下国：此指蛮荒落后的国度。

⑦光仪：光彩的仪容。

⑧西都：指长安。长安古称天府之国，故一般的鸟都羡慕其富饶。

⑨苦乐之异宜：西都虽属沃壤，一般的鸟以居此为乐，而鹦鹉却以羁此为苦，故曰"苦乐之异宜"。

⑩代：代郡。今山西北部。越：古国名。又名百越。相传始祖是夏代少康的庶子无余，建都会稽（今浙江绍兴）。春秋末期，越王勾践灭吴称霸时，疆土有今江苏北部运河以东地、江苏南部、安徽南部、江西东部和浙江北部，战国时灭于楚。古诗有"代马依北风，越鸟巢南枝"之句，言自己如代马、越鸟一样思念故乡。

⑪斯：此指鹦鹉的故乡西域。

【译文】

　　它命运的乖蹇真可哀叹，为什么遭遇是这么凶险？难道是多口舌带来的祸患？难道是不安静招致的危险？痛心母子永远分离，哀叹夫妻再难见面。它并不是对残生有所留恋，可怜的是众雏鸟无法照管。离开了边远的蛮夷之邦，侍奉在高贵的君子身旁。害怕的是自己名不副实，惭愧的是自己才能平常。群鸟都羡慕长安这富饶之乡，自己对苦乐的看法却不一样。永怀着对故乡的深沉思念，一开口就倾诉这怀乡的衷肠。


　　若乃少昊司辰①，蓐收整辔②。严霜初降，凉风萧瑟。长吟远慕③，哀鸣感类。音声凄以激扬，容貌惨以憔悴。闻之者悲伤，见之者陨泪④。放臣为之屡叹⑤，弃妻为之歔欷⑥。


【注释】

①少昊（hào）：传说中的古代部落首领的名字。黄帝之子，以金德王，死后为主宰秋季之天帝。司辰：管理时辰。

②蓐(rù)收：西方主宰秋季之神。辔(pèi)：驾驭牲口的缰绳。《诗
　　经·郑风·大叔于田》：“执辔如组，两骖如舞。”

③远慕：遥远地思念。慕，思慕，思念。

④陨(yǔn)泪：落泪。

⑤放臣：被放逐之臣。屡叹：一再兴叹。

⑥弃妻：被遗弃的妻子。歔欷(xū xī)：叹息，哽咽。

**【译文】**

等到少昊天帝主宰了秋季，司秋的蓐收天神也驾车来临。凛冽的寒霜降临大地，萧瑟的凉风满天飘飞。它用长叹表达了遥远的思慕，悲切的鸣声感动了所有同类。声音凄苦而又激昂，容貌愁惨而又憔悴。听见的人都悲伤，看见的人齐掉泪。逐臣为此一再叹息，弃妇为此抽噎含悲。

　　感平生之游处①，若埙篪之相须②，何今日之两绝，若胡、越之异区③？顺笼槛以俯仰④，窥户牖以踟蹰⑤。想昆山之高岳⑥，思邓林之扶疏⑦。顾六翮之残毁⑧，虽奋迅其焉如⑨？心怀归而弗果⑩，徒怨毒于一隅⑪。苟竭心于所事，敢背惠而忘初？托轻鄙之微命，委陋贱之薄躯⑫。期守死以报德，甘尽辞以效愚⑬。恃隆恩于既往，庶弥久而不渝⑭。

**【注释】**

①游处：相游共处的知交。

②埙(xūn)：陶土烧制的乐器。状如鸡蛋，有一至十几个孔。篪
　　(chí)：竹制的乐器。似笛，有孔。《诗经·小雅·何人斯》：“伯氏
　　吹埙，仲氏吹篪。”意思是兄弟和睦，互相应和。相须：互相依赖，
　　互相配合。

③胡：此指北方。越：此指南方。

④槛(jiàn)：关鸟兽的栅栏。俯仰：下瞰上望。

⑤牖(yǒu)：窗户。踟蹰(chí chú)：徘徊犹豫，欲行又止貌。

⑥昆山：昆仑山。

⑦邓林：神话中的树林名。《山海经·海外北经》："夸父与日逐走，
入日。渴欲得饮。饮于河、渭，河、渭不足，北饮大泽。未至，道
渴而死。弃其杖，化为邓林。"扶疏：枝叶繁茂分披貌。

⑧六翮(hé)：许多羽毛。六，泛指多。翮，羽毛。

⑨奋迅：此指奋力疾飞。焉如：往何处去。

⑩弗果：不成。

⑪徒：枉然。怨毒：怨恨已极。毒，痛恨。隅：角落。

⑫委：寄托。

⑬尽辞：言无不尽贡献良言。

⑭庶：或许。弥：更加。渝：变。

**【译文】**

　　它感叹平生的故交知心，曾经像乐器一般声声相应，为什么到今日
消息断绝，像胡、越相隔着万里路程？它顺着樊笼下瞰上望，对着门窗
徘徊沉吟。总想着峰峦高耸的昆山，怀念那枝叶扶疏的邓林。回顾羽
翼被剪掉而毁伤，即使奋飞又怎么能前进？怀抱着归思总没有效果，徒
然地在笼中满怀怨恨。只有尽心于所侍奉的主人，不能违背他当初的
恩情。决心托与他微小的生命，贡献出自己卑贱的身心。定要坚持到
死来报答恩德，甘愿言无不尽来贡献愚诚。他过去对自己情深恩厚，自
己也愈长久愈不变心。

# 张茂先

　　张华(232—300)，字茂先，范阳方城(今河北固安)人。西晋文学

家。少时孤贫,曾以牧羊为生。好学不倦,写过《励志诗》以自勉。初未知名,著《鹪鹩赋》以自寄,阮籍见之,赞叹曰:"王佐之才也!"由是名声始著。魏末曾任佐著作郎、中书郎等职。入晋,为黄门侍郎。与武帝、羊祜共谋伐吴。及吴灭,运筹决胜,有谋谟之勋,进封广武县侯。惠帝时,历任太子少傅、中书监、右光禄大夫等要职,进封壮武郡公,官至司空。后因拒绝参与赵王伦和孙秀的篡权阴谋而被害。

张华博闻强记,工于诗赋,辞藻温丽,朗赡多通。钟嵘《诗品》卷中说他"巧用文字,务为妍冶","儿女情多,风云气少"。张溥评曰:"壮武文章,赋最苍凉,文次之,诗又次之。"(《汉魏六朝百三家集题辞》)《隋书·经籍志》著录有集十卷,已散佚。明人辑有《张司空集》。

## 鹪鹩赋一首　并序

**【题解】**

此赋为张华早期作品。他有感于官场的变幻与世情之伪诈,于是写了这篇赋。张溥曰:"壮武初未知名,作《鹪鹩赋》以寄意,感其不才善全,有庄周木雁之思。"(《汉魏六朝百三家集题辞》)本篇即通过鹪鹩这种"形微处卑""不为人用"的小鸟的处境,阐发老庄的处世哲学。庄子强调无为与无用之用,认为只有委命顺理、守约处静,才能全身保性。这种处世思想,在政治黑暗、世情伪诈的情况下,不无道理,但其基本倾向是消极的,否定了人的进取精神。

此赋篇幅较短,但文字简洁,形象鲜明,以小喻大,将鹪鹩的生活习性及特点描写得十分生动。而且旁征博引,写了各种猛禽与之对比,笔势恣肆,颇富想象力。

鹪鹩①,小鸟也,生于蒿莱之间②,长于藩篱之下③,翔集寻常之内④，而生生之理足矣⑤。色浅体陋，不为人用。形微处卑，物莫之害。繁滋族类，乘居匹游⑥。翩翩然有以自乐也。彼鹫鹗鸥鸿⑦，孔雀翡翠⑧，或凌赤霄之际⑨，或托绝垠之外⑩，翰举足以冲天⑪，嘴距足以自卫⑫，然皆负矰婴缴⑬，羽毛入贡。何者？有用于人也⑭。夫言有浅而可以托深⑮，类有微而可以喻大。故赋之云尔⑯。

**【注释】**

①鹪鹩(jiāo liáo)：俗称黄脰鸟，全身灰色，有斑，常取茅苇毛氄为巢，大如鸡卵，系以麻发，甚精巧。又有鹪鹩、桃雀、桑飞、黄雀、女匠、巧妇、工爵等名称。《庄子·逍遥游》："鹪鹩巢于深林，不过一枝。"

②蒿莱：野草、杂草。

③藩篱：以竹等做成的篱笆，为房舍的外蔽。《国语·楚语》："为之关龠藩篱而远备闲之。"

④寻常：古代八尺为寻，十六尺为常，常是寻的一倍。

⑤生生：相生不绝之意。《周易·系辞》："生生之谓易。"孔疏："生生，不绝之辞。阴阳变转，后生次于前生，是万物恒生谓之'易'也。"

⑥乘居：双居。《列女传·魏曲沃负》："雎鸠之鸟，犹未尝见乘居而匹处也。"

⑦鹫(jiù)：鹫鸟，即雕。鹗(è)：亦猛禽，雕类，性凶猛，背褐色，头顶、颈后及腹部白色，嘴短脚长，趾具锐爪，栖水边，捕鱼为食，俗称鱼鹰。古称雎鸠。鸥：李善注："鸥，状如鹤而文。"

⑧翡翠：鸟名。亦称翠雀，羽毛呈蓝、绿、赤、棕各色，可以作为饰品。

⑨赤霄:有红云的天空。《淮南子·人间训》:"背负青天,膺摩赤霄。"高诱注:"赤霄,飞云也。"此处泛指云霄。

⑩绝垠(yín):天边,极远之地。垠,边际,界限。

⑪翰举:高飞。《诗经·小雅·小宛》:"宛彼鸣鸠,翰飞戾天。"

⑫嘴距:鸟类的嘴和爪甲。左思《吴都赋》:"羽族以嘴距为刀铍,毛群以齿角为矛铗。"嘴,指鸟喙。

⑬矰(zēng):系以丝绳用以射鸟雀的箭。婴:触,缠绕。缴:带箭的细绳。

⑭有用于人也:对人有用处,所以被擒获。意即所谓"不才善全"。

⑮托深:指寄托深奥的道理。

⑯云尔:语末助词,相当于"如此而已"。

**【译文】**

鹪鹩,是一种小鸟,生在杂草之间,长在篱笆之下,飞翔聚集在一两丈高的范围之内,而生生不息的道理却能在它的身上得到充分的体现。它羽毛浅淡,身体难看,对人没有什么用处。形体微小处境卑下,不受其它动物侵害。它们繁衍后代,双居而单出。飞来飞去自以为乐。那些雕、鹗、雁、孔雀、翠鸟,或者直上云霄之内,或者寄身于天边之外,展翅高飞足以冲天,尖喙利爪足以自卫,然而它们都会被弓箭射中,羽毛作为贡品进献。为什么呢?因为它们对人有用处。有的言语很浅显,但可以寄寓深刻的思想;有的东西很微小,但可以比喻大的道理。所以我就写了这篇《鹪鹩赋》。

　　何造化之多端兮①,播群形于万类②。惟鹪鹩之微禽兮,亦摄生而受气③。育翩翾之陋体④,无玄黄以自贵⑤。毛弗施于器用⑥,肉弗登于俎味⑦。鹰鹯过犹俄翼⑧,尚何惧于罿罻⑨。翳荟蒙笼⑩,是焉游集⑪。飞不飘飏,翔不翕习⑫。其居易容,其求易给。巢林不过一枝,每食不过数粒。栖无所滞⑬,游无所盘⑭。匪陋荆棘,匪荣苣兰⑮。动翼而逸,投足而安⑯。委命顺理⑰,与物无患。伊兹禽之无知,何处身之似智?不怀宝以贾害⑱,不饰表以招累⑲。静守约而不矜⑳,动因循以简易㉑。任自然以为资㉒,无诱慕于世伪㉓。

【注释】

①造化:指自然的创造化育。《淮南子·精神训》:"伟哉造化者。"《庄子·大宗师》:"今一以天地为大炉,以造化为大冶。"

②播:撒,分布,分散。

③摄生:维持生命。左思《吴都赋》:"土壤不足以摄生,山川不足以周卫。"受气:接受阴阳之气。古以阴阳解释万物化生。《周易·系辞》:"阴阳不测之谓神。"孔疏:"天下万物,皆由阴阳或生或成,本其所由之理,不可测量之谓神也。"

④翩翾(xuān):飞动貌。

⑤玄黄:指黑色与黄色羽毛。

⑥器:工具。《周易·系辞》:"弓矢者,器也。"

⑦俎(zǔ):古代祭祀、设宴时陈设牺牲的礼器,木制,漆饰。《春秋左传·隐公五年》:"鸟兽之肉不登于俎,皮革、齿牙、骨角、毛羽不登于器,则公不射,古之制也。"

⑧鹯(zhān):猛禽。《孟子·离娄》:"为丛驱爵者,鹯也。"俄翼:倾斜着疾飞。

⑨罿罻(chōng wèi):捕鸟之网。罻,小网。

⑩翳荟(yì huì):草木茂盛之貌,亦作"薆荟"。《孙子兵法·行军》:"山林翳荟,必谨覆索之,此伏奸之所藏处也。"蒙笼:指草木茂密。《淮南子·修务训》:"躐蒙笼,蹶沙石。"

⑪是焉：在此。

⑫翕（xī）习：急疾貌。

⑬滞：久留。

⑭盘：盘桓。

⑮茝（chǎi）：香草，兰草之类。亦作"芷"。屈原《离骚》："杂申椒与菌桂兮，岂维纫夫蕙茝。"

⑯投足：指飞落停息下来。

⑰委命：听任命运支配。顺理：顺应天理。

⑱贾（gǔ）害："贾"本是卖出。此为自招灾祸。《春秋左传·桓公十年》："'匹夫无罪，怀璧其罪。'吾焉用此，其以贾害也。"

⑲招累：引来灾难和麻烦。招，自取，引起。累，此指忧患，危难。

⑳守约：保持俭约。《三国志·吴书·蒋钦传》："（孙）权叹其在贵守约，即敕御府为母作锦被，改易帷帐，妻妾衣服悉皆锦绣。"矜（jīn）：自负贤能。《尚书·大禹谟》："汝惟不矜，天下莫与汝争能；汝惟不伐，天下莫与汝争功。"

㉑因循：守旧法而不变更。《史记·太史公自序》："其（道家）术以虚无为本，以因循为用。"简易：简略而便易。《墨子·非命》："恶恭俭而好简易。"

㉒自然：天然，非人为的。《老子》二十五章："人法地，地法天，天法道，道法自然。"资：凭借，依托。《周易·乾》："大哉乾元，万物资始，乃统天。"

㉓诱慕：羡慕。

**【译文】**

　　大自然创造化育何等多样呵，将世上万物赋予各种形状。鶷鶡这种微小的飞禽呵，也同样接受阴阳之气而维持生命。生成一种低飞的卑陋身躯，没有华贵的羽毛可以自珍。羽毛无用于器物，肉食不能登大雅之堂。鹰鹯扑过来它会闪翅斜飞，又怎么会惧怕那捕鸟之网？草木丛生之地，是它游乐聚集的场所。飞动不能高高飘扬，翱翔不能急速远行。它的栖处很易容身，它的需求很易满足。在树上筑巢不过占有一枝，每餐食物不过几粒。栖息之地从不久留，嬉戏之处也不多作盘桓。它不以荆棘之地为恶劣，也不以香兰芳芷之地为荣耀。一扇动翅膀就飞出游乐，一停止落下就很安闲。听从命运，顺应天理，与世无争。像这种小鸟看似十分无知，但它处世立身又像很有智慧。它身上不藏有宝贵的东西以招致祸害，也不修饰外表以引起麻烦。静处时保持俭约而不自负，行动时循规蹈矩而不烦琐。一切听任自然的安排，从不羡慕那虚伪的世界。


　　雕鹖介其嘴距①，鹄鹭轶于云际。鸥鸡窜于幽险②，孔翠生乎退裔③。彼晨凫与归雁④，又矫翼而增逝⑤。咸美羽而丰肌，故无罪而皆毙。徒衔芦以避缴⑥，终为戮于此世。苍鹰鸷而受缧⑦，鹦鹉惠而入笼。屈猛志以服养⑧，块幽絷于九重⑨。变音声以顺旨，思摧翮而为庸⑩。恋钟、岱之林野⑪，慕陇坻之高松⑫。虽蒙幸于今日，未若畴昔之从容。海鸟鶢鶋⑬，避风而至。条枝巨雀⑭，逾岭自致。提挈万里⑮，飘飖逼畏⑯。夫唯体大妨物，而形瑰足玮也⑰。阴阳陶蒸⑱，万品一区⑲。巨细舛错⑳，种繁类殊。鹪螟巢于蚊睫㉑，大鹏弥乎天隅㉒。将以上方不足㉓，而下比有余。普天壤以遐观㉔，吾又安知大小之所如㉕？


【注释】

①鹖(hé)：一种善斗的鸟。介：凭借，依赖。

②幽险：指山谷。

③退裔：边远之地。

④凫(fú)：水鸟名。俗称野鸭。

⑤矫翼：展翅。增逝：高飞。《汉书·梅福传》："夫戆瓠遭害，则仁鸟增逝。"

⑥衔芦：雁衔芦草以自卫。《淮南子·修务训》："夫雁顺风以爱气力，衔芦而翔以备矰弋。"高诱注："衔芦，所以令缴不得截其翼也。"缴(zhuó)：射鸟时系在箭上的生丝绳。

⑦鸷(zhì)：凶猛。缫(xiè)：捆缚。屈原《离骚》："朝吾将济于白水兮，登阆风而缫马。"王逸注："缫，系也。"

⑧服养：驯服地接受豢养。

⑨幽絷(zhí)：拘囚。九重：指深邃紧闭之门。《楚辞·九辩》："岂不郁陶而思君兮？君之门以九重。"王逸注："君门深邃，不可至也。"

⑩摧翮(hé)：垂下翅膀。庸：通"佣"，受雇而为人役使。

⑪钟、岱：传说钟、岱二山为鹰之产地。钟，钟山，昆仑山的别名。《淮南子·俶真训》："譬若钟山之玉，炊以炉炭，三日三夜而色泽不变。则至德天地之精也。"岱，泰山。

⑫陇坻(dǐ)：即陇山。狭义指位于宁夏、甘肃、陕西三省交界处的小陇山，是大六盘山的别称。亦作"陇坂"。也称大陇山。山势险峻，为陕甘要隘。

⑬鹓鶋(yuán jū)：海鸟名。亦作"爰居"。《国语·鲁语》："海鸟曰爰居，止于鲁东门之外三日。"又《晋书·张华传》："惠帝中，人有得鸟毛长三丈，以示华。华见，惨然曰：'此谓海凫毛也，出则天下乱矣。'"

⑭条枝：即条支，汉西域国名。在安息以西，临西海，在底格里斯和幼发拉底两河之间（见《汉书·西域传》）。

⑮提挈：相互扶持。

⑯飘飘：即飘摇，飞动貌。逼畏：畏惧。

⑰瑰(guī)：美石。《诗经·秦风·渭阳》："何以赠之,琼瑰玉珮。"玮(wěi)：美玉。

⑱陶蒸：即陶冶,陶铸。蒸,气出来的样子。

⑲区：地域,区域。《汉书·扬雄传》："有田一廛,有宅一区。"

⑳舛(chuǎn)错：夹杂,交错。

㉑鹪螟：亦作"焦冥""焦螟"。传说中一种极小的虫。《列子·汤问》："江浦之间生麽虫,其名曰焦螟,群飞而集于蚊睫,弗相触也。"

㉒大鹏：大鸟。《庄子·逍遥游》："北冥有鱼,其名为鲲。鲲之大,不知其几千里也。化而为鸟,其名为鹏。鹏之背,不知其几千里也。怒而飞,其翼若垂天之云。是鸟也,海运则将徙于南冥。南冥者,天池也。"弥(mǐ)：通"弭",止息。天隅：天边,指极远之地。

㉓方：比拟。

㉔遐观：远望。

㉕安知大小之所如：怎知大和小的差别如何分辨？语出《庄子·秋水》："北海若曰：'……以差观之,因其所大而大之,则万物莫不大；因其所小而小之,则万物莫不小。知天地之为稊米也,知毫末之为丘山也,则差数睹矣。'"意即从事物的相对差别来看,万物的大小都是相对的,如果从大的方面来说,万物都可以说是大的；反之,万物都可以说是小的。由此可推知,天地亦如细米那么小,毫末也可以如丘山那么大。这样,差别的分寸就清楚可见了。

**【译文】**

雕鹗依靠它的锐喙利爪,鹍鹭远游于云际。鹃鸡飞蹿于幽深的山谷,孔雀翠鸟生活在边远之地。还有那清晨起飞的水鸟和晚上回归的大雁,都能展翅而高飞。这些鸟类均有美丽的羽毛和丰满的肌体,所以常常无罪而毙命。它们只会白白衔着芦叶躲避箭矢,终究还是被杀戮在这世上。苍鹰因其凶猛而受捆缚,鹦鹉因其聪明而被关进笼子。雄心被折服以顺从豢养,孤独地被幽禁在深邃的禁门之内。改变声音以顺从主人旨意,甘心垂下翅膀而为玩物。但是仍然怀恋着钟山、岱山那茂密的林野,思慕陇坻那挺拔的高松。虽然今日蒙受宠爱,总不及从前那样自由从容。海鸟鹬鹆,为避风而到这里。条支巨雀,翻越山岭自来此地。它们万里结伴扶持而行,总是小心翼翼地飞翔。凡是躯体大的容易被外物伤害,何况其形貌那样华贵珍美。阴阳造就万物,千万品种同处一个区域。大小错杂,种类繁多,各有特点。鹪鹩在蚊子的睫毛下作巢,大鹏止息于天边一方。将鹪鹩比上则不足,比下而有余。如果放眼于普天之下,我又怎知大和小的差别如何分辨?

# 鸟兽下

## 颜延年

颜延之(384—456),字延年,琅邪临沂(今山东临沂)人。南朝宋著名诗人。《宋书》言其"少孤贫……好读书,无所不览,文章之美,冠绝当时"。他出身寒门,颇受阮籍、嵇康的影响,虽辗转仕途,官至金紫光禄大夫,但与当权者向来不合,故而"每犯权要""诋毁朝士"。他仰慕屈原,写有《祭屈原文》;他敬重陶渊明,撰有《陶征士诔》;他钦佩正始名士,赋有《五君咏》。这不仅表现了他的文学观,也是自我情志的抒发。

他在文学史上与谢灵运齐名,时称"颜、谢"。他的诗与谢灵运同样"尚巧似",而"体裁绮密,情喻渊深,动无虚散,一字一句,皆致意焉"(见《诗品》卷中)。但"又喜用古事,弥见拘束",故雅才稍逊于谢。他的骈文亦文辞绮丽,铺锦列绣,多用典事。《文选》载有颜文六篇,可见南朝人对颜文评价亦高。

## 赭白马赋一首 并序

【题解】

这是篇应诏而作的赞物赋,写于宋文帝(刘义隆)时代。赭白马原为文帝之父武帝刘裕宠爱的名马,文帝做中郎将时,武帝将此马赐予了他。到文帝继位时,赭白马老死,文帝乃命群臣赋之。延之写《赭白马赋》虽为应诏之作,但他并没有曲意逢迎君上,附和朝士,歌功颂德,而是寓意讽谏规诚,让主上懂得爱马不如爱人,宠马不如修德之理,警诚主上以宠物足以丧人丧志,游猎不免"败御"亡身为鉴。

作者不仅描写了赭白马的形、相,也写了它的灵性,它的外表与内心的冲突。赭白马有着超群逸世的骨相,飒爽矫健的英姿。赋中刻画栩栩如生,呼之欲出。它表面上"服御顺志",愿"效足中黄",以致"殉驱驰",而其内心深处则"跼镳辔之牵制,隘通都之圈束。眷西极而骧首,望朔云而踶足"。赭白马这种苦于羁绊,渴望自由驰骋广阔天地的精神状态,正是作者自己"鸾翮有时铩,龙性谁能驯"的志趣的寄寓。

这篇《赭白马赋》较充分地体现了延之诗文用典录事繁冗,炼词造句绮丽的特点,反映了南朝文人的共同倾向。

骥不称力,马以龙名①。岂不以国尚威容②,军骓趫迅而已③。实有腾光吐图④,畴德瑞圣之符焉⑤。是以语崇其灵⑥,世荣其至⑦。我高祖之造宋也⑧,五方率职⑨,四隩入贡⑩。秘宝盈于玉府⑪,文驷列乎华厩⑫。乃有乘舆赭白⑬,特禀逸异之姿⑭,妙简帝心⑮,用锡圣皂⑯。服御顺志⑰,驰骤合度⑱。齿历虽衰⑲,而艺美不忒⑳。袭养兼年㉑,恩隐周渥㉒。岁老气殚㉓,毙于内栈㉔。少尽其力,有恻上仁㉕。乃诏陪侍㉖,奉述中旨㉗。末臣庸蔽㉘,敢同献赋㉙。其辞曰:

【注释】

①"骥(jì)不称力"二句:说明千里马之良不在气力,而在其灵性与德行。《论语·宪问》:"骥不称其力,称其德也。"骥,千里马。称

力,称之以力,即凭着气力受到称赞。龙,龙马,古称骏马为龙。《周礼·庾人》:"马八尺以上为龙,七尺以上为骁,六尺以上为马。"龙马亦为古代传说中的瑞马,龙马出现,即有吉祥的征兆。名,扬名,亦称道之义。

②岂:岂止。不:此处当无"不"字。以国尚威容:国家以龙马崇尚威仪。以,用,凭借。尚,崇尚,显示。威容,威仪容止,即威严的仪态与形貌举止。

③驸(fú):马名。趫(qiáo)迅:壮健而迅疾。趫:古与"跷"通用,健壮有力。李善注引傅玄《乘舆马赋》:"用之军国,则文武之功显。"又"文荣其德,武耀其威"。说明骏马可以显文德耀武威。

④实:确实。这里带有转折意味。腾光吐图:此指龙马荣光负图出河的典故。《礼记·礼运》疏引《中候·握河经》:"尧时受河图,龙衔,赤文绿色。"腾光,指龙马跃出时河上升腾起彩色的云气。吐图,指龙马出河临帝尧所筑之坛吐出甲图。甲图即八卦图。

⑤畴德瑞圣:指龙马出河而吐甲图是酬报功德,给有德之圣贤带来祥瑞。畴,当作"畴庸"讲,即酬报之义。《梁书·孔休源传》:"诏曰:'慎终追远,历代通规;褒德畴庸,先王令典。'"符:符契。这里指祥瑞之兆。

⑥是以:因此。语:人言,世人的话语。崇:尊崇,赞美。其灵:指龙的神灵。

⑦世:此指世世代代。荣:显扬,颂扬。其至:指帝尧的至善至美之德。以上几句言龙马为尧的圣德而吐符契,故为世人所赞美、颂扬。龙马以德行著称,为圣德者所有。德在马来,马来而有祥瑞之兆。

⑧高祖:指南朝宋武帝刘裕。刘裕字德舆,幼年家贫,后为东晋北府军将领,以军功封晋公。在清除四川等地的割据势力、统一江南,继而灭南燕、后秦之后,于元熙二年(420)废晋恭帝,建立宋

王朝。造：缔造，建立。

⑨五方：五方之人，指中原及南蛮、北狄、东夷、西戎五方之人。率
　职：奉行职事。

⑩四隩(yù)：四方的边远地区。入贡：交纳贡品。

⑪秘宝：珍藏的罕见宝物。盈：充满。玉府：收藏君王宝物、兵器的
　府库。

⑫文驷：毛色有文彩的骏马。驷，古代四马拉的快车或拉车之四马
　皆谓驷。此指骏马。《春秋左传·宣公二年》："宋人以兵车百
　乘、文马百驷以赎华元于郑。"华厩(jiù)：华美的马厩。厩，马棚。

⑬乘(shèng)舆：古代帝王、诸侯乘坐的车子。此以帝王之物替指
　帝王。吕延济注："乘舆，天子也。"赭(zhě)白：骏马名。毛色赤
　白相杂的骏马。

⑭特禀：独特禀赋。逸异：超凡脱俗，异乎寻常。

⑮妙简帝心：恰好投合皇帝之心。简，择。这里有投合之义。

⑯用：以，因此。锡：通"赐"。圣皁(zào)：皇帝所赐予的马槽。皁，
　通"槽"，马的食槽。

⑰服御：驾御，驾驭。此指为中驾之辕马。古代一车驾四马，居中
　的两匹称"服"。顺志：顺应人意。

⑱驰骤：奔驰。合度：适度，合乎节度。

⑲齿历：齿数，指年龄。《尔雅》："历，数也。"衰：衰老。

⑳艺美：才能与美德。不忒(tè)：不差，即没有差减。忒，差失。

㉑袭养：受到驯养。袭，受，承受。兼年：指连年，即从青壮之年直
　到暮年。

㉒恩隐：私恩。指皇帝的私情恩宠。周渥(wò)：周全而优厚。张铣
　注："受养兼于暮年，是帝之恩私周厚也。"

㉓岁老：年老。气殚(dān)：气绝。

㉔毙：死。内栈(zhàn)：内厩的栈板。内指内厩，古有内厩、外厩之

分。《春秋公羊传·僖公二年》:"马出之内厩,系之外厩尔。"栈,为防潮湿,在厩内铺垫的木板。

㉕有恻上仁:使皇上产生恻隐之心。上仁,至上之仁。此指有高尚仁德之君。《长杨赋》:"自上仁所不化,茂德所不绥。"

㉖诏:诏令。陪侍:皇帝左右近臣。

㉗奉述:奉命传述。中旨:帝王的旨意。

㉘末臣:小臣,自谦之辞。庸蔽:指才能平庸,见识鄙陋。

㉙敢:谦辞。等于说冒昧地。

## 【译文】

良马不凭气力为人称道,龙马是以美德受到赞扬。岂止以龙马显示国家的威严尊容,靠龙马展示军旅的迅捷壮健。其实龙马跃然出河,升腾异彩,衔来八卦之图,是为酬报贤德而生,带给圣君吉祥之兆。故而人人赞美帝尧的圣灵,代代颂扬尧君的至德。我高祖缔造大宋之时,五方之人奉行职事,四方边远部族皆来进贡。珍奇罕见的宝物充满府库,装饰精美的骏马挤满华丽的马厩。于是便有为天子驾车的赭白马应运而出,此马独具禀赋超凡绝伦的矫姿,恰好投合皇帝之心,因而皇上亲赐马槽。赭白驾乘顺乎人意,奔驰刚好适度。尽管年事已高,才具美德不减。连受两代皇上驯养,皇恩周全厚重。年老气绝,死于内厩。少壮竭诚效力,仁君为其伤悲。于是诏令左右侍臣,作赋敬述皇上旨意。小臣才学平庸,见识短浅,冒昧与群臣一同献上此赋。赋辞道:

惟宋二十有二载,盛烈光乎重叶①。武义粤其肃陈②,文教迄已优洽③。泰阶之平可升④,兴王之轨可接⑤。访国美于旧史⑥,考方载于往牒⑦。昔帝轩陟位⑧,飞黄服皂⑨。后唐膺箓⑩,赤文候日⑪。汉道亨而天骥呈才⑫,魏德棽而泽马效质⑬。伊逸伦之妙足⑭,自前代而间出⑮;并荣光于瑞典⑯,

登郊歌乎司律⑰。所以崇卫威神⑱,扶护警跸⑲。精曜协从⑳,灵物咸秩㉑。暨明命之初基㉒,馨九区而率顺㉓。有肆险以禀朔㉔,或逾远而纳赆㉕。闻王会之阜昌㉖,知函夏之充牣㉗。总六服以收贤㉘,掩七戎而得骏㉙。盖乘风之淑类㉚,实先景之洪胤㉛。故能代骖象舆㉜,历配钩陈㉝。齿箓延长㉞,声价隆振㉟。信圣祖之蕃锡㊱,留皇情而骤进㊲。

**【注释】**

①盛烈:伟业。光:辉煌灿烂。重(chóng)叶:两世。此指由宋武帝至宋文帝时代。叶,世,代。

②武义:武事,指对四方诸国的战事。粤:语助词。用于句首或句中,与"曰"通。肃陈:肃然陈列,威严地显示出来。

③文教:古时指礼乐法度,文章教化。讫(qì):毕竟,终究。优洽:广被,遍及。

④泰阶:星名。即三台星,又称三阶,谓上台、中台、下台,共六星,两两相排比而斜上。古人认为三阶相平则象征着阴阳协和,风调雨顺,五谷丰登,国泰民安。可升:升平可致,即可以达到太平。

⑤兴王:兴国之王。轨:轨迹。这里指遵循的传统、法度。可接:可以连接。这里指可以效行。

⑥访:探访寻求。国美:指古代贤明之君遗下的治国安邦的美政。旧史:故旧的史籍。

⑦考:考察,考证。方载:指兴国之君治国安邦的普遍法则。载,则,法则。往牒(dié):以往的书史。牒,书札。

⑧帝轩:即黄帝,因居于轩辕之丘、故号轩辕氏。陟(zhì)位:登居帝位。

⑨飞黄：传说中的神马。服皂：顺伏于马槽。服，通"伏"。《淮南子·览冥训》："青龙进驾，飞黄伏皂。"高诱注："飞黄，乘黄也，出西方，状如狐，背上有角，寿千岁。皂，枥也。"

⑩后唐：即帝尧，陶唐氏。尧初居于陶，后封于唐，为唐侯，故号陶唐氏。膺箓（yīng lù）：承受符命。膺，承受，接受。箓，即箓符，符命，古代谓天赐祥瑞与人君，以此作为受命的凭证。

⑪赤文候日：即帝尧筑坛择日、候等龙马出图的典故。赤文，龙马腾光而出，临坛吐图，赤文绿色，故赤文为龙马吐图的典故。候日，指帝尧在仲月辛日这天，直候龙马到日西斜。

⑫汉道：指汉朝的道德。亨：通。此指汉朝的道德通达于西域。天骥：天马。据《汉书·武帝纪》记载，武帝元鼎四年（前113）得一奇马，谓之天马。呈才：呈献才干。

⑬魏德：三国曹魏的恩德。楙（mào）：美盛。泽马：显示吉瑞的马。效质：呈献才具。质，才具。

⑭逸伦：超凡绝伦。妙足：指足力超群。借指骏马。

⑮间出：间隔一定朝代才出现。

⑯并荣光：指前代龙马出现皆散发光彩。瑞典：祥瑞的象征，龙马出河吐图，光彩齐生，是吉祥之兆。

⑰登郊歌乎司律：此指汉代得天马，而作《天马歌》颂之，此歌为乐府采入郊祀之歌而予以演奏。登，升，进入。郊歌，郊祀之歌。汉武帝定郊祀之礼，并立乐府机关，命李延年为协律都卫，作有《郊祀歌》十九章。司律：掌管乐律的机关。司，掌管。律，即律吕，六吕十二律，乐律的统称。

⑱崇卫：敬卫，尊崇地加以护卫。威神：指尊严的皇帝。李善注引《鲁灵光殿赋》："又似帝室之威神。"

⑲扶护：护持，护卫。警跸（bì）：古代帝王出入称"警跸"。于帝车左右侍卫为"警"；止戒行人，清除道路为"跸"。

⑳精曜：房星的别名。即天驷星，为二十八宿之一，苍龙七宿的第四宿，有星四颗。又用以喻神马。协从：协合相从。吕延济注："谓星叶从而为神马。"

㉑灵物咸秩：言神马皆依次前来效力献才。灵物，指有灵性的天马。咸秩，皆依次顺序。

㉒暨（jì）：及至，到。明命：天命。古时认为皇帝为上天之子，受命于天，故以指天子。此指南朝宋武帝刘裕。初基：登基之初。

㉓罄九区：使九区之人全都来。罄（qìng），尽，全都。九区，九州，泛指全国。率顺：顺从，归顺。率，遵循。《诗经·大雅·假乐》："大猷不忘，率由旧章。"郑笺："率，循也。"

㉔肆险：不顾艰险。肆，放弃于不顾。禀朔：奉行正朔。比喻臣服。正朔，指一年的第一天。"正"是一年之始，"朔"是一月之始。古时改朝换代，新王朝为表示"应天承运"，须重定正朔，正朔也就通指帝王新颁的历法。禀受新历，也就表示臣服于新朝。

㉕逾远：超越远途。逾，越过。纳赆（jìn）：纳献贡品。赆，纳贡的财礼。

㉖王会：本指周公以王城（洛邑）既成，大会诸侯。此处指宋武帝会合九州前来归顺的部族。《逸周书·王会》："成周之会。"孔晁注："王城既成，大会诸侯及四夷也。"阜昌：众多而盛大。此指王会之盛大，与会者之众多。

㉗函夏：即华夏，中国的别称。此指全中国。充牣：充满，众多。

㉘六服：周代把王畿周围的地方，根据远近分为侯服、甸服、男服、采服、卫服、蛮服。此处泛指全国各地。收贤：收取良马。

㉙掩：尽，遍及。七戎：古代对我国西部少数民族的泛称。由于当时其部族时分时合，故部族数目不定，亦称"五戎""六戎"。得骏：获得贡献的骏马。

㉚乘风：形容骏马奔驰之迅疾，如乘顺风势。淑类：善美之种类。

此指骏马是属良种。

㉛实：确实。先景：超先于影。形容马奔驰之疾，超先于其影。景，同"影"。洪胤(yìn)：有优秀出众才德的后代。洪，才德出众。《法言·孝至》："知哲圣人之谓俊，秀颖德行之谓洪。"

㉜代骖(cān)象舆：指赭白马更替而为象车的骖马。骖，驾在马车两旁的马。象舆，象车，传说中象征太平盛世的瑞应之物。

㉝历配钩陈：依次而相配于钩陈星。历，依次。配，相配，配备。钩陈，星名。在紫微垣内，最为接近北极，天文学家多借以测极，谓之极星。《晋书·中宫》："钩陈，后宫也，太帝之正妃也，太帝之常居也。"

㉞齿算：齿数，年龄。延长(zhǎng)：增长。

㉟声价：声名与身份地位。隆振：高振，大振。

㊱信：确实。圣祖：圣明之祖。此指高祖宋武帝刘裕。蕃锡：厚赐，盛厚的赏赐。蕃，茂盛，盛厚。锡，通"赐"。

㊲留：存留不舍，深怀。骤进：奔驰前进。

**【译文】**

大宋立国二十又二年，丰伟之业辉煌了两代。武功威严昭示天下，文章教化遍及万民。国泰民安能够达到，明君圣德可以效行。探寻治国之美政于古代史籍，考察兴邦的法则于以往书札。昔日黄帝登基，神马飞黄伏就槽下。尧帝奉天承命，赤文神马日落而现。汉武圣德通达天马呈献其才，曹魏恩德浩荡泽马敬效其能。这些超凡卓绝的骏马，自从前代就间有出现；神马显现升腾的光彩而显出吉祥的征兆，天马颂歌合于乐府之律，入奏效祀之乐。所以神马尊崇天子神威，清道路禁行人，以护卫皇帝出行。天上房星协合相从，地上神马依次呈现。待到高祖登基之初，九州各地全都相率归顺。有的不顾艰险而秉承大宋新历，有的不远万里前来纳献财礼。耳闻高祖盛会各方之隆重，目睹华夏大地之广大富饶。统领全国各地以收寻良马，遍及西域部族而获取骏马。

大约是疾驰如乘风的良种,实为超先身影之神骥。故能更替而为二君驾车,相继而配备于天子。年岁增长,声名大振。确实是圣明的高祖厚赐,使之深怀皇恩奔驰前进。

　　徒观其附筋树骨①,垂梢植发②。双瞳夹镜③,两权协月④,异体峰生⑤,殊相逸发⑥。超摅绝夫尘辙⑦,驱骛迅于灭没⑧。简伟塞门⑨,献状绛阙⑩。旦刷幽、燕,昼秣荆、越⑪。教敬不易之典,训人必书之举⑫。惟帝惟祖⑬,爱游爱豫⑭。飞辀轩以戒道⑮,环毂骑而清路⑯。勒五营使按部⑰,声八鸾以节步⑱。具服金组⑲,兼饰丹腆⑳。宝铰星缠㉑,镂章霞布㉒。进迫遮迾,却属辇辂㉓。欻眷擢以鸿惊,时濩略而龙翥㉔。弭雄姿以奉引㉕,婉柔心而待御㉖。

**【注释】**

①徒观:但观,只见。附筋树骨:兰筋附著,骨骼突出,即筋肉紧附于骨骼,骨骼因而突立而起。形容筋骨强劲,有良马之相。李善注引《相马经》曰:"良马可以筋骨相也。"李周翰注:"兰筋劲骨。"

②垂梢:马尾长垂。梢,此指下垂之马尾。李善注引《相马经》:"梢,尾之垂者……尾欲梢而长。"植发:额上的毛竖立。植,直立。发,马额头上的毛。

③双瞳:双目。瞳,瞳孔。此指眼目。夹镜:形容双目瞳仁明亮如镜。李善注:"言目中清明如镜,或云两目中央旋毛为镜。"

④两权:两颊。权,通"颧",面颊。协月:形容马的两颊丰满,犹如满月。李善注引《相马经》:"颊欲圆如悬璧,因谓之双璧。其盈满如月,异相之表也。"

⑤异体:异乎寻常的体形。峰生:形容神马的筋肉骨骼如山峰隆

起，与上文"附筋树骨"相应。吕延济注："峰生，言多异体，与他马不同也。"

⑥殊相：独特的形相。逸发：超凡脱俗，一说为恣意焕发。

⑦超摅(shū)：奔腾越跃。绝夫尘辙：形容骏马腾越奔驰之轻捷，足不沾地，轮未触土，以致尘土不起，车辙不留。绝，不触及，越过。吕延济注："绝夫尘辙，谓尘不及马，轮不蹑辙。"夫，句中语气词。

⑧驱骛(wù)：驱驰，奔驰。灭没：指马奔走神速，无影无声。

⑨简伟：选拔壮美之马。简，择，选择。塞门：边关。此指长城塞外。李善注："塞，紫塞也。"《太平御览》卷二十引崔豹《古今注》："秦所筑长城，土色皆紫，汉塞亦然，故称紫塞。"鲍照《芜城赋》："紫塞雁门。"

⑩献状：与上文"简伟"互文，等于说"简献伟状"。即选献体貌伟壮的骏马。状，指马的体貌、形相。绛阙：宫殿的门阙，即天子所居之门。

⑪"旦刷"二句：形容骏马的速度之快，不出一日，便由北方而至南方。旦，天明朝日未出之时。刷，指洗刷马身上的污垢。幽、燕，此泛指北方。昼，与"旦"相对，当指朝日出后，日落之前的时间。秣(mò)，喂马。荆、越，今湖北、江浙一带。此泛指南方。荆，即楚。

⑫"教敬"二句：言教授赭白马，使之遵循永恒的法典，顺从国君的意志。教敬，教授而使其遵循。敬，敬依，遵循。不易之典，永恒不变的法典。典，法典，法则。训，指教诲而使顺从。必书之举，指君王的举动。古代君王的举动必定要记载下来，故言。《春秋左传·庄公二十三年》："曹刿谏曰：'君举，必书。'"

⑬帝：指宋文帝刘义隆。祖：指宋高祖刘裕。两帝皆乘驾赭白马出巡。

⑭游、豫：皆谓天子巡游。《孟子·梁惠王》："一游一豫，为诸侯

度。"赵岐注："豫亦游也,游亦豫也。"

⑮飞辌轩(yóu xuān):驾驱轻车飞驰。辌轩,轻车,使臣所乘之车。
戒道:指天子驾乘赭白马出巡,有驾轩车者飞驰先行,戒除道路。

⑯环彀(gòu)骑:指布置持弓弩的骑兵环绕在赭白马周围。彀骑,
持弓弩的骑兵。清路:与"戒道"对文义近,即清道,指清除道路,
禁止行人来往。

⑰勒:统率,统领。五营:帝王出驾时扈从的仪仗队。李善注引应
劭《汉官仪》:"大驾卤簿,五营校尉在前,名曰填卫。"按部:指按
部就班,依序缓行。

⑱声八鸾:指一车四马八铃有节奏地合协鸣响。声,用作使动,使
发出响声。八鸾,即八铃。古代帝王乘车皆驾四马,一马二铃,
系于马衔,四马八铃,称之八鸾。鸾,通"銮",结在马衔上的铃
铛。节步:调节马步,使其整齐。

⑲具服:朝服。此指赭白马的服具。金组:指金甲与组甲。金甲即
金制的铠甲;组甲即以丝带连结皮革或铁片而成的铠甲。

⑳兼饰:同时装饰。丹膗(huò):红色颜料。《山海经·南山经》:
"其上多金,其下多丹膗。"郭璞注:"膗,赤色者,或曰:膗,美
丹也。"

㉑宝铰(jiǎo):马具上装饰以宝石。铰,以金饰物。此作装饰讲。
星缠:装饰的宝石好似星星环绕。

㉒镂章:雕刻在马具上的彩纹。霞布:似彩霞散布。以上四句皆形
容马具的雕饰精美。

㉓"进迫"二句:是说赭白马疾速在前时,则护卫清道;后退时,则为
天子属车。进迫,言马行进急迫。遮迾(liè),指天子出行,卫队
列队遮拦行人,以护卫皇帝。遮,列队掩护。迾,车驾出时,清道
禁止行人。却,后退,与"进"相对。属辇辂,充任天子的属车。
属,徒属,侍从。辇辂(niǎn lù),天子之车。

㉔"欻耸擢"二句：言赭白马忽而似惊鸿耸然起飞，时而如飞龙有节度地飞举。欻（xū），忽然。耸擢（zhuó），耸然而跃起。鸿惊，鸿雁受惊而飞。时，时或，有时。濩（huò）略，即蠖略。形容行步进止如尺蠖一样有尺度。龙矞（zhù），神龙飞跃。矞，飞举，飞腾。

㉕弭（mǐ）：安止，平息。雄姿：指上文神姿似鸿惊、如龙矞的动态。
奉引：导引车驾，公卿导引天子乘车为前导。

㉖婉：婉转，和婉。柔心：柔顺驯服之心。待御：候等天子驾御。

**【译文】**

只见那赭白马筋络紧附，骨骼突出；马尾长垂，鬣毛竖立。双目清亮如明镜，两颊丰盈似满月；体格奇如山峰隆起，形相独异超凡出众。腾越轻捷而超尘离辙，奔驰神速而无影无声。精选雄奇之马于紫塞关外，呈献壮美之骥于宫殿之内。平明洗刷于幽、燕之北，日中秣马在楚、越之南。驯养它遵循永恒不变的法典，教诲它恭从天子的意志举措。高祖文帝，皆曾驾乘赭白出游。使轻车先行警诫开道，让弓弩骑手环绕周围清路止行。统领五营仪仗循序而进，鸣响辇车八铃协调步伐。全身披挂金甲组甲，同时装点红色彩饰。甲上镶饰金子珍宝，好似星辰环绕；装具镂刻彩纹，犹如云霞散布。疾驰在前，则为天子清道；退却于后，则充天子属车。时而耸然跃起，好似鸿雁惊飞；忽而从容腾越，犹如神龙升腾。一旦雄姿安止奉行开道，心志柔顺恭候驾御。

至于露滋月肃①，霜庚秋登②，王于兴言③，阐肆威稜④。临广望，坐百层，料武艺，品骁腾⑤。流藻周施⑥，和铃重设⑦。睨影高鸣⑧，将超中折⑨。分驰迥场⑩，角壮永埒⑪。别辈越群，绚练夐绝⑫。捷趉夫之敏手，促华鼓之繁节⑬。经玄蹄而霆散，历素支而冰裂⑭。膺门沫赭⑮，汗沟走血⑯。踠迹回唐，畜怒未泄⑰。乾心降而微怡⑱，都人仰而朋悦⑲。妍变之态既毕,凌遽之气方属㉑。跼镳辔之牵制,隘通都之圈束㉑。眷西极而骧首,望朔云而踶足㉒。将使紫燕骈衡,绿蛇卫毂,纤骊接趾,秀骐齐亍㉓。觐王母于昆墟㉔,要帝台于宣岳㉕。跨中州之辙迹,穷神行之轨躅㉖。

**【注释】**

①露滋:露珠增多。月肃:秋气肃杀。《礼记·月令》曰:“孟秋之月……天地始肃。”月,此指秋月。肃,肃杀,草木衰落,生气萧索。

②霜戾(lì):霜降之日来临。戾,到达,到来。秋登:秋熟。登,庄稼成熟。

③王于兴言:君王发布号令。于,动词前面的语助词。兴,发动,发布。

④阐肄(yì):纵情演示。阐,大开,放开。肄,演习,演示。《礼记·曲礼》郑注:“肄,习也。”威稜:声威。

⑤“临广望”几句:言君王的声威之势。临,莅临,君王驾到。广望,台观名。百层,形容广望台之高。刘良注:“广望、百层皆台名。”料,揣量,品评,与下句“品”字对文同义。武艺,指骑、射、击、刺等军事技术。品,品评。骁(xiāo)腾,骏马奔腾。

⑥流藻:周转流行的彩饰。流,周流,周转流动。藻,彩画,彩饰。周施:遍置,指马具四周遍布装饰物。

⑦和铃:和谐的马铃,即衔于马具上的鸾铃。铃和谐以整齐步伐。重(chóng)设:加设,增设。

⑧睨(nì)影高鸣:斜视自己的身影而高声嘶鸣。据说良马有顾影高鸣的习性。李周翰注:“睨,视也。马有视影高鸣者,良马也。”睨,斜视。

⑨将超中折:正要奔驰又中途打住。折,停,打住。

⑩分驰：与其他马分道而驰。迥（jiǒng）场：辽阔的场地。

⑪角壮：竞比壮健。角，角逐，竞争。永埒（liè）：长长的矮墙。永，长。埒，指骑射道路两边的矮墙。

⑫"别辈"二句：言赭白马奔跑迅疾，远远超越群马。别辈越群，指赭白马超越群马而有别于同类。绚练，迅疾的样子。夐（xiòng）绝，迥绝，寥远。

⑬"捷趫夫"二句：言由于赭白马奔走迅疾，使射手与鼓手不得不打破常规，而加速射发和加快击鼓的节奏。李善注："言射有常仪，鼓有常节，今以马驰之疾，故加捷促也。"捷趫夫，使矫健勇悍之士速度加快。捷，敏捷。这里用作使动，加速。趫夫，矫健轻捷之士。敏手，敏捷地出手。促，催促，加紧。华鼓，装饰精美的鼓。繁节，加快节奏。繁，频繁而又急骤义。这里用作使动，等于说加快。

⑭"经玄蹄"二句：言马快人勇，马虽奔跑迅疾，射手亦箭发中的。经，经过。此指穿过箭靶。玄蹄，即马蹄，箭靶名。雹散，形容中箭靶之声如冰雹散裂。历，与"经"义同，亦指中靶。素支，即月支，亦为箭靶名。一种练习射箭用的箭靶。李善注："玄蹄，马蹄也；素支，月支也。皆射帖名也。"冰裂，形容中靶的响声，如同冰块爆裂。

⑮膺门：马的前胸。沫（huì）赭：浸透了红色的汗水。沫，亦作"颒"，原意是洗脸。这里作"浸透"意。

⑯汗沟：马腿部和胸腹相连的凹处，疾驰时为汗所流注，故谓汗沟。走血：流着血色的汗水。《汉书·礼乐志》："沾赤汗，沫流赭。"又引应劭曰："大宛马汗血沾濡也。流沫如赭也。"

⑰"踠迹"二句：言赭白马奔驰角逐，遇堤而背返归回，气力依然旺盛未衰。踠迹，将足弯曲，即收住脚步。踠，屈曲，弯曲。迹，足迹。此指足。回唐，背堤而回。张衡《南都赋》有"分背回塘"。

《广雅》:"塘,堤也。"据此,唐当为"塘",即"堤"。畜怒,蓄积的力量。怒,此指旺盛的气势。未泄,尚未完全用尽。

⑱乾(qián)心降:天子降爱心于赭白马。乾象征天,君为天之子,故乾亦指代天子。此指宋文帝。微怡:微悦,微露和悦之色。

⑲都人:都城的人士。仰:与上句"降"相对。仰望,仰受。朋悦:群聚而欢悦。

⑳"妍变之态"二句:言奔驰角壮之态已结束,而其勇猛急进之势有增无减。妍(yán)变之态,美好多变的姿态。此指赭白马纵情驰骋,踠迹回塘的姿态。毕,尽,结束。凌遽之气,勇猛腾越的气势。凌遽,勇猛的样子。按,《羽猎赋》:"虎豹之凌遽。"《说文解字》:"凌:越也。遽:窘也。"依此注则"凌遽"为飞越急迫之义。似以此注为当。方属,方兴未艾,接连不绝。方,正当。属,连,连接。

㉑"跼镳辔"二句:言赭白马虽受宠爱,能在通邑大都奔腾驰跃,但仍感到有所约束,不得自由伸展,尽情驰骋。跼(jú),屈曲不伸。此言受拘束。镳辔(biāo pèi),驾驭马匹的嚼子与缰绳。隘(ài),狭隘。此处用作意动,感到狭隘。通都,四通八达的大都市。圈束,约束,限制。

㉒"眷西极"二句:言赭白马渴望摆脱羁绊,回到西北辽阔无拘无束的故地。眷(juàn),眷顾,怀顾。西极,西方极远之地,赭白马来自西域。《汉书·礼乐志》:"天马徕,从西极。"骧(xiāng)首,昂首。朔云,指朔方、云中二郡,皆西北地名。在今内蒙古、宁夏。蹀(dié)足,等于说顿足。

㉓"将使"几句:乃烘云托月之手法。言赭白马与其他骏马一同驾车,充当辕马,为群骏之首,开其先导。紫燕、绿蛇、纤骊(lí)、秀骐(qí),皆骏马名。此泛指骏马。《西京杂记》载汉文帝有骏马九,其一名紫燕骝。据魏文帝《与孙权书》所记,魏文帝常自乘纤

骊马。骈(pián)衡,两马并驾一辕。骈,两马并驾。衡,车辕前端
的横木。卫毂(gǔ),护卫车毂。毂,车轮中间车轴穿入处的圆
木,安装在车轮两侧轴上,使车轮转动而不内外偏斜。亦指车。
接趾,紧跟着走。此指跟在赭白马后面拉套。齐丁(chù),小步
齐行。此言与赭白马随步而行。丁,小步而行。

㉔觐(jìn):朝见,拜见。王母:即西王母,神话传说中西天的女神。
昆墟:即昆仑山,古代被认为是我国西部的一座圣山,传说为西
王母所居之处。

㉕要(yāo):邀请。这里用作被动,受邀请。帝台:神仙名。宣岳:
宣山。

㉖"跨中州"二句:言天马车辙遍及中州,走遍人神所行之道。跨,
跨越。中州,泛指黄河中游地区。辙迹,车轮的轨迹。穷,穷尽,
走遍。神行,神仙所行。轨躅(zhuó),轨迹,与上"辙迹"义同。
躅,足迹。

**【译文】**

到了寒露日重,凉气肃杀,霜降秋熟,君王号令,大显声威。临驾广
望台观,登坐百层高台,检阅士卒的骑射技艺,品评骏马的奔腾雄姿。
骏马遍挂游动的彩饰,马具增设和谐的鸾铃。顾视身影而高声嘶鸣,正
要超越又中途打住。分道奔驰于辽远的赛场,角逐竞争在漫长的驰道。
超越同类,优胜群马,奔驰迅疾,遥遥领先。迫使捷勇射手引弓连发,催
促鼓手加快节奏。箭穿马蹄之靶势如冰雹散落,射中月支之的响似坚
冰爆裂。骏马前胸浸透红沫,汗沟流淌血汗。收足背堤返回驰道,所蓄
盛气尚存未泄。帝降爱心微露悦色,都城倾仰人人皆欢。矫美多变之
姿虽已安止,勇猛奋进之气方兴未艾。然而赭白仍感受到嚼子缰绳的
牵制,碍于通邑大都的约束。故而眷念故地而昂首,眺望北方而顿足。
将让紫燕同驾辕,绿蛇护车毂,纤骊跟车行,秀骐随步走。拜见王母娘
娘于昆仑山岳,相邀帝台仙人于宣山之陵。跨越中州条条大道,踏遍神

仙处处轨迹。

　　然而般于游畋<sup>①</sup>，作镜前王<sup>②</sup>。肆于人上<sup>③</sup>，取悔义方<sup>④</sup>。天子乃辍驾回虑<sup>⑤</sup>，息徒解装<sup>⑥</sup>。鉴武穆<sup>⑦</sup>，宪文光<sup>⑧</sup>。振民隐<sup>⑨</sup>，修国章<sup>⑩</sup>。戒出豕之败御，惕飞鸟之跱衡<sup>⑪</sup>。故祗慎乎所常忽<sup>⑫</sup>，敬备乎所未防。舆有重轮之安，马无泛驾之佚<sup>⑬</sup>。处以濯龙之奥，委以红粟之秩<sup>⑭</sup>。服养知仁<sup>⑮</sup>，从老得卒<sup>⑯</sup>。加弊帷<sup>⑰</sup>，收仆质<sup>⑱</sup>。天情周<sup>⑲</sup>，皇恩毕<sup>⑳</sup>。


**【注释】**

①般于游畋：安乐于游逸、畋猎之中。般，通"盘"。畋，打猎。《尚书·无逸》孔传："文王不敢乐于游逸、畋猎。"

②作镜前王：以前世之王安乐于游猎而亡国之事为鉴，引为警诫。前王，指夏王太康。古代记载太康荒淫暴虐，安乐于游猎而丧国。《诗经·大雅·荡》："殷鉴不远，在夏后之世。"

③肆于人上：在世人之上放肆妄为。肆，放纵妄为，恣意施虐。《春秋左传·襄公十四年》："师旷谏晋悼公曰：'天之爱民甚矣，岂使一人肆于民上。'"可见《春秋左传·襄公十四年》本为"民上"，唐人讳太宗世民，改"民"为"人"。

④取悔义方：从为人的道义上引以自责。取悔，感到懊悔，引为自责。义方，道义。以上四句，言应以夏王太康盘游丧国之事作为明镜，不可放纵妄为于百姓之上，并从为人的正道上引为悔恨，加以自责。这正是全赋讽喻之义所在。

⑤天子：指宋文帝刘义隆。辍驾：令车停住。回虑：前思后想。

⑥息徒：让随从歇息，休止游畋。解装：解下游畋的装束。

⑦鉴武穆：以汉武帝、周穆王为鉴戒。周穆王好驾马周游，汉武帝

喜爱骏马,皆属奢侈不正之举,当以为鉴。《春秋左传·昭公十二年》:"昔穆王欲肆其心,周行天下,将皆必有车辙马迹焉。"《汉书·张骞传》:"天子好大宛马,使者相望于道。"

⑧宪文光:以汉文帝和汉光武帝为典范。宪,以……为典范,效法。《汉书·贾捐之传》:"至孝文皇帝……时有献千里马者。诏曰:'鸾旗在前,属车在后,吉行日五十里,师行日三十里。朕乘千里之马,独先安之?'于是还马。"《东观汉记·光武纪》:"是时名都王国有献名马宝剑,直百余。马以驾鼓车,剑以赐骑士。"光武帝亦不以名马御驾,而使驾载鼓之车。二君不甚过分爱马,皆为廉正之君,当以为典范。

⑨振:救,拯救。民隐:百姓的痛苦。吕延济注:"人有隐痛不济者,发仓廪以济之。"

⑩修国章:修正国家的礼仪制度。

⑪"戒出豕"二句:指喻相同。戒,戒备,引为警诫。出豕(shǐ)之败御,此指爱好出外游畋会有意外灾祸。豕,猪。败御,毁坏驾车者。《韩非子·外储说》:"王子於期为赵简主,取道争千里之表,其始发也,彘伏沟中,王子於期齐辔策而进之,彘突出于沟中,马惊驾败。"惕,警惕。飞鸟之跱(zhì)衡,鸟飞来止立在车横木上。跱,止,独立。衡,车辕前的横木。

⑫祇(zhī):恭敬,严肃。慎:谨慎,慎重对待。所常忽:通常容易疏忽之事。忽,轻忽,不重视。

⑬"舆有重轮"二句:言凡事有所防范,就不致肇祸。舆,车。重轮,即重毂。在原有的车毂外再附加一毂,以使车轮安稳不致倾斜。泛驾,此指翻车。泛,覆,翻。俟,过失,差失。

⑭"处以濯龙"二句:言马到老无用,则置之内厩,予以低劣的饲料。处,安置。濯(zhuó)龙,厩名。奥,内深之处。委,给与。红粟,腐败而发红的粮食。《汉书·贾捐之传》:"太仓之粟红腐而不可

食。"秩,俸禄。

⑮服养:指约束野性,顺从用养。

⑯从老得卒:即从老而终,随着衰老而自然死亡。卒(zú),终。

⑰加弊帷:指用破烂的帷幕来裹马尸。加,施以,予以。弊帷,破烂的帷幕。

⑱收:收敛,殓。仆质:毙倒的躯体,指马的尸体。质,本体。此指躯体。

⑲天情:天子的恩德。周:周全,周到。

⑳毕:完备,与"周"对文义同。

**【译文】**

　　然而皇上虽乐于出游打猎,可想到太康丧国之事,亦思当引以为戒。在世人之上放肆妄为,考虑到为人的道义,又悔恨而自责。天子乃止车前思后想,即令随从解除装具,让士卒歇止游猎。当以爱骏马纵游猎的汉武、周穆为警诫,而以得宝骥不娇宠的汉文、光武为楷模。拯救百姓的痛苦,修改国家的法度。戒备游猎遇猪而导致惊马翻车的祸患,警惕鸟落车衡而马奔伤股之灾。对于经常轻忽的事要严肃处置,对于未及防范之事要慎加警备。车若有重轮的安稳,马则无翻车的灾祸。把马安置在灈龙厩的内深之处,饲养以太仓红粟作为俸禄。马也会顺从用养,而报知遇之恩;任其自然衰老,也是享尽终年。裹上破烂帷帐,收敛马尸完事。这也是皇恩周至,仁德备施。


　　乱曰①:惟德动天,神物仪兮②。于时驵骏③,充阶街兮④。禀灵月驷⑤,祖云螭兮⑥。雄志倜傥⑦,精权奇兮⑧。既刚且淑⑨,服轵羁兮⑩。效足中黄⑪,殉驱驰兮⑫。愿终惠养⑬,荫本枝兮⑭。竟先朝露⑮,长委离兮⑯。

**【注释】**

①乱：辞赋篇末总括全篇要旨的话语。

②"惟德动天"二句：言人有仁德而神马呈现。惟，句首语气词。动天，感动上天。神物，指神马。仪，仪容。此言呈现仪容。

③于时：指有德之君所在之时。驵(zù)骏：骏马名。

④充：充斥，充满。阶：台阶。街：四通八达的道路。

⑤禀灵月驷：言骏马秉承月精与房星的灵气。禀灵，秉承灵性。月驷，指月精与房星。月，月精。李善注引《春秋考异记》："地生月精为马。"驷，星名。指天驷星，即房星。

⑥祖：祖于，传源于。云螭：云龙。螭，传说中无角之龙。

⑦雄志：指神马的雄心壮志。倜傥(tì tǎng)：卓越超凡。

⑧精权奇：精气奇谲异常。

⑨刚、淑：刚健而柔美。

⑩服：顺服。轨羁(jī jī)：马缰绳与马笼头。

⑪效足：犹言效力。中黄：即中营，天子之营。

⑫殉(xùn)：为某事献身叫"殉"。

⑬愿终惠养：指天子愿意惠养赭白至终年。

⑭荫本枝：覆荫后世。荫，荫庇。指尊长使后世享受照顾与保佑。本枝，根干与枝叶。喻子孙后代。

⑮竟：终究，终于。先朝露：先于朝露而消逝，言比朝露的生命还短暂。

⑯委离：委弃皇恩，离别服御。（依李周翰注。）

**【译文】**

结尾道：圣德感动上天呵，天马应运显容。贤君圣主之世呵，神马充斥台阶大道。禀赋月精、天驷之灵性呵，乃是云龙的神种。雄心大志超凡尘呵，精神卓越异群马。刚健而柔美呵，顺从于控制。效力于天子中营呵，献身于御驾驰骋。天子愿惠养其终年呵，并让其后代享受荫庇。然而它寿命短暂呵,永诀人世而去。

# 鲍明远

见卷第十一《芜城赋》作者介绍。

## 舞鹤赋一首

### 【题解】

　　这是篇咏物的小赋。作者描写了禽中之仙——白鹤,有着超凡绝世的仙姿,志向高远的情趣,由于不幸而被网罗于人世,成了人间统治者所赏玩的宠物。它的仙胚神容,"众变繁姿"的绝妙之舞为统治者所欣赏而受到珍重,然而白鹤依然为不能在高远辽阔的"天居"抒展情怀而"惆怅以惊思",只得"守驯养于千龄,结长悲于万里"。鲍明远咏白鹤,是感物及身,咏物以言志,以此寄托自己鹤立士人的才华和远大志向,以及因受到羁束而不得自由伸展的郁闷。

　　这篇咏鹤小赋写得妍丽工整,状物生动,比喻形象,格调清新,且意有寄托,而表达含蓄委婉。

　　散幽经以验物①,伟胎化之仙禽②。钟浮旷之藻质③,抱清迥之明心④。指蓬壶而翻翰⑤,望昆阆而扬音⑥;币日域以回驾⑦,穷天步而高寻⑧;践神区其既远⑨,积灵祀而方多⑩。精含丹而星曜⑪,顶凝紫而烟华⑫;引员吭之纤婉⑬,顿修趾之洪姱⑭;叠霜毛而弄影⑮,振玉羽而临霞⑯。朝戏于芝田⑰,夕饮乎瑶池⑱。厌江海而游泽⑲,掩云罗而见羁⑳。去帝乡之岑寂㉑,归人寰之喧卑㉒。岁峥嵘而愁暮㉓,心惆怅而哀离㉔。

**【注释】**

①散:打散。此指散开书简。幽经:指《相鹤经》。此经因出自道家,故称"幽经"。验:检验,验定。物:指鹤。

②伟:特异超常。胎化:胎变而化生,古代相传鹤为胎生,故有胎仙之别称。据李善注引《相鹤经》,鹤乃经千年数变而生成。仙禽:仙鸟,传说鹤乃羽族之宗,仙人之骥,故称其为仙鸟。

③钟:聚,汇集。浮旷:轻扬旷达。浮,轻浮,轻扬。藻质:洁白华美的体质。藻,文藻,华美。

④抱:怀抱,胸怀。清迥:清洁高远。明心:明净之心。

⑤蓬壶:神山名。即蓬莱,古代传说为仙人所居之境。翻翰:展翅高飞。翰,鸟羽。

⑥昆阆(làng):即昆仑宫与阆风巅,皆为传说中神仙楼居之处。前者在昆仑山正东,后者在昆仑山正北。扬音:高鸣。

⑦帀(zā):同"匝",周,遍,环绕一周为一帀。日域:日出处。回骛:回旋疾飞。

⑧穷:尽。天步:登天之路。日域、天步皆言至高至远。

⑨践:历,足迹所至。神区:神明所在的地方,即仙境。

⑩灵祀:神仙的寿命,年寿。方:且,又。

⑪精:此指瞳仁的光。丹:红色。星曜:如明星闪亮。

⑫顶:指头顶。凝紫:紫色凝集。烟华:烟花,雾霭中的花。

⑬引:伸展,拉开。员吭(háng):圆润的喉咙。员,通"圆"。纤婉:纤细柔婉。

⑭顿:停顿。修趾:长足。洪:高大。姱(kuā):美好。

⑮霜毛:形容洁白如霜的毛羽。弄影:舞弄身影。

⑯振:抖动。

⑰芝田：传说仙人种芝草的地方。

⑱瑶池：神话传说中西王母所居之地。据《穆天子传》记载，穆天子曾宴请西王母在瑶池之上饮酒。

⑲泽：水汇聚的洼地。

⑳掩：乘其不备而捕获。云罗：设于高处的罗网。见：被。羁：束缚。

㉑帝乡：神话中天帝所居的地方。岑寂：高静而寂寞。

㉒人寰（huán）：人世间。喧卑：低下而喧闹。

㉓峥嵘：原指山势高峻突出。此比喻岁月异乎寻常的艰辛。暮：岁暮。

㉔惆怅（chóu chàng）：伤感，愁闷。

## 【译文】

打开《相鹤经》检验那灵物，白鹤乃是壮美的胎生仙鸟。它外聚轻扬旷达的华美资质，内含纯洁高远的明净之心。指向蓬莱神山展翅高飞，遥望昆阆仙境放声长鸣；环绕日出之处它盘旋翱翔，穷尽升天之路它登高寻觅；踏遍仙境行路远，积累岁月寿延长。眼瞳含红光如明星闪亮，头顶结紫绒似烟华放彩；伸展圆润的长颈叫声纤细柔婉，挺立修长的秀腿形象高大壮美；叠上洁白如霜的羽毛舞弄光影，舒展皎洁似玉的翅膀辉映彩霞。清晨在芝草之上嬉戏，傍晚于瑶池之中饮啄。厌弃大江大海它游于沼泽，身陷高处罗网而遭捕获。离开高远寂静的天帝之乡，来到低下喧嚣的人间凡尘。愁岁月不凡又交年关，悲别乡离群心中惆怅。

　　于是穷阴杀节①，急景凋年②；凉沙振野，箕风动天③；严严苦雾④，皎皎悲泉⑤；冰塞长河，雪满群山。既而氛昏夜歇⑥，景物澄廓⑦；星翻汉回⑧，晓月将落。感寒鸡之早晨，怜霜雁之违漠⑨；临惊风之萧条⑩，对流光之照灼⑪。唳清响于丹墀⑫，舞飞容于金阁⑬。始连轩以凤跄⑭，终宛转而龙跃。踯躅徘徊⑮，振迅腾摧⑯；惊身蓬集⑰，矫翅雪飞；离纲别赴⑱，合绪相依⑲；将兴中止⑳，若往而归；飒沓矜顾㉑，迁延迟暮㉒；逸翮后尘㉓，翱翥先路㉔；指会规翔㉕，临岐矩步㉖；态有遗妍㉗，貌无停趣㉘；奔机逗节㉙，角睐分形㉚；长扬缓骛㉛，并翼连声㉜；轻迹凌乱㉝，浮影交横㉞；众变繁姿㉟，参差洊密㊱；烟交雾凝，若无毛质；风去雨还，不可谈悉㊲。既散魂而荡目㊳，迷不知其所之㊴。忽星离而云罢㊵，整神容而自持㊶。仰天居之崇绝㊷，更惆怅以惊思。当是时也，燕姬色沮㊸，巴童心耻㊹；巾、拂两停㊺，丸、剑双止㊻。虽邯郸其敢伦㊼，岂阳阿之能拟㊽！入卫国而乘轩㊾，出吴都而倾市㊿。守驯养于千龄，结长悲于万里(51)。

【注释】

①穷阴：犹言穷冬，一年将尽的冬季。杀节：万物凋零的季节。

②急景：急促的光阴。景，同“影”。凋年：残年，草木衰败之季。

③箕风：古代星象家认为，月经过箕星之度则生风，故称风为“箕风”。箕，星名。即箕宿，二十八宿之一。

④严严：酷烈，浓重的样子。苦雾：寒雾，寒气。李周翰注：“寒雾杀物，故云苦也。”

⑤皎皎：洁白的样子。

⑥氛昏：阴冷的夜气。歇：止。

⑦澄廓：清明辽阔。

⑧星翻：星星移动。汉回：银河旋转。汉，天河，即银河。

⑨违：背离，离开。漠：指北方寒冷的荒漠之地。

⑩萧条：指风声静寂。

⑪流光：指月光流洒。照灼：光照明亮。

⑫唳(lì)：鹤鸣。丹墀(chí)：古代宫廷前漆成红色的台阶。

⑬金阁：以金镶饰的台阁。

⑭连轩：鹤飞舞的姿态。跉：起舞。

⑮踯躅(zhí zhú)：驻足，踏步不前。

⑯振迅：迅猛展翅奋起。腾摧：时飞腾，时折下。李善注："或飞腾
　或摧折。"

⑰惊身：迅捷的身姿。蓬集：如飞蓬聚集。

⑱纲：本指网的总绳。此指鹤舞的行列。别赴：各有所奔，各奔
　一方。

⑲绪：与上"纲"义同。

⑳兴：起舞。

㉑飒沓：群飞之状。矜顾：矜持地顾视。李周翰注："飒沓矜顾，谓
　自怜顾盼也。"

㉒迁延：缓步后退的样子。迟暮：徐缓。

㉓逸翮(hé)：迅飞。翮，羽茎，也指鸟翼。后尘：尘土扬起于鹤飞
　之后。

㉔翥翯(zhù)：振翅飞翔。先路：开道先行。

㉕指：指向，朝着。会：四面交会的路口。规翔：飞得端正整齐，有
　规矩。

㉖岐：岔路口。矩步：行步规整，有节奏。

㉗遗妍：美好的姿态应有尽有。遗，多余。妍，美好。

㉘停趣：停止舞蹈向前。趣，通"趋"，趋向。

㉙奔：独自驰前。逗：停止。机、节：并指舞的节奏。

㉚角睐(lài)：相互斜视。角，竞相，相互。分形：拉开队形，各自分
　退一边。

㉛长扬：头颈高扬。缓骛：缓慢地飞翔。

㉜连声：相连而鸣。

㉝凌乱：杂乱无章。

㉞浮影：浮动的舞影。交横：纵横交错。

㉟众变：屡变，多变。

㊱洊(jiàn)密：重叠密集。洊，再，重。

㊲谈悉：言尽其美。

㊳魂：神魂。荡：移动。

㊴所之：去的地方，去向。

㊵罢：止，散。

㊶自持：自我矜持。

㊷崇绝：高远至极。

㊸燕(yān)姬：燕地的美女，善歌舞。色沮：面色为之沮丧。

㊹巴童：巴渝地区善于彩舞的童子。耻：感到惭愧。

㊺巾：即巾舞，舞者执巾而舞，故名。据说巾舞乃项羽时的公莫舞，
　　遗至晋、南朝时称为巾舞。拂：古代杂舞名。以拂子(用熊、牛等
　　尾扎成的拂尘之具)为舞具，起于江左，旧称吴舞。

㊻丸、剑：杂技名。舞铃弄剑之人。丸，指舞铃者。剑，指弄刀者。

㊼邯郸："邯郸倡"之代称，指赵地舞女。伦：伦比。

㊽阳阿：古代有名的歌舞艺人。拟：比拟。

㊾入卫国而乘轩：据《春秋左传·闵公二年》所载，卫懿公喜好仙
　　鹤，故鹤能乘坐大夫所乘之车出入卫国。轩，大夫所乘之车。

㊿出吴都而倾市：事见《吴越春秋》，吴王阖闾有小女，因对吴王有
　　怨而自杀，吴王甚为痛心，葬之于城西阊门处。送葬时舞白鹤于
　　吴市，万人随观。于是陪葬以男女与鹤。吴都，此指春秋时吴国
　　首都，即今江苏苏州。

(51)结：留下。

## 【译文】

　　值此寒冬万物凋零之季,光阴急促残年衰败;荒沙滚滚震旷野,寒风嗖嗖动长天;寒气浓烈,幽泉皎洁;长河冰封,群山雪漫。不久阴寒夜气消散,风景清澈旷阔;群星移动,天河西回,晓风残月,夜幕将落。伤感于寒鸡晓啼,自怜于秋雁南飞;面临疾风的静寂,正对月光的照耀。仙鹤在朱红的台阶上发出清丽的叫声,在华丽的台阁中旋起优美的舞姿。开始翩翩起舞,如凤凰飞跃有节;继而辗转变化,似飞龙起伏升腾。时而驻足徘徊不前,忽而疾起腾飞猛突;敏捷的身姿如飞蓬聚集,矫健的翅膀似白雪纷扬;忽而离群各奔东西,时而结队相联相依;刚要起飞忽又中途停歇,似欲前往却又半道返还;群聚齐飞矜持四顾,徐徐后退步履迟缓;时而展翅迅飞尘土扬于身后,举翼翱翔居于路前开道;向着四方大道飞得那么规整,面临两歧岔道走得这般稳健;美姿变化多端,形貌不停转换;奔驰不离节度,顿足合于节拍,相互斜视,拉开队形;高扬长颈缓缓而行,比翼齐飞和声共鸣;轻盈的足迹错杂纷乱,飘浮的身影交相纵横;姿态缤纷千变万化,羽翼并连重叠密集;羽色融于烟海化入云雾,仿佛羽毛不存;如风之离去雨之归来,景致美不可言。令观者神飞魂散目光不定,茫然不知仙鹤往何而去。忽然似群星离散,云彩休止;严肃神色面容,庄严矜持。仰望天上的故居高远至极,更添惆怅而心有所惊。当此之时,舞姿绰约的燕女比之败色,能歌善舞的巴童自愧莫如;动人的巾舞、拂舞不得已为此休停,绝妙的耍铃、弄剑只好也成双退避。即使邯郸舞女也不敢与之伦比,阳阿艺伎又岂能和它相较。白鹤进入卫国荣乘大夫之车,舞过吴都招来倾城观者。顺守驯养至高寿千年,长留悲鸣于万里长空。

# 志上

## 班孟坚

见卷第一《两都赋序》作者介绍。

## 幽通赋一首

**【题解】**

《幽通赋》是班固青年时代所写的一篇述志小赋。据《汉书·叙传》所载,"有子曰固,弱冠而孤,作幽通之赋,以致命遂志"。名之"幽通"者,乃是发千古之幽思,以致达神明之幽境。班固认为:古往今来,万事万物迁流不息,而人世间的诸多事物亦千变万化,且往往乖背错谬,出人意料。因此,人生的吉凶祸福,荣辱毁誉,奥不可测,非自身之力可以左右,故而欲求生则保身,死则荣名,即当精诚所至,"舍身取谊",顺应天性,诚信人助,从而通达神明之境。班固写此赋时,奸佞充斥朝廷,贤达"罔阶"仕进。所述世事乖背错谬,许有讽喻之意。

此赋是仿屈原《离骚》而作的骚体赋,以抒情为主,而述志、抒情融会相贯。虽是抒情小赋,但仍恣意铺陈,多以古事、典故形成对偶句式,写得笔酣情浓,气势激越,感情至沉,感人至深,但作为抒情小赋显得用事繁靡,冗赘拖沓。

系高顼之玄胄兮<sup>①</sup>,氏中叶之炳灵<sup>②</sup>。飚凯风而蝉蜕兮,雄朔野以飏声③。皇十纪而鸿渐兮,有羽仪于上京④。巨滔天而泯夏兮⑤,考遘愍以行谣⑥。终保己而贻则兮⑦,里上仁之所庐⑧。懿前烈之纯淑兮⑨,穷与达其必济⑩。咨孤蒙之眇眇兮⑪,将圮绝而罔阶⑫。岂余身之足殉兮⑬,违世业之可怀⑭。

**【注释】**

① 系:连,系连。高顼(xū):指古帝颛(zhuān)顼。颛顼是传说中古代部族首领,号高阳氏,相传为黄帝之孙。玄胄:指远代子孙。一说指颛顼的子孙,玄为水色,高阳氏以水德王,故称。胄,绪,古代帝王和贵族的后代。

② 氏中叶之炳灵:言楚国令尹子文的神灵传说时代是班氏家世的中叶。据《汉书·叙传》所载,班氏的祖先与楚同姓,是令尹子文的后代。子文初生时,被遗弃在云梦泽中,得老虎所哺乳。楚人称“乳”为“榖”,称“虎”为“於檡”。因此,子文名“榖於檡”,字“子文”。楚人又称虎为“班”,他的儿子便以“班”为号,称为“斗班”。秦灭楚之后,其家族迁徙到晋、代之间,于是便以“班”为姓了。中叶,中世。此指楚国令尹子文时代。炳灵,显赫的英灵。

③ “飘凯风”二句:是说班氏家族在秦灭楚国之后,为避难,像金蝉脱壳一般逃离楚国故土,来到北方,后以才称雄北地,声名远扬。飘(yáo),飘摇。凯风,南风。蝉蜕,蚱蝉脱壳。喻指脱逃。雄,雄杰,称雄。朔野,北方的土地。飏(yáng)声,声名远扬。飏,显扬。

④ “皇十纪”二句:言班氏家族到了汉成帝时代的情况。成帝之初,由于班况之女选为婕妤,甚为得宠,班氏父子并在京城为事,门庭渐为显赫。皇,指汉皇。十纪,汉朝建立的第十代,即汉成帝

时代。鸿渐,指飞鸿渐进于高位。喻指仕进。鸿,大雁。羽仪,羽饰,用羽毛作装饰的旌旗仪仗。《周易·渐》:"鸿渐于陆,其羽可用为仪,吉。"上京,都城。此指长安。

⑤巨:指王莽。王莽字巨君。滔天:漫天。这里形容罪恶深重与权势的巨大。《尚书·尧典》:"象恭滔天。"泯:灭,灭绝。夏:华夏。

⑥考遘愍以行谣:言其父班彪遇王莽之乱,乃诵读歌谣,以劝阻息乱。考,父亲。遘,遭遇。愍(mǐn),祸乱。行谣,诵读古歌谣。

⑦贻则:遗下为人处世的法则。

⑧里:居住的地方。这里作动词讲,居住。上仁:有高尚仁德的人。庐:居住之处,此亦作动词讲,居住。《论语·里仁》:"子曰:'里仁为美。择不处仁,焉得知?'"班昭注:"言我父早终,遗我善法则也。何谓善法则乎? 言为我择居处也。"

⑨懿:美。前烈:祖先。纯淑:指高尚贤良之德。

⑩穷与达其必济:《孟子·尽心》:"穷则独善其身,达则兼济天下。"穷,困厄,指处境艰难窘迫,不得志。达,与"穷"相反,指显达,显贵。济,救助。此指匡时济世。

⑪咨:嗟,叹息。孤蒙:孤幼无知。蒙,童蒙,本指幼稚未开智的儿童,后泛指知识低陋。眇:微薄。

⑫圮(pǐ):毁坏,倒塌。罔阶:没有进身成名的阶梯。

⑬殉:营求,谋求。

⑭违:同"怼",恨。

## 【译文】

我的家族是高阳帝颛顼的后代,家世中叶在楚国英灵显赫。楚亡后随风飘摇逃离故土,尔后雄踞北方声名显扬。汉皇十世时官至高位,享有旌旗仪仗显耀于京都。王莽罪恶滔天将灭华夏,先父遇此祸乱深感忧虑。始终持身守己而留下处世法则,与高尚仁德之士一样择善而居。我善美的祖先是多么高尚贤良,不论处境优劣都不忘济世救民。

可叹我孤独幼稚见识薄,断绝祖先事业而成名无路。我不足以经营祖先大业,实在为家道衰绝而饮恨愁怀。

靖潜处以永思兮,经日月而弥远①。匪党人之敢拾兮②,庶斯言之不玷③。魂茕茕与神交兮④,精诚发于宵寐⑤。梦登山而迥眺兮⑥,觌幽人之仿佛⑦。揽葛藟而授余兮⑧,眷峻谷曰勿坠⑨。吻昕瘝而仰思兮⑩,心曚曚犹未察⑪。黄神邈而靡质兮⑫,仪遗谶以臆对⑬。曰乘高而遣神兮⑭,道遐通而不迷⑮。葛绵绵于樛木兮,咏南风以为绥⑯。盖惴惴之临深兮⑰,乃二雅之所祗⑱。既讯尔以吉象兮⑲,又申之以炯戒⑳。盍孟晋以迨群兮㉑,辰候忽其不再㉒。

**【注释】**

①"靖潜处"二句:言隐居而安静地长思,实不愿让祖先的功绩灭绝,而欲将祖先之业长久经营下去。靖,安静。潜处,隐居。永思,长思。弥远,久远。

②党人:同乡里的人。拾(jié)更迭轮流而进。《汉书·叙传》应劭注:"拾,更也。自谦不敢与乡人更进也。"

③庶斯言之不玷:言希望自己不同于别人的言行,不玷污祖先的仁德。《诗经·大雅·抑》:"斯言之玷,不可为也。"庶,副词。表示希望。玷,缺点。

④茕茕(qióng):孤零零的样子。神交:与神灵相会。

⑤宵寐:夜里睡着。

⑥迥眺:远眺,远望。

⑦觌(dí):相见。幽人:神人。亦指隐士。

⑧揽:握持。葛藟(lěi):葛藤。葛与藟皆为蔓生植物。

⑨眷：回顾，回视。峻谷：深峻的山谷。

⑩昒昕(hū xīn)：天将明而未明之时，即拂晓。寤：醒来。

⑪矒矒：模糊不清。

⑫黄神邈而靡质兮：言会占梦的黄帝离我们久远，无法向他询问。黄神，即黄帝。据说黄帝身附神灵，著有占梦书，故称黄神。邈，久远。质，询问以就正，即咨询。

⑬仪：取法，依照。遗谶(chèn)：遗留下来的谶书。臆对：主观应对梦中之景。

⑭乘高：登上高处。遻(è)：遇。

⑮道遐通而不迷：言道路通到很远，渐渐不觉迷惑起来。遐通，远通，通到很远。

⑯"葛绵绵"二句：写安乐于现状的景象。《诗经·周南·樛木》："南有樛木，葛藟累之。乐只君子！福履绥之。"绵绵，连绵不断的样子。樛(jiū)木，向下弯曲的树木。南风，指《诗经》中的《周南》《召南》。绥，安。此指安居于下。

⑰惴惴(zhuì)：忧愁而恐惧的样子。

⑱乃二雅之所祗：言当以二雅的警句敬慎为戒。二雅，指《诗经》中《大雅》《小雅》里的诗句。《诗经·大雅·桑柔》："人亦有言，进退维谷！"《诗经·小雅·小宛》有"惴惴小心，如临于谷。战战兢兢，如履薄冰"的诗句，故云"二雅之所"。祗，敬慎。

⑲讯：告。吉象：吉利的征象。

⑳炯戒：明鉴，明明白白地鉴戒。

㉑盍：何不。孟晋：勉力进取。迨(dài)：同"逮"，及。

㉒辰：时辰，时光。倏(shū)忽：疾速，指极短的时间。

## 【译文】

隐居幽室我静静长思，要将祖先大业永远继续。不敢与同乡之人并肩而进，愿恪守善行不辱祖先贤德。心魂独自与神灵相交，真诚往往发自夜梦之中。梦中我登上高山远望，眼见仿佛有神人走来。他持揽葛藤交授予我，回顾深谷嘱我勿坠深渊。拂晓醒来我仰天冥思，心神模糊不明吉与凶。黄帝相距久远无从询问，暗揣谶书我臆度于胸。占梦书言登高而遇神人，乃是道术远通不迷津的征象。葛藤连接高大弯曲的树木，颂咏《樛木》诗篇实为安乐。大概梦中恐惧面临深谷的情景，就是《大雅》《小雅》诗中的警诫之辞。梦境已告示我有吉象，并给我以明白的鉴戒。我何不勉力进取赶上朋辈，光阴似箭不复再来。

　　承灵训其虚徐兮①，伫盘桓而且俟②。惟天地之无穷兮，鲜生民之晦在③。纷屯邅与蹇连兮④，何艰多而智寡⑤。上圣迕而后拔兮⑥，虽群黎之所御⑦。昔卫叔之御昆兮，昆为寇而丧予⑧。管弯弧欲毙仇兮，仇作后而成己⑨。变化故而相诡兮⑩，孰云预其终始⑪。雍造怨而先赏兮⑫，丁繇惠而被戮⑬。栗取吊于逌吉兮⑭，王膺庆于所戚⑮。叛回穴其若兹兮⑯，北叟颇识其倚伏⑰。单治里而外凋兮⑱，张修襮而内逼⑲。聿中和为庶几兮，颜与冉又不得⑳。溺招路以从己兮㉑，谓孔氏犹未可㉒。安悒悒而不蕝兮，卒陨身乎世祸。游圣门而靡救兮，虽覆醢其何补㉓。

**【注释】**

①灵训：神灵的训诫。虚徐：疑惑不定。

②伫：久立。盘桓：逗留不前的样子。俟：待，等待。

③"惟天地"二句：言天地是无穷无尽的，而人在其间生存的时间是短暂的。无穷，没有穷尽。晦，无几，没有多少。

④纷：纷乱。屯邅：意谓难行不进的样子。比喻处境艰难，进退不定。《周易·屯》："屯如邅如。"蹇连：意指行路艰难，困厄不通。

《周易·蹇》:"往蹇来连,当位实也。"

⑤艰多:世道艰难太多。智寡:有见识的人少。

⑥上圣:德才最为高尚的人。此指商汤与周文王。迕(wǔ):遇到。此指遭遇艰难。拔:得到选拔。

⑦群黎:黎民百姓。此指凡俗之人。

⑧"昔卫叔"二句:言卫叔武诚心迎其兄返国,却被当作仇人杀掉。事见《春秋公羊传》:晋文公要侵曹,借道于卫。卫国不从命,晋文公便伐卫并驱逐了卫成公,欲立卫叔武为国君,叔武开始推辞,但又担心,若让别人为君,其兄卫成公就不能返回卫国了,因此才自立为卫国国君。此后为卫成公的返国作了多方努力。践土之盟后,卫成公终于得返卫国。卫叔武亲自前去迎接卫成公回国,而成公却说叔武篡了他的君位,最后杀了他。卫叔,即卫叔武,春秋时卫成公的弟弟。御(yà),迎接。昆,兄,指卫成公。昆为寇而丧予,其兄反而视之为仇敌而将他处死。寇,仇敌。丧,处死。予,我,指卫叔武自己。

⑨"管弯弧"二句:言管仲以公子小白为敌,后来却受到他的重用。所言之事,于《国语》《史记》中均有记载,齐襄公无道,管仲与召忽奉公子纠出奔鲁国,鲍叔牙护卫公子小白出奔莒国。齐襄公死后,鲁国送公子纠回齐国,未能打进去。公子小白先打进齐国,作了国君,也就是齐桓公。管仲曾率兵堵截小白,并射了小白一箭。齐桓公即位后,让鲁国杀了公子纠,将管仲囚回,欲剁之成肉酱,以报一箭之仇。由于鲍叔牙的竭力推荐,管仲囚回时,桓公反以厚礼相待,且委之以相位。管,指管仲。弧,木弓。仇,此指齐桓公。作后,当了国君。此指公子小白归国后当了齐国国君。后,君。成己,成全了自己。指齐桓公取用仇人管仲为相。

⑩相诡:相反。诡,违反。

⑪预其终始：预测其变化最终是吉是凶。

⑫雍造怨而先赏兮：言结怨最深的人反而先受封赏。事见《汉书·高帝纪》：汉高祖即位后，赏封了一批功臣，但未能遍封天下，诸将有所怨言。高祖便请教张良作何处理，张良建议他找一个群臣共知的与高祖素有怨恨的人先予封赏，这样其他人就会安心等待。高祖知道雍齿对他最为不满，便下令先封雍齿为什邡侯。雍，指汉初的雍齿。造怨，构怨。

⑬丁繇惠而被戮：言丁公由于有恩反遭杀戮。事见《史记·季布栾布列传》：丁公原为项羽部将，追围刘邦于彭城时，刘邦对丁公说："两位贤德之人岂能相互残害呢？"丁公于是引兵退去。刘邦称帝后，丁公前去谒见，刘邦说他为臣不忠，于是杀了他。丁，指汉丁公，名固。

⑭栗取吊于逌吉兮：言栗姬于宠幸之中自寻忧伤。事见《汉书·孝景皇后传》：栗姬当初很得汉景帝宠爱，其子也被立为太子。后来，长公主有女，欲与太子为妃。栗姬妒嫉，日愈骄怒无礼，后又急欲立为皇后，景帝为之激怒，乃废太子为临江王，栗姬于是忧伤而死。栗，指汉景帝的妃子栗姬。取吊，自寻忧伤。吊，哀愁，悲伤。逌，所。

⑮王膺庆于所戚：言王婕妤从忧愁之中得到宠幸。事见《汉书·孝宣皇后传》：王婕妤因无子而忧愁。许皇后死后，皇上怜悯太子幼年失母，欲在宫中寻觅一位素来处事谨慎而又无子的宫妃来养育太子。于是立王婕妤为后，令她养育太子。王婕妤为此乃得宠幸。王，指汉孝宣帝的皇后王婕妤。膺庆，获得吉庆。膺，受。戚，忧愁。

⑯叛回穴：指事物往往不是朝着当初的方向发展，而是曲折不顺，凶吉相背，祸福相反。叛，乱，不顺。回穴，邪僻，曲折。

⑰北叟颇识其倚伏：言塞北老叟失马之事。事见《淮南子·人间

训》。北叟,塞北老翁。倚伏,指事物相互依存,互相转化。语出
《老子》五十八章:"祸兮福所倚,福兮祸所伏。"

⑱单治里而外凋兮:言单豹虽能调理内脏,而外形却不免于残破。
事见《庄子·达生》:"鲁有单豹者,岩居而水饮,不与民共利,行
年七十而犹有婴儿之色。不幸遇饿虎,饿虎杀而食之……豹养
其内而虎食其外。"单,指春秋鲁国的单豹。治里,能使自身内脏
得到好的调理。外凋,凋谢于外部因素。

⑲张修襮而内逼:言张毅注重外在与人的修养,却使内体受到威
逼。据李善注,张毅为人仗义,对任何人都毕恭毕敬,以致因礼
节过周而不胜劳累,到了四十岁便得内热病死去。张,张毅。襮
(bó),外表。内逼,身内疾病的威逼。

⑳"聿中和"二句:是说履行中和之道,差不多可以寿终正寝了吧,
然而颜、冉二人虽慎行中和之道,却不免早逝。事见《论语·雍
也》:"哀公问:'弟子孰为好学?'孔子对曰:'有颜回者好学,不迁
怒,不贰过,不幸短命死矣。'"又:"伯牛有疾,子问之,自牖执其
手,曰:'亡之,命矣夫!斯人也而有斯疾也!斯人也而有斯疾
也!'"聿,语首助词,与"惟"用法相当。中和,指儒家的中庸之
道。庶几,表揣测之词,等于说"也许可以了吧"。颜,指颜回,字
子渊。冉,冉耕,字伯牛。

㉑溺招路以从己兮:言桀溺叫子路跟随自己做避世之人。事见《论
语·微子》:隐士长沮和桀溺在耕地,孔子和子路路过那里。孔
子叫子路向他们打听渡口的去路,桀溺回答说:当今天下如洪水
弥漫,举世纷乱,你们和谁一道去改变这种状况呢?你与其跟随
躲避坏人的孔夫子,不如跟从我们这些躲避乱世的隐士。溺,指
桀溺,春秋时的隐士。招,招呼。路,指子路,孔子的弟子。从
己,跟随自己。

㉒孔氏:孔子门下。未可:行不通。

㉓"安慆慆"几句：说的是子路的事。言子路由于不能躲避乱世之祸，终于被乱刀剁死。孔子虽为圣人，亦不能救助。虽盖上所食之肉酱，又有何补救呢？据《礼记·檀弓》所载，孔子得知子路被杀后，在厅堂中大哭。有使者从卫国来吊唁，乃得知子路是被乱刀砍死的，孔子立即叫人把案上的肉酱盖上，不忍吃其相似之物。慆慆（tāo），纷乱的样子。此指社会动荡不安。䠦（féi），躲避。卒，终，终于。陨身，丧生。世祸，世道中的祸患。游圣门，游学圣人孔子门下。靡救，无法拯救。覆醢，将肉酱盖上。醢（hǎi），肉酱。

【译文】

虽承神灵训诫而疑惑不定，逗留不前且有所待。天长地久无穷尽，人生短暂有几何。世事纷乱进退为难，艰险重重有识者少。商汤、文王逆境能自拔，凡夫俗子灾难何能防。当初卫叔武诚心迎其兄返国，其兄成公反将他看作仇人杀掉。管仲以小白为敌来射杀，桓公即位反以相位委任他。事情变化因果相背无常，谁能预料它的始与终。雍齿结宿怨反而先受封，丁公施恩惠却又遭杀戮。栗姬因宠幸而自取忧伤，王婕好由忧伤却带来吉庆。世事的乖背与偏离本如此，塞北老翁就颇知祸福相倚。单豹能调养内体而凋残于外患，张毅善应酬外物却早逝于内症。说是中庸之道可避祸患，可颜渊、冉耕又未逃早逝之难。桀溺要子路随他避隐，声称孔子之道无济于世。子路安于纷繁乱世而不避，终于丧生灾祸而遭砍剁。子路游学圣贤之门也不可避难，孔子虽盖上肉酱又有何补救？

固行行其必凶兮，免盗乱为赖道①。形气发于根柢兮，柯叶汇而零茂②。恐魖魖之责景兮，羌未得其云已③。黎淳耀于高辛兮，芈强大于南汜⑤。嬴取威于伯仪兮⑥，姜本支乎三趾⑦。既仁得其信然兮⑧，仰天路而同轨⑨。东邻虐而殄仁兮<sup>⑩</sup>，王合位乎三五<sup>⑪</sup>。戎女烈而丧孝兮<sup>⑫</sup>，伯徂归于龙虎<sup>⑬</sup>。发还师以成命兮<sup>⑭</sup>，重醉行而自耦<sup>⑮</sup>。震鳞漦于夏庭兮<sup>⑯</sup>，匦三正而灭姬<sup>⑰</sup>。巽羽化于宣宫兮<sup>⑱</sup>，弥五辟而成灾<sup>⑲</sup>。

**【注释】**

①"固行行"二句：是说子路过于刚强固执，必定会遭凶祸。他之所以没有作乱为盗，是有赖于受到孔子圣贤之道的影响。行行（hàng），刚固的样子。《论语·先进》："子路，行行如也……若由也，不得其死然。"免盗乱，避免了为盗作乱。赖道，指全靠孔子的圣贤之道。

②"形气"二句：是说人禀气于父母，草木之盛衰亦由其根所决定。柢（dǐ），根，树根。汇，类。此指与人同类。零茂，零落与茂盛。

③"恐魍魉"二句：是说颜回、冉耕、子路都未得好死，根源何在呢？这犹如罔两问影子，影子所作的回答是没有确切答案的。恐魍魉之责景兮，《庄子·齐物论》："罔两问景曰：'曩子行，今子止；曩子坐，今子起。何其无特操与？'景曰：'吾有待而然者邪？吾所待又有待而然者邪？'"魍魉（wǎng liǎng），又作"罔两"，影子外层淡微的阴影。责，问。景，同"影"。羌，发语词。

④黎：人名。古代高辛氏火正，楚国的祖先。《国语·楚语》："颛顼受之，乃命南正重司天以属神，命火正黎司地以属民。"又《史记·楚世家》："楚之先祖，出自帝颛顼高阳。高阳生称，称生卷章，卷章生重黎。"淳耀：光大美盛。高辛：高辛氏。上古帝喾之号。

⑤芈（mǐ）：楚国的祖姓。汜（sì）：通"涘"，水边。

⑥嬴：秦姓。取威：获取威望。伯仪：言伯益为掌管山泽、苑园、田猎之官，颇得其法。伯，伯益，秦的先祖。仪，法度。

⑦姜：齐姓。三趾：即三礼，指天地、人、鬼之礼。相传齐国祖先伯

夷为舜掌管三礼的官员。本支：比喻子孙。

⑧仁得：指求仁便得到仁。《论语·述而》："（子贡）入，曰：'伯夷、叔齐何人也？'子曰：'古之贤人也。'曰：'怨乎？'曰：'求仁而得仁，又何怨？'"信然：确实如此。

⑨天路：天道，自然的规律。轨：法则。

⑩东邻：指殷纣王，昏暴之君。因商的地理位置在周的东面，故称东邻。殄仁：害尽仁人。仁人指微子、箕子、比干。《论语·微子》："微子去之，箕子为之奴，比干谏而死。孔子曰：'殷有三仁焉。'"

⑪王合位乎三五：言合五位而得三所，是有帝王之德。王，指周武王。三五，即五位三所。五位，指岁、月、日、星、辰。三所，指逢公所凭神，有周所分野，后稷所经纬。《国语·周语》："（伶州鸠）对（景王）曰：'昔武王伐殷，岁在鹑火，月在天驷，日在析木之津，辰在斗柄，星在天鼋。星与日辰之位，皆在北维。颛顼之所建也，帝喾受之。我姬氏出自天鼋。及析木者，有建星及牵牛焉，则我皇妣大姜之侄，伯陵之后，逢公之所凭神也。岁之所在，则我有周之分野也。月之所在，辰马，农祥也。我大祖后稷之所经纬也。王欲合是五位三所而用之。'"

⑫戎女：指晋骊姬，春秋时骊戎部族首领之女，晋献公灭骊戎，纳之为夫人，甚为宠爱。丧孝：让孝子丧生。此指骊姬谗害太子申生的事。骊姬欲立其子奚齐为君，故向晋献公进谗言，以图除掉太子申生。为离间献公与申生的关系，她对申生谎称晋公梦见齐姜，要他速去祭奠。待申生祭奠回来后，他在申生带回给献公的祭肉中放了毒，诬陷申生要毒害献公。献公怒而欲杀申生，申生只得逃往新城，后自缢身亡。事见《春秋左传·僖公四年》《国语·晋语》）。

⑬伯：指晋文公。晋文公为春秋五霸之一，故称"伯"。徂：往。此

指出奔。归：指归国。龙虎：指龙年、虎年。晋文公于鲁僖公四年出走，那年是卯年。十九年后归国为君，年值酉年。按古代星象家的说法，卯居东方，为龙；酉居西方，为虎。出则应龙星，归则应虎星，必为称霸之吉象。

⑭发：指周武王姬发。还师：班师回国。成命：成全了天命。此句事见《逸周书》所载，周武王在孟津检阅诸侯之师，诸侯们都言可去讨伐纣王了。武王说，我不知天命如何，不可出兵，于是班师回朝。待后来纣王的暴虐已为天下人共怒时，乃发兵一举灭之，成就了天命。

⑮重：指晋文公重耳。自耦：自然偶合。此句事见《国语·晋语》：重耳逃亡到齐国时，齐桓公把女儿齐姜嫁给他，于是他便心安理得，而不思回国。齐姜欲让他回国夺取君位，便与其随从子犯谋划，用酒将他灌醉，送回国。重耳回国后果然得到了君位，这一举动可算与天意偶合。

⑯震鳞：指龙。螭（chí）：龙吐的涎沫。夏庭：夏帝的庭堂。

⑰匝（zā）：周，经历。三正：指夏、商、周三代。以上两句事见《史记·周本纪》：夏王朝衰微之时，有两条龙出现在宫廷，并说："我们是褒氏的两位先君。"夏帝不知是凶是吉，乃问卜，卜的结果：杀、赶或留下都不吉利，唯有把它们的涎沫请来加以收藏，方有吉祥。于是待龙走后，夏帝让人将龙沫盛于匣中收藏起来。此物留传夏、殷、周三代，无人敢打开。到周厉王末年，打开看时，龙涎流在王庭上，无法清除。厉王叫妇人裸体叫嚷，龙涎便化为蜥蜴，进了后宫，后宫一位年幼的宫女遇见了此物。待这位宫女到了出嫁年龄时，竟怀孕而生下一女婴。无夫而生子，被认为不祥，所以把女婴弃于宫外。这女婴就是后来的褒姒。褒姒长大入宫后，甚得周幽王宠爱，于是日益骄横，恣意废太子及申后，终于招致申侯联合犬戎攻打幽王。最后杀了幽王，灭了西周。

⑱巽羽化：指雌鸡变为雄鸡。巽（xùn）羽，指鸡，"巽"为《周易》卦名。巽卦为鸡，鸡为羽属，故称。化，变化。宣宫：汉宣帝时的未央宫。

⑲弥：终，极尽。五辟：指汉代从宣帝至平帝的五代皇帝。辟（bì），天子与诸侯君主的通称。以上两句事见李善注引应劭说："宣帝时，未央宫路軨中雌鸡化为雄，元后时始为太子妃，至平帝，历五叶，而莽篡也。"

**【译文】**

　　子路固执刚强必遭凶险，免于为盗作乱全仗圣贤之道。体气皆生发于根柢，枝叶也随之繁茂、凋零。这大概如同罔两询问影子，始终难得确实的答案。黎的功业盛显于高辛时代，楚国由此强大于江淮。秦国扬威于伯益掌管有法，齐国兴起于伯夷执掌三礼。既然求仁得仁确实如此，仰视天道亦当同此法理。殷纣施暴除掉三位仁人，周武称王正合天地人神。骊姬残酷致孝子身亡，文公出归恰逢龙虎呈祥。武王回师终成天命，重耳醉归偶合天意。神龙涎流夏帝宫廷，过了三代竟亡周朝。汉宣帝宫内雌鸡变雄，历经五世终成灾乱。

　　道修长而世短兮①，夐冥默而不周②。胥仍物而鬼谍兮③，乃穷宙而达幽④。妨巢姜于孺筮兮⑤，且箪祀于契龟⑥。宣曹兴败于下梦兮⑦，鲁卫名谥于铭谣⑧。姹聆呱而劾石兮⑨，许相理而鞠条⑩。道混成而自然兮⑪，术同原而分流⑫。神先心以定命兮⑬，命随行以消息⑭。斡流迁其不济兮⑮，故遭罹而赢缩⑯。三栾同于一体兮，虽移易而不忒⑰。洞参差其纷错兮⑱，斯众兆之所惑⑲。周贾荡而贡愤兮⑳，齐死生与祸福㉑。抗爽言以矫情兮，信畏牺而忌鹏㉒。

**【注释】**

①道：指天道。修：长。世短：人世短暂。

②夐（xiòng）：遥远。冥默：深奥难测。周：至。此指征应所至。

③胥：通"须"。仍：因袭。鬼谋：与鬼商谋。谋（zōu），咨询。

④宙：过去、现在以及未来的时间的总称。

⑤妫：春秋时陈国的姓。此指陈厉公之子敬仲。巢：居。姜：齐姓。
此指齐国。孺筮：给幼儿占卜。筮，用蓍草占卜。此句事见《史
记·陈杞世家》：陈厉公二年，其子敬仲初生，周的太史过陈，陈
厉公叫他用《周易》卜卦。卦象显示，陈国的昌盛在于子孙，而子
孙必定要到齐国居留。厉公死后，宣公在位，其嬖姬杀了素爱敬
仲的太子御寇，敬仲恐祸及身而逃奔齐国。齐桓公欲使敬仲为
卿，敬仲固辞，后使为工正。齐懿仲欲把女儿嫁给敬仲，于是占
卜，卜卦道："是谓凤皇于飞，和鸣锵锵。有妫之后，将育于姜。
五世其昌，并于正卿。八世之后，莫之与京。"

⑥旦：周公旦。祀：年。契龟：指钻刻占卜用的龟甲。此句见《春秋
左传·宣公三年》："楚子伐陆浑之戎，遂至于洛，观兵于周疆。
定王使王孙满劳楚子。楚子问鼎之大小轻重焉。对曰：'在德不
在鼎……桀有昏德，鼎迁于商，载祀六百……成王定鼎于郏鄏，
卜世三十，卜年七百，天所命也。周德虽衰，天命未改。'"周公摄
政成王，故此言"周公筭祀"。

⑦宣：指周宣王。曹：指曹伯阳。兴败于下梦：梦预示了他们的兴
衰。"宣王兴于梦之事"见《诗经·小雅·无羊》："牧人乃梦：众
维鱼矣！旐维旟矣。大人占之：众维鱼矣，实维丰年。""曹伯阳
败于梦之事"见《春秋左传·哀公七年》："初，曹人或梦众君子立
于社宫，而谋亡曹。曹叔振铎请待公孙强，许之。旦而求之，曹
无之。戒其子曰：'我死，尔闻公孙强为政，必去之。'及曹伯阳
即位，好田弋。曹鄙人公孙强好弋，获白雁，献之，且言田弋之

说，说之……使为司城以听政。梦者之子乃行。强言霸说于曹伯，曹伯从之，乃背晋而奸宋。宋人伐之。"又《春秋左传·哀公八年》："宋公伐曹……遂灭曹，执曹伯阳及司城强以归，杀之。"

⑧鲁：指鲁昭公、鲁定公。卫：指卫灵公。名谥于铭谣：他们的谥号从铭文、童谣中显示出来。"鲁事"见《春秋左传·昭公二十五年》："吾闻文、成之世，童谣有之曰：'……裯父丧劳，宋父以骄……'杜预曰：'裯父，昭公……宋父，定公也。'应劭曰：'昭公死于野井，定公即位而骄也。'""卫灵公事"见《庄子·则阳》："狶韦曰：'夫灵公也死，卜葬于故墓不吉，卜葬于沙丘而吉。掘之数仞，得石椁焉，洗而视之，有铭焉，曰："不凭其子，灵公夺而里之。"夫灵公之为灵也久矣。'"

⑨姁：此指春秋时晋国叔向之母。聆：听。呱：婴儿哭声。劾：揭发罪状。石：叔向之子伯石。事见《春秋左传·昭公二十八年》："伯石始生……姑（指叔向之母）视之，及堂，闻其声而还。曰：'是豺狼之声也。狼子野心。非是，莫丧羊舌氏矣。'"《国语·晋语》亦有载。

⑩许：指西汉时河内的老妪许负。相理：观察人的面部纹理。鞠（jū）：告诉。条：指周亚夫，汉文帝时曾封为条侯。此句事见《汉书·周亚夫传》：周亚夫任河内太守时，老妇许负给他相面说："你三年后将受封侯，八年后将为将相，执掌国政。九年后要饿死。"亚夫笑道：吾兄已代父之侯位，若吾兄死，我理当代替，哪里说得上受封侯呢。再说，既然我将显贵，又怎么会受饿而死呢。请向我明示。许负便指着他的口说：面部竖的纹理延伸入口，这是饿死之相。三年后，其兄周勃获罪，亚夫受封为条侯；五年后迁为丞相，执掌朝政。后因事被囚，果然五日不食而饿死。

⑪道：指事物最本质的东西。混成：混沌之中自然生成。自然：天然的非人为的规律。李善注："班昭曰：'大道神明，混沌而成。

言人生而心志在内,声音在外,骨体有形,事变有会,更相为表里,合成一体。此自然之道。'"

⑫术:术数,指通过看相、占卜等方式来推断人的吉凶。同原而分流:同出一源而分支为不同的流派。李善注:"班昭曰:'至于术学,论其成败,考其贫贱,观其富贵,各取一概。故或听声音,或见骨体,或占色理,或视威仪,或察心志,或省言行,或考卜筮,或本先祖,如水同原而分流也。'"原,同"源"。

⑬神:神明。先心以定命:先于人的心志而注定了命运。

⑭随行以消息:随着人的行为、经历而消长。消,消减。息,增长。

⑮斡(wò)流:迁转流变。迁:发展变化。济:停止。

⑯罹(lí):忧患,苦难。赢缩:盈亏。

⑰"三栾"二句:是说天命是保佑贤善而惩罚凶恶的。比如栾氏祖孙三代,善恶所给以后世的报应是没有差误的。三栾,指晋大夫栾书、栾黡、栾盈祖孙三代。事见《春秋左传》:栾书贤善,其子栾黡虽恶,得到了栾书的福佑,其恶未受惩罚。栾盈虽善,但其贤善未能施及于人,其父栾黡的恶虐便给他带来了灾祸。最终栾氏被灭。同于一体,犹同一个整体。移易,时有转移,事有变迁。忒(tè),差失,误差。

⑱洞:洞察,洞明。参差(cēn cī):高低,长短不齐。纷错:纷乱错杂。

⑲众兆:即兆民,指庶民。惑:迷乱。

⑳周:庄周。贾:贾谊。荡:放荡而无所持守。贡愤:溃乱。《汉书·叙传》孟康注:"贡,惑也。愤,乱也。放荡惑乱死生祸福之正也。"

㉑齐:齐等。将……等同划一。

㉒"抗爽言"二句:是说庄周、贾谊虽极言生死齐、祸福同,实则亦有畏死、忌讳之真情。抗,高,高声。爽言,不合常理的言论。矫

情,矫饰真情。信,确实。畏牺,见将为祭品之牛则生畏。事见
《庄子·列御寇》:"或聘于庄子,庄子应其使曰:'子见夫牺牛乎?
衣以文绣,食以刍菽,及其牵而入于太庙,虽欲为孤犊,其可得
乎?'"忌鹏(fú):忌讳鹏鸟入宅。《史记·屈原贾生列传》:"贾生
为长沙王太傅三年,有鸮飞入贾生舍,止于坐隅。楚人命鸮曰:
'鹏。'贾生既以谪居长沙,长沙卑湿,自以为寿不得长,伤悼之,
乃为赋以自广。"

**【译文】**

　　天道悠长而人世短促,遥远深奥难于彻悟。尚须借助卜筮求教鬼
神,方能穷尽古今通达幽微。卜卦显示敬仲居齐陈方昌盛,龟文载有周
公计算周朝享年。下人所梦预示了宣王、伯阳的兴败,童谣、铭文显示
了鲁召公、卫灵公的谥号。叔向之母听到伯石初啼指其必将亡晋,老妪
许负相察条侯面纹预言将有吉凶。大道浑然一体形成于自然,术数分
流别派出于同源。神明超于人的意志注定了命运,命运伴随各自的经
历又有所增减。事物流转变迁无止无息,人生遭灾遇福亏盈不一。栾
氏三代同为一脉相承,尽管世道变化报应却无差误。洞察到报应的参
差与乖谬,以致众人迷惑不解将信将疑。庄周、贾谊有感于善恶诡乱而
为放荡之辞,宣称死生齐同祸福无别。高谈阔论异常之言以矫饰真情,
实则畏同牺牛忌讳鹏鸟。


　　所贵圣人至论兮①,顺天性而断谊②。物有欲而不居
兮③,亦有恶而不避。守孔约而不贰兮④,乃辖德而无累⑤。
三仁殊于一致兮⑥,夷惠舛而齐声⑦。木偃息以蕃魏兮⑧,申
重茧以存荆⑨。纪焚躬以卫上兮⑩,皓颐志而弗倾⑪。侯草
木之区别兮⑫,苟能实其必荣⑬。要没世而不朽兮⑭,乃先民
之所程⑮。观天网之纮覆兮⑯,实棐谌而相训⑰。谟先圣之

大猷兮⑱，亦邻德而助信⑲。虞韶美而仪凤兮⑳，孔忘味于千载㉑。素文信而底麟兮㉒，汉宾祚于异代㉓。精通灵而感物兮㉔，神动气而入微㉕。养流睇而猿号兮㉖，李虎发而石开㉗。非精诚其焉通兮，苟无实其孰信。操末技犹必然兮，矧耽躬于道真㉘。

**【注释】**

①至论：极为深刻真实的道理。

②断谊：断之以义，即以道义来加以裁断。谊，同"义"。

③居：处。

④守：持守道义。孔约：甚为专一。不贰：没有另外的想法。

⑤輶（yóu）德：指德轻而易行。輶，轻。无累：不为事物所牵累。

⑥三仁：指殷代的三位仁人：微子、箕子、比干。殊于一致：指他们的经历、所为虽然各异，但都达到"仁德"。《论语·微子》："微子去之，箕子为之奴，比干谏而死。孔子曰：'殷有三仁焉。'"

⑦夷：伯夷。惠：柳下惠。舛（chuǎn）：相背。齐声：名声齐等。《论语·微子》："子曰：'不降其志，不辱其身，伯夷、叔齐与！'谓'柳下惠、少连，降志辱身矣。言中伦，行中虑，其斯而已矣'。"

⑧木：指战国时魏人段干木。偃息：安卧。蕃魏：蕃屏魏国，即成为魏国的保护。《吕氏春秋·顺说》："若夫偃息之义，则未之识也。"高诱注："段干木偃息以安魏。"又《吕氏春秋·期贤》："秦兴兵欲攻魏，司马唐谏秦君曰：'段干木，贤者也，而魏礼之，天下莫不闻，无乃不可加兵乎。'秦君以为然，乃按兵辍不敢攻之。"

⑨申：指申包胥，春秋时楚国大夫。重茧：脚掌经久磨而成的硬皮。存荆：使楚国得以保存。此句事见《春秋左传·定公四年》及《战国策·楚策》：吴国进兵楚国，打进了郢都。申包胥赶了七天七

夜的路,脚上都磨起老茧,赶到秦国,哭求秦王发兵救楚。秦终
于发兵救楚,打败了吴兵,使楚得以保存。

⑩纪:指纪信,楚汉相争时刘邦的部将。焚躬以卫上:为了保卫主
上,自己身遭焚烧。事见《史记·项羽本纪》:刘邦曾被项羽围于
荥阳,情况十分危急。其部将纪信挺身而出说:"事情危急了,请
让我诳骗楚军。"于是就诈称为汉王出降,使刘邦得以脱逃。项
羽得知受骗后,十分愤怒,便烧杀了纪信。此事《汉书·高帝纪》
亦有载。

⑪皓:指商山四皓,即汉初商山的四位隐士:东园公、绮里季、夏黄
公、用里先生。颐志:保持气节。弗倾:没让汉朝社稷倾覆。此
句事见《史记·留侯世家》:早年刘邦曾招引四皓,四人皆避而不
应。到汉十二年时,高祖破黥布归来,病情日重,越发想更换太
子,张良苦谏无效,叔孙太傅亦以死为太子力争,高祖表面虽然
答应,而内心还是想易立太子。吕后就用张良之计,暗中迎来四
皓,让他们辅佐太子。一天,四皓侍奉太子去见高祖,高祖见太
子有四位贤人相辅,便说:"羽翼成矣。"于是打消了废除太子的
念头。这样,汉初的政权就免于因易太子而带来动荡。

⑫侯:语首助词,同"惟"。草木之区别:指君子之道,犹如草木区别
为各种各类。《论语·子张》:"子夏闻之,曰:'……君子之道,孰
先传焉? 孰后倦焉? 譬诸草木,区以别矣。'"

⑬荣:名声。

⑭要:总,总要。没世:离开人世。

⑮先民:指古代贤人。程:法式。

⑯天网:指天道。纮覆:广大而包罗万象。纮,通"宏",广大。

⑰棐(fěi):辅助。谌:通"忱",诚信。相:扶助。

⑱谟:谋求。大猷:大道。

⑲邻德:以有德行之人为友邻。语出《论语·里仁》:"德不孤,必有

邻。"助信：对友邻之助要有诚信。

⑳虞韶：虞舜所作的乐曲。仪凤：凤凰飞来。语出《尚书·益稷》："箫韶九成，凤凰来仪。"

㉑孔：指孔子。忘味于千载：指孔子听到韶乐而尝不出肉香的故事千载流传。《论语·述而》："子在齐闻韶乐，三月不知肉味，曰：'不图为乐之至于斯也。'"

㉒素：素王，即有帝王之德而未居其位的人，指孔子。《论衡·定贤》："孔子不王，素王之业，在于《春秋》。"后来儒家即专以素王称孔子。文信：指孔子作《春秋》之文以明示礼法。厎（zhǐ）麟：招致麒麟。厎，致，招致。《春秋公羊传·哀公十四年》："西狩获麟，孔子曰：'吾道穷矣。'"何休注："麟者，太平之符，圣人之类。又云麟得而死，此亦天告夫子将没之征也。"麟死而夫子没，所以《春秋》也就写到此为止。

㉓宾祚（zuò）：以宾礼祚福于后世。异代：不同的朝代。此指汉代。孔子作《春秋》所明礼法，为后人所敬奉。据《史记·孔子世家》记载，汉高祖过鲁，还以太牢之礼去祭祀。

㉔通灵：通于神灵。

㉕入微：入于幽微。

㉖养：指养由基，春秋时楚国人，善射。据《春秋左传》《战国策》所载，养由基蹲甲而射，可以射彻七札；又去柳叶百步而射，百发百中。

㉗李：指汉代名将李广。虎发：以为是虎而发射。此事见《汉书·李广传》："广出猎，见石草中，以为虎而射之，中石没矢，视之，石也。"

㉘矧（shěn）：况，况且。耽躬：将身心致力于（某个方面）。道真：道的真谛。

**【译文】**

理当珍重圣人的高深之论，顺应天性而断以道义。有所欲望不合道义则不取，有所恶弃出于道义则不避。严守道义而专一不二，奉载圣德而无所牵累。"三仁"所为虽异而俱至于仁，夷惠去留相背则声名齐等。段干木安卧居室让魏国免于进犯，申包胥磨厚脚茧使楚国得以保存。纪信身遭杀戮得保高祖脱逃，四皓持守气节才使汉朝不倾。道义的施行如草木有类别之分，但如能实施必定名声显扬。人当死后而声名永垂，这乃是先圣做出的楷模。观天纲宏大而笼盖人世，真要名垂于世就得助诚顺教。既应谋求先圣的济世之道，亦当以德为邻而诚信其助。韶乐美妙动人招引凤凰前来，孔子闻之不知肉味之事千载流传。孔圣作《春秋》示礼仪招致麒麟，宾礼之仪祚福后代直到汉朝。人有精诚可通神灵感于万物，精神运转气志便能入于幽微。养由基眇视未射猿即哀号，李广当虎而射箭中石开。不是精诚所至岂可通达，若非确有其事谁能相信。操持射箭小技当须精诚所至，何况倾注身心于大道真谛。

登孔昊而上下兮<sup>①</sup>，纬群龙之所经<sup>②</sup>。朝贞观而夕化兮<sup>③</sup>，犹谊己而遗形<sup>④</sup>。若胤彭而偕老兮<sup>⑤</sup>，诉来哲而通情<sup>⑥</sup>。

**【注释】**

①昊（hào）：指太昊，即伏羲氏，传说中的古帝名。上下：从古至今。

②群龙：比喻群圣，据应劭注，指自伏羲以下讫孔子的历代圣贤。

　　纬、经：指经营、治理。

③朝：早晨。贞观：意谓天地之道以贞正得一，其功可为物所观瞻。《周易·系辞》："天地之道，贞观者也。"贞，正。化：死，佛家称死为坐化，道家称为羽化。此句语出《论语·里仁》："子曰：'朝闻道，夕死可矣。'"

④諠（xuān）：通"谖"，忘记。遗形：遗弃形骸。

⑤胤（yìn）彭：与彭祖的长命相续。胤，嗣。此作续、因袭讲。彭，指彭祖。传说彭祖历经夏、商、周三代，高寿八百岁，以长寿闻名于世。偕老：与老子偕同长寿。老，指老子，相传亦高寿。

⑥来哲：后世的高明之士。通情：通达真情。

**【译文】**

从孔子、太昊至今日，有多少圣贤经纬天道。朝闻大道夕死何足惜，犹如忘却自身遗弃形骸。如得续继彭祖、老聃共享高寿，我将告诉来世圣贤去通达真情。

乱曰：天造草昧①，立性命兮②。复心弘道③，惟圣贤兮。浑元运物④，流不处兮⑤。保身遗名⑥，民之表兮⑦。舍生取谊⑧，以道用兮⑨。忧伤夭物⑩，忝莫痛兮⑪。皓尔太素⑫，曷渝色兮⑬。尚越其几⑭，沦神域兮⑮。

**【注释】**

①天造草昧：天地草创万物于冥昧之中。

②立性命：创造万物的生命。

③复心弘道：言复归天地之本，以廓大天道。《论语·卫灵公》："子曰：'人能弘道，非道弘人。'"

④浑元：指天地之气。运物：使万物运转。

⑤不处：不居留。

⑥保身遗名：指生能保全其身，死能留下好名。

⑦表：表率，师表。

⑧谊：即"义"，合义的道德行为。

⑨以：当作"亦"。道用：道所施用。

⑩忧伤夭物：忧伤夭折于外物。

⑪忝(tiǎn)：耻辱。莫痛：没有比这更令人悲痛的。

⑫皓尔太素：让你的朴素之质纯白。皓，洁白。太素，古代指构成宇宙的物质。此指天质。

⑬曷：何，怎能。渝色：改变其天质本色。

⑭尚：差不多，相近。越：于。几：几微，细微。

⑮沦：陷入。神域：神明之境。

【译文】

结语：天造万物于冥昧之中，创造了万灵的生命。归心天道加以廓大，唯有圣贤可为。天地之气运转万物，犹如水流不息。生能保身死则留名，方为后世师表。舍弃生命以求正义，也是道的施用。夭折于外物而忧伤，耻痛莫过于此。使你的天质纯白不污，何愁改变本色。笃守道义尽其幽微，可入神明之境。

# 志中

## 张平子

见卷第二《西京赋》作者介绍。

## 思玄赋一首

**【题解】**

张衡所处的东汉和、安、顺三朝，宦官专权，政治昏暗。他是一位严肃正直的政治家，宦官对他忌恨甚切。

《思玄赋》直抒个人怀抱及高尚情操。思玄，即追慕古圣贤的遗训，修养道德意志。但现实是"宝萧艾于重笥兮，谓蕙茝之不香"，"淑人希合"。张衡感到人间无人理解，孤独苦闷，又不能"巧笑干媚"，因此"子不群而介立"，只能远游以求精神慰藉。在幻想中他开始了"上下无常穷六区"的漫漫长游。又在远游中参拜了文王、黄帝、天帝、西王母等先贤神人。但远游使他厌倦，先哲神人的启示也未能使他找到出路，天堂的欢乐又难解他对故乡的依恋，还是回到人间，对世上的污浊自然无可奈何，"俟河之清祗怀忧"，只能自我完善，做一个与仁义结伴、遵奉先哲遗训的明智之士。

　　《思玄赋》在手法上直追《离骚》,词采清新明快。由于张衡是古代伟大的天文学家,故本篇中描写天外星辰运行奇观,令人称赏。

　　仰先哲之玄训兮[1],虽弥高而弗违[2]。匪仁里其焉宅兮[3],匪义迹其焉追[4]? 潜服膺以永靓兮[5],绵日月而不衰。伊中情之信修兮[6],慕古人之贞节。竦余身而顺止兮[7],遵绳墨而不跌[8]。志抟抟以应悬兮[9],诚心固其如结[10]。旌性行以制佩兮[11],佩夜光与琼枝[12]。缀幽兰之秋华兮[13],又缀之以江离[14]。美襞积以酷烈兮[15],允尘邈而难亏[16]。既姱丽而鲜双兮[17],非是时之攸珍[18]。奋余荣而莫见兮[19],播余香而莫闻。幽独守此仄陋兮[20],敢怠遑而舍勤[21]。幸二八之遻虞兮[22],嘉傅说之生殷[23]。尚前良之遗风兮[24],恫后辰而无及[25]。何孤行之茕茕兮[26],孑不群而介立[27]? 感鸾鹭之特栖兮[28],悲淑人之希合[29]。

**【注释】**

①仰:景仰。先哲:古代的贤明圣哲。玄训:深奥的训教。

②弥高:《论语·子罕》:“仰之弥高。”弥,愈。弗违:不敢违背。

③匪仁里其焉宅:此言居必择仁。《论语·里仁》:“里仁为美,择不处仁,焉得知?”仁里,指仁者所居之处。宅,居住。

④义迹:仁德的业绩。

⑤潜:暗暗。服膺:衷心信服。靓(jìng):通“靖”,思索。

⑥伊:语首助词。中情:内心。信修:诚信善美。

⑦竦:立。余身:自身。止:指礼仪。

⑧绳墨:喻规矩法度。屈原《离骚》:“举贤而授能兮,循绳墨而不陂。”跌:指偏颇、误差。

⑨抟抟(tuán)：凝聚如团貌。《楚辞·九辩》："乘精气之抟抟兮，骛诸神之湛湛。"应悬：与悬旌相应。比喻此心婉转不止。悬，悬旌。《战国策·楚策》："楚王曰：'寡人卧不安席，食不甘味，心摇摇如悬旌。'"

⑩结：如结之不可解，固结。

⑪旌：明，显示。性行：禀性与行为。制：裁制。

⑫夜光：指夜光宝珠。琼枝：玉树之枝。

⑬缡(zuī)：系，结。幽兰：香草。

⑭缀：妆饰。江离：香草，一名蘼芜。以上之珠玉、香草均喻己修仁义美行以立身。

⑮襞(bì)积：衣裙褶子。喻重叠。酷烈：指香气浓郁。《上林赋》："酷烈淑郁。"

⑯允：诚。尘邈：久远。

⑰姱(kuā)：美好。鲜双：少双。指难以匹敌。

⑱攸：所。

⑲奋：动，挥舞。莫见：与下文"莫闻"皆指人视若无睹、闻若无香。喻自己的美德节操无人赏识。

⑳幽独：安静的独自一人。仄陋：犹侧陋。指偏僻鄙陋之处。

㉑怠遑(huáng)：怠懈偷闲。遑，闲暇。舍勤：放弃勤苦。

㉒二八：即八恺八元。指古代有才智而受到重用的人。《春秋左传·文公十八年》："昔高阳氏有才子八人：苍舒、隤敳、梼戭、大临、尨降、庭坚、仲容、叔达……天下之民谓之八恺。高辛氏有才子八人：伯奋、仲堪、叔献、季仲、伯虎、仲熊、叔豹、季狸……天下之民谓之八元。"遌(è)：逢。虞：指虞舜。

㉓傅说(yuè)：传说为殷高宗武丁之相。据《尚书·说命》，高宗梦得傅说，使百工求诸野，得傅说于傅岩。以上二句言二八、傅说皆生逢其时，得遇明主。

㉔尚：崇尚，追慕。前良：此指上文之"二八"及"傅说"。（依吕延济说。）遗风：余风，留下的风尚。

㉕恫（tōng）：痛心。后辰：后时，后代。无及：赶不上。

㉖茕茕（qióng）：孤独无依的样子。

㉗孑（jié）：孤独。介立：特立，独立。

㉘鸾鷖（luán yì）：凤凰鸟属。鸾，《山海经·西山经》："女床之山……有鸟焉，其状如翟而五采文，名曰鸾鸟。"鷖，《山海经·海内经》："北海之内，有蛇山者……有五采之鸟，飞蔽一乡，名曰鷖鸟。"皆传说中神鸟。此喻君子。特栖：孤独地栖息。

㉙淑人：善人，指君子。希："稀"的古字。

**【译文】**

　　钦慕先贤高深的训教，虽仰之愈高而不敢违拗。不是仁里安能居，不是仁德的业绩怎能仿效？衷心诚服常思索，岁月悠悠流，信仰更坚牢。吾心多么忠诚善美，思慕古贤坚贞节操。处世立身，顺应礼义，遵循法度，不差毫厘。追随古圣贤，抟抟如悬旌，永不停歇；真挚的诚心，坚固如结。彰明我高尚的德行，精制玉佩；佩带夜光珠、琼玉枝。身系幽兰秋花香，又用江离来妆饰。芳草重重真优美，香气浓郁散芬芳，经久不衰芳菲菲。如此美好世间少，时俗却不珍重。挥舞鲜花人不见，散播幽香人不闻。安适独守鄙陋处，岂敢懈怠不勤苦。歆羡八恺八元遇虞舜，暗慕武丁相傅说。崇敬远古圣贤之余风，生不逢时真痛心。为什么孤独无依一人行，孑然特立不合群？感慨凤凰神鸟独栖息，悲悯君子善人知遇稀。

　　彼无合而何伤兮①，患众伪之冒真②。旦获谴于群弟兮③，启金縢而后信④。览蒸民之多僻兮⑤，畏立辟以危身⑥。增烦毒以迷惑兮⑦，羌孰可为言己⑧？私湛忧而深怀兮⑨，思缤纷而不理⑩。愿竭力以守谊兮⑪，虽贫穷而不改。执雕虎而试象兮⑫，陟焦原而跟趾⑬。庶斯奉以周旋兮⑭，恶既死而后已⑮。俗迁渝而事化兮⑯，泯规矩之员方⑰。宝萧艾于重笥兮⑱，谓蕙茝之不香⑲。斥西施而弗御兮⑳，絷骒骎以服箱㉑。行颇僻而获志兮㉒，循法度而离殃㉓。惟天地之无穷兮㉔，何遭遇之无常㉕。不抑操而苟容兮，譬临河而无航㉖。欲巧笑以干媚兮㉗，非余心之所尝㉘。袭温恭之黻衣兮㉙，被礼义之绣裳㉚。辬贞亮以为磬兮㉛，杂伎艺以为珩㉜。昭彩藻与雕琭兮㉝，璜声远而弥长㉞。淹栖迟以恣欲兮㉟，耀灵忽其西藏㊱。恃己知而华予兮㊲，鹍鹠鸣而不芳㊳。冀一年之三秀兮㊴，遒白露之为霜㊵。时霣霣而代序兮㊶，畴可与乎比伉㊷？咨姤娙之难并兮㊸，想依韩以流亡㊹。恐渐冉而无成兮㊺，留则蔽而不彰㊻。

【注释】

①无合：不遇。

②冒：覆，掩盖。

③旦：即周公旦，姬姓，周文王子，武王弟。武王死，成王年幼，周公摄政。管叔、蔡叔挟殷的后代武庚作乱，周公亲征，平定叛乱。获诟（dú）于群弟：指周公被管叔、蔡叔散布的流言所诽谤。《尚书·金縢》：“武王既丧，管叔及其群弟乃流言于国，曰：‘公将不利于孺子。’”诟，谤。

④启金縢而后信：据《尚书·金縢》记载，武王有疾，周公曾作策书告神，请代武王死，事毕，纳书于金柜。后来成王打开金縢，得见周公的策书，才知周公的忠信，执书而泣，乃迎归周公。金縢，金柜。

⑤蒸民：众民。多僻：多邪僻。

⑥畏立辟以危身：吕延济注："若独立则被滥法以危其身。"意谓人
　多邪僻，特立独行反被置于法网。

⑦烦毒：烦忧。《楚辞·哀时命》："独便悄而烦毒兮，焉发愤而抒情。"

⑧羌(qiāng)：句首语助词。

⑨湛(zhàn)：深。

⑩缤纷：喻思绪万千。

⑪谊：义。段玉裁《说文解字注》："谊、义古今字，周时作谊，汉时作
　义，皆今仁义字也。"

⑫执雕虎而试象：李善注："雕虎以喻贫，试象以喻竭力。"执，手执。
　雕虎，即虎。因虎身毛纹如雕画而名。

⑬阽(diàn)：临。焦原：巨石名。此用以比喻自己所信守的仁义。
　跟趾：脚跟。此指牢牢地站稳在焦原，以喻坚守仁义之道。

⑭斯：就。奉：奉行。五臣本"奉"下有"信"字。周旋：追随。

⑮恶：五臣本作"要"。当依五臣本。

⑯迁渝：变化。事化：事物的变化。

⑰规矩：校正方圆的器具。

⑱宝：珍视。萧艾：野蒿和艾草。喻奸邪小人。笥(sì)：盛衣物或饭
　食等的方形竹器。

⑲蕙茝(huì zhǐ)：即蕙草和白芷，香草。此喻贤良方正者。

⑳斥：斥逐。西施：越国美女。御：宠幸。

㉑絷(zhí)：拴缚马足的绳索。引申为拴缚。骙袅(yǎo niǎo)：良马
　名。后作骏马的通称。服：服辕。箱：指大车。以上几句言贤良
　方正之人不被重用，居于贱位。

㉒颇僻(pō pì)：奸邪不正。获志：得志。

㉓离殃：遭殃。离，罹，遭。

㉔惟：思。无穷：指天地之大无穷无尽，没有极限，无休无止。

㉕无常：反常。言己遭遇无常道之时代。

㉖"不抑操"二句：言若不苟且取容，则如临河无船，不能到达彼岸。抑操，委曲高操的德行。苟容，苟且取容于世。航，船。

㉗巧笑：指美丽的笑容。此指谄媚的样子。干：求。媚：媚于当世。

㉘非余心之所尝：此指处浊世求媚时俗，非我心愿行之事。尝，行。

㉙袭：穿。温恭：即《论语·学而》的"温良恭俭让"。黻(fú)衣：古代礼服。下句"绣裳"同。《诗经·秦风·终南》："君子至止，黻衣绣裳。"

㉚被(pī)：穿着。

㉛辫：编织。贞亮：坚贞贤明。鞶(pán)：束衣大带。

㉜杂：汇集。伎(jì)艺：即技艺。珩(héng)：玉佩。

㉝昭：明亮。彩藻：花纹，文彩。雕琭(lù)：雕镂的花纹。

㉞璜(huáng)：半璧形的玉。

㉟淹：久留。栖迟：游息。《诗经·陈风·衡门》："衡门之下，可以栖迟。"恣(zì)欲：施展理想。指服美服游息自恣以实现先哲古训的理想。

㊱耀灵：太阳。此喻时间。忽其：疾速的样子。西藏：指太阳西落。

㊲恃(shì)己知而华予：吕向注："将恃己之华盛，冀时知我。"恃，依仗，希望。华予，认为我有才华文彩，即欣赏我的美德。

㊳鶗鴂(tí jué)：鸟名。即杜鹃，亦名伯劳。吕向注："鶗鴂，阴鸟。鸣则草木凋伤也。"故下句言"鸣而不芳"。

㊴冀：希望。三秀：灵芝草的别名。一年三度开花，故称。

㊵遒(qiú)：迫。白露：秋天的露水。言资质美如灵芝，一年三秀，仍迫于霜露而不得茂盛，亦以自喻。

㊶亹亹(wěi)：前进。代序：时序代谢。指时间不断流逝。

㊷畴：谁。比伉(kàng)：亲近相伴者。此喻志同道合者。

㊸咨：感叹词，相当于"嗟"。姤嫮(gòu hù)：美丑、善恶。姤，恶丑。嫮，善美。难并：难以并存。

㊹依：跟随。韩：指仙人韩众。屈原《远游》："奇傅说之托辰星兮，
羡韩众之得一。"王逸注："众，一作'终'。"洪兴祖补注："《列仙
传》：齐人韩终为王采药，王不肯服，终自服之，遂得仙也。"流亡：
远游。

㊺恐：担心。渐冉：逐渐。指时间的逐渐推移。无成：指学仙道
无成。

㊻留：指留在人间。蔽而不彰：被奸邪所蔽而不彰明。

**【译文】**

　　不合时俗又何伤，独患小人假乱真。周公尚蒙冤，群弟尽诽谤；成
王启金柜，方信周公诚。众人行为多邪僻，独循礼法危自身。烦忧又迷
茫，有谁可与言？内心忧闷深深愁，思绪万千理还乱。愿竭心力守仁
义，虽处困厄志不移。不避艰险如手执猛虎，又如搏斗大象；坚守仁义
如临焦原，脚跟站稳。惟奉信仰，追随到底，死而后已。时俗变化多端，
泯灭规矩法度。萧艾败草当作宝，胡言兰芷非香草。斥逐西施不宠幸，
骏马骢骥拖板车。行为不正竟得志，遵循道义反遭殃。天地之大无穷
尽，时间长河无休止，偏我生于无道世。若不弃美德，岂能为时容；犹如
临江湖，苦无舟可渡。我欲谄媚巧笑以求进，实在于心不忍行。我穿温
恭俭让之礼服，又套礼义绣花裳。衣带之上结贞亮，大显身手制玉佩。
冠带上，文彩鲜明如雕画，佩声叮咚远又长。长期游息，施展理想，太阳
忽西沉，光阴飞如箭。自恃有美德，但求时知我；谁知杜鹃哀鸣，芳草凋
零一片黄。一年三秀灵芝草，犹被秋霜严相逼。时间消逝，四季代谢；
谁是知音人，谁是道合者？可叹美丑善恶难并存，意欲追随韩众去学
仙。诚恐光阴荏苒事无成，又惧留在污秽浊世蒙谗邪。

　　心犹豫而狐疑兮①，即岐阯而胪情②。文君为我端蓍
兮③，利飞遁以保名④。历众山以周流兮，翼迅风以扬声⑤。
二女感于崇岳兮⑥，或冰折而不营⑦。天盖高而为泽兮⑧，谁

云路之不平？勔自强而不息兮⑨,蹈玉阶之峣峥⑩。惧筮氏之长短兮⑪,钻东龟以观祯⑫。遇九皋之介鸟兮⑬,怨素意之不逞⑭。游尘外而瞥天兮⑮,据冥翳而哀鸣⑯。雕鹗竞于贪婪兮⑰,我修洁以益荣⑱。子有故于玄鸟兮⑲,归母氏而后宁⑳。

【注释】

①狐疑:即犹豫不决。

②即:就,到。岐阯:岐山之下。岐山,周文王封地,在今陕西岐山东北。胪(lú)情:陈情,诉说心意。

③文君:指周文王。端蓍(shī):详审占卜的蓍草,判断吉凶。端,审视。蓍,蓍草,以其预兆定吉凶。

④利:吉利。飞遁(dùn):《周易·遁》:"上九,飞遁,无不利。"意谓远走高飞,没有什么不利。保名:保护名声。

⑤"历众山"二句:言飞越群山而周游,如鸟之飞翔,声扬远方。历众山,李善注:"谓遁卦也。"原题张衡旧注(以下简称"旧注"):"从初至三为艮,艮为山,故曰历众山。"八卦主要是通过象征天地风雷水火山泽八种自然现象的符号来推测自然和人事的变化,以定吉凶。遁卦卦体下艮上乾,艮为山。从初六到九三,经历三爻而成艮,故曰历众山。周流,周游。翼迅风,旧注:"从二至四为巽,巽为风,故曰翼迅风。"由初六数至上九,始得飞遁,文王告之以隐遁应如鸟飞。扬声,李善注:"巽为风,故曰扬声。"此指显扬声名。此二句至"蹈玉阶"句皆为释卦之辞。

⑥二女:旧注:"遁上九变为咸。"又曰:"巽,长女,兑,少女,故曰二女。"此言遁卦可变为咸卦,卦体为下艮上兑。感于崇岳:旧注:"遁上九变为兑,《说卦》云:'巽为长女,兑为少女也。'俱在艮上,

艮即是山，故云感二女于崇岳，岳即山也。"此谓兑、巽皆在艮之上，故云。

⑦冰折而不营：旧注："从三至五为乾，乾为冰，故曰冰折而不营。"又曰："《说卦》曰'乾为冰'，而变为兑，故曰冰折物也，毁折不可经营，故曰不营。"此句言虽飞遁可能吉利，如鸟儿翱翔四方，但是前途艰险，既有二女感于岳，又有寒冰毁折而不能经营，故前途迷茫。

⑧天盖高而为泽：旧注："互体。四至乾，变为兑，兑为泽。天为泽，言天高尚为泽，虽复险戏，世路可知，谁言其路不通者乎？欲其行也。"三爻至五爻为乾，乾为天。四至上爻为兑，兑为泽。乾为天，兑为泽，天盖高而为泽，意谓逢凶能化吉，虽冰折路毁能绝处逢生，故下句云"谁云路之不平"。

⑨勔(miǎn)：勉励。

⑩蹈玉阶：旧注："乾为玉，故曰蹈玉阶。"玉阶，天子阶。峣(yáo)峥：高峻的样子。此句言虽欲隐逸学仙，犹恋帝阶不忍离去，尚欲再进忠言。

⑪惧：担忧，怀疑。筮氏：占卜的人。此指用蓍草占卜。长短：此指灵验。《春秋左传·僖公四年》："筮短龟长，不如从长。"古人以先有象而后有数，而卜用象，筮用数，故以为龟长于筮，即龟卜比蓍占更灵验。

⑫东龟：古占卜用龟。龟有六种，青色者称东龟。观祯(zhēn)：观察吉祥。祯，祥。

⑬九皋(gāo)：曲折的水泽淤地。《诗经·小雅·鹤鸣》："鹤鸣于九皋。"介鸟：大鸟。此指鹤。介，大。

⑭素意不逞：原来的理想不能实现。逞，快意，申呈。

⑮尘外：尘世之外。瞥(piē)：眼光掠过。

⑯冥翳：深杳高远。

⑰雕鹗(è)：两种猛禽。此喻小人。竞：竞逐。

⑱我：飞鹤自称。此指远游者。修洁：修养高洁的品格。

⑲玄鸟：指鹤。

⑳母氏：喻万物本源。李善注："喻道也。言子有故于玄鸟，唯归于道而后获宁也。"《老子》一章："无名，天地之始；有名，万物之母。"以上几句借卜者之辞言，谓子为高洁之玄鸟，小人为贪婪之雕鹗，不与之争，不以为伍，归于大道，而后得宁。

## 【译文】

我心犹豫而不决，来到岐山下，陈情周文王。文王为我端蓍筮，遇遁卦，远走高飞可保名。翻越群山，四方周游，如鸟迅飞声扬远方。二女震惊在崇山，寒冰断路难修复，前途艰险。天虽高，尚为泽，谁云路不通？努力自强而不息，帝阶虽峥嵘，犹恋不忍去。唯恐筮氏不灵验，再钻东龟观吉祥。其兆现玄鸟，正在曲折水泽边；素愿未实现，不遑心怨恨。遨游尘世外，一瞥望苍穹；高远冥深处，哀鸣一声声。雕鹗竞贪婪，我独洁身自好以为荣。君与玄鸟俱高洁，归依大道才安宁。


占既吉而无悔兮①，简元辰而俶装②。且余沐于清源兮③，晞余发于朝阳④。漱飞泉之沥液兮⑤，咀石菌之流英⑥。翾鸟举而鱼跃兮⑦，将往走乎八荒⑧。过少皞之穷野兮⑨，问三丘于句芒⑩。何道真之淳粹兮⑪，去秽累而飘轻⑫。登蓬莱而容与兮⑬，鳌虽抃而不倾⑭。留瀛洲而采芝兮⑮，聊且以乎长生⑯。冯归云而遒逝兮⑰，夕余宿乎扶桑⑱。饮青岑之玉醴兮⑲，餐沆瀣以为粮⑳。发昔梦于木禾兮㉑，谷昆仑之高冈㉒。朝吾行于汤谷兮㉓，从伯禹乎稽山㉔。嘉群神之执玉兮㉕，疾防风之食言㉖。

**【注释】**

①占:占卜。此指上文请文王端蓍、钻龟。既吉:已经显示吉利。
　无悔:无灾祸。

②简:选择。元辰:吉利的时日。元,善。辰,时辰。俶(chù)装:整
　理行装。

③沐:洗发。清源:清澈的水源。

④晞(xī):晒干。朝阳:日出东方,故朝阳指山的东方。

⑤漱(shù):漱口。飞泉:奔泻的泉水。沥液:流液。

⑥咀(jǔ):咀嚼。石菌:生于石上的灵芝,古被视为祥瑞之草。流
　英:落花。

⑦翾(xuān)鸟:飞鸟。翾,飞貌。

⑧八荒:八方荒远之处。

⑨过:拜访。少皞(shào hào):传说中古部落首领名。又作"少昊"。
　己姓,名挚,字青阳。黄帝子。以金德王,故也称金天氏。穷野:
　即穷桑,少昊所居之地。

⑩三丘:指东海中蓬莱、瀛洲、方丈三仙山。句芒:东方神。(依吕
　向说。)

⑪道真:指三山仙人之道纯真自然。淳粹:淳厚精粹。

⑫秽累:秽德之累。尘俗污秽德行之累赘。飘轻:指排除一切俗世
　污秽后所达到的高尚境界。

⑬蓬莱:东海三仙山之一。容与:从容闲舒貌。

⑭鳌(áo):传说蓬莱仙山由巨鳌背负而漂浮于沧海之中。抃
　(biàn):搏击海水。不倾:不偏斜。

⑮瀛洲:东海三仙山之一。芝:芝草,传说服之可以长生。

⑯以:以之。之代指芝草。

⑰冯:"凭"的古字。凭借,依凭。归云:晚霞。遐逝:远逝,远游。

⑱扶桑:传说中的神木。传说日出于扶桑之下,因以指日出处。

⑲青岑(cén)：翠绿山峰。玉醴：玉泉，甘泉。

⑳沆瀣(hàng xiè)：露气。粻(zhāng)：米粮。

㉑发昔梦于木禾：旧注："昔日梦至木禾，今亲往，是发昔日之梦
也。"意谓曾梦见木禾，今乃亲见，故曰发昔日之梦。木禾，昆仑
仙山上的神奇植物。据《山海经·海内西经》："昆仑之墟方八百
里，高万仞，上有木禾，长五寻，大五围。"

㉒谷：生长。昆仑：山名。层峰叠岭，其势高峻。此亦指神仙所居
之地。高冈：高丘。

㉓汤(yáng)谷：即旸谷。日出之处。《尚书·尧典》："分命羲仲，宅
嵎夷，曰旸谷。"孔安国传："旸，明也。日出于谷而天下明，故称
旸谷。"

㉔伯禹：即夏禹。禹代父亲鲧为崇伯，故称伯禹。相传禹继承鲧治
水的事业，历十三年，三过家门而不入，水患悉平。舜死，禹继
任，后巡狩至会稽而卒。稽山：即会稽山，在今浙江绍兴东南。
相传禹会诸侯江南计功，故名。

㉕嘉：赞美。群神：此谓禹的群臣。执玉：手持玉帛。玉帛为古代
祭祀会盟时用的珍贵礼品。《春秋左传·哀公七年》："禹合诸侯
于涂山，执玉帛者万国。"

㉖疾：痛恨。防风：古部落酋长名。《国语·鲁语》："昔禹致群神于
会稽之山，防风后至，禹杀而戮之，其骨节专车。"食言：背弃诺
言。谓言而无信，如食之以尽。

## 【译文】

端蓍获大吉，钻龟无灾祸；选吉日，择良辰，整装远行。清晨洗发清
水源，我行山东发已干。飞泉甘液漱我口，又嚼石芝祥瑞花。飞鸟翔
翔，鱼儿翻跃，遨游走八荒。拜访少昊穷桑地，问句芒，沧海三山在何
方？三山仙人之道纯真又完美，尘世秽累一扫尽，境界高尚返自然。登
蓬莱，从容闲舒；灵龟负蓬莱，扑击海水不倾斜。淹留瀛洲采灵芝，服此

可得保长生。凭依晚霞而远往,晚宿扶桑日出处。畅饮青峰玉泉洁,山中露气作米粮。曾梦神奇之木禾,如今上昆仑,亲眼看见生高冈。清早我在汤谷游,仰慕夏禹到会稽之山。夏禹嘉许诸侯手执玉帛,痛恨防风后至言无信。

　　指长沙之邪径兮①,存重华乎南邻②。哀二妃之未从兮③,翩缤处彼湘滨④。流目眺夫衡阿兮⑤,睹有黎之圮坟⑥。痛火正之无怀兮⑦,托山阪以孤魂⑧。愁郁郁以慕远兮⑨,越印州而游遨⑩。跻日中于昆吾兮⑪,憩炎火之所陶⑫。扬芒熛而绛天兮⑬,水泫沄而涌涛⑭。温风翕其增热兮⑮,怒郁悒其难聊⑯。颙羁旅而无友兮⑰,余安能乎留兹。

【注释】

①指:指向,趋向。长沙:郡府名。秦置郡,因有"万里沙祠",故名。邪径:即斜径。

②存:思念。重(chóng)华:虞舜名。《尚书·尧典》:"曰若稽古,帝舜曰重华,协于帝。"孔颖达疏:"舜能继尧,重其文德之光华。"南邻:南方。此指虞舜南巡死于苍梧之山,葬于九嶷。

③二妃:指尧之二女娥皇与女英,皆为舜妻。未从:指舜南巡死,葬于苍梧之野,而二妃没有跟从。《汉书·刘向传》:"舜葬苍梧,二妃不从。"

④翩缤:飞翔的样子。此指二妃奔赴舜死之处。湘滨:指江湘之间。传说二妃死于这里,后成为湘水女神。

⑤流目:放眼观望。眺:远望。衡阿:衡山脚下。

⑥有黎:高辛氏(上古帝喾之号,黄帝曾孙,尧之父)的火正(古时掌火之官,掌祭火星,行火政),即祝融。《春秋左传·昭公二十九

年》："颛顼氏有子曰犁，为祝融。"有黎即犁。圮(pǐ)坟：坟墓毁

坏。旧注："楚灵王之世，衡山崩而祝融之墓坏。"圮，毁坏。

⑦怀：归。

⑧山阪(bǎn)：山坡。孤魂：指祝融墓坏，其魂无以为托。

⑨愁郁郁：忧愁不乐。慕远：向往远方。

⑩卬(áng)州：古地名。旧注引《四海图》："交广南有卬州，其处

　极热。"

⑪跻(jī)：登。日中：日正午。昆吾：日正午所到之处。《淮南子·

　天文训》："日出于旸谷……至于昆吾，是谓正中。"高诱注："昆吾

　丘，在南方。"

⑫憩：息。炎火：指盛阳如火。《诗经·小雅·大田》："田祖有神，

　秉畀炎火。"所陶：指骄阳之下山丘如被火燃烧陶冶。

⑬扬：散播。芒熛(biāo)：火焰。绛(jiàng)天：天变成红色。绛，

　赤色。

⑭泫沄(xuàn yún)：水沸腾的样子。

⑮翕(xī)：盛。其：语助词。

⑯怒(nì)：忧思。郁悒(yì)：忧愁的样子。聊：倚赖。

⑰颎(kū)：孤独。羁旅：寄居做客。

【译文】

趋往长沙的斜径，怀念虞舜巡狩死南方。哀怨二妃未从葬，翩翩神

处湘水边。放眼眺望衡山脚下，目睹有黎之荒坟。可怜火正无所依归，

只好将孤魂托山坡。心中愁郁郁向远方，穿越卬州而遨游。日中登上昆

吾山，骄阳似火，大地如冶只能暂憩息。火气赛焰天尽赤，江水沸腾波

涛涌。热风炽盛更酷热，忧愁郁闷无所寄托。独行客居无友人，何能在

此久淹留。

顾金天而叹息兮①，吾欲往乎西嬉②。前祝融使举麾

兮<sup>③</sup>，缅朱鸟以承旗<sup>④</sup>。躔建木于广都兮<sup>⑤</sup>，摭若华而踌躇<sup>⑥</sup>。超轩辕于西海兮<sup>⑦</sup>，跨汪氏之龙鱼<sup>⑧</sup>。闻此国之千岁兮<sup>⑨</sup>，曾焉足以娱余<sup>⑩</sup>。

**【注释】**

①金天：指西方。

②嬉：嬉游，游玩。

③祝融：即前"有黎"。麾(huī)：旌旗，作指挥用。李善注："秦汉以来即以所执之旌名曰麾。"

④缅(lí)：联结。朱鸟：星宿名。二十八宿中南方七宿联起来像丹鹑，故谓朱鸟，又名朱雀。承旗：承接旌旗。

⑤躔(chán)：经历。建木：传说中的神树。木高百仞无枝，日中无影，众天神由此上下。广都：谓建木所在地，传说中的地名。《淮南子·地形训》："建木在都广。"

⑥摭(zhí)：拾。若华：若木之花。若木，传说中的神树，长在日入处。《山海经·大荒北经》："大荒之中，有衡石山、九阴山、洞野之山，上有赤树，青叶赤华，名曰若木。"《淮南子·地形训》："若木在建木西，末有十日，其华照下地。"踌躇(chóu chú)：徘徊不前。

⑦轩辕：传说之国名。《山海经·海外西经》："轩辕之国，在此穷山之际，其不寿者八百岁，在女子国北。人面蛇身，尾交首上。"西海：指西方。

⑧汪氏：神话中西海外的国家。李善注："汪氏国在西海外，此国足龙鱼也。"龙鱼：即龙鲤。传说中的动物，据说如鲤而有一角。《山海经·海外西经》："龙鱼陵居，在其北，状如鲤。"李善注："或曰龙鱼一角也。"

⑨此国：指轩辕、汪氏国。

⑩曾：竟。娱余：令我快乐。

【译文】

　　仰望金天而叹息，我欲西往去嬉游。祝融挥旗为前导，旗画星宿朱鸟形。到广都，栖息神树建木下；若木下，拾落花，徘徊不前。超越西海长寿轩辕国，跨过盛产龙鱼汪氏国。传闻此国人人寿千岁，长寿岂能使我开心颜！

　　思九土之殊风兮①，从蓐收而遂徂②。欻神化而蝉蜕兮③，朋精粹而为徒④。蹶白门而东驰兮⑤，云台行乎中野⑥。乱弱水之潺湲兮⑦，逗华阴之湍渚⑧。号冯夷俾清津兮⑨，棹龙舟以济予⑩。会帝轩之未归兮⑪，怅徜徉而延伫⑫。恛河林之蓁蓁兮⑬，伟《关雎》之戒女⑭。黄灵詹而访命兮⑮，穆天道其焉如⑯。曰近信而远疑兮⑰，六籍阙而不书⑱。神逿昧其难覆兮⑲，畴克谋而从诸⑳？牛哀病而成虎兮，虽逢昆其必噬㉑。鳖令殪而尸亡兮㉒，取蜀禅而引世㉓。死生错其不齐兮㉔，虽司命其不晰㉕。窦号行于代路兮，后膺祚而繁庑㉖。王肆侈于汉庭兮，卒衔恤而绝绪㉗。尉龙眉而郎潜兮，逮三叶而遘武㉘。董弱冠而司衮兮，设王隧而弗处㉙。夫吉凶之相仍兮㉚，恒反仄而靡所㉛。穆届天以悦牛兮，竖乱叔而幽主㉜。文断袪而忌伯兮，阉谒贼而宁后㉝。通人暗于好恶兮㉞，岂昏惑而能剖㉟？嬴擿谶而戒胡兮，备诸外而发内㊱。或辇贿而违车兮，孕行产而为对㊲。慎灶显以言天兮，占水火而妄讯㊳。梁叟患夫黎丘兮，丁厥子而剚刃㊴。亲所睇而弗识兮㊵，矧幽冥之可信㊶。毋绵挛以俟己兮㊷，思百忧以自疹㊸。彼天监之孔明兮㊹，用棐忱而祐仁㊺。汤蠲体以祷祈兮,蒙厖禩以拯民㊻。景三虑以营国兮,荧惑次于他辰㊼。魏颗亮以从治兮,鬼亢回以毙秦㊽。咎繇迈而种德兮㊾,树德懋于英六㊿。桑末寄夫根生兮㋑,卉既凋而已育㋒。有无言而不酬兮㋓,又何往而不复㋔? 盍远迹以飞声兮㋕,孰谓时之可蓄㋖?

## 【注释】

① 九土:九州。

② 蓐(rù)收:西方神名。《国语·晋语》:"虢公梦在庙,有神人面白毛虎爪,执钺立于西阿之下……召史嚣占之,对曰:'如君之言,则蓐收也,天之刑神也。'"韦昭注:"蓐收,西方白虎金正之官也。"此指西方。徂(cú):往,到。

③ 欨(xū):轻盈飘举。蝉蜕(chán tuì):指虫类脱离皮壳。此指精神灵魂解脱。

④ 朋:交朋友,交往。精粹:淳美。指脱离尘垢之后的精神灵魂。徒:伴侣,同伴。

⑤ 蹶(jué):履,踏。白门:古代把天地八方分为八门,西南方为白门。《淮南子·地形训》:"八纮之外,乃有八极……西南方曰编驹之山,曰白门。"高诱注:"金气白,故曰白门。"

⑥ 云:语首助词。台(yí):我。中野:此指中土。

⑦ 乱:绝流,横渡。弱水:此指传说中水名。在西方绝远之处。《山海经·大荒西经》:"西海之南,流沙之滨……有大山名曰昆仑之丘……有弱水之渊,环之其外。"潺湲(chán yuán):水潺潺而流。

⑧ 逗:逗留。华阴:地名。因在太华山之北故名。湍渚(tuān zhǔ):急流中的小岛。

⑨ 冯夷:河伯。旧注引《清令传》:"河伯,华阴潼乡人也,姓冯氏名

夷。浴于河中而溺死,是为河伯。"俾(bǐ):使。清津:水流清澈的渡口。

⑩棹(zhào):划船的工具,状如桨。短的叫楫,长的叫棹。这里指划。龙舟:龙形之舟,或刻有龙纹的船只。济:渡。予:我。

⑪帝轩:指黄帝。少典之子,居轩辕之丘,故号轩辕氏,又居姬水,改姓姬。国于有熊,故亦称有熊氏。有土德之瑞,故号黄帝。未归:帝轩神灵未归。

⑫怅(chàng):惆怅,失望。徜徉(cháng yáng):徘徊。延伫(zhù):等待久立。

⑬恓(xī):休息。河林:木名。《山海经·中山经》:"北望河林,其状如茜如举。"蓁蓁(zhēn):树木茂盛的样子。

⑭伟:美。《关雎》:《诗经·周南》篇名。描写男女爱情的诗歌,旧注附会为咏后妃之德。戒女:警诫女子。

⑮黄灵:黄帝的神灵。詹:旧注:"詹,至也。"访命:问命。咨询吉凶。

⑯樛(jiū):旧注:"樛,求也。"天道:古人认为天道是支配人类命运的天神意志。故作者请黄帝访求天道。焉如:何往。指天道如何变化。

⑰近信远疑:指天道之理幽远难征,人世之理切近可征,言如何可由天道而知人道。见《春秋左传·昭公十八年》:"子产曰:'天道远,人道迩,非所及也,何以知之。'"近,指人道,人间的事物。信,征信。远,指天道,天所显示的现象。疑,不可征信,不可知。

⑱六籍:六经。指诗、书、礼、乐、易、春秋。此泛指经典。阙:缺。不书:没有记载。

⑲神邃:神道,指神妙莫测的天道。昧:幽昧不明。覆:审察。

⑳畴:谁。克:能。谋:旧注:"察也。"从诸:从之。之,代神道。

㉑"牛哀"二句:据《淮南子·俶真训》记载,牛哀,鲁哀公时人。传

说牛哀病七日而化为虎,其兄开门入,哀搏击杀兄,不自知己为虎。昆,兄。噬,咬,吃。

㉒鳖令:传说中古蜀人,继望帝而为帝。殪(yì):死。尸亡:尸体流失。

㉓蜀禅(shàn):蜀帝所禅与的王位。禅,以王位让人。引世:延续一个时代。引,延长。世,代。帝制时代,易姓建立新王朝为一世。

㉔错:错乱。不齐:李周翰注:"言死生若此舛错不齐。"

㉕司命:指总管人生死之命的神。唏(xī):同"唏"。

㉖"窦号行"二句:指汉文帝窦皇后事。《汉书·外戚传》:"孝文窦皇后,景帝母也……太后出宫人以赐诸王各五人,窦姬与在行中。家在清河,愿如赵,近家,请其主遣宦者吏'必置我籍赵之伍中'。宦者忘之,误置籍代伍中……当行,窦姬涕泣,怨其宦者,不欲往,相强乃肯行。至代,代王独幸窦姬……生景帝……窦姬为皇后。"窦,指窦皇后。号,号哭。代路,往代之路。汉文帝刘恒(汉高祖子)封于代(今河北蔚县一带),立为代王。膺祚(yīng zuò),受福。祚,此指窦姬后来成为皇后。繁庑(wú),茂盛。此指窦皇后子孙兴旺。

㉗"王肆侈"二句:指汉平帝皇后事。汉平帝时,王莽为大司马,朝政集于一身,号安国公。以女妻帝,为皇后。《汉书·外戚传》:"自刘氏废,常称疾不朝会……及汉兵诛莽,燔烧未央宫,后曰:'何面目以见汉家!'自投火中而死。"肆侈,恣侈,恣意放纵。汉庭,指汉朝。衔恤,含忧。绝绪,断绝后代。

㉘"尉龙(máng)眉"二句:此指汉时颜驷的事。颜驷在汉文帝时为郎,历文、景、武三世,不遇于时,老于郎署。后汉武帝封他为会稽都尉。尉,古官名。军尉。龙眉,眉毛花白。状人之老态。郎潜,以郎官的位置而被埋没。逮(dài)三叶,赶上三个朝代。三

叶,指汉文、景、武三个朝代。遘(gòu)武,遇到汉武帝。

㉙"董弱冠"二句:指汉代哀帝宠臣董贤事。董,指董贤。汉哀帝时,董贤以貌美、便辟善柔而得宠幸。弱冠,古时男子二十成人初加冠,体尚未壮,故称弱冠。司衮(gǔn),穿三公礼服。此指董贤官至大司马(三公之一)。王隧(suì),天子葬礼为隧葬,故称王隧。《春秋左传·僖公二十五年》:"请隧,弗许。"杜预注:"阙地通路曰隧,王之葬礼。"据《汉书·佞幸传》,董贤一门显贵,其墓葬"以沙画棺四时之色,左苍龙,右白虎,上著金银日月,玉衣珠璧以棺,至尊无以加"。弗处,指董贤死后不能置于墓葬中。《汉书·佞幸传》:"哀帝崩⋯⋯即日贤与妻皆自杀,家惶恐夜葬,莽疑其诈死,有司奏请发贤棺,至狱诊视⋯⋯贤既见发,赢(露形)诊其尸,因埋狱中。"

㉚夫:句首语气词,表示要发议论。相仍:相因。

㉛恒:常。反仄:反复无常。靡所:无所定。

㉜"穆届天"二句:指春秋鲁大夫叔孙豹事。叔孙豹在鲁内乱时奔齐,在庚宗碰到一个妇女招待他食宿。到齐国后,梦见天压着他,呼救,有一个黑脸驼背、深眼猪嘴的人帮他解脱。后来鲁召其归国主管封地,又遇见庚宗所遇的妇女,已产一子。叔孙豹召见此子,竟是梦中帮助过他的黑脸人。称他为牛,让他为竖(小臣)。叔孙豹很宠爱他。竖牛排除异己,迫害良善,最后又活活饿死叔孙豹。事见《春秋左传》。穆,即叔孙穆子,名豹。届天,届于天,受到天的压力。悦牛,爱幸竖牛。乱叔,作乱于叔孙氏。幽主,竖牛幽闭叔孙豹,使其饥饿而死。

㉝"文断袪(qū)"二句:指春秋晋文公重耳事。晋国由于骊姬之乱,晋献公派寺人(宫廷内侍之官)勃鞮(dī)杀害公子重耳。重耳翻墙逃走,衣袖被斩断。后来重耳在国外流亡十九年,在秦穆公支持下返回晋国即王位。勃鞮来见晋文公,得到他的宽恕。当文

公的反对势力吕甥、冀芮欲作乱时，勃鞮向晋文公报告，使文公免于大难。事见《国语·晋语》。文，指晋文公。断袪，斩断衣袖。伯，指伯楚，勃鞮的字。阉，男子去势曰阉。此指寺人勃鞮。谒(yè)贼，报告有人谋反作乱，即吕甥等欲加害晋文公事。谒，禀告。宁后，使重耳得到安宁。后，指重耳。

㉞通人：有才智有见识学问渊博的人。此指叔孙豹、晋文公。暗：暗昧。好恶：善恶。

㉟昏惑：昏庸糊涂的人。剖：分别。

㊱"嬴摘谶(tī chèn)"二句：《史记·秦始皇本纪》："因奏录图事，曰'亡秦者胡也'。始皇乃使将军蒙恬发兵三十万人北击胡，略取河南地。"又《史记·李斯列传》："诈为受始皇诏丞相，立子胡亥为太子。"嬴，指秦始皇。姓嬴。摘谶，揭示谶纬之说。谶，古代预卜吉凶得失的文字、图记。戒胡，戒备胡人。发内，爆发于内部。指胡亥之祸正发于内。

㊲"或辇贿"二句：指《搜神记》及《鬼神志》记载周氏夫妇，贫穷夜耕。累极而卧，梦见天帝看到他们辛劳的生活，很同情。就问司命："这两个人可以富贵吗？"司命查看录籍，说："命该贫。有个张车子应赐钱千万，车子尚未出生，可以把车子的钱借给他们。"天帝同意。于是司命与周氏相约，到期还钱给车子。周氏富裕后，还钱的期限到了，他们夫妇拉着车，运走了钱财。路上遇到张妪，在车下产儿，并命名车子。周氏才大悟说："从前我曾梦见天帝以张车子的钱借给我，一定是这个孩子了。"从此以后，周家又慢慢趋于贫困。或，有的人，指周氏。辇贿，用车拉走财物。违车，躲避张车子。孕行，指张妪怀孕路行。为对，指张妪所生子名车子与司命所言相符。

㊳"慎灶显"二句：指鲁大夫梓慎和郑大夫裨灶测天象误言事。据《春秋左传·昭公二十四年》记载，夏五月乙未朔，日有蚀。梓慎

预测将要闹水灾。叔孙昭子说："这是旱灾。太阳过了春分而阳气尚且不胜阴气，一旦胜过阴气，能不旱吗？"秋八月天大旱，梓慎之言不验。鲁昭公十八年夏五月，大火星开始在黄昏出现，初七日刮风，郑大夫裨灶预测将要发生火灾，建议用瓘斝宝器禳火祭神。郑国人请求子产采纳他的意见。子产不同意，说："天道悠远，人道切近，两不相关，怎么能了解它们的关系？裨灶哪里懂得天道？一个人话说得多了，难道不会偶尔说中？"未祭祀，也没有发生火灾。显，显明天道。指慎、灶都是显明天道之人。言天，谈论天象。占水火，预测水火灾害。占，李善注："自隐度而言也。"谓自己暗中测度而已。妄讯，无根据妄说。

㊴"梁叟"二句：指《吕氏春秋·慎行论》讲述的黎丘奇鬼的故事。据说梁国黎丘有一奇鬼，善于模仿各种人形。有一老人市集酒醉归家，黎丘之鬼变成老人儿子的模样，在路上一边扶着老人一边折磨老人。老人归家酒醒，指责他的儿子。儿子哭着辩解，叩头至地否认。老人才恍悟是黎丘奇鬼所为。第二天复往，儿子怕父亲再为鬼所欺，前往迎接，老人望见以为奇鬼，拔剑刺杀其子。梁叟，梁国老人。患，祸。黎丘，地名。丁，当，遇。厥子，其子。剚（zì），以刀剑刺杀。

㊵亲：亲自，亲眼。所睼（tiàn）：看见的事物或人。弗识：不能辨别。

㊶矧（shěn）：何况。幽冥：暗昧不明之事。

㊷毋：无。绵挛（luán）：牵制，拘束。旧注："绵挛，系貌。"倅：牵系。

㊸疢（chèn）：病，苦。

㊹天监：上天的监视。孔明：甚明。孔，甚。

㊺棐（fěi）：辅助。忱：诚。祐：助，指神明的祐助。

㊻"汤蠲（juān）体"二句：指商汤自以为牺牲祈祷的事。事见《淮南子·主术训》。汤时大旱七年，占卜以人祭祀。商汤乃使人积薪、翦发爪，自居柴上，将自焚以祭天。火将燃而天降大雨。汤，

即帝乙,商朝的创建者,传说中的贤君。蠲,清洁。蒙,受到。庬
禩(máng sī),大福。

㊼"景三虑"二句:指春秋宋景公事。《吕氏春秋》记载:"宋景公之
时,荧惑在心。公惧,召子韦而问焉,曰:'荧惑在心,何也?'子韦
曰:'荧惑者,天罚也;心者,宋之分野也,祸当于君。虽然,可移
于宰相。'公曰:'宰相所与治国家也,而移死焉,不祥。'子韦曰:
'可移于民。'公曰:'民死,寡人将谁为君乎?宁独死。'子韦曰:
'可移于岁。'公曰:'岁害则民饥,民饥必死。为人君而杀其民以
自活也,其谁以我为君乎?是寡人之命固尽已,子无复言矣。'子
韦还走,北面载拜曰:'……君有至德之言三,天必三赏君。今昔
荧惑其徙三舍,君延命二十一岁。'"景,指宋景公。三虑,三种忧
虑。指景公对相、民和岁的思考。营国,治国。荧惑,火星别名。
隐现不明,故名。次,舍,往。他辰,此指荧惑本守心辰,现移往
别的星辰。

㊽"魏颗"二句:指春秋晋大夫魏颗不以其父宠妾殉葬事。事见《春
秋左传·宣公十五年》。魏武子(晋卿)有个宠妾,没有儿子。武
子生病,吩咐其子魏颗说:"等我死后,把她嫁了。"病危时又说:
"一定要她为我殉葬。"魏武子死后,魏颗把她嫁了,魏颗说我听
从父亲清醒时的话。后来魏颗在辅氏(晋地名)抵抗秦军,魏颗
看到一个老人把草打成结来遮拦秦将杜回,杜回绊倒在地,魏颗
俘虏了杜回。夜里梦见老人来说:"我是你所嫁女人的父亲,我
以此作为报答。"亮,明达事理。从治,遵循其父清醒时的遗命。
鬼,指老人的鬼魂。亢(kàng)回,抵御杜回。亢,抵抗,指结草遮
拦。回,秦将杜回。毙秦,打败秦国。

㊾咎繇(gāo yáo):即皋陶。传说是舜之臣,掌刑狱之事。迈:推
行。种德:传播仁德。《尚书·大禹谟》:"皋陶迈种德,德乃降。"
种,传播。

(50)树德:培植仁德。楙(mào):繁茂。英六:古地名。帝禹封皋陶之后于英六。

(51)桑末:旧注:"桑末,木名。"寄:依附。根生:寄生。

(52)卉:草木总名。此指桑末树。既凋而已育:指树虽凋而寄生已茂。此喻皋陶树德于前,其子孙得封英六于后,众国已灭而英六独存,言积德以后必有余庆。

(53)无言不酬:犹有言必酬,有德必报。《诗经·大雅·抑》:"无言不酬,无德不报。"李善注:"迈德行仁,必贻后庆,如有言必酬,有往必复也。"

(54)何往而不复:即往而必复。

(55)盍(hé):何不。远迹:远游。飞声:传播仁德英声。

(56)时之可蓄:时间可停留。以上均托黄帝之言,为访命所做的答复,以命不可知始,而以行仁德告终。

**【译文】**

思念九州风俗殊,遂从西方到中土。飘飘若神化,轻盈如蝉蜕;灵魂多纯美,精粹作伴侣。出白门向东飞驰,我行进在中土。横渡潺潺而流的弱水,歇息在急流围绕的华阴绿洲。在清清渡口唤河神,快持棹楫划龙舟,渡我达彼岸。来到黄帝陵,黄帝神灵未东归,惆怅徘徊久等待。休息在茂密的河林下,赞赏《关雎》篇,后妃之德诫女子。黄帝驾已临,探询命运吉与凶,再问天道运行究如何。黄帝回答说:人道近可征,天道远难明;天道人道事,六经所缺未记载。神奇天道幽远难以知,谁能详察遵循其变化?牛哀病七日,其人忽成虎;逢兄启门入,搏击杀其兄。鳖令命已绝,其尸走他方;望帝让王位,治理一朝代。生死错综不齐一,纵如司命之神也难以看清。窦姬涕泣行代路,却不料立为皇后,子孙兴旺又繁盛。王皇后,显赫汉庭多荣耀,又谁知自焚身死绝后嗣。颜驷任军尉,埋没逮三代,眉毛花白老已至,犹遇武帝升都尉。董贤二十为三公,墓葬豪华同帝王,死后却无葬身地。可见吉凶常相因,反复无常无定数。叔孙豹，梦天压顶竖牛救，不料竖牛作乱叔孙氏，活活饿死叔孙豹。勃鞮追杀晋文公，斩断衣袖结怨恨，又谁知勃鞮揭发反谋情，文公赖他得安宁。可知卓越之士尚难辨善恶，昏庸之辈如何分得清？秦始皇，迷信谶纬戒胡人，岂料祸起萧墙宫廷内。有人拉走财物避车子，谁知孕妇产儿名车子；借债到期终需还，富贵春梦一场空。梓慎与裨灶，能明天道测天象，臆度水火成妄言。梁叟奇祸起黎丘，路遇亲生子，以为鬼效仿，举刃刺胸窝。亲眼看见尚不辨，何况幽冥事茫茫。休为世俗所牵累，多忧烦恼致病痛。上天监视甚英明，辅佑志诚仁德人。商汤遇大旱，洁体为牺牲，大福来降临，黎民得拯救。宋景公，为相为民为年成，三虑为国感灾星，荧惑移他方，添寿二十一。魏颗明事理，从父遗命嫁宠姬，鬼魂结草报恩情，阻拦杜回败秦军。皋陶勤勉播仁德，后裔英六德茂盛。寄生植物依赖桑末而生，桑末已凋而此物还郁郁葱葱。可知无言而不答，何往而不复，积德有余庆，有德必有报。何不远游扬英名，时不待我啊！谁说时间能停留？

仰矫首以遥望兮①，魂怊惆而无俦②。逼区中之隘陋兮③，将北度而宣游④。行积冰之硙硙兮⑤，清泉冱而不流⑥。寒风凄其永至兮⑦，拂穹岫之骚骚⑧。玄武缩于壳中兮⑨，腾蛇蜿而自纠⑩。鱼矜鳞而并凌兮⑪，鸟登木而失条⑫。坐太阴之屏室兮⑬，慨含唏而增愁⑭。怨高阳之相寓兮⑮，佹颛顼而宅幽⑯。庸织路于四裔兮⑰，斯与彼其何瘳⑱？望寒门之绝垠兮⑲，纵余辔乎不周⑳。迅焱潚其腾我兮㉑，鹜翩飘而不禁㉒。越峈峒之洞穴兮㉓，漂通川之碄碄㉔。经重瘔乎寂漠兮㉕，憨坟羊之深潜㉖。

【注释】

①矫（jiǎo）首：举首，抬头。

②惝（chǎng）惘：失意的样子。俦（chóu）：伴侣。

③逼：迫。区中：指中原。隘陋：狭隘鄙陋。指不容忠贞之士。

④宣游：遍游。

⑤积冰：山名。《淮南子·地形训》："北方曰积冰，曰委羽。"高诱注："北方寒，冰所积，因以为名。"皑皑（ái）：冰厚的样子。

⑥沍（hù）：寒冷冰冻。

⑦凄：寒冷的样子。永至：长至。

⑧拂：吹过。穷岫（xiù）：山峰。飍飍：风劲吹之声，即飀飀。

⑨玄武：北方太阴之神，其形象为龟。一说为龟蛇合称。

⑩腾蛇：也作"螣蛇"。形似龙，亦北方神兽。自纠：自己纠绕盘结。

⑪矜鳞：竦动鳞甲。形容寒冷的样子。并凌：与冰相并。

⑫失条：鸟登树而冷得站不住枝条。

⑬太阴：指北方。《汉书·律历志》："以阴阳言之，太阴者，北方。"屏（bìng）室：隐蔽的居处。屏，同"屏"。

⑭含啼：含悲。

⑮怨：埋怨。高阳：高阳氏，古帝颛顼（zhuān xū）之号。古代称北方七宿所在为颛顼之虚。《春秋左传·昭公十年》："今兹岁在颛顼之虚。"古人认为虚在正北，颛顼水德，位在北方，故以颛顼名星宿，又以星宿代北方。相（xiàng）寓：相中此处。

⑯佝（qióng）：屈。幽：指北方。

⑰庸：劳苦。织路：言南至炎火，北至积冰，往来如织。四裔（yì）：四方极远之处。

⑱斯与彼：这里与那里。何瘳（chōu）：好在哪里。瘳，本指病愈，此有强、胜过之意。

⑲寒门：北极之山。《淮南子·地形训》："北方曰北极之山，曰寒

门。"高诱注:"积寒所在,故曰寒门。"绝垠(yín):极远的边界。
垠,边际,界限。

⑳纵:放纵。绁(xiè):系牲畜的绳索,马缰。不周:山名。传说在昆
仑山西北。《淮南子·天文训》:"昔者共工与颛顼争为帝,怒而
触不周之山,天柱折,地维绝。"

㉑迅焱(biāo):急疾的旋风。潚(sù)其:迅疾的样子。媵(yìng):送。

㉒骛(wù):奔驰。翩飘:轻盈飘荡。不禁:毫无阻挡。

㉓谽閜(hān xiā):空旷貌。

㉔通川:当指奔腾的河流。淋淋(lín):深广的样子。

㉕重痻(yīn):重阴。指地下。寂漠:幽静的样子。

㉖慜(mǐn):同"愍",怜悯。坟羊:土怪。《国语·鲁语》:"丘闻之:
木石之怪曰夔、蝄蜽,水之怪曰龙、罔象,土之怪曰坟羊。"深潜:
深藏于地下。

**【译文】**

抬头远望心惆怅,孤独无依少知音。整个中原多压抑,狭隘又鄙
陋;决心向远方,遍游北域中。踏在厚厚积冰上,清泉冻结不再流。寒
风凄凄吹不尽,风穿山峰声飕飕。玄武苦寒缩壳中,腾蛇畏冷自盘结。
鱼竦鳞,与冰冻成一片;鸟登树枝站不稳。我坐极北太阴暗室中,欹歔
含悲倍忧愁。颇怨高阳相此宅,可怜颛顼居北地。南来北往,穿梭四
裔,此地与他方,何处称我心?北望寒门极远处,纵马奔向不周山。狂
飙急疾送我行,飘飘飞驰无阻挡。穿越空旷洞穴,漂浮在奔腾宽广的大
河上。再经地下幽静之界,可叹土怪坟羊长潜深处。


　　追荒忽于地底兮①,轶无形而上浮②。出石密之暗野
兮③,不识蹊之所由④。速烛龙令执炬兮⑤,过钟山而中休⑥。
眺瑶豀之赤岸兮⑦,吊祖江之见刘⑧。聘王母于银台兮⑨,羞
玉芝以疗饥⑩。戴胜慭其既欢兮⑪,又诮余之行迟⑫。载太

华之玉女兮⑬,召洛浦之宓妃⑭。咸姣丽以蛊媚兮⑮,增娥眼而蛾眉⑯。舒诊婧之纤腰兮⑰,扬杂错之袿徽⑱。离朱唇而微笑兮⑲,颜的砾以遗光⑳。献环琨与琛缡兮㉑,申厥好以玄黄㉒。虽色艳而赂美兮㉓,志皓荡而不嘉㉔。双材悲于不纳兮㉕,并咏诗而清歌㉖。歌曰:天地烟煴㉗,百卉含葩㉘。鸣鹤交颈㉙,睢鸠相和㉚。处子怀春㉛,精魂回移㉜。如何淑明㉝,忘我实多㉞。

**【注释】**

①迢:驰骋。荒忽:幽昧不明。

②轶(yì):越过。无形:指元气,即指天。上浮:指由地底向上空浮游。

③石密:李善注:"此石密疑是密山。"据《山海经》,密山出玄玉,黄帝曾取密山之玉策,投之钟山之阴。暗野:幽暗的荒野。

④不识:辨别不清。蹊(xī):小路。所由:指小路来的方向。

⑤速:征,邀请。烛龙:钟山神。《山海经·大荒北经》:"有神,人面蛇身而赤,身长千里,直目正乘,其瞑乃晦,其视乃明……是烛九阴,是谓烛龙。"执炬:掌火炬。

⑥钟山:昆仑山之别名。中休:中途休息。

⑦瑶谿赤岸:钟山东瑶岸。

⑧吊:哀悼。祖江:神话中人名。亦作"葆江"。《山海经·西山经》:"又西北四百二十里,曰钟山。其子曰鼓。其状如人面而龙身,是与钦鴀(pí)杀葆江于昆仑之阳。"见刘:被杀。刘,杀。

⑨聘:探望。王母:即西王母,传说中的女神。银台:王母居处,传说以黄金白银为宫阙。

⑩羞:进献。玉芝:白芝,因色白如玉故名。疗饥:可以止饥。

⑪戴胜：指西王母头戴玉胜。胜，首饰。慦(xìn)：笑的样子。

⑫诮(qiào)：责备。行迟：走得慢。

⑬载：乘坐。太华：山名。即西岳华山。玉女：神女。

⑭洛浦：洛水之滨。宓(fú)妃：女神名。洛水之神。

⑮蛊(gǔ)媚：以美丽优雅恣态惑人。

⑯增：多。此指眉眼频频传情。娒(hù)眼：美丽的眼睛。蛾眉：蚕蛾的触须细长弯曲，旧时以喻女子修眉之美。

⑰诐婧(miǎo jìng)：苗条的样子。

⑱杂错：形容衣饰色彩缤纷的样子。袿(guī)徽：妇女的服饰。袿，妇女的上衣。徽，衣上的飘带。

⑲离：开启。

⑳的砾(lì)：光彩闪动的样子。遗光：散发光彩，流光四溢。

㉑环琨(kūn)：圆形中有孔的玉佩。琛缡(chēn lí)：玉饰的带子。琛，玉。缡，带。

㉒厥好：友好。厥，其。玄黄：黄玉石之色。此指黄玉石色的丝帛。

㉓色艳：指二女美艳绝色。赂美：指环琨、琛缡、玄黄甚美。

㉔皓荡：开阔广大。不嘉：不以为嘉善。

㉕双材：指玉女、宓妃。不纳：未被接受。

㉖清歌：清唱。不用乐曲伴奏而唱。

㉗烟煴(yīn yūn)：阴阳两气和合貌，祥瑞之气。

㉘百卉：百草。含葩(pā)：含苞待放。

㉙交颈：两颈相偎依。

㉚雎鸠：鸟名。相和(hè)：你唱我和。

㉛处子：处女。怀春：少女春情萌动，有所思。

㉜精魂：灵魂。回移：游移不定。

㉝如何：奈何。淑明：贤淑智慧。此指作者。

㉞忘我实多：见《诗经·秦风·晨风》："如何如何，忘我实多。"两女

表示遗恨的词语。

**【译文】**

　　驰骋地底幽暗处，冲上九天而飘摇。走出密山茂密幽暗荒野，回首不见来路在何方。邀请钟山神，执掌火炬明，照我到钟山，烛龙方休息。遥望钟山东瑶岸，哀悼祖江被杀戮。访问王母到银台，进献玉芝来充饥。西王母，头戴玉胜脸含笑，责问我行何其迟。太华玉女乘车来，又召请洛神宓妃。姣丽勾人魂，蛾眉美目频传情。舒展苗条细腰，华衣五彩缤纷，飘带轻盈飞舞。启朱唇而微笑，容光焕发四射。献上珍奇玉佩，饰带多鲜亮，奉上玄黄丝帛，表明心意。美色诚艳丽，玉饰亦珍贵，我志高远不动情。不受此情佳人悲，双美咏诗唱清歌。歌曰：天地一片祥瑞，百花含苞欲放。仙鹤交颈欢鸣，雎鸠此唱彼和。处女春情满怀，心神游移难定。如此贤明良人，弃我实在太甚！


　　将答赋而不暇兮①，爰整驾而亟行②。瞻昆仑之巍巍兮，临蒙河之洋洋③。伏灵龟以负坻兮④，亘螭龙之飞梁⑤。登阆风之层城兮⑥，构不死而为床⑦。屑瑶蕊以为粮兮⑧，刜白水以为浆⑨。抨巫咸作占梦兮⑩，乃贞吉之元符⑪。滋令德于正中兮，含嘉秀以为敷⑫。既垂颖而顾本兮⑬，亦要思乎故居⑭。安和静而随时兮⑮，姑纯懿之所庐⑯。


**【注释】**

①将答赋：远游者欲答二女所歌诗。不暇：无暇，没有时间。

②爰：于是。整驾：整理车驾。亟行：疾行。

③临：居高视下。蒙河：昆仑山下萦回曲折的河水。洋洋：水流盛大的样子。

④伏：降伏。灵龟：神物。负坻(chí)：背走沙洲。坻，河中小洲。

⑤亘(gèn)：横贯。螭(chī)龙：蛟龙。飞梁：浮桥，使蛟龙架河作桥。

⑥阆(làng)风：山名。相传在昆仑之巅。层城：古代传说昆仑山有层城九重，分三级：下层叫樊桐，一名板桐；中层叫玄圃，一名阆风；上层叫层城，一名天庭。为太帝所居，上有不死之树。《淮南子·地形训》《水经注·河水》有记载。

⑦不死：指天庭上的不死之树。

⑧屑：研成细末。瑶蕊：玉花。糇(hóu)：干粮。

⑨斟(jū)：酌。白水：水名。屈原《离骚》："朝吾将济于白水兮，登阆风而绁马。"王逸注："《淮南子》言：白水出昆仑之山，饮之不死。"浆：酒。

⑩抨(bēng)：指派，支使。巫咸：殷中宗时的神巫。占梦：李善注："言我昔梦木禾，今令巫咸占之。"

⑪贞吉：占卜得吉祥。元符：祥符，大的祥瑞。符，瑞应。

⑫"滋令德"二句：言木禾之梦正合发展盛德，为正中之道，内藏善美之德，布施于人。滋，繁茂，滋长。令德，善德。正中，正中之道。含，怀藏。嘉秀，草木美丽的花。喻善美之德。敷(fū)，散布。

⑬垂颖：垂下禾穗。顾本：眷念根本。此以禾穗向根以喻君子不忘本。

⑭故居：指故乡。

⑮安和静：以和静自安。随时：顺应时势。

⑯纯懿(yì)：高尚完美的德行。纯，大。懿，美。所庐：所居。以上六句为巫咸为之占梦之辞。

## 【译文】

我将答赋而无暇，整顿车驾急速行。高瞻巍巍昆仑山，下视河水萦回曲折滔滔流。伏灵龟，使负水洲他方去；令蛟龙，横亘架作彩虹桥。登上阆风之层城，上有不死树，拿来制我床。玉花碾屑作干粮，酌取白水为酒浆。请巫咸,来占木禾梦;占卜得大吉,木禾为祥瑞。我的善德正道来发扬,正合木禾花开芳香四布。木禾禾穗向根垂,正如君子顾本思故居。安于和静,随时又顺俗,这才是完美德行滋生地。

戒庶僚以夙会兮①,佥供职而并讶②。丰隆轩其震霆兮③,列缺晔其照夜④。云师䨺以交集兮⑤,涷雨沛其洒途⑥。轙雕舆而树葩兮⑦,扰应龙以服路⑧。百神森其备从兮⑨,屯骑罗而星布⑩。振余袂而就车兮⑪,修剑揭以低昂⑫。冠岩岩其映盖兮⑬,佩綝纚以辉煌⑭。仆夫俨其正策兮⑮,八乘腾而超骧⑯。氛旄溶以天旋兮⑰,蜺旌飘以飞飏⑱。抚軨轵而还睨兮⑲,心勺药其若汤⑳。羡上都之赫戏兮㉑,何迷故而不忘㉒?左青雕之揵芝兮㉓,右素威以司钲㉔。前长离使拂羽兮㉕,后委衡乎玄冥㉖。属箕伯以函风兮㉗,惩溃淴而为清㉘。拽云旗之离离兮㉙,鸣玉鸾之嘤嘤㉚。涉清霄而升遐兮㉛,浮蠛蠓而上征㉜。纷翼翼以徐戾兮㉝,焱回回其扬灵㉞。叫帝阍使辟扉兮㉟,觌天皇于琼宫㊱。聆广乐之九奏兮㊲,展泄泄以肜肜㊳。考治乱于律均兮㊴,意建始而思终㊵。惟般逸之无斁兮㊶,惧乐往而哀来。素女抚弦而余音兮㊷,太容吟曰念哉㊸。既防溢而靖志兮㊹,迨我暇以翱翔。出紫宫之肃肃兮㊺,集太微之阆阆㊻。命王良掌策驷兮㊼,逾高阁之将将㊽。建罔车之幕幕兮㊾,猎青林之芒芒㊿。弯威弧之拔剌兮(51),射嶓冢之封狼(52)。观壁垒于北落兮(53),伐河鼓之磅硠(54)。乘天潢之泛泛兮(55),浮云汉之汤汤(56)。倚招摇、摄提以低徊剹流兮(57),察二纪五纬之绸缪遹皇(58)。偃蹇夭矫娩以连卷兮(59),杂沓丛𦷲飒以方骧(60)。戫汩飘泪沛以罔象兮(61),烂漫丽靡藐以迭遝<sup>62</sup>。凌惊雷之硠磕兮<sup>63</sup>，弄狂电之淫裔<sup>64</sup>。逾痝鸿于宕冥兮<sup>65</sup>，贯倒景而高厉<sup>66</sup>。廓荡荡其无涯兮<sup>67</sup>，乃今窥乎天外。

**【注释】**

①戒：告请。庶僚：众官。指下文的丰隆、列缺等。夙(sù)会：及早会合。

②佥(qiān)：共同。供职：任职，尽职。并讶：一起来迎接。以上二句言占木禾之梦，宜还故乡。故告诫众神之官早早集合，尽职迎我而归。

③丰隆：雷神。轻(pēng)：雷鸣声。震霆：霹雳。

④列缺：闪电。晔其：光辉灿烂的样子。

⑤云师：云神。李善注："诸家之说，丰隆皆曰云师。此赋别言云师，明丰隆为雷也，故留旧说以广异闻。"黮(dàn)：阴暗的样子。此指黑云压阵。

⑥涷(dōng)雨：暴雨。沛其：雨量盛大的样子。

⑦軏(yǐ)：车辀上穿缰绳的大环。此处为等待。《汉书·礼乐志》颜师古引如淳注："軏，仆人严驾待发之意也。"雕舆：玉雕为饰的车。树葩：立起华美的车盖。葩本为花，此处为花饰。

⑧扰：驯服。应龙：神话中有翼的龙。龙五百年为角龙，又千年为应龙。服路：驾车。

⑨百神：众神。森其：形容众多的样子。备从：一齐随从。

⑩星布：如群星散布。

⑪振：抖动。袂(mèi)：衣袖。

⑫修剑：长剑。低昂：高低起伏。形容长剑挥动的样子。

⑬冠：帽。岩岩：高高的样子。映盖：与车盖金华交相辉映。

⑭佩：玉佩。缤绵(lín lí)：盛饰。

⑮仆夫：驾车的仆役。俨（yǎn）其：庄重严肃的样子。正策：端正马鞭。

⑯八乘：以八马驾车。超骧（xiāng）：即腾骧，奔驰。

⑰氛旄（máo）：以云雾之气作旗饰。旄，旗杆顶用旄牛尾为饰的旗。李善注："氛旄，以氛气为旄也。"按，此似指旗饰美如云雾之气。溶：盛貌。天旋：在天上回旋。

⑱霓旌：旧注为以虹霓为旗，此似指旗如虹霓。备参考。

⑲轸轵（líng zhǐ）：车厢间的横木。还睨（nì）：回顾。睨，斜视。

⑳勺药（zhuó shuò）：即灼烁，热的样子。勺，通"灼"。药，热貌。汤：沸水。

㉑羡：向往。上都：天帝所居。赫戏：光明炎盛的样子。又作"赫羲"。

㉒迷故：迷恋旧游之地。不忘：指不忘上都。

㉓青雕：青纹龙。揵（qián）：竖立。芝：小伞盖。

㉔素威：白虎的别称。司钲（zhēng）：掌管钲鼓。

㉕长离：古代传说中的灵鸟。拂羽：拍羽。

㉖衡：即水衡。古山林之官曰衡，掌诸池苑，故称水衡。玄冥：水神。

㉗属（zhǔ）：嘱托。箕（jī）伯：风伯。《风俗通义》："风师者，箕星也，箕主簸扬，能致风气。"《周易·说卦》："巽为木，为风，为长女。"长者称伯，故曰风伯。函：怀。

㉘愆：升腾。涬溟（tiǎn nǎn）：混浊之气。

㉙拽（yè）：牵引。云旗：似云之旗。离离：旗帜飘舞的样子。

㉚玉鸾：饰玉的鸾铃。嘤嘤（yīng）：铃声。

㉛清霄：空中浮云。

㉜蠛蠓（miè měng）：天空中的小飞虫。此指空中游气。上征：上行。

㉝纷：众多。翼翼：行进的样子。徐戾(lì)：慢慢到来。戾，至。

㉞焱(yàn)：火花盛大的样子。回回：光明辉煌。扬灵：显扬神灵。

㉟帝阍(hūn)：天帝的守门人。辟扉：开门。扉，指宫门。

㊱觌(dí)：见。天皇：天帝。琼宫：天宫。

㊲广乐：指钧天广乐，天上的音乐。《史记·扁鹊仓公列传》："(赵简子)与百神游于钧天，广乐九奏万舞，不类三代之乐，其声动心。"九奏：指古代行礼奏乐九曲。

㊳展：信，诚。泄泄(yì)：和谐。肜肜(róng)：和睦快乐。

㊴治：指政治清明安定。乱：政治腐败黑暗。律均：古代的十二律与五韵。古人认为音乐足以传达万物之情，可考察政治的治乱。均，"韵"的古字。

㊵意建始而思终：广乐的演奏自始至终，令人思索。意，思索。建，从。思，亦思索。

㊶惟：思。般(pán)逸：快乐安适。无致(yì)：无厌，不知满足。

㊷素女：传说中的神女。与黄帝同时。《史记·封禅书》："太帝使素女鼓五十弦瑟。"李善注："旧注本素下无女字，今本有之。"

㊸太容：传说黄帝乐师名。吟：叹。念：深思。

㊹防溢：防止过度逸乐。靖志：使心志平静。靖，静。

㊺紫宫：紫微宫，星宿名。天帝所居。肃肃：清静，幽静。

㊻太微：星宿名。位于北斗之南，诸星以五帝座为中心。传说为天帝南宫。阆阆(làng)：高峻开阔。

㊼王良：古之善御者。亦指星宿。《史记·天官书》："汉中四星曰天驷。旁一星曰王良。王良策马，车骑满野。"驷：天驷星。

㊽高阁：亦星宿名。将将(qiāng)：高高的样子。

㊾建：立，布置。罔车：星宿名。即毕宿。幕幕：覆盖周密的样子。

㊿青林：星宿名。即天苑星。芒芒：广大的样子。

(51)弯：弯弓。威弧：星宿名。拔剌(là)：弯弓的样子。

(52)嶓冢(bō zhǒng):山名。在陕西宁强北。封狼:即天狼星。

(53)壁垒:星宿名。《史记·天官书》:"其南有众星,曰羽林天军。军西为垒,或曰钺。"《正义》:"垒壁陈十二星,横列在营室南,天军之垣垒。"北落:星宿名。《史记·天官书》:"军西为垒,或曰钺。旁有一大星为北落。"《正义》:"北落师门一星,在羽林西南,天军之门也。长安城北落门,以象此也。"

(54)伐:击。河鼓:星名。即牵牛星。磅硠(pāng láng):鼓声隆隆。

(55)乘:渡。天潢(huáng):星宿名。《史记·天官书》:"王良策马,车骑满野。旁有八星,绝汉,曰天潢。"《索隐》:"《元命苞》曰:'潢主河渠,所以度神,通四方。'宋均云:'天潢,天津也。津,凑也,故主计度也。'"故为天津。指天河的渡口。泛泛:流动的样子。

(56)云汉:天河。汤汤(shāng):水流浩荡。

(57)招摇:星名。在北斗杓端。《史记·天官书》:"杓端有两星:一内为矛,招摇。"《集解》:"孟康曰:'近北斗者招摇,招摇为天矛。'"摄提:星宿名。《史记·天官书》:"大角者,天王帝廷。其两旁各有三星,鼎足句之,曰摄提。摄提者,直斗杓所指。"《索隐》:"《元命苞》曰:'摄提之为言提携也,言提斗携角以接于下也。'"低徊:徘徊。剹(jiū)流:缭绕。

(58)二纪:指日月。五纬:即金、木、水、火、土五大行星的总名。《周礼·大宗伯》:"以实柴祀日月星辰。"郑玄注:"星谓五纬。"贾公彦疏:"五纬,即五星:东方岁星,南方荧惑,西方大(太)白,北方辰星,中央镇星。言纬者,二十八宿随天左转为经,五星右旋为纬。"绸缪:连绵,连续不断。遹(yù)皇:往来运行的样子。

(59)偃蹇(yǎn jiǎn):高傲的样子。此言高。夭矫:屈伸自如的样子。形容人纵恣的样子。娩(fàn):跳跃。连卷:屈曲,卷曲的样子。

(60)杂沓:众多纷杂。丛悴:与"杂沓"义同,众多杂乱。飒(sà):迅疾的样子。方骧:奔离逃散。按,方骧疑即下文之"罔象",均为连绵词，即仿佯，徘徊貌，供参考。

○61 鹹汨(yù yù)：疾速的样子。飘泪(liáo lì)：迅疾的样子。沛：流动迅疾的样子。罔象：李善注："罔象即仿像也。《楚辞》曰：'沛罔象而自浮。'"均徘徊貌。故上句张铣注："乍合乍离貌。"此句吕向注："或疾或迟貌。"供参考。

○62 烂漫：分散的样子。丽靡(mǐ)：华美。藐：藐远的样子。迤遢：驰突貌。

○63 凌：乘。硫礚(kāng kē)：雷声。

○64 弄：玩弄，驾驭。淫裔：电光闪烁的样子。吕延济注："言我既游涉星辰，更凌雷弄电。"

○65 厖(máng)鸿：即蒙鸿。宇宙未形成前的混沌状态。此指元气。（依刘良说。）窈冥：幽冥，幽暗。

○66 贯：穿过。倒景：道家指天上最高的地方。《汉书·郊祀志》："登遐倒景。"颜师古引如淳注："在日月之上，反从下照，故其景倒。"景，"影"的古字。高厉：高飞。

○67 廓荡荡：空旷开阔。无涯：无边无际。

**【译文】**

告请众神早会合，克尽其职迎我回。雷神轰鸣响霹雳，闪电灿烂划夜空。云师一挥乌云集，暴雨倾注洒大地。严驾待发玉雕车，上饰金华盖；双翼应龙来驾车，柔服又驯顺。众神济济，纷纷随从，屯聚骑兵，星罗棋布。我挥衣袖，登上雕车；高举长剑，上下舞动。巍巍高冠，光辉照华盖；盛饰玉佩，光彩又华丽。仆夫容色庄重，端正长鞭；八匹骏马驾车，快速疾驰。云雾之气为旗旄，漫天回旋；五彩虹霓作旌旗，飘荡翻飞。手抚车厢回头望，内心翻腾如沸水。天都辉煌堪羡慕，缘何迷恋旧游之地而难舍？左令青纹蛟龙竖芝盖，右命白虎掌钲鼓。前有长离振翅来引路，职掌水衡之神玄冥压后阵。嘱咐箕伯吹巨风，驱除浑浊玉宇清。旌旗如云随风舞，玉鸾铃声响叮咚。乘浮云，越飞越高，登游气，再飞向上。众神纷纷行进啊光芒盛如火花。唤司门，开天门，朝见天帝琼宫中。广乐九奏细欣赏，确实和谐动听心神怡。音乐寓兴衰，旋律寄治乱，自始至曲终，令人深思索。想到安逸与欢乐，永无满足时；忧惧乐往而悲哀继之来。素女弹琴瑟，曲罢犹余音；黄帝乐师太容感叹说：发人深省啊！既防安乐太过分，又要心气平静；趁我有闲再翱翔。走出幽静肃穆紫微宫，步入雄伟太微门。命王良，驾天驷，跨过险峻高阁。围车四周密布，驰猎茫茫青林。威弧引满弓，射嶓冢山上之封狼。在北落星上观看壁垒，河鼓隆隆动天地。渡越奔流天潢津，漂浮云汉水浩荡。依倚招摇、摄提，四方周游，观察日月五星，环绕运行。众星之行，时高时低，时曲时伸，乍一会合，突又分离。时而疾速，时又缓慢，瞬息万变；光华四射，远相辉映。凌驾轰隆隆惊雷，摆弄光闪闪狂电。幽暗中越过混沌元气，透过日上倒影飞升。高处空旷开阔，无边无际；而今可以看到天外。

据开阳而俯眡兮[①]，临旧乡之暗蔼[②]。悲离居之劳心兮[③]，情悁悁而思归[④]。魂眷眷而屡顾兮[⑤]，马倚辀而徘徊[⑥]。虽游娱以媮乐兮[⑦]，岂愁慕之可怀[⑧]。出阊阖兮降天途[⑨]，乘飙忽兮驰虚无[⑩]。云菲菲兮绕余轮[⑪]，风眇眇兮震余旟[⑫]。缤连翩兮纷暗暖[⑬]，倏眩眃兮反常间[⑭]。

【注释】

①据：凭。开阳：星名。北斗第六星。俯眡(shì)：俯视。

②暗蔼：遥远。又张铣注："开阳，星斗中一星名也，既至天外，乃下据北星俯视旧乡暗蔼然，才似见也。"据此暗蔼当为隐然可见貌。

③离居：离别故乡。劳心：心神劳苦。

④悁悁(yuān)：忧愁的样子。

954 　　　　　　文　选

⑤屡顾:屡次回头观望。

⑥辀(zhōu):车辕。

⑦媮(yú)乐:快乐,安乐。

⑧愁慕:愁苦思慕。可怀:可以怀思。

⑨阊阖(chāng hé):天门。天途:天上之路。

⑩猋(biāo)忽:疾风。

⑪云菲菲:即云霏霏,云雾盛多的样子。

⑫眇眇(miǎo):风吹的样子。旟(yú):车旗。

⑬连翩:即联翩,连续不断。暗暧:指昏暗不明,恍恍惚惚。

⑭眩眃(xuàn yún):目视不明。此喻疾速的样子。反常间:归故乡。
　　　反,"返"的古字。

【译文】

　　凭据开阳星,俯视人间,人间故乡依稀见。离别旧居心悲伤,中心如焚思归去。魂魄眷恋屡回顾,马倚车辕不向前。遨游虽快乐,难解我的思乡愁。出天门,从天而降;乘狂飙,疾驰苍穹。云飘飘,绕我轮;风飕飕,车旗舞。云雾迷漫,朦胧不清;风驰电掣,已返故里。


　　收畴昔之逸豫兮①,卷淫放之遐心②。修初服之娑娑兮③,长余佩之参参④。文章奂以粲烂兮⑤,美纷纭以从风⑥。御六艺之珍驾兮⑦,游道德之平林⑧。结典籍而为罟兮⑨,驱儒墨以为禽⑩。玩阴阳之变化兮⑪,咏雅颂之徽音⑫。嘉曾氏之《归耕》兮⑬,慕历阪之嵚崟⑭。恭夙夜而不贰兮⑮,固终始之所服⑯。夕惕若厉以省愆兮⑰,惧余身之未敕⑱。苟中情之端直兮⑲,莫吾知而不恶⑳。默无为以凝志兮㉑,与仁义乎逍遥㉒。不出户而知天下兮㉓,何必历远以劬劳㉔?

## 【注释】

①畴昔：往昔。逸豫：安乐。

②卷：与"收"同义。淫放：放纵，不受约束。遐心：远游之心。

③修：整理，穿着。初服：故服，远游前的服饰。娑娑(suō)：轻扬飘动的样子。

④佩：玉佩。参参(shēn)：长的样子。

⑤文章：指衣服美丽的花纹、纷呈的色彩。奂：焕，焕发。粲烂：即灿烂，鲜明的样子。

⑥纷纭：多的样子。从风：随风飘动。

⑦御：驾御。六艺：指礼、乐、射、御、书、数。珍驾：宝车。

⑧平林：平原上的森林。此喻道德如森林。

⑨结：结合，编织。罟(gǔ)：网。

⑩儒墨：儒家和墨家。旧注："儒家者述圣道之书也，以仁义为本，以礼乐为用。墨家者强本节用之书也，以贵俭尚贤为用。"禽：禽鸟。此喻儒墨经典中的精粹。

⑪玩：熟习。阴阳：古人以阴阳解释万物的化生，认为天下万物，皆由阴阳所致。《周易·系辞》："一阴一阳之谓道。"认为道的本质即阴阳。

⑫雅颂：《诗经》中的大、小雅和颂。此即指代《诗经》。徽音：德音。

⑬嘉：赞赏。曾氏：指曾参。孔子弟子，以事亲至孝著称。《归耕》：琴曲名。

⑭历阪(bǎn)：历山之陂。此即指历山，传说为虞舜躬耕处。嵚崟(qīn yín)：高峻貌。

⑮恭：奉行。指奉行仁义之道。夙(sù)夜：早晚。不贰：无二心，专一不二。

⑯固：坚持不懈。所服：所恭奉。

⑰夕惕若厉：《周易·乾》："君子终日乾乾，夕惕若厉，无咎。"意谓

君子整天忧愁戒惧，晚上警惕着。情况严重，没有害。惕，警惕。厉，危险。省：反省。愆(qiān)：罪过，过失。

⑱敕(chì)：整敕。

⑲中情：内心，心中。

⑳莫：没有谁。恧(nǜ)：惭愧。

㉑无为：道家以无为为最高道德标准。《老子》三十八章："上德无为。"凝志：固志，坚定信念。

㉒与仁义乎逍遥：即驰骋于仁义之途。

㉓不出户而知天下：见《老子》四十七章："不出户，知天下；不窥牖，见天道。"道家以为以身知人，所以知天下。

㉔历远：远游。劬(qú)劳：辛苦。以上言奉行仁义、玩研篇籍，不出于户，天下可知，何必劳苦远游？

【译文】

往昔豫乐之心齐抛却，放纵之情都收敛。着我旧时裳，衣服多轻盈；再将玉佩挂，组绶绵绵长。锦绣花纹色彩鲜，美不胜收随风飘。驾驭六艺宝车，畅游道德丛林。编织经典罗网，擒拿儒墨精华。研习阴阳变化，吟诵《诗经》德音。赞美曾子《归耕》曲，仰慕历山舜英明。早晚恭行心专致，始终如一奉仁义。夜夜警惕思我过，战战兢兢如临危，唯恐我身尚不正。中心坚贞又正直，人虽不知我何憾！默默无为固心志，仁义伴我心安然。不出户，知天下，何必远游枉辛劳。

系曰①：天长地久岁不留②，俟河之清祇怀忧③。愿得远渡以自娱④，上下无常穷六区⑤。超逾腾跃绝世俗⑥，飘遥神举逞所欲⑦。天不可阶仙夫稀⑧，柏舟悄悄吝不飞⑨。松、乔高跱孰能离⑩，结精远游使心携⑪。回志揭来从玄谋⑫，获我所求夫何思⑬？

**【注释】**

①系：即总结全赋的主旨，与"乱"相同。

②天长地久：见《老子》七章："天长地久。天地所以能长且久者，以其不自生，故能长生。"

③俟(sì)：待。河之清：古人谓河清难，千年一清。《春秋左传·襄公八年》："子驷曰：'周诗有之曰："俟河之清，人寿几何。"'"杜预注："逸诗也。言人寿促而河清迟。"祇(zhī)：仅仅。

④远渡：远游。

⑤上下：天上人间。无常：不定。六区：六合，上下四方。

⑥超逾腾跃：超越飞腾。绝世俗：与世俗隔绝。

⑦神举：神游。逞所欲：实现我的欲望。

⑧阶：台阶。此处引申为升、登。仙夫：即仙人。

⑨柏舟悄悄：见《诗经·邶风·柏舟》："忧心悄悄，愠于群小。"以喻仁人不遇，小人在君侧。悄悄，忧愁的样子。吝：遗憾。

⑩松乔：指传说中的仙人赤松子与王乔。高跱(zhì)：耸立。此指耸立物外。孰能离：谁能往而附之。离，罹，附。

⑪结精：凝聚精神。携：牵引。李善注："携，提将也。"

⑫回志：回心转意。竭来：犹言去。从玄谋：追随玄圣之道，即此赋首句中"先哲之玄训"。

⑬获我所求：得到我追求的理想。

**【译文】**

总结全赋：天长地久时不留，河清难待只怀忧。但求远游，以娱我心；上下四方，周游不停。超越飞腾，与世永绝；随风飘动，实现我愿。升天无路，仙者实少；我咏《柏舟》，中心忧愤。鸟犹能飞，恨我无翼。王乔、赤松，高耸世外，我等凡人，谁能依附；凝神远游使心牵。回心转意尊圣训；我愿已足，复有何求？

# 归田赋一首

## 【题解】

　　后汉政事渐损,宦官用事。只有"盈欲亏志""捷径邪至""干进求容"(均见张衡《应闲赋》)才能高据要路津,清正之士是不忍为的。《归田赋》是张衡对归宿的思考,表达了他对人生的领悟。全篇抒写对黑暗政治的厌弃,对恬淡生活的追求。文中着重铺写归田后的逍遥闲适、归依自然的无限乐趣。其中感情诉诸形象,着墨不多,却绘出了一幅明媚的田园图,非常出色。

　　汉赋的转变由张衡开其端绪,他的几篇短赋的问世,给了汉赋以活泼的生机。刘大杰在《中国文学发展史》中说,张衡的代表作倒是"那些不为世人所注意的《思玄》《归田》与《髑髅》……比起《子虚》《上林》《甘泉》《羽猎》那一类的作品来,这完全是有个性的生命的篇章"。


　　游都邑以永久①,无明略以佐时②。徒临川以羡鱼③,俟河清乎未期。感蔡子之慷慨,从唐生以决疑④。谅天道之微昧⑤,追渔父以同嬉⑥。超埃尘以遐逝⑦,与世事乎长辞⑧。


## 【注释】

　　①都邑:指东汉都城洛阳。永久:李善注:"永,长也。久,滞也。言久淹滞于京都。"安帝时,张衡被召至京师,任郎中令之职,后历任太史令、公车司马令等职,未被重用。

　　②明略:高明的谋略。佐时:辅佐时君。

　　③徒:白白地,空。临川羡鱼:《淮南子·说林训》:"临河而羡鱼,不如归家织网。"羡,高诱注:"愿。"以喻自己佐时的理想无法实现。

④"感蔡子"二句:讲战国时唐举为蔡泽相面事。蔡子,即蔡泽,战国时燕人,不遇于诸侯,遂入秦,秦昭王举为相。唐生,即唐举,战国时魏人,善相面,蔡泽不得志时曾向他问相。《史记·范雎蔡泽列传》:"唐举熟视而笑曰:'先生曷鼻,巨肩,魋颜,蹙齃,膝挛。吾闻圣人不相,殆先生乎?'"蔡泽又问寿,"(唐)举曰:'先生之寿,从今以往者四十三岁。'蔡泽笑谢而去,谓其御者曰:'吾持梁刺齿肥,跃马疾驱,怀黄金之印,结紫绶于要,揖让人主之前,食肉富贵,四十三年足矣。'"于是蔡泽发愤入秦。慷慨,士人不得志时产生的不平之气。

⑤谅:信,确实。微昧:幽隐难知。

⑥渔父:即《楚辞·渔父》中之渔父。《楚辞·渔父》王逸注:"屈原放逐,在江湘之间,忧愁叹吟,仪容变易。而渔父避世隐身,钓鱼江滨,欣然自乐。时遇屈原川泽之域,怪而问之,遂相应答。"渔父为乱世之隐居者。嬉:乐。

⑦埃尘:喻污浊的世俗。李善注:"世务纷浊以喻尘埃。"

⑧长辞:永别。

【译文】

　　我长久地在京城游历,没有高明的谋略辅佐皇帝。空有远大抱负却无所作为,哪天能盼到清明的时期!蔡泽微时遇到唐举问相问寿,一扫心中的疑虑和不平之气。但是天道实在幽隐难料,还是追随渔父和他同嬉。永辞这纷乱的尘世远游他方,与这污浊世道永远分离。

　　于是仲春令月①,时和气清。原隰郁茂②,百草滋荣。王雎鼓翼③,鸧鹒哀鸣④。交颈颉颃⑤,关关嘤嘤⑥。于焉逍遥⑦,聊以娱情。

**【注释】**

①令月：美好的季节。令，善。

②原隰(xí)：泛指平原。原，高的平地。隰，低的平地。郁茂：草木
　繁盛的样子。

③王雎：即雎鸠。

④鸧鹒(cāng gēng)：鸟名。即黄莺。

⑤颉颃(xié háng)：鸟上下飞翔。飞而上叫颉，飞而下叫颃。

⑥关关嘤嘤：鸟和鸣声。关关，王雎叫声。嘤嘤，黄莺叫声。

⑦于焉逍遥：语出《诗经·小雅·白驹》。悠闲自得。

**【译文】**

　　正临仲春佳日，气候温和景色清新。原野上树木繁茂昌盛，郁郁葱
葱的百草丰盈。雎鸠挥翅，黄莺哀鸣。鸟儿成双成对地飞上飞下，关关
嘤嘤欢叫不停。此时此地逍遥自在，姑且以良辰美景娱悦心情。


　　尔乃龙吟方泽①，虎啸山丘。仰飞纤缴②，俯钓长流。触
矢而毙③，贪饵吞钩④。落云间之逸禽⑤，悬渊沉之鲹鰡⑥。


**【注释】**

①尔乃：用同"于是"。汉赋常用于段与段之间的连接。龙吟方泽：
　与下句"虎啸山丘"，李善注："言己从容吟啸，类乎龙、虎。"方泽，
　大泽。

②仰飞：仰射。缴(zhuó)：生丝缕，系在箭的尾部，用以弋射禽鸟。

③触矢而毙：鸟因中箭而毙命。

④贪饵吞钩：鱼因贪饵而上钩。

⑤逸禽：高飞的鸟。一说指鸿雁。

⑥悬：指鱼被钓出水中。渊沉：沉在渊底。鲹鰡(shā liú)：均为小
　鱼名。

【译文】

我从容得如蛟龙长吟在大泽，又如猛虎咆哮在山丘。有时我仰空飞射，有时我俯身垂钓长流。飞鸟因触箭而丧命，游鱼因贪饵而上钩。射落云中飞鸟，钓起深渊中的游鱼。

于时曜灵俄景<sup>①</sup>，系以望舒<sup>②</sup>。极般游之至乐<sup>③</sup>，虽日夕而忘劬。感老氏之遗诫<sup>④</sup>，将回驾乎蓬庐<sup>⑤</sup>。弹五弦之妙指<sup>⑥</sup>，咏周孔之图书<sup>⑦</sup>。挥翰墨以奋藻<sup>⑧</sup>，陈三皇之轨模<sup>⑨</sup>。苟纵心于物外<sup>⑩</sup>，安知荣辱之所如<sup>⑪</sup>！

【注释】

①曜灵：太阳。俄：斜。景："影"的古字。

②望舒：神话中月亮的御者，亦借指月亮。屈原《离骚》："前望舒使先驱兮，后飞廉使奔属。"王逸注："望舒，月御也。"

③般（pán）游：游乐。

④老氏之遗诫：指《老子》十二章"驰骋畋猎，令人心发狂"语。老氏，老子。

⑤回驾：返车。蓬庐：茅屋。指归隐所居之陋屋。

⑥五弦：指五弦琴。一种古乐器，相传为舜所创制。《礼记·乐记》："昔者舜作五弦之琴以歌南风。"指：指意，意趣。

⑦周孔之图书：周公、孔子所修的典籍。周公辅成王治天下，相传周朝典章制度礼仪等均出其手。

⑧翰墨：笔墨。奋：发。藻：辞藻。这是说自己挥笔著文。

⑨三皇：传说中的三个远古圣皇。吕思勉《中国制度史·政体》："三皇之为何如人？其继承之际何如？不可考矣。"或谓天皇、地皇、人皇；或谓燧人、伏羲、神农；或谓伏羲、神农、女娲，传说不

　　一。轨模:法则。

⑩苟:且。物外:世俗累务之外。

⑪所如:归宿。如,往。

【译文】

　　日影西斜,当空继以月亮。尽情享受最欢乐的游玩,不知疲倦日竟向暮。老氏遗训令人思,转车回驾返蓬庐。五弦琴声传妙趣,诵读周公孔贤书。挥笔著文发辞藻,三皇法则勤陈述。且纵此心于物外,安知世之荣与辱。

# 志下

## 潘安仁

见卷第七《藉田赋》作者介绍。

## 闲居赋一首

### 【题解】

　　此赋为作者五十岁时,即晋惠帝六年(296)所作。当时朝廷征补潘岳为博士,因母疾未就征,免官闲居。非作于谄事贾谧为散骑侍郎之后(见缪钺《读史存稿》)。《晋书·潘岳传》称其"仕宦不达,乃作《闲居赋》",自伤不遇。不久即依附贾谧,渐致通显,"元康八九年间,岳盖已为散骑侍郎或黄门侍郎,颇为得意",其心理已不是此赋中所描写的情形。元好问《论诗绝句》曰:"心画心声总失真,文章宁复见为人?高情千古《闲居赋》,争信安仁拜路尘!"讥其言行相违。缪钺曰:"余细绎《闲居赋》,觉其自伤仕宦不遇,以偏宕之笔,发愤慨之思,并非真恬淡。"(同上)钱锺书又云:"实则潘岳自慨拙宦免官,怏怏不平,矫激之情,欲盖犹彰。"(《管锥编》)

　　然作者描写的隐居环境颇为迷人,草木芳菲,怡然自乐,大有世外

桃源之景象。所以张溥评曰:"《闲居赋》,板舆轻轩,浮杯高歌,天伦乐事,足起爱慕。"(《汉魏六朝三百家集题辞》)

　　岳尝读《汲黯传》①,至司马安四至九卿②,而良史书之③,题以巧宦之目④,未尝不慨然废书而叹⑤。曰:嗟乎!巧诚有之⑥,拙亦宜然⑦。顾常以为士之生也⑧,非至圣无轨⑨,微妙玄通者⑩,则必立功立事,效当年之用⑪。是以资忠履信以进德⑫,修辞立诚以居业⑬。

【注释】

①汲黯(àn):字长孺,西汉景帝、武帝时人。武帝时官至九卿。《史记》《汉书》有传。

②司马安:汲黯外甥。年轻时与汲黯同为太子洗马(太子的侍从官),官至九卿。九卿:也叫九寺,古代中央政府的九个高级官职。汉时为太常、光禄勋、卫尉、太仆、廷尉、大鸿胪、宗正、大司农、少府。

③良史:指东汉史学家班固。

④题:品评。巧宦:善于钻营仕途,巧取宦位。《汉书·汲黯传》:"黯姊子司马安,亦少与黯为太子洗马。安文深巧善宦,四至九卿,以河南太守卒。"目:名称。

⑤废书而叹:放下书而叹息。

⑥巧诚有之:言诚有巧宦之理。

⑦拙亦宜然:笨拙也同样是有道理的。

⑧士之生:文士之生于世。

⑨至圣:旧谓道德高尚的人。无轨:行事不留踪迹。轨,迹。

⑩微妙:精微深奥。玄通:深通玄机。指至圣神人之心志精微。

《老子》十五章："古之善为士者，微妙玄通，深不可识。"

⑪效当年之用：使功用当年实现。效，致，实现。用，功用。

⑫资忠履信：用尽忠心，履行信约。进德：增进道德修养。

⑬修辞立诚：研习文辞，树立诚意。居业：维持常业。

**【译文】**

我曾读《汉书·汲黯传》，看到司马安四次高升，官至九卿，班固记载了他的生平，评他是善于钻营仕途、巧取宦位的人。每次读到这里，无不感慨万分，释卷长叹。唉！官场中巧取宦位确有道理，但表现笨拙也同样有道理。不过我常常认为读书人活在世上，除非至圣神人那样心志精微，超凡脱俗，一般都必定要建功立业，追求一时的效用。所以用尽忠心、履行信义以提高道德修养，研习文辞、树立诚意以维持常业。


仆少窃乡曲之誉①，忝司空太尉之命②，所奉之主，即太宰鲁武公其人也，举秀才为郎③。逮事世祖武皇帝④，为河阳怀令、尚书郎、廷尉平⑤。今天子谅暗之际⑥，领太傅主簿⑦。府主诛⑧，除名为民⑨。俄而复官，除长安令⑩。迁博士⑪，未召拜⑫，亲疾，辄去官⑬，免。自弱冠涉乎知命之年⑭，八徙官而一进阶⑮，再免⑯，一除名，一不拜职⑰，迁者三而已矣⑱。虽通塞有遇⑲，抑亦拙者之效也⑳。昔通人和长舆之论余也㉑，固谓拙于用多㉒。称多则吾岂敢，言拙信而有征㉓。方今俊义在官，百工惟时㉔，拙者可以绝意乎宠荣之事矣㉕。太夫人在堂㉖，有羸老之疾，尚何能违膝下色养㉗，而屑屑从斗筲之役乎㉘？


**【注释】**

①乡曲之誉：乡里的称誉。

②司空太尉:指贾充。下文"太宰鲁武公"亦指贾充。贾充生前被
封为鲁武公,死后又追封太宰,谥号为武公。命:举命。

③举秀才:《晋书·潘岳传》:"早辟司空太尉府,举秀才。"郎:诸郎
官之通称。

④世祖武皇帝:指晋武帝司马炎,司马炎死后谥为世祖。

⑤河阳怀令:河阳县令和怀县令。《晋书·潘岳传》:"(岳)出为河
阳令……转怀令。"尚书郎:尚书属官。廷尉平:廷尉属官。亦作
"廷尉评"。《晋书·潘岳传》:"岳频宰二邑,勤于政绩。调补尚
书度支郎,迁廷尉评。"

⑥天子:指晋武帝之子晋惠帝。谅暗:亦称"亮阴""谅阴"。有二
说,一说为天子、诸侯居丧之称;一说为居丧之所,即凶庐。此为
居丧之称,晋武帝刚死,其子惠帝为父守丧未满,故称谅暗之际。

⑦领:兼任官职。太傅:官名。教导太子的官员。此指太傅杨骏。
主簿:掌管文书之类的官员。

⑧府主:太傅府官署之主,指太傅杨骏。杨骏是武帝皇后杨芷之
父。武帝死后,杨氏独揽朝政,惠帝妻贾皇后灭杨氏。

⑨除名:被朝廷除去名籍,取消官员身份。杨骏伏诛后,潘岳被牵
连,几就戮,后削职为民。

⑩除:任命,授职。

⑪博士:官名。汉武帝置五经博士。晋置国子博士,以博士为宫廷
教官。

⑫未召拜:未去朝廷敬受官职。召,召见。拜,任命官职。

⑬去官:主动辞去官职。《晋书·潘岳传》:"征补博士,未召,以母
疾辄去官,免。"

⑭弱冠:指二十岁。古代男子二十岁行冠礼,表示成年。知命:《论
语·为政》孔子曰:"五十而知天命。"

⑮八徙官:八次调动官职。一进阶:一次晋升官阶。指由怀县令调

补尚书郎迁廷尉平。

⑯再免：两次被免官。指因公事被免去廷尉平，调任博士时因亲疾离职而被免官。

⑰一不拜职：指迁博士未召拜。

⑱迁者三：三次变动官位。指调任廷尉平、太傅主簿及博士。

⑲通塞有遇：平生遭遇有顺利也有阻塞。通，通达。塞，阻塞。

⑳效：验，表现。

㉑通人：《论衡·超奇》："博览古今者为通人。"和长舆：即晋人和峤，字长舆。

㉒拙于用多：不善于发挥利用多才多艺的长处。

㉓信而有征：属实而有验证。

㉔俊乂（yì）在官，百工惟时：《尚书·皋陶谟》："俊乂在官，百僚师师，百工惟时。"意谓才能出众的人在职，百官都效法他，就会把政务处理好。俊乂，马融注："才德过千人为俊，百人为乂。"此泛指贤能之士。百工，指百官。惟，思。时，善。《诗经·小雅·頍弁》："尔酒既旨，尔殽既时。"

㉕宠荣之事：尊宠荣耀的事情，指仕途地位。

㉖太夫人：指母亲。汉制列侯之母方称太夫人，后凡官僚豪绅之母，不论存亡，均称太夫人。

㉗膝下：本指人幼年时，常依于父母膝旁，言父母对幼孩之亲爱。后用以对父母的尊称。色养：和颜悦色侍奉双亲。孔子认为奉养双亲而能经常保持和颜悦色，是最难做到的。后来以"色养"代指尽孝。

㉘屑屑：琐细的样子。斗筲（shāo）之役：指小的职务。斗，量器。筲，竹器，容斗二升。斗、筲容量都不大，用以比喻小的事物。《论语·子路》："斗筲之人，何足算也！"谓器量狭小之人。《后汉书·郭泰传》："早孤，母欲使给事县廷。林宗（郭泰）曰：'大丈夫

焉能处斗筲之役乎!'"此谓小的职务。

**【译文】**

我年轻时窃享乡里的称誉,由于自己不才,有愧于司空太尉的推举。我所侍奉的主人,就是那位太宰鲁武公,他推举我做了秀才,并提拔为郎官。到事奉世祖武皇帝时,被任命为河阳县令又转为怀县令,接着调补尚书度支郎,迁廷尉平。世祖武皇帝驾崩,新天子惠帝居丧之际,我调任太傅主簿。太傅府主杨骏得罪被诛,我受到牵连,被朝廷除去名籍,削官为民。不久恢复了官职,被任命为长安县令。又迁为博士,我还没有去朝廷敬受职务,因为母亲有病,就辞去职务,朝廷也就将我免官。我从成年到五十岁知命之年,共八次调动官职,一次晋升官阶,两次被免官,一次除去名籍,一次未去敬受职务,三次调任官职。虽然生平遭遇有顺利也有窒碍,也是笨拙之人的表现。从前有位通今博古的和峤先生评论过我,说我本来就不善于利用自己多才多艺的长处。说到多才多艺,我岂敢承当;说我笨拙,却属实而有验证。如今才德出众的人在职,百官效法他,就会把政务处理好,像我这样笨拙的人,就可以打消在仕途中追求荣誉地位的念头了。况且,老母在堂,体弱多病,我怎能离开母亲身边不尽孝道,而在官场中从事那些如斗筲般的小小职务呢?

　　于是览止足之分①,庶浮云之志②。筑室种树,逍遥自得。池沼足以渔钓,春税足以代耕③。灌园粥蔬④,以供朝夕之膳;牧羊酤酪⑤,以俟伏腊之费⑥。孝乎惟孝,友于兄弟⑦,此亦拙者之为政也。乃作《闲居赋》,以歌事遂情焉⑧。其辞曰:

【注释】

①止足:《老子》四十四章:"知足不辱,知止不殆。"意谓知足就不会招来耻辱,知止就不会陷入困境。止,停止,驻足。足,满足,知足。分:分寸,限度。此指知止知足的生活态度、原则。

②庶:副词。庶几,差不多。浮云之志:《论语·述而》:"子曰:'不义而富且贵,于我如浮云。'"后人就把孔子这种思想称为"浮云之志"。浮云,比喻不值得关心和重视的事情。

③春税:春谷取利。

④粥(yù):同"鬻",卖。

⑤酤(gū)酪:出售乳品。酤,泛指卖出。

⑥伏腊:指冬夏两季祭祀。秦汉时,夏天的伏日,冬天的腊日,都是祭祀日。《汉书·杨敞传》附杨恽《报孙会宗书》:"田家作苦,岁时伏腊,烹羊炰羔,斗酒自劳。"

⑦"孝乎惟孝"二句:《论语·为政》:"子曰:'《书》云:"孝乎惟孝,友于兄弟,施于有政。"是亦为政,奚其为为政?'"孔子认为对父母孝顺,对兄弟友爱,可以给当政者施以好的影响,这也是参与政事,不一定在位做官才算参与政事。

⑧歌事遂情:歌咏退官闲居之事,以表达自己的情趣。

【译文】

于是我看到知止和知足的生活态度,不追求富贵,树立安于本分的志向。修筑房屋,种植树木,过着逍遥自在的生活。室外的池塘足以垂钓,收取租粮足以代替耕作。浇灌菜园,卖菜赚钱,可供一日三餐;放牧牛羊,出售乳品,以准备夏冬两季祭祀的费用。对父母尽孝,对兄弟友爱,这也算是拙朴之人参与政事了。于是写下这篇《闲居赋》,以歌咏离官闲居,并表达自己的情趣。其辞为:

傲坟素之场圃①,步先哲之高衢②。虽吾颜之云厚,犹内愧于甯、蘧③。有道吾不仕，无道吾不愚。何巧智之不足，而拙艰之有余也④。于是退而闲居于洛之涘⑤。身齐逸民⑥，名缀下士⑦。陪京溯伊⑧，面郊后市。浮梁黝以径度⑨，灵台杰其高峙⑩。窥天文之秘奥⑪，究人事之终始⑫。其西则有元戎禁营⑬，玄幕绿徽⑭。羭子巨黍⑮，异簈同机⑯。炮石雷骇⑰，激矢虹飞⑱。以先启行，耀我皇威⑲。其东则有明堂辟雍⑳，清穆敞闲㉑。环林萦映，圆海回渊㉒。聿追孝以严父㉓，宗文考以配天㉔。祇圣敬以明顺㉕，养更老以崇年㉖。若乃背冬涉春，阴谢阳施。天子有事于柴燎㉗，以郊祖而展义㉘。张钧天之广乐㉙，备千乘之万骑㉚。服振振以齐玄㉛，管啾啾而并吹。煌煌乎㉜！隐隐乎㉝！兹礼容之壮观㉞，而王制之巨丽也㉟。两学齐列㊱，双宇如一㊲。右延国胄㊳，左纳良逸㊴。祁祁生徒㊵，济济儒术㊶。或升之堂，或入之室㊷。教无常师㊸，道在则是㊹。故髦士投绂㊺，名王怀玺㊻。训若风行㊼，应如草靡。此里仁所以为美㊽，孟母所以三徙也㊾。

【注释】

①傲：胡克家《文选考异》："傲，《晋书》作'遨'，为是。"遨，意为遨游，与司马相如《上林赋》"翱翔乎书圃"中的翱翔意义接近。坟：指"三坟"（传说远古三皇之书）"五典"（传说远古五帝之书）之类古代典籍，无可考实。素：指素王孔子所立之法。汉儒认为，孔子作《春秋》，代王者立法，虽无王者之位，而有王者之法，故称素王。场圃：园地。

②先哲：古代圣贤。高衢（qú）：大道。

③甯：指甯武子，名俞，春秋时卫国大夫。《论语·公冶长》："子曰：

'宁武子邦有道则知，邦无道则愚。其知可及也，其愚不可及也。'"按，《春秋左传》：宁武子仕卫，当文公、成公之时。文公有道，而武子无事可见，此其智之可及也；成公无道，至于失国，而武子周旋其间，尽心竭力，不避艰险，皆巧智之士所深避而不肯为者，故曰其愚不可及也。又，邦无道能沉晦装愚以免祸，这也是一般人做不到的。蘧（qú）：指蘧伯玉，春秋时卫国大夫。《论语·卫灵公》："子曰：'君子哉蘧伯玉！邦有道，则仕；邦无道，则可卷而怀之。'"孔子认为蘧伯玉称得上君子，国家政治清明，他就出来做官；国家政治昏暗，他就把自己的才能收藏起来。

④拙艰：性情笨拙，行动艰难。

⑤洛：洛水。涘（sì）：涯，水边。

⑥逸民：指避世隐居的人。亦作"佚民"。潘岳辞官退居，故称逸民。

⑦下士：《礼记·王制》："诸侯之上大夫卿、下大夫、上士、中士、下士，凡五等。"下士等级最低。潘岳退居前担任过级别不高的官职，故自谦为下士。

⑧陪京：《晋书·潘岳传》作"背京"。指退居之地背靠京城洛阳。陪，通"倍（背）"。京，指西晋都城洛阳。溯伊：面向伊水。溯，逆流而上。这里指面向。伊，指伊河。

⑨浮梁：浮桥。黝（yǒu）：微青黑色。此指深远，谓浮桥绵延伸向远处。径度：直接渡过。

⑩灵台：古代观察天象的高台。在今河南洛阳南。杰：挺拔壮观。（依吕向说。）峙（zhì）：耸立。

⑪窥：仔细观察。

⑫人事之终始：谓人世变迁的归宿和兴起。

⑬元戎：古代大型战车。禁营：保卫皇帝的禁卫军驻地。（依李周翰注。）

⑭玄幕:黑色帐幕。绿徽:绿色旗帜。

⑮谿(xī)子:古之良弓。巨黍:古之良弓。

⑯异豢(juàn):弓上不同的发箭处。豢,弓上发箭之处。(依刘良说。)同机:同一发箭的机关。

⑰炮石:用机关发射的飞石。

⑱激矢:纷纷射出的箭。虻(méng)飞:谓射出之箭像奋飞的虻虫一样。

⑲皇威:皇帝的威风。

⑳明堂:古代帝王宣明政教之处,凡朝会、祭祀、庆赏、选士、养老、教学等大典,均在此举行。辟(bì)雍:亦称"璧雍",天子的学官。

㉑清穆敞闲:清净严整,高大闲雅。

㉒圆海回渊:明堂、辟雍四周有流水回环,如环形之海。《三辅黄图》谓辟雍:"如璧之圆,雍之以水,象教化流行也。"

㉓聿(yù):语气词。追孝:意谓追行孝道于前人。指敬重宗庙、祭祀等,以尽孝道。《诗经·大雅·文王有声》:"聿追来孝。"严父:尊敬父亲。

㉔宗文考以配天:《孝经·圣治章》记载,周公在郊外祭祀周人祖先后稷,在明堂宗祀周文王,以使德行合于天命。此处指祭祀晋文帝以合天命。宗,指宗祀。文考,指晋文帝,司马炎称帝后追封其父司马昭为晋文帝。

㉕祇(zhī):敬。圣敬:圣贤敬祖尊父之道。明顺:表明顺从天命。

㉖更老:即三老五更。相传古代天子养老,设三老五更之位以养老人。据《礼记·文王世子》记载,天子对三老五更之人以父兄养之,以示天下孝悌。汉制仍如是。《汉书·礼乐志》:"养三老五更于辟雍。"据蔡邕解释,三老为三人,五更为五人,皆年老之人。崇年:尊崇年岁。

㉗有事:指举行祭祀。柴燎:古代祭天,皆积柴实牲体,燔燎而生

烟,周人尚臭,取其烟气之臭以薰神明。李善注:"《尔雅》曰:'祭
天曰燔柴。'郭璞曰:'既祭,积薪烧之。'"

㉘郊祖:郊祭祖宗。展义:施行德义。

㉙钧天之广乐:传说中天上的音乐。钧天,天之中央,上帝所居。
广乐,广大之乐。

㉚千乘之万骑:胡克家《文选考异》:"之字疑,各本皆同。"

㉛服:指袀(jūn)服,上衣下裳同色之服。振振:威武的样子。齐玄:
指全是黑色。

㉜煌煌:形容光彩之盛。

㉝隐隐:盛大之貌。

㉞礼容:礼制仪容。

㉟王制:王者的制度。《礼记·王制》郑玄注:"王制者,以其记先王
班爵、授禄、祭祀、养老之法度。"巨丽:雄伟华丽。

㊱两学:指国学和太学,是朝廷开设的最高学府。

㊲双宇如一:两学府的屋宇整齐如一。

㊳延:进。国胄:五侯之子,贵族子弟。

㊴良逸:未入仕途的优秀人才,指社会贤良。

㊵祁祁:众多之貌。生徒:学生。

㊶济济:美好丰富,盛大庄重。儒术:儒家学说。

㊷"或升之堂"二句:语出《论语·先进》:"子曰:'由也升堂矣,未入
于室也。'"孔子以子路学习为例,以升堂比喻学业有所长进,以
入室比喻学业有深入精微之造诣。

㊸教无常师:教育没有固定的老师。《尚书·咸有一德》:"德无常
师,主善为师。"

㊹道在则是:有道者就是老师。

㊺髦(máo)士:俊杰之士。绂(fú):系官印的丝带。也代指官印。

㊻名王:诸王中之著名者。此泛指名公显宦。怀玺:怀藏印玺。意

谓名流显贵都弃绂藏玺前来求学。

㊼训：教导。

㊽里仁：居住在仁者所居之里，与仁人为邻。

㊾孟母三徙：孟子母亲为择居三次搬家。刘向《列女传·邹孟轲母》："邹孟轲之母也，号孟母。其舍近墓，孟子之少也，嬉游为墓间之事，踊跃筑埋。孟母曰：'此非吾所以居处子也。'乃去，舍市傍。其嬉戏为贾人衒卖之事。孟母又曰：'此非吾所以居处子也。'复徙舍学宫之傍。其嬉游乃设俎豆，揖让进退。孟母曰：'真可以居吾子矣。'遂居。及孟子长，学六艺，卒成大儒之名。"

## 【译文】

我遨游在"三坟""五典"和孔子学说的范围里，漫步在古代圣贤的大道上。虽然我可以说脸皮很厚，但想到甯武子和蘧伯玉，内心还是羞愧难当。世道清明我没有做官，世道昏暗也没有装出糊涂模样。灵巧智谋实在不足，笨拙艰难却在他人之上。所以辞官退隐，闲居在洛水之旁。身与逸民同列，名与下士相当。背靠京城，面向伊水；前接城郊，后近市场。绵长的浮桥穿流而过，雄伟的灵台耸立高昂。可以观测天象之奥秘，可以探究人事变迁的动向。宅西列有大型战车，那是禁卫军驻地，有黑色的帐幕，绿色的军旗。黎子、巨黍良弓，不同的发箭处有同一机体。炮石雷鸣惊骇人心，纷纷射出的箭有如虬虫奋飞。以先锋开路，显示出皇家的军威。宅东有天子明堂和皇家学宫，清净严整，高阔闲雅。林木环绕映照，流水萦回环抱。纪念祖先，孝敬父亲，祭祀晋文帝以合天命。敬奉圣贤之道统以表明顺天，敬养老人以尊崇年岁。及至冬去春来，阴退阳生。天子燃起柴薪祭祀上天，又在郊外祭祖以推广德义。演奏起钧天之广乐，排列下千乘万骑。一片黑色军服威武庄严，箫管啾啾齐声吹奏。多么光彩辉煌呵！多么隆重盛大呵！祭祀的礼容如此壮观，只有帝王的仪式才这样宏伟壮丽！国学和太学并列，两学府的屋宇整齐划一。右边国学招收贵族子弟，左边太学接纳社会贤良。众多的学生,丰富的儒家学说。有的学有长进如升高堂,有的深有造诣如入内室。此处教育没有固定师长,有道者即可为师。所以,名流弃官、王侯藏玺,纷纷前来求学。教师教导得法,如风行草上;学生很快接受教诲,如草应风而伏。所以居住之处要以近仁德为善,孟母曾为此三次迁徙。

　　爰定我居①,筑室穿池。长杨映沼,芳枳树篱②。游鳞瀺灂③,菡萏敷披④。竹木蓊蔼⑤,灵果参差⑥。张公大谷之梨⑦,梁侯乌椑之柿⑧,周文弱枝之枣⑨,房陵朱仲之李⑩,靡不毕殖。三桃表樱胡之别⑪,二柰曜丹白之色⑫。石榴蒲陶之珍⑬,磊落蔓衍乎其侧⑭。梅杏郁棣之属⑮,繁荣丽藻之饰。华实照烂⑯,言所不能极也。菜则葱韭蒜芋,青笋紫姜。蘘荷甘旨⑰,蓼荽芬芳⑱。蘘荷依阴⑲,时藿向阳⑳。绿葵含露,白薤负霜㉑。

**【注释】**

①爰(yuán):于是。

②枳(zhǐ):木名。树如桔而小,叶多刺,春生白花,至秋而实,果味酸,不能食,可入药。

③瀺灂(chán zhuó):鱼在水中出没的样子。

④敷披:开放。

⑤蓊蔼(wěng ǎi):茂盛。

⑥灵果:佳美的果实。

⑦张公大谷之梨:刘良注:"洛阳有张公居大谷,有夏梨,海内唯此一树。"大谷,在今洛阳南,其地以产梨著称。

⑧梁侯乌椑(bēi)之柿:梁国侯家有世上罕见的柿树,名为乌椑。

⑨周文弱枝之枣：周文王时有枣树名弱枝，枣味甚甘美。

⑩房陵朱仲之李：房陵县朱仲培育的李树，名为缥李，也称朱李。

⑪三桃：指三种桃树。

⑫二柰(nài)：两种柰树。

⑬蒲陶：即葡萄。

⑭磊落：果实累累的样子。蔓衍：滋长漫延。

⑮郁：郁李，果树名。棣(dì)：果树名。即山樱桃。

⑯华实：花朵和果实。华，花。

⑰堇(jǐn)：甜菜名。荠(jì)：菜名。甘旨：味道甘美。

⑱蓼(liǎo)：菜名。荽(suī)：香菜名。

⑲蘘(ráng)荷：菜名。依阴：生于阴湿之地。

⑳藿(huò)：即藿香。叶可供食用。

㉑白蘸(xiè)：菜名。即白薤。

**【译文】**

　　于是在此选定我的住宅，修筑房舍，挖掘池塘。池边排排杨柳倒映，又以芳香的枳树作为篱墙。水中游鱼出没，满塘荷花开放。竹丛林木郁郁葱葱，佳果琳琅满目。有张公大谷之梨，梁侯乌椑之柿，周文王弱枝之枣，房陵朱仲之李。各种优良品种，无不种植。三种桃树表现出樱桃和胡桃的区别，两种柰树闪耀着红白的色泽。石榴葡萄的珍贵品种，果实累累生长蔓延在两侧。梅杏郁李山樱桃之类，花繁叶茂地装饰着园林。鲜花佳果斑斓映照，是言辞所描写不尽的啊。园里蔬菜则有葱韭蒜芋，青笋紫姜。堇菜荠菜味道甘美，蓼菜荽菜气味芬芳。蘘荷在阴湿地方滋生，藿香草向着阳光成长。碧绿的葵叶沾满露珠，白薤披着一层白霜。


　　于是凛秋暑退，熙春寒往①。微雨新晴，六合清朗②。太夫人乃御版舆③，升轻轩④，远览王畿⑤，近周家园⑥。体以行和,药以劳宣⑦。常膳载加⑧,旧痾有痊⑨。席长筵,列孙子。柳垂阴,车结轨⑩。陆摘紫房⑪,水挂赪鲤⑫。或宴于林,或禊于汜⑬。昆弟班白⑭,儿童稚齿。称万寿以献觞⑮,咸一惧而一喜⑯。寿觞举,慈颜和⑰。浮杯乐饮⑱,丝竹骈罗⑲。顿足起舞,抗音高歌⑳。人生安乐,孰知其佗㉑。退求己而自省㉒,信用薄而才劣。奉周任之格言㉓,敢陈力而就列㉔。几陋身之不保㉕,尚奚拟于明哲㉖。仰众妙而绝思㉗,终优游以养拙㉘。

**【注释】**

①熙春:温暖和煦的春天。

②六合:上下四方。此指大自然。

③御:乘。版舆:一种人力车子,又名步舆。

④轻轩:轻便的车子。

⑤王畿(jī):古代称王城附近周围千里的地域。此指京城近郊。

⑥周:周游。

⑦宣:消散。

⑧载:语助词,无实义。

⑨痾(ē):疾病。

⑩车结轨:车轮停止不再前进。结,屈。

⑪摘(zhāi):同"摘",选取。紫房:紫色果实。左思《吴都赋》:"临青壁,系紫房。"张铣注:"紫房,果之紫者,系于木上。"

⑫赪(chēng)鲤:红色鲤鱼。

⑬禊(xì):为消除不祥而举行的祭祀。汜(sì):水边。

⑭昆弟:兄弟。班白:斑白。

⑮觞(shāng):酒器。

⑯一惧而一喜:指为老人的年迈与健康状况而一之以喜一之以惧。

⑰慈颜:母亲的脸色。

⑱浮杯:罚酒。

⑲骈(pián)罗:并列。

⑳抗:高。

㉑其佗:其他。佗,同"他"。

㉒求己:要求自己。

㉓周任:古代良史。

㉔陈力:贡献自己的力量。就列:就职。

㉕陋身:卑陋的身躯。此为谦辞。

㉖拟:比拟,模仿。明哲:指古代圣贤。

㉗众妙:万物的玄理。绝思:此指断绝仕途之念。

㉘优游:悠闲自得。养拙:守拙,自保本性。

**【译文】**

于是暑热退去秋风凉,寒冬已过春又来。细雨初晴,天气爽朗。老母乘上轻便的车子,远处到京城近郊游览,近处围绕着自家花园观赏。四体因漫游而得以调和,服用的药物因在外活动而得以消散。日常饮食有所增加,多年旧病有所痊愈。摆下长长的筵席,子孙满座。柳荫下,车马停息。园里摘下紫果,池中打上红鲤。有时在林中设宴,有时于水边祭祀。兄弟已须发斑白,儿童还很幼稚。祝福老人万寿,一同上前敬酒;衰老令人担忧,长寿令人欢喜。频频举杯祝寿,慈母和颜悦色。行酒令助兴畅饮,管弦齐奏满座欢愉。顿足起舞,引吭高歌。人生只求快乐平安,其他世事谁去管它。退居后自我省察,信用不足而才力单薄。遵奉周任的名言,应当贡献力量而就职。但微躯几乎不保,哪还敢效法古代圣贤。仰羡万物的玄理而断绝仕途杂念,终生悠闲自得以自保朴拙的本性。

# 哀伤

## 司马长卿

见卷第七《子虚赋》作者介绍。

## 长门赋一首 并序

【题解】

　　序为后人所作,叙述司马相如为陈皇后写此赋的原因。陈皇后即汉武帝少年时要以金屋藏之的阿娇,武帝即位初颇宠爱她,后另宠卫夫人而废置她于长门宫。她请司马相如写了此赋以图恢复武帝对她的爱情。序的末尾说武帝果然受赋感动,她复得宠幸,是作序人为强调此赋艺术效果而虚构之词,史传无此记载。

　　全赋抒写了陈皇后被废置后的深刻苦闷,表现出女性在封建社会中,即使是贵为皇后,也不能掌握自己的命运,一旦被纵欲无度的君王所抛弃,就陷入苦痛的深渊而不能自拔。作者对女主人公的心理状态刻画得极其深刻细腻,特别善于借景抒情,使本文成为汉赋中最早的抒情名篇,对后代抒情小赋及宫怨闺情诗词的发展都有很大影响。

　　孝武皇帝陈皇后①,时得幸。颇妒,别在长门宫②,愁闷悲思。闻蜀郡成都司马相如,天下工为文,奉黄金百斤为相如、文君取酒③,因于解悲愁之辞④。而相如为文以悟主上,

陈皇后复得亲幸。其辞曰:

**【注释】**

①孝武皇帝:即汉武帝。姓刘,名彻,孝武是其谥号。陈皇后:汉武
帝姑母刘嫖之女。武帝即位之初立为后,十余年间颇受宠爱。
后因武帝另宠卫子夫而气昏死数次,为武帝所嫌。元光五年(前
130)被废,别居长门宫。

②长门宫:汉宫名。在长安城南。窦太主献长门园,汉武帝改名为
长门宫。

③文君:即卓文君,临邛(今四川邛崃)人。卓王孙之女。善鼓琴。
丧夫后家居,与司马相如恋爱,一同逃往成都。不久又同返临
邛,自己当垆卖酒。

④于:郑玄《仪礼》注:"于,为也。"

**【译文】**

汉武帝的陈皇后,当时颇受宠爱。后因爱嫉妒,被废置于长门宫,
终日苦闷悲愁。听说蜀郡成都的司马相如在全国最擅长写文章,就以
黄金百斤赠给他与卓文君买酒,请他为自己写作消除悲愁的文章。于
是相如写了《长门赋》以启发君王,陈皇后终于重新得到宠爱。其文辞
如下:

夫何一佳人兮①,步逍遥以自虞②。魂逾佚而不反兮③,
形枯槁而独居。言我朝往而暮来兮④,饮食乐而忘人。心慊
移而不省故兮⑤,交得意而相亲⑥。

**【注释】**

①夫何:发语词,带有嗟叹的意味。

②虞：推测，思索。此指推测谪居长门宫的原因。

③逾佚：飞扬，失散。

④言我朝往而暮来：这句说武帝曾有过朝去暮来的诺言。我，代武帝。

⑤慊(qiǎn)移：绝情变心。慊，绝，断绝。

⑥得意：称心如意的新欢。此指卫子夫，陈皇后废黜后，武帝立她为后。

**【译文】**

有一个美人啊，在漫步中自己思忖。像灵魂离开了玉体啊，容颜憔悴独居独行。那人曾说他朝去而暮来啊，却在酒宴游乐中忘记了故人。他已经彻底变心不恋旧情啊，交上了新欢并与她非常相亲。


伊予志之慢愚兮①，怀贞悫之欢心②。愿赐问而自进兮，得尚君之玉音③。奉虚言而望诚兮，期城南之离宫④。修薄具而自设兮⑤，君曾不肯乎幸临。廓独潜而专精兮⑥，天漂漂而疾风。登兰台而遥望兮⑦，神恍恍而外淫⑧。浮云郁而四塞兮，天窈窈而昼阴⑨。雷殷殷而响起兮⑩，声象君之车音。飘风回而起闺兮⑪，举帷幄之襜襜⑫。桂树交而相纷兮，芳酷烈之闾闾⑬。孔雀集而相存兮⑭，玄猿啸而长吟⑮。翡翠胁翼而来萃兮⑯，鸾凤翔而北南⑰。


**【注释】**

①伊：发语词。慢愚：麻痹而愚蠢。指对武帝喜新厌旧缺乏警惕。

②悫(què)：忠诚，忠厚。

③尚：奉。玉音：指君王的话。

④离宫：指长门宫。

⑤薄具:菲薄的肴馔。具,肴馔。

⑥廓:寂寞空虚貌。独潜:孤独地幽居。专精:专心一意地等候。

⑦兰台:李善注:"兰台,台名。"

⑧恍恍:内心不安,失神落魄的样子。外淫:指魂不守舍。

⑨窈窈:深远的样子。

⑩殷殷(yǐn):象声词。形容雷声。

⑪起闱:六臣本为"赴闱",可从。闱,中门。

⑫襜襜(chān):飘动貌。

⑬阉阉(yín):香气浓郁。

⑭相存:互相照顾、慰问。

⑮玄:黑中带赤。

⑯翡翠:鸟名。也叫翠雀。羽有蓝、绿、赤、棕等色,可为饰品。雄赤称翡,雌青称翠。胁翼:收拢翅翼。萃:聚集。

⑰鸾凤:鸾鸟与凤凰。鸾,传说中的凤凰一类的鸟。《山海经·西山经》:"西南三百里曰女床之山……有鸟焉,其状如翟而五采文,名曰鸾鸟,见则天下安宁。"

## 【译文】

我的心灵是多么麻痹愚蠢啊,总相信爱情的欢乐和忠诚。我盼望君王垂询得以进见啊,能听到他那可贵的声音。我把虚假的语言当作真情啊,一直在城南的离宫空等。准备了便饭并亲手摆设啊,可君王总是不肯光临。寂寞幽居而专心等待啊,骤然刮起迅猛的狂风。登上兰台而遥望啊,我不安的灵魂向他那方飞奔。浮云层层遮盖四野啊,天空幽深而阴沉。雷声隆隆传到耳边啊,好像君王车轮滚滚的声音。飘风回旋吹进中门啊,使帘幕飞起飘摇不定。桂树的枝叶交错茂盛啊,繁花播送着浓郁的芳馨。孔雀双栖而互相慰问啊,黑猿高啸又曼声长吟。翡翠敛翼来聚集,鸾凤或南或北地飞翔。

　　心凭噫而不舒兮①,邪气壮而攻中②。下兰台而周览兮,
步从容于深宫。正殿块以造天兮③,郁并起而穿崇④。间徙
倚于东厢兮⑤,观夫靡靡而无穷⑥。挤玉户以撼金铺兮⑦,声
噌吰而似钟音⑧。

**【注释】**

①凭噫:气满。此指愤懑抑郁。

②邪气壮而攻中:李周翰注:"忧恨之气壮盛,攻于中情也。"攻中,
　侵入心中。一说,因心中充满怨气,外感也乘虚而入。

③块:吕向注:"块,大也。"一说,独立貌。造天:达到天上。

④郁:壮大。穿崇:高貌。

⑤间(jiàn):接着,少时。徙倚:徘徊。《楚辞·哀时命》:"然隐悯而
　不达兮,独徙倚而彷徉。"

⑥靡靡:富丽华美。吕向注:"室宇美好也。"

⑦挤:推。金铺:金属做的门环。铺,铺首,衔门环的底座。铜制,
　作虎、螭、龟、蛇等形。

⑧噌吰(chēng hóng):象声词。多用以形容钟声。

**【译文】**

深深的怨气填满心胸而不得舒展啊,外界的邪气也向体内进攻。
走下了兰台还四面观望啊,拖着缓慢的步履进入深宫。看正殿矗立直
上云霄啊,雄伟壮大而巍然高耸。又在东厢徘徊不定啊,观看美好的屋
宇连绵无穷。推开玉门震动了门环啊,那噌吰的声音像敲响了金钟。

　　刻木兰以为榱兮①,饰文杏以为梁②。罗丰茸之游树
兮③,离楼梧而相撑④。施瑰木之欂栌兮⑤,委参差以糠梁⑥。
时仿佛以物类兮,象积石之将将⑦。五色炫以相曜兮,烂耀

耀而成光。致错石之瓴甓兮[⑧],象玳瑁之文章[⑨]。张罗绮之幔帷兮,垂楚组之连纲[⑩]。

【注释】

①木兰:又名杜兰,状如楠树。榱(cuī):屋椽,放在檩子上架屋面板和瓦的条木。

②文杏:杏树的一种。

③丰茸:繁多。游树:屋上的浮柱。

④离楼:许多屋柱攒聚支撑的样子。梧:斜柱。

⑤瑰木:珍贵的木料。欂栌(bó lú):柱上承梁之短木,即斗拱。

⑥委:堆积。𣖫(kāng)梁:虚梁。一说中空之貌。

⑦积石:积石山。古人以为是黄河发源之处。将将(qiāng):高峻之貌。

⑧致:细密。错石:交错拼成花纹的石块。瓴甓(líng pì):铺地的砖。

⑨玳瑁(dài mào):爬行动物,状如龟,甲为黄褐色,有黑斑,光滑润泽,可为装饰品。文章:花纹色彩。

⑩楚组:楚地出产的丝带。连纲:总的丝带。这里指系帷幔的丝带。

【译文】

精雕的杜兰作屋椽啊,彩绘的文杏作屋梁。屋顶的浮柱密密排列啊,支撑的斜柱攒聚如网。以珍奇的木料作斗拱啊,斗拱都参差而悬空。时常思索它与什么相似啊,只有那清寒高峻的积石山岗。绚丽的五彩互相辉映啊,灿烂地闪耀着明亮的光芒。铺排致密的石块在地面以构成图案啊,像玳瑁上面的花纹一样。绫罗做的帷幔张挂于空房啊,用南国产的丝带来拴系。

抚柱楣以从容兮①,览曲台之央央②。白鹤嗷以哀号兮③,孤雌跱于枯杨④。日黄昏而望绝兮,怅独托于空堂。悬明月以自照兮,徂清夜于洞房⑤。援雅琴以变调兮,奏愁思之不可长⑥。案流徵以却转兮⑦,声幼妙而复扬⑧。贯历览其中操兮⑨,意慷慨而自卬⑩。左右悲而垂泪兮,涕流离而从横⑪。舒息悒而增欷兮⑫,蹑履起而彷徨⑬。揄长袂以自翳兮⑭,数昔日之愆殃⑮。无面目之可显兮,遂颓思而就床⑯。抟芬若以为枕兮⑰,席荃兰而茝香。

**【注释】**

①柱楣:柱子和横梁。此专指柱子。楣,门上横梁。

②曲台:指未央宫的曲台殿。央央:宽广貌。

③白鹤:曲台所见之景物,亦暗以白鹤自喻。《诗经·小雅·白华》为申后自叹被周幽王废弃之作,该诗曾以"有鹤在林"比喻申后在林中无食挨饿。故此"白鹤"既系实写,亦以之自况。下文"孤雌"同。嗷(jiào):哀鸣声。

④跱:独立。此指栖息。

⑤徂(cú):来,到。洞房:深邃的内室。一说空虚的房间。

⑥长(zhǎng):增加,增长。

⑦案:通"按",弹奏。流徵(zhǐ):音调名。徵,五音之一。音较高,用以表达哀伤的情绪。却转:回转,指变换曲调。

⑧幼(yào)妙:轻细婉转。

⑨贯:贯穿,概括。历览:依次观览。中操:此指曲调中表现的内心感情。

⑩卬(áng):激昂。《汉书·王章传》:"(王章妻)呵怒之曰:'……不自激卬。'"颜师古引如淳注:"激厉抗扬之意也。"

⑪流离:淋漓。泪流不止貌。

⑫舒:吐。息:叹息。悁:忧伤。欷(xī):欷歔,哽咽声。

⑬蹝(xǐ)履:趿着鞋子。

⑭揄(yú):扬起。袂(mèi):袖。自翳:自遮其面。翳,遮蔽。

⑮愆:过失。

⑯颓思:喟然叹息。王念孙《读书杂志》:"思"字为"息"字之误。

⑰抟(tuán):揉。芬若:香草。

**【译文】**

　　抚摸着承门的柱子而徘徊啊,看那曲台是多么的宽广。美丽的白鹤在嗷嗷地哀鸣啊,孤独的雌鸟栖息于枯杨。日已黄昏终于绝望啊,只好孤单地寄身于空堂。高悬的明月照着我的孤影啊,清冷的夜色降临内房。拿过玉琴将雅曲改变常调啊,难以尽诉内心深沉的忧伤。弹出流徵音抒发哀情啊,琴声是那么清细而悠扬。听罢琴曲体会其中的感情啊,是那么的悲伤而又激昂。左右的人也悲痛而掉泪啊,泪水淋漓沾湿了衣裳。深深地叹息而饮泪哽咽啊,趿着鞋子又起身彷徨。扬起长袖自遮脸面啊,回数从前的过错有几桩。自己觉得脸上无光啊,终于又喟然叹息倒在床上。抟起芬若等香草作枕头啊,床上散发着荃兰和茝草的芳香。

　　忽寝寐而梦想兮,魄若君之在旁。惕寤觉而无见兮,魂迁迁若有亡①。众鸡鸣而愁予兮,起视月之精光。观众星之行列兮,毕、昴出于东方②。望中庭之蔼蔼兮③,若季秋之降霜④。夜曼曼其若岁兮⑤,怀郁郁其不可再更⑥。澹偃蹇而待曙兮⑦,荒亭亭而复明⑧。妾人窃自悲兮,究年岁而不敢忘⑨。

**【注释】**

①迋（guàng）：恐惧。《春秋左传·昭公二十一年》："子无我迋，不幸而后亡。"若有亡：好像失落了什么。

②毕：星名。二十八宿之一。以形状像毕网（捕猎用的长柄网）而得名。昴（mǎo）：星名。二十八宿之一。有较亮的星七颗，俗称"七姊妹星团"。毕、昴二星出于东方时为五、六月。

③蔼蔼：暗淡的微光。

④季秋：暮秋。

⑤曼曼：犹漫漫。

⑥郁郁：很忧郁。更：经历。

⑦澹（dàn）：静默。偃蹇：李善注："偃蹇，伫立貌也。"

⑧荒：天色将明。《庄子·在宥》："广成子曰：'自而治天下……日月之光，益以荒矣。'"亭亭：李善注："亭亭，远貌。"一说，将至之意。

⑨究：穷，极。

**【译文】**

睡时恍惚地进入梦乡啊，君王如在身旁。突然醒转什么也不见啊，灵魂惶恐像什么离开了身上。雄鸡的叫声给我带来苦痛啊，起身仰视明月的清光。观看繁星排列成行啊，毕星和昴星出现在东方。望看庭院黯淡仅有微光啊，好像晚秋降下的寒霜。这黑夜似整年一样漫长啊，我已无法再把忧伤承当。静默伫立等待曙光啊，那遥远的东方已将明亮。我只是暗暗地忧愁感伤啊，穷年累月都不会把他遗忘。

# 向子期

向秀（约227—272），字子期，河内郡怀邑（今河南武陟西南）人。魏晋时期的文学家、哲学家。《晋书·向秀传》叙述他"清悟有远识"，

"雅好老庄之学"。对他所注的《庄子》,本传评论道:"庄周著内外数十篇,历世才士虽有观者,莫适论其旨统也。秀乃为之隐解,发明奇趣,振起玄风。读之者超然心悟,莫不自足一时也。"《世说新语·文学》中也评其注为"妙析奇致,大畅玄风"。可见其深受士林推重。他是"竹林七贤"之一。与嵇康、吕安都对司马氏统治集团不满,有意脱离政治。直到嵇康、吕安受诬陷被杀后,向秀才被迫入洛阳应郡举。后官至黄门侍郎、散骑常侍。他擅长诗赋,《隋书·经籍志》载有《向秀集》二卷,已佚。仅有《思旧赋》《难嵇叔夜养生论》两篇留传至今。

## 思旧赋一首 并序

【题解】

　　吕安,三国时魏之东平人,少有济世志,与嵇康友善。由于吕安妻徐氏貌美,被安兄吕巽奸污,丑行败露后,吕巽反诬告吕安不孝,嵇康激于义愤,为吕安辩诬。此时,被嵇康简慢过的锺会乘机向司马昭进谗,由于嵇康"非汤武而薄周孔"的言论一向为司马氏集团所痛恨,故二人同时被杀。这是文学史上罕见的惨酷冤案之一。向秀在两人遇害的第二年被迫入洛阳应郡举,返回时路过山阳,凭吊嵇康、吕安旧居写了此赋。

　　向秀与嵇康、吕安志趣相投,不仅一同谈文论诗,还经常与嵇康在树下打铁,与吕安在山阳灌园,三人情谊甚笃。在凭吊遗迹回思往事时,向秀的内心是无比悲愤的,但由于当时险恶的政治环境,有好些话不敢明言。鲁迅在1933年创作《为了忘却的纪念》时,就在文章中深刻指出了本赋"刚开头却又煞了尾"的原因。这是一篇内容含蓄、余情未尽、意在言外的名篇。

　　余与嵇康、吕安居止接近①,其人并有不羁之才②。然嵇志远而疏③,吕心旷而放④,其后各以事见法⑤。嵇博综技艺⑥,于丝竹特妙⑦。临当就命⑧,顾视日影,索琴而弹之⑨。余逝将西迈⑩,经其旧庐⑪。于时日薄虞渊⑫,寒冰凄然⑬。邻人有吹笛者⑭,发声寥亮⑮。追思曩昔游宴之好,感音而叹,故作赋云:

**【注释】**

①嵇康:三国魏文学家、思想家、音乐家。崇尚老庄,讲求养生服食之道。为"竹林七贤"之一,与阮籍齐名。因"非汤武而薄周孔",且不满当时掌权司马氏集团,被钟会构陷,为司马昭所杀。吕安:字仲悌,东平(今属山东)人。与嵇康友善。平生有济世之志,遭其兄吕巽诬陷被杀。居止:住处。

②不羁:不受拘束,才情奔放。羁,马络头。此指羁绊、约束。

③志远而疏:志向高远,但处理世俗事务不细致。疏,粗疏。

④心旷:心胸开朗。放:疏放,放达。不受礼法及世俗之见的约束。

⑤以事见法:因事被处死。指吕安、嵇康被诬陷事。

⑥博综技艺:掌握多种技艺。综,聚集,综合。

⑦丝竹:弦乐器与管乐器,泛指音乐。

⑧就命:终命,死亡。就,此意为终。

⑨索琴而弹:《晋书·嵇康传》记嵇康临刑时,顾视日影,索琴弹了一曲《广陵散》,并叹息道:"《广陵散》于今绝矣!"

⑩逝:往。将:句中助词,无义。西迈:向西远行。指向秀往日去洛阳应举事。李善注:"言昔逝将西迈,今返经其旧庐。"刘良注:"逝,往也。西迈者,谓秀西行之京也。言往日西行,今还而过其旧居。旧居即山阳竹林也。"

⑪旧庐:指嵇康、吕安旧居。

⑫薄:迫近。虞渊:古代传说太阳下落的地方。《淮南子·天文
　训》:"至于虞渊,是谓黄昏。"

⑬凄然:此指寒冷。

⑭邻人:嵇康的邻居。

⑮寥亮:犹嘹亮。

【译文】

　　我与嵇康、吕安住地接近,他们都有不可羁绊的超逸才气。但是嵇
康志向高远而于人事粗略,吕安心胸开朗也对世事疏放,以后都因事被
处极刑。嵇康有多方面的艺术才能,对于音乐特别精通。临刑时,顾视
太阳的影子,要求取琴来弹了最后一个曲子。我往日向西远行,归来经
过了他的故居。此时太阳已将西下,天气寒冷如冰。听到邻人吹奏着
笛子,声音清越高远。我想起从前和嵇康、吕安游乐宴饮时的情景,在
笛声的感动下不禁深深叹息,于是写了这篇赋:

　　将命适于远京兮①,遂旋反而北徂②。济黄河以泛舟
兮③,经山阳之旧居④。瞻旷野之萧条兮⑤,息余驾乎城隅⑥。
践二子之遗迹兮⑦,历穷巷之空庐⑧。叹《黍离》之愍周兮⑨,
悲《麦秀》于殷墟⑩。惟古昔以怀今兮⑪,心徘徊以踌躇。栋
宇存而弗毁兮,形神逝其焉如⑫?昔李斯之受罪兮⑬,叹黄犬
而长吟⑭。悼嵇生之永辞兮⑮,顾日影而弹琴。托运遇于领
会兮⑯,寄余命于寸阴⑰。

【注释】

①将命:奉命。适:去。远京:指洛阳。此句说奉命从故乡河内郡
　到洛阳。洛阳在河内郡西南。

②遂:即,就。旋:转。反:返。徂:往。此句说从洛阳返河内。河

内郡在洛阳东北,故曰"北徂"。

③济:渡。

④山阳:河内郡山阳县。县城因在太行山南而命名,故城在今河南
　修武西北。

⑤瞻:远望。

⑥息:停止。驾:车马。城隅:城市的一角。

⑦践:踏着。二子:指嵇康与吕安二人。

⑧穷巷:陋巷。空庐:空室。

⑨《黍离》:《诗经·王风》篇名。周室东迁,周大夫路过故都,见宗
　庙宫室都已毁掉,地上长满禾黍,因悲悯西周的灭亡而作此诗。

⑩《麦秀》:殷亡后,殷宗室微子去朝周天子,过殷墟,见那里原有的
　宫室已毁坏,地基长满了庄稼,于是感慨作了《麦秀歌》:"麦秀渐
　渐兮,禾黍油油。彼狡童兮,不与我好兮。"(歌词引自《古诗源》)
　殷墟:殷商故都的废墟。

⑪惟:思念。古昔:字面上承上文,指《黍离》和微子事,实指昔日与
　嵇康、吕安的交游。今:一作"人"。

⑫形神:肉体和精神。逝:去,消逝。焉:哪里。如:往。

⑬李斯:秦朝著名政治家、文学家和书法家。秦始皇时因功绩卓著
　封丞相;到秦二世时,受赵高谗毁,被秦二世处死,夷三族。受
　罪:受刑。

⑭叹黄犬:李斯死时曾对儿子说:我想和你再牵着黄犬,出上蔡门
　去猎兔,是不可能了。吟:长叹声。

⑮永辞:永远辞别人间。

⑯运遇:命运。领会:人之命运,如衣领一样,有时合,有时开,没有
　一定。

⑰余命:残余的生命。寸阴:极短的时间。这句意思是指嵇康临刑
　前,将残余的生命寄托在弹琴的片刻之间。

## 【译文】

我奉命到达洛阳啊，又返回来再向北去。乘船渡过了黄河啊，经过了山阳的旧居。看旷野是多么萧条啊，我停车在城的一隅。踏着好友的遗迹啊，来到陋巷中的空虚屋宇。我像周大夫哀悼故园而作《黍离》啊，又像微子悲吟《麦秀》于殷朝的废墟。想起和故人的深厚友情啊，内心依恋而迟回难行。屋宇仍在未被毁坏啊，却再难见到屋中的人影。过去李斯在临刑的时候啊，感到不能再带着黄犬去行猎而悲吟。哀悼嵇君在永别之前啊，顾视着日影而最后弹琴。他感到命运是多么难料啊，把余生寄托在弹奏时的一寸光阴。

　　听鸣笛之慷慨兮①，妙声绝而复寻②。停驾言其将迈兮③，遂援翰而写心④。

## 【注释】

①鸣笛慷慨：笛声慷慨激昂。

②绝：断。寻：继续。

③言：助词，无义。

④翰：毛笔。

## 【译文】

此时又听到慷慨悲凉的笛声啊，这声音时断时续袅袅不停。停下的车子又将要启程啊，我拿起笔来写下沉痛的心情。

# 陆士衡

　　陆机（261—303），字士衡，吴郡吴县华亭（今上海松江）人。西晋著名文学家。出身于东吴世族。祖父陆逊为吴丞相，父陆抗为吴大司马。

吴亡,十年不仕。晋武帝太康末,与弟陆云入洛阳,以文章为士大夫所重,名动一时。入晋,历任太子洗马等职。后成都王颖荐为平原内史,世称陆平原。晋惠帝太安二年(303),成都王颖与河间王颙起兵讨长沙王乂,任命他为后将军、河北大都督。兵败受诬,被成都王杀害,死年四十三。

他的诗现存一〇四首,多于同时各作家,在当时文坛上地位较高。他很注意诗歌的华美,刻意追求辞藻和对偶,开一代之风气。所以沈德潜说他"开出排偶一家"(《古诗源》)。他也有一些文情并茂的佳作,并时有佳句,故孙绰云:"陆文若排沙简金,往往见宝"(《世说新语·文学》)。其辞赋成就较高,《叹逝赋》《文赋》皆为名篇。此外,《辩亡论》《豪士赋序》《吊魏武帝文》也较著名。《隋书·经籍志》著录有集四十七卷,已散佚。宋人辑有《陆士衡集》十卷。《晋书》有传。

## 叹逝赋—首　并序

### 【题解】

《叹逝赋》李善曰:"谓嗟逝者往也,言日月流迈,人世过往,伤叹此事而作赋焉。"作者作此赋时刚四十岁,四十三岁便被害。在其短暂的一生中,经历了人世的巨大变化。年二十而吴灭。"国亡主辱,颠沛图济"(张溥),在作者内心深处,隐藏着沉痛的家国之思和身世之感。官室的荒颓,祖业的毁坏,亲友的离丧,十数年间,索然已尽,这不能不引起作者深深的感慨。所以此赋主要是抒发对故国、故园和故友的伤悼和悲叹。最后虽以达观态度自处,但并未真正做到这一点。

这篇抒情小赋感情缠绵悱恻,回肠荡气,于抒情中兼发议论,写议论并无害于抒情。

昔每闻长老追计平生同时亲故[①],或凋落已尽,或仅有存者。余年方四十，而懿亲戚属②，亡多存寡。昵交密友③，亦不半在。或所曾共游一途，同宴一室，十年之外，索然已尽④。以是思哀，哀可知矣。乃作赋曰：

**【注释】**

①长老：老一辈人。平生：少年时代。

②懿亲：至亲。戚属：亲属。

③昵交：最亲近的朋友。

④索然：离散貌。

**【译文】**

　　从前常听老人追数少年时代的亲朋故友，有的已经死了，有的尚在。在我四十岁时，至亲近戚死去的多活着的少。那些交往密切的朋友，也多半不在人世。有的曾一道游玩，有的曾同室共饮，十年之内，已经死尽。因此这心情的悲哀，就可想而知了。于是作《叹逝赋》道：

　　伊天地之运流①，纷升降而相袭②。日望空以骏驱③，节循虚而警立④。嗟人生之短期⑤，孰长年之能执⑥？时飘忽其不再，老晼晚其将及⑦。怼琼蕊之无征⑧，恨朝霞之难挹⑨。望汤谷以企予⑩，惜此景之屡戢⑪。悲夫！川阅水以成川⑫，水滔滔而日度。世阅人而为世⑬，人冉冉而行暮⑭。人何世而弗新，世何人之能故⑮？野每春其必华，草无朝而遗露。经终古而常然⑯，率品物其如素⑰。譬日及之在条⑱，恒虽尽而弗寤⑲。虽不悟其可悲，心惆焉而自伤。亮造化之若兹⑳，吾安取夫久长。

## 【注释】

①运流：运行流转。指时间推移变化。

②升降：指天地之气上下升降。《礼记·乐记》："地气上齐(升)，天气下降……而百化兴焉。"指四季交替。相袭：相因。

③骏驱：急速运转。

④循虚：随天。虚，指天空。警立：惊动而立。李善注："警，犹惊也。"

⑤短期：短暂。

⑥能执：能持续不断。李善注："能执，言不能执持得长年也。"

⑦晼(wǎn)晚：日将暮，迟暮。

⑧怼(duì)：怨。琼蕊：古代传说中琼树的花蕊，似玉屑。张衡《西京赋》："屑琼蕊以朝餐，必性命之可度。"李善注："《三辅故事》曰：'武帝作铜露盘承天露，和玉屑饮之。欲以求仙。'"征：求。

⑨朝霞：早晨日光照映的云彩。《楚辞·九叹·远游》："餐六气而饮沆瀣兮，漱正阳而含朝霞。"传说中仙人服用朝霞，可长生不老。挹(yì)：酌取。

⑩汤谷：古代传说的日出之处，即旸谷。《楚辞·天问》："出自汤谷，次于蒙汜。自明及晦，所行几里？"王逸注："言日出东方汤谷之中，暮入西极蒙水之涯也。"企予：跂起脚跟。企，跂起脚。予，相当"而"，助词。

⑪戢(jí)：隐没，藏。

⑫阅水：水流汇集。阅，总，合。《淮南子·俶真训》："此皆生一父母而阅一和也。"高诱注："阅，总也。"又，钱锺书谓："'阅'，如'阅历'之'阅'。《汉书·盖宽饶传》：'仰视屋而叹曰：美！然富贵无常，忽则易人，此如传舍，所阅多矣！'"（《管锥编》）两种解释均可通。

⑬世：一代之人称一世。

⑭冉冉：渐进之貌。屈原《离骚》："老冉冉其将至兮,恐修名之不立。"

⑮故：依然,仍旧。《抱朴子·对俗》："江淮间居人为儿时,以龟枝床,至后老死,家人移床而龟故生。"此指不死。

⑯终古：往昔,自古以来。

⑰率：通常,大凡。如素：如故。

⑱日及：木槿花,朝开而夕谢。亦名朝菌。潘尼《朝菌赋序》："朝菌者,盖朝华而暮落。世谓之木槿,或谓之日及。诗人以为舜华,宣尼以为朝菌。"

⑲恒：长久。此指生命。

⑳亮：的确。

【译文】

天地之运行流转,四时迅速相互因袭。太阳向长空奔驰,季节随天地运行而交替。慨叹人生之短暂,谁能长命永继? 时光飞逝不会再来,很快日薄西山老之将及。可恣长生灵药琼蕊难求,可恨食之不死之朝霞难取。踮起脚跟望那日出之处,可惜此种美景常常隐匿。悲伤呵! 河流汇集水滴而成河,河水滔滔日夜奔流不息。世间一代一代相继为世,人渐渐变老而至暮期。人,哪一世而不更新? 世上,何人又能不死? 田野每逢春天花必开,草叶无一朝而能留下露滴。从古到今习以为常,大凡万物皆如此。譬如木槿之花开在枝头,生命虽尽而不悟。虽然草木不知其可悲之处,而我的心情却惆怅而感伤。自然之法则确是如此,我又怎能让生命久长。

　　痛灵根之夙陨①,怨具尔之多丧②。悼堂构之隤瘁③,愍城阙之丘荒④。亲弥懿其已逝⑤,交何戚而不忘⑥。咨余今之方殆⑦,何视天之芒芒⑧。伤怀凄其多念,戚貌瘁而鲜欢⑨。幽情发而成绪,滞思叩而兴端⑩。惨此世之无乐,咏在昔而为言<sup>⑪</sup>。

**【注释】**

①灵根：喻祖父。刘良注："灵根，灵木之根，喻祖考也。"夙陨：
早亡。

②具尔：李善注："具尔，兄弟也。"《诗经·大雅·行苇》："戚戚兄
弟，莫远具尔。"因上句有"兄弟"二字，后即用具尔作为兄弟的代
称。具，同"俱"。尔，通"迩"，是亲近之意。

③堂构：立堂基，造屋宇。《尚书·大诰》："若考作室，既底法，厥子
乃弗肯堂，矧肯构。"孔安国传："以作室喻治政也。父已致法，子
乃不肯为堂基，况肯构立屋乎？"后因以"肯堂肯构"比喻祖先的
遗业。隤瘁(tuí cuì)：毁坏。

④愍：同"愍"，哀怜。城阙：宫室，帝王所居之所。丘荒：变成荒丘。
指东吴灭亡。

⑤弥懿：极亲近。

⑥交：知交，朋友。戚：亲近。

⑦咨：嗟叹。

⑧芒芒：李善注："芒芒，犹梦梦也。"模糊不清的样子。

⑨戚：忧。瘁：憔悴。鲜：少。

⑩滞思：郁结的情思。叩：打开。兴：感叹。

⑪在昔：过去。

**【译文】**

　　痛心的是祖父早去世，难过的是兄弟多已亡。悲悼那祖业被毁坏，
可怜那吴国宫阙已变荒。近亲密友都已死去，交情多好而令人难忘。
嗟叹如今我之生命正危，天象蒙蒙人事何以预想。伤怀凄凄多所愁思，
忧颜憔悴很少欢畅。抒发幽情而心绪烦乱，郁怀难抑而感慨万端。悲
伤此世没有欢乐，咏叹往昔而发此言。

居充堂而衍宇①，行连驾而比轩②。弥年时其讵几③，夫何往而不残④。或冥邈而既尽⑤，或寥廓而仅半⑥。信松茂而柏悦，嗟芝焚而蕙叹⑦。苟性命之弗殊，岂同波而异澜。瞻前轨之既覆，知此路之良难⑧。启四体而深悼⑨，惧兹形之将然⑩。毒娱情而寡方⑪，怨感目之多颜⑫。谅多颜之感目⑬，神何适而获怡⑭？寻平生于响像⑮，览前物而怀之。

**【注释】**

① 充堂：充满于堂。衍宇：连室。

② 连驾：比喻车多。比轩：并车而行。

③ 弥年：终年。讵(jù)几：岂几许，曾几何，即无多少。讵，犹岂、曾。

④ 何往：哪里。残：不全。指死亡。

⑤ 冥邈：幽远。指死去。

⑥ 寥廓：空旷无人。

⑦ 芝：香草名。蕙：香草名。一名佩兰。屈原《离骚》："兰芷变而不芳兮，荃蕙化而为茅。"古代习俗烧蕙草以薰除灾邪，故亦名薰草。李善以为柏悦、蕙叹"盖以自喻"。为幸存之意。钱锺书谓此可作两解："气类之感，休戚相通，柏见松茂而亦悦，蕙睹芝焚而遂叹，所谓'我与尔犹彼'，一解也；修短通塞，同归于尽，松之大年与芝之强死，犹五十步与百步，物论未齐，忻慨为用，二解也。"(《管锥编》)

⑧ 此路：李善注："此路，即死路也。"良难：甚难。

⑨ 启四体：善终全躯之意。《论语·泰伯》："曾子有疾，召门弟子曰：启予足，启予手。"儒家宣传孝道，临终以得保全名誉、身体为幸，后来即以启手足或启体作为善终的代称。

⑩ 将然：将要如此。

⑪毒:痛。娱情:使心情愉快。方:术。

⑫感目:眼见。多颜:指死者已多,情状不一。李善注:"多颜,谓亡者既多,而非一状也,日思往没之人,多在颜也。"

⑬谅:确实。

⑭何适:到何处。获怡:得到快乐。

⑮响像:声容笑貌。李善注:"响以应声,像以写形。今形声既亡,故寻其响像。"

**【译文】**

在家时兄弟满堂亲朋连屋,出门时车连车而并驾向前。时到如今才几许?奈何亲友多亡故!亲戚死亡已尽,朋友只有一半尚存。相信松树茂盛而柏树喜悦,慨叹灵芝被焚而蕙兰悼念。如果生命都是一样,为何同波而异澜?眼看前车既已倾覆,才知人生此路太艰难。弥留时顾全四体深可悲悼,恐怕我的形体亦将已然。伤痛的是欲使心情愉快而无术,难过的是死者各种惨状如在眼前。死者种种惨状确实目睹,神情到哪里能得以喜欢?追忆亲友平昔的声容笑貌,看着其遗物而无限怀念。

步寒林以凄恻,玩春翘而有思①。触万类以生悲,叹同节而异时②。年弥往而念广③,途薄暮而意迮④。亲落落而日稀⑤,友靡靡而愈索⑥。顾旧要于遗存⑦,得十一于千百⑧。乐隤心其如忘⑨,哀缘情而来宅⑩。托末契于后生⑪,余将老而为客⑫。

**【注释】**

①翘:茂盛貌。

②同节而异时:李善注:"言春秋与往同,然存亡异时。"

③弥往：久远。

④薄暮：接近日落。此指暮年。意迮(zé)：心中急迫。

⑤落落：稀疏，零落貌。

⑥靡靡：零落貌。索：离散，孤独。

⑦旧要(yāo)：故友。

⑧得十一于千百：以千百而计，十分而得其一。

⑨陨(tuí)心：从心中消失。陨，遗，落。

⑩缘情：伴随着感情。宅：停，留。李善注："言乐易失而哀易居也。"

⑪末契：对人谦称自己的情谊。后生：后辈。

⑫客：指死。李善注："言我将欲老死，与汝为客也。"钱锺书谓："承上文'顾旧要于遗存，得十一于千百'，苦语直道衷情而复曲尽事理。'老'则故人愈稀。'客'则旧乡远隔，然而群居未容独往，则不得不与'后生'结契。顾孔融《论盛孝章书》不云乎：'今之少年，喜谤前辈。'……陆赋含蓄未道之意，不得不托后生而后生又不可托也……盖年辈不同，心性即异。''则'老而为客'，难'托契'于'后生'也"（《管锥编》）。

【译文】

漫步寒林心情悲伤，玩赏春花而思绪纷乱。触景生情情更悲，叹节同物同而人非。时隔愈久而思念愈多，人到暮年而心情急迫。亲戚寥落日益稀少，故友离散更加萧索。寻找旧友留存在世者，千中之十而百中之一。欢乐从心中消失得如同遗忘，悲哀随着情绪而充满心头。向后生寄托我的情谊，我将老死与你为客。

　　然后弭节安怀①，妙思天造②。精浮神沦③，忽在世表④。寤大暮之同寐⑤，何矜晚以怨早⑥。指彼日之方除⑦，岂兹情之足搅⑧。感秋华于衰木⑨，瘁零露于丰草⑩。在殷忧而弗违⑪，夫何云乎识道⑫？将颐天地之大德⑬，遗圣人之洪宝⑭。

解心累于末迹⑮,聊优游以娱老。

【注释】

①弭(mǐ)节:驻车。弭,止。节,行车进退之节。

②天造:自然生成,非人为所及。

③精浮神沦:指精神不定。沦,沉没。

④世表:人世之外。

⑤大暮:长夜。指死去。

⑥矜晚以怨早:指崇尚晚死,哀怨早夭。李善注:"原夫生死之理,虽则长短有殊,终则同归一揆。言觉斯理,则晚死者何足矜,早夭者何伤也。"

⑦彼日:指那些亲友死去之日。方除:刚刚过去。除,光阴已过。

⑧搅:乱。

⑨秋华:秋天之花。此指凋谢。

⑩瘁:悲。零露:露珠零落。

⑪殷忧:深忧。违:离开,去。

⑫道:指生死之道理。

⑬颐(yí):保养。天地大德:指生。《周易·系辞》:"天地之大德曰生。"孔疏:"言天地之盛德,在乎常生,故言'曰生'。若不常生,则德之不大。以其常生万物,故云'大德'也。"

⑭圣人之洪宝:指帝王之位。圣人,君主时代对帝王的尊称。洪宝,大宝,即帝王之位。《周易·系辞》:"圣人之大宝曰位。"

⑮解心累:解心之缪,去德之累。即解除情欲对心之束缚和对道德修养的损害。《庄子·庚桑楚》:"解心之谬(缪),去德之累……容动色理气意六者,谬心也;恶欲喜怒哀乐六者,累德也。"累,妨碍。末迹:比喻老年。

**【译文】**

这之后便可驻足安心,深思自然生成之理。神游天地,飘然世外。领悟到人死如同长眠,何必晚死自喜而早夭哀伤?那些亲友死日刚刚过去,此情此景岂能搅乱我心?为秋木之落花而感伤,为芳草之露消而悲哀。陷入深忧而不知解脱,这怎么能说懂得生死之道?将养天年,放弃高官。人到老年要解除情欲之累,悠闲自得欢度晚年。

# 潘安仁

见卷第七《藉田赋》作者介绍。

## 怀旧赋一首　并序

**【题解】**

　　李善注谓:"《怀旧赋》者,怀思也,谓思于亲旧而赋也。"即作者为怀念旧时亲友而作此赋。赋中将少年时受到戴侯器重,许以佳姻,以及两家成为世亲的深厚友情,与现在经过此地,亲友俱丧,一派凄凉萧条景象,作了鲜明的对比。通过这种对比,更增加了作者的怀旧之情,也增强了对悲哀感情的抒发。《晋书·潘岳传》载:"辞藻绝丽,尤善为哀诔之文。"《怀旧赋》尽管不属哀诔,但表现之哀情,确有特色。它文笔洗练,无多用事,只抓住几件最使作者铭感难忘的往事,以及眼前垒垒坟丘,就表达出一种真挚强烈的感情,深深打动了读者。所以自元好问批评《闲居赋》失真以来,论者往往说潘岳之哀情乃无病呻吟之见,是不无偏颇的。

　　余十二而获见于父友东武戴侯杨君①。始见知名②,遂申之以婚姻③。而道元、公嗣④，亦隆世亲之爱⑤。不幸短命，父子凋殒⑥。余既有私艰⑦，且寻役于外⑧，不历嵩丘之山者⑨，九年于兹矣。今而经焉⑩，慨然怀旧而赋之。曰：

**【注释】**

①东武戴侯杨君：即杨肇，字秀初，荥阳（今属河南）人。晋时荆州刺史，被封为东武伯，死后谥曰戴侯。

②始见知名：李善注："言岳有名誉，为肇所知。"

③申之以婚姻：指杨肇将女儿许配给潘岳。申，申明。

④道元、公嗣：杨肇长子名潭，字道元，亦作道源；次子名韶，字公嗣。

⑤隆：珍重。世亲：世代有通婚关系的亲属。潘岳《杨仲武诔》："既藉三叶世亲之恩，而子之姑，余之伉俪焉。"

⑥凋殒：殁世。

⑦私艰：李善注："私艰，谓家难也。"指父母之丧。

⑧寻役：离家赴任。役，仆役。此指州县之官职。

⑨历：经过。嵩丘：嵩山，位于洛阳东南。刘良注："杨肇茔葬嵩山，岳望之而念旧也。"

⑩经：经过。

**【译文】**

我十二岁时，得见父亲的朋友东武戴侯杨先生。初次见面，他就知道我的名气，便将女儿许配给我。杨先生之子道元和公嗣，也十分珍重我们两家世亲之间的友情。不幸的是他们都很短命，杨先生父子已过早地去世。我既遭父亲之丧，又在外地做官，没能来嵩山这墓地，至今已经九年了。现在经过这里，心中感慨不已，怀念旧时的亲友，因而作赋道：

启开阳而朝迈①，济清洛以径渡②。晨风凄以激冷③，夕雪暠以掩路④。辙含冰以灭轨⑤，水渐轫以凝冱⑥。途艰屯其难进⑦，日腕晚而将暮⑧。仰晞归云⑨，俯镜泉流⑩；前瞻太室⑪，傍眺嵩丘⑫。东武托焉，建茔启畴⑬。岩岩双表⑭，列列行楸⑮。望彼楸矣，感于予思⑯。既兴慕于戴侯⑰，亦悼元而哀嗣。坟垒垒而接垄⑱，柏森森以攒植⑲。何逝没之相寻⑳，曾旧草之未异㉑。

**【注释】**

①启：打开。开阳：洛阳城的开阳门。朝迈：早晨出发上路。

②济：渡河。

③激冷：激烈寒冷。

④夕雪：昨夜积雪。暠(hào)：洁白。掩：覆盖。

⑤灭轨：掩盖着车轮的轨迹。

⑥渐：渍，浸湿。轫：车轮。凝冱(hù)：结冰，冻结。

⑦屯：难。

⑧腕(wǎn)晚：日将暮，迟暮。

⑨晞(xī)：远望。

⑩镜：看。

⑪太室：嵩山山峰名。

⑫傍：通"旁"。

⑬茔(yíng)：坟地。启畴：破土动工，建造坟墓。

⑭岩岩：高峻的样子。表：指华表。古代立于宫殿、城垣或陵墓前的石柱，柱身往往刻有花纹，用为标志和装饰。

⑮列列：行列分明的样子。楸(qiū)：一种落叶乔木。

⑯予思：《尚书·皋陶谟》："禹拜曰：'予思日孜孜。'"意谓我只想每

天孜孜不倦地努力。潘岳因看着墓地的楸树，思念起亡友，对《尚书》中这句话有所感触。

⑰兴慕：心中产生思念之情。

⑱接垄：坟丘相连。垄，丘垄。

⑲攒（cuán）植：聚集在一起生长。

⑳逝没之相寻：指朋友去世后才来相寻。

㉑旧草之未异：坟墓上的旧草尚未改变。旧草，指宿草，即隔年生的草。此处说杨氏墓上虽有宿草，而未改变原来的样子，更令人伤心。

**【译文】**

开阳门刚开就一早上路，清清的洛水泛舟径渡。晨风凄凄激烈寒冷，积雪洁白掩盖征途。车辙凝冰不见轨迹，车轮浸湿水结冰已凝固。道路艰难无法行走，落日昏暗将降夜幕。抬眼远望归云，低头俯视泉流；前方仰见太室峰，侧面眺望嵩山丘。东武生前嘱托，在此营造坟墓。墓前一对华表高高矗立，墓旁整齐排列着楸树。看到墓旁那些楸树呵，心中想起《尚书》中"予思日孜孜"的句子。所以既思念前辈戴侯，又哀悼道元和公嗣。坟冢垒垒互相连接，松柏森森丛聚墓地。为什么亲友亡后才来相寻，坟上旧草竟未变异。


余总角而获见①，承戴侯之清尘②。名余以国士③，眷余以嘉姻④。自祖考而隆好⑤，逮二子而世亲⑥。欢携手以偕老，庶报德之有邻⑦。今九载而一来，空馆阒其无人⑧。陈荄被于堂除⑨，旧圃化而为薪⑩。步庭庑以徘徊⑪，涕泫流而沾巾⑫。宵展转而不寐，骤长叹以达晨⑬。独郁结其谁语⑭？聊缀思于斯文⑮！

**【注释】**

①总角:古代男女未成年前束发为两结,形状如角,故称总角。后因以借指童年时期。

②承戴侯之清尘:侍奉戴侯。清尘,本指尊者车后扬起的尘埃,后以清尘为对人的敬称,不必确指尘埃。清,敬辞,谓尊贵之意。

③国士:国中才能出众的人。

④眷:亲属。这里指结为姻亲。

⑤祖考:已故的祖父。隆好:深厚的交情。

⑥二子:指杨肇二子道元与公嗣。

⑦庶:副词,表示希望。

⑧阒(qù):寂静。

⑨陈荄(gāi):陈旧的草根。荄,草根。被(pī):"披"的古字。堂除:堂前台阶。李善注:"除,殿阶也。"

⑩旧圃:从前的园圃。

⑪庑(wǔ):堂下周围的廊屋。

⑫泫(xuàn)流:眼泪直流。泫,水滴下垂。

⑬骤:多次。

⑭独郁结其谁语:《楚辞·九叹·远游》:"遭沉浊而污秽兮,独郁结其谁语?"意谓独自愁思郁结向谁诉说。

⑮聊:姑且。缀:连结。此指编写。

**【译文】**

　　我年少时就得见戴侯,侍奉左右承蒙厚爱。称我是国中杰出之士,器重我让女儿和我结成美好婚姻。自祖父即有深厚交情,到道元和公嗣而成世亲。原指望携手共到白头,想报答恩惠永为近邻。如今九年才来拜望一次,空馆寂寂竟无一人。隔年枯草披挂庭阶,旧时园圃长满柴薪。站在庭院徘徊悲伤,泪水滚滚打湿衣巾。夜里翻来覆去不能入睡,长吁短叹直到清晨。独自伤心郁闷向谁诉说? 且将愁思倾注此文!

# 寡妇赋一首　并序

## 【题解】

魏晋时期抒写寡妇哀情的作品，为数不少，潘岳此赋是著名的一篇。赋中寡妇为任子咸妻。子咸死，潘岳有感于其妻孤寡之情，因为之作赋。赋中以第一人称抒写这位品貌卓异的少妇，痛悼亡夫的缠绵悱恻的悲苦情怀，真是裂腑摧心，一泣一诉，哀痛欲绝。

陈祚明曰："安仁情深之子，每一涉笔，淋漓倾注，宛转侧折，旁写曲诉，刺刺不能自休。"（《采菽堂古诗选》）从此赋看确为如此。赋体之作代他人写情者颇多，然而此赋写得如此淋漓倾注，不能不说是由于作者与抒写对象的关系密切所致。子咸与作者从小是好友，子咸妻又是作者姨妹，这种亲密关系使作者对其遭遇的关注、同情，无以复加。因之赋作表现的感情十分真挚。

　　乐安任子咸①，有韬世之量②，与余少而欢焉。虽兄弟之爱，无以加也。不幸弱冠而终。良友既没，何痛如之？其妻又吾姨也③。少丧父母，适人而所天又殒④。孤女藐焉始孩⑤。斯亦生民之至艰⑥，而荼毒之极哀也⑦。昔阮瑀既殁⑧，魏文悼之⑨，并命知旧作寡妇之赋⑩。余遂拟之⑪，以叙其孤寡之心焉。其辞曰：

## 【注释】

①乐安任子咸：任护，字子咸，乐安（今山东博兴）人。官奉车都尉。

②韬世之量：言度量之大，包藏一世。韬，掩藏，包藏。

③姨：古代称妻子的姊妹为姨。

④适人：出嫁。天：指丈夫。

⑤蔑:弱小。始孩:刚刚三岁。孩,孩提,二三岁之间。《潘岳集·
　任泽兰哀辞》:"泽兰者,任子咸之女也。涉三龄,未没衰而殒。
　余闻而悲之,遂为其母辞。"即泽兰刚三岁,父丧未满而夭折,潘
　岳为之作哀辞。

⑥生民:生人,即人生。至艰:最大的忧愁。艰,忧。

⑦荼(tú)毒:残害。亦为痛苦。

⑧阮瑀:字元瑜,汉末文学家。

⑨魏文:魏文帝曹丕。

⑩命:指使,吩咐。知旧:知交故旧,指老朋友。曹丕《寡妇赋序》:
　"陈留阮元瑜,与余有旧,薄命早亡……故作斯赋,以叙其妻子悲
　苦之情。命王粲等并作之。"

⑪拟:模仿,仿效。

【译文】

　　乐安任子咸,有宽广的胸怀,和我在少年时代就友谊甚厚,即使兄弟之爱,也无以超过。不幸年刚二十就病故了。好友去世,悲痛已极。他的妻子又是我的姨妹。她少小时父母双亡,出嫁后丈夫又夭折。孤女弱小,刚刚三岁。这是人生的莫大灾难,也是饱受磨难的极大悲哀。昔日阮瑀去世,魏文帝沉痛悼念他,并让老朋友作寡妇之赋。我就仿照这种作法,写赋以表达妻妹的孤寡心情。赋辞是:

　　嗟予生之不造兮①,哀天难之匪忱②。少伶俜而偏孤兮③,痛忉怛以摧心④。览寒泉之遗叹兮⑤,咏《蓼莪》之余音⑥。情长戚以永慕兮⑦,思弥远而逾深。伊女子之有行兮⑧,爰奉嫔于高族⑨。承庆云之光覆兮⑩,荷君子之惠渥⑪。顾葛藟之蔓延兮⑫,托微茎于樛木⑬。惧身轻而施重兮⑭,若履冰而临谷⑮。遵义方之明训兮⑯,宪女史之典戒⑰。奉蒸

尝以效顺兮<sup>⑱</sup>，供洒扫以弥载<sup>⑲</sup>。彼诗人之攸叹兮<sup>⑳</sup>，徒愿言而心痗<sup>㉑</sup>。何遭命之奇薄兮<sup>㉒</sup>，遘天祸之未悔<sup>㉓</sup>。荣华晔其始茂兮<sup>㉔</sup>，良人忽以捐背<sup>㉕</sup>。静阖门以穷居兮<sup>㉖</sup>，块茕独而靡依<sup>㉗</sup>。易锦茵以苦席兮<sup>㉘</sup>，代罗帱以素帷<sup>㉙</sup>。命阿保而就列兮<sup>㉚</sup>，览巾箑以舒悲<sup>㉛</sup>。口呜咽以失声兮，泪横迸而沾衣<sup>㉜</sup>。愁烦冤其谁告兮<sup>㉝</sup>，提孤孩于坐侧<sup>㉞</sup>。

**【注释】**

①予：我。潘岳以第一人称代任子咸妻抒写其不幸与悲戚。不造：指处身失所等灾难和不幸。造，成，成就。

②天难：天降祸难。匪：非，不。忱：信，诚信。

③伶俜（líng pīng）：孤单。

④忉怛（dāo dá）：悲痛。

⑤寒泉：李善注："寒泉，谓母存也。"《诗经·邶风·凯风》："爰有寒泉，在浚之下。有子七人，母氏劳苦。"后用作子女孝顺母亲的典故。

⑥《蓼莪（lù é）》：李善注："蓼莪，谓父母俱亡也。"《蓼莪》是《诗经·小雅》中的篇名，其诗曰："蓼蓼者莪，匪莪伊蒿。哀哀父母，生我劬劳。"为孝子追念父母而作，后以蓼莪比喻对亡亲的悼念。

⑦长戚：永久的忧愁。

⑧伊：发语助词，无实义。女子：指任子咸妻。有行：指出嫁。《诗经·邶风·泉水》："女子有行，远父母兄弟。"郑笺："行，道也，妇人生而有适人之道。"又《春秋左传·桓公九年》："凡诸侯之女行。"杜预注："行，嫁也。"

⑨爰：发语助词。奉嫔：奉行妇道。嫔，嫁。高族：高门望族。此指任子咸家。

⑩承:承受。庆云:五色之云,瑞祥之气。比喻显位或长辈。李善注:"庆云,喻父母也。"光覆:指父母的恩泽庇荫。

⑪荷:承受。与"承"同义。君子:指丈夫任子咸。惠渥(wò):深情厚爱。渥,厚。

⑫葛藟(lěi):葛和藟,皆蔓生植物。蔓延:向周围延伸扩张。

⑬微茎:细茎。樛(jiū)木:向下弯曲的树木。《诗经·周南·樛木》:"南有樛木,葛藟累之。"意谓女子托身依靠于丈夫。

⑭身轻而施重:意谓身躯微贱而受丈夫厚爱。

⑮履冰而临谷:意谓如踏冰临谷那样小心谨慎。

⑯义方:做人的正道。后多指家教。明训:对父母教诲的尊称。

⑰宪:效法,以为规范。女史:古代女官名。《周礼》天官、春官所属皆有女史。属天官者,掌管王后礼仪,佐内治,为内官;属春官者,掌管文书,为府史之属。后用为妇女的美称。典戒:典则戒鉴。指道德信条。

⑱蒸尝:指秋冬二祭。《礼记·祭统》:"凡祭有四时:春祭曰礿,夏祭曰禘,秋祭曰尝,冬祭曰烝。"后泛指祭祀。效顺:尊敬从命。

⑲弥载:终年。

⑳诗人:指《诗经·卫风·伯兮》的作者。攸叹:长叹。

㉑愿言而心痗(mèi):《诗经·卫风·伯兮》:"愿言思伯,使我心痗。"此句意谓深爱其夫,誓愿与丈夫白头偕老而不得,只落得内心悲痛不已。言,语助词。心痗,内心痛苦。

㉒遭命:遭受的命运。奇薄:出人意料的悲惨,命薄。

㉓遘(gòu):遇,遭受。天祸:天降灾难,指丈夫之死。未悔:指上天未悔祸于我,对我毫不怜悯。

㉔荣华:比喻女子青春年华,颜色娇好。晔:光彩动人。

㉕良人:古代妻子对丈夫的称呼。捐:弃。背:离。

㉖阖(hé)门:闭门。穷居:孤独苦闷地生活着。

㉗块：孤独。茕(qióng)独：孤独。

㉘锦茵：锦制的垫褥。苫(shān)席：古人居丧时睡的草席。

㉙代：与"易"同义。罗帱(chóu)：绫罗制的床帐。素帷：居丧时用的白色帐帷。

㉚阿保：保姆。古代贵族女子皆有傅父傅母。此指任子咸妻随身的保姆。就列：就位，就守丧之列。

㉛巾箑(shà)：绢扇。

㉜横进：指眼泪纵横交流。

㉝烦冤：内心觉得忧闷冤枉。

㉞提：带领，扶持。坐侧：灵座之侧。灵座，人死后家人为其设的灵位。

## 【译文】

可叹我生来就不幸呵，悲哀的是天降灾难老天待我不以诚信。从小孤苦而遭受父丧呵，悲痛已极裂腑摧心。读"寒泉"诗句而感叹慈母的劳苦呵，诵《蓼莪》篇章以哭诉母继父亡的厄运。心情长期忧愁而永远思念父母呵，思念愈久而悲痛愈深。身为女子总要出嫁呵，奉行妇道嫁于任氏高门。承受父母积下的恩泽庇护呵，又蒙丈夫惠爱情重谊深。想到自身像葛藤之柔弱细长呵，将微茎附托于樛木而依靠终身。唯恐身躯微贱而愧于丈夫厚爱呵，总像踏冰临谷那样小心谨慎。遵循父母教诲而深明遗训呵，效法古代女史的道德标准。奉行秋冬祭祀以表尊敬顺从呵，终年勤于洒扫以使庭院常新。正如《伯兮》篇章诗人的长叹呵，只愿与君白头，而今只落得内心悲痛不已。命运遭遇多么出人意料的不幸呵，天降祸患对我毫不怜悯。容颜娇好正当芳年呵，丈夫突然夭折弃我而去。静静地闭门而独守呵，独身一人而无所凭依。拿开锦褥换上草席呵，撤下罗帐挂起素帷。吩咐阿保以就守丧之列呵，看着丈夫遗扇而沉痛悲泣。口呜咽痛哭失声呵，泪痕交流而沾衣。愁苦烦冤向谁诉说呵，提领孤儿站于灵位之侧。

时暧暧而向昏兮①，日杳杳而西匿②。雀群飞而赴楹兮③，鸡登栖而敛翼④。归空馆而自怜兮，抚衾裯以叹息⑤。思缠绵以瞀乱兮⑥，心摧伤以怆恻⑦。曜灵晔而遄迈兮⑧，四节运而推移⑨。天凝露以降霜兮，木落叶而陨枝。仰神宇之寥寥兮⑩，瞻灵衣之披披⑪。退幽悲于堂隅兮⑫，进独拜于床垂⑬。耳倾想于畴昔兮⑭，目仿佛乎平素⑮。虽冥冥而罔觌兮⑯，犹依依以凭附⑰。痛存亡之殊制兮⑱，将迁神而安厝⑲。龙辖俨其星驾兮⑳，飞旐翩以启路㉑。轮按轨以徐进兮，马悲鸣而踟顾㉒。潜灵邈其不反兮㉓，殷忧结而靡诉㉔。睎形影于几筵兮㉕，驰精爽于丘墓㉖。自仲秋而在疚兮㉗，逾履霜以践冰㉘。雪霏霏而骤落兮㉙，风泬泬而夙兴㉚。溜泠泠以夜下兮㉛，水溓溓以微凝㉜。意忽恍以迁越兮㉝，神一夕而九升㉞。庶浸远而哀降兮㉟，情恻恻而弥甚㊱。愿假梦以通灵兮㊲，目炯炯而不寝。夜漫漫以悠悠兮㊳，寒凄凄以凛凛㊴。气愤薄而乘胸兮㊵，涕交横而流枕。亡魂逝而永远兮，时岁忽其遒尽。容貌儡以顿悴兮㊶，左右凄其相慜。

**【注释】**

①暧暧(ài)：昏暗不明貌。

②杳杳(yǎo)：深远幽暗貌。

③赴楹(yíng)：飞向屋宇的梁柱。楹，屋柱。

④登栖：跳上栖息之处。即鸡坿。

⑤衾裯(chóu)：被子和帷帐。衾，大被。裯，床上的帐子。

⑥瞀(mào)乱：昏乱。

⑦怆恻：悲伤。

⑧曜灵:太阳。《楚辞·天问》:"角宿未旦,曜灵安藏。"遄(chuán)迈:疾速迈进。

⑨四节:四时节气,指春夏秋冬四时。

⑩神宇:供奉神灵的屋宇。此指供任子咸灵位之室。寥寥:空寂。

⑪灵衣:神灵所穿之衣。《楚辞·九歌·大司命》:"灵衣兮披披,玉佩兮陆离。"此指丈夫旧时衣。刘良注:"灵衣,夫平生衣。"披披:微微飘动之貌。

⑫幽悲:深悲。此言不忍见灵室之寥寥和灵衣之披披,退到正室一角暗自悲痛。

⑬床垂:灵床之下。床,灵座。垂,边。此言又独自进到灵床边叩拜。

⑭倾想:侧耳倾听。畴昔:往日。

⑮平素:平时。

⑯冥冥:幽暗。罔:无。觌(dí):见。

⑰依依:思念之貌。凭附:凭依亲近。

⑱存亡:存指任子咸妻,亡指任子咸。殊制:差别,异路。

⑲迁神:迁走灵枢,起灵。安厝(cuò):安葬。

⑳龙辖(ér):丧车车辕上画有龙,故称龙辖。俨:庄重貌。星驾:星夜驾车驰行。

㉑旐(zhào):丧枢前之魂幡。

㉒踢(jú)顾:回顾不前。踢,曲,屈。

㉓潜灵:幽潜之灵魂。此指深葬地下之灵枢。邈:遥远。

㉔殷忧:深忧。

㉕形影:指丈夫任子咸的形体。几筵:指祭祀任子咸的灵座。

㉖精爽:指魂灵。

㉗仲秋:农历八月,其月份在秋季中间,故曰仲秋。在疚:因丧夫而悲痛。此指居丧期间。(依李周翰说。)

㉘履霜以践冰：由履霜而至践冰。指居丧期间自秋经冬。

㉙雪霏霏：落雪盛大貌。

㉚浏浏：风疾貌。凤兴：指风到早晨刮得更大。

㉛溜（liù）：屋檐水。泠泠（líng）：檐水下注的清脆声。

㉜潋潋（liǎn）：水开始凝成薄冰的样子。

㉝忽忧：心神不定，模糊不清。迁越：迁移超越，心神游移不定的
　状态。

㉞神一夕而九升：神魂一夜多次升腾。《楚辞·九章·抽思》："惟
　郢路之辽远兮，魂一夕而九逝。"升，升腾，消失。

㉟浸远：时序渐远。哀降：悲哀渐渐淡薄。

㊱恻恻：悲痛。弥甚：一天比一天加重。

㊲假梦以通灵：凭借梦境以沟通灵魂。

㊳悠悠：遥远，无穷尽。

㊴凛凛：寒冷貌。

㊵愤薄：郁结，充溢，阻塞。乘胸：满胸。

㊶儡（léi）：丧败。顿悴：困厄憔悴。

## 【译文】

　　天色幽暗已近黄昏呵，日影惨淡正向西匿。鸟雀群飞而归槛巢呵，鸡群登埘敛起双翼。回到空房而自怜呵，抚着衾帐以叹息。思绪缠绵而昏乱呵，心已破碎而极度悲戚。太阳明丽而迅速行进呵，四时不断运转而推移。天空露水凝结降下寒霜呵，树木落叶而离枝。仰望灵堂空虚寂寥呵，看着丈夫旧衣在微微飘拂。退到堂角沉痛地悲泣呵，返身又独自叩拜于灵床。侧耳倾听丈夫往日的声音呵，两眼仿佛看到丈夫平时的容颜。虽然昏沉幽暗无所见呵，仍然就像从前依依在他身边。生死异路使人痛心呵，即将迁灵以行安葬。灵车庄严而星夜出发呵，魂幡飘扬以开路引行。车轮按辙徐徐行进呵，辕马悲鸣而徘徊反顾。灵柩深葬地下邈不可返呵，隐忧郁结而无法倾诉。凝视丈夫形影依稀坐于

灵位呵,其魂魄已经飞驰在那坟墓。自从八月因夫丧而悲痛呵,越过秋天又进入寒冬。大雪飘飘而骤然降落呵,狂风呼啸从夜到明。雪消檐水泠泠夜下,流水缓缓又凝成薄冰。心情恍惚而游移不定呵,神魂一夜而九次飞升。希望丧期渐远而哀情渐淡呵,谁知心情悲戚一天比一天加重。希望借助梦境与丈夫灵魂相通呵,谁知两眼明亮一直不能入梦。长夜漫漫而无穷尽呵,寒风凄凄而凛冽。哀怨之气充塞而填胸呵,眼泪交流湿透睡枕。亡魂一去永不归呵,一年很快已将尽。容颜消瘦而憔悴呵,亲人痛心而对我怜悯。

感三良之殉秦兮①,甘捐生而自引②。鞠稚子于怀抱兮③,羌低徊而不忍④。独指景而心誓兮⑤,虽形存而志陨⑥。

**【注释】**

①三良之殉秦:《春秋左传·鲁文公六年》:"秦伯任好卒,以子车氏之三子奄息、仲行、铖虎为殉,皆秦之良也。"杜预注:"以人从葬为殉。"良,贤良。

②甘捐生而自引:情愿为丈夫献出生命以自尽。自引,自尽。

③鞠:养育,抚养。

④羌(qiāng):发语助词。低徊:徘徊。

⑤指景:指日。景,日影,日光。

⑥形存:形体存活。志陨:心死。指心魂与子咸同陨灭。

**【译文】**

想到古代三位贤士为秦君殉葬呵,我也心甘情愿殉夫而自尽。但思及怀里的幼子靠谁抚养呵,宛转徘徊而内心不忍。暗自指着日头心发誓呵:虽然形体尚存而心已死。

　　重曰①:仰皇穹兮叹息②,私自怜兮何极。省微身兮孤弱③,顾稚子兮未识④。如涉川兮无梁,若陵虚兮失翼⑤。上瞻兮遗象⑥,下临兮泉壤。窈冥兮潜翳⑦,心存兮目想⑧。奉虚坐兮肃清⑨,愬空宇兮旷朗⑩。廓孤立兮顾影⑪,块独言兮听响⑫。顾影兮伤摧⑬,听响兮增哀。遥逝兮逾远⑭,缅邈兮长乖⑮。四节流兮忽代序⑯,岁云暮兮日西颓⑰。霜被庭兮风入室,夜既分兮星汉回⑱。梦良人兮来游,若闾阖兮洞开⑲。怛惊悟兮无闻⑳,超惝恍兮恸怀㉑。恸怀兮奈何,言陟兮山阿㉒。墓门兮肃肃㉓,修垄兮峨峨㉔。孤鸟嘤兮悲鸣㉕,长松萎兮振柯㉖。哀郁结兮交集,泪横流兮滂沱。蹈恭姜兮明誓㉘,咏《柏舟》兮清歌㉙。终归骨兮山足㉚,存凭托兮余华㉛。要吾君兮同穴㉜,之死矢兮靡他㉝!

**【注释】**

①重曰:与"乱曰"同义,赋末收结,概括全篇。

②皇穹:皇天,苍天。

③微身:自身,自己。

④未识:未明事理,不懂事。

⑤陵虚:升天。陵,升腾。虚,空虚,天空。

⑥遗象:亡夫的形象。

⑦窈(yǎo)冥:幽深。潜翳:隐蔽,掩藏。

⑧心存:心中怀念,思念。目想:凝思。

⑨奉:供奉。虚坐:灵座,灵位。肃清:肃穆清静。

⑩愬:倾诉。空宇:空室。此指灵室。

⑪廓:空廓,寂寥。孤立:指子咸妻孤独地站于灵室。影:指亡夫遗像。

⑫听响:静听子咸的声响。

⑬伤摧:极度悲伤。

⑭遥逝:指子咸魂灵已远逝。逾远:指自己的思念愈益久远。

⑮缅邈:缅怀久远。长乖:永远分离。

⑯代序:时序替代推移。

⑰岁云暮:岁暮,岁末。云,语助词。颓:坠,落。

⑱夜既分:已经半夜。星汉:天河,河汉。回:指河汉西流,西斜,说明已到后半夜。

⑲阊阖(chāng hé):天门。此指屋门。

⑳怛(dá):惊愕。惊悟:惊醒。

㉑超:超然,怅然,失望之貌。惝(chǎng)恍:神志迷惘,恍惚不清。恸怀:内心极度悲哀。

㉒言:发语助词。陟(zhì):登。山阿:山陵。

㉓肃肃:寂静无声。

㉔修垄:长冢。峨峨:高耸之貌。

㉕嘤:鸟鸣声。

㉖振柯:摇动枝条。柯,草木枝茎。

㉗滂沱:形容泪流之多。

㉘蹈:踏着,跟随。恭姜:人名。春秋卫世子共伯之妻。共伯早死,其妻恭姜守义,父母欲夺而嫁之,恭姜作诗以明誓。其诗为《诗经·鄘风·柏舟》。诗句有:"泛彼柏舟,在彼中河。髧彼两髦,实维我仪。之死矢靡他。母也天只,不谅人只。"言虽至死,誓不改嫁。下句之《柏舟》即指此诗。

㉙清歌:不用乐器伴奏的歌唱。

㉚山足:山坡,山脚下。

㉛存:存心,诚心。凭托:依托。指将自身永远依托于子咸。余华:余下的年华。因子咸妻尚年轻,故谓余华,表示永不改嫁之意。

㉜要(yāo):相约,结。《论语·宪问》:"见利思义,见危授命,久要不忘平生之言。"孔安国疏:"久要,旧约也。"

㉝之死:至死。矢:誓。靡:无。

**【译文】**

　　尾声:仰望苍天呵以叹息,暗自哀怜呵何其有极!想到自身呵孤单体弱,看到幼子呵未明事理。有如渡河呵没有桥梁,像是腾空呵失去羽翼。抬头瞻望呵亡夫遗像,低头下视呵夫葬泉壤。黄泉幽暗呵形体潜藏,心存怀念呵日思夜想。供奉灵位呵肃穆凄清,哭诉于灵堂呵空空荡荡。孤立于空室呵注视亡夫形影,自言自语呵倾听亡夫音响。视无形影呵心已破碎,听无音响呵更增哀伤。亡夫去我愈久呵怀念愈深,怀念愈深呵感觉分离愈长。时节如流呵迅速更替,忽至岁末呵日已落西。霜满庭院呵风吹入室,已经半夜呵河汉星移。梦见丈夫呵归来,仿佛房门呵洞然开启。突然惊醒呵无声无迹,怅然迷惘呵极度悲戚。极度悲戚呵无可奈何,急急奔出呵登上山坡。坡上墓门呵寂静无声,长长的坟冢呵土堆巍峨。孤鸟嘤嘤呵独自悲鸣,松柏萋萋呵树枝振动。悲哀郁结呵交集于心,眼泪横流呵滂沱不停。遵循恭姜的贞洁呵以发誓愿,诵《柏舟》诗篇呵歌以永言。死后埋骨呵在山脚那边,诚心依托子咸呵暂度余年。吾与君相约呵百岁同穴,至死不渝呵永不变心!

# 江文通

　　江淹(444—505),字文通,济阳考城(今河南民权东北)人。南朝宋代到梁初时期的文学家。他幼而敏悟,六岁即能写诗,及长,自以孤贫,刻苦学习,早年即以文章著名。在仕途上最初很不得意,依附宋建平王刘景素,不仅未受重视,反而被陷害入狱。出狱后为镇军参军,领南东海郡丞。后因以诗对心怀异志的刘景素进行劝谏,遭刘憎恶,又被黜为吴兴令。吴兴边远荒凉,环境艰苦,江淹在此苦熬三年,他一生的代表作品,多半写于此时。及刘景素谋反被镇压,萧道成辅政,器重江淹文才,召为尚书驾部郎。从此逐步提升,官至金紫光禄大夫,封醴陵伯。晚年安富尊荣,加以世故日深,思想保守,故文学才能显著减退,人谓之"江郎才尽"。他的著作较多,以诗赋为主,赋的成就更高。原有集,已散佚,后人辑有《江文通集》。

# 恨赋一首

## 【题解】

《恨赋》是江淹代表作品之一,完成于为吴兴令时。赋中分别抒写了帝王、诸侯、名将、美人、高士、才子、富贵之子以及穷困之人死亡时的痛苦。有的是雄图未竟,赍志以殁;有的是负屈含冤,饮恨而亡;有的是怀才不遇,郁郁而逝;有的是清白无辜,惨遭屠戮……作者把各种类型人物临死时的深刻苦痛集中描绘,突出表现了悲剧性的人生,使读者触目惊心,接触到那个苦难时代的脉搏。

《恨赋》的主题是有其现实基础的。江淹所处的朝代,时常爆发激烈的战争,使人民颠沛流离,死亡相继。在这种情势下出现的《恨赋》,能引起广大读者的共鸣是可以理解的。唯《恨赋》的情调过于低沉悲凉,这固然是作者贬谪吴兴时心情的流露,但也与汉魏以来以悲为美的审美情趣密切相关。

试望平原①,蔓草萦骨②,拱木敛魂③。人生到此,天道宁论④。于是仆本恨人⑤,心惊不已。直念古者,伏恨而死⑥。

## 【注释】

①试:副词。表示所叙述的情况是带有尝试性的。

②蔓(màn):蔓生植物的枝茎,木本曰藤,草本曰蔓。萦(yíng):
　　缠绕。

③拱木:两手合围那么粗的树木。《春秋左传·僖公三十二年》:
　　"尔何知! 中寿,尔墓之木拱矣!"故陵墓之树常称拱木。敛魂:
　　聚集死者亡魂。

④天道:古人认为天道是支配人类命运的天神意志。《尚书·汤
　　诰》:"天道福善祸淫,降灾于夏。"宁:岂,难道。

⑤仆:我。作者自称。恨人:抱憾怀恨之人。

⑥伏恨:含恨。

【译文】

　　辽阔平原,一望无垠,蔓草缠绕白骨,古树聚集幽魂。人生到此境
地,有何天道可论! 我本来怀憾抱恨,更感到触目惊心。联想到古代人
物,有多少饮恨殒生。


　　至如秦帝按剑①,诸侯西驰②。削平天下③,同文共规④。
华山为城⑤,紫渊为池⑥。雄图既溢⑦,武力未毕。方架鼋鼍
以为梁⑧,巡海右以送日⑨。一旦魂断,宫车晚出⑩。


【注释】

①秦帝:指秦始皇。按剑:勃然动怒,欲用武之状。

②西驰:指朝拜秦国,因秦在六国之西。

③削平天下:指征服六国,统一天下。

④同文共规:统一文字和车轨。

⑤华山为城:以华山作城墙。

⑥紫渊:水名。在长安北。池:护城河。

⑦雄图:远大的计划,宏伟的心愿。溢:此指满足。

⑧鼋鼍(yuán tuó):巨鳖和猪婆龙(鳄鱼的一种)。梁:桥梁。

⑨巡海右以送日：巡行国内外，直到大海的西边日落之处。右，西方。古代坐北面南为正位，故以东方为左，西方为右。

⑩宫车晚出：婉言皇帝死亡。义同"宫车晏驾"。

**【译文】**

即如秦王按剑雄视东方，六国诸侯纷纷西驰归降。削平战国群雄，统一文字、车轨。以华山为城墙高峻雄壮，引紫渊作城池既深且广。虽已经实现雄图，还在把武功发扬。拟架鼋鼍作为桥梁，好去巡视海的西方。一旦魂断驾崩，万事皆空。

若乃赵王既虏，迁于房陵①。薄暮心动②，昧旦神兴③。别艳姬与美女④，丧金舆及玉乘⑤。置酒欲饮，悲来填膺⑥。千秋万岁⑦，为怨难胜⑧。

**【注释】**

①"若乃"二句：《史记·赵世家》：幽缪王迁"七年，秦人攻赵，赵大将李牧、将军司马尚将，击之。李牧诛，司马尚免，赵忽及齐将颜聚代之。赵忽军破，颜聚亡去。以王迁降。"《集解》引《淮南子》："赵王迁流于房陵，思故乡，作为山水之讴，闻之者莫不流涕。"

②心动：心跳不安。

③昧旦：黎明。神兴：神魂飞越。

④艳姬：美女。

⑤金舆、玉乘（shèng）：以金玉为饰的车辆。

⑥填膺：满胸。

⑦千秋万岁：君主死亡的讳辞。

⑧胜（shèng）：承受。

**【译文】**

又如赵王被虏家破国亡，囚于房陵无限凄凉。黄昏忧心动荡，凌晨愁思飞扬。离别心爱的艳姬美女,失掉金玉装饰的华美车辆。举杯欲饮,悲情满腔。万岁千秋,哀怨难当。

　　至如李君降北[1],名辱身冤。拔剑击柱,吊影惭魂[2]。情往上郡[3],心留雁门[4]。裂帛系书,誓还汉恩[5]。朝露溘至[6],握手何言[7]。

【注释】

①李君:指李陵,字少卿,陇西成纪(今甘肃秦安)人。西汉名将李广之孙。善骑射。武帝时为骑都尉,曾率步卒三千出居延关,进攻匈奴,初获大胜,至浚稽山与敌大军交战失利,矢尽援绝,突围不成而降。后病死匈奴。

②"拔剑击柱"二句:写李陵投降匈奴后悲愤惭愧之状。惭魂,内心深处感到惭愧。

③上郡:郡名。汉时辖境相当于今之无定河流域及内蒙古鄂托克旗等地。

④雁门:郡名。秦及西汉时治所在善无(今山西右玉南)。今山西北部皆其辖区。

⑤"裂帛系书"二句:《汉书·苏武传》载,苏武出使匈奴时被扣留,单于胁迫他投降,苏武宁死不屈,被流放到北海边放羊,饮冰雪,挖野鼠、积野果为食,坚持十九年。后匈奴与汉和好,汉昭帝要单于放还苏武,单于诈言武等已死。常惠教汉使者说汉天子在上林苑射下一只鸿雁,足系帛书,言苏武在某泽中,单于才送回苏武。此句指李陵想学苏武坚持民族气节,报答汉家恩惠。

⑥朝露溘(kè)至:朝露消逝的时间倏忽即至。溘,倏忽,迅疾。《汉书·苏武传》:"李陵谓苏武曰:'人生如朝露,何久自苦如此。'"

⑦握手何言:临别握手,无话可说。

**【译文】**

再如李陵被迫投降匈奴,身败名裂含冤负屈。拔剑击柱无比痛苦,内心惭愧形单影孤。他深情怀念上郡,衷心留恋雁门。也想裂帛写信托鸿雁带到朝廷,誓要回到祖国报答汉朝旧恩。但想到生命有如朝露,即将踪迹全无,握手送别苏武无话可以倾诉。

　　若夫明妃去时①,仰天太息②。紫台稍远③,关山无极④。摇风忽起⑤,白日西匿。陇雁少飞⑥,代云寡色⑦。望君王兮何期,终芜绝兮异域⑧。

**【注释】**

①明妃:即王昭君。据《汉书》《后汉书》《琴操》等书载,王昭君是齐国王襄之女,名嫱。十七岁时入汉宫,元帝不知其美。后匈奴单于呼韩邪来朝求婚,汉主为了同其修好,"赐单于待诏掖庭王嫱为阏氏"。王嫱满怀悒郁辞别君王时,元帝见她"丰容靓饰,光明汉宫",大吃一惊,后悔不及,怏怏遣别。昭君到匈奴后,呼韩邪单于封之为宁胡阏氏,生一男。呼韩邪死后,其大阏氏之子继位,复娶昭君,生二女。昭君终卒于匈奴。

②太息:叹息。

③紫台:紫宫,紫微宫。此指帝王所居处。

④关山无极:言王昭君北去匈奴,关山重重,似无尽头。

⑤摇风:盘旋而上之暴风,即龙卷风。

⑥陇:陇州,以陇山得名,治所在汧阴(今陕西陇县东南),辖境相当今陕西千水流域及甘肃华亭一带。

⑦代:代州,治所在广武(后改雁门,今代县)。辖境相当今山西代县、繁峙、五台、原平地区。

⑧芜绝:憔悴而死。

【译文】

至于昭君辞宫北去，仰天深深叹息。紫宫日益遥远，关山没有终极。飘风忽然飞腾，白日逐渐西沉。陇州不见鸿雁飞翔，代州只见满天乌云。望君王啊何时相见，在异国啊香消玉殒。

至乃敬通见抵①，罢归田里。闭关却扫②，塞门不仕③。左对孺人④，顾弄稚子⑤。脱略公卿⑥，跌宕文史⑦。赍志没地⑧，长怀无已⑨。

【注释】

①敬通：即冯衍，字敬通。汉明帝认为他才过其实，抑而不用，故归田里。

②闭关却扫：指不与外人往来。

③塞门不仕：谓不愿为官。

④孺人：妻子。

⑤稚子：幼儿。

⑥脱略：简慢轻视。

⑦跌宕(dàng)：放荡不拘。此作勤奋努力解。

⑧赍(jī)志：抱定志向，坚持不变。没地：指死亡。

⑨长怀无已：怀恨不尽。

【译文】

还有敬通受到压制，罢官回到桑梓。闭户不扫地迎客，杜门不趋谒求仕。左边伴着老妻，膝前逗弄幼子。简慢公卿贵人，潜心钻研文史。志趣高洁啊落寞而死，怀恨不已。

及夫中散下狱①，神气激扬。浊醪夕引②，素琴晨张。秋日萧索,浮云无光。郁青霞之奇意③,入修夜之不旸④。

**【注释】**

①中散:指嵇康。因曾为中散大夫,故称嵇中散。三国魏文学家、
　思想家、音乐家。

②浊醪(láo):浊酒。

③青霞:喻志向高远。

④修夜:长夜。旸(yáng):日出。

**【译文】**

更有那被诬陷入狱的嵇康,心情愤激意气昂扬。饮浊酒于黄昏的
牢房,弹素琴在清晨的刑场。秋日冷清萧索,浮云暗淡无光。他生平怀
抱青霞一般的高志,但一直在漫漫长夜不见太阳。

或有孤臣危涕,孽子坠心①。迁客海上②,流戍陇阴③。
此人但闻悲风汩起④,血下沾衿⑤。亦复含酸茹叹⑥,销落湮
沉⑦。若乃骑迭迹⑧,车屯轨⑨,黄尘匝地⑩,歌吹四起⑪,无不
烟断火绝⑫,闭骨泉里⑬。

**【注释】**

①"或有"二句:李善注:"心当云危,涕当云坠,江氏爱奇,故互文以
　见义。"孤臣,孤立无助的臣子。孽子,妾所生的庶子。坠心,担
　忧恐惧,痛心。

②迁客海上:指苏武曾被匈奴流放于北海上渺无人烟之处。

③流戍陇阴:指娄敬曾在陇西为戍卒。流戍,流放戍边。

④汩(yù)起:风劲疾貌。

⑤血下:血泪下流。

⑥含酸:饱含辛酸之情。茹叹:悲叹。

⑦销落:销亡,没落。湮沉:湮没,沉沦。

⑧骑(jì)迭迹:马蹄印重复迭压。

⑨车屯轨:车辆的轮子密密排列。轨,车轮的轴头。此代车轮。

⑩匝(zā):周,遍。

⑪歌吹:歌声和乐声。吹,吹奏的管乐,泛指乐器声。

⑫烟断火绝:死亡殆尽,人烟灭绝。

⑬闭骨泉里:埋骨地下。

**【译文】**

　　至于忧国伤时的孤臣垂泪伤心,遭际坎坷的庶子担忧恐惧。还有流放北海的苏武,谪戍陇西的娄敬。只要听到秋风劲吹,血泪就会沾湿衣襟。含辛悲叹,销亡沉沦。再如那些公子王孙,一出门就车骑如云,周围卷起黄尘,四面飞扬歌声,也都烟消火灭,埋骨幽冥。

　　已矣哉<sup>①</sup>!春草暮兮秋风惊<sup>②</sup>,秋风罢兮春草生。绮罗毕兮池馆尽<sup>③</sup>,琴瑟灭兮丘垄平<sup>④</sup>。自古皆有死,莫不饮恨而吞声<sup>⑤</sup>。

**【注释】**

①已:发端叹词。

②秋风惊:秋风劲疾。

③绮罗:此指身穿绮罗的美人。池馆:池塘与馆阁。

④丘垄:坟墓。

⑤饮恨而吞声:默默地忍受痛苦。

**【译文】**

　　算了吧!青草黄啊秋风劲,寒风停啊春草生。绮罗成灰啊池馆成尘,琴瑟毁灭啊丘陇夷平。古来人生皆有死,无不饮恨而吞声。

# 别赋一首

## 【题解】

《恨赋》主要表现死别之苦，《别赋》则着重表现生离之痛，同样都是动乱时代的产物。全赋铺写出各种人物各种类型的离别，别因虽有不同，但令人"黯然销魂"的别情则是一致的。

《别赋》在艺术上比《恨赋》更为成熟。其最大长处是借环境的描写来刻画人物的心理。景物描写异常清丽，抒情气氛也极为浓厚。其中如"春草碧色，春水渌波。送君南浦，伤如之何"等不少名句，一向脍炙人口。在语言上已脱离汉大赋的板重句式，辞藻富丽，音韵铿锵，是俳赋中的优秀作品。

黯然销魂者①，唯别而已矣！况秦吴兮绝国②，复燕宋兮千里③。或春苔兮始生，乍秋风兮暂起④。是以行子肠断⑤，百感凄恻⑥。风萧萧而异响⑦，云漫漫而奇色⑧。舟凝滞于水滨⑨，车逶迟于山侧⑩。棹容与而讵前⑪？马寒鸣而不息。掩金觞而谁御⑫，横玉柱而沾轼⑬。居人愁卧⑭，恍若有亡⑮。日下壁而沉彩⑯，月上轩而飞光⑰。见红兰之受露⑱，望青楸之离霜⑲。巡曾楹而空掩⑳，抚锦幕而虚凉㉑。知离梦之踯躅㉒，意别魂之飞扬㉓。

## 【注释】

①黯然：心神沮丧，容色凄惨的样子。销魂：灵魂离开形体。形容极度悲伤。

②秦：今陕西一带。吴：今江苏、浙江一带。绝国：距离绝远之国。

③燕：今河北北部一带。宋：今河南东部一带。两国相隔千里。

④乍:忽然。

⑤行子:游子,漂泊在外之人。

⑥凄恻:哀伤。

⑦异响:不同凡响。此指萧瑟的风声。

⑧漫漫:茫茫无边之貌。

⑨凝滞:停止不动。

⑩逶迟:徘徊不前。

⑪棹(zhào):船桨。此指船。容与:徘徊不进貌。

⑫金觞:金杯。御:用,进。

⑬玉柱:琴上于弦设柱,以玉为之,故称玉柱。此代指琴。沾轼:指奏琴时,泪下沾湿了车轼。轼,车前横木。供乘车人在车行进时扶手之用。

⑭居人:居家之人。

⑮怳有所亡:恍恍惚惚,如有所失貌。

⑯沉彩:消逝了光辉。

⑰轩:此指栏杆。

⑱红兰:兰草经秋,叶色由青转红。

⑲青楸(qiū):绿色的楸树。离:后多作"罹",遭受。

⑳曾楹(yíng):一层连一层的重屋深院。曾,通"层"。楹,屋柱。此作量词,屋一间为一楹。一说屋一列为一楹。空掩:空然地掩面流泪。

㉑锦幕:锦绣的帐幕。虚凉:徒然地悲凉。

㉒踯躅(zhí zhú):停步不前。

㉓意:推测。飞扬:飘扬。

【译文】

使人黯然伤神的,只有别离而已!何况秦国离吴国啊遥远已极,燕国与宋国啊相距千里。或见春天的青苔啊刚刚滋生,而萧瑟的秋风啊又突然吹起。因而行人肠断,百感交集。萧萧的冷风声音凄惨,漫漫的灰云颜色黯淡。船停滞在岸旁,车徘徊在山边。舟迟回而不进,马悲嘶声不断。盖住金杯啊谁能进酒,横陈玉琴啊流泪难弹。居家之人愁卧故乡,内心空虚而且怅惘。日影下墙消隐光彩,月上栏杆银光飞扬。泛红的兰叶沾满露水,青青的楸树披上白霜。巡回于高楼大厦空自流泪,抚摸着锦绣帷幕枉自悲凉。料想行人在梦中一定会徘徊不进,估计他的灵魂也将要飞回故乡。

　　故别虽一绪,事乃万族①。至若龙马银鞍②,朱轩绣轴③。帐饮东都④,送客金谷⑤。琴羽张兮箫鼓陈⑥,燕赵歌兮伤美人⑦。珠与玉兮艳暮秋,罗与绮兮娇上春⑧。惊驷马之仰秣,耸渊鱼之赤鳞⑨。造分手而衔涕⑩,感寂漠而伤神。

**【注释】**

①族:类。

②龙马:古代称八尺以上的马为龙马。

③朱轩:红漆的华车。轩,此指车。绣轴:挂有锦绣车帘的车辆。轴,车轴。此代指车。

④帐饮东都:据《汉书·疏广传》载,疏广为太子太傅,其侄疏受为太子少傅,均受重于朝廷。疏广对疏受说:"吾闻知足不辱,知止不殆。功遂身退,天之道也。"叔侄均告老还乡。满朝公卿大夫于长安东都门外,设帐饯行。东都,长安东门,亦称东都门。

⑤送客金谷:西晋豪门贵族石崇,在河内县金谷涧中有别墅。晋惠帝元康六年(296)征西将军王诩将还长安,石崇在金谷别墅大张宴席,为之饯行。

⑥羽:羽声。在宫商角徵羽五声中,羽声音阶细高,激昂慷慨。张:

演奏。陈:合奏。

⑦燕赵歌:燕赵两地的歌声。

⑧上春:初春。

⑨"惊驷马"二句:《韩诗外传》:"昔者瓠巴鼓瑟而潜鱼出听,伯牙鼓琴而六马仰秣。"

⑩造:到。

**【译文】**

虽然同是别离,但不同的离别情况何止万千。如像行人的龙马配着银鞍,送者的车辆华贵鲜艳。或帐饮在东都门,或饯别于金谷园。琴奏悲声啊箫鼓齐鸣,燕、赵的乐曲啊美人伤情。珠钿玉佩啊艳丽于暮秋,罗衣绮裙啊娇美于初春。凄凉的离歌使吃草的马也抬头心惊,哀惋的别曲使池中的鱼也出水倾听。到分别时行人与送者都满含眼泪,深感寂寞而无限伤情。


乃有剑客惭恩①,少年报士②,韩国赵厕③,吴宫燕市④,割慈忍爱,离邦去里⑤,沥泣共诀⑥,抆血相视⑦。驱征马而不顾,见行尘之时起。方衔感于一剑⑧,非买价于泉里⑨。金石震而色变⑩,骨肉悲而心死⑪。


**【注释】**

①剑客:擅长击剑之侠客。惭恩:惭愧于受恩未报。

②报士:报答主上以国士待自己的恩遇。语见《史记·刺客列传》。

③韩国:指战国时聂政替严仲子报仇,在韩国都城刺杀宰相侠累一事。国,都城。赵厕:指战国初期,豫让因主人智氏为赵襄子所灭,乃变姓名、为奴隶,潜伏于襄子宫中厕内欲刺死襄子一事。

④吴宫:春秋时吴国公子光(即阖闾)与其堂弟吴王僚争权。一次,

公子光宴请僚时,令专诸藏匕首于烹鱼腹内,上鱼时乘机刺杀吴
王僚。燕市:指荆轲在燕国的街市上与好友高渐离饮酒高歌,后
来替燕太子丹谋刺秦王,不成被杀;以及高渐离为了替荆轲报
仇,又一次谋刺秦王的事。

⑤邦:故乡。里:乡里。

⑥诀:诀别。

⑦抆(wěn)血:指拭血泪。言泣血而别。

⑧衔感:衔恩感遇。一剑:以一剑替知己报仇。

⑨买价:指沽取声价。泉里:九泉之下。

⑩金石:泛指钟磬等乐器。

⑪骨肉悲而心死:《史记·刺客列传》载,聂政刺死韩相侠累后,自
己毁容,剜眼,剖腹死。韩人暴政尸于市,悬赏能识其人者予千
金,久无人知。政姊聂荣说:"何爱妾之身,而不扬吾弟之名于天
下哉!"于是抱尸而哭道:"此妾弟聂政。"遂自杀于尸旁。

## 【译文】

还有那感激知遇之恩的剑客,报以国士待己之恩遇的少年,有的潜
伏在韩都、赵厕,有的袭击于吴宫,高歌于燕市,他们辞别了父母妻子而
启程,离开了故国和家乡去行刺,无限悲壮地与亲人话别,拭揩着血泪
而互相凝视。跨上了远行的骏马再不回头,只在那滚滚的尘埃中向前
飞驰。是为报知遇之恩而仗剑复仇,绝非为沽名钓誉而前去就义。这
壮烈的气概使金石也震动变色,骨肉之亲更是悲痛至死。

或乃边郡未和,负羽从军①。辽水无极②,雁山参云③。
闺中风暖,陌上草薰④。日出天而耀景⑤,露下地而腾文⑥。
镜朱尘之照烂⑦,袭青气之烟煜⑧。攀桃李兮不忍别,送爱子
兮沾罗裙。

**【注释】**

①负羽:负羽箭。

②辽水:辽河。有二源,在辽宁昌图汇合后始称辽河,为我国东北
　地区南部大河。

③雁山:即雁门山,在山西。参云:高入云际。

④薰:香。

⑤耀景:发光。

⑥腾文:闪光的花纹。

⑦镜:照。朱尘:红尘。照烂:明亮灿烂之状。

⑧袭:入。青气:春天之气。

**【译文】**

　　或者当边境发生了战争,行人佩带羽箭从军远征。辽水一望无际,
雁山高耸入云。出征时闺中暖风荡漾,路边的花草散布芬芳。初升的
太阳洒下了金辉,露落大地闪耀光彩。光照红尘灿烂辉煌,覆满青气云
烟迷蒙。攀着桃李花枝啊不忍分别,送爱儿上战场啊泪湿裙裳。


　　至如一赴绝国,讵相见期? 视乔木兮故里①,决北梁兮
永辞②。左右兮魂动③,亲宾兮泪滋④。可班荆兮赠恨⑤,唯
樽酒兮叙悲⑥。值秋雁兮飞日,当白露兮下时。怨复怨兮远
山曲⑦,去复去兮长河湄⑧。


**【注释】**

①乔木:高树。

②决:通“诀”。北梁:分别之地。

③左右:指左右的人。

④亲宾:亲戚朋友。滋:多。

⑤班荆：折荆铺地而坐。班，铺放。荆，灌木枝条。赠恨：倾诉
　　离愁。

⑥樽(zūn)：盛酒器。

⑦山曲：山坳。

⑧湄：水边。

**【译文】**

　　如果要去的国家非常遥远，哪里还能够期望再见！望故乡的乔木
啊无限依恋，在北梁诀别啊永不回还。左右之人灵魂震撼，亲友啊泪水
涟涟。折荆条铺地啊谈心话别，举杯酒饯行啊倾诉悲怨。正是秋雁南
飞的季节，恰当白露下降的时间。无限愁怨啊远山回环，奔波不息啊沿
着长河之岸。


　　又若君居淄右①，妾家河阳②。同琼佩之晨照③，共金炉
之夕香④。君结绶兮千里⑤，惜瑶草之徒芳⑥。惭幽闺之琴
瑟⑦，晦高台之流黄⑧。春宫闼此青苔色⑨，秋帐含兹明月
光⑩。夏簟清兮昼不暮⑪，冬釭凝兮夜何长⑫。织锦曲兮泣
已尽⑬，回文诗兮影独伤。


**【注释】**

①淄右：淄水西边。古人以右为西方。

②河阳：黄河北岸。河北为阳。

③琼佩：佩带用美玉雕镂的饰物。

④金炉：金质或铜质的香炉。夕香：晚上焚烧的香。

⑤结绶：此指做官。绶，系印的丝带。

⑥瑶草：仙草。

⑦幽闺：幽静之闺房。

⑧晦高台之流黄:意谓别后织布无心,流黄蒙尘。流黄,一种精细的丝织品。

⑨春宫:妇女住处。阒(bì):闭门。

⑩秋帐:秋天的帷帐。

⑪簟(diàn):竹席。

⑫缸(gāng):灯。

⑬织锦曲:即回文诗,纵横反复读,皆有意义。苻秦时窦滔在外另有新欢,其妻苏蕙知道后织了一匹锦送给窦滔,锦上织出了回文诗,抒发自己深刻真挚的爱情,窦滔深受感动,与苏恢复旧情。

## 【译文】

又如你居住淄水的西边,我家在黄河的北岸。早晨同在镜中照看美好的装饰,晚上共薰金炉飘起的香烟。但你赴任为官啊千里之远,可惜家中瑶草啊徒然香艳。幽闺的琴瑟啊搁置不弹,高台的流黄啊色彩暗淡。春天闺门紧闭阶下青苔点点,秋夜独卧帷帐床上月光清寒。夏日躺在凉簟上啊白昼无比悠长,冬天独坐昏灯前啊窗外黑夜漫漫。织锦为诗啊泪已流尽,回文织成啊对影伤感。


傥有华阴上士①,服食还山②。术既妙而犹学,道已寂而未传③。守丹灶而不顾④,炼金鼎而方坚⑤。驾鹤上汉⑥,骖鸾腾天⑦。暂游万里,少别千年⑧。惟世间兮重别⑨,谢主人兮依然⑩。


## 【注释】

①傥:或。华阴:指华山。在陕西。上士:指道士。

②服食:指道家吞服所炼成之丹,以求羽化成仙。还山:此指得道成仙。

③道已寂：指已超脱一切境界入于不生不灭之门，故称寂灭。

④丹灶：道家炼丹的灶。不顾：不顾世事。

⑤金鼎：炼金为丹之鼎。与"丹灶"同义。方坚：其志正坚。

⑥上汉：直上银河。汉，银汉，银河。

⑦骖（cān）鸾：乘凤。

⑧少别：短期的离别。

⑨重别：将分离看为人生重要的事。

⑩谢：辞别。依然：依然这样。指同世人一样伤感。

**【译文】**

或有那修道的高士啊住在华山，想服食道家丹药成为神仙。道术已深还在继续学习，已进入寂静境界尚未获得真传。守着丹灶不管世事，炼于金鼎意志正坚。终于乘白鹤上了云汉，驾鸾凤飞上九天。短程游历也上万里，短期离别也有千年。由于人间是那样重视别离，他辞别尘世主人时，内心也产生同样情感。

下有芍药之诗①，佳人之歌②。桑中卫女③，上宫陈娥。春草碧色，春水渌波。送君南浦④，伤如之何！至乃秋露如珠，秋月如珪⑤，明月白露，光阴往来，与子之别，思心徘徊。

**【注释】**

①芍药之诗：《诗经·郑风·溱洧》："维士与女，伊其相谑，赠之以芍药。"这里指歌咏爱情的诗。

②佳人之歌：《汉书·孝武李夫人传》中所载之歌："北方有佳人，绝世而独立。一顾倾人城，再顾倾人国。宁不知倾城与倾国，佳人难再得。"此指赞美佳人之歌。

③桑中：与下文"上宫"皆为青年男女约会之处。《诗经·鄘风·桑中》："期我乎桑中，要我乎上宫。"《桑中》为情人幽会之诗。《鄘

风》多为卫风,本属卫地,故"桑中""上宫"本卫国男女幽会处,诗
人联类而及,借"上宫"为陈国男女幽会地点。

④南浦:送别之处。《楚辞·九歌·河伯》:"子交手兮东行,送美人
兮南浦。"浦,水边。

⑤珪(guī):玉器,圆莹如月。

【译文】

　　又有那抒写爱情的芍药情诗,赞颂佳人的动人情歌。表现的是那
卫国桑中的热情少女,赞扬的是那陈国上宫的美丽娇娥。当春天的芳
草呈现出碧色,当春天的流水荡漾着清波。姑娘与情人在南浦话别,感
伤的心情又将如何! 等到秋天的露水亮如珠玑,等到秋天的月亮明如
美玉,在明月和白露中光阴暗暗逝去,她们想起远别的情人而心绪
依依。


　　是以别方不定①,别理千名。有别必怨,有怨必盈②。使
人意夺神骇③,心折骨惊④。虽渊、云之墨妙⑤,严、乐之笔
精⑥,金闺之诸彦⑦,兰台之群英⑧,赋有凌云之称⑨,辩有雕
龙之声⑩,谁能摹暂离之状,写永诀之情者乎?


【注释】

①方:方式,情况。

②盈:满,多。

③意夺:丧魂失意貌。夺,丧失。

④心折骨惊:即骨折心惊,指感伤至极。

⑤渊:指王褒,字子渊。西汉文学家。云:指扬雄,字子云。西汉文
学家。

⑥严、乐:指严安、徐乐。均汉武帝时文人。

⑦金闺:此指金马门。汉武帝使文学之士待诏金马门,以备顾问。彦:才学之士。

⑧兰台:汉代宫廷中珍藏典籍及讨论学术著作之处。英:才学之士。

⑨凌云:汉武帝读司马相如《大人赋》,受其感染,说:"飘飘有凌云之气。"

⑩雕龙:比喻文辞的华美,好像雕镂龙文。

**【译文】**

因此别离的情况没有一定,别离的情怀有多种类型。有别离一定有愁情,有愁情一定很深沉。使人们意动神骇,甚至于骨折心惊。即使王褒、扬雄词赋甚工,严安、徐乐文章极精,即使是长安金马门的饱学之士,汉宫兰台中的文苑精英,他们的词赋有凌云的才气,他们的辩才有雕龙的美声,谁能描绘出生离的心态,谁能抒写出永别的苦情!

# 论文

## 陆士衡

见卷第十六《叹逝赋》作者介绍。

## 文赋一首　并序

**【题解】**

《文赋》是第一篇以赋体论文的文章,也是中国文学批评史上第一篇完整而系统的文学理论作品。钱锺书《管锥编》曰:"《文赋》非赋文也,乃赋作文也。机于文之'妍蚩好恶'以及源流正变,言甚疏略,不足方刘勰、锺嵘;而于'作'之'用心','属文'之'情',其惨淡经营、心手乖合之况,言之亲切微至,不愧先觉,后来亦无以远过。"此论对《文赋》题旨说得十分明白。

杜甫《醉歌行》:"陆机二十作《文赋》。"未知何本?李善题注引臧荣绪《晋书》曰:"年二十而吴灭,退临旧里,与弟云勤学,积十一年,誉流京华,声溢四表,被征为太子洗马,与弟云俱入洛……机妙解情理,心识文体,故作《文赋》。"据此,则《文赋》当作于入洛以后。钱锺书《管锥编》说:"人才弱冠,方且负才使气,易念轻心,以为兴酣可摇五岳,笔落足扫千军,安能便深知兹事之难,九回肠而三折肱,如机之全消客气,尽退虚锋,作过来人阅历语哉?"

　　余每观才士之所作①,窃有以得其用心②。夫放言遣辞③,良多变矣④,妍蚩好恶⑤,可得而言。每自属文⑥,尤见其情。恒患意不称物,文不逮意⑦,盖非知之难,能之难也⑧。故作《文赋》以述先士之盛藻⑨,因论作文之利害所由⑩,他日殆可谓曲尽其妙⑪。至于操斧伐柯,虽取则不远⑫,若夫随手之变,良难以辞逮⑬。盖所能言者,具于此云。

## 【注释】

①才士:指前贤,即前代的优秀作者。作:作文。

②其:指才士。用心:指为文之用心。首二句钱锺书《管锥编》曰:"按下云:'每自属文,尤见其情。'与开篇二语呼应,以己事印体他心,乃全《赋》眼目所在。"

③放言遣辞:组织字句以成文。放,纵。遣,派。

④良:实在。

⑤妍蚩好恶:指文章的好坏。妍蚩,即好恶。

⑥属文:组词成句,组句成文。属,连缀。

⑦"恒患"二句:文章构思写作过程中,要将客观之物,转化为主观之意;又要将内在之意外化为文章,即意能称物,文能逮意。反之,则意不称物,文不逮意。称,相称。逮,及。钱锺书《管锥编》曰:"'意'内而'物'外,'文'者,发乎内而著乎外,宣内以象外;能'逮意'即'称物',内外通而意物合矣。"又曰:"'文不逮意',即得心而不应手也。"

⑧"盖非"二句:李善注引《尚书》曰:"非知之艰,行之唯艰。"意谓从

此语脱胎。钱锺书曰:"二语见伪《古文尚书·说命》,唐人尚不知其赝,故引为来历;实则梅颐于东晋初方进伪《书》,陆机在西晋未及见也,此自用《左传·昭公十年》子皮谓子羽语:'非知之难,将在行之。'得诸巧心而不克应以妍手,固作者所常自憾。"

⑨先士:即上文之才士。盛藻:李善注引《尚书》孔传曰:"藻,水草之有文者。故以喻文焉。"

⑩利害:即上文之妍蚩好恶。李善注:"利害由好恶。"

⑪他日殆可谓曲尽其妙:李善注:"言既作此《文赋》,他日而观之,近谓委曲尽文之妙理。"吕向注:"谓赋成之后,异日观之,乃委曲尽其妙道矣。殆,近也。"

⑫"至于"二句:《诗经·豳风·伐柯》:"伐柯伐柯,其则不远。"毛传:"柯,斧柄也。"孔疏:"执柯以伐柯,比而视之,旧柯短则如其短,旧柯长则如其长,其法不在远也。"谓作文之道,前贤可鉴。

⑬"若夫"二句:李善注:"言作之难也,文之随手变改,则不可以辞逮也。"《庄子·天道》轮扁谓桓公曰:"斫轮,徐则甘而不固,疾则苦而不入。不徐不疾,得之于手而应于心,口不能言,有数存焉。"

## 【译文】

　　每当我阅读前贤的文章,私以为理解了他们的作文用心。遣字造句纵然变化无穷,文章的优劣总是能够言说的。每当自己作文的时候,这种体会尤其深切。常常苦于胸中之意不副外物,文辞又传达不出胸中之意,这不是理解的困难,是实践的困难。因此要撰写《文赋》来称述前贤精美绝伦的佳作,也研讨一番文章之所以优劣的缘由,到将来庶几可把文章写得尽善尽美。手持斧子去砍伐一把斧柄,虽说标准近在手边,然而临文变化确实也不是语言所能表达的。凡我能用语言说出来的作文之道,全都在这里了。

伫中区以玄览①，颐情志于典坟②。遵四时以叹逝，瞻万物而思纷③。悲落叶于劲秋，喜柔条于芳春④。心懔懔以怀霜，志眇眇而临云⑤。咏世德之骏烈⑥，诵先人之清芬⑦。游文章之林府，嘉丽藻之彬彬⑧。慨投篇而援笔，聊宣之乎斯文⑨。

【注释】

①伫(zhù)：伫立，久立。中区：李善注："中区，区中也。"钱锺书《管锥编》曰："区中即言屋内。"玄览：李善注引河上公曰："心居玄冥之处，览知万物。"张铣注："玄，远。远览文章。"铣说为长。按，心居玄冥而览知万物可解为内省。

②颐(yí)：养。犹言陶冶。情志：泛指思想感情，为我国古代文论常用术语。王元化《文学沉思录》曰："情志……是被思想所提高的感情，被感情所深化的思想。"典坟：三坟五典，相传为古书名。钱锺书《管锥编》曰："二句谓室中把书卷。"

③"遵四时"二句：李善注："循四时而叹其逝往之事，揽视万物盛衰而思虑纷纭也。"遵，循。四时，指春、夏、秋、冬四季。逝，往。瞻，观看。思纷，思绪纷纭。

④"悲落叶"二句：李善注："秋暮衰落故悲，春条敷畅故喜也。"

⑤"心懔懔(lǐn)"二句：李善注："怀霜、临云，言高洁也……孔融《荐祢衡表》曰：'志怀霜雪。'《舞赋》曰：'气若浮云，志若秋霜。'"懔懔，危惧貌。眇眇，高远貌。

⑥世德：李善谓世有俊德者。郭绍虞《中国历代文论选·文赋注》："陆机祖逊、父抗，均为吴名臣，其集中有《祖德赋》《述先赋》。庾信《哀江南赋序》：'潘岳之文采，始述家风；陆机之辞赋，先陈世德。'"一为泛指，一为专指；两说均可。骏：大。烈：功业。

⑦先人：前人。遍照金刚《文镜秘府论》本作"先民"，此处避唐讳遂
　改为"先人"。李善注："先民谓先世之人。"清芬：清美芬芳之
　德行。

⑧"游文章"二句：前二句谓有感于前人之功德，此二句谓受先人文
　辞之启发。林府，李周翰注："林府谓多如林木，富如府库也。"彬
　彬，《论语·雍也》："文质彬彬，然后君子。"孔安国注："彬彬，文
　质见半之貌。"

⑨"慨投篇"二句：上文言咏骏烈、诵清芬、游林府、嘉丽藻，皆陶冶
　学养，做好写作前的准备；此二句既承上又启下，做完准备工作，
　便着手写作。慨，叹词。投，掷，丢。援，引，持。聊，聊且。宣，
　公布。

**【译文】**

　　静居屋中内省万物，三坟五典陶冶心情。春夏秋冬倏忽而过，时换物迁思绪纷纷。为秋气落叶满地而悲伤，因东风杨柳芳春已临而欣喜。心高志远若怀霜雪，懔懔眇眇直逼浮云。前辈勋业永记胸间，先人功德常诵常新。文章林府出恭入敬，绝妙佳作文质彬彬。慷慨投篇感叹唏嘘，援笔而书聊撰此文。

　　其始也，皆收视反听①，耽思傍讯②，精骛八极，心游万仞③。其致也④，情曈昽而弥鲜，物昭晰而互进⑤，倾群言之沥液⑥，漱六艺之芳润⑦，浮天渊以安流，濯下泉而潜浸⑧。于是沉辞怫悦⑨，若游鱼衔钩而出重渊之深⑩，浮藻联翩⑪，若翰鸟缨缴而坠曾云之峻⑫。收百世之阙文，采千载之遗韵⑬，谢朝华于已披，启夕秀于未振⑭。观古今于须臾，抚四海于一瞬⑮。

【注释】

①收视反听：李善注："收视反听，言不视听也。"先绝耳目之纷扰而后能深思博虑，穷极宇宙，驰骛物表，亦刘勰《文心雕龙·神思》之"陶钧文思，贵在虚静，疏瀹五脏，澡雪精神"之意。

②耽思傍讯：李善注："耽思傍讯，静思而求之也。"耽思，深思，熟思。傍讯，傍求，博采。

③"精骛（wù）"二句：谓作文之始，须不视不听，排除外界干扰，方能深思远虑，八极万仞无所不至。李善注："精，神爽也。八极、万仞，言高远也。"仞，七尺为一仞。钱锺书《写在人生边上·窗》云："天地间有许多景象是要闭了眼才看得见的。"作家的想象便是。

④其致也：言文思到来之时。致，至。上文"其始也"，指文思到来之前。

⑤"情瞳昽（tóng lóng）"二句：谓文思逐渐清晰，万物纷至沓来。瞳昽，由暗而明貌。昭晰，彰明清晰貌。

⑥群言：指诸子百家。沥液：涓滴，喻精华。

⑦漱：有含英咀华之义。六艺：何焯《义门读书记》谓六艺当为《诗》《书》《易》《礼》《乐》《春秋》。芳润：指六经之美好，滋养着后代的文章。

⑧"浮天渊"二句：谓写作想象可上穷碧落，下极黄泉，何处不至，何处不达。天渊，指天河，天上的河流。安流，平静地流动。濯（zhuó），洗足。下泉，地下的河流，与天渊相对而言。潜浸，物没入水中。

⑨沉辞：承"濯下泉"句，故曰沉辞，谓辞之沉浸于下泉者。怫（fú）悦：难出貌，喻用词难妥。

⑩若游鱼衔钩而出重渊之深：以钓者为喻，衔钩之鱼怫悦难出，如沉辞之难安。重渊，深渊。

⑪浮藻：承"浮天渊"句，故曰浮藻。联翩：李周翰注："联翩，鸟飞貌。"以喻文思不断。

⑫翰鸟：高飞之鸟。缨缴（zhuó）：以生丝为缕系于箭端，用以弋射。曾云：高处之云。曾，通"层"。峻：高。

⑬"收百世"二句：阙文、遗韵，同义互文。均指古人文辞篇什之散佚者，则宜采收之。钱锺书《管锥编》云："机意只谓于前人撰作，网罗放失，拾坠钩沉，'阙文''遗韵'犹后世曰'古逸'耳。"又："'阙文'之'文'如'文辞'之'文'，'遗韵'之'韵'如'韵语'之'韵'。"

⑭"谢朝华"二句：喻古人已用之意与辞，则宜谢而去之；古人未述之意与辞，则宜开而用之。李善注："'华''秀'以喻文也。'已披'言已用也。"谢，拒。朝华，早上已开之花。启，开启。夕秀，晚上将开之花。振，怒放。钱锺书曰："机意谓上世遗文，固宜采撷，然运用时须加抉择，博观而当约取。去词采之来自古先而已成熟套者，谢已披之朝华；取词采之出于晚近而犹未滥用者，启未振之夕秀。倘易花喻为果喻，则可曰：一则未烂，一则带生。"

⑮"观古今"二句：意谓神思之来，观古今、抚四海，均在一瞬之间。《庄子·在宥》老聃曰："其热焦火，其寒凝冰，其疾俯仰之间而再抚四海之外，其居也渊而静，其动也县而天，偾骄不可系者，其唯人心乎！"

## 【译文】

开始的时候，闭目塞听静思默想，才能心志翱翔神游八方。文思到来的时候，感情由模糊而渐渐明朗，万物纷呈神态万状，千古精华为我所用，六经芳馨助我文章，上穷碧落天河平静流淌，下极黄泉河水暗自荡漾。于是乎，深奥的文辞像游鱼上了钓钩一般跃出深渊由我安放，高妙的语句如飞鸟中箭一样坠落云霄任用无妨。采集历代的遗文，收取千载的篇章，用烂了的文辞像开谢了的花，新词丽句恰似蓓蕾含苞待放。纵观古今只在须臾之间，联想四海也只是片刻辰光。

　　然后选义按部，考辞就班①。抱暑者咸叩，怀响者毕弹②。或因枝以振叶，或沿波而讨源③。或本隐以之显，或求易而得难④。或虎变而兽扰，或龙见而鸟澜⑤。或妥帖而易施，或岨峿而不安⑥。罄澄心以凝思，眇众虑而为言⑦。笼天地于形内，挫万物于笔端⑧。始踯躅于燥吻，终流离于濡翰⑨。理扶质以立干，文垂条而结繁⑩。信情貌之不差，故每变而在颜⑪。思涉乐其必笑，方言哀而已叹⑫。或操觚以率尔，或含毫而邈然⑬。

**【注释】**

①"然后"二句：文章之选义和考辞当按部就班地进行。吕延济注："选择义理，按比而用之，以为部次，考摘清浊之辞，以就班类而缀之。"

②"抱暑"二句：谓天地间有色有声者皆可资以为文，使无所遗漏。吕延济注："谓物有抱光景者，必以思叩触之，而求文理。物有怀音响者，必以思弹击之，以发文意。"景，影。咸，都。

③"或因枝"二句：因枝振叶以喻写文章须由本及末；沿波讨源以喻由末及本，亦作文之一法。

④"或本隐"二句：从隐至显，即由晦到明；求易得难，谓层层深入。

⑤"或虎变"二句：李善注："《周易》曰：'大人虎变，其文炳也。'言文之来，若龙之见烟云之上，如鸟之在波澜之中。应劭曰：'扰，驯也。'"何焯《义门读书记》评此二句曰："二句疑大者得而小者毕之意。"钱锺书认为上二说皆未中的，曰："'澜'当是'峿漫'之'峿'，'鸟'当指海鸥之属；虎为兽王，海则龙窟。主意已得，陪宾衬托，安排井井，章节不紊，如猛虎一啸，则百兽帖服。"（《管锥编》）见，即"现"。

⑥"或妥帖"二句：李善注："妥帖，易施貌……岨峿(jǔ yǔ)，不安貌。"此言选义考辞有时比较容易，有时比较艰难。

⑦"罄(qìng)澄心"二句：谓专心致志地构思，精妙地组织排比思绪。罄澄心，排除杂念，专心致志。罄，空。眇，通"妙"。众虑，许多思绪。

⑧"笼天地"二句：张铣注："形，文章之形也；挫，折挫也。谓天地虽大，可笼于文章形内；万物虽众，可折挫取其形，以书于笔之端。端，笔锋也。"笼，牢笼。挫，折。

⑨"始踟蹰(zhí zhú)"二句：谓开始时口干舌燥难于表达，后来流畅自然从笔端流出。踟蹰，徘徊不进貌。燥，干。吻，唇。流离，津液流貌。濡，渍。翰，笔。

⑩"理扶质"二句：李善注："言文之体必须以理为本，垂条以树喻也。《广雅》曰：'干，本也。'郑玄《礼记》注曰：'繁，盛也。'"先是扶质立干，干既立，则垂条结繁，主次分明，首从有序。

⑪"信情貌"二句：情貌不差，故每变在颜。情动而形于言，感生而发为文。信，确。情貌，从内心到外表，诚于中则形于外。

⑫"思涉乐"二句：谓作文之时，涉乐必笑，言哀而叹。作者动情而后为文，却又因作文而兴感；主客互动，双向推进。杜甫《至后》诗曰："愁极本凭诗遣兴，诗成吟咏转凄凉。"此之谓也。思、方，为虚字，无意义。

⑬"或操觚(gū)"二句：觚，木简也，书写工具。率尔，谓文速成。邈然，谓文迟成。杜世骏《订讹类编》卷一引《金壶字考》云："'率尔'谓文之易成也，'邈然'谓思之查无得也；一易一难，与上'妥帖'二句一例。"

【译文】

然后，选定文意，斟酌用词，按部就班，一丝不苟。有影显影，怀响必叩；文意文辞，无所遗漏。说到文章的谋篇：有的振枝以惊叶，找住根本,立意为首;有的寻波而索源,顺流而上,直追源头;有的由隐晦到明白;有的先易而后难。文思大者得而小者毕举,就像虎威乍作而驯服百兽;文思本根既立而枝叶纷披,一似蛟龙出水使群鸟飞散。选义考词难易不一:有时招之即来非常顺手,有时煞费苦心艰涩难就。静下心来专心思考,思绪纷纷,全凭组织巧妙。尺幅之书,亦大亦小:笔收天地于文章之中,裁写万物于作者笔头。写作甘苦,略说分由:始而口焦舌干不便着墨,终于墨酣笔畅下笔不休。文意如树木以立干为主,文辞像花果靠根深叶茂。诚于中则形于外,内心变化可从颜面探求。写到高兴处会怡然自乐,涉及伤心事常唏嘘泪流。有时候文不加点片刻成章,有时候含毫欲腐终日难就。

伊兹事之可乐,固圣贤之所钦①。课虚无以责有,叩寂寞而求音②。函绵邈于尺素,吐滂沛乎寸心③。言恢之而弥广,思按之而逾深④。播芳蕤之馥馥⑤,发青条之森森⑥。粲风飞而飙竖,郁云起乎翰林⑦。

【注释】

① "伊兹事"二句:谓写文章为一乐事,故为历来圣贤所欣羡。伊,虚词。无意义。兹事,此事,指文章之事。钦,敬。《全三国文》卷一六曹植《与丁敬礼书》曰:"故乘兴为书,含欣而秉笔,大笑而吐辞,亦欢之极。"足证文章之可乐。

② "课虚无"二句:钱锺书《管锥编》谓:"陆语自指作文时之心思。思之思之,无中生有,寂里出音,言语道穷而忽通,心行路绝而顿转。曰'叩'、曰'求'、曰'课'、曰'责',皆言冥搜幽讨之功也。"课,试。责、叩,皆求之义。

③ "函绵邈"二句:刘良注:"虽远者,含文于尺素之上;虽大者,吐辞

于寸心之间也。"亦兹事之乐。函,含。绵邈,遥远,久远。素,帛也,古人用以书也。滂沛(pāng pèi),大。

④"言恢之"二句:张铣注:"以言大之则弥增其广,以思下之则愈益其深也。"亦言兹事之乐。恢,大。按,下。

⑤播:远播。蕤(ruí):草木花垂貌。馥馥(fù):香气浓郁。

⑥青条:树木。森森:长密貌。

⑦"粲风飞"二句:吕向注:"粲然如风飞飙立,郁然如云起翰林。"亦兹事之乐,心手交畅之欢。粲,明丽貌。飙,疾风。郁,美盛之意。翰林,谓文翰之多如林。翰,笔毫。

## 【译文】

执笔为文是一大乐事,所以连圣贤也钦慕异常。从虚无之中求取有,于无声之中觅宫商。再远再久也能包容在尺素之内,至大至刚都可倾泻自作者心上。要夸张可以越说越大,要蕴藉能使含义深广。文章犹如花木,远看郁郁葱葱,走近则花香芬芳。写文章的快乐,像风吹云卷,妙趣横生,神采飞扬。

体有万殊,物无一量①;纷纭挥霍,形难为状②。辞程才以效伎,意司契而为匠③。在有无而僶俛,当浅深而不让④。虽离方而遁员,期穷形而尽相⑤。故夫夸目者尚奢,惬心者贵当⑥。言穷者无隘,论达者唯旷⑦。诗缘情而绮靡⑧,赋体物而浏亮⑨,碑披文以相质⑩,诔缠绵而凄怆⑪,铭博约而温润⑫,箴顿挫而清壮⑬,颂优游以彬蔚⑭,论精微而朗畅⑮,奏平彻以闲雅⑯,说炜晔而谲诳⑰。虽区分之在兹,亦禁邪而制放⑱。要辞达而理举⑲,故无取乎冗长⑳。

【注释】

①"体有"二句：谓文体多种多样，事物不可以同一标准去衡量。体，指文体。物，指事物。一量，一律。量，尺度，标准。

②"纷纭"二句：文体千差万别，物象千变万化，要在文章中描写出事物的真相谈何容易，故云形难为状，即难以描摹出事物的真实形状。纷纭，乱貌。体有千差万别，故曰纷纭。挥霍，疾貌。物象千变万化，故云挥霍。

③"辞程才"二句：李善注："众辞俱凑，若程才效伎；取舍由意，类司契为匠。"程，量。效，尽。司契，按图施工。契，契约。此处指图样。

④"在有无"二句：谓文辞之有无当在俛俛（mǐn miǎn）之间求之，文意之浅深当自作主张而定夺。俛俛，《诗经·邶风·谷风》："何有何亡，黾勉求之。"俛俛即黾勉，谓勉强求之。浅深，《诗经·邶风·谷风》："就其深矣，方之舟之；就其浅矣，泳之游之。"或浅或深。不让，不相谦让。《论语·卫灵公》："当仁不让于师。"

⑤"虽离方"二句：何焯《义门读书记》曰："二句盖亦张融所谓文无定体，以有体为常也。"钱锺书《管锥编》解释此二句曰："即不囿陈规，力破余地。"遁，逃。穷形、尽相，同义互文。

⑥"故夫"二句：李善注："其事既殊，为文亦异。故欲夸目者为文尚奢，欲快心者为文贵当。"何焯《义门读书记》曰："二句语意相承。注谬。"夸目，指尚辞藻者。奢，谓浮艳铺张。惬（qiè）心，言切理餍心。当，严密，贴切。

⑦"言穷者"二句：钱锺书《管锥编》曰："'言穷'之'穷'是'穷形'之'穷'，非'穷民无告'之'穷'，'论达'之'达'是'达诂'之'达'，非'达人知命'之'达'；均指文辞之充沛，无关情志之郁悒或高朗。''唯旷'与'无隘'同义，均申说'奢'。"隘（ài），狭。旷，开阔。

⑧缘情：抒发感情。李善注："诗以言志，故曰缘情……绮靡，精妙

之言。"以意与辞言之。绮靡:华丽。

⑨体物:铺陈体写物情。浏亮:清明、流畅之谓。李善注:"赋以陈事,故曰体物。"亦从意、辞两方面着眼。

⑩碑披文以相质:李善注:"碑以叙德,故文质相半。"以文助质,意、辞兼顾。披,加。相,助。

⑪诔(lěi)缠绵而凄怆:李善注:"诔以陈哀,故缠绵凄惨。"诔,古代哀悼死者的文章。缠绵,委婉动人。凄怆,凄惨。

⑫铭博约而温润:李善注:"博约谓事博文约也。铭以题勒示后,故博约温润。"铭,古代记述事迹和德行的文字。博约,谓意博文约。温润,温和柔润。

⑬箴顿挫而清壮:李善注:"箴以讥刺得失,故顿挫清壮。"箴,古代的规劝告诫的一种文体。顿挫,抑扬。清壮,清越壮烈。

⑭颂优游以彬蔚:李善注:"颂以襃述功美,以辞为主,故优游彬蔚。"颂,古代颂扬功德勋业的一种文体。优游,远且长。彬蔚:华盛貌。

⑮论精微而朗畅:李善注:"论以评议臧否,以当为宗,故精微朗畅。"论,古代的说明、分析事理的一种文体。精微,精确微至。朗畅,明朗通畅。

⑯奏平彻以闲雅:李善注:"奏以陈情叙事,故平彻闲雅。"奏,古代向帝王陈述事由的一种文体。平彻,和平通彻。闲雅,美好而雅正。

⑰说(shuì)炜晔(wěi yè)而谲诳(jué kuáng):李善注:"说以感动为先,故炜晔谲诳。"《文心雕龙·论说》曰:"凡说之枢要,必使时利而义贞,进有契于成务,退无阻于荣身,自非谲敌,则唯忠于信,披肝胆以献主,飞文敏以济辞,此说之本也。"而陆氏直称说炜晔以谲诳,何哉?范文澜注:"士衡盖指战国策士而言,彦和谓言资悦怿,正即炜晔之义。唯以忠信为本,不可流于谲诳。"说,古时

　　用话说服别人听从己见的一种文体。炜晔，光盛貌。谲诳，诡谲
　　虚诳，以感人心。

⑱禁邪：谓禁浮艳。制放：谓制抑疏遗。刘良注："诗、赋、碑、诔、
　　铭、箴、颂、论、奏、说，其体各殊，故区分在兹。"

⑲要：总之，关键。辞达：辞必达意。理举：文意确立。

⑳冗（rǒng）长：语言文字烦多。

【译文】

　　文章体裁多种多样，世间事物纷呈万千；而事物还在变化发展，描绘起来委实太难。用字造句凭借才能、技巧而奏效，立意谋篇全仗匠心独运以领先。在有无之间勉力寻求恰当的语词，根据需要决定文意的深或浅。写作要打破常规无法有法，才能够求真创新形相毕现。所以说，悦于眼目者往往辞藻铺张，要惬心快意仍需精当去烦。说话淋漓尽致的难免洋洋洒洒，文笔精密准确的无妨纵笔放言。诗主抒情，言辞应当艳丽；赋须铺陈，用词流亮为先；碑当文质兼顾，诔必凄凄惨惨；铭事博而文约，和平柔顺；箴抑扬而顿挫，清越庄严；颂以颂扬功德，言辞必须华美；论为评议事理，需要推敲再三；奏应平正典雅；说可虚于周旋。十种文体，尽管有如此区别，总起来说务应要言不烦。总而言之，立意要正确，文辞要达意，以精当为主，切勿拖沓散漫。


　　其为物也多姿，其为体也屡迁①。其会意也尚巧②，其遣言也贵妍③。暨音声之迭代，若五色之相宣④。虽逝止之无常，固崎锜而难便⑤。苟达变而识次，犹开流以纳泉⑥；如失机而后会，恒操末以续颠⑦。谬玄黄之秩叙，故淟涊而不鲜⑧。

**【注释】**

①"其为物"二句：郭绍虞《中国历代文论选·文赋注》曰："物，仍指文言，非指物象。情随物迁，文因情异，随物万变，故文亦多姿。"体，指格式，非指体制。即同一文体之中的不同类型。屡迁，亦指文体不同类型的经常变化。其，代词。指文章。

②会意：组织文意。

③遣言：遣字成句。妍：艳丽。

④"暨音声"二句：李善注："言音声叠代而成文章，若五色相宣而为绣也。"暨，及。叠，更换。五色，青、黄、赤、白、黑为五色。宣，明。

⑤"虽逝止"二句：李善注："言虽逝止无常，唯情所适，以其体多变，固崎锜难便也。"此论文章音乐声律之美。逝止，去留。崎锜（qí），不安貌。

⑥"苟达变"二句：认识五音的变化律次，掌握其规律，则如开流纳泉之顺理成章。苟，如果。达变，对事理之变化能通达以对。识次，懂得次序。

⑦"如失机"二句：失机而后会，错过机会。当会不会日后会，亦失机。恒，常。操末以续颠，持末以继颠。犹言本末倒置。《文心雕龙·声律》："迁其际会，则往蹇来连，其为疾病，亦文家之吃也。"此之谓也。

⑧"谬玄黄"二句：李善注："言音韵失宜，类绣之玄黄谬叙，故浟涊垢浊而不鲜明也。"谬，荒谬，颠倒。玄黄，天地，天玄地黄。引申为秩序。浟涊（tiǎn niǎn），污浊，肮脏。

**【译文】**

文章之事，姿态横生，文体各别，变化如神。组织文意，尚新尚巧；遣字造句，有色有声。音声之变换交错，好像五色之辉丽相争。因为律吕声调去留无形，所以不便下笔困难丛生。倘能识得规律，知其通变，就如开流纳泉,水到渠成;一旦失去机会,本末倒置,就会秩序混乱,头重脚轻。颠倒了前后的次序,就像锦绣错乱,荒诞不经。

或仰逼于先条,或俯侵于后章①,或辞害而理比,或言顺而义妨②。离之则双美③,合之则两伤④。考殿最于锱铢,定去留于毫芒⑤。苟铨衡之所裁,固应绳其必当⑥。

【注释】

①“或仰逼”二句:吕向注:“谓思之俯仰,前后不安,故或逼换先成之条例,或侵改后次之章句。谓未安也。”此谓后面文字与前面抵牾。仰,上。逼,压迫,侵害。先条,指上文。条,条科。俯侵,下面侵害。后章,指下文。

②“或辞害”二句:此谓文辞、文意互相矛盾。辞害,文辞拙劣。理比,理顺。言顺,文辞顺当、妥贴。义妨,文义有所不妥。

③离:分开。双美:对文意,文辞皆好。

④两伤:对文意、文辞都有害。

⑤“考殿最”二句:此谓选义考辞要求严格,一丝不苟。殿,殿后,最后。最,第一,领先。锱铢(zī zhū),秤两,至微小者。毫芒,亦至微小者。

⑥“苟铨衡”二句:此谓选义考辞经铨衡必当方能定夺。铨衡,衡量。裁,裁定。固,确。绳,准绳,绳墨。当,的当。

【译文】

写作之事,临文多变:有时下文侵犯上文,有时前段妨害后段,有时用词不当而影响内容,有时文句虽佳却意思一般。如有这种情形出现,该分就分,该散就散;合在一起,势难两全。考词选义,严格把关,一丝一毫,不可随便。只有放在天平上衡量,这才是真正的考验。

或文繁理富①，而意不指适②。极无两致，尽不可益③。立片言而居要，乃一篇之警策④。虽众辞之有条⑤，必待兹而效绩⑥。亮功多而累寡⑦，故取足而不易⑧。

**【注释】**

①文繁理富：文辞繁多内容庞杂。

②指适：主旨。适，主要。

③"极无"二句：钱锺书《管锥编》曰："'极'如《书·洪范》'皇建其有极'之'极'，中也，今语所谓'中心思想''无两致'者，不容有二也"；"'尽'谓至竟，即'指适'也……旧语曰'到地头'，今语曰'达目的'。'不可益'即'无两致'，谓注的唯一，方可命中，增多则莫知所向。"

④"立片言"二句：李善注："以文喻马也。言马因警策而弥骏，以喻文资片言而益明也。夫驾之法以策驾乘，今以一言之好，最于众辞，若策驱驰，故云警策。"钱锺书《管锥编》曰："文繁理富而不立主脑，不点眼目，则散钱未串，游骑无归，故'立片言以居要……必待兹而效绩'。"片言，一两句话。居要，处在重要、首要地位。警，警诫。策，马鞭。

⑤众辞：指文中除"警策"而外的其余文句。

⑥兹：代词。指"警策"。效绩：犹言致其功。

⑦功多而累寡：功绩多而失误少。

⑧取足：所取者多。不易：不改易。

**【译文】**

有一种情况：内容庞杂，文辞繁富，但是中心思想却模糊。文章主旨只能有一个，多了反而有坏处。点睛之语要突出，文章全靠它做主；其他文句纵然条理很清楚，群龙待首唯独主脑不能无。能够做到这一点，功劳大而缺点少，于是大功告成不必改弦更张另找出路。

或藻思绮合①,清丽千眠②。炳若缛绣③,凄若繁弦④。必所拟之不殊⑤,乃暗合乎曩篇⑥。虽杼轴于予怀,怵他人之我先⑦。苟伤廉而愆义,亦虽爱而必捐⑧。

【注释】

①藻思:犹言文思。绮合:如丝织品之组合。喻文思之美好。绮,文缯。

②清丽:指文辞之清秀艳丽。千眠:光色盛貌。

③炳:文采鲜明貌。缛绣:色采齐备,艳丽夺目。

④凄:凄楚动人。繁弦:琴之弦繁多者。喻音之美好。合上二句共四句,皆言文章之美。

⑤必:一定。拟:摹写,撰写。

⑥暗合:指不谋而合。人之思路或有相同,故不觉与前贤暗合。曩(nǎng):往昔。

⑦"虽杼轴"二句:言文章虽自出机杼,恐他人已先我而作。杼轴,布机之机件。此以织喻文,犹言自出机杼。怵,恐。

⑧"苟伤廉"二句:恐他人视为盗窃,有伤廉义,故弃之不顾。廉,廉耻。愆(qiān)义,无义。

【译文】

还有一种情况:文思美若锦绣,文辞清丽讲究。漂亮得满眼色彩斑斓,委婉得令人不禁泪流。所写若与前人无异,实在是暗合而不谋。虽然是自出机杼,毕竟别人在我前头,与其被人诬为全无廉义,宁肯将它割爱丢去。

或苕发颖竖,离众绝致①,形不可逐,响难为系②。块孤立而特峙,非常音之所纬③。心牢落而无偶,意徘徊而不能掋④。石韫玉而山辉，水怀珠而川媚⑤。彼榛楛之勿翦，亦蒙荣于集翠⑥。缀《下里》于《白雪》，吾亦济夫所伟⑦。

## 【注释】

①"或苕(tiáo)发"二句：李善注："言作文利害，理难俱美。或有一句同乎苕发颖竖，离于众辞，绝于致思也。"苕发，芦苇花开。颖竖，禾稻抽穗。离众，出于众人之上者。绝致，超越一般。

②"形不"二句：谓形不能追赶影，声响不能被拴住。李善注："言方之于影而形不可逐，譬之于声而响难系也。"系，用绳拴捆。

③"块孤立"二句：李善注："文之绮丽，若经纬相成。一句既佳，块然立而特峙，非常音所能纬也。"块，突出，独立，块然而独立。特峙(zhì)，耸立。常音，指文中一般语句，以音乐为喻。纬，指经纬，组织。

④"心牢落"二句：李善注："言思心牢落而无偶。"意谓离众绝致之佳句在文中显得孤立突出，故曰牢落无偶，徘徊而无所适从。牢落，辽落，落寞。掋(dì)，取。

⑤"石韫玉"二句：李善注："虽无佳偶，因而留之。譬若水石之藏珠玉，山川为之辉媚也。"

⑥"彼榛楛(hù)"二句：李善注："以珠玉之句既存，故榛楛之辞亦美。"意谓恶木榛楛因翠鸟之栖而沾光。榛楛，小木，恶木之属。以喻庸音。蒙荣，钱锺书《管锥编》曰："'蒙荣'者，俗语所谓'附骥''借重''叨光'。"集，鸟栖于木。翠，青羽雀。

⑦"缀《下里》"二句：《下里》，曲之通俗低下者。《白雪》，曲之高雅者。语见宋玉《对楚王问》："客有歌于郢中者，其始曰《下里》《巴人》，国中属而和者数千人……其为《阳春》《白雪》，国中属而和者不过数十人。"曲愈高，和愈寡。

**【译文】**

又有一种情况:有的文句出类拔萃,鹤立鸡群,好像物形之追影,回声之难寻。一若奇峰突起于平地,非寻常语句可与比邻。孤芳自赏不免心情落寞,居高临下没有同伴相亲。山中有玉使顽石增添光辉,水里藏珠令河水妩媚动人。榛楛恶木未曾铲除,翠鸟栖息使之变得可心。《下里》《巴人》与《阳春》《白雪》同奏,红花绿叶点缀着春的来临。

或托言于短韵,对穷迹而孤兴①,俯寂寞而无友,仰寥廓而莫承②。譬偏弦之独张,含清唱而靡应③。

**【注释】**

①"或托言"二句:李善注:"言文小而事寡,故曰穷迹;迹穷而无偶,故曰孤兴。"钱锺书《管锥编》曰:"盖短韵小文别于鸿笔巨篇,江河不妨挟泥沙俱下,而一杯之水则以净洁无尘滓为尚。"短韵,小文。

②"俯寂寞"二句:李善注:"言事寡而无偶,俯求之则寂寞而无友,仰而应之则寥廓而无所承。"

③"譬偏弦"二句:李善注:"言累句以成文,犹众弦之成曲,今短韵孤起,譬偏弦之独张。弦之独张,含清唱而无应。"偏弦,弦之一部分,非众弦。靡,无。

**【译文】**

如果所写文章短小,叙事不多,感情又少,上文下文不能配合,空虚又寂寥。就好像小琴一张,独奏无伴也无聊。

或寄辞于瘁音,徒靡言而弗华①。混妍蚩而成体,累良质而为瑕②。象下管之偏疾,故虽应而不和③。

**【注释】**

①"或寄辞"二句：意谓若寄辞瘁音则空美而不光华。瘁(cuì)音，憔悴之音。靡言，艳丽之辞。华，茂盛之义。

②"混妍蚩"二句：李善注："既混妍蚩共为一体，翻累良质而为瑕也。"妍，美好。指上文之靡言。蚩，劣辞。指上文之瘁音。

③"象下管"二句：象，类，似。下管，吕向注："堂上歌《鹿鸣》，堂下吹下管，管声疾，与《鹿鸣》雅声不相和叶。"按，古代举行大祭等仪式，在堂下吹奏管乐，故亦称管乐为下管。和，和谐。

**【译文】**

如果文章写得无精打采，艳辞丽句却并不可爱。好好坏坏混为一体，白玉有瑕无人青睐。好像雅正之歌配以过快的乐曲，虽有伴奏而总不和谐。


或遗理以存异，徒寻虚以逐微①。言寡情而鲜爱②，辞浮漂而不归③。犹弦么而徽急，故虽和而不悲④。


**【注释】**

①"或遗理"二句：忽视文章的思想内容，徒存文章词句的新奇诡巧。异，非正。寻虚、逐微，犹言离本逐末，同义互文。

②寡情：缺乏感情。鲜爱：很少有人喜爱。

③浮漂：浮在表面。不归：不归于实。

④"犹弦么"二句：言无真情，辞不立诚，如调小而节奏急促，和谐而不动人。么，小。徽，琴节，亦解作词。

**【译文】**

如果文章忽视内容只顾辞新，徒然舍本趋末弃重就轻。内容空泛无人垂青，游辞飘忽不识归径。就像调急弦促，纵然和谐也难以动人。

　　或奔放以谐合，务嘈囋而妖冶①。徒悦目而偶俗，固高声而曲下②。寤《防露》与《桑间》，又虽悲而不雅③。

**【注释】**

①"或奔放"二句：谓求迎合俗好，故浮艳而妖冶。奔放，奔驰放纵。谐合，和谐合拍。嘈囋（cáo zá），吕延济注："浮艳声。"

②曲下：曲之格调不高雅。

③"寤《防露》"二句：寤，觉。《防露》《桑间》，何焯《义门读书记》曰："《防露》指'岂不夙夜，畏行多露'言，《桑间》不可与并论，故戒妖冶也。"按，何说盖谓《桑间》与《防露》不得相提并论，《桑间》悲而《防露》不雅。谢灵运《山居赋》云："楚客放而《防露》作。"则《防露》当系悲词。《礼记·乐记》："《桑间》《濮上》，亡国之音也。"奔放、嘈囋之词即轻险之词，病在淫侈，不归雅正。

**【译文】**

如果文章奔驰放肆，务使文字妖艳淫侈。仅仅为了追求感官刺激而媚俗悦世，必然会在高歌声中丧失正气。想一想《防露》与《桑间》，虽然动人毕竟格调太低。

　　或清虚以婉约，每除烦而去滥①。阙大羹之遗味②，同朱弦之清泛③。虽一唱而三叹，固既雅而不艳④。

**【注释】**

①"或清虚"二句：剪除浮辞，芜秽不生，则文自清虚婉约。

②阙大羹之遗味：言文少质多，比之太羹，尚阙余味，质之甚。阙，缺。大羹，太羹，肉汁不调五味者。遗，余。

③朱弦：琴弦之红色者。清泛：不繁密，古乐之质朴似之。泛，散。

④"虽一唱"二句：李善注："言作文之体，必须文质相半，雅艳相资，今文少而质多，故既雅而不艳。比之大羹而阙其余味，方之古乐而同清氾，言质之甚也。"

【译文】

如果文章写得清和简约，行文时往往就会删繁去滥。犹如缺少太羹肉汁般的回味，又像弦索丁丁平正而散淡。虽然一唱三叹余音在耳，总嫌古朴有余而不丽不艳。

若夫丰约之裁①，俯仰之形②，因宜适变③，曲有微情④。或言拙而喻巧，或理朴而辞轻⑤。或袭故而弥新，或沿浊而更清⑥。或览之而必察，或研之而后精⑦。譬犹舞者赴节以投袂，歌者应弦而遣声⑧。是盖轮扁所不得言⑨，故亦非华说之所能精⑩。

【注释】

①丰约：指文辞之繁简。裁：裁定，剪裁。

②俯仰：指文辞位置之上下。

③宜：相宜。适变：根据需要，加以变通。

④曲有微情：曲折而有微妙的情致。许文雨《文论讲疏》曰："剪裁之繁简，形制之上下，虽有万殊，要必随时而适用。因宜而变通，即势以会奇，因方以借巧，然后本隐以显，曲见微情。"

⑤"或言拙"二句：或拙辞孕以巧义，或真意缘以轻辞。喻，明白。朴，质朴。

⑥"或袭故"二句：均为化腐朽为神奇之意。袭故，借用古书上现成语句。弥新，更新。沿浊而更清，点铁成金之意。

⑦"或览之"二句：意谓有一看就明白者，有研阅而后才通晓者。

⑧"譬犹"二句:张铣注:"文入妙理,譬如善舞者趁节举袖,善歌者与弦相应,遣合其声如一也。"赴,踏。投,振。袂(mèi),袖子。

⑨轮扁:《庄子•天道》:"桓公读书于堂上,轮扁斫轮于堂下,释椎凿而上,问桓公曰:'敢问,公之所读者何言邪?'公曰:'圣人之言也。'曰:'圣人在乎?'公曰:'已死矣!'曰:'然则君之所读者,古人之糟魄已夫!'桓公曰:'寡人读书,轮人安得议乎!有说则可,无说则死。'轮扁曰:'臣也以臣之事观之。斫轮,徐则甘而不固,疾则苦而不入。不徐不疾,得之于手而应于心,口不能言,有数存焉于其间。臣不能以喻臣之子,臣之子亦不能受之于臣,是以行年七十而老斫轮。'"

⑩华说:漂亮的言辞。

【译文】

　　至于文辞的繁简,上下文的安排,应根据需要而变通,为表情达意而剪裁。有时质直的语言说明了新巧的意思,有时漂亮的辞藻写出朴素的真理。用成语表述新义,点铁成金更为精彩。考察情物,有时一目了然,有时却真义深埋。就如跳舞的人依照节拍而挥袖,歌手们跟着旋律而逞才。其中奥妙所在,轮扁说不清斫轮的道理,我也说不出来。

　　普辞条与文律①,良余膺之所服②。练世情之常尤,识前修之所淑③。虽浚发于巧心,或受欬于拙目④。彼琼敷与玉藻,若中原之有菽⑤。同橐籥之罔穷,与天地乎并育⑥。虽纷蔼于此世,嗟不盈于予掬⑦。患挈瓶之屡空⑧,病昌言之难属⑨。故踸踔于短垣,放庸音以足曲⑩。恒遗恨以终篇,岂怀盈而自足⑪?惧蒙尘于叩缶,顾取笑乎鸣玉⑫。

## 【注释】

① 普：普见。辞条、文律：互文同义，均指文之法式。

② 余膺之所服：即服余膺。服膺，存于胸中常常体念之。膺，胸。

③ "练世情"二句：李周翰注："练简时人之常过，乃识前贤之所美也。"练，熟悉。尤，过。前修，前贤。淑，善。

④ "虽浚(jùn)发"二句：李善注："言文之难，不能无累；虽复巧心浚发，或于拙目受蚩。"浚，深。吷，笑，与"蚩"同。

⑤ "彼琼敷"二句：此言琼敷玉藻之文，唯勤学者可采之。琼敷玉藻，喻文。敷，与"华"同，花朵。中原有菽，《诗经·小雅·小宛》："中原有菽，庶民采之。"按，菽，豆。"中原有菽"虽出自《诗经》，亦为六朝人习用语。

⑥ "同橐籥(tuó yuè)"二句：谓琼敷玉藻之文，若橐籥之生生不息，可与天地长存并育。橐籥，古代冶炼用以鼓风吹火的装置。犹今之风箱。《老子》五章："天地之间，其犹橐籥乎？虚而不屈，动而愈出。"

⑦ "虽纷蔼"二句：谓世间自多琼敷玉藻之文，惜自己所获不多。纷蔼，繁多。掬(jū)，两手捧曰掬。《诗经·小雅·采绿》："终朝采绿，不盈一掬。"

⑧ 挈瓶之屡空：自喻才疏学浅，所取不多。挈瓶，汲水之瓶，容量较小，以喻小智之人。屡空，《论语·先进》："回也其庶乎！屡空。"言颜回安贫，屡至空匮。

⑨ 昌言之难属：谓前修佳作难以为继。昌言，犹当言，言之有当者。昌，当。属，续。

⑩ "故踸踔(chén chuō)"二句：言自己才分有限，唯有短韵、庸音以足曲。踸踔，一足行路之状，谓脚一长一短，行走艰难。短垣(yuán)，矮墙。

⑪ "恒遗恨"二句：上二句谓仅能写短文，这里故言抱恨终篇，岂能

自满自足？遗恨，恨之有余。盈，满。

⑫"惧蒙尘"二句：叩缶为自喻，鸣玉以喻前修。蒙尘，蒙受灰尘。

叩缶(fǒu)，秦人之俗乐。缶，瓦器为乐。鸣玉，《尚书·皋陶谟》：

"戛击鸣球。"鸣球，先王之雅奏。球，玉磬。

## 【译文】

我所见到的全部文章法则，常在心中细细体念。熟悉了一般人易患的过错，更加认识到前贤作文的精练。尽管是深深发自内心的文思，却往往受到世俗之徒的褒贬。前人的文章美好得像金枝玉叶，又多得像豆子布满了大地中原。更像橐籥之生息无穷，将与天地并存共妍。虽然妙文纷呈于眼前，可叹我所取一捧还不满。拿了一只小瓶去打水而屡打屡空，前贤的文章如此美妙要继承实在困难！我所做的就像跛子跳墙，勉强凑一点平庸短文丢人现眼。常常勉为其难而又抱恨终篇，难道还敢自称自赞？羞愧自己像敲打着土制的旧乐器，贻笑于金声玉振煌煌管弦。

若夫应感之会①，通塞之纪②，来不可遏，去不可止③。藏若景灭，行犹响起④。方天机之骏利，夫何纷而不理⑤？思风发于胸臆，言泉流于唇齿⑥。纷威蕤以驳遝，唯毫素之所拟⑦。文徽徽以溢目⑧，音泠泠而盈耳⑨。

## 【注释】

①应感：即感兴，灵感。会：机会。钱锺书《管锥编》曰："言文机利滞非作者所能自主。已近后世'神来''烟士披里纯'之说。"

②通塞：指灵感之来与不来。来曰通，不来曰塞。纪：机会。

③"来不"二句：谓灵感之来去非人所能自主。遏(è)，止。

④"藏若"二句：李周翰注："思之将藏，若形影之灭没也；将行，如音

响之动也。"

⑤"方天机"二句：李善注引刘障曰："言天机者,言万物转动各有天性,任之自然,不知所由然也。"天机,指自然之性。骏利,顺利。

⑥"思风发"二句：天机骏利,则思如风发,言如泉流。风发,风起。泉流,如泉水之流涌。

⑦"纷威蕤"二句：谓思绪纷纷,挥毫书写。威,六臣本、遍照金刚《文镜秘府论》本均作"葳",可从。葳蕤,盛貌。骙遝(sà tà)：多貌。毫素,指笔和纸,书写工具。

⑧徽徽：文采繁盛貌。

⑨泠泠(líng)：音韵之清朗。

【译文】

至于说到灵感问题,行踪难觅,神鬼不知,说来就来,说去便去。不来的时候躲藏得踪迹全无,到来的时候犹如闻声而起。灵感突然来到,文思纷纭而有头绪,思路出自胸臆像骤然风起；文辞脱口而出像泉水涌自地底。语句又好又多,挥毫马不停蹄；文采光耀夺目,韵律令人心迷。

　　及其六情底滞,志往神留①。兀若枯木,豁若涸流②。揽营魂以探赜,顿精爽于自求③。理翳翳而愈伏④,思乙乙其若抽⑤。是以或竭情而多悔⑥,或率意而寡尤⑦。虽兹物之在我,非余力之所勠⑧。故时抚空怀而自惋⑨,吾未识夫开塞之所由⑩。

【注释】

①"及其"二句：此段述灵感已去之时。六情,喜、怒、哀、乐、好、恶。底滞,钝涩,阻塞。往,去。留,止。

②"兀若"二句：谓文思阻塞,似枯木之无生气,若涸流之干枯。兀,

突。豁(huò)，空。涸(hé)，水干。

③"揽营魂"二句：谓凝聚精神，以探求深奥。营魂，营亦魂也，复合词。探赜(zé)，探求深奥。顿，忽然。精爽，亦复合词。《春秋左传·昭公二十五年》："心之精爽，是谓魂魄。"

④翳翳(yì)：遮蔽貌。

⑤乙乙：难出貌。

⑥竭情而多悔：灵感已去，勉强作文，不免徒劳无功，故曰竭情多悔。

⑦率意而寡尤：灵感到来时，文思敏捷，率意而为，反而少过错。

⑧"虽兹物"二句：灵感之去留虽呈现于我，然亦非我之力可左右。兹物，谓灵感。勠(lù)，合力，并力。

⑨空怀：怀中常空。谓灵感虽有去留，而怀中不见虚实。

⑩开塞：天机骏利谓开，六情底滞谓塞。

【译文】

一旦灵感已去，情思阻滞，志散神驰。如残枝败叶一样毫无生气，像枯竭的河流一样水干见底。在方寸之间彷徨摸索，往灵魂深处探寻奥秘。文思模模糊糊难以明朗，思绪盘根错节混乱难理。感情枯竭时即使写出来也错误百出，文思敏捷时信手拈来也美妙无比。纵然灵感出现在自己身上，但或去或来总是扑朔迷离。


伊兹文之为用，固众理之所因①。恢万里而无阂②，通亿载而为津③。俯贻则于来叶④，仰观象乎古人⑤。济文武于将坠⑥，宣风声于不泯⑦。涂无远而不弥⑧，理无微而弗纶⑨。配沾润于云雨，象变化乎鬼神⑩。被金石而德广，流管弦而日新。

**【注释】**

①"伊兹文"二句：此节讲文用。伊，唯。众理之所因，许多作用依附在文章上。

②恢：大。万里：指空间。无阂：无所阻隔。

③亿载：指时间。津：津梁，桥梁。

④贻则：遗留给后世的准则。来叶：来世。

⑤观象乎古人：取法前修。

⑥文武：此指文武之道。即封建社会的帝王之道。《论语·子张》："子贡曰：'文武之道未坠于地。'"

⑦风声：教化。泯：泯灭。

⑧涂：途。

⑨纻：缠裹，有经纬包笼之意。

⑩"配沾润"二句：李周翰注："文德可以养人，故配沾润于云雨，出幽入微，故象变化乎鬼神。"沾润，滋润。配，比。

⑪"被金石"二句：李善注："言文之善者，可被之金石，施之乐章。"被，加。金石，指音乐。金石丝竹指古之乐器。

**【译文】**

说到文章的作用，道理十分恢宏。畅行万里无所阻隔，上下亿载全凭沟通。给千秋万代立下了准则，向古代圣贤行礼鞠躬。文武之道因文章而不败，风化教育因文章而致功。空间无远而不达，道理无微而不通。像云雨一样滋润万物，像鬼神一样受人供奉。配上乐曲可以传播到四方，让文章之道万世而无穷。

# 音乐上

## 王子渊

　　王褒，字子渊，生卒年不详，蜀郡资中（今属四川）人。西汉辞赋家。汉宣帝刘询时，修武帝故事，讲论六艺群书，博尽奇异之好。被征入都，与刘向、张子侨等并待诏，后擢为谏议大夫。是时，益州刺史王襄闻王褒有俊材，使褒作《中和》《乐职》《宣布》诗，又继作《四子讲德论》。上征褒，为作《圣主得贤臣颂》。其后，太子体不安，诏使褒等至太子宫，朝夕诵读奇文及所自造作。太子喜褒所为《甘泉》及《洞箫颂》（即《洞箫赋》），令后宫贵人左右皆诵读之。闻华阳国蜻蛉县，山有碧鸡金马，光彩倏忽，民多见之，帝遣谏议大夫王褒前往祭祀，病卒于道。褒所作诗赋论文，有《王谏议集》五卷，张溥评曰："王生俊才，歌诗尤善，奏御天子，不外《中和》诸杂，然辞长于理，声偶渐谐，固西京之一变也。"《僮约》之作，文颇谐放，推类而比，犹若东方。《汉书》卷六十四有传。

## 洞箫赋一首

【题解】

　　《洞箫赋》是以辞赋形式描写音乐的较早篇目。此赋首写洞箫之材料及产地；次写盲人吹奏洞箫之情状；次写随箫歌唱，情随乐起、乐偕情转之生动景象；次写音乐之功能及社会作用；最后写乐曲终了前的高潮和乐止以后的余音。全文想象丰富，比喻生动，描写细腻，层次分明。其后马融《长笛赋》、嵇康《琴赋》、潘岳《笙赋》等都受到它的影响。

何焯在《义门读书记》中对它评价不高，但刘大杰在《中国文学发展史》中认为《洞箫赋》的贡献有二：一是在修辞造句方面极下功夫，堆积夸张，密巧细致，别具风格；二是咏物赋的完成者，因而在赋史上自有它的地位。

原夫箫干之所生兮，于江南之丘墟①。洞条畅而罕节兮，标敷纷以扶疏②。徒观其旁山侧兮，则岖嵚岿崎，倚巇迤嶁③，诚可悲乎其不安也③。弥望傥莽，联延旷荡，又足乐乎其敞闲也④。托身躯于后土兮，经万载而不迁⑤。吸至精之滋熙兮⑥，禀苍色之润坚⑦。感阴阳之变化兮⑧，附性命乎皇天⑨。翔风萧萧而径其末兮，回江流川而溉其山⑩。扬素波而挥连珠兮⑪，声磕磕而澍渊⑫。朝露清泠而陨其侧兮⑬，玉液浸润而承其根⑭。孤雌寡鹤娱优乎其下兮，春禽群嬉翱翔乎其颠⑮。秋蜩不食抱朴而长吟兮⑯，玄猿悲啸搜索乎其间⑰。处幽隐而奥庰兮⑱，密漠泊以猭獉⑲。惟详察其素体兮⑳，宜清静而弗喧。幸得谧为洞箫兮㉑，蒙圣主之渥恩㉒。可谓惠而不费兮㉓，因天性之自然。于是般匠施巧㉔，夔妃准法㉕。带以象牙㉖，掍其会合㉗。镂镂离洒㉘，绛唇错杂㉙。邻菌缭纠㉚，罗鳞捷猎㉛。胶致理比㉜，挹扔撌擖㉝。

【注释】

①"原夫"二句：李善注引《丹阳记》曰："江宁县慈母山临江生箫管竹。王褒赋云：'于江南之丘墟'，即此处也。其竹圆，异众处，自伶伦采竹嶰谷后，见此奇，故历代常给乐府，而呼鼓吹山。"原，推原。箫干，犹言箫之体。丘墟，荒原。

②"洞条畅"二句：吕向注："谓作箫之竹干，生于江南之山而通长，畅达而稀节，立茎数纷而华密扶疏也。"洞，通。条畅，条直通畅。罕节，竹节稀少。标，立，直。数纷，茎多貌。扶疏，叶密貌。

③"徒观"几句：谓竹傍险峻之山势而生，悲其生于危地而不安。徒，仅。旁，五臣本作"傍"，是。岖嵚(qīn)、肖崎(kuī qí)，山势险峻貌。倚峨(xī)，山势险峻貌。迆㠎(yǐ mǐ)，山势斜平貌。

④"弥望"几句：弥望，远望。傥莽、旷荡，均为宽广之貌。联延，连绵相接壤。敞闲，宽敞而闲适。

⑤"托身躯"二句：张铣注："谓其自然生，故久不迁灭。"后土，地神之属。迁，变迁。

⑥至精：指天地之精气。滋熙：润悦貌。

⑦禀：受。润坚：鲜润坚贞。

⑧感：感受，领受。阴阳：天地之气。

⑨性命：《周易·乾》："乾道变化，各正性命。"疏："性者天生之质，若刚柔迟速之别；命者人所禀受，若贵贱夭寿之属是也。"皇天：对天的尊称。

⑩"翔风"二句：李周翰注："风之径路，翔于竹梢上；回流之水，灌溉其山下也。末，梢头也。"翔风，瑞祥之风。萧萧，竹声貌。径，经过。回江，江回曲。溉，灌溉。

⑪素：白。连珠：此指浪花水珠。

⑫磕磕(kē)：水击石之声。澍(zhù)：同"注"，灌注，倾泻。

⑬清泠(líng)：清凉貌。陨(yǔn)：坠落。

⑭玉液：指山间清泉。

⑮"孤雌"二句：张铣注："其下为水中嬉游也，其颠谓竹上也。"

⑯秋蜩(tiáo)：秋蝉。不食：谓蝉饮露而不食其他食物。抱朴：抱住树皮。

⑰玄猿：黑猿。搜索：往来貌。

⑱奥：藏。屛(bìng)：蔽。

⑲漠泊：茂密貌。獑猭(chuān)：相连延貌。

⑳素体：幽素之体。

㉑谥(shì)：号。

㉒渥(wò)恩：隆恩。

㉓惠而不费：施利于人而无所耗费。

㉔般：指公输般，即鲁班。相传为木匠之始祖。匠：指匠伯，古之
巧匠。

㉕夔(kuí)：舜时乐官。妃：李善注："不详。"六臣本作"襄"，则指师
襄，春秋时卫国乐官。准法：准度箫之法则。

㉖带：饰。

㉗捆(hùn)：同。会合：盖指象牙与箫体会合之处。

㉘锼(sōu)镂：雕刻。离洒：雕刻貌。

㉙绛：朱。唇：口。以朱红色饰其吹口。错杂：错杂其文彩。

㉚邻菌缭纠：竹纹缭绕相映成辉。

㉛罗鳞：李善注："如罗鳞布列。"捷猎：参差。

㉜胶致理比：言细密。

㉝挹抐㩏搦(yì nì yè niè)：手执之貌。

## 【译文】

箫管之竹，原产江南；丘名慈母，傍水依山。竹身畅达而且条贯，竹
节稀少枝盛叶繁。只要看它岸立山旁，险峻之势，真有些叫人不安。远
看，郁郁葱葱，广袤无边，地势倾斜，竹林成片，又不觉令人神怡心欢。
说到竹子，它扎根于沃土，千秋万代，坚贞不变。吸收日月之精华，以润
养自身，青苍弥坚。感受天地之灵气，寄意托身于茫茫苍天。祥瑞和风
轻拂着竹尖，曲江回流滋润着丘山。江水挥洒迸出水珠连连，石击水溅
宛如银泻深渊。早晨竹叶间清露涓滴，一若琼浆玉液养其根端。仙鹤
独立嬉戏于其下，鸣禽群飞在上空盘旋。秋蝉饮露长吟于枝头，猿猴悲

鸣往来于林间。身处幽静之地而与世隔绝,密林修篁连绵伸延。只要仔细考察竹子的本性,便知清静高远得其天然。有幸而被命名为洞箫,乃是皇恩浩荡老天有眼。真正是得了便利而毫不破费,也是生来如此天性本然。于是乎,鲁般、匠伯施之以规矩,乐师夔、襄校准乐音于乐典。象牙为装饰,镶嵌若浑然;雕刻精巧,文彩交错,染红孔眼。竹纹缭绕相得而益彰,参差相错如龙鳞般灿烂。脉理精致又细密,手执洞箫奏管弦。

　　于是乃使夫性昧之宕冥①,生不睹天地之体势②,暗于白黑之貌形③。愤伊郁而酷毲④,悯眸子之丧精⑤。寡所舒其思虑兮,专发愤乎音声⑥。故吻吮值夫宫商兮,和纷离其匹溢⑧。形旖旎以顺吹兮,瞋呷唈以纡郁⑨。气旁迕以飞射兮⑩,驰散涣以逴律⑪。趣从容其勿述兮⑫,骛合遝以诡谲⑬。或浑沌而潺湲兮⑭,猎若枚折⑮。或漫衍而络绎兮⑯,沛焉竞溢⑰;愀慄密率⑱,掩以绝灭⑲。嘻霅晔踔,跳然复出⑳。

**【注释】**

①性昧之宕冥:指盲人。李善注:"性昧宕冥,谓天性暗昧过于幽冥也。《说文》曰:'宕,过也。'"

②体势:形体姿态。

③暗于白黑之貌形:言盲者不辨昼夜、不分黑白。

④伊郁:不通。酷毲(nù):甚忧。

⑤悯:惜。丧精:盲人目失明。

⑥"寡所舒"二句:张铣注:"惜瞳子之无精光而舒展其思虑,乃专心音声,乃至妙理也。"舒,舒展。

⑦吻吮:以口吮吸。这里指吹洞箫。值:当,遇。

⑧纷离、匹溢：声音四散。

⑨“形旖旎（yǐ nǐ）”二句：谓箫声既发，形旖旎以随；盛气而吹，类怒目以郁结。旖旎，婀娜多姿。顺，随顺。瞋，怒目。啗哊（hán hú），鼓腮作气，愤怒貌。纡郁，郁结。

⑩旁迕（wǔ）：气竞旁出，递相逆迕。飞射：气出迅疾。

⑪散涣：声分布貌。逷（zhú）律：和貌。

⑫趣：趋。勿述：无所逆误之貌。

⑬骛：急走。合遝：盛多貌。诡谲：奇异。

⑭浑沌：浑然一体。潺湲（chán yuán）：水流貌。

⑮猎：象声字，示树干断裂声。枚：树干。

⑯漫衍：水势流淌，连绵无尽。骆驿：不断。

⑰沛：多貌。竞溢：竞相溢出。

⑱惏（lín）慄：声音凄厉。密率：安静。

⑲掩：止息貌。

⑳嚱霵（xī jí）：声音急促貌。晔踕（yè jié）：声繁多而急速貌。

**【译文】**

于是就请天生盲人来吹箫，他不知天地为何物，难明白昼黑夜之形貌。忧思郁结在胸中，又遭失明之苦恼。短于见者精于思，苦闷心情一并倾注于音乐之道。由此，唇吻之际吐纳宫商之声，旷野之中遍布丝竹之妙。形随声起，灵动多姿；目顺气转，鼓腮如号。气出呈飞射之势，余音远传荒郊。从容不迫，依顺律吕，无所违拗；气足腔圆，奇异而美好。始而浑然一体为流水之汩汩滔滔，继而木断猎猎，声震云霄。一忽儿如泉清源远连绵不尽，沛然充溢浩茫淼淼；一忽儿凄凄厉厉，幽谧哀怨，忽隐忽现，若近若遥。骤然之间声转急促，箫音跳脱犹如奔跑。

若乃徐听其曲度兮，廉察其赋歌[①]。啾咇咈而将吟兮，行锽铓以和啰[②]。风鸿洞而不绝兮，优娆娆以婆娑[③]。翩绵连以牢落兮，漂乍弃而为他④。要复遮其蹊径兮⑤，与讴谣乎相和⑥。故听其巨音，则周流泛滥⑦，并包吐含⑧，若慈父之畜子也⑨。其妙声，则清静厌瘱，顺叙卑迖，若孝子之事父也⑩。科条譬类⑪，诚应义理⑫。澎濞慷慨，一何壮士。优柔温润，又似君子⑬。故其武声，则若雷霆䎑辒⑭，佚豫以沸㥜⑮。其仁声，则若飑风纷披⑯，容与而施惠⑰。或杂遝以聚敛兮⑱，或拔捈以奋弃⑲。悲怆恍以恻惄兮⑳，时恬淡以绥肆㉑。被淋洒其靡靡兮㉒，时横溃以阳遂㉓。哀悁悁之可怀兮㉔，良醰醰而有味㉕。故贪饕者听之而廉隅兮㉖，狼戾者闻之而不㤞㉗。刚毅强虣反仁恩兮，啴咺逸豫戒其失㉘。锺期、牙、旷怅然而愕兮㉙，杞梁之妻不能为其气㉚。师襄、严春不敢窜其巧兮㉛，浸淫叔子远其类㉜。嚚、顽、朱、均惕复惠兮㉝，桀、跖、鬻、博偺以顿悴㉞。吹《参差》而入道德兮㉟，故永御而可贵㊱。时奏狡弄㊲，则彷徨翱翔。或留而不行，或行而不留㊳。惮悇澜漫㊴，亡耦失畴㊵。薄索合沓㊶，罔象相求㊷。

【注释】

①"若乃"二句：谓缓听节度，谨察曲之名目。徐，缓慢。廉，谨，仔细。赋歌，作曲之通称。

②"啾咇哔（bì jié）"二句：谓听曲而将吟，舒缓以相应。啾，众声。咇哔，声出貌。行，且。锃铌（chěn rén），声舒缓貌。和啰，声相杂貌。

③"飑鸿洞"二句：谓风吹其声相连不绝，而优游、柔雅、分散。鸿洞，相连貌。娆娆（ráo），柔雅貌。婆娑，分散貌。

④漂：浮。弃：指丢弃旧曲。他：指别的曲调、新曲。

⑤要复:伺候。蹊径:道路。

⑥讴谣:唱歌。

⑦周流:周转如流。泛溢:指声音充溢。

⑧吐含:吞吐。

⑨慈父之畜子:李善注引《韩诗》曰:"夫为人父者,必怀慈仁之爱,
以畜养其子也。"

⑩"其妙声"几句:谓其声妙和则清和安畅,节度无违,穆然如孝子
之事亲。厌,安静貌。廙(yì),深邃。迡(tì),滑。

⑪科条:法令条规。譬类:譬喻。

⑫义理:事物所含之理。

⑬"澎濞(bì)"几句:上二句谓音声激昂,犹如壮士;此二句谓箫音优
柔,宛若君子。澎濞,勇烈声。一何,多么。

⑭辌輷(léng hōng):大声。

⑮佚豫:声疾。沸愲(wèi):不安貌。

⑯凯(kǎi)风:南风。纷披:乱貌。

⑰容与:宽裕貌。施惠:南风有助于万物生长,故曰施惠。

⑱杂遝:众多貌。

⑲拔揲(shā):分散。奋弃:很快停止。

⑳怆(chuàng)恍:失意貌。恻恤(yù):伤痛。

㉑恬淡:安静。绥肆:迟缓。

㉒被:及。淋洒:不绝貌。靡靡:声之细好。

㉓横溃:决貌。阳遂:清通貌。

㉔悁悁(yuān):忧愁貌。

㉕醰醰(tán):醇浓有味。

㉖贪饕(tāo):贪而无厌。廉隅:廉洁而有节操。

㉗狼戾:恶性。怼(duì):怨。

㉘嘽咺(tān xián):舒缓放纵。逸豫:安乐。《诗经·小雅·白驹》:

"尔公尔侯,逸豫无期。"

㉙锺期:锺子期。春秋时楚人,精于音律。伯牙鼓琴,志在高山流水,子期听而知之。牙:指伯牙。旷:师旷,春秋晋乐师。字子野,生而目盲,善辨声乐。愕:惊。

㉚杞梁之妻:春秋齐大夫杞梁,一作"芑梁",名殖。齐庄公四年,齐袭莒,杞梁战死。其妻迎丧于郊,枕尸哭甚哀,过者莫不挥涕,十日而城为之崩。

㉛严春:古之善琴者。本名庄春,汉人避汉明帝(刘庄)讳,改称严春。窜:措。

㉜浸淫:渐相亲附,渐次接近。一说古之知音人。叔子:古之乐师。远其类:远离箫声而不敢相提并论。

㉝嚚(yín)、顽:舜父名顽,舜母名嚚。朱、均:指丹朱和商均。丹朱,帝尧之子,尧因丹朱不肖,禅位于舜。商均,舜之子,舜以商均不肖,乃使伯禹继位。禹立,封商均于虞。惕:戒。复惠:恢复机敏聪慧。

㉞桀、跖(zhí):夏桀和盗跖。夏桀,夏代最后一个君王,名履癸。暴虐荒淫之君。盗跖,盗而名跖,相传为春秋末期人,其言行与孔子相异。鬻(yù)、博:指夏育和申博。鬻,古通"育",夏育,周代卫国勇士,力能拔牛尾。博,申博,勇士。偪:败坏。顿悴:愁悴。

㉟《参差》:箫曲名。

㊱永御:长用。

㊲狡弄:急促之曲调。

㊳"或留"二句:演奏急促之曲调,回旋飞声,去留无常。

㊴悼怓(cǎo lǎo):寂静貌。澜漫:分散。

㊵亡耦、失畴:失其同类。

㊶薄索:急切地求索。合沓:重叠。

㊷罔象:余声。

**【译文】**

于是乎,安静而舒缓地倾听演奏,仔细而会心地品赏韵味;不知不觉附和着低吟,箫声歌声混合一起。熙熙微风悠然飘来,律吕音声传播四野。在空旷的野地里回荡,旧曲刚完新声又继。歌者依节拍而放声,珠联璧合无与伦比。乐声洪亮时,圆润流转,醇厚饱满,好像慈父关怀着稚子。乐声美妙时,深沉幽远,清和流畅,好像孝子侍奉着长辈。旋律与歌词相符,形式与内容投契。激昂慷慨雄壮鸿烈,犹如壮士有非凡气势。悠远柔和温文尔雅,彬彬然似君子之有礼。乐声威武时,雷霆万钧,声振乾坤,声疾而色厉。声音和平时,春风拂面,宽厚穆如,如阳光雨露,万物润滋。有时声虽杂而能收敛,有时音虽散却戛然而止。有时悲切而难忍,有时恬淡而安谧。忽如涓涓细流绵且长,忽如沧海横流决大堤。哀声则凄惨可怜,回味则甜润而有深意。所以说,贪婪之徒闻之而廉洁,凶狠之辈闻之而知耻。强暴之人归依仁义,闲散之汉有所改悔。古之乐师钟子期、俞伯牙和师旷都愕然怅然,相比之下《杞梁妻叹》已不成曲调。师襄、严春不敢逞强,浸淫叔子宁肯远避。历史上的顽冥不肖之人为之动容,剽悍强徒本性改易。乐曲起,道德齐,长治久安万人喜。一旦吹奏急促调,乐音扶摇上九霄,彷徨飞翔,行止无常,不知如何是好。安静寂寥,四散缥缈,一若亡偶失同胞。追寻洞箫声,余音犹袅袅。

　　故知音者乐而悲之,不知音者怪而伟之①。故闻其悲声则莫不怆然累欷②,擥涕抆泪③。其奏欢娱则莫不惮漫衍凯④,阿那腲腇者已⑤。是以蟋蟀、蚸蠖蚑行喘息⑥,蝼蚁、蝘蜒蝇蝇翋翋⑦。迁延徙迤⑧,鱼瞰鸡睨⑨。垂喙蜿转⑩,瞪瞢忘食⑪。况感阴阳之和而化风俗之伦哉⑫?

【注释】

① "故知音"二句：吕延济注："知音识悲乐之声，不知者但怪其清美而已。伟，美也。"

② 欷(xī)：悲。

③ 撆(piě)：拭。抆(wěn)：拭。

④ 惮漫、衍凯：欢娱貌。

⑤ 腲腇(wěi něi)：舒迟貌。

⑥ 蚑蠖(chǐ huò)：又作"尺蠖"，尺蠖蛾之幼虫。郝懿行《尔雅义疏·释虫》："其行先屈后伸，如人布手知尺之状，故名尺蠖。"蚑(qí)行：虫之爬行。

⑦ 蝘蜒(yǎn yán)：蝘为蝉属，蜒为蜒蚰。按，李善注："蜥蜴，蝘蜒。蝘，于典切；蜒，徒典切。"则疑为蝘蜒。崔豹《古今注·鱼虫》："蝘蜒，一名龙子，一曰守宫……其长细五色者，名为蜥蜴。"五臣本作"蜓"，是。蝇蝇翊翊(yì)：虫行貌。

⑧ 迁延徙迤：虫退行貌。

⑨ 鱼瞰鸡睨(nì)：李善注："鱼目不瞑，鸡好邪视，故取焉。瞰，视也。睨，邪视也。"

⑩ 喙：口。蜿转：曲动貌。蜿，曲貌。五臣本作"宛"，是。

⑪ 瞪矒(méng)：瞪目茫然。

⑫ 况感阴阳之和而化风俗之伦哉：《孔子家语·礼运》曰："人者，天地之德，阴阳之交。"李周翰注："虫类闻乐尚由感而动之。皆垂口盘旋直视昏然，遗忘其食以听之；况乎感和阴阳之气，迁化风俗之理，岂不致也。"

【译文】

所以，懂得音乐的人随乐而悲喜，不懂音乐的人也赞叹而怪异。听到伤心处，无不悲切抹泪，唏嘘不已；听到高兴处，全都欢乐开怀，微动躯体。连蟋蟀、尺蠖都在蠕动叹息，蚂蚁、蜥蜴似省人意。或行或止，鱼观鸡视;张嘴瞪眼,废寝忘食。动物尚且如此,何况感于阴阳之气,备受教化之礼,人为万物灵长,岂有不感动之理?

乱曰①:状若捷武②,超腾逾曳,迅漂巧兮③。又似流波,泡溲泛㵿④,趋峣道兮⑤。哮呷呟唤⑥,踦䠥连绝⑦,溷殄沌兮⑧。搅搜浮捎⑨,逍遥踊跃⑩,若坏颓兮⑪。优游流离⑫,踌躇稽诣⑬,亦足耽兮⑭。颓唐遂往,长辞远逝,漂不还兮⑮。赖蒙圣化,从容中道,乐不淫兮⑯。条畅洞达,中节操兮⑰。终诗卒曲,尚余音兮⑱。吟气遗响,联绵漂撇⑲,生微风兮。连延骆驿,变无穷兮。

**【注释】**

①乱:辞赋篇末总括全篇要旨的结束语叫乱,即尾声的意思。

②捷武:捷巧。

③漂:疾。

④泡溲:盛多貌。泛㵿(jié):微小貌。一曰波急之声。

⑤峣道:险道。

⑥哮呷呟唤(xiào xiā juǎn huàn):大声。

⑦踦䠥(jī zhì)连绝:或上或下或连或绝。

⑧溷(gǔ):混乱。殄沌:声杂不分。

⑨搅搜浮(xiào)捎:水声。

⑩逍遥:声远。踊跃:声高。

⑪坏颓:言如物崩坏颓毁。

⑫优游流离:和缓分散声。

⑬踌躇稽诣:声停留不散。

⑭耽:玩乐。

⑮"頹唐"几句：李善注："本或无此十二字。"頹唐，隕坠貌。遂往，长辞而远去。

⑯"赖蒙"几句：李周翰注："赖君王圣化，采于幽山，以成此器。从容和乐，中于大道，虽乐而不荒淫也。"

⑰"条畅"二句：李善注："言声有条贯，通畅洞达而中于节操。"

⑱"终诗"二句：吕向注："终志卒曲，尚有余音，言声清远也。"

⑲漂撇：声相撞击。

**【译文】**

尾声：洞箫之声好像习武之人，超越腾空，轻疾跃动。又像波涛翻滚，急流奔涌，穿过险峻之道向前冲。咆哮怒吼，声振耳聋；或上或下，或塞或通。水流如沸，澎湃汹涌，排山倒海，洗击一空。一会儿，箫声舒缓，欲停未停，留而不行，有韵有情。一会儿，箫声远去，余音不绝，此时无声胜有声。多蒙圣上教化，和乐从容，哀而不伤，乐而不淫。条畅洞达，有节有操，本正源清。一曲终止，余味纯正。回响飘逸，随风而生。连绵不断，与天地而并存。

# 傅武仲

傅毅(？—89)，字武仲，扶风茂陵(陕西兴平东北)人。东汉文学家。少而博学，汉章帝时召为文学之士，以毅为兰台令史，羽郎中，与班固、贾逵共校内府藏书。早年曾作《迪志诗》，后作《显宗颂》，追美孝明皇帝之功德勋业。车骑将军马防待以师友之礼。窦宪为大将军，以毅为司马，班固为中护军。所著诗、赋、诔、颂、祝文、《七激》、连珠凡二十八篇。有集，今散佚。《后汉书》卷八十上有传。

曹丕《典论·论文》曰："傅毅之于班固，伯仲之间耳。"足见其文学成就与班固相若。何焯《义门读书记》评傅毅曰："故不减楚人相如之匹。"

# 舞赋一首

【题解】

《舞赋》是一篇专门描写跳舞的古代辞赋。在《序》中,作者假托宋玉和楚襄王在云梦泽作《高唐赋》之后,又置酒宴饮、观舞助兴的故事为缘由,写下了这篇作品。他们经过一番讨论,决定观看郑、卫乐舞,而把雅正之声置之一旁。并从理论上提出了艺术的政治功利作用和娱乐身心的审美功能是有所不同的。

《舞赋》首叙华屋、彩帐之装饰,金樽、玉罍之奢华;再叙二八郑女,舞姿蹁跹;红颜扬华,眉目传情。又叙边歌边舞,诗、乐、舞三位一体之实况。独舞群舞,应接不暇,刚柔交替,美不胜收。

《舞赋》不仅是一篇文学作品,而且保存了有关音乐、舞蹈的珍贵资料。

楚襄王既游云梦,使宋玉赋高唐之事①,将置酒宴饮②。谓宋玉曰:"寡人欲觞群臣③,何以娱之?"玉曰:"臣闻歌以咏言,舞以尽意④。是以论其诗不如听其声,听其声不如察其形⑤。《激楚》《结风》《阳阿》之舞⑥,材人之穷观,天下之至妙⑦。噫,可以进乎?"王曰:"如其郑何⑧?"玉曰:"小大殊用,郑雅异宜⑨。弛张之度,圣哲所施⑩。是以《乐》记干戚之容⑪,《雅》美蹲蹲之舞⑫。《礼》设三爵之制⑬,《颂》有醉归之歌⑭。夫《咸池》《六英》⑮,所以陈清庙、协神人也⑯;郑、卫之乐,所以娱密坐、接欢欣也⑰。余日怡荡⑱,非以风民也⑲,其何害哉?"王曰:"试为寡人赋之。"玉曰:"唯唯⑳。"

## 【注释】

①"楚襄王"二句：宋玉《高唐赋序》曰："昔者，楚襄王与宋玉游于云梦之台，望高唐之观；其上独有云气，崒兮直上，忽兮改容，须臾之间，变化无穷。王问玉曰：'此何气也？'玉对曰：'所谓朝云者也。'王曰：'何谓朝云？'玉曰：'昔者，先王尝游高唐，怠而昼寝，梦见一妇人曰："妾巫山之女也。为高唐之客，闻君游高唐，愿荐枕席。"王因幸之。'"此赋因利就便，仍沿楚襄王与宋玉之事，以为赋端。宋玉，战国辞赋家，或称屈原弟子。

②将：即将，行将。

③觞（shāng）：酒器，杯之属。此处用作动词，作宴请解。

④"臣闻"二句：《尚书·尧典》："诗言志，歌永言。"按，永，长。谓诗为延长的诗歌语言。《毛诗序》："言之不足，故嗟叹之；嗟叹之不足，故永歌之；永歌之不足，不知手之舞之、足之蹈之也。"故知诗、乐、舞本一源。不足，谓不足以抒发感情。

⑤"是以"二句：谓就表达感情而言，诗不如歌，歌不如舞。亦发明《毛诗序》义。

⑥《激楚》《结风》：皆楚曲名。《阳阿》：亦楚曲名。一说古之名伎。

⑦"材人"二句：谓上述《激楚》等舞，为才人辈所观舞之最美者。材人，天子内官名。亦作"才人"。嫔妃之称号。穷观，穷极其观。

⑧郑：指郑国的音乐，是当时的俗乐。

⑨"小大"二句：谓事物之大小各有其用，音乐之雅郑各有相宜。《礼记·乐记》："魏文侯问于子夏曰：'吾端冕而听古乐（即雅乐），则唯恐卧；听郑、卫之音，则不知倦。'"雅，指雅乐，古代正乐，庄重质朴。

⑩"弛张"二句：《礼记·杂记》："张而不弛，文武弗能也；弛而不张，文武弗为也；一张一弛，文武之道也。"孔疏："喻民一时须劳，一时须逸，劳逸相参。"文、武指周文王、周武王，皆古之圣哲。所施：

为用。

⑪《乐》:《乐记》。干:盾。戚:斧。皆武器。亦武舞之容饰。《礼记·乐记》:"干戚羽旄谓之乐。"

⑫《雅》:指《小雅》。蹲蹲:舞貌。《诗经·小雅·伐木》:"坎坎鼓我,蹲蹲舞我。"郑笺:"为我兴舞,蹲蹲然。"李善注:"蹲蹲之舞,一本作'旌旌之舞'。"

⑬《礼》设三爵之制:张铣注:"礼云:'凡臣宴君,礼有三爵,一所以示慈惠,二所以训恭俭,三所以行孝敬。'"

⑭《颂》有醉归之歌:《诗经·鲁颂·有駜》:"振振鹭,鹭于飞。鼓咽咽,醉言归。"

⑮《咸池》:黄帝之乐。《六英》:帝喾(kù)之乐。

⑯清庙:宗庙,天子宗庙。协神人:协调神人之和。

⑰"郑、卫"二句:谓郑、卫之乐用以娱乐宾朋,以愉悦。非用于正式仪式之乐。密坐,相从而坐。接,引。

⑱余日:指正事之余。怡荡:怡悦而欢乐。

⑲风民:教化百姓。

⑳唯唯:犹是。下属对上级的答辞。

## 【译文】

楚襄王游罢云梦泽,宋玉写毕《高唐赋》,之后又将办酒席宴请臣属。于是问宋玉:"寡人想要欢宴群臣,何以助兴?"宋玉答道:"臣下听说,唱歌可以传达感情,而跳舞能够尽兴。所以,论诗不如听歌,听歌不如观舞。像《激楚》《结风》《阳阿》这类舞蹈,宫中嫔妃叹为观止,真是穷尽了天下之妙。呵!以此献上怎样?"楚襄王又问:"与郑乐相比如何?"宋玉说:"世间事物,大大小小各有物宜,俗乐、雅乐各异其趣。'一张一弛,文武之道',圣哲前贤,相需为用。《乐记》记载有干戚之舞,《雅》诗里赞美翩翩之舞,《礼记》制定了饮酒的规矩,《鲁颂》记录着醉归之歌。古代黄帝、帝喾的《咸池》《六英》之乐,雅正端庄,用来协调天人关系;

郑、卫之乐，热烈奔放，可以用来娱乐宾朋，令人赏心悦目。公务之余暇，轻松一下，又不是用它来教育人民，那有什么关系呢?"楚襄王说："那么且为寡人赋一曲吧!"宋玉说："遵命!"

夫何皎皎之闲夜兮①，明月烂以施光②。朱火晔其延起兮③，耀华屋而熹洞房④。黼帐袪而结组兮⑤，铺首炳以焜煌⑥。陈茵席而设坐兮⑦，溢金罍而列玉觞⑧。腾觚爵之斟酌兮⑨，漫既醉其乐康⑩。严颜和而怡怿兮⑪，幽情形而外扬⑫。文人不能怀其藻兮，武毅不能隐其刚⑬。简惰跳蹋般纷挐兮，渊塞沉荡改恒常兮⑭。于是郑女出进⑮，二八徐侍⑯。姣服极丽⑰，姁媮致态⑱。貌嫽妙以妖蛊兮⑲，红颜晔其扬华⑳。眉连娟以增绕兮㉑，目流睇而横波㉒。珠翠的皪而照耀兮㉓，华袿飞髾而杂纤罗㉔。顾形影，自整装;顺微风，挥若芳㉕。动朱唇㉖，纤清阳㉗;亢音高歌为乐方。歌曰:"摅予意以弘观兮㉘，绎精灵之所束㉙。弛紧急之弦张兮㉚，慢末事之肌曲㉛。舒恢炱之广度兮，阔细体之苛缛㉜。嘉《关雎》之不淫兮㉝，哀《蟋蟀》之局促㉞。启泰真之否隔兮㉟，超遗物而度俗㊱。"扬《激徵》、骋《清角》㊲。赞《舞操》、奏《均曲》㊳。形态和，神意协，从容得，志不劫㊴。

【注释】

①何:多么，何等。皎皎(jiǎo):月光皎洁貌。闲夜:闲适之夜晚。
②烂以施光:布满明亮的月光。
③朱火:红色的火焰，指烛光。晔:光灿烂。延:散。
④耀:火照。熹(xī):光明。

⑤黼(fǔ)帐:绣着花纹的帐子。袪(qū):张起。结组:丝带相连结。

⑥铺首:门扇锁处。焜煌(kūn huáng):闪闪发光。

⑦茵席:铺着垫褥之席位。

⑧金罍(léi)、玉觞:以金玉为质地的饮具。

⑨腾:移动。觚爵(gū jué):酒器。斟酌:酌酒。酌酒不满曰斟,酒深曰酌。

⑩康:安乐。

⑪严颜:指君王严肃、庄严之颜面。和:和悦。怡怿(yì):喜悦。

⑫幽情:深藏不露之感情。

⑬"文人"二句:谓酒后欲骋其材,文人显藻,武士技痒。

⑭"简惰"二句:谓酒后失态。简惰,疏简怠惰。跳踃(xiāo),足动貌。般,乐。纷挐(rú),相互携手。渊塞,深而满。沉荡,沉醉放荡。

⑮郑女:李善注引《淮南子》高诱注:"郑襄也,楚王之幸姬,善歌舞,名曰郑舞。"一说郑女为郑国之女乐。

⑯二八:谓十六人。徐侍:缓慢地伴舞。

⑰姣服:艳丽之服饰。

⑱姁媮(qú yú):和悦貌。

⑲嫽(liǎo)妙:美好。妖蛊(gǔ):妖冶迷人。

⑳扬华:扬其光华。

㉑连娟:细长貌。绕:弯曲。

㉒流睇:斜视。横波:言目斜视如水之横流。《上林赋》曰:"长眉连娟横波。"

㉓珠翠:珠及翡翠。的皪(lì):珠光。照耀:珠翠之光色。

㉔袿(guī):妇人上服曰袿。髾(shāo):衣上饰物。纤罗:纤细之绮罗。

㉕若芳:杜若的芳香。

㉖动朱唇：将歌。

㉗纤：低。清阳：眉宇之间。

㉘摅（shū）：散。弘：大。

㉙绎（yì）精灵：言精灵有所窘束，今将舒绎之。绎，理。精灵，指精神。

㉚弛：松散。紧急之弦：谓绷紧的琴弦。张：亦紧。李善注："言将观舞，故紧急之弦先已张者，今废弛之。"

㉛慢末事之肌曲：李善注："言郑、卫之末事，而委曲顺君之好；无益，故废而慢之。"末事，小事，指郑声末事。肌曲，曲意逢迎。

㉜"舒恢炱（tái）"二句：李善注："言舒广大之度，则细体之事不利于德者，疏而阔之。"恢炱，广大貌。阔，疏阔。细体，指事情之细小者。苛缛，繁杂。

㉝《关雎》：《诗经·周南》首篇。《毛诗序》云："《关雎》乐得淑女，以配君子，忧在进贤，不淫其色。"故嘉褒之。

㉞《蟋蟀》：《诗经·唐风》篇名。刺晋僖公俭不中礼，故哀其局促。局促：小见貌。

㉟泰真：太极之气。否（pǐ）隔：不通。言所否闭隔绝者，使通之。

㊱遗物：物有所失者。度俗：超俗。

㊲《激徵（zhǐ）》《清角》：雅曲名。

㊳《舞操》《均曲》：雅曲名。

㊴"形态和"几句：李善注："雍容闲雅，得其大体，不相迫劫也。"形态，指形貌和神态。神意，指精神和意态。协，和。不劫，不迫而安静。

【译文】

良夜何等美好，中天月光皎皎。华灯初上，金碧辉煌，将厅堂、内室都照亮。绣帐彩穗高悬，月照门环光映碧霄。褥垫铺展，虚位以待；金樽玉碗，井井有条。浅斟慢酌，四请三邀；酒到微醺，其乐陶陶。君王龙颜渐解颐，心中隐情已滔滔。武将纷纷技痒，欲献身手；文人频频低吟，当场挥毫。简慢惰怠，手舞足蹈，诚实、深思者渐致沉迷放荡，改变了惯常形貌。于是郑女翩翩而起舞，舞队在君侧婷婷而袅袅。服色艳丽，不禁撩人眼目；意态怡悦，令人心动神摇。多态多姿，光华四溢，眉目传情，分外妖娆。蛾眉弯弯，秋波横扫。珠光宝气，缤纷招摇；佩饰叮当，罗裙飘飘。形影相顾，衣装轻理；暗香浮动，随风飘拂。朱唇才启，情已先到；放开歌喉，音清声嘹。歌词曰："抒发我的感情，舒展我的思想。打开精神枷锁，才能获得解放。松弛紧绷着的琴弦，来看我跳舞，虽非正经大事，也足以使人心情舒畅。心地广阔而大度，不要为细枝末节之事而张皇。赞美《关雎》的乐而不淫，哀叹《蟋蟀》的俭而无当。观看舞蹈可以疏通阴阳之气，超尘绝俗，使人精神高扬。"于是奏《激徵》、弹《清角》，演《均曲》，跳《舞操》。形态和融，精神协调，从容不迫，志得意满且逍遥。

　　于是蹑节鼓陈<sup>①</sup>，舒意自广<sup>②</sup>。游心无垠，远思长想<sup>③</sup>。其始兴也，若俯若仰，若来若往，雍容惆怅，不可为象<sup>④</sup>。其少进也，若翱若行<sup>⑤</sup>，若竦若倾<sup>⑥</sup>，兀动赴度<sup>⑦</sup>，指顾应声<sup>⑧</sup>。罗衣从风<sup>⑨</sup>，长袖交横<sup>⑩</sup>。骆驿飞散<sup>⑪</sup>，飒擖合并<sup>⑫</sup>。翩鹢燕居<sup>⑬</sup>，拉揩鹄惊<sup>⑭</sup>。绰约闲靡<sup>⑮</sup>，机迅体轻<sup>⑯</sup>。姿绝伦之妙态，怀慤素之洁清<sup>⑰</sup>。修仪操以显志兮<sup>⑱</sup>，独驰思乎杳冥<sup>⑲</sup>。在山峨峨，在水汤汤<sup>⑳</sup>，与志迁化，容不虚生<sup>㉑</sup>。明诗表指，喷息激昂<sup>㉒</sup>。气若浮云，志若秋霜<sup>㉓</sup>，观者增叹，诸工莫当<sup>㉔</sup>。

**【注释】**

①蹑（niè）节鼓陈：意谓舞者踏足，与鼓点相应合。蹑节，踏着节拍。鼓陈，谓鼓声敷布。

②舒意自广:谓舞曲清雅,情志舒展。

③远思长想:想象得遥远而广大。

④"其始兴"几句:李善注:"谓停节之间,形态顿乏,如惆怅失志也;变态不极,不可尽述其形象也。"俯、仰、来、往、雍容,皆舞迁转不定。惆怅,失志。象,形象。

⑤翱:翔。

⑥竦:勇。

⑦兀动:兀然而动。赴度:踏着节拍。

⑧指顾:手指目顾。

⑨罗衣:罗绮为衣。从风:随风。

⑩交横:横竖交叉。

⑪骆驿:往来不断。

⑫飒撷(jiá):曲折貌。合并:指舞蹈动作与曲度相合。

⑬翩鹬(piāo):轻貌。燕居:燕巢。

⑭拉搨(tà):飞貌。

⑮绰约:美貌。闲靡:闲缓而柔美。

⑯机迅:机敏而迅疾。体轻:身体轻盈。言舞之回折犹如机弩之发迅。

⑰悫(què)素:忠贞纯洁。

⑱修:修治。仪操:仪容操持。显志:自显心志。

⑲驰思:驰骋想象。

⑳"在山"二句:《列子·汤问》:"伯牙鼓琴,志在登高山,锺子期曰:'善哉!峨峨兮若泰山。'志在流水,锺子期曰:'善哉!洋洋兮若江河。'"言跳舞者与志迁化,亦如此者。汤汤(shāng),水声。

㉑容不虚生:表情与内在心志一致,不虚生。

㉒"明诗"二句:李善谓:"歌中有诗,舞人表而明之,指而合节。"喟息,叹息。喟,同"喟(kuì)"。激昂,激厉昂扬。

㉓"气若"二句:言意志高洁。

㉔"观者"二句:谓观之者唯赞叹,诸乐工皆勿及。

**【译文】**

于是,舞者按鼓声而踏节拍,舞曲清雅令人心舒意广。遐想无边,远及四方。刚开始时,一俯一仰,或来或往,身段变化,难以名状。过了一会儿,形如奔走,又如飞翔;忽儿倾倒,忽儿勇猛,静动适度,形神得当。轻罗随风飘摇,长袖纵横舒张。上上下下,来来往往,乐声舞姿,配合相当。飘然若燕子归巢,翩然如鸿鹄惊慌。轻盈敏捷,舒徐和畅。舞姿美妙,无与伦比;胸襟忠贞,洁白坦荡。修治仪容节操,以明自己志向,展开想象翅膀,愈高愈远飞翔。志在高山,若舞在山岗;志在流水,则水声汤汤。心之所至,舞步自畅;诚内形外,舞必有当。表达诗样的感情,且仗身段和服装。气高如浮云,志洁若秋霜。观者击节赞叹,诸般乐师无人能承当。


　　于是合场递进①,按次而俟②。埒材角妙③,夸容乃理④。轶态横出⑤,瑰姿谲起⑥。眄般鼓则腾清眸⑦,吐哇咬则发皓齿⑧。摘齐行列⑨,经营切偬⑩。彷佛神动⑪,回翔竦峙⑫。击不致策⑬,蹈不顿趾⑭。翼尔悠往⑮,暗复辍已⑯。及至回身还入,迫于急节⑰。浮腾累跪⑱,趻踔摩跌⑲。纤形赴远⑳,漼似摧折㉑。纤縠蛾飞㉒,纷飙若绝㉓。超逾鸟集㉔,纵弛殟殁㉕。蜲蛇姌嫋㉖,云转飘曶㉗。体如游龙㉘,袖如素蜺㉙。黎收而拜㉚,曲度究毕㉛。迁延微笑㉜,退复次列。观者称丽,莫不怡悦㉝。


**【注释】**

①合场:全场。递进:按次第而进。

②俟：待。

③埒（liè）材角妙：比才艺，斗巧妙。埒，比。角，角斗。

④夸：美。理：装饰。

⑤轶态：逸态。

⑥瑰姿：瑰丽的舞姿。谲起：变化多端。

⑦眄（miǎn）：看。般鼓：《说文解字》："般，象舟之旋。从舟，从殳。殳，所以旋也。"足见般即旋转之意。又，般鼓，五臣本作"盘鼓"。盘亦旋转之意，今语曰盘旋。般鼓，有二说：一说为古代调节舞曲之鼓。见张衡《观舞赋》注："舞之折盘，随鼓声而旋转，故谓之盘鼓。"一说谓由一人或几人在鼓上边唱边跳，并有乐队伴奏。有汉代石刻画像为证。腾：举。清眸：清亮的眼珠子。

⑧哇咬：民间的艳声丽曲。

⑨摘齐：指摘行列，使之齐整。

⑩经营：往来之貌。切儗（nǐ）：模仿比拟。

⑪彷佛：看不清楚。神动：若神仙在动作。

⑫竦峙：动静。

⑬策：六臣本作"爽"，可从。爽：差。此句指动作准确。

⑭蹈不顿趾：李善注："蹈鼓而足趾不顿，言轻且疾也。"

⑮翼尔：轻盈貌。悠往：远去。

⑯暗：奄，骤然。辍已：停止。

⑰急节：急促的节奏。

⑱浮腾：跳跃貌。累跪：进跪貌。

⑲跗蹋：以脚背蹈地。摩跌：双足后举。

⑳纡形：屈体。赴远：勇身。

㉑漼（cuī）：折貌。摧：回。折：曲。皆舞态。

㉒纤縠（hú）：细绮。

㉓纷飙：飞扬貌。

㉔超逾鸟集：言舞势超逾如鸟疾速飞集。

㉕纵弛：松缓。殟殁（wēn mò）：舒缓貌。

㉖蜲蛇（wēi yí）：回旋曲折貌。姌袅（rǎn niǎo）：长貌。

㉗飘智（hū）：如风之疾。

㉘游龙：游嬉之龙。比喻姿态婀娜。

㉙素蜺（ní）：白色的蝉翼。比喻舞袖的轻盈透明。

㉚黎收：徐徐收敛容态。

㉛曲度：乐曲的节奏。究毕：结束。

㉜迁延：后退。言舞毕退次行列。

㉝怡（yí）悦：欢喜。

**【译文】**

　　于是，群舞开始，鱼贯而入。争先比技艺，夸容赛服饰。逸态多姿，变幻莫测。乜斜般鼓而眉目有情，歌发新声见唇红齿白。队列整齐，往来有序。一动一静，又回又复；仙女下凡，依稀仿佛。鼓点有板有眼，动作又轻又疾。舞者飘然而远去，音乐戛然而不作。等到回身再入舞池，节奏变快旋律飞扬。舞者一会儿纵身跳跃，膝行向前；一会儿脚背着地，飞腿盘旋。曲体奋身，舞姿翩然。罗绮飘飘若蚕蛾振翼，轻盈飞扬令人赞叹。舞姿之快犹如飞鸟掠影，倏忽之间又变得缓慢舒展；曲折飘忽，犹似风吹云卷。体若游龙之蜿蜒，轻如蝉翼而素艳。舞毕敛容礼别，乐曲宣告奏完。舞者含笑退场，依次回归队列。观者无不称快，皆大欢喜。

　　于是欢洽宴夜①，命遣诸客②。扰躟就驾③，仆夫正策④。车骑并狎，尨炊逼迫⑤。良骏逸足⑥，跄捍凌越⑦。龙骧横举⑧，扬镳飞沫⑨。马材不同⑩，各相倾夺⑪。或有逾埃赴辙⑫，霆骇电灭⑬。蹢地远群⑭，暗跳独绝⑮。或有宛足郁怒⑯,般桓不发⑰;后往先至,遂为逐末⑱。或有矜容爱仪⑲,洋洋习习⑳;迟速承意㉑,控御缓急㉒。车音若雷㉓,骛骤相及㉔。骆漠而归,云散城邑㉕。天王燕胥㉖,乐而不洮㉗。娱神遗老㉘,永年之术。优哉游哉㉙,聊以永日㉚。

## 【注释】

①欢洽:欢乐和融。宴夜:欢宴饮乐直至深夜。

②命遣诸客:夜久乐疲,故命遣诸客。遣,去。

③扰躟(ráng):争貌。就驾:套马。

④仆夫:驭马执驾者。正策:手执马鞭。

⑤"车骑"二句:谓车骑多而相排,聚而拥挤。并狎,谓车骑多而相排列。龙炭(lóng zōng),聚貌。逼迫,挤。

⑥良骏:骏马。逸足:快蹄。

⑦跄捍:马疾走貌。凌越:超越。凌,亦超义。

⑧龙骧(xiāng):如蛟龙之举首。骧,昂首。

⑨扬镳(biāo):驱马前进。镳,马嚼子。

⑩马材:马的资质体力。

⑪倾夺:竞相奔驰。

⑫逾埃赴辙:言马逾越于尘埃之前,以赴车辙。

⑬霆骇电灭:喻马奔驰之速,若惊雷闪电。

⑭蹠(zhí)地远群:远出于群马而疾驰,谓一马当先。蹠,踏。

⑮暗跳独绝:跳行疾而独出众马。暗,跳行疾貌。

⑯宛足:缓步。郁怒:怒气郁而未发。

⑰般桓:即"盘桓",按足不发。

⑱"后往"二句:李善注:"言逸材之马,虽后往而能先至,遂为驰逐者之末也。逐者以发足为本。"

⑲容爱仪:举止端庄。洋洋:庄敬貌。

⑳习习:和调貌。

㉑迟速承意:言迟速任意。

㉒控御:控制驾车速度。

㉓车音若雷:言车声隐隐然如远雷之音相连属。

㉔骛(wù)骤:迅速。

㉕"骆漠"二句:李善注:"中夜,车皆归城邑之中,寂然而空,有同云散也。"骆漠,奔驰之貌。

㉖燕胥:宴饮。

㉗泆(yì):放纵,过分。

㉘娱神遗老:娱乐其精神,不知老之将至。此长年之道。

㉙优哉游哉:从容不迫、闲适自得的样子。语见《孔子家语·子路初见》:"优哉游哉,聊以卒岁。"

㉚永日:终其日。

【译文】

夜宴已尽兴,席散不留客。套马驾车,挥鞭作别。车骑并驾齐驱,又挤又促迫。骏马快鞭,奋力超越。良马昂首阔步,马口横飞吐沫。好马虽多,也相形见绌。有的快步如飞,宛若雷惊电灭;一马当先,岂能顾及骛策。有的胸中似积怒气,故意停足不发;可是一旦奔驰起来,竟然疾足先得。有的仪态矜持,看来从容不迫;快慢随意,自控缓急。车声辚辚如远雷翻滚,渐渐远去又若云散四极。君王宴饮,乐而有序。欢娱身心,延年有术。优哉游哉,逍遥终日。

# 音乐下

## 马季长

马融(79—166)，字季长，扶风茂陵(今陕西兴平东北)人。东汉著名经学家、文学家。貌美，有俊才。永初二年(108)，大将军邓骘(zhì)闻其名，召为舍人。永初四年(110)，拜为校书郎中，于东观典校秘书。后因上《广成颂》，言文德、武功不可偏废，得罪邓氏，滞于东观，十年不得升调，又被禁锢六年。邓太后崩，安帝亲政，召还郎署。后历任郎中、议郎、武都太守等职。遭大将军梁冀迫害，流放朔方。遇赦还，复拜议郎，重入东观著述，以病去官。

融才高博洽，为世通儒。遍注《孝经》《论语》《诗经》等。教养诸生，常有千余人。又善鼓琴，好吹笛，放达任性，不拘俗儒之节。所著赋、颂、碑、诔等凡二十一篇。其中《长笛赋》较著名。《隋书·经籍志》著录有集九卷已散佚。明人辑有《马季长集》。《后汉书》有传。

### 长笛赋一首 并序

【题解】

这是一篇关于音乐的赋文，描写笛子的制造过程和笛音的美妙。

铺陈扬厉,繁文丽藻,极尽夸饰。全文内容可分五段:一、竹子奇特的生长环境。二、伐竹取材的艰险。三、笛子制作的精细。四、笛声的美妙动听。五、笛音的感化作用。重点在描写笛子吹奏的声音。声音本是无形,而作者却赋予无形以有形,使其具有可感性而导入读者心灵。用外界为人熟悉的景象与事物,比喻笛子的声音,既形象又具体。如用树木"丛杂",繁花"烂漫","流水""飞鸿",以及"华羽"之鸣叫等等来比喻笛声,生动而贴切,达到"听声类形"的物化效应。后来写音乐者多用此法,直至唐代白居易与李贺。

《长笛赋》具有大赋的体制特征,重在"体物"而少"抒情",亦乏深刻寓意。但对物体的赋写,铺采摛文,描摹细腻,想象丰富,是为音乐类赋作之名篇。


融既博览典雅①,精核数术②,又性好音,能鼓琴吹笛。而为督邮③,无留事④,独卧郿平阳邬中⑤。有雒客舍逆旅⑥,吹笛,为《气出》《精列》相和⑦。融去京师逾年⑧,暂闻甚悲而乐之⑨。追慕王子渊、枚乘、刘伯康、傅武仲等箫、琴、笙颂⑩,唯笛独无。故聊复备数⑪,作《长笛赋》。其辞曰:


**【注释】**

①典雅:相传古书有"三坟""五典";《诗经》有"大雅""小雅",因以典雅作为古代典籍的通称。

②核:通"覈",考证。数术:即术数,指天文、历谱、五行、著龟、杂占、形法等六种。

③督邮:汉官名。郡太守的属官。负责督察该郡县属、考核官吏,管制地方奸猾豪强,兼管狱讼捕逃等事,一郡置有三至五人不等。

④无留事：无积案，指官事闲暇。

⑤郿平阳邬：地名。汉属右扶风郡。在今陕西凤翔一带。邬，里。

⑥雒(luò)：洛阳。逆旅：客舍。

⑦《气出》《精列》：相和歌二曲名。《宋书·乐志》："《相和》，汉旧曲也，丝竹更相和，执节者歌。"《古今乐录》："张永《元嘉技录》：相和有十五曲，一曰《气出唱》，二曰《精列》。"

⑧京师：指洛阳。

⑨暂：暂时。

⑩王子渊：名褒，字子渊。汉代辞赋家，作有《洞箫赋》。枚乘：汉代辞赋家。李善注："未详所作，以序言之，当为《笙赋》。"刘伯康：名玄，字伯康。汉代辞赋家，作有《簧赋》。傅武仲：名毅，字武仲。汉代辞赋家。作有《琴赋》。

⑪备数：凑数。自谦之辞。

## 【译文】

　　我既博览古代典籍，精通天文、历法和占卜之学，又爱好音乐，善于鼓琴与吹笛。做督邮时，官事闲暇，独居郿县平阳邬官署中。有位洛阳客人，在旅舍吹笛，吹奏《气出》《精列》等相和曲子。我离开京师一年多，乍闻笛声，甚为悲凉，继而喜悦。追慕王子渊、枚乘、刘伯康、傅武仲等人，他们作有箫、琴、笙等赋颂，唯独笛子没人写过，我姑且凑数，作《长笛赋》。文辞是：

　　惟箘笼之奇生兮①，于终南之阴崖②。托九成之孤岑兮③，临万仞之石磎④。特箭、槁而茎立兮⑤，独聆风于极危⑥。秋潦漱其下趾兮⑦，冬雪揣封乎其枝⑧。巅根㟬之𡽪刖兮⑨，感回飙而将颓⑩。夫其面旁则重巘增石⑪，简积颠砠⑫。兀嵸狦嶦⑬，倾欹倚伏⑭，庨窱巧老⑮，港洞坑谷⑯。巀壑浍峗⑰，岔窑岩窦⑱。运裹穸浻⑲，冈连岭属⑳。林箫蔓荆㉑，森槮柞朴㉒。于是山水猥至㉓，淳涔障溃㉔。颓淡潦流㉕，碨投灂穴㉖。争湍苹萦㉗，汩活澎濞㉘。波澜鳞沦㉙，宛隆诡戾㉚。滆瀑喷沫㉛，奔遯砀突㉜。摇演其山㉝，动机其根者㉞，岁五六而至焉㉟。

【注释】

①惟：有。籦笼：竹名。可作笛。奇生：指奇特的生长环境。

②终南：终南山。秦岭山峰之一，在陕西西安南。阴崖：山北。《周礼·大司乐》："阴竹之管，龙门之琴瑟……于宗庙之中奏之。"崖，通"厓"，山边。

③托：寄托。九成：九重，九层。形容极高。李善注："郭璞曰：'成，亦重也。言九者，数之多也。'"孤岑（cēn）：孤峙的山峰。岑，小而高的山。

④仞：量词。古代八尺为仞。磎（xī）：山谷。

⑤特：但，只。表示突出之意。箭、槁：李善注："二竹名也。"茎立：茎竿挺直。

⑥聆风：听风声。聆，听。极危：极险峻的山峰。

⑦秋潦（lǎo）：秋天的雨水。漱：洗涤，冲刷。下趾：指竹子下边的根。

⑧揣（chuǎi）封：拥护。揣，积聚貌。

⑨巅根：指扎根在山巅的竹子。峙：耸立。槷㧖（niè yuè）：危貌。

⑩感：触。回飙：回旋的大风。颓：坠落。

⑪面旁：前后左右。重巘（yǎn）：重叠的山峰。巘，山峰。增石：层石。增，通"层"。

⑫简积：堆积。简，多，大。颙砥（yūn yù）：石峰齐头貌。颙，头大貌。

⑬兀嵝（lǒu）：高耸特出之貌。兀，高耸状。嵝，山巅。狋㹞（níng）：犬牙交错貌。狋：犬怒貌。㹞，《中华大字典》作"䫇（yí）"，为是。䫇，角。

⑭倾屃（zè）倚伏：倾侧倚伏。

⑮摩窍（xiāo liáo）：深空貌。巧老：也作"窐寥"，深空貌。

⑯港洞：相通，相连。

⑰嶰（xiè）壑：山涧。浍峛（kuài duì）：沟壑深平之貌。浍，水渠。

⑱埳窞（kǎn dàn）：山势重叠之貌。李善注："埳，即'坎'也。"岩窫（fū）：悬岩覆下，窟穴深暗。《广雅》："窫，窟也。"

⑲运裹（yì）：回绕缠连。裹，缠绕。窏洝（wū è）：低曲不平貌。

⑳冈连：冈岭相接不断。属（zhǔ）：连接。

㉑箫：李善注："箫，与筿（xiǎo）通。"《说文解字》："筿，小竹也。"蔓荆：木名。生于水滨，苗茎蔓延，长丈余。

㉒森椮（sēn）：树木高大繁茂的样子。柞（zuò）朴：柞木丛生。柞，柞树。朴，丛生的树木。

㉓猥至：指山水汇集而来。猥，堆积。

㉔渟涔（tíng cén）：鱼池。渟，水聚积不流。涔，鱼池。障：堤防。

㉕颒（hàn）淡：水摇荡貌。滂流：大水涌流。

㉖碓投：形容水流冲击岩穴，如碓舂米一般。碓，古时舂米的石臼。投，撞击。瀺（chán）穴：水注冲入岩穴。

㉗争湍：急浪。苹萦：水流回旋之貌。

㉘汩（yù）活：水急流貌。澎濞（pì）：瀑流奔腾的声响。

㉙波澜鳞沦：波澜泛起，形成鱼鳞般此起彼伏的波轮。澜，《尔雅》："大波为澜。"沦，水之波纹。

㉚窊（wā）隆：高下起伏貌。诡戾：差异貌。

㉛濞(hào)瀑：水沸涌。喷沫：喷溅飞沫。

㉜奔遁：水流奔走。砀(dàng)突：冲撞，抵触。

㉝摇演：摇荡。

㉞动杌：摇动。杌，摇。

㉟岁五六而至：指大水每年夏五、六月而至。《水经注·江水》曰："至于夏水襄陵，沿溯阻绝。"五、六月正当夏水暴至之时。

【译文】

　　锺笼美竹的奇材呵，生长在终南山的北崖。寄托于九重孤峙山峰呵，下临万仞深邃的石谷。箭、䉶二竹的茎竿挺立呵，独自倾听风声于山巅。秋水冲刷着它的须根呵，冬雪封护着它的枝叶。扎根于峰巅的竹子岌岌可危呵，经受狂风摇撼像要倾坠。其前后左右是重岚叠岩，怪石堆积。石峰高耸、犬牙交错，倾侧倚伏。涧溪深空，坑谷相连，沟壑深平，石坎层层，岩穴幽暗。山势回绕缠连，低曲不平，冈连冈，连绵不断。小竹林与蔓荆丛杂，柞栎与朴木叶茂枝繁。有时山水汇集而来，涧水涨溢，冲决堤防。山洪奔泻，大水涌流，如碓舂米，冲击岩穴。急湍争流，惊涛回旋，奔腾喧嚣，汹涌澎湃。波澜起伏，激起鳞般波轮，洪峰涌来，此起彼伏。沸涌飞溅，奔腾撞击，摇撼山岩，冲动竹根。此种情形，每年五、六月份就会发生。

　　是以间介无蹊，人迹罕到①。猿蜼昼吟②，鼯鼠夜叫③。寒熊振颔④，特麝昏髟⑤。山鸡晨群，野雉晁雊⑥。求偶鸣子⑦，悲号长啸⑧。由衍识道⑨，噍噍欢噪⑩。经涉其左右⑪，唬眎其前后者⑫。无昼夜而息焉。

【注释】

　　①"是以"二句：即山高水深，竹林茂密，无路可通，故人迹罕至，为

空间地带。蹊，李善注："蹊，径也，言山间隔绝，无有蹊径也。"

②猿蜼（wèi）：猿猴。猿，似猴。蜼，《尔雅·释兽》："蜼，卬鼻而长尾。"注："状似猕猴而大，黄黑色，尾长数尺。"

③鼯（wú）鼠：森林中一种鼠类。又名大飞鼠，前后肢之间有宽而多毛的飞膜，借以滑翔，尾很大。

④振颔（hàn）：咬动着大嘴巴。振，动。颔，下巴。

⑤特麚（jiā）：大公鹿。《尔雅·释兽》："鹿，牡麚牝麀也。"昏："眡（shì）"的误字。眡，同"视"。髟（biāo）：动物颈上的长毛。李善注："髟，长髦也。言或顾视，或振髦。"

⑥野雉：野鸡。晁：同"朝"。雊（gòu）：鸣叫。《说文解字》："雄鸡之鸣为雊。"

⑦鸣子：呼叫雏子。

⑧长啸（xiào）：禽兽悠长的鸣声。

⑨由衍：行貌。纵意游乐之意。衍，舒缓。也作"游衍"。由、游，古通。识道：熟悉途径。

⑩噍噍（jiāo）：鸟鸣声。欢噪：喧叫。

⑪左右：指竹林左右。

⑫哤聒（máng guō）：声音杂乱。

【译文】

因此，这里山间隔绝，无路可通，人迹罕到。猿猴白昼长吟，飞鼠夜间号叫。寒熊张着大嘴，牡鹿回视振髦。山鸡清晨群飞，野雉拂晓鸣叫。求偶叫雏，悲号长啸。恣意游乐，循径熟道。噍噍啾啾，一片喧闹。飞游在竹林左右，嘈杂在竹林前后。此种情形，昼夜没有停息的时候。

　　夫固危殆险峨之所迫也①，众哀集悲之所积也②！故其应清风也③，纤末奋梢④，铮锽謍嘑⑤。若缊瑟促柱⑥，号钟高调⑦。于是放臣、逐子、弃妻、离友、彭胥、伯奇、哀姜、孝己⑧，攒乎下风⑨,收精注耳⑩。雷叹颓息⑪,掐膺擗摽⑫。泣血泫流⑬,交横而下⑭。通旦忘寐,不能自御⑮。于是乃使鲁般、宋翟⑯,构云梯,抗浮柱⑰,蹉纤根⑱,跋篾缕⑲,膺峭陁⑳,腹陉阻㉑,逮乎其上㉒,匍匐伐取。挑截本末㉓,规摹簨簴㉔,夔、襄比律㉕,子野协吕㉖。十二毕具㉗,黄钟为主㉘。挢揉斤械㉙,刓挨度拟㉚。锼硐隙坠㉛,程表朱里㉜。定名曰笛㉝,以观贤士㉞。

**【注释】**

①险巇(xī):险阻崎岖。喻艰难。也作"险戏"。

②集悲:悲鸣之声聚合。

③应清风:与清风应和。

④纤末:指竹林梢头细尖的样子。奋梢:指振动竹梢。奋,振动。

⑤铮锽(huáng):乐器声。訇嘻(hōng xiāo):大声。意谓清风吹动竹林发出一片和谐的声响。

⑥絙(gēng)瑟促柱:瑟弦绷得很紧,声调急促。此指清风吹竹发出的声音。絙,紧,急。瑟,多为二十五弦,弦下有柱,以调节弦长,确定音高。促柱,急弦。

⑦号钟:琴名。《楚辞·九叹·愍命》:"破伯牙之号钟兮,挟人筝而弹纬。"高调:激越的声调。

⑧放臣:被放逐之臣。逐子:被驱逐出走的亲生儿子。弃妻:被遗弃的妻子。离友:离散的朋友。彭胥:彭咸与伍子胥。彭咸,殷贤臣。纣王无道,彭咸谏而不听,后出走。伍子胥,名员,春秋楚人。父兄均被楚王杀害,子胥奔吴,为吴贤臣。后吴王夫差听信伯嚭(pǐ)谗言,迫子胥自杀。伯奇:周人尹吉甫有子伯奇。伯奇母死,吉甫惑后妻之言,放伯奇于野。宣王出游,吉甫从。伯奇

乃作歌,感之于宣王。宣王曰:"此放子辞!"吉甫乃求伯奇,射杀后妻。哀姜:春秋时期鲁哀公夫人姜氏,归于齐,将行,哭而过市,曰:"天乎! 仲为不道,杀適立庶。"市人皆哭。鲁人谓之哀姜。孝己:李善注引《帝王世纪》:"(殷)高宗有贤子孝己,其母早死,高宗惑后妻之言,放之而死,天下哀之。"又引《尸子》曰:"孝己事亲,一夜而五起,视衣厚薄、枕之高下也。"

⑨攒(cuán)平下风:聚集于清风之下。攒,聚集。

⑩收精注耳:收其精思,洗耳专听。此指精神专注。

⑪雷叹:叹声如雷。颓息:指众冤魂叹息于竹林下悲伤颓丧的情态。

⑫掐膺:捶胸,表示哀痛。擗摽(bì biào):拊心拍胸而悲。

⑬泫(xuàn)流:形容血泪滴滴下垂之貌。

⑭交横:纵横下落。

⑮自御:自禁。

⑯鲁般:一作"鲁班"。即公输班。春秋时鲁国著名巧匠。宋翟(dí):墨翟,春秋战国之际思想家,墨家学派创始人,也是春秋时期著名巧匠。鲁国人。做过宋国大夫,死于楚国。一说是宋国人。

⑰"构云梯"二句:此两句是说人们将登云楼,挂浮柱以登山攀岩伐竹作笛。构,制造。云梯,古代攻城时用以爬墙的高梯。抗,立。浮柱,悬浮之柱。

⑱蹉纤根:脚蹬纤细的草木之根。蹉,足踏。

⑲跋篾缕:用手扳扭着细竹的枝茎。跋,扭转。篾,小竹,竹皮。

⑳膺:胸。峭陁(zhì):山势陡峻,山石崩落之处。陁,小崩,溃塌。《国语·周语》:"是故聚石陁崩,而物有所归。"注:"大曰崩,小曰陁。"陁,同"陀""陁"。

㉑陘(xíng)阻:山石险峻断裂处。

㉒逮：及，至。

㉓挑截：挑选截去。本末：指竹根和竹梢。

㉔规摹：通作"规模"。犹言制度、程式。此指规格。矱（huò）矩：法
　　度，尺度。此句谓按标准取一定规格尺寸的竹子。

㉕夔（kuí）、襄：古代二乐师名。夔，传说舜时乐官。《尚书·舜典》：
　　"伯拜稽首，让于夔、龙。"襄，即师襄。春秋卫乐官。也称师襄
　　子。传说孔子曾从他学琴。比律：协和音律。比，从，和顺。

㉖子野：春秋晋乐师。名旷，生而目盲，善辨音乐。校正乐音律吕，
　　使之和谐。古代乐律，有阳律、阴律各六。阳律六曰律：黄钟、太
　　蔟、姑洗、蕤宾、夷则、无射；阴律六曰吕：大吕、夹钟、中吕、林钟、
　　南吕、应钟。合为十二律。

㉗十二毕具：十二乐律都具备。

㉘黄钟：阳律之一，十二律之首，为主体乐律。

㉙挢揉：同"矫揉"。使曲者变直为矫，使直者变曲为揉。斤械：斧
　　头之类工具。斤，砍。械，治。

㉚刓揅（tuán yǎn）：截断削齐。刓，截，割。揅，通"剡（yǎn）"，削。
　　度拟：度量比拟。

㉛鏦硐（cōng tōng）：凿通磨光。李周翰注："鏦硐，谓以刀通节中
　　也。"鏦，同"鏓"，凿眼，打孔。硐，磨。陨：降下。坠：作名词用，
　　指笛坠等饰物，取下垂之义。

㉜程表：外面刻上显示音阶之孔。程，显示。表，外。朱里：里面用
　　红漆涂饰。

㉝笛：乐器。《续通考·乐考》："笛，以竹为之。长一尺六寸，围二
　　寸二分；上开一大窍，名曰吹窍，径三分半；吹窍至第一孔离三寸
　　二分，余孔皆离五分；下有穿绳，对开二小眼；第六孔至穿绳眼离
　　一寸二分，绳至本一寸三分。余吹窍凡六孔。"《玉海》谓黄帝使伶
　　伦所作笛。《风俗通义》云汉武帝时丘仲作笛。马融此赋云笛出

于羌中,本四孔,京房加一孔。据陈旸《乐书》记载,有羌笛、雅
笛、长笛、短笛、双笛诸名。

㉞以观贤士:李善注:"以其涤秽,故可观士。"观,考察。

【译文】

佳竹本来生长在孤危险峻的山峰,处在飞禽走兽的哀号悲鸣之中。
所以当清风吹来,竹梢振动,发出铮铮响声。像紧瑟急弦,像琴声悠鸣。
于是,被流放之臣、被驱逐之子、被遗弃之妻、离去的朋友诸如彭咸、伍
子胥、伯奇、哀姜、孝己,都聚集在竹林清风之下,聚精会神,洗耳倾听。
叹声如雷,灰心丧气,捶胸哀痛,抚心悲伤。泣血淋漓,纵横泪下。通宵
忘寐,不能自禁。于是,人们才使鲁班、宋翟,架云梯,立浮柱,脚蹬草木
细根,手攀细竹枝茎,胸脯贴着崖隙,腹部挨紧断壁,爬上山巅,匍匐伐
取。截去竹子根稍,按照一定规格尺寸,请夔、襄按律定音,子野协和律
吕。十二种乐律都具备,以黄钟之音为主体。用文火矫正弯度,用刀斧
使之圆直。比着尺度截断消齐,凿通磨光,系上笛坠装饰。外面削出笛
孔,里面涂以红漆。定名叫笛,可以用来观察贤士之志。


陈于东阶①,八音俱起②。《食举》《雍》彻③,劝侑君子④。
然后退理乎黄门之高廊⑤,重丘宋、灌⑥,名师郭、张⑦。工人
巧士⑧,肄业修声⑨。于是游闲公子⑩,暇豫王孙⑪,心乐五声
之和⑫,耳比八音之调⑬,乃相与集乎其庭,详观夫曲胤之繁
会丛杂⑭,何其富也⑮!纷葩烂漫⑯,诚可喜也!波散广衍⑰,
实可异也!掌距劫遻⑱,又足怪也!啾咋嘈啐⑲,似华羽
兮⑳,绞灼激以转切㉑。震郁怫以凭怒兮㉒,耺砀骇以奋肆㉓。
气喷勃以布覆兮㉔,乍跱躇以狼戾㉕。雷叩锻之岌峇兮㉖,正
浏溧以风冽㉗。薄凑会而凌节兮㉘,驰趣期而赴躓㉙。尔乃
听声类形㉚,状似流水㉛,又象飞鸿㉜。泛滥溥漠㉝,浩浩洋

洋。长嚞远引㉞，旋复回皇㉟。充屈郁律㊱，瞋菌碨䃽㊲。酁琅磊落㊳，骈田磅唐㊴。取予时适㊵，去就有方㊶。洪杀衰序㊷，希数必当㊸。微风纤妙㊹，若存若亡。苌滞抗绝㊺，中息更装㊻。奄忽灭没㊼，晔然复扬㊽。

**【注释】**

①东阶：东阁之阶。

②八音：古代称金、石、丝、竹、匏、土、革、木等八种乐器声音。金为钟，石为磬，琴瑟为丝，箫管为竹，笙竽为匏，埙为土，鼓为革，祝敔为木。

③《食举》：乐曲名。天子进食时演奏。《礼记·王制》：“然后天子食，日举以乐。”《乐府诗集》卷十三《燕射歌辞》注：“汉鲍业曰：‘古者天子食饮必顺四时五味，故有《食举》之乐。’……汉有殿中御饭《食举》七曲，太乐《食举》十三曲……皆取周诗《鹿鸣》。”《雍》：乐曲名。为古时撤膳时所奏。彻，去。

④劝侑(yòu)君子：以美妙的音乐劝助君子饮酒。侑，劝助。

⑤理：理乐，指练习演奏。黄门：汉官署名。汉时设有黄门官。此指练习奏乐的乐坊。

⑥重丘：地名。故址在今山东德州东。宋、灌：重丘县宋姓与灌姓的两位乐师。

⑦名师郭、张：姓郭和姓张的两位有名乐师。

⑧工人：乐人，乐工。巧：伎巧。

⑨肄(yì)业修声：修治学业，练习音声。此指练习演奏。

⑩游闲公子：优游闲暇之公子。

⑪暇豫：悠闲逸乐。暇，闲。豫，乐。

⑫五声：宫、商、角、徵(zhǐ)、羽，五个音阶。

⑬比：从，顺。

⑭曲胤(yìn)：乐曲。李善注："胤亦曲也。"繁会丛杂：此以树木丛生之状，比喻音乐声响之会合。

⑮富：指乐曲演奏声之盛。

⑯纷葩：花开之盛多貌。烂漫：色彩鲜丽。此句用繁花盛开之色彩斑斓以形容各种乐声之交响会合。

⑰波散：像水波一样扩散。广衍：扩展布散。衍，溢。此句以水流漫衍之态，比喻各种声音之传播。

⑱掁(chēng)距：指声音相激荡。掁，同"撑"。劫遌(è)：声浪相互撞击。遌，遇，触。此句以物体相互撞击之声，比喻各种声音的交合。

⑲啾咋：象声词。指音杂而又宏大。嘈崒(cuì)：象声词。义同"嘈杂"。此处用鸟之鸣叫声形容笛声。

⑳华羽：美观，有文采。锺会《孔雀赋》："五色点注，华羽参差。"此指孔雀。

㉑绞灼激：指声音缭绕激越。转切：指声音转为急切。

㉒震：雷。郁怫：繁盛。形容声音宏大凝重。凭怒：大怒。

㉓耾(hóng)：大声。砀(dàng)骇：振荡。奋肆：激扬奔放。此句是说宏大的声音在空中回旋振荡。

㉔气喷勃：气盛的样子。吕向注："气喷勃，谓气结于笛中而声不散也。"布覆：遍布周覆。

㉕跱蹢(zhì zhí)：停步踏足。李善注："跱蹢，言其声跱立，如有所蹢躅也。"狼戾：交横。李善注："狼戾，乖背也。"

㉖雷叩锻：天雷击铁。岌峇(jí kè)：打铁声。

㉗浏溧(lì)：象声词。指风声。列：李善注："列，寒貌。"

㉘凑会：聚集，会合。凌：超，乘。节：高峻貌。《诗经·小雅·节南山》："节彼南山，维石岩岩。"

㉙趣：趋向。期：会集。赴蹠(zhì)：颠仆，跌落。

㉚类形:类似某种物体之形象。

㉛流水:《列子·汤问》:"伯牙鼓琴,志在高山,锺子期曰:'善哉!峨峨兮若泰山!'志在流水,锺子期曰:'善哉,洋洋兮若江河!'"

㉜又象飞鸿:李善注引《琴道》曰:"《伯夷操》似鸿雁之音。"

㉝溥(pǔ)漠:水势广远漫溢之貌。李善注:"以翩抚水之貌,谓飞鸿之状也。"

㉞长矕(mǎn)远引:大水奔流,目送奔向远方。矕,视。远引,伸向远方。

㉟旋复:回还,归来。回皇:竞集。回,回转。皇,大。

㊱充屈(jué):声音郁积竞出之貌。郁律:雷声。

㊲瞋(chēn)菌:繁盛郁结之貌。碨抉(wěi yāng):众声汹汹貌。也作"碨柍"。

㊳酆琅(fēng láng):众声宏大四布貌。磊落:声音错落分明。

㊴骈田:布集,连属。也作"骈填""骈阗"。磅唐:周围广大貌。

㊵取予:收受及给予。时适:适度。

㊶去就:取舍。方:法则,规律。

㊷洪杀:增减。衰(cuī)序:按一定比数递减的次序。

㊸希数(cù):疏密。希,同"稀"。数,密。

㊹微风纤妙:声音像微风一样纤细轻弱。纤妙,声音细微轻妙。

㊺荩(jìn):遗余。没有烧尽的柴草。滞:沉滞。抗绝:指声音细微近于断绝。抗,极。

㊻更装:李善注引许慎《淮南子》注:"装,束也。调更装而奏之。"

㊼奄忽:迅速,倏忽。

㊽晔然:盛大貌。扬:举。

【译文】

长笛陈列在东阶之阶,八种乐器一齐合奏。先奏《食举》乐曲进食,再奏《雍》乐章撤宴,以此美妙之乐,劝助大人先王进膳。然后退到黄门高廊之下演习,请来重丘县的宋、灌两位乐师,还有著名乐师郭氏、张氏。招集乐工歌伎,让他们演奏练习。这时,优游闲暇的公子,悠闲逸乐的王孙,心乐五声的和谐,耳悦八音的雅调,也都相互聚集在庭下,仔细欣赏乐曲的美妙。那如树木繁茂丛杂的乐曲,多么丰富啊!有如繁花盛开,色彩斑斓,实在令人喜悦!又如波面扩散,水流漫衍,实在令人惊异!又如兵器格斗,相互撞击,又足以使人奇怪!啾咋嘈啐,就像华丽的孔雀鸣叫,声音缭绕激越又转而急切。雷声隆隆而愤怒呵,轰鸣回旋以振荡。气凝于笛而向四方布散呵,笛声乍歇而突然飞逬。有如天雷撞击仿佛打铁之声,声音激切又如寒风凛冽。声音汇集直上云霄,刚达到顶点又突然下跌。你听那笛声,就像看见物体的形象,其状像流水欢快,又像飞鸿飘逸。水势浩瀚无际,任波漾弋,浩浩荡荡。目送着奔向远方,大水忽然回旋,竞相汇集。声音充沛郁积,轰鸣作响。繁声凝结,汹汹竞出。宏大四布,错落分明。布集连属,广大磅礴。声调取舍适度,节奏繁简有方。声音强弱有序,稀疏繁密允当。有时声音像微风那样纤细轻柔,仿佛存在,又仿佛消亡。余音沉滞近于断绝,稍稍停息复又高扬。倏忽中止消失,复又盛大高昂。


　　或乃聊虑固护①,专美擅工②。漂凌丝簧③,覆冒鼓钟④。或乃植持缦缳⑤,怡懭宽容⑥。箫管备举,金石并隆⑦。无相夺伦⑧,以宣八风⑨。律吕既和⑩,哀声五降⑪。曲终阕尽⑫,余弦更兴⑬。繁手累发⑭,密栉叠重⑮。蹢躅攒仄⑯,蜂聚蚁同。众音猥积⑰,以送厥终。然后少息暂怠⑱,杂弄间奏⑲。易听骇耳⑳,有所摇演㉑。安翔骀荡㉒,从容阐缓㉓。惆怅怨恕㉔,窊圌窴詖㉕。聿皇求索㉖,乍近乍远。临危自放㉗,若颓复反㉘。蚡缊缤纡㉙,缠冤蜿蟺㉚。筦笒抑隐㉛,行入诸变㉜。绞概汩湟㉝,五音代转㉞。掊拿捘臧㉟,递相乘邅㊱。反商下徵⑰,每各异善⑱。

**【注释】**

①聊虑:深思精深。固护:精心专一。

②专美擅工:专美此器,擅此一工。即专心致志地研究笛子,达到
　精工完美的程度。

③漂凌:超过。丝簧:指琴瑟笙簧之类乐器。

④覆冒:蒙盖,掩蔽。《汉书·谷永传》:"黄浊四塞,覆冒京师。"

⑤植持:植立引持之貌。缳缦(xuán mò):缠绕约束之意。缳,绳。
　缦,绳索。

⑥佁儗(chì yì):舒缓貌。

⑦金石:金为钟,石为磬。隆:盛。

⑧夺伦:失其伦次。

⑨八风:八方之风。古代认为音从风。《春秋左传·隐公五年》:
　"夫舞所以节八音而行八风。"杜预注:"八风,八方之风。金乾主
　磬,其风不周;石坎主鼓,其风广莫;革艮主笙,其风明庶;匏震主
　箫,其风条;竹巽主祝敔,其风清明;木离主琴瑟,其风景;丝坤主
　钟,其风凉;土兑主埙,其风阊阖。"

⑩律吕既和:音律和谐。

⑪五降:《春秋左传·昭公元年》:"先王之乐……中声以降。五降
　之后,不容弹矣。"杜预注:"声成五降而息也。"降,罢,退。

⑫阕(què):乐终。

⑬兴:起。

⑭繁手:同"烦手",变化复杂的吹奏手法。累发:频频发出音响。

⑮密栉:密如栉。栉,梳齿。叠重:手指在一个地方重复按动。

⑯踾踧(fú cù):声音迫促。攒仄:声音聚集。

⑰猥积:众音杂多。猥,杂,繁。

⑱暂怠：暂缓。

⑲杂弄间奏：交错演奏，声音复杂。弄，曲。

⑳易听：变易人之视听。骇耳：悦耳动听。

㉑摇演：引动。指声音引动于心。摇，动。演，引。

㉒安翔：指声音清扬舒缓。骀(dài)荡：舒缓荡漾。

㉓阐缓：谓声音舒徐和缓。

㉔怨怼：怨恨。

㉕窳圔(yǔ yà)：指乐声低回。窴赧(tián niǎn)：指乐声悠缓。

㉖聿皇：轻疾貌。求索：指乐器相合奏。

㉗临危自放：居高放任。危，高。

㉘若颓复反：指声音先低沉而后高扬。

㉙蚡缊(fén yùn)：纷繁纠结。缤(fán)纤：纷乱貌。李善注："蚡缊缤纤，声相纠纷貌。"

㉚缥(yīn)冤：动摇貌。蜿蟺：屈曲盘旋貌。

㉛筡筊(mín hù)：吹笛时手指循按笛孔之貌。抑隐：抑声隐韵。李善注："筡筊抑隐，手循孔之貌。"

㉜行入：指笛声出入。变：更。

㉝绞概：声音相切磨。汩湟(gǔ huáng)：溪水流动貌。

㉞五音：也叫五声。

㉟授(ruó)拿：手指沿笛孔移动。授，推。拿，引。捘(zùn)臧：按抑。捘，按。

㊱递相乘邅(zhān)：手指动作一个接连一个地变换。递，顺次，接连。邅，回转。

㊲反商下徵：变商调生出羽调。反商，犹变商。《淮南子·地形训》："变宫生徵，变徵生商，变商生羽。"又沈约《宋书·律历志》："下徵调法，林钟为宫，南吕为商。"

㊳异善：异常美妙。

**【译文】**

　　真乃精心研制此笛,使之尽善尽美。超过了丝簧,又压倒了鼓钟。此笛之音响,有时如树木植立引持上升,又像丝绳缠绕不断,轻柔舒缓,宽容和谐。有时箫管齐奏,钟磬交响。笛声和谐而不错乱,以致传向四面八方。音律既已和谐,哀声五降而息。一曲乐章终止,余弦又重新奏起。两手频频按动,手指像梳齿般振动。声音急迫密集,如蜂聚蚁拥。各种音响繁杂,以使笛曲将终。然后少息暂停,杂曲又交错演奏。变换曲调以新耳目,使人心神有所摇动。清扬舒缓,从容荡漾。惆怅怨恨,低回悠缓。突然节拍轻快,乐器合奏,声音忽近忽远。好像居高放任,又像沉下去复又高扬。纷乱纠结,动摇盘屈。手按笛孔,抑声隐韵,笛声出入交换新调。声相切磨如小溪流水,五音交替,互相变换。手指移动掩抑,动作依次相递。变商下徵,各个声调都异常美妙。


　　故聆曲引者<sup>①</sup>,观法于节奏<sup>②</sup>,察变于句投<sup>③</sup>,以知礼制之不可逾越焉<sup>④</sup>。听篍弄者<sup>⑤</sup>,遥思于古昔,虞志于怛惕<sup>⑥</sup>,以知长戚之不能闲居焉。


**【注释】**

①曲引:乐曲。引,亦曲。

②观法:观察法度。节奏:乐音的高下缓急。

③变:袁本、茶陵本作"度"。胡克家《文选考异》:"度是,变非。"度:法则,法度。句投:即"句读",章句。投,古字与"逗"通。逗,止,句之所止。

④礼制:礼之法则。

⑤篍(zào)弄:小曲,杂曲。李周翰注:"篍,杂;弄,曲。"

⑥虞志于怛惕(dá tì):心情浸沉在忧伤之中。怛惕,忧伤。

⑦长戚:很深的悲哀。戚,忧患,悲哀。

## 【译文】

所以，善听乐曲的人，在节奏中观察法度，于乐章中体察变化，由此知道礼仪法义不可逾越。善听乐曲的人，就会发思古之幽情，心神沉浸在忧伤当中，以知人生忧患而不能闲居独行。

故论记其义，协比其象①。徬徨纵肆②，旷漭敞罔③，老庄之概也④。温直扰毅⑤，孔、孟之方也⑥。激朗清厉⑦，随、光之介也⑧。牢剌拂戾⑨，诸、贲之气也⑩。节解句断⑪，管、商之制也⑫。条决缤纷⑬，申、韩之察也⑭。繁缛骆驿⑮，范、蔡之说也⑯。劈栎铫恫⑰，晢、龙之惠也⑱。上拟法于《韶箾》《南籥》⑲，中取度于《白雪》《渌水》⑳，下采制于《延露》《巴人》㉑。

## 【注释】

①协比：结合在一起。象：物象。

②徬徨：放任之貌。纵肆：放任恣肆。

③旷漭(yàng)：悠闲貌。敞罔：宽大貌。

④概：节。

⑤温直扰毅：李善注："言正直而有温和也。温和正直，柔而能毅也。"温，温和。直，正直，径直。扰，和顺。毅，刚毅。

⑥方：胡克家《文选考异》认为"方"字误写，与上下句不协韵，然而无从考知，胡氏认为可能是"大(tài)"字。胡说当是，但无从考知，不可定论。方，道。《论语·雍也》："可谓仁之方也已。"

⑦激朗：激切明朗。清厉：耿介有骨气。

⑧随、光之介：卞随、瞀光的节操。《庄子·让王》："汤将伐桀，因卞随而谋，卞随曰：'非吾事也。'汤曰：'孰可？'曰：'吾不知也。'汤

又因瞀光而谋,瞀光曰:'非吾事也。'汤曰'孰可?'曰:'吾不知
也。'……汤伐桀,克之,以让卞随,卞随辞曰:'……吾生乎乱世,
而无道之人再来漫我以其辱行,吾不忍数闻也!'乃自投椆水而
死。汤又让瞀光……瞀光辞曰:'……吾闻之曰:非其义者,不受
其禄;无道之世,不践其土。况尊我乎!吾不忍久见也!'乃负石
而自沉于庐水。"介,节操。

⑨牢剌:愤郁。李善注:"牢剌,牢落乖剌也。"剌,戾。

⑩诸、贲之气:专诸、孟贲的气概。专诸,古代著名刺客。春秋时吴
国人。吴公子光(阖闾)请专诸阴谋刺杀吴王僚而自立。事见
《史记·吴太伯世家》及《史记·刺客列传》。孟贲,古勇士名。
《孟子·公孙丑》:"若是,则夫子过孟贲远矣。"疏曰:"按《帝王世
纪》云:'孟贲生拔牛角,是为之勇士也!'"《史记·袁盎晁错列
传·索隐》引《尸子》:"孟贲水行不避蛟龙,陆行不避兕虎。"

⑪节解:形容笛声节奏分明。句断:指笛声断续分明。

⑫管、商之制:管仲、商鞅之法制。管仲、商鞅是春秋战国时期两个
大政治家,著名的法家人物。

⑬条决:有条理而疏朗。缤纷:乱而能理。纷,理。张衡《思玄赋》:
"私湛忧而深怀兮,思缤纷而不理。"

⑭申、韩之察:申不害、韩非的明察。申不害、韩非是战国时期两个
以法治国的著名政治家。申不害,战国时郑国人,韩昭侯用为
相,国治兵强。事见《史记·老子韩非列传》。韩非,《史记·老
子韩非列传》:"韩非者,韩之诸公子也。喜刑名法术之学。"

⑮繁缛:烦琐,细碎。缛,彩饰。骆驿:连续不绝之貌。李善注:"辞
旨繁缛,又相连续也。"

⑯范、蔡之说:指声音像范雎、蔡泽之说辞。范雎、蔡泽是战国时期
两个说客。范雎,战国时魏人,字叔。初事魏,后入秦。说秦昭
王以远交近攻、加强王权之策。昭王以范雎为相,封于应,号应

侯,后谢病归相印。事见《史记·范雎蔡泽列传》。蔡泽,战国时
燕人。曾游说列国,入秦说范雎,因得见昭王,用为客卿。后范
雎辞退,蔡泽拜秦相,事见《史记》本传。

⑰劙栎铫恒(lí lì tiáo huà):分别节制。劙栎,分别节制之貌。铫
恒,节制貌。

⑱晢、龙之惠:邓晢、公孙龙的明辨。邓晢、公孙龙是春秋战国时期
两个哲学家、辩士。邓晢,亦作"邓析",春秋时郑国人,能操两可
之说,设无穷之辞。公孙龙,战国时赵国人,字子秉。著《坚白
论》《白马论》等,主要论述名实关系。"白马非马"是其有名
论题。

⑲拟法:效法。《韶箾(xiāo)》:传说舜时乐名。《尚书·益稷》作《箾
韶》。《春秋左传·襄公二十九年》作《韶箾》。《南籥(yuè)》:周
文王乐舞名。

⑳《白雪》:古乐曲名。《渌水》:古乐曲名。

㉑《延露》《巴人》:都是古代民间乐曲名。《延露》,也作"《延路》"。
《抱朴子·知止》:"口吐《采菱》《延露》之曲,足蹑《渌水》《七槃》
之节。"《巴人》,宋玉《对楚王问》:"客有歌于郢中者,其始曰《下
里》《巴人》,国中属和者数千人……其为《阳春》《白雪》,国中属
而和者不过数十人。"

## 【译文】

所以议论记述笛子的义理,类比它表现的事物形象。其放任恣肆,
幽闲宽大,具有老庄的气概。其温和正直,柔顺刚毅,又具有孔孟之大
道。其激切明朗、耿介有骨气,又具有卞随、瞀光的节操。其愤郁不平,
如专诸、孟贲的气质。其节奏分明,如管仲、商鞅的决断。其有条不紊,
如申不害、韩非的明察。其繁辞彩饰、滔滔不绝,如范雎、蔡泽的说辞。
其分别节制,如邓晢、公孙龙的明辨。上效法于《韶箾》《南籥》之帝王乐
曲,中取度于《白雪》《渌水》之高雅乐曲,下采制于《延露》《巴人》等民间

乐曲。

　　是以尊卑都鄙①，贤愚勇惧②，鱼鳖禽兽，闻之者莫不张耳鹿骇③，熊经鸟申④，鸱视狼顾⑤，拊噪踊跃⑥，各得其齐⑦，人盈所欲。皆反中和⑧，以美风俗⑨。屈平适乐国⑩，介推还受禄⑪，澹台载尸归⑫，皋鱼节其哭⑬，长万辍逆谋⑭，渠弥不复恶⑮，蒯聩能退敌⑯，不占成节鄂⑰，王公保其位，隐处安林薄⑱，宦夫乐其业⑲，士子世其宅⑳。鳣鱼喁于水裔㉑，仰驷马而舞玄鹤㉒。

## 【注释】

①尊：美者。卑：丑者。都：美者。鄙：陋者。

②贤愚勇惧：贤者、愚者、勇者、怯者。惧，懦，怯。

③张耳鹿骇：像麋鹿受惊一样张耳细听。鹿骇，鹿性善惊，闻声逃逸，借喻为惶恐失措之状。

④熊经鸟申：本是古代导引养生之法，状如熊攀树，伸长脖子如自经而引气，像鸟飞在空中而伸脚。此指倾听乐曲时被吸引的表情状态。经，自经，伸长脖子引颈之状。申，同"伸"，伸脚。

⑤鸱视狼顾：道家养生导引之术。此以鸱鸮惊视、恶狼反顾之状。形容倾听音乐时的情态。

⑥拊噪：拍手欢呼，喜悦之意。踊跃：欢欣奋起之状。

⑦齐：分限，指适意。

⑧皆反中和：儒家中庸之道，认为能"致中和"，则无事不达于和谐的境界。《礼记·中庸》："喜怒哀乐之未发谓之中，发而皆中节谓之和……致中和，天地位焉，万物育焉。"反，同"返"。

⑨以美风俗：使风俗淳美。

⑩屈平适乐国：意谓屈原听见笛声也会回到楚王朝中享受快乐。屈原，名平，战国时楚国著名诗人。乐国，指安乐的处所。

⑪介推还受禄：介子推也会回到朝廷，接受晋文公的俸禄。介子推，也作"介推"，春秋晋国人。晋文公重耳在外流亡时，他曾跟从，颇有功劳。晋文公回国后，赏赐流亡时的从属，他没得到提名，就和母亲隐居在绵上山里。文公为逼他出来，放火烧山，他坚持不出，被焚死。事见《春秋左传·僖公二十四年》及《史记·晋世家》。

⑫澹台载尸归：澹台灭明闻笛而把儿子尸体从江中收回来。《博物志·史补》及注云："澹台灭明之子羽死于江，弟子欲收而葬之。明止之曰：'蝼蚁何亲？龟鳖何仇？'弟子曰：'何夫子之不慈也？'对曰：'生为吾子，死非吾鬼。'遂不收葬。"

⑬皋鱼节其哭：皋鱼闻笛而制哀哭。《韩诗外传》："孔子出行，闻有哭声，甚悲。则皋鱼也，披褐拥剑，哭于路左。孔子下车而问其故。对曰：'吾少好学，周流天下。以后吾亲死，一失也；高尚其志，不事庸君，而晚仕无成，二失也；少择交游，寡亲友而老无所托，三失也；夫树欲静而风不止，子欲养而亲不待。往而不可反者，年也；逝而不可追者，亲也。吾于是辞矣。'立哭而死。孔子谓弟子曰：'识矣！'于是门人辞归养亲者一十三人。"

⑭长万辍逆谋：南宫长万中止弑君的阴谋。南宫长万是春秋时宋大夫。当宋、鲁战争时，曾被鲁国俘虏，后被宋国赎回。一次与宋潜公下棋，为争行，潜公怒道："你，是鲁国俘虏！"南宫长万感到羞辱，以棋盘打死了潜公。事见《史记·宋微子世家》。

⑮渠弥不复恶：高渠弥不再有行恶之心。高渠弥是郑国大夫。郑昭公为太子时，父亲庄公欲以高渠弥为卿，昭公很讨厌他，多次向庄公进谏，庄公不听。及昭公即位，高渠弥怕昭公杀自己，于是在一次出猎中，把昭公射死。事见《史记·郑世家》及《春秋左

传·桓公十二年》。

⑯ 蒯聩能退敌：蒯聩听见笛声受触动而不与儿子为敌。《春秋左传·定公十四年》，卫灵公逐太子蒯聩，太子奔宋。至哀公二年，卫灵公卒，而立蒯聩之子辄为卫侯。晋赵鞅乃纳蒯聩于戚。至哀公三年，卫石姑帅师围之，父子争国，为仇敌。

⑰ 不占成节鄂：陈不占闻笛而成就节操，增长了勇气。《韩诗外传》：“齐人崔杼弑庄公，陈不占闻君有难，将往赴之。食则失哺，上车失轼。其仆曰：‘敌在数百里外而惧怖如是，虽往，其益乎？’占曰：‘死君之难，义也；无勇，私也。’乃驱车而奔之。至公门之外，闻鼓战之声，遂骇而死。君子谓不占无勇，而能行义，可谓志士矣。”鄂，通“谔”，直言。

⑱ 林薄：草木丛杂之处。此借指隐居之地。

⑲ 宦夫：仆隶之人。宦，仆隶。《国语·越语》：“（越王）与范蠡入宦于吴。”注曰：“宦，为臣隶也。”

⑳ 士子：青壮男子。世其宅：继其家世。世，继承。李善注引《淮南子》曰：“古者至德之时，农安其业，大夫安其职，而处士修其道。”即各守职分。

㉑ 鳣（xún）：鲟鱼。喁（yóng）：鱼嘴向上露出水面。水裔：水边。此句指鲟鱼露出水面倾听笛声。

㉒ 仰驷马而舞玄鹤：言笛声奏起，驷马仰首倾听，玄鹤欣然起舞。驷马，古代一车套四马。《韩诗外传》：“昔伯牙鼓琴，而渊鱼出听；瓠巴鼓琴，而六马仰秣。”《尚书大传》：“虞舜歌乐曰：和伯之乐舞玄鹤。”

【译文】

所以尊者、卑者、美者、丑者，以及贤者、愚者、勇者、怯者，甚至鱼、鳖、禽、兽，无不像麋鹿受惊那样张耳细听，像熊攀树引颈，像鸟在空中伸足那样注意倾听，都像鸥鸹惊视、恶狼反顾那样被笛声吸引，他们拍手称快,踊跃奋起,个个得以适意,人人满足其好。从而都达到和谐的境界,使风俗得以淳美。听到那笛声,屈平会回到楚王宫廷享受欢乐,介子推会回到朝廷接受晋文公的俸禄,澹台灭明会把儿子尸体从江中收回,皋鱼会改变心情节制哀哭,南宫长万会中止弑君阴谋,高渠弥也不会再有杀害昭公之恶心,蒯聩会因感动而退去与子为敌之心,陈不占也会成就大义不再怯懦,王侯公爵将安保其位,隐居处士将乐居山林,仆隶之人将喜欢他的职业,青壮之人将继其家世。笛声会引得鱼嘴露出水面,驷马仰首倾听,玄鹤欣然起舞。

　　于时也,绵驹吞声①,伯牙毁弦②,瓠巴珥柱③,磬襄弛悬④。留视瞠眙⑤,累称屡赞。失容坠席⑥,搏拊雷抃⑦。僬眇睢维⑧,涕洟流漫⑨。是故可以通灵感物⑩,写神喻意⑪,致诚效志⑫,率作兴事⑬,溉盥污沩⑭,澡雪垢滓矣⑮。

**【注释】**

①绵驹吞声:绵驹咽住歌喉。绵驹,春秋时齐人,善歌。

②伯牙:春秋时人,传说以精于琴艺著名。毁弦:摔毁古琴。

③瓠(hú)巴珥(tiē)柱:瓠巴松开了弦柱。瓠巴,春秋时楚人。著名琴师。《荀子·劝学》:"昔者瓠巴鼓瑟,而流鱼出听。"珥柱,松开弦柱使琴弦松弛,帖于柱下。

④磬襄弛悬:磬襄放下悬磬。磬襄,春秋时乐师,善鼓磬。磬,乐器,以玉、石,或金属为材,形状如矩。弛,释下,松放。

⑤留视瞠眙(chēng chì):笛声使人瞠目惊呆。留视,注视。瞠眙,眼睛直视貌。

⑥失容坠席:笛声使人激动失态,坐不安席。

⑦搏拊雷抃(biàn):拍手称快,掌声如雷。搏拊,折手。抃,鼓掌,表

示欢欣。

⑧僬眇(jiāo miǎo)：眼睛眯得很小的样子。眇，小。睢(suī)维：眼睛睁得很大的样子。睢，仰目，大视。

⑨涕洟(tì)流漫：涕泪交横，漫流而下。涕，眼泪。洟，鼻涕。

⑩通灵：神异，与神灵相通。感物：感致万物。

⑪写神喻意：舒写精神，晓喻志意。

⑫致诚效志：极致精诚，效验志向。致，极。效，验。

⑬率作兴事：劝率臣下，移风易俗。

⑭溉盥(guàn)：冲刷，洗涤。污涉：指污杂的思想。涉，通"秽"。

⑮澡雪：洗涤使之洁净。垢滓：指思想上的灰尘。

**【译文】**

在这时候，绵驹咽住歌喉，伯牙毁掉古琴，瓠巴松开弦柱，磬襄放下悬磬。他们都瞠目惊呆，连连称赞笛声之妙。他们激动失态，俯仰席间，拍手称快，掌声雷动。两眼一会紧闭，一会睁大，涕泪交流，漫漫而下。所以，笛声可以通致神灵，感化万物，抒写精神，晓喻志意，极致精诚，效验志向，劝率臣下，移风易俗，清除污秽之思，洗涤垢滓之想。


昔庖羲作琴①，神农造瑟②，女娲制簧③，暴辛为埙④，倕之和钟⑤，叔之离磬⑥。或铄金砻石⑦，华睆切错⑧，丸挺雕琢⑨，刻镂钻笮⑩。穷妙极巧，旷以日月，然后成器，其音如彼。唯笛因其天姿⑪，不变其材，伐而吹之，其声如此。盖亦简易之义⑫，贤人之业也⑬。若然⑭，六器者⑮，犹以二皇圣哲黈益⑯。况笛生乎大汉⑰，而学者不识其可以裨助盛美⑱，忽而不赞⑲，悲夫！有庶士丘仲⑳，言其所由出，而不知其弘妙。其辞曰㉑：近世双笛从羌起㉒，羌人伐竹未及已。龙鸣水中不见己㉓，截竹吹之声相似。剡其上孔通洞之㉔，裁以当簻便易持㉕。易京君明识音律㉖,故本四孔加以一㉗。君明所加孔后出,是谓商声五音毕㉘。

**【注释】**

①庖羲:伏羲氏,古代传说中的部落酋长。即太昊,风姓。相传他始画八卦,教民捕鱼、畜牧,以充庖厨。又作宓羲。宓,即古"伏"字。《风俗通义·声音》:《世本》:'宓羲作瑟,长八尺一寸,四十五弦。'"李善注引《琴操》曰:"昔伏羲氏之作琴,所以修身理性,反天真也。"

②神农:传说古帝名。古史又称炎帝,烈山氏。相传始教民为耒、耜以兴农业,尝百草以治病。李善注引《淮南子》:"神农之初作瑟。"

③女娲制簧:女娲,神话中古帝名。或谓伏羲之妹,或谓伏羲之妇。《风俗通义·声音》:《世本》:'女娲作簧。'簧,笙中簧也。"

④暴辛为埙(xūn):暴辛,亦作"暴辛公""暴新公"。《太平御览》宋均注云:"暴公,周平王诸侯也。"《风俗通义·声音》:《世本》:'暴辛公作埙。'……埙,烧土为之,围五寸半,长三寸半,有四孔,其二通,凡为六孔。"

⑤倕:尧之巧工。亦作"垂"。传说他始造耒耜、钟、铫、规矩、准绳。

⑥叔之离磬:叔,舜时乐工。《礼记·明堂位》:"垂之和钟,叔之离磬。"郑玄注:"《世本》曰:'叔,舜时人。和、离,谓次序,其声县也。'"

⑦铄(shuò)金:熔销金属。《国语·周语》:"故谚曰:众心成城,众口铄金。"言众口所毁,能令金属销镕。喻人言可畏。砻(lóng)石:磨削玉石。

⑧华睆(huàn)切错:画刻切磨。指制造乐器时的一些工序。华,画。睆,刮。切错,切削琢磨。

⑨丸挺(shān)：弯折挺击。丸，弯折。挺，击。

⑩刻镂：《尔雅·释器》曰："金谓之镂，木谓之刻。"钻笮(zuó)：钻孔凿穿。笮，通"凿"。

⑪天姿：天然之资质。

⑫简易：简约而便易。

⑬贤人之业：《周易·系辞》："乾以易知，坤以简能，易则易知，简则易从；易知则有亲，易从则有功；有亲则可久，有功则可大；可久则贤人之德，可大则贤人之业……易简，而天下之理得矣；天下之理得，而成位乎其中矣。"此承上句意谓简约平易的道理，乃是贤人的事业。

⑭若然：如此。

⑮六器：即上文所说的六种乐器：琴、瑟、簧、埙、钟、磬。

⑯二皇圣哲觙(tǒu)益：有二皇和圣哲诸人为之创制增益。二皇，指伏羲、神农。圣哲，指女娲、暴辛、倕、叔等人。觙益，增益。

⑰大汉：伟大的汉朝。

⑱裨助盛美：裨助大汉王朝强盛昌隆之德业。裨，助益。

⑲忽：轻忽。

⑳庶士：指国君以外卿大夫及士诸掌事者。丘仲：人名。汉武帝时善吹笛之乐工。《风俗通义·声音》引《乐记》："笛，武帝时丘仲之所作也。"

㉑其辞曰：李周翰注："此丘仲所言之辞也。"

㉒双笛从羌：李善注："然羌笛与笛，二器不同。长于古笛，有三孔，大小异，故谓之双笛。"羌，我国古代西部一民族，善吹笛。

㉓己：李善注："己谓龙也。"

㉔剡(yǎn)其上孔：即其上削孔。剡，削。

㉕裁以当柣(zhuā)便易持：李善注："粗者曰柣，细者曰枚。言裁笛以当柣，故便而易持也。柣，马策也，竹瓜切。"

㉖易京君明：京房，字君明，汉武帝时著名学者，对《易经》很有研究，故曰"易京"，且懂音律。

㉗故本四孔加以一：笛原四孔，京房为合五声，又增一孔于下，为商声，故谓五音毕。沈约《宋书·乐志》："笛，京房备其五音。"

㉘毕：完备。

## 【译文】

古代伏羲作琴，神农造瑟，女娲制簧，暴辛为埙，工倕铸钟，匠叔治磬。镕金磨石，画刮切磨，弯折雕琢，镂刻钻凿。极尽巧妙，经年累月，然后成器，其声音才能那样神奇。只有笛子因其天然资质，不改变其素材，伐下来即可吹奏，其声音才能如此美妙。这也是简约平易的道理，乃是贤人的事业呵。如此，像上述六种乐器，竟有二皇和圣哲诸人为之创制增益。笛子是产生在大汉王朝，而学士不识其可以禆助王业之盛美，轻忽而不赞颂它，是很可悲呵！有庶士丘仲，讲了笛子的出处，而不知笛子的绝妙，他的言辞是：近代双笛从羌人造起，羌人伐竹尚未停息。龙吟水中不见龙，截竹吹奏效龙吟。其上削孔通竹节，形若马鞭易携持。"易京"君明识音律，本是四孔又加一。君明所加孔后出，是谓商声五音毕。

# 嵇叔夜

嵇康（223—262），字叔夜，谯郡铚（今安徽宿州西）人。三国魏晋著名文学家、哲学家、音乐家。早孤，有奇才，远迈不群。官拜中散大夫，世称嵇中散。"竹林七贤"之一。天质自然，恬静寡欲，崇尚老庄，常言养生服食之事，著《养生论》。但亦尚奇任侠，刚肠嫉恶，富于正义感和反抗精神。写《与山巨源绝交书》痛骂山涛并以满腔愤慨抨击时政。不久，即被害。

嵇康诗歌长于四言，着重表现一种清逸脱俗的境界。散文语言犀利,放逸洒脱,鄙弃礼俗,"多抒感愤"。其《声无哀乐论》及《琴赋》,都是描写音乐的名篇,对音乐美学理论的论述颇有价值。《隋书·经籍志》著录有集十五卷,在宋代仅存十卷。《晋书》有传。鲁迅辑校有《嵇康集》。

# 琴赋一首　并序

## 【题解】

此赋对琴的材料、制作、构造、琴音、琴德及美感作用,做了详尽的描绘。从形式上看,《琴赋》对王子渊《洞箫赋》、马融《长笛赋》等多有因袭,亦强调音乐教化以使人淡泊心志、超然物外为上,这些于时均"巧构形似,未脱窠臼"(钱锺书《管锥编》)。但王、马于乐声之描绘曲尽其致,嵇康则重于借琴音而析乐理。他骨子里反对儒家"移风易俗,莫善于乐"的观点,肯定"新声"之美妙。他重视民间音乐,认为音乐感受主要在于内心,这种思想到《声无哀乐论》就更明显了。所以刘勰称其辨声:"师心独见,锋颖精密,盖人伦之英也。"(《文心雕龙·论说》)钱锺书赞他:"嵇体物研几,衡珠剖粒,思之慎而辨之明,前载得未曾有。"(《管锥编》)

　　余少好音声,长而玩之①。以为物有盛衰,而此无变;滋味有厌②,而此不倦③。可以导养神气④,宣和情志⑤。处穷独而不闷者⑥,莫近于音声也。是故复之而不足⑦,则吟咏以肆志⑧;吟咏之不足,则寄言以广意⑨。

## 【注释】

①玩:习。
②厌:饱,足。

③倦:劳。

④导养神气:疏导气血,培养精神。是养生导血气以求长生之法。

⑤宣和:调和,舒展。

⑥穷独:指逆境。闷:忧。

⑦复:反复。指反复玩赏。

⑧吟咏:指给诗谱上曲子。肆志:纵情,快意。《庄子·缮性》:"故不为轩冕肆志,不为穷约趋俗。"

⑨寄言:托言。广意:舒展,快意。

**【译文】**

我从小爱好音乐,长大之后经常学习它。我认为,万物有盛有衰,而音乐却没有这种变化;美味有时会吃腻,而音乐却百听不厌。它可以导养神气,陶冶性情。使人处于逆境而不忧愁者,莫过于音乐。因此,反复奏乐感到不足,就吟唱诗歌抒发情志;吟唱诗歌感到不足,就撰写辞赋表达自己的心情。


然八音之器①,歌舞之象②,历世才士③,并为之赋颂。其体制风流④,莫不相袭。称其材干⑤,则以危苦为上⑥;赋其声音,则以悲哀为主⑦;美其感化,则以垂涕为贵。丽则丽矣⑧,然未尽其理也。推其所由,似元不解音声⑨;览其旨趣⑩,亦未达礼乐之情也⑪。众器之中,琴德最优⑫。故缀叙所怀⑬,以为之赋。其辞曰:


**【注释】**

①八音之器:古代称金、石、丝、竹、匏、土、革、木等八种乐器声音为八音。金为钟,石为磬,琴瑟为丝,箫管为竹,笙竽为匏,埙为土,鼓为革,祝敔为木。

②象:形象。

③才士:有才气之文士。

④体制:指诗赋的体裁。风流:此指传统的形式、风格。

⑤材干:制作乐器的主要材料。

⑥危苦:吕延济注:"危苦,谓生于高峻也。"

⑦以悲哀为主:汉代尚悲"京师宾婚嘉会,皆作魁檑,酒酣之后,续以挽歌"(《风俗通义》佚文)。钱锺书《管锥编》曰:"奏乐以生悲为善音,听乐以能悲为知音,汉魏六朝,风尚如斯。"

⑧丽:美,好。

⑨音声:袁本、茶陵本作"声音",并于"览"字下注云:"善本作'音声者览'。"胡刻本仍无"者"字。胡克家《文选考异》:"袁本、茶陵本云:'善作音声者览。'案此少'者'字。或尤本脱耳。"

⑩旨趣:旨意。趣,意。

⑪达:通达事理。礼乐:礼与乐的合称。《礼记·文王世子》:"凡三王教世子必以礼乐。乐,所以内修也;礼,所以外修也。礼乐交错于中。"

⑫琴德:指琴在教化中的作用。

⑬缀叙:著述,写作。

**【译文】**

可是八种乐器,各种舞蹈的形象,历代有才之士,都为之作赋。但其体制风格,莫不互相因袭。称赞乐器的制作材料,则以产于高山峻岭为上;描写它的声音,则以悲哀为主;赞美它的感人作用,则以令人垂泪为贵。这些说法美是很美,但没有把乐理讲透。究其原因,大概本来不甚了解音乐;看其旨意,也没有通晓礼乐之情。在众多乐器之中,琴的品格最优。所以把我的体会写出来,为琴作赋。赋辞是:

惟椅梧之所生兮①,托峻岳之崇冈②。披重壤以诞载兮③,参辰极而高骧④。含天地之醇和兮⑤,吸日月之休光⑥。郁纷纭以独茂兮⑦,飞英蕤于昊苍⑧。夕纳景于虞渊兮⑨,旦晞干于九阳⑩。经千载以待价兮⑪,寂神跱而永康⑫。

**【注释】**

①惟:有。椅梧:梓木、梧桐之类树木,皆作琴的材料。《诗经·鄘风·定之方中》:"椅桐梓漆,爰伐琴瑟。"

②峻岳:高山。崇冈:高岗,山巅。马融《瑟赋》:"惟梧桐之所生兮,在衡山之峻陂。"

③披:开。重壤:厚土。诞载:生长。诞,生。

④参辰极:接近北斗星。吕向注:"参,近也。"《尔雅·释天》:"北极谓之北辰。"注:"北极,天之中,以正四方。"高骧(xiāng):上举。骧,同"襄",上。

⑤醇和:纯和之气,精气。醇,同"纯"。

⑥休光:美好和光辉。李善注:"谓包含天地醇和之气,引日月光明也。"

⑦郁纷纭:枝叶繁茂之貌。

⑧英蕤(ruí):花絮。昊(hào)苍:天。《尔雅·释天》:"春为苍天,夏为昊天。"

⑨纳:藏。景:影。虞渊:古代神话所说的日入之处。

⑩晞(xī):晒干。九阳:指太阳。《楚辞·九叹·远游》:"朝濯发于汤谷兮,夕晞余身于九阳。"蒋骥《山带阁注楚辞》:"九阳……九日居下枝者也。"

⑪待价:等待差价。喻自抬身价,等人采伐。

⑫寂:悠闲。跱(zhì):耸立。康:安。

**【译文】**

梧桐所生长的地方呵,在那险峻的山岗。它从厚厚的土层中长出呵，接近北斗而高高向上。它采纳天地的精气呵，吸收日月的辉光。它郁郁葱葱独自繁茂呵，花瓣在长空纷纷飘扬。傍晚树影隐没于日落之处呵，清早朝阳晒干树干上的晨霜。生长千年等人采伐呵，静静耸立着永远安康。

且其山川形势：则盘纡隐深①，碓嵬岑岩②。互岭巉岩③，岞崿岖崟④。丹崖崄峨⑤，青壁万寻⑥。若乃重巘增起⑦，偃蹇云覆⑧。邈隆崇以极壮⑨，崛巍巍而特秀⑩。蒸灵液以播云⑪，据神渊而吐溜⑫。

**【注释】**

① 盘纡：盘回纡曲。隐深：隐幽深邃。

② 碓嵬(cuī wéi)：也作"崔嵬"，高峻之貌。《诗经·周南·卷耳》："陟彼崔嵬，我马虺隤。"毛传："崔嵬，土山之戴石者。"岑：危险之状。

③ 巉(chán)岩：险峻的山岩。宋玉《高唐赋》："登巉岩而下望兮。"

④ 岞崿(zuò è)：山高之貌。岖崟(yín)：山石险峻之貌。

⑤ 崄峨(xiǎn xī)：艰险崎岖。

⑥ 寻：古代长度单位，八尺为一寻。后来凡物之长、广、高都叫寻。

⑦ 重巘(yǎn)：重叠的山峰。

⑧ 偃蹇(jiǎn)：李善注："偃蹇，高貌，言高在上。偃蹇然如云覆下也。"屈原《离骚》："望瑶台之偃蹇兮。"

⑨ 邈：远。隆崇：高大耸立貌。

⑩ 崛巍巍：陡峭之状。崛，高。巍巍，高大貌。

⑪ 蒸灵液：雨露之蒸气升腾。灵液，雨露。李善注："蒸，气上貌。言山能蒸出云以沾润万物。"播：布散。

⑫ 据：依托。神渊：山泉。吐溜：形成水流。《说文解字》："溜，水

　　流也。"

**【译文】**

　　梧桐所处的山川地势，盘回迂曲，隐幽深邃，山峰崔嵬，岩石林立。岭峰险峻，怪石竦峙。红崖高耸艰险，青壁陡立万丈。那重峦叠嶂，有如云朵在上空笼罩。山峦高邈矗立，极其雄壮；奇峰雄险陡峭，拔地而起。雨露之蒸气升腾以播云撒雾，山泉涌泻而形成条条溪流。


　　尔乃颠波奔突①，狂赴争流。触岩抵隈②，郁怒彪休③。汹涌腾薄④，奋沫扬涛⑤。沛汩澎湃⑥，蜿蟺相纠⑦。放肆大川⑧，济乎中州⑨。安回徐迈⑩，寂尔长浮⑪。澹乎洋洋⑫，萦抱山丘⑬。详观其区土之所产毓⑭，奥宇之所宝殖⑮。珍怪琅玕⑯，瑶瑾翕赩⑰。丛集累积，奂衍于其侧⑱。若乃春兰被其东，沙棠殖其西⑲。涓子宅其阳⑳，玉醴涌其前㉑。玄云荫其上㉒，翔鸾集其巅。清露润其肤㉓，惠风流其间㉔。竦肃肃以静谧㉕，密微微其清闲㉖。夫所以经营其左右者㉗，固以自然神丽㉘，而足思愿爱乐矣㉙！


**【注释】**

①颠波奔突：水势急湍的样子。

②抵隈：撞击岸堤。李善注："抵，至也。隈，水曲也。"

③郁怒：盛怒。彪休：愤怒之貌。

④腾薄：波浪相击。

⑤奋沫：水沫喷泻。扬涛：掀起波涛。

⑥沛汩(jié yù)：水势奔腾之貌。

⑦蜿蟺(shàn)：屈曲盘旋貌。相纠：缭绕。

⑧放肆：放纵奔流。

⑨中州：中原地区。李善注："中州，犹中国也。"

⑩安回：波静远去貌。徐迈：缓缓流淌。

⑪寂尔长浮：静静地流向远方。

⑫澹乎洋洋：水势弥漫荡漾。澹，李善注引《说文解字》："澹，水摇也。"洋洋，水大貌。《诗经·卫风·硕人》："河水洋洋。"毛传："洋洋：盛大貌。"

⑬萦抱：环抱。

⑭区土：区域。产毓：生长。毓，通"育"，产生，长。

⑮奥宇：即奥区，深藏珍宝之地。宝殖：繁殖贵重之物产。

⑯珍怪：珍奇。琅玕（láng gān）：美石。《尚书·禹贡》："黑水西惟雍州……厥贡惟球琳琅玕。"

⑰瑶瑾：皆美玉。翕赩（xī xì）：光色盛貌。翕，聚。赩，赤色貌。吕向注："山有玉则草木滋润，此可以益于桐，故述之。"

⑱奂衍：灿然陈列貌。

⑲沙棠：木名。《山海经·西山经》："（昆仑之丘）有木焉，其状如棠，华黄，赤实，其味如李而无核，名曰沙棠。"

⑳涓子：传说中的仙人，善养生，与彭祖齐名。李善注引《列仙传》："涓子者，齐人，好饵术，著《天地人经》三十八篇。钓于泽，得符鲤鱼中，隐于宕山，能致风雨，造伯阳九山法。淮南王少得其文，不能解其旨意。其《琴心》三篇，有条理也。"

㉑玉醴：醴泉，甘美的泉水。

㉒玄云：黑云，浓云。

㉓清露：露下。

㉔惠风：和风。

㉕竦（sǒng）：高耸。肃肃：树木耸立之貌。《淮南子·时则训》："草木皆肃。"注："草木上竦曰肃。"

㉖微微：幽静。

㉗经营：吕向注："经营，犹优游也。"《楚辞·九叹·离世》："经营原野。"王逸注："南北为经，东西为营。"

㉘神丽：神妙妍丽。

㉙思愿爱乐：思慕爱恋。

【译文】

溪流湍急，奔腾汹涌，碰撞岩石，冲击岸壁，愤怒咆哮。狂流激荡，水沫飞溅，惊涛涌起。汹涌澎湃，激流回旋纠缠。冲出山谷，汇成大川，流于平原。这时大水缓缓流淌，静静地奔向远方。水势漫漫，浩浩荡荡，环绕着这些山丘。详细考察山中的物产，许多宝贵的东西深藏此地。珍奇的宝石，各种美玉，光彩夺目。一丛丛、一堆堆，都分布在梧桐两侧。树东有兰草披覆，树西有沙棠生长。树南有涓子宅第，树前有清泉流淌。树上笼罩着层层云雾，常有鸾凤飞集树巅。晶莹的露珠滋润着树皮，温煦的和风吹拂树间。梧桐静静地耸立着，十分幽静而清闲。这些珍奇之所以围绕在梧桐左右，因其环境本来神奇美丽，足以使人思慕爱恋呵！

　　于是遁世之士①，荣期、绮季之畴②，乃相与登飞梁③，越幽壑④，援琼枝⑤，陟峻崿⑥，以游乎其下。周旋永望⑦，邈若凌飞⑧。邪睨昆仑⑨，俯阚海湄⑩。指苍梧之迢递⑪，临回江之威夷⑫。悟时俗之多累⑬，仰箕山之余辉⑭。羡斯岳之弘敞⑮，心慷慨以忘归⑯。情舒放而远览，接轩辕之遗音⑰。慕老童于騩隅⑱，钦泰容之高吟⑲。顾兹梧而兴虑⑳，思假物以托心㉑。

【注释】

①遁世之士：隐居之士。

②荣期:即荣启期,古代隐士。绮季:即绮里季。传说中的隐士,四皓之一。

③飞梁:凌空架设的桥,指栈道。

④幽壑:深谷。

⑤援:攀。

⑥陟(zhì):登。峻崿(è):高陡的山崖。

⑦周旋永望:环视远望。

⑧邈若凌飞:李善注:"言若鸟之凌飞。"

⑨邪睨:斜视。昆仑:山名。许慎曰:"钟山,北陆无日之地,出美玉。"高诱注:"钟山,昆仑也。"

⑩俯阚(kàn):下看。海湄:海滨。

⑪苍梧:《山海经·海内经》曰:"南方苍梧之丘,苍梧之渊,其中有九嶷山,舜之所葬。在长沙零陵界。"迢递:远貌。

⑫回江:弯曲迂回之江水。威夷:即"逶迤",弯曲而延续不断貌。

⑬时俗:当时的习俗风尚。

⑭箕(jī)山:李善注引《高士传》曰:"尧让位于许由,由辞曰:'鹪鹩巢于深林,不过一枝;偃鼠饮河,不过满腹。'隐乎沛泽,尧让不已,于是遁于中岳,颍水之阳,箕山之下。死因葬于箕山之巅十五里,尧因就封其墓,号曰箕公。"余辉:指许由不慕荣利的光辉品格为作者仰慕。

⑮斯岳:指许由隐居之中岳衡山。弘敞:高大宽广。

⑯慷慨:应为"康恺",或"恺慷"。快乐之义。胡克家《文选考异》:"案'慷慨'当作'恺慷',善引《尔雅》:'恺,慷,乐也。''慷'即'康'字,是其本作'恺慷',甚明。袁、茶陵二本所载五臣翰注,乃云:'慷慨,叹声也。'乃误作'慷慨',大远嵇赋之意。各本以五臣乱善,失著校语,更误,今特订正之。"

⑰轩辕:黄帝。遗音:指黄帝所定之乐律。吕延济注:"昔黄帝使伶

伦入嶰（jiè）谷，取竹调律。今远览，思接其遗音，欲取椅桐为琴
也。"梁章钜《文选旁证》曰："黄帝使伶伦截竹，乐律起于黄帝，故
云'接轩辕之遗音'。"

⑱老童：传说古帝颛顼之子。《山海经·大荒西经》曰："有榣
山……颛顼生老童，老童生祝融，祝融生太子长琴，是处榣山，始
作乐风。"又《西山经》："（騩山）神耆童居之，其音常如钟磬"，郭
璞注："耆童，老童也，颛顼之子。"騩（guī）隅：騩山一角。《山海
经·西山经》："三危之山，西一百九十里曰騩山。"

⑲泰容：传说为黄帝乐师。刘良注："泰容，黄帝乐师，故慕而钦之，
以为高吟，而引清志也。"

⑳梧：梧桐。兴虑：产生想法。兴，起。

㉑假物以托心：假借外物（梧桐）以寄托内心的感慨。

**【译文】**

于是，那些隐居之士，如荣启期、绮里季等辈，都一起来登栈道，跨
深谷，攀琼枝，上山巅，盘桓在梧桐树下。他们环视远望，飘飘然像凌空
飞升一般。斜视看见昆仑，低头望见海滨。手指远处是九嶷，下临弯曲
迂回的江岸。感悟人生多为俗务烦累，景仰许由这古代圣贤。羡慕那
中岳高大宽阔，心情喜悦乐而忘返。胸怀舒展而遐想，思绪与黄帝之乐
曲相连。仰慕騩山的老童，钦佩泰容的歌吟。看见这梧桐而思绪纷纷，
想借此物来寄托我的内心。

　　乃斫孙枝①，准量所任②。至人摅思③，制为雅琴④。乃
使离子督墨⑤，匠石奋斤⑥。夔、襄荐法⑦，般、倕骋神⑧。锼
会裛厕⑨，朗密调均⑩。华绘雕琢⑪，布藻垂文⑫。错以犀
象⑬，籍以翠绿⑭。弦以园客之丝⑮，徽以钟山之玉⑯。爰有
龙凤之象、古人之形⑰。伯牙挥手，锺期听声⑱。华容灼

爐<sup>⑲</sup>，发采扬明<sup>⑳</sup>。何其丽也！伶伦比律<sup>㉑</sup>，田连操张<sup>㉒</sup>。进御君子<sup>㉓</sup>，新声憀亮<sup>㉔</sup>。何其伟也！及其初调，则角羽俱起，宫徵相证<sup>㉕</sup>。参发并趣<sup>㉖</sup>，上下累应<sup>㉗</sup>。踸踔磥硌<sup>㉘</sup>，美声将兴。固以和昶而足耽矣<sup>㉙</sup>！

**【注释】**

①斫：砍伐木材。孙枝：侧生枝。余萧客《文选音义》曰："《风俗通》：'梧桐生于峄山之阳，岩石之上，采东南孙枝为琴，极清丽。'"

②准量所任：量材而用。准，平。任，使，用。

③至人：谓道德修养达到最高境界之人，能顺任自然，忘却自我。《庄子·逍遥游》："至人无己，神人功。"摅（shū）思：展思，考虑。

④雅琴：《汉书·艺文志》引《七略》曰："雅琴，琴之言禁也，雅之言正也。君子守正以自禁也。"司马相如《长门赋》："援雅琴以变调兮，奏愁思之不可长。"

⑤离子：离朱，传说古之明目者。《孟子·离娄》作"离娄"，汉赵岐注："离娄者，古之明目者，盖以为黄帝时人也。黄帝亡其玄珠，使离朱索之。离朱即离娄也。能视于百步之外，见秋毫之末。"督墨：掌握标准。墨，木匠用作划线的绳墨。

⑥匠石：古代工匠名。字伯名石。《庄子·徐无鬼》："郢人垩漫其鼻端，若绳翼，使匠石斫之，匠石运斤成风，听而斫之。尽垩而鼻不伤。"奋斤：挥动斧头砍。

⑦夔、襄：夔、师襄，皆古代音乐家。荐法：传授制琴的方法。

⑧般、倕：鲁班、工倕，皆古之巧匠。骋神：施展神通。

⑨锼（sōu）：将木雕空。会：合缝。裹（yǐ）厕：连接紧密。

⑩朗密：疏密。指琴弦间距。

⑪华绘雕琢：雕刻花纹。

⑫布藻垂文：点缀以文采。

⑬错以犀象：镶嵌犀角、象牙为装饰。错，通"措"，安置。

⑭籍以翠绿：着上翠、绿两种颜色。

⑮园客：古代神话传说中善养蚕的人。《列仙传》："园客者，济阴人也……常种五色香草，积数十年，食其实。一旦，有五色蛾，止其香树末，客收而荐之以布，生桑蚕焉。至蚕时，时有好女夜至，自称我客妻，道蚕状，客与俱收蚕，得百二十头，茧皆如瓮大。缫一茧，六十日始尽。讫则俱去，莫知所如。"

⑯徽：琴面上用作定音位的标志，即以手指抚弦定音之处，多用金、玉或贝壳等镶嵌，名为琴徽，一般有十三个。钟山之玉：《淮南子·俶真训》："譬若钟山之玉。"许慎曰："钟山，北陆无日之地，出美玉。"高诱注："钟山，昆仑也。"

⑰龙凤之象、古人之形：指琴上雕绘着龙凤和古代人物形象。《西京杂记》："赵后有宝琴曰凤凰，指以金玉隐起，为龙蟠、鸾凤、古贤、列女之像。"

⑱"伯牙"二句：伯牙，春秋时人，传说以精于琴艺著名。锺期，锺子期。春秋时楚人，精于音律。伯牙鼓琴，志在高山流水，子期听而知之。挥手，鼓琴。

⑲华容：华美。灼爚（yuè）：光彩。灼，明。爚，火光。

⑳发采：焕发光彩。

㉑伶伦：李善注引《汉书》："黄帝使伶伦自大夏之西，昆仑之阴，取竹之嶰谷，断两节间而吹之，以为黄钟之宫，制十二箫，以听凤凰之音，以比黄钟之宫，皆可以生之，是为律本。"比律：协和音律。

㉒田连：亦作"成连"。古之琴师。《韩非子·外储说右下》曰："田连、成窍，天下善鼓琴者也。然而田连鼓上，成窍擪下，而不能成曲。"蔡邕《琴操》曰："伯牙学琴于成连先生，先生曰：'吾能传曲，而不能移情。吾师有方子春，善于琴，能作人之情，今在东海上，

子能与我同事之乎?'伯牙曰:'夫子有命,敢不敬从?'乃相与至海上,见子春,受业焉。"操张:鼓琴。

㉓御:用。

㉔憀(liáo)亮:声音清彻响亮。

㉕相证:相验证。证,验。李周翰注:"角羽俱起,宫徵相证,谓调钑取声韵中适也。"

㉖参发(cān bō):皆弹琴的手法。参,分。发,开。趣:趋。李周翰注:"参发并趣,以指俱历,七弦参而审之也。"

㉗上下:戴明扬《嵇康集校注》:"上下,谓徽位上下,初调弦时,取五声相应也。"累应:频频应和。李周翰注:"上下累应,谓声调合韵也。"

㉘踸踔(chěn chuō):声音忽大忽小。礌硌(lěi luò):大声貌。礌,同"磊"。

㉙和昶(chǎng):和畅。耽:乐。李周翰注:"调弦既毕,将奏雅曲,故美声是兴,故乃和通情性,此足耽乐也。"

## 【译文】

于是砍下侧枝,量材而用。经君子思考,制作为雅琴。使离子把握绳墨,匠石抡起斧头。夔、襄提供制琴法则,般、倕施展神通。雕空合缝,紧密衔接,间距调匀。刻划彩绘,点缀花纹。镶以犀角象牙,嵌上翠绿宝石。以园客之丝作弦,用钟山之玉作徽。刻上龙凤图象,画上古代人物形状。伯牙挥手试琴,锺子期凝神细听。光彩华美,明净闪亮。多么美丽呵!伶伦协和音律,田连弹奏琴曲。进献给君子欣赏,琴声清彻嘹亮。多么美妙呵!开始调弦时,角羽同时发声,宫徵相互验证。手指参发并弹,上下声调合韵。声音起伏悠扬,将要奏出美妙声音。其音优美和畅,十分动听呵!

尔乃理正声①,奏妙曲②,扬《白雪》③,发《清角》④。纷淋浪以流离⑤，㤩淫衍而优渥⑥。粲奕奕而高逝⑦，驰岌岌以相属⑧。沛腾遌而竞趣⑨，翕韡晔而繁缛⑩。状若崇山，又象流波。浩兮汤汤⑪，郁兮峨峨⑫。怫㥜烦冤⑬，纡余婆娑⑭。陵纵播逸⑮，霍濩纷葩⑯。检容授节⑰，应变合度⑱。兢名擅业⑲，安轨徐步⑳。洋洋习习㉑，声烈遒布㉒。含显媚以送终㉓，飘余响乎泰素㉔。

【注释】

①正声：纯正的乐声，即雅乐。古代以雅乐（"雅颂之声"）作为纯正的声音，称正声与"新声"相对。

②妙曲：美妙的乐曲。

③《白雪》：李善注："《淮南子》曰：'师旷奏《白雪》而神禽下，《白雪》五十弦瑟乐曲，未详。'"一说即《阳春白雪》。

④《清角》：《文选·南都赋》注引许慎《淮南子》注："《清角》，弦急，其声清也。"

⑤淋浪：放旷。戴明扬《嵇康集校注》："淋浪，犹聊浪也。淋与聊一声之转。聊浪，放浪。《吴都赋》刘渊林注：'聊浪，放旷貌。'"流离：放散。

⑥㤩：众多。淫衍：声音漫散。优渥（wò）：浑厚。

⑦粲：明朗。奕奕：《广雅》："奕奕，盛貌。"高逝：在空中回荡。

⑧岌岌：指声音高急宏大。《广雅》："岌岌，盛也。"相属：相续，相连。

⑨沛：多貌。腾遌（è）：跳跃相触。竞趣：奋进。

⑩翕（xī）：合。韡（wěi）晔：明朗盛大貌。繁缛：李善注："声之细也。"

⑪汤汤（shāng）：大水急流貌。

⑫峨峨:高貌。

⑬怫愲(fú wèi)烦冤:吕向注:"声多而不散貌。"烦冤,回旋不散。

⑭纤余婆娑:声音回旋而委婉。纤余,歌声回旋多姿。婆娑,委婉
曲折。

⑮陵纵:高纵。播逸:布散。张铣注:"陵纵播逸,声高而分散也。"

⑯霍濩(huò):波浪声。依张铣说。纷葩:繁乱之声。依张铣说。

⑰检容:端庄敛容。检,通"敛"。授节:以手指按其音节。

⑱合度:合于法度。李周翰注:"授,付也,谓曲节将至,则当缓而分
布,故须端检其容,以定其声,乃付手指以成其节,则应于合度。"

⑲兢名:争名。兢,《说文解字》:"兢,竞也。"擅业:指专长鼓琴。

⑳安轨徐步:按照琴法从容鼓琴。轨,指琴法。

㉑洋洋习习:琴声浑厚舒缓。

㉒声烈:美妙之声。退布:远扬。布,散。

㉓显媚:明朗优美的琴声。送终:琴曲将终。李善注:"含显媚之
声,以送曲终也。"张大命《琴经》:"含其明美之音,以送初曲
之终。"

㉔泰素:自然。

## 【译文】

这才弹雅乐、奏妙曲,《白雪》之声高扬,发出清脆急切的音响。琴声流荡奔放,漫散而浑厚。声音明快富丽,在空中回荡,高音急驰,连续不断。琴声跳跃激荡而奋进,众音洪亮而转细。其洪亮之音像高山,其细微之声像流水。浩瀚呵,如滔滔江河!凝重呵,如巍巍群山!声音聚积而不散,回旋婉转,余音袅袅。又突然高纵飘逸,声音像波浪鼓荡,又像繁花纷乱。这时端庄敛容,手指按弦,随着旋律的变化而合乎法度。名不虚传,擅长琴艺,按照琴法从容弹奏,轻柔舒缓,美妙的琴声飞向远方。声音明丽,以终一曲,余音飘散,自然消失。

　　若乃高轩飞观①，广夏闲房②，冬夜肃清③，朗月垂光，新衣翠粲④，缨徽流芳⑤。于是器冷弦调⑥，心闲手敏⑦。触捬如志⑧，唯意所拟⑨。初涉《渌水》⑩，中奏《清徵》⑪，雅昶《唐尧》，终咏《微子》⑫。宽明弘润⑬，优游躇跱⑭。拊弦安歌⑮，新声代起⑯。歌曰：凌扶摇兮憩瀛洲⑰，要列子兮为好仇⑱。餐沆瀣兮带朝霞⑲，眇翩翩兮薄天游⑳。齐万物兮超自得㉑，委性命兮任去留㉒。激清响以赴会㉓，何弦歌之绸缪㉔！

**【注释】**

①高轩：高敞之轩，高阁。李善注："轩，长廊之有窗。"飞观：高耸的宫观。

②广夏闲房：宽大空旷的房屋。夏，通"厦"。

③肃清：清冷静谧。

④翠粲：色彩鲜丽。

⑤缨徽：古代妇女所系的香囊。流芳：飘香。

⑥器冷：指弹琴弦时发出的泠泠之声。器，指琴。冷，清冷之音。

⑦心闲手敏：得心应手。

⑧触捬(pī)：手指反击拨弹。《说文解字》曰："批，反手击也，与捬同。"如志：如其志意。

⑨唯意所拟：随心意而弹奏。拟，度曲。

⑩涉：选奏。吕向注："涉，谓志在选曲，若涉在水中也。"《渌水》：乐曲名。

⑪《清徵》：乐曲名。李善注引《韩子》曰："师旷奏《清徵》，有玄鹤二八，集廊门。"

⑫"雅昶"二句：雅昶，雅畅。昶，通"畅"，琴曲。《唐尧》《微子》，两种琴曲名。吕向注："《唐尧》《微子》，操名也。"操，琴曲的一种。

唐尧,古代贤王,《唐尧》之操,为达者之乐曲;《微子》之操为独善
之乐曲。李善注引《七略》曰:"《雅畅》第十七曰:《琴道》曰:'尧
畅逸。'又曰:'达则兼善天下,无不畅通,故谓之畅。昶与畅同。'
又曰:'《微子操》,微子伤殷之将亡,终不可奈何,见鸿鹄高飞,援
琴作操。'"

⑬宽明弘润:宽大贤明,心怀仁慈,指唐尧、微子之德。

⑭优游踌跱(zhì):从容舒缓。

⑮拊弦:弹琴。拊,同"抚"。安歌:慢慢歌唱,与琴声相和。《楚
辞·九歌·东皇太一》:"疏缓节兮安歌。"

⑯新声:不同于古乐的新潮乐曲。代起:更起。刘良注:"代,更
代也。"

⑰凌扶摇:乘长风。憩(qì):休息。瀛洲:神话传说中的海上仙山。

⑱要:同"邀"。列子:人名。姓列名御寇,战国郑人。又作"列圄
寇"。刘向认为与郑穆公同时人。《庄子·逍遥游》:"夫列子御
风而行,泠然善也,旬有五日而后反。"仇:同"逑(qiú)",匹配。

⑲沆瀣(hàng xiè):露水。带朝霞:以朝霞为衣带。

⑳眇(miǎo):远。翩翩:飞舞之状。薄:迫近,至。

㉑齐万物:齐同万物。《庄子》有《齐物论》,认为客观万物或人的内
心世界都受道的主宰,因而事物的彼此、认识上的是非,都是相
对的。从根本上说,一切都是"道"的"物化"现象,因而应放弃一
切对立、争执,做到无知无觉、无见无识,回到虚无的"道"那里,
就一切都统一了,人亦超然自得了。超自得:超然自得,即超脱,
不为外物所左右。

㉒委性命:安于天命。委,安。任去留:任其自然。

㉓激:声调高昂激烈。清响:清歌。赴会:指歌声与琴声相和。

㉔弦歌:以琴瑟伴奏而歌。绸缪(móu):缠绵。吕延济注:"以此歌
奏于琴曲,而相赴会,弦与歌音,混合而绸缪。"

## 【译文】

一如在高阁崇楼、广厦空室内鼓琴,冬夜清冷肃静,明月洒下光辉,歌女华服艳丽,香囊流芳。调弦时琴声泠泠,弹奏时得心应手。五指反击拨弹自然如意,随心所欲而弹奏。开始选奏一曲《渌水》,中间弹奏《清徵》,继而演奏《雅畅》《唐尧》,最后演奏《微子》。琴声表达出唐尧、微子宽厚贤明,心怀仁慈之德。然后从容舒缓,抚弦高歌,一曲新声,随弦而起。歌中唱道:乘长风呵息瀛洲,邀列子呵结同俦。饮甘露呵披朝霞,舞长空呵漫天游。齐万物呵心超脱,安天命呵任去留。高歌一曲琴相和,琴歌和谐意绸缪。

于是曲引向阑①,众音将歇。改韵易调,奇弄乃发②。扬和颜③,攘皓腕④,飞纤指以驰骛⑤,纷僷嗒以流漫⑥。或徘徊顾慕⑦,拥郁抑按⑧,盘桓毓养⑨,从容秘玩⑩。闼尔奋逸⑪,风骇云乱⑫,牢落凌厉⑬,布濩半散⑭。丰融披离⑮,斐辔奂烂⑯。英声发越⑰,采采粲粲⑱。

## 【注释】

①曲引:乐曲。引,亦曲。向阑:将尽未尽。李善注:"半在半罢谓之阑。"

②奇弄:奇妙的琴曲。弄,小曲。梁元帝《纂要》曰:"琴曲有畅、有操、有引、有弄。"《琴论》曰:"弄者,性情和畅,宽泰之音。"

③和颜:温和的面容。

④攘(rǎng):捋。皓腕:白嫩细腻的手腕。吕向注:"攘,褰袖而出腕。"褰,揭起。

⑤纤指:女子纤细的手指。驰骛:指弹琴时手指敏捷的动作。

⑥僷嗒(sè tà):多言不止。李善注:"僷嗒,声多也。僷,不定也,师

　立切。"流漫:声音相参和。李周翰注:"儃嵒流漫,乱急长远
　　声也。"

⑦徘徊:声缭绕。顾慕:声音凝聚不散。

⑧拥郁抑按:吕向注:"声驻而下不散貌。"

⑨盘桓:吕向注:"谓以指转历于弦上。"毓养:吕向注:"安息其声
　　也。"毓,育,生。

⑩从容:声音安闲。秘玩:吕向注:"谓闲缓而弄也。"

⑪阆(tà)尔:迅疾貌。奋逸:腾起。

⑫风骇:风扰。骇,扰。

⑬牢落:犹辽落,稀疏貌。凌厉:勇往直前,气势猛烈。

⑭布濩半散:张铣注:"布濩,长多貌。半散,欲散而还聚也。"

⑮丰融披离:张铣注:"声通畅而清也。"

⑯斐韡(fěi wěi):明丽。奂烂:盛大。张铣注:"声繁盛貌。"

⑰英声:美声。发越:司马相如《上林赋》:"郁郁菲菲,众香发越。"
　　郭璞注:"香气射散也。"

⑱采采粲粲:声音庞杂而洪亮。戴明扬《嵇康集校注》引毛传曰:
　　"采采,众多也。粲粲,鲜盛貌。"

【译文】

　　于是,序曲将终,琴音欲歌。改韵换调,另奏新曲。这时,歌女脸上
露出和悦的笑容,捋起衣袖露出白嫩的手腕,纤细的手指飞快弹拨,各
种声音急切参和。有时徘徊缭绕,凝聚不散,声音暂驻,抑郁缠绵。又
转历揉弦,从容地徐徐拨弹。忽而快速挥弦,有如风起云卷;忽而稀疏
激烈,流韵慢慢飘散。琴声清彻流畅,明丽辉煌。妙声飘散,纷繁铿锵。

　　或间声错糅①,状若诡赴②。双美并进③,骈驰翼驱④。
初若将乖⑤,后卒同趣⑥。或曲而不屈⑦,直而不倨⑧。或相
凌而不乱⑨,或相离而不殊⑩。时劫掎以慷慨⑪,或怨婠而踌

躇⑫。忽飘飖以轻迈⑬，乍留联而扶疏⑭。或参谭繁促⑮，复
叠攒仄⑯。从横骆驿⑰，奔遁相逼⑱。拊嗟累赞⑲，间不容
息⑳。瑰艳奇伟㉑，殚不可识㉒。若乃闲舒都雅㉓，洪纤有
宜㉔。清和条昶㉕，案衍陆离㉖。穆温柔以怡怿㉗，婉顺叙而
委蛇㉘。或乘险投会㉙，邀隙趋危㉚。嘤若离鹍鸣清池㉛，翼
若游鸿翔曾崖㉜。纷文斐尾㉝，慊參离缅㉞。微风余音㉟，靡
靡猗猗㊱。或搂捥㭪㨭㊲，缥缭潎洌㊳。轻行浮弹㊴，明婳㫫
慧㊵。疾而不速㊶，留而不滞㊷。翩绵飘邈㊸，微音迅逝。远
而听之，若鸾凤和鸣戏云中㊹；迫而察之㊺，若众葩敷荣曜春
风㊻。既丰赡以多姿㊼，又善始而令终㊽。嗟姣妙以弘丽㊾，
何变态之无穷㊿！

**【注释】**

①间声：杂曲。戴明扬《嵇康集校注》："间声即奸声，与上文正声对
　言也。《礼记·乐记》：'奸声以乱。'盖正声之外，繁手而淫者为
　奸声。犹正声之外，杂互而成者为奸声矣。"错糅：错杂。

②诡赴：指奸声异趋。王念孙《读书杂志》曰："诡者，异也；赴，趋
　也。言间声错出，若与正声异趋也。"

③双美：指正声与间声。

④骈驰翼驱：并驾齐驱。李善注："骈，并也；翼，疾貌。"

⑤将乖：要背离。《广雅》："乖，背也。"

⑥同趣：同趋。趣，同"趋"。

⑦曲而不屈：声曲则志不屈。曲，婉顺。

⑧直而不倨：声直而志不倨。倨，傲。李周翰注："凡弹琴初缓其
　声，乍似相乖，曲度相调，后终同为趣会也。其声虽曲，而志不
　屈。其声虽直，而志不倨傲也。"

⑨相凌:指间声与正声相冲突。

⑩相离:指两种乐曲声相离散。张铣注:"其声虽相凌而志不乱,其声虽相离而志不殊。"凌,交错。殊:绝。

⑪劫掎(jǐ)慷慨:高昂向上之声。

⑫怨媚(jù)而蹐踏:哀怨低回之声。张铣注:"怨沮蹐踏,怨而不散声也。"

⑬飘飘:飘荡。轻迈:随风轻扬。

⑭留联:声音相续不断。联,同"连"。扶疏:声音四处飘散。

⑮参谭:李善注:"参谭,相随貌。"繁促:繁杂而急促。

⑯复叠:重叠。攒仄:声音聚积。

⑰从横:纵横。骆驿:通"络绎",声音相连不绝之貌。

⑱奔遁:奔逃。相逼:相随。刘良注:参谭繁促、复叠攒仄、从横骆驿、奔遁相逼,"皆声繁急重叠、纵横相连貌"。

⑲拊嗟累赞:拍手叫好,连连赞叹。

⑳间不容息:没有喘息的间隙。

㉑瑰艳:奇异光艳。奇伟:奇特,雄伟。

㉒殚(dān)不可识:不可尽识。殚,尽。李周翰注:"言琴声之美,不可尽识。"

㉓闲舒:舒缓。都雅:闲雅。都,闲。

㉔洪纤有宜:声音粗细强弱皆宜。

㉕清和:清朗平和。条昶:通畅。

㉖案衍:不平貌。陆离:参差。

㉗穆:和。怡怿(yí yì):欢快。怿,乐。

㉘婉:和顺。顺叙:和谐。委蛇:同"逶迤",声音曲折悠长。

㉙乘险:凌空。乘,升。险,空。投会:会合。

㉚邀隙:入穴。趋危:赴危。刘良注:乘险投会,邀隙趋危,"险,空也。邀,入也。隙,穴。趋,向也。言声或乘空以相投会,或入穴

　　而向危也"。

㉛嘤(yīng)：鸟鸣声。离鹍(kūn)：失去伴侣的鹍鸡。

㉜游鸿：离群之雁。曾崖：高高的山崖。

㉝纷文斐(fěi)尾：李善注："文彩貌。"梁章距《文选旁证》："尾当作‘娓’，《说文》训美。若‘尾’字，古但通‘微’，无文彩义也。"

㉞慊缘(qiǎn shān)离纚(lí)：羽毛下垂而相连。慊缘，喻下垂之状。离纚，比喻连续不绝。

㉟微风余音：余音如微风，和缓轻柔。

㊱靡靡：声之细弱。猗猗(yī)：形容余音袅袅。

㊲搂捛栎捋(lóu pī lì luō)：谓弹琴的四种手法。李善注："皆手抚弦之貌。"搂，牵，即勾弦。捛，反手击。栎，击。捋，取，抚弦。戴明扬《嵇康集校注》："《文选》‘栎’不从手，周校本四字皆从手。"

㊳缥缭撇冽(piāo liáo piē liè)：指四种指法弹弦发出的四种琴声。李善注："声相纠激之状。"戴明扬《嵇康集校注》："此处，搂捛栎捋，当即指法；缥缭撇冽，自是状声之辞。"

㊴轻行浮弹：信手轻弹。

㊵明婳(huà)：明快美好。《说文解字》："婳，静好也。"暨(jì)慧：观赏赞美。

㊶疾而不速：急而不快。

㊷留而不滞：缓而不停。

㊸翩绵飘邈：吕向注："声飞而远也。"《广雅》："绵，连也；邈，远也。"

㊹鸾凤：鸾鸟和凤凰。鸾，传说中凤凰一类神鸟，赤色为凤，青色为鸾。和鸣：相互鸣叫。

㊺迫：近。

㊻众葩：百花。敷荣：盛开。曜(yào)：照耀，放光彩。

㊼丰赡(shàn)：声繁富。

㊽善始而令终：善始善终。令，善。

㊾姣妙：美妙。弘丽：声音壮美。

㊿变态无穷：声音变化奥妙无穷。《西京赋》薛综注："变，奇也；态，巧也。"

【译文】

有时正声与杂曲相糅，异曲同趋。双美并奏，二曲和鸣。开始时像要背离，最后和谐统一。琴声婉顺而志不屈，琴声刚直而志不倨。雅俗驳杂而不乱，雅俗相间而不断。时而高昂向上，时而哀怨低回。忽而飘逸轻举，忽而婉转疏散。有时声音紧凑，繁杂而急促，反复重叠，众音聚积。纵横相连，琴声不断，突然消失又突然响起。令人拍手叫好，连连赞叹，想要喘息，都无空闲。琴声瑰丽雄伟，想要辨识，无法尽言。至于舒缓闲雅的演奏，声音粗细相宜，清和流畅，高低参差。和悦温柔而欢快，婉转和谐而悠扬。有时声音升入高空而回响，又钻入峡谷而幽咽。像失伴的鸥鸡在清池嘤嘤鸣叫，又像离群的孤雁在悬崖飞翔。文彩纷繁，娓娓动听，像鸟羽相连，流韵翩翩。余音如微风细细，轻柔袅袅而渐息。有时手指勾、拨、击、抚，琴弦发出缥、缭、潎、洌各种声音。有时信手轻弹，声音明快令人赞叹。弦急而音不快，弦缓而声不停。声音联绵飘向远方，琴声细细迅速即逝。在远处聆听琴声，有如鸾凤在云中嬉戏和鸣；在近处聆听琴声，宛如百花盛开笑春风。既繁富而多姿，又善始而善终。赞叹琴声美妙弘丽，声音变化多么奥妙无穷！

　　若夫三春之初①，丽服以时②，乃携友生③，以遨以嬉④。涉兰圃⑤，登重基⑥，背长林⑦，翳华芝⑧，临清流，赋新诗。嘉鱼龙之逸豫⑨，乐百卉之荣滋⑩。理重华之遗操⑪，慨远慕而长思⑫。若乃华堂曲宴⑬，密友近宾，兰肴兼御⑭，旨酒清醇⑮。进《南荆》⑯，发《西秦》⑰，绍《陵阳》⑱，度《巴人》⑲。变用杂而并起⑳，竦众听而骇神㉑。料殊功而比操㉒，岂笙、篪之能伦⊘！

**【注释】**

①三春：春季三个月。农历正月称孟春，二月称仲春，三月称季春，合称三春。三春之初，即三月初。

②丽服以时：穿上合乎季节的美丽服装。

③携友生：拉着朋友的手。友生，朋友。

④以遨以嬉：游乐玩耍。嬉，乐。

⑤兰圃：长满香草的花圃。

⑥重基：高山。李善注引《春秋运斗枢》曰："山者，地之基。"

⑦长林：高大的树林。

⑧翳：隐，遮蔽。华芝：华盖。戴明扬曰："此谓华盖如芝形也。"李周翰注："翳，荫也。华芝，盖也。意长林之翳如盖也。"

⑨嘉：赞美。逸豫：安乐自得。

⑩百卉：百草，花木。荣滋：生长繁茂。

⑪重（chóng）华：虞舜名。遗操：指舜之琴曲。李善注引《琴道》曰："舜操者，昔虞舜圣德玄远，遂升天子，喟然念亲，巍巍上帝之位不足保，援琴作操。"

⑫远慕而长思：指思慕古代舜之圣德。

⑬华堂：华丽的厅堂。曲宴：指小宴。

⑭兰肴：美味佳肴。兰，指美好。兼御：并用。

⑮清醇：酒味清香醇厚。

⑯《南荆》：李善注："《南荆》，即《荆艳》，楚舞也。"

⑰《西秦》：古曲名。

⑱绍：引介，弹奏之意。《陵阳》：古曲名。

⑲《巴人》：吕向注："《南荆》《西秦》《陵阳》《巴人》，皆曲名。"

⑳变用：指雅曲和俗曲。

㉑竦众听：众人竦耳恭听。竦，敬。骇神：震惊，激动。

㉒殊功而比操：功用不同的乐曲竞相弹奏。

㉓笙、籁：皆乐器。伦：比。

**【译文】**

若在阳春三月之初，穿上美丽春装，会同几位好友，去郊外游乐踏青。走过兰蕙馨郁的花圃，登上重重高山，背靠茂密的树林，亭亭树干枝叶如盖，面对山下清澈的溪流，吟诵新制的诗篇。赞美那游鱼安然自得，喜看那花草欣欣向荣。这时演奏虞舜流传下来的乐章，心中慨然仰慕思索古代圣贤的遗德。若在华丽的客厅摆上小宴，请来密友亲朋，品美味，进佳肴，饮美酒，味清醇。进上《南荆》楚舞，弹起《西秦》大曲，演奏《陵阳》，弹奏《巴人》。雅乐俗曲交响齐鸣，四座竦耳倾听而激动。想那功能不同的乐器竞相弹奏，雅琴岂是笙、籁所能相比！

　　若次其曲引所宜①，则《广陵》《止息》《东武》《太山》《飞龙》《鹿鸣》《鹍鸡》《游弦》②，更唱迭奏③，声若自然。流楚窈窕④，惩躁雪烦⑤。下逮谣俗⑥，蔡氏五曲⑦，《王昭》《楚妃》⑧，《千里》《别鹤》⑨，犹有一切⑩，承间簉乏⑪，亦有可观者焉⑫。

**【注释】**

①次：等次。宜：相称。

②《广陵》《止息》《东武》《太山》《飞龙》《鹿鸣》《鹍鸡》《游弦》：皆古琴曲名。李善注："《广陵》等曲，今并犹存，未详所起。应璩《与刘孔才书》曰：'听《广陵》之清散。'傅玄《琴赋》曰：'马融覃思于《止息》。'魏武帝乐府有《东武吟》，曹植有《太山梁甫吟》。左思《齐都赋》注：'《东武》《太山》，皆齐之土风谣歌讴吟之曲名也。'"李善注引《汉书》曰："房中乐有《飞龙》章。"蔡邕《琴操》曰："《鹿

鸣》者,周大臣之所作也,王道衰,大臣知贤者幽隐,故弹琴讽谏。"戴明扬《嵇康集校注》:"《琴曲谱录》有《鹍鸡吟》。"《琴史》曰:"薛易简传《游弦三弄》。"

③更唱迭奏:交替弹唱,互相配合。古琴曲有词可唱。迭,代。

④流楚:流利清楚。窈窕:美好的声音。李善注:"言流行清楚窈窕之声,足以惩此躁兢,雪荡烦懑也。"

⑤惩躁雪烦:荡涤心中烦闷焦躁的情绪。惩,止。雪,除。

⑥逮:及。谣俗:古琴曲。李周翰注:"谣俗,歌风俗之声也。"《史记·货殖列传》:"人民谣俗。"

⑦蔡氏五曲:相传蔡邕作五琴曲。郭茂倩《乐府诗集》卷五十九曰:"《琴书》曰:'邕,嘉平初,入青溪访鬼谷先生,所居山有五曲,一曲制一弄。山之东曲,常有仙人游,故作《春游》;南曲有洞,冬夏常绿,故作《渌水》;中曲即鬼谷先生旧所居也,深邃岑寂,故作《幽居》;北曲高岩,猿鸟所集,感物愁坐,故作《坐愁》;西曲灌木吟秋,故作《秋思》。三年曲成,出示马融,甚异之。'"

⑧《王昭》《楚妃》:皆琴曲名。《昭君怨》,王昭君作。《楚妃叹》,一说咏叹楚庄王夫人樊姬,一说为息妫作。

⑨《千里》《别鹤》:古琴曲名。蔡邕《琴操》曰:"商陵牧子,娶妻五年,无子,父母欲为改娶。牧子援琴鼓之,叹别鹤以舒其愤懑,故曰《别鹤操》,鹤一举千里,故名千里别鹤也。"崔豹《古今注》:"《别鹤操》,商陵牧子所作也。牧子娶妻,五年无子,父母特为之改娶,妻闻之,中夜起,闻鹤声,倚户而悲。牧子闻之,怆然歌曰:'将飞比翼隔天端,山川悠远路漫漫。'揽衣不寝食。后人因以为乐章也。"

⑩一切:权时,权宜。李善注引《汉书音义》曰:"一切,权时也。"戴明扬曰:"'权时'为古义。《秦策》:'吕不韦曰:"说有可以一切,而使君富贵千万岁。"即权时义。两汉所用,亦莫不如此也。'"

⑪承间簉（zào）乏：在雅曲中杂以俗曲。承间，趁空间，趁机会。
簉，杂。乏，《说文解字》："乏，反正为乏。"李周翰注："言此诸曲，
权时以承古、雅之间，以杂于顿乏之际，亦有可观也。"《琴史》曰：
"蔡氏五曲，今人以为奇声异弄，难工之操，而叔夜时特谓之谣俗
之曲，且曰：'承间簉乏，亦有可观。'盖言其非古也。"

⑫亦有可观者焉：《论语·子张》："虽小道，必有可观者焉。"此指
俗曲。

【译文】

　　若再演奏相称的乐曲，像《广陵》《止息》《东武》《太山》《飞龙》《鹿
鸣》《鹍鸡》《游弦》等，交替弹唱，互相配合，声如自然之音。流畅清晰，
优美动听，消愁解闷。下面接着演奏谣俗民歌，以及蔡氏五曲，《昭君》
《楚妃》《千里》《别鹤》），尚且有所变通，在雅乐中杂以俗曲，也很可观
的呵。

　　然非夫旷远者不能与之嬉游①，非夫渊静者不能与之闲
止②，非夫放达者不能与之无吝③，非夫至精者不能与之析
理也④。

【注释】

①旷远：心胸开阔，举止无检束。嬉游：游乐。

②渊静：深沉而安静。闲止：悠闲相处。吕向注："非深静之志，不
能与琴闲居也。"

③放达：放纵旷达，不拘礼俗。无吝：不贪。

④至精：谓道德修养最纯粹和知识最丰富之人。析理：剖析琴理。
张大命《琴经》曰："四'与之'，皆指琴而言。"

【译文】

然而，非旷放者不能与琴同乐，非沉静者不能与琴闲处，非放达者

不能以琴忘私，非精纯之人不能以琴明理。

　　若论其体势①，详其风声②：器和故响逸③，张急故声清④，间辽故音庳⑤，弦长故徽鸣⑥。性洁静以端理⑦，含至德之和平⑧。诚可以感荡心志⑨，而发泄幽情矣⑩！

**【注释】**

①体势：体制，指琴的结构。

②详：审。风声：指琴的声音。

③器和：指琴弦和缓。响逸：琴声浑厚深远。

④张急：指琴弦紧张。声清：琴声清脆高昂。蔡邕《月令章句》："凡弦之缓急为清浊，琴紧其弦则清，缓则浊。"

⑤间辽：琴弦之间隔较远。音庳(bì)：声音低沉。戴明扬《嵇康集校注》曰："间者，谓岳山(琴额用以架弦的横木)与左手取音处之间隔，去岳愈远，则音愈低，固不必十三徽之外矣。琴之间隔最远，故能取卑下之音也。"

⑥弦长故徽鸣：琴弦长则起泛音。苏轼《东坡志林》曰："徽鸣者，今之所谓泛声也。弦虚而不按乃可泛，故曰弦长则徽鸣也。"戴明扬《嵇康集校注》曰："苏氏以泛声为说，泛声固于徽位取之，说亦不误；但以弦虚解弦长，则亦强词也。《淮南子·主术训》注：'徽，鹜弹也。'《文选·文赋》注引许慎《淮南子》注：'鼓琴循弦谓之徽。'朱骏声《说文通训定声》曰：'琴轸系弦之绳谓之徽。'《琴赋》：'弦长故徽鸣。'傅毅《雅琴赋》：'时促均而增徽。'《文赋》：'犹弦么而徽急。'皆言纠弦也。后人乃以琴面识点为徽，朱氏此说甚是。琴弦最长，音高则须紧之，徽鸣者，纠徽索而取音也。此自总泛声、按声而言之。此处上二句，曰逸曰清，言其风声之美。下二句，则言其体势殊于众器耳。曰音庳，曰徽鸣，但指取

音之方,不指发音之美也。"

⑦洁静:纯洁。静,通"净"。端理:正直。

⑧含:怀。至德:最高尚的道德。和平:心平气和。

⑨感荡:感动。心志:意志。

⑩幽情:心中深处的感情。

【译文】

若论琴的体制结构,考察琴的声音:琴弦和缓则声音悠远,琴弦紧张则声音清脆,琴弦间隔远则音低,琴弦距离长则音泛。琴的性质纯洁而端直,含怀最高尚的琴德,使人心平气和。它的确可以感动人心,抒发幽情。

是故怀戚者闻之①,莫不憯懔惨凄②,愀怆伤心③,含哀懊咿④,不能自禁。其康乐者闻之⑤,则欨愉欢释⑥,抃舞踊溢⑦,留连澜漫⑧,嗢噱终日⑨。若和平者听之,则怡养悦愉⑩,淑穆玄真⑪,恬虚乐古⑫,弃事遗身⑬。是以伯夷以之廉⑭,颜回以之仁⑮,比干以之忠⑯,尾生以之信⑰,惠施以之辩给⑱,万石以之讷慎⑲。其余触类而长⑳,所致非一。同归殊途,或文或质㉑。总中和以统物㉒,咸日用而不失。其感人动物,盖亦弘矣!于时也,金石寝声,匏竹屏气㉓。王豹辍讴㉔,狄牙丧味㉕。天吴踊跃于重渊㉖,王乔披云而下坠㉗。舞鹢鸑于庭阶㉘,游女飘焉而来萃㉙。感天地以致和㉚,况蚑行之众类㉛?嘉斯器之懿茂㉜,咏兹文以自慰㉝。永服御而不厌㉞,信古今之所贵。

【注释】

①怀戚:心中忧愁。戚,忧。

②憯懔(cǎn lǐn)：哀伤畏惧。惨凄：心中悲伤。

③愀怆(qiǎo chuàng)：忧伤。

④含哀：满怀哀伤。懊咿(ào yī)：内悲。

⑤康乐：安乐。

⑥欨(xū)愉：欣悦貌。欢释：纵情欢乐。释，解，纵。

⑦抃(biàn)舞：鼓掌舞蹈。形容喜极。踊溢：跳跃。

⑧留连：同"流连"，乐而忘返。澜漫：兴会淋漓的样子。

⑨喔噱(wà jué)：大笑。李善注引《通俗文》曰："乐不胜，谓之喔噱。"

⑩怡养：安适保养。悦念(yù)：喜悦。

⑪穆：恬淡闲适。玄真：归于淳朴之境。

⑫恬虚：虚静恬淡，不热衷名利。《庄子·天道》："夫虚静恬淡、寂漠无为者，天地之平，而道德之至。"乐古：喜好古道。古道，即老庄清静无为之道。

⑬弃事遗身：摆脱事累，置身物外。《庄子·达生》："弃事则形不劳。"

⑭伯夷：伯夷和叔齐是商孤竹君的两个儿子。相传其父遗命要立次子叔齐为继承人。孤竹君死后，叔齐让位给伯夷，伯夷不受，叔齐也不愿登位，先后都逃到周国。周武王伐纣，两人曾叩马谏阻。武王灭商后，他们耻食周粟，逃到首阳山，采薇而食，饿死在山里。封建社会把他们当作高尚守节的典型。事见《孟子·万章》和《史记·伯夷列传》。廉：廉洁，不贪。

⑮颜回：孔子弟子，春秋鲁国人，字子渊。好学，安贫乐道，一箪食，一瓢饮，不改其乐。《论语·颜渊》："颜回问仁，子曰：'克己复礼为仁。'""子夏问孔子曰：'颜回之为仁奚若?'子曰：'回之仁贤于丘。'"仁：古代一种含义甚为广泛的道德概念，其核心是指人与人相亲，爱人。《论语·雍也》："夫仁者，已欲立而立人，已欲达

而达人。"《墨子·经说》："仁,仁爱也。"

⑯比干:殷末纣王叔伯父,一说纣庶兄。传说纣淫乱,比干犯颜强
谏,纣怒,剖其心而死。与箕子、微子称殷之三仁。忠:忠诚。

⑰尾生:人名。春秋战国时鲁国人,以坚守信约传为佳话。《庄
子·盗跖》:"尾生与女子期于梁下,女子不来,水至不去,抱梁柱
而死。"

⑱惠施:战国时宋人。名家代表人物之一。主张"合同异"说,认为
一切事物的差别、对立都是相对的。由于过分夸大事物的同一
性,结果往往流于诡辩。辩给:能言善辩。

⑲万石:人名。指石奋。西汉石奋及其四子皆官至二千石,景帝号
奋为万石君。讷(nè)慎:慎言,说话过于谨慎。

⑳触类而长:遇到这类事物以此类推,而增加。

㉑文、质:指声音之不同特色,华美与质朴。李周翰注:"文声婉转
而艳媚,质声淡薄而疏散也。"

㉒中和:儒家中庸之道,认为能"致中和",则无事不达于和谐的境
界。《礼记·中庸》:"喜怒哀乐之未发谓之中,发而皆中节谓之
和……致中和,天地位焉,万物育焉。"统:综理,总领。刘良注:
"中和谓大道也。统,理也。言琴合于大道,以理万物,皆可以终
日用之,感人动物盖亦大矣。"

㉓"金石"二句:金、石、匏、竹,本皆为制造乐器的材料。此指钟、
磬、笙、管等乐器。寝声、屏(bǐng)气,均指不发声音。

㉔王豹:古代歌唱家。辍讴:停止歌唱。

㉕狄牙:人名。即易牙,春秋时人,以善烹调得宠于齐桓公。管仲
死,与竖刁、开方专权乱齐。丧味:失去味觉。

㉖天吴:传说中的水神。李善注引《山海经》曰:"朝阳之谷,有神名
曰天吴,是为水伯。其形首足尾并,人面而青色。"重渊:深渊。

㉗王乔:即王子乔,古代传说中的仙人。《列仙传》曰:"王子乔者,

太子晋也,道人浮丘公接以上嵩高山。"《楚辞·九叹·远游》:
"譬若王侨之乘云兮,载亦霄而凌太清。"

㉘鸑鷟(yuè zhuó):凤凰的别名。神鸟。《国语·周语》:"周文王
时,鸑鷟鸣于岐山。"

㉙游女:传说中汉水女神。《列仙传》:"游女,汉水神,郑大夫交甫,
于汉皋见之,聘之桔柚。"萃:聚。

㉚致和:指作乐以应天地,阴阳中和,育化万物。

㉛况:何况。蚑(qí)行:虫类爬行。

㉜懿茂:美盛。李善注:"懿,美也。"

㉝兹文:此文,指《琴赋》。

㉞永服御:长久使用。

# 【译文】

所以心中忧愁的人听琴,无不憯然悲哀、怆然伤心,满怀凄惨,不能
自禁。安乐的人听琴,无不喜形于色,手舞足蹈,乐而忘返,终日大笑。
要是心气平和的人听琴,就会安适保养,心情愉悦,恬淡闲适,归于淳朴
之境,清心寡欲,喜好老庄之道,摆脱世俗,置身物外。所以琴会使伯夷
保持廉洁,颜回保持仁爱,比干保持忠心,尾生保持信义,惠施因听琴而
能言善辩,万石因听琴而言行谨慎。其他以此类推,还可举出很多。琴
所弹奏的乐曲不同,但皆可殊途同归。华美之声婉转艳媚,质朴之声淡
薄疏散,都是中和天地之气,使万物统一和谐,终日用之而不可失。琴
感人动物,作用很大呵! 演奏雅琴之时,金石等乐器失声,匏竹等乐器
屏息。王豹停止了歌唱,狄牙丧失了味觉。水神天吴在深渊里欢跳,仙
人王乔驾云而下凡尘。凤凰在阶下翩翩起舞,汉水神女飘然而来聚会。
琴声感动天地,中和阴阳,育化万物,何况那些爬行的动物之类? 盛赞
这雅琴的美盛,咏诵这琴赋以自慰。长久弹奏雅琴不觉烦厌,难怪古今
对它如此珍贵。

乱曰①：愔愔琴德②，不可测兮。体清心远③，邈难极兮。良质美手④，遇今世兮。纷纶翕响⑤，冠众艺兮⑥。识音者希⑦，孰能珍兮⑧？能尽雅琴⑨，唯至人兮⑩！

**【注释】**

①乱曰：最后总括全文要旨的话。戴明扬《嵇康集校注》引《楚辞》注："乱，理也，所以发理词旨，总撮其要也。"

②愔愔(yīn)：安静和悦的样子。形容德音之美。

③体清：指琴的本体清纯。心远：指弹琴者之心远离世俗。

④良质：指琴质美好。美手：指弹琴者之妙手。

⑤纷纶翕响：形容琴声丰富完美。纷纶，浩博，丰盛。翕，合。

⑥冠众艺：居众乐之首。

⑦识音：知音。

⑧珍：贵。

⑨雅琴：琴。

⑩惟：独，只有。至人：道德修养达到最高境界之人，指君子。《礼记·乐记》："凡音者，生于人心者也；乐者，通伦理者也。是故知声而不知音者，禽兽是也；知音而不知乐者，众庶是也。唯君子为能知乐。"

**【译文】**

尾声道：琴的品格安静和悦，高深莫测。体性清纯，远离世俗，远大难尽。琴质优良，弹者手巧，今世相遇。琴声完美，浩瀚丰盛，众乐之冠。知音者少，爱琴者稀，谁能珍惜？能够完全懂得雅琴者，唯有君子！

# 潘安仁

见卷第七《藉田赋》作者介绍。

# 笙赋—首

【题解】

《笙赋》对笙的制作材料、制作方法、形状和结构，以及如何吹奏、音响特点，都做了详细的描绘和形象的比喻。也引述了各种笙曲，并将笙和其他乐器做了比较。文中既表达出作者对笙的推崇，也显示了笙在古代是一种重要的乐器。

此赋为了渲染笙的表现，作了不少设想，且状物写情，细致入微，直叙、比喻、夸张，将笙的美妙音响表现得淋漓尽致。作者仕途不达，升迁无常，在司马氏政权黑暗统治下作了苦苦挣扎，对官场失意感受颇深。这种内心的苦闷情愫，借笙的音乐特点表现出来，由哀心以写哀音。

《笙赋》也很强调音乐的教化作用，提倡儒家"移风易俗，莫善于乐"的观点。尽管在不违背《章》《夏》"《韶》《武》"等德音的情况下，也肯定"新声"的动听，但总的倾向是将"德音"与郑、卫之音对立起来。这在当时或许是为了抬高笙的声价。

河、汾之宝①，有曲沃之悬匏焉②。邹鲁之珍③，有汶阳之孤篠焉④。若乃绵蔓纷敷之丽⑤，浸润灵液之滋⑥，隔隈夷险之势⑦，禽鸟翔集之嬉⑧，固众作者之所详⑨，余可得而略之也⑩。

【注释】

①河、汾：黄河和汾水。指山西西南部地区。
②曲沃：古城名。故址在今山西闻喜东北，于黄河、汾水之间。悬匏（páo）：有柄的匏瓜。李善注引崔豹《古今注》曰："匏，瓟也，有

柄为悬匏。可为笙。曲沃者尤善。"匏为八音之一,管乐器。古代用成熟的瓢葫芦做笙斗,笙管插在葫芦里,所以古代有"瓢笙"。

③邹鲁:皆古国名。邹国在今山东费县、邹城、滕州、济宁、金乡一带,国都在邹(今山东邹城东南)。鲁,在今山东西南部。此指邹、鲁一带地方。

④孤篠(xiǎo):即孤竹,特生的竹子。《周礼·大司乐》:"孤竹之管,云和之琴瑟。"注:"孤竹,竹特生者。"孤,独特,独美。篠,细竹。以产于汶阳的竹子为做笙的上等材料。

⑤绵蔓:绵长的细茎。纷敷:分张繁盛之貌。丽:华丽,美好。

⑥浸润:物受水渗透。灵液:雨露。滋:滋润。

⑦隅(yú):山角。隈(wēi):山的转弯处。夷险:谓平治险恶。《淮南子·本经训》:"接径历远,直道夷险。"此指平坦与险恶之处。夷,平坦。

⑧翔集:飞翔和停落。集,群鸟栖止树上。嬉:嬉戏。

⑨众作者之所详:指作《洞箫赋》之王褒、作《长笛赋》之马融、作《琴赋》之嵇康等人。对以上四句所叙说的情况已经做过详细的描述。作者,著书立说之人。详,细说。

⑩可得而略之:指对上述四种情况可以略而不说了。

**【译文】**

河汾地区的宝物,有曲沃的葫芦。邹鲁一带的珍品,有汶阳的细竹。至于它们细茎绵长,枝叶纷繁之富丽,饱受天降甘露之滋润,处于边侧险峻之地势,禽鸟在它上面如何飞集嬉戏,这些已经有许多辞赋作家详加描述,我就可以略而不写了。

　　徒观其制器也①,则审洪纤②,面短长③,剸生籁④,裁熟簧⑤。设宫分羽⑥,经徵列商⑦。泄之反谧⑧,厌焉乃扬⑨。管攒罗而表列⑩,音要妙而含清⑪。各守一以司应⑫,统大魁以为笙⑬。基黄钟以举韵⑭,望凤仪以擢形⑮。写皇翼以插羽⑯,摹鸾音以厉声⑰。如鸟斯企⑱,翾翾歧歧⑲;明珠在咮⑳,若衔若垂。修樀内辟㉑,余箫外逶㉒,骈田獦捆㉓,卿鲽参差㉔。

**【注释】**

①徒:只。

②审:仔细审查。洪纤:粗细大小。指篠和瓠的粗细大小。

③面:同“审”义。短长:指瓠和竹的短长。

④剺(liè):割裂。生:新鲜。簳(gǎn):小竹子。

⑤裁:裁制,制作。熟簧:经过加工的竹簧。簧是乐器中发声的薄片。古笙之簧是竹制。制簧之竹要经过熏蒸,所以叫熟簧,后来改用铜制。

⑥设宫:设置宫调。分羽:分辨出羽调。

⑦经徵:划分出徵声。列商:排列出商声。

⑧泄:泄出,指气流。谧:安静,掩抑,不出声。

⑨厌:犹“捻(niē)”,按,捏。此指用手指捏住笙管按孔。扬:高扬,发出响声。

⑩管:笙管。攒罗:聚集排列。表列:排列。表,外。

⑪要妙:精要微妙。含清:发音清亮。含,里面。

⑫各守一以司应:每个笙管有一个固定音阶而又能与其他笙管发出的声音相应和。司应,与主管声音应和。

⑬统:总,聚合在一起。大魁:大头,指作笙斗之瓢葫芦,插笙管之处。笙:应劭《风俗通义·声音》:“《世本》:‘随作笙。’长四寸,十二簧,像凤之身,正月之音也,物生,故谓之笙……大笙谓之巢,

小者谓之和。"宋均注:"随,女娲臣也。"王利器校注:"古书言笙者,皆云小者十三簧。《北堂书钞》一一〇引《三礼图》:'雅笙,簧十三,上六下七。'此即《白虎通》所谓'有七政之节,六合之和'之说也。此作'十二簧',非,当据改正。"

⑭基黄钟:以黄钟为基音。黄钟为律吕之首,故言为基。举韵:立韵,定音。举,立。

⑮望凤仪以擢(zhuó)形:照着凤凰的形象制作笙的形状。凤仪,凤凰的仪态,形象。擢,拔。引申为制造。

⑯写:摹仿。皇翼:凤凰的翅膀。皇,同"凰"。插羽:像羽翅一样将笙管插入笙斗。笙管分两个半圆形,按长短顺序排列插入笙斗,形状像凤凰之翼。

⑰鸾音:凤凰的叫声。鸾,传说中凤凰一类神鸟。厉声:发出激切的声音。厉,振奋,飞扬。此处作动词用,指发出音响。

⑱斯:尤其。企:望。

⑲翾翾(xuān)歧歧:李善注引《字林》曰:"翾翾,初起也;歧歧,飞行貌。"《汉书音义》曰:"歧歧,将行貌。"此皆言鸟刚起飞的样子。以此比喻笙斗。

⑳咮:通"噣(zhòu)",鸟嘴。这里指笙嘴,如鸟之口。

㉑修樧(zhuā):长管。指笙两侧最长的两根笙管。修,长。樧,笙两侧的竹管。内辟:在里面开孔。辟,开。

㉒余箫:其余的笙管。箫,通"筱(xiǎo)",细竹管。外逶:向外弯曲。逶,逶迤。李善注:"渐邪之貌。"逐渐向外弯曲。

㉓骈田:聚集。獦捌(gé lì):不齐。

㉔鲥鲽(xiā zhá):鳞次众多重叠之貌。

【译文】

只看笙的制作吧,仔细审查葫芦的大小,计量竹子的短长,剖开新鲜的竹竿,裁制熏蒸的竹簧。设置分别出宫羽,划分排列出徵商。张开

笙管之孔反而无声，捏住笙管之孔声音才高扬。笙管聚集排列，声音美
妙而清亮。每个笙管有一音阶并与他管发音相应，将众笙管统一插在
笙斗里即成为笙。以黄钟为基准而定音律，照凤凰的仪态而制笙形。
仿着凤凰翼羽的样子安插笙管，摹拟凤凰的叫声发出清脆的笙声。笙
斗如鸟张望，正要展翅欲飞；笙嘴如明珠在口，若含若垂。长管向内开
辟响眼，其余众管向外倾斜曲回。长短聚集不齐，重叠参差排列。

　　于是乃有始泰终约①，前荣后悴②，激愤于今贱③，永怀
乎故贵④。众满堂而饮酒，独向隅以掩泪⑤。援鸣笙而将
吹⑥，先噏哕以理气⑦。初雍容以安暇⑧，中佛郁以怫愗⑨，终
嵬峨以寨愕⑩，又飒遝而繁沸⑪。罔浪孟以惆怅⑫，若欲绝而
复肆⑬。㓤橄裧以奔邀⑭，似将放而中匮⑮。

**【注释】**

①始泰终约：起初奢侈后来贫穷。李善注引《春秋左传》杜预注：
　　"泰，奢也；约，俭也。"约，俭约，指贫穷。

②荣：荣耀，兴盛。这里指做高官。悴：衰弱，疲微。这里指衰败，
　　困窘。指失官后之破败。

③激愤：愤慨悲伤。

④永怀：长久怀念。故贵：原先的尊贵。桓谭《新论·琴道》曰："雍
　　门周见孟尝君，孟尝君曰：'先生鼓琴亦能令人悲乎？'对曰：'臣
　　之所能令悲者，先贵而后贱，故富而今贫。'于是雍门周鼓琴，而
　　孟尝君流涕。"

⑤向隅：向着墙角。《韩诗外传》曰："众或满堂而饮酒，有人向隅而
　　悲泣，则一堂为之不乐。王者之于天下也，有一物不得其所，则
　　为之凄怆心伤，尽祭不举乐焉。"后因以惠不及众或孤独失意为

向隅。

⑥援：引，持。鸣笙：即笙。

⑦喔哕（wà yuě）：调理一下嗓子。李善注："言将欲吹笙，咽中先哕而一气也。《说文》曰：'喔，咽也。'又曰：'哕气，气悟也。'"

⑧雍容：态度大方，从容不迫。安暇：安闲。此形容笙的声音从容安闲。

⑨佛郁：即"怫郁"，心中不安的样子。怫㥜（fú wèi）：心中郁积不舒畅的样子。此形容声音的压抑。

⑩嵬峨：高大雄伟之貌。嵾愕：正直敢言之貌。此皆形容笙的声音。

⑪飒遝（sà tà）：声音涌起的样子。繁沸：声音繁杂涌起。

⑫罔浪孟：放纵貌。一说失意貌。李善注："罔及浪孟，皆失意之貌。"又云："孟浪，虚诞之声也。"张铣注："浪孟，大声也。"

⑬复肆：声音复又变强。肆，放。

⑭㳛（liú）：停留。儌仦：疾速貌。儌，五臣本作"憿"，为是。奔邀：奔放，飘逸。

⑮中匮：中绝。匮，尽。

【译文】

于是设想有人起初奢华后来贫穷，前期荣贵后来衰败，对于今日的贫贱愤慨悲伤，念念不忘从前的富贵。在宾客满堂开怀畅饮之时，就会独自向着墙角拭泪。这时拿过笙来吹奏，先要调息理气。初时声音从容安闲，中间郁积压抑，最后如高山雄伟刚直，又如波涛繁杂涌起。笙声放浪而惆怅，好像欲断而又变强。有时暂停忽而节奏加快，像要尽情演奏却又中途收场。

　　愀怆恻㓕①，㖹哗煜熠②，泛淫泛艳③，雪晔炭炭④。或案衍夷靡⑤，或竦踊剽急⑥；或既往不反，或已出复入。徘徊布濩⑦,涣衍葺袭⑧。舞既蹈而中辍⑨,节将抚而弗及⑩。乐声发而尽室欢⑪,悲音奏而列坐泣。攦纤翮以震幽簧⑫,越上筩而通下管⑬。应吹瀹以往来⑭,随抑扬以虚满⑮。勃慷慨以慭亮⑯,顾踌躇以舒缓⑰。辍《张女》之哀弹⑱,流《广陵》之名散⑲。咏《园桃》之夭夭⑳,歌《枣下》之纂纂㉑。歌曰:枣下纂纂,朱实离离㉒,宛其落矣㉓,化为枯枝。人生不能行乐,死何以虚谥为㉔?

## 【注释】

① 愀怆(qiǎo chuàng):悲伤的样子。恻减(yù):悲伤的样子。李善注:"减与恤同,况逼切。"恤,悲伤。

② 觝辉(huǐ wěi):繁盛之貌。煜熠(yù yì):光辉炽盛之貌。

③ 泛淫:浮游不定貌。泛艳:放纵之貌。

④ 霅晔(sà yè):急疾之貌。炭炭:急速之貌。

⑤ 案衍:曲折的样子。夷靡:声音由平而渐低。

⑥ 竦踊:竦立踊起。剽(piāo)急:轻疾急切。

⑦ 徘徊:声音回旋貌。布濩(hù):散布。

⑧ 涣衍:声音缓慢。葺(qì)袭:声音重叠复合。

⑨ 舞:指舞者。中辍:中止。李善注:"言以笙声为主,故舞者足蹈中止而待之。"

⑩ 节将抚而弗及:这句指歌者将抚节而唯恐不及,言与笙的演奏紧密配合。节,古乐器。编竹形如箕,以圆竹二,上合下开,划之发声,以明节拍,控制演奏。见《大清会典图》三九。抚,敲,击,拍。

⑪ 乐(lè)声:欢乐的声音。

⑫ 攦:同"捩"。纤翮(hé):纤细的羽茎,指笙管。幽簧:管簧,因在笙管内,所以称幽簧。

⑬越上筒而通下管：指吹奏时气流通过笙管下部而越出笙管上部，发出声音。筒，指笙管。通，通过、经过。

⑭吹歔(xī)：吹气和吸气。笙簧吹气和吸气均可发出声音。

⑮随抑扬以虚满：指气流随着声音的低弱或高强而使笙管或虚或满。

⑯勃：此指气流盛，充沛。慷慨：指声音强烈。嘹(liáo)亮：清彻响亮。

⑰顾：却。踌躇：徘徊不前，犹豫。

⑱《张女》：古曲调名。张铣注："《张女》，弹曲名也，其声哀。"《乐府诗集》卷七七南朝陈江总《杂曲》之二："曲中唯闻《张女》曲，定是同姓可怜人。"

⑲流：演奏之意。《广陵》之名散：著名琴曲《广陵散》。

⑳《园桃》：古曲名。夭夭：桃花盛开之貌。

㉑《枣下》：古曲名。纂纂：聚集貌。

㉒朱实：红色果实，指成熟的枣子。离离：分披繁多貌。张衡《西京赋》："草木灵草，朱实离离。"一说下垂的样子。

㉓宛：树木得病而干枯。李善注引毛苌曰："宛，死貌。"

㉔谥(shì)：人死后根据生前的言行所追赠的名号。为：何为，干什么？此句式应是"以虚谥何为？"

## 【译文】

悲愤忧伤，如烈火强光。忽而游移飘忽，忽而急速流荡。有时迂回平息，有时又猛烈激昂；或者既已飘散而不复反，或者声音远出复又回响。回旋荡漾，徐缓重叠。舞蹈者中途停顿以随乐曲，伴奏者将击节而唯恐不及。演奏欢乐的乐曲满室都欢快，演奏悲伤的乐曲列坐都掩泣。捏按着羽茎般笙管，气流震动管里的簧片，美妙的声音通过下管而飘出上端响眼。吹气与吸气往来发声，气流随着声音高低而使笙管时虚时满。气流充沛而声音强烈响亮，气流压抑而声音低回舒缓。这时，停弹

《张女》之哀曲,演奏著名琴曲《广陵散》。吟咏《园桃》,赞美桃花盛开;歌唱《枣下》,感叹人之聚散。歌中唱道:枣树底下人聚集,枝头累累红果实。待到枣树老病死,化为枯枝空叹息。人生若不及时去行乐,死后谥号虚名又何益?

　　尔乃引《飞龙》①,鸣《鹍鸡》②,《双鸿》翔,《白鹤》飞③。《子乔》轻举④,《明君》怀归⑤,《荆王》喟其长吟⑥,《楚妃叹》而增悲⑦。夫其凄戾辛酸⑧,嘤嘤关关⑨,若离鸿之鸣子也⑩。含嚵啴谐⑪,雍雍喈喈⑫,若群雏之从母也⑬。郁捋劫悟⑭,泓宏融裔⑮。哇咬嘲哳⑯,一何察惠⑰!诀厉悄切⑱,又何磬折⑲!

### 【注释】

①引:此处为作曲之称。《飞龙》:古琴曲名。李善注引《汉书》曰:"房中乐有《飞龙》章。"

②鸣:亦作曲之称。吕向注:"引、鸣,皆作曲之称也。"《鹍鸡》:古琴曲名。戴明扬《嵇康集校注》:"《琴曲谱录》有《鹍鸡吟》。"

③"《双鸿》"二句:《双鸿》《白鹤》,古曲名。李善注:"古乐府有《飞来双白鹤》篇。"翔、飞,形容笙吹奏的声音有如鸿翔鹤飞。

④《子乔》:曲名,相和歌吟叹曲之一。《古今乐录》曰:"张永《元嘉技录》有吟叹四曲:一曰《大雅吟》,二曰《王昭君》,三曰《楚妃叹》,四曰《王子乔》。"《王子乔》为古辞。歌辞表现王子乔升仙驾白鹿云中遨游的情景。王子乔,古代传说中的仙人。《列仙传》曰:"王子乔者,太子晋也,道人浮丘公接以上嵩高山。"轻举:飞升。歌辞中有"子乔好轻举,不待炼银丹"之句。

⑤《明君》:谢希逸《琴论》曰:"平调《明君》三十六拍,胡笳《明君》三

十六拍,清调《明君》十三拍,间铉《明君》九拍,蜀调《明君》十二
拍,吴调《明君》十四拍,杜琼《明君》二十一拍,凡有七曲。"《琴
集》曰:"胡笳《明君别》五弄:辞汉、跨鞍、望乡、奔云、入林是也。"
内容表现王昭君辞汉怀念故乡的思想感情。

⑥《荆王》:《荆王吟》,亦作《楚王吟》。《歌录》曰:"吟叹四曲:《王昭
君》《楚妃叹》《楚王吟》《王子乔》,皆古辞。"荆王指楚王项羽。喟
(kuì):叹息。

⑦《楚妃叹》:相和歌吟叹曲之一。一说为樊姬别而作,一说为息妫
而作。

⑧凄戾(lì):悲凉,辛酸。

⑨嘤嘤关关:鸟鸣叫声。

⑩离鸿:失群之大雁。

⑪含喁(hú):鼓腮作气,含怒之貌。啴(chǎn)谐:舒缓和谐之声。
啴,舒缓貌。

⑫雍雍:和谐的样子。喈喈(jiē):象声词。鸟鸣叫声。

⑬雏:幼鸡或幼鸟。

⑭郁捋:吹奏时口循笙嘴。李善注:"郁捋,口循孔貌。"劫悟:气流
相互冲激。

⑮泓(hóng):声大貌。融裔:声长貌。

⑯哇咬:声音繁细而小。嘲哳(zhā):同"啁哳",繁细之声。

⑰一何:多么。寮惠:明亮美好。

⑱诀厉:形容声音激越清彻。悄切:凄切。李善注:"悄切,忧貌。"

⑲磬折:言乐声之悠扬婉转。李善注:"磬折,言其声若磬形之曲折
也。"磬,古代石制打击乐器。《诗经·小雅·鼓钟》:"笙磬
同音。"

## 【译文】

这才奏《飞龙引》,弹《鹍鸡吟》,演奏《双鸿》,如鸿雁飞翔,演奏《白

鹤》，如白鹤高飞。弹奏《子乔》，表现其升仙之状；弹奏《明君》，抒发其怀归之情；弹奏《楚王吟》而感叹长吟；弹奏《楚妃叹》而增添伤悲。乐曲声悲凉辛酸，如鸟嘤嘤关关鸣叫，像离群之雁将幼雏呼唤。鼓腮振气吹奏和谐，声音雍雍喈喈，像群雏跟随在母亲身边。有时口循笙嘴，气流相激，声音宏大飘荡。有时繁杂细碎，声音十分明亮。有时激越凄切，声音又多么婉转悠扬！

　　若夫时阳初暖①，临川送离②，酒酣徒扰③，乐阕日移④，疏客始阑⑤，主人微疲。弛弦韬簼⑥，彻埙屏篪⑦。尔乃促中筵⑧，携友生⑨，解严颜⑩，擢幽情⑪。披黄包以授甘⑫，倾缥瓷以酌酃⑬。光歧俨其偕列⑭，双凤嘈以和鸣⑮。晋野悚而投琴⑯，况齐瑟与秦筝⑰。

## 【注释】

①时阳：春天之别称。

②送离：送别。

③徒：众。扰：扰攘。

④乐阕：乐终。

⑤疏客：关系不亲密的客人。始阑：开始稀少，指送客的人。阑，李善注引文颖《汉书》注："阑，言希也。谓饮食半罢半在谓之阑。"

⑥弛弦：放下琴弦。弛，解。韬簼：将簼收藏起来。韬，藏。簼，乐器。

⑦彻：通"撤"，撤去。埙（xūn）：古乐器。屏：除，去。篪（chí）：古管乐器。李善注引郭璞曰："篪，竹为也，尺四寸，围三寸，一孔，上出三寸分。右翘，横吹之。小者尺二寸。"

⑧尔乃：然后。促中筵：在席之当中促膝而坐。促，迫近。筵，

竹席。

⑨携友生:拉着朋友的手。友生,朋友。

⑩解:松解,去掉。严颜:严肃的脸色。

⑪擢:起,生。幽情:深藏不露之感情。

⑫披:剥,剖开。黄包:指黄色的桔皮。授甘:付与甘桔。

⑬缥(piǎo)瓷:青白色瓷瓶。缥,淡青色,即今所谓月白色。酌酃(líng):饮酒。酃,酒名。《水经注·耒水》:"酃县,有酃湖,湖中有洲,洲上居民,彼人资以给酿酒甚美,谓之酃酒。岁常贡之。"

⑭光:光彩,指笙外表光洁华美。歧俪:指笙管长短不同整齐地排列着。歧,此指众笙管长短不齐。俪,整齐。偕列:排列在一起。偕,共,一起。

⑮嘈(cáo):象声词。鸟鸣声。

⑯晋野:即春秋晋国乐师师旷,字子野,名旷。悚(sǒng):惊惧。

⑰齐瑟:相传古代齐国人善鼓瑟,以瑟著名。《史记》苏秦说齐王曰:"临淄其民,无不吹竽鼓瑟。"《乐府诗集》卷六十三有《齐瑟行》,亦曲名。秦筝:类似瑟的弦乐器,相传为蒙恬所造。《风俗通义·声音》:"《礼·乐记》:'筝五弦,筑身也。'今并、凉二州筝形如瑟,不知谁所作也。或曰秦蒙恬所造。"《隋书·音乐志》:"筝,十三弦,所谓秦声,蒙恬所作也。"

**【译文】**

若是设想在春暖花开之际,临水送别,酒酣宴罢,杯盘狼藉,乐曲暂歇,日影西移,客人开始稀少,主人微感困疲。这时放下琴瑟,收起管籥,撤下土埙,除去竹篪。然后,席地促膝而坐,拉着朋友的手,脸上堆满笑容,倾诉肺腑衷肠。剥开黄色桔皮送上甘桔,提起青白瓷瓶斟酒,共饮酃湖美酿。看那笙管,光洁明亮,长短不齐,两两对称地排列在一起;听那笙声,如双凤相依,嘈嘈和鸣。笙声之美,使师旷惊惧而掷琴,何况那齐瑟与秦筝!

新声变曲①，奇韵横逸②，萦缠歌鼓③，网罗钟律④。烂熠煟以放艳⑤，郁蓬勃以气出⑥。秋风咏于燕路⑦，《天光》重乎《朝日》⑧。大不逾宫⑨，细不过羽⑩。唱发《章》《夏》⑪，导扬《韶》《武》⑫，协和陈宋⑬，混一齐楚⑭。迩不逼而远无携⑮，声成文而节有叙⑯。彼政有失得⑰，而化以醇薄⑱。乐所以移风于善⑲，亦所以易俗于恶⑳。故丝竹之器未改㉑，而桑、濮之流已作㉒。惟簧也㉓，能研群声之清㉔；惟笙也，能总众清之林，卫无所措其邪㉕，郑无所容其淫㉖。非天下之和乐㉗，不易之德音㉘，其孰能与于此乎？

**【注释】**

①新声：新兴的乐曲，指春秋战国时郑卫一带新兴乐曲，被正统派看作"淫声"。变曲：变正声为新声。

②横逸：热情奔放。

③歌鼓：指歌声和乐器演奏之声。鼓，指鼓乐。

④网罗：与萦缠同义。钟律：泛指音乐声音。钟，乐器。律，音律。

⑤烂：光明。熠煟（yuè）：明亮貌。艳：光辉灿烂。

⑥郁：聚积。蓬勃：繁盛之貌，重言为蓬蓬勃勃。形容吹奏时气流充沛。

⑦秋风：指魏文帝《燕歌行》，歌辞云："秋风萧瑟天气凉，草木摇落露为霜。"燕路：指北方，今河北为古燕地。

⑧《天光》重乎《朝日》：既演奏《天光》又演奏《朝日》。重，又，复。《天光》《朝日》，皆古乐曲名。傅玄《长啸歌》有《天光篇》，曹丕《善哉行》有《朝日篇》。

⑨逾：超过。宫：宫声，五声之首。

⑩羽：羽声，五声之尾。

⑪唱发：倡导发扬。唱，同"倡"。《章》：即《大章》，相传为尧乐名，周代所存六代乐之一，内容歌颂尧的功德。《太平御览》卷五六六引《乐纬》："尧曰《大章》"注："尧时仁义大行，法度彰明，故曰《大章》。"《夏》：即《大夏》，相传为夏禹乐名。《周礼·大司乐》："舞《大夏》以祭山川。"

⑫导扬：倡导发扬。《韶》：即《大韶》，相传为舜时之乐。《庄子·天下》："黄帝有《咸池》，尧有《大章》，舜有《大韶》，禹有《大夏》，汤有《大濩》。"《武》：即《大武》，周代所存六代乐之一。《周礼·大司乐》"大武"郑玄注云："《大武》，武王乐也。"以上《大章》《大夏》《大韶》《大武》均是雅乐，为宫廷音乐之典范，风格雍容典雅，严肃庄重。

⑬协和：协调。陈宋：指古代陈国和宋国音乐。

⑭混一：交融一致。齐楚：指齐国与楚国音乐。《乐动声仪》曰："乐者，移风易俗，所谓声俗者，若楚声高，齐声下；所谓事俗者，若齐俗奢，陈俗利巫也。"又曰："先鲁后殷，新周故宋。然宋，商俗也。"

⑮迩不逼：亲近而不逼促。迩，近，指经常在君身边。逼，迫近，指侵犯。远无携：疏远而不离异。携，"携离"之省略。携离，背叛。

⑯声成文而节有叙：声音组成曲调，节拍有一定次序。文，指宫、商、角、徵、羽五声之调。《毛诗序》曰："情发于声，声成文谓之音。"叙，次序。以上两句，李善注："《左传·昭公二十九年》，吴公子札来聘，鲁人为奏四代乐。为之歌《颂》，季札叹曰：'至矣哉！迩而不逼，远而不携，节有度，守有序。'凡人迩近者，好在逼迫，此乐中乃有不逼之声；凡人相远者，好在携离，此《颂》中乃有不携离之音。"按，"《左传·昭公二十九年》吴公子札来聘"，应为"《左传·襄公二十九年》吴季札观乐"。

⑰政：政治，政事。《礼记·乐记》："凡音者，生人心者也。情动于

中，故形于声，声成文，谓之音。是故治世之音安以乐，其政和；乱世之音怨以怒，其政乖；亡国之音哀以思，其民困。声音之道，与政通矣。"

⑱化：风化。醇：指风俗淳朴厚重。薄：指风俗浮薄。李善注引《吕氏春秋》曰："其治厚者其乐厚，其治薄者其乐薄。"

⑲移风于善：使风俗变好。移，改变。

⑳易俗于恶：使风俗变坏。《孝经》曰："移风易俗，莫善于乐。"

㉑丝竹：弦乐器和竹管乐器。

㉒桑、濮之流：桑间、濮上之类淫靡之音。桑间，春秋时卫国地名。在濮水之滨。濮水又称濮渠水、晋河，为古黄河济水分流，流经卫国。《礼记·乐记》："桑间、濮上之音，亡国之音也。"注："濮水之上，地有桑间者，亡国之音，于此之水出也。昔殷纣使师延作靡靡之乐，已而自沉于濮水。"《汉书·地理志》："卫地……有桑间濮上之阻，男女亦亟聚会，声色生焉，故俗称郑卫之音。"春秋时濮上以侈靡之乐闻名于世，后以桑间、濮上作为淫靡风俗与淫靡乐曲流行之地的代称。《韩非子·十过》记载卫灵公将去晋国，路经濮水时，夜间听到一种"新声"而悦之，即是这种表现男女幽会的所谓郑卫之音，被正统派视为"淫声"的"亡国之音"。作：兴起。

㉓簧：即笙。李善注引《尔雅》："大笙谓之簧。"

㉔研：击，压倒。群声之清：众声之高音，指各种声音。古代讲声音分清浊，也即高音和低音部分。《礼记·乐记》："唱和清浊，递相为经。"郑玄注曰："清，谓蕤宾至应钟；浊，谓黄钟至仲吕。"以古乐十二律推算，以黄钟为标准基音，从低音往高音排列顺序是：黄钟、大吕、太蔟、夹钟、姑洗、仲吕、蕤宾、林钟、夷则、南吕、无射、应钟。从黄钟到仲(中)吕属于低音部份，称为"浊音"。从蕤宾到应钟，属于高音部份，称为"清音"。

㉕措：施行。邪：淫邪。

㉖容：包容，容纳。淫：过度，邪恶，与邪同义。所谓"淫邪"，是对正
　声雅乐而言，超出了正统范围即被称为淫邪之声。

㉗和乐：和谐的音乐。《礼记·乐记》："正声感人而顺气应之，顺气
　成象而和乐兴焉。"

㉘德音：歌功颂德的音乐，指雅乐。《礼记·乐记》："天下大定，然
　后正六律，和五声，弦歌诗赋，此之谓德音，德音之谓乐。"

## 【译文】

　　新兴的乐曲代替雅乐，美妙的声音热情奔放。歌声和演奏声回旋
交融，笼罩着钟律各种音响。光彩明丽，灿烂辉煌，郁积充沛，气出响
亮。歌咏《燕歌行》，表现出秋风萧瑟天气凉，既演奏《天光》，又演奏《朝
日》乐章。声音强烈不超过宫调，声音低微不下于羽音。倡导《大章》
《大夏》之圣德，发扬《大韶》《大武》之功业，协调陈宋不同地区的乐风，
融合南北齐楚的不同习俗。使君臣相处，亲近而不逼促，疏远而不离
异。声音组成动听的乐章，节奏都遵循一定次序。国家政事正确得当，
则民风淳厚；国家政事失败，则民风浮薄。音乐可以使风俗变好，也可
以使风俗变坏。所以丝竹等乐器没有改变，而桑间濮上靡靡之音已经
兴起。唯有笙，能压倒众乐器的清纯之音；唯有笙，能统一形形色色的
清纯之音。使卫声不能施行其邪恶，使郑声不能包含其淫靡。如果笙
声不是天下和谐的音乐，具有不可变动的德音，那还有什么乐器能达到
这个地步呢？

# 成公子安

　　成公绥(231—273)，复姓成公，字子安，东郡白马(今河南滑县东)
人。西晋文学家。幼而聪敏好学，博涉经传。性情恬淡寡欲，家贫岁
饥，常安然如素。少有俊才而口吃，辞赋清丽，闲默自守，不求闻达。张

华甚器重之,每见其文,叹服以为"绝伦",遂荐为太常,召为博士。后任秘书郎,秘书丞,官至中书郎。他以为"赋者贵能分赋物理,敷演无方,天地之盛,可以致思矣",于是作《天地赋》,描写天地的形成和变化。成公绥雅好音律,善于长啸,曾当暑迎风而啸,泠然成曲,于是作《啸赋》。泰始九年(273)卒,年四十三。张溥论曰:"东郡成公子安,赋心不若左太冲,史才不若袁彦伯(宏),其在晋文苑,与庾仲初(阐)、曹辅佐(毗),兄弟也。"又曰:"赋少深致,而序各有思,读诸赋不如读其序也。"序类小品,清丽明快,颇为耐读。本传言其"新著诗赋杂笔十余卷行于世",《隋书·经籍志》著录有集十卷,已散佚。张溥辑有《成公子安集》。传在《晋书·文苑传》。

# 啸赋—首

## 【题解】

　　《啸赋》为成公子安代表作品之一,被收入《晋书》本传。它生动地描写了啸歌的吹奏特点和奇妙作用。"动唇有曲,发口成音",因事随时而可吹奏。"声不假器,用不借物",比任何乐器都方便而直接,是抒发内心情怀的一种好方法。作者为了突出啸歌的功效,重点描写了三种特定情景:一是夕阳西下,晚霞流光之时;一是登高临远,披轩骋望之时;一是游大山临清泉之时。在此愉悦之时,心情激动而有所感受,啸歌就很自然地发自丹唇皓齿间,曲调奇妙而变化多端。而且作者以比喻、夸张和联想等手法,将啸歌描绘得尽善尽美,精妙绝伦,甚至超过了《大韶》《大夏》等神圣的音乐,这种写法是比较大胆的。作者为了赞美啸歌,虚拟了一位超尘脱俗的公子,啸歌出自公子之口,自然高雅,清新而俊美。

　　逸群公子①,体奇好异②,傲世忘荣③,绝弃人事④。睇高

慕古⑤，长想远思。将登箕山以抗节⑥，浮沧海以游志⑦。于
是延友生⑧，集同好⑨。精性命之至机⑩，研道德之玄奥⑪。
愍流俗之未悟⑫，独超然而先觉⑬。狭世路之厄僻⑭，仰天衢
而高蹈⑮。邈夸俗而遗身⑯，乃慷慨而长啸⑰。

**【注释】**

①逸群公子：假托之人，有作者自己的影子。逸群，超群。

②体奇：追求奇异。体，领悟，体察。

③傲世：高傲自负，轻视世人。忘荣：超乎荣利，即"不求闻达"。李
善注：《文子》曰：'傲世轻物，不污于俗。'"

④人事：指人世间各种事情。

⑤睎(xī)高：仰慕高义。睎，仰慕。

⑥箕山：李善注引《高士传》曰："尧让位于许由，由辞曰：'鹪鹩巢在
深林，不过一枝；偃鼠饮河，不过满腹。'隐乎沛泽，尧让不已，于
是遁于中岳，颍水之阳，箕山之下。死因葬于箕山之巅十五里，
尧因就封其墓，号曰箕公。"抗节：坚持节操。

⑦浮沧海：飘游大海。扬雄《法言·吾子》："浮苍海而知江河之恶
沱也。"游志：指放心物外的意向，亦即"绝弃人事"。《楚辞·九
辩》："愿赐不肖之躯而别离今，放游志乎云中。"

⑧延：引进，接待。

⑨同好：志同道合的人。

⑩精：精通。性命：《周易·乾》："乾道变化，各正性命。"孔疏："性
者天生之质，若刚柔迟速之别；命者人所禀受，若贵贱夭寿之
属。"后统称人的生命为性命。至机：极细微的变化道理。机，事
物变化之所由。《庄子·至乐》："万物皆出于机，皆入于机。"疏：
"机者，发动，所谓造化也。"

⑪研：探讨。玄奥：精深微妙。

⑫愍：忧伤，哀怜。流俗：世俗的人。悟：醒悟。

⑬超然：超越貌。先觉：指认识事物比一般人较早的人，所谓先知先觉。觉，指觉悟世俗之所以然。

⑭狭：狭窄。世路：世间人事的经历，也指世事，世道。厄僻：仄陋，狭小。

⑮仰：敬慕。天衢（qú）：天路。衢，四通八达的大道。亦比喻显通之地。高蹈：远行。

⑯邈：遥远。姱（kuā）俗：奢侈的风俗。遗身：遗忘自我。

⑰慷慨：意气风发，情绪激昂。长啸：指撮口作声，俗称打口哨。魏晋时期比较普遍。

**【译文】**

有位才华超群的公子，求奇好异，傲视世俗，淡忘荣利，绝弃人世仕途。仰慕远古高士，思想深沉，志趣高远。将登箕山以表现高尚节操，欲飘游大海以表现远离世俗的意向。于是延请朋友，招集同好，精心研究生命变化的深刻道理，仔细探讨大道至德的精深微妙。哀叹世俗之人都未觉醒，唯独公子超越世人率先明瞭。人间世路如此狭窄，仰望辽阔的天途任凭高步。远离浮华的世俗忘记自我，于是慷慨激昂放声长啸。

　　于是曜灵俄景①，流光濛汜②。逍遥携手，踟跦步趾③。发妙声于丹唇，激哀音于皓齿④。响抑扬而潜转⑤，气冲郁而熛起⑥。协黄宫于《清角》⑦，杂商、羽于《流徵》⑧。飘游云于泰清⑨，集长风乎万里。曲既终而响绝⑩，遗余玩而未已⑪。良自然之至音⑫，非丝竹之所拟⑬。是故声不假器⑭，用不借物⑮。近取诸身，役心御气⑯。动唇有曲⑰，发口成音⑱。触类感物⑲，因歌随吟⑳。大而不洿㉑，细而不沉㉒。清激切于竽笙㉓,优润和于瑟琴㉔。玄妙足以通神悟灵㉕,精微足以穷幽测深㉖。收《激楚》之哀荒㉗,节《北里》之奢淫㉘。济洪灾于炎旱㉙,反亢阳于重阴㉚。

**【注释】**

①曜(yào)灵:太阳。俄景:日影偏西。俄,倾斜。景,同"影"。

②流光:闪动的光。指日光。濛汜(sì):古代称太阳没入之处。亦作"蒙汜"。张衡《西京赋》:"日月于是乎出入,象扶桑与濛汜。"

③踟跦(chí chú):同"踟蹰",来回走动。步趾:犹言迈步。

④激:与"发"同义。

⑤抑扬:指声音高低起伏。潜转:指声音在口腔中转调。李善注:"言声在喉中而转,故曰潜也。"

⑥冲郁:交杂集结。熛(biāo)起:迅速兴起。熛,疾速。

⑦协:和。黄宫:即黄钟宫声。为古乐十二律之首,声音最洪亮。依十二律高下的次序,定宫、商、角、徵、羽、变宫、变徵为七声。以宫声为主的调式称宫。以七声配十二律,可得十二宫,七十二调,共八十四宫调。一般乐曲所用只有六宫十一调,黄钟宫为其中之一。《清角》:雅曲名。《文选·南都赋》注引许慎《淮南子》注:"《清角》,弦急,其声清也。"

⑧商、羽:五声名。古代五声为宫、商、角、徵、羽。《流徵》:即《清徵》。《春秋左传》记载师旷曾为晋平公奏《清徵》之音,有玄鹤二八从南方来。《韩诗外传》:"闻其徵声,使人乐养而好施。"

⑨游云:浮动的白云。泰清:天的别称。此指口啸声随游云飘于天空。

⑩响:回响。

⑪余:余韵。玩:体味,玩赏。

⑫良:的确。至音:最美好的声音。

⑬丝竹：弦乐器和竹管乐器。拟：比拟。

⑭声不假器：发声不借助乐器。假，借。

⑮用：使用，指吹奏。

⑯役心：用心，役使于心。御气：运用气息。

⑰曲：曲调。

⑱发口：张口。

⑲触类感物：碰到某类事物而有所感受。

⑳歌吟：指啸歌，长啸歌吟。

㉑洿（wū）：指声音散漫。

㉒沉：没，湮灭。

㉓清激：指声音清彻激越。切：贴切，切近。竽：乐器名。应劭《风俗通义·声音》：“《礼记》：‘管三十六簧也，长四尺二寸，今二十三管。’”《广雅·释乐》：“竽象笙，三十六管。”1972 年长沙马王堆一号汉墓出土的随葬器物中有竽，二十二管，分前后两排。可能“二十三管”为“二十二管”之误，因两排对称，不会有单数管。

㉔优润：优美圆润。瑟：乐器名。应劭《风俗通义·声音》：“《世本》曰：‘宓羲作瑟，长八尺一寸，四十五弦。’”

㉕玄妙：深幽微妙。通神悟灵：通悟神灵，与鬼神相通。《礼记·乐记》认为礼乐“行乎阴阳而通乎鬼神”，孔颖达疏：“礼乐用以祭祀鬼神”，“作乐一变而至六变，百神俱至，是通乎鬼神也。”

㉖精微：精细隐微。穷幽测深：充分表达深奥隐秘的思想感情。穷，尽。测，知。

㉗收：收敛。《激楚》：古乐曲名。楚国民风强悍，因而乐调也激切昂扬，故称楚歌曲为“激楚”。哀荒：过分悲伤。荒，迷乱，过分。

㉘节：节制。《北里》：古舞曲名。《史记·殷本纪》：“于是使师涓作新淫声，《北里》之舞，靡靡之乐。”阮籍《咏怀诗》：“《北里》多奇舞，濮上有微音。”

㉙济洪灾于炎旱:言啸歌能将洪水之灾救济于炎旱。李善注引《灵宝经》曰:"禅黎世界坠王有女,字姓音,生仍不言。年至四岁,王怪之,乃弃女于南浮桑之阿,空山之中。女无粮,常日咽气,引月服精,自然充饱。忽与神人会于丹陵之舍,柏林之下。姓音右手题赤石之上,语:姓音,汝虽不能言,可忆此文也。遣朱宫灵童,下教姓音治灾之术,授其采书八字之音,于是能言,于山出,还在国中。国中大枯旱,地下生火,人民焦燎,死者过半。穿地取水,百丈无泉。王悕惧。女显其真,为王仰啸,天降洪水,至十丈。于是化形隐景而去。"

㉚反:同"返"。亢阳:也作"炕阳",阳光炽烈,久旱不雨。重阴:密云浓雨。

## 【译文】

当此之时,太阳向西慢慢降落,闪烁的霞光逐渐淡没。公子与朋友携手遨游,徘徊徜徉而步履交错。丹唇吹奏着美妙的啸声,皓齿发出激切哀伤的啸歌。声音高低起伏曲调暗转,气流交杂集结骤响如飞火。将黄钟宫声与《清角》协调,将商羽之声与《清徵》杂和。啸声如浮动的白云在太空飘荡,又如呼啸的长风不远万里而来集合。一曲既终回响暂绝,余韵袅袅令人玩味不已。实在是天然最美妙的声音,并非丝竹之音响所能比拟。所以啸歌的发声不依靠乐器,啸歌的运用不借助物体。就近取之于自身,随心志意欲而运用气息。撮动嘴唇而成曲调,张口吹奏而成乐曲。碰到某类事物有所感怀,因以随着情志所需而歌吟。声音洪亮时并不散漫,声音柔弱时并不消沉。比竽笙清亮激越,比琴瑟柔和圆润。玄妙之音足以通悟神灵,精微之声足以表达深奥的内心。啸声能够收敛《激楚》之音的过分悲哀,能够调节《北里》之曲的过分靡淫。啸声能在大旱时使天降洪水,能在密云浓雨之时使艳阳照临。

唱引万变①,曲用无方②。和乐怡怿③,悲伤摧藏④。时幽散而将绝⑤,中矫厉而慨慷⑥。徐婉约而优游⑦,纷繁骛而激扬⑧。情既思而能反⑨,心虽哀而不伤⑩。总八音之至和⑪,固极乐而无荒⑫。

**【注释】**

①唱引:歌唱乐曲。引,乐曲体裁之一。有序曲之意。

②曲用:乐曲之作用。无方:无常。方,常。

③和乐:和协的音乐。怡怿:快乐。

④摧藏:摧伤,挫伤。李善注:"摧藏,自抑挫之貌,言悲伤能挫于人。"

⑤幽散:指声音暗暗消散。

⑥矫厉:高举。矫,通"挢",举。慨慷:感慨,激动。

⑦婉约:低顺宛转。优游:悠闲自得。

⑧繁骛:繁杂急切。激扬:激动兴奋。指啸歌时的情绪。

⑨思:悲戚。反:同"返"。

⑩伤:指哀而过分有害于和。

⑪八音:古代称金、石、丝、竹、匏、土、革、木等八种乐器声音。金为钟,石为磬,琴瑟为丝,箫管为竹,笙竽为匏,埙为土,鼓为革,祝敔为木。至和:极和谐。

⑫无荒:不过分。

**【译文】**

歌唱乐曲千变万化,吹奏曲调作用无常。快乐的乐曲能使人欣喜悦怿,悲伤的乐曲能使人摧裂肝肠。有时声音袅袅似将断绝,突又中起慷慨而激昂。有时低回宛转而悠闲自得,突又繁杂急切而激荡嘹亮。情绪悲戚而能返于平淡,心情哀痛不过分凄怆。啸歌能包括众乐器极和谐之音,能使人极为快乐而不迷荡。

若乃登高台以临远①，披文轩而骋望②。喟仰抃而抗首③，嘈长引而廖亮④。或舒肆而自反⑤，或徘徊而复放⑥。或冉弱而柔挠⑦，或澎濞而奔壮⑧。横郁鸣而滔涸⑨，洌飘眇而清昶⑩。逸气奋涌⑪，缤纷交错⑫，列列飙扬⑬，啾啾响作⑭。奏胡马之长思⑮，向寒风乎北朔⑯。又似鸿雁之将雏⑰，群鸣号乎沙漠⑱。故能因形创声⑲，随事造曲⑳。应物无穷㉑，机发响速㉒。怫郁冲流，参谭云属㉔。若离若合，将绝复续。飞廉鼓于幽隧㉕，猛虎应于中谷㉖。南箕动于穹苍㉗，清飙振乎乔木㉘。散滞积而播扬㉙，荡埃蔼之溷浊㉚。变阴阳之至和㉛，移淫风之秽俗㉜。

**【注释】**

①临远：远望。临，居上视下。

②披：开。文轩：用彩画雕饰栏杆门窗的走廊，即画廊。骋望：纵目远望。

③抃：鼓掌，表示欢欣。抗首：昂首。抗，举。

④嘈(cáo)：象声词。指啸声。长引：长长的啸声。

⑤舒肆：舒缓。自反：自然返回。反，同"返"。

⑥放：指声音奔放。

⑦冉弱：荏弱，柔软怯弱。反映啸声柔弱。柔挠：软弱貌。

⑧澎濞(pì)：水暴至声。奔壮：奔腾雄壮。

⑨横：交错。郁：积结。指气流。滔涸：李善注："滔涸，如水之滔漫，或竭涸也。"指啸歌时出气声充沛如江水滔滔，入气时声如水流干涸。

⑩洌：寒冷，指声音凄厉。飘眇：形容声音清幽。李善注："飘眇，声清长貌。"清昶：声音清新流畅。昶，同"畅"。

⑪逸气:放纵的气流。奋涌:指气流喷薄而出。

⑫缤纷:杂乱繁复的样子。

⑬列列:形容风的吹动。飙扬:狂风飞扬。飙,暴风。

⑭啾啾:象声词。《木兰诗》:"但闻胡马声啾啾。"以胡马鸣叫形容啸的尖细声。

⑮胡马:北方边地之马。胡,我国古代泛称北方边地与西域的民族为胡,汉以后也泛指外国人。长思:深远的思念。

⑯寒风:指北方的寒风。《古诗十九首》:"胡马依北风,越鸟巢南枝。"北朔:北方。朔,朔方,北方。

⑰将雏:携带幼雏。将,携带。

⑱鸣号:呼叫。

⑲因形创声:依物体的不同而吹奏不同的声音。创,制造,指吹奏。

⑳随事造曲:遇到什么事情吹奏什么乐曲。

㉑应物:适应事物之变化。

㉒机发:指啸歌时"蹙口出声"。机,本是弓上发箭的装置。此指发音之口。响速:迅速发出声响。

㉓怫郁:愤懑,不舒畅。此指声音郁结压抑。冲流:指声音喷发。

㉔参潭:连续不断貌。

㉕飞廉:风神。鼓:鼓风,吹风。幽隧:幽深的山径、山谷。隧,道路,路径。

㉖应:响应,应和。中谷:山谷之中。

㉗南箕:星名。即箕宿,共四星,二星为踵,二星为舌,踵窄舌宽。穹(qióng)苍:指天。穹指其形,苍指其色。

㉘清飙:清冽的大风。乔木:高大的树木。通称枝干在二三丈以上者为乔木。

㉙滞积:指滞留郁积之气。播扬:散发,宣扬。

㉚埃蔼:灰尘很多的样子。溷浊:即混浊。

㉛变阴阳之至和:调节阴阳使之十分和谐。古代认为,天下万物,
皆由阴阳,或生或成,本其所由。阴阳和谐,则万物生化,阴阳失
调,则万物乖错。

㉜淫风:放荡的风俗。秽俗:与淫风同义,指邪恶淫奔之习俗。《礼
记·乐记》:"乐也者,圣人之所乐也,而可以善民心。其感人深,
其移风易俗,故先王著其教焉。"此系儒家的教化思想。

**【译文】**

　　至于登上高台俯瞰远方,打开画廊的窗槛极目眺望。心情激动喟
然仰慕昂首鼓掌,"嘈"的一声长啸声音嘹亮。有时舒缓又自然返转回
响,有时低回复又奔放。有时细长柔弱,有时如瀑布一样奔腾雄壮。有
时气流交错聚积,出气之声如江水滔滔,吸气之声如干涸水塘;有时如
寒风凛冽,声音清幽而流畅。放纵的气流喷薄而出,声音繁杂交错回
荡,如狂风乍起烈烈震怒,如胡马鸣叫啾啾作响。啸歌吹奏像胡马思
归,向着寒冷的北风而长啸。又像大雁带领幼雏,群集在广瀚的沙漠上
鸣叫。所以啸歌能依照各种物体而吹奏声音,能随着事物的不同而创
造曲调。适应事物的变化于无穷,撮口出声音响迅速。心中愤懑而气
流喷发,声音连续不断如云笼雾聚。像是离散又像是会合,将要断绝复
又继续。像风神在幽深的隧道里鼓风,又像猛虎咆哮声回荡在旷谷。
使南箕四星闪动于太空,使清冽的狂风振撼着高大的树木。使郁滞之
气散发播扬,使混浊之尘埃荡涤清除。调节阴阳使之最为和谐,改变放
荡的风气和肮脏的习俗。

　　若乃游崇岗①,陵景山②,临岩侧③,望流川④,坐盘石⑤,
漱清泉⑥。藉皋兰之猗靡⑦,荫修竹之蝉蜎⑧。乃吟咏而发
散⑨,声骆驿而响连⑩。舒蓄思之悱愤⑪,奋久结之缠绵⑫。
心涤荡而无累⑬,志离俗而飘然⑭。

**【注释】**

①崇岗:高岗。

②景山:大山。景,大。

③岩侧:崖岸之旁。岩,崖岸。《汉书》扬雄《校猎赋》注:"岩,水岸嵌岩之处也。"

④流川:这里指瀑布。

⑤盘石:大石。

⑥漱:洗涤。

⑦藉:坐卧其上,以之为草席。皋兰:泽中所生兰草。猗(yī)靡:随风飘动貌。

⑧修竹:长竹。修,长。蝉蜎:同"婵娟",姿态美好。

⑨吟咏:歌唱,抒写。

⑩骆驿:犹"络绎",连续不绝的样子。

⑪舒:抒发。蓄思:积存已久的情思。悱愤:忧思郁结。

⑫奋:奋发,抒发。久结:指滞留郁积的感情。

⑬涤荡:洗荡,清除。无累:没有忧虑和危难。

⑭离俗:远离世俗。飘然:散失,离去的样子。

**【译文】**

至于游高岗,登大山,身临崖岸之侧,遥望飞瀑流川,坐于大石之上,口漱清澈流泉,以柔软的兰草为席,在秀美的竹荫下盘桓。就会吹奏啸歌以抒发情怀,声音络绎不绝而回响相连。使忧闷郁积的情思得以舒展,使缠绵集结的情怀得以发散。心胸坦荡洁净而无忧无虑,思想离尘脱俗而飘然欲仙。

若夫假象金、革①,拟则陶、匏②,众声繁奏,若箛若箫③,礚碨震隐④,訇磕唪喈⑤。发徵则隆冬熙蒸⑥,骋羽则严霜夏凋⑦,动商则秋霖春降⑧,奏角则谷风鸣条⑨。音均不恒⑩,曲无定制⑪。行而不流⑫,止而不滞⑬。随口吻而发扬,假芳气而远逝⑭。音要妙而流响⑮,声激曜而清厉⑯。信自然之极丽⑰,羌殊尤而绝世⑱。越《韶》《夏》与《咸池》⑲,何徒取异乎郑、卫⑳?于时绵驹结舌而丧精㉑,王豹杜口而失色㉒。虞公辍声而止歌㉓,甯子检手而叹息㉔。锺期弃琴而改听㉕,孔父忘味而不食㉖。百兽率舞而抃足㉗,凤皇来仪而拊翼㉘。乃知长啸之奇妙,盖亦音声之至极。

**【注释】**

①象:形式,模式。金、革:为八音之二种。

②拟:摹仿。陶:指埙、缶类乐器。匏(páo):指笙竽之类乐器。

③笳(jiā):古管乐器名。汉时流行于西域一带,初卷芦叶吹之,与乐器相和,后以竹为之。箫:竹制管乐器。古代称排箫为箫,编排竹管为之。大者二十三管。小者十六管,长短不同,如鸟翼状。应劭《风俗通义·声音》:"(箫)其形参差,像凤之翼,十管,长一尺。"后来称单管直吹者为箫,与古箫大异。

④礴硠(pēng láng):大声。震隐:雷声隐隐。

⑤訇(hōng)磕:形容巨大声响。司马相如《上林赋》:"湛湛隐隐,砰磕訇磕。"注:"皆水流鼓怒之声也。"唧(láo)嘈:大声。

⑥发徵则隆冬熙蒸:应劭《风俗通义·声音》:"刘歆《钟律书》:'徵者,祉也,物盛大而繁祉也。'"《春秋左传·昭公二十五年》"章为五声"疏:"声之清浊,差为五等,圣人因其有五,分配五行……土为官,金为商,木为角,火为徵,水为羽。"此说徵声为阴阳五行之火,为夏季,所以在隆冬季节演奏徵调乐曲,像夏天一样感到热气腾腾。发,演奏之意。徵,五声之一。隆冬,寒冬。熙蒸,热气腾腾的样子。

⑦骋羽则严霜夏凋：应劭《风俗通义·声音》："刘歆《钟律书》：'羽者，宇也，物聚藏，宇覆之也。'五行为水，五常为智，五事为听，凡归为物。"古代以五行分主四时，羽为水，五辰之冬季，所以在夏天演奏羽声则严霜降落，夏木凋零。

⑧动商则秋霖春降：应劭《风俗通义·声音》："刘歆《钟律书》：'商者，章也，物成熟，可章度也。'五行为金，五常为义，五事为言，凡归为臣。"此谓商为五行之金，属秋季，"物成熟"即此意。《白虎通义·礼乐》："商，张也，阴气开张，阳气始降也。"也指秋季。所以在春天吹奏商调乐曲，则会感到秋雨连绵。秋霖，连绵秋雨。

⑨奏角则谷风鸣条：《风俗通义·声音》："刘歆《钟律书》：'角，触也，物触地而出，戴芒角也。'五行为木，五常为仁，五事为貌，凡归为民。"此谓角声为五行之木，木属春季。所以在秋天奏角调乐曲，就会感到春风拂动，草木荣发，阳气触物而生。谷风，东风。东风即春风。鸣条，风吹树枝发声。

⑩音均（yùn）：音韵。均，李善注："古韵字也。《鹖冠子》曰：'五声不同均'，均与韵同。"恒：常。

⑪定制：一定的制度，体制。

⑫行而不流：行进而不放荡。

⑬止而不滞：安处而不停滞。

⑭芳气：形容啸歌时出口呼吸之气息。

⑮要妙：精妙美好。《老子》二十七章："不贵其师，不爱其资，虽智，大迷。是谓要妙。"

⑯激嚁（dí）：形容声音急速。清厉：形容声音高朗。

⑰信：确实。自然：天然，不造作。

⑱殊尤：殊异。

⑲越：超过。《韶》：即《大韶》，相传为舜时之乐。《庄子·天下》："黄帝有《咸池》，尧有《大章》，舜有《大韶》，禹有《大夏》，汤有《大

濩(hù)》。"《咸池》:古乐曲名。《周礼·大司乐》:"舞《咸池》以祭地示。"相传为尧乐。一说是黄帝之乐,尧增修沿用。

⑳徒:只。郑、卫:郑、卫之音,皆为与正统音乐相对立的新兴民间乐曲。

㉑绵驹:春秋齐人,善歌。结舌:即吞声,不敢说话。此指不敢开口歌唱。丧精:丧魂失魂。

㉒王豹:古代歌唱家。杜口:闭口。失色:惊慌变色。

㉓虞公:春秋齐景公时有名的歌唱家。《晏子春秋·内篇谏上》:"虞公善歌,以新声惑景公。晏子退朝,而拘之。"汉时又有善雅歌者鲁人虞公。

㉔甯子:即甯戚。李善注引《淮南子》曰:"甯戚欲干齐桓公,困穷无以自达,于是为商于齐,宿于郭门之外。桓公郊还,闭门辟住车。爝火甚盛,从者甚众。戚饭牛车下,望桓公而悲,击牛角而疾商歌曲。"检手:敛手,收起手。指甯戚不敢用手击牛角而歌了。

㉕锺期:锺子期。春秋时楚人,精于音律。伯牙鼓琴,志在高山流水,子期听而知之。改听:指不听伯牙鼓琴而听啸歌。

㉖孔父:孔子。忘味:《论语·述而》:"子在齐闻《韶》,三月不知肉味。曰:'不图为乐之至于斯也!'"

㉗百兽率舞:百兽依着乐声舞蹈。率,遵循。抃:拍手。足:顿足。

㉘凤皇来仪:凤凰来舞而有仪态。凤皇,即凤凰。《尚书·益稷》:"《箫韶》九成,凤皇来仪",传:"备乐九奏而致凤皇,则余鸟兽不待九而率舞。"仪,容仪,仪态。拊翼:轻轻扇动翅膀。拊,轻轻叩打,拍打。

**【译文】**

啸歌要是效法钟鼓,摹拟埙缶竽笙音响,各种声音一起吹奏,如笳声悲壮如箫声悠长,如山石崩裂雷声隐隐,如波涛汹涌呼啸震荡。在严冬吹奏徵声就会感到热气蒸腾,在炎夏吹奏羽声就会感到霜降木凋,在春天吹奏商声就会感到秋雨连绵,在秋天吹奏角声就会感到春风吹动树梢。啸声音韵变化无常,曲调也无一定格式,流利而不放荡,安静而不停滞。随着唇形变化而歌声飞扬,借着口腔的芳气而飘向远方。声音美妙而流利响亮,出声急促而明快高朗。实在是天然极佳之音,它奇特卓异举世无双。超过《韶》《夏》与《咸池》,何止是不同于郑、卫之音?啸歌吹奏之时,绵驹张口结舌丧魂失魄,王豹不敢开口大惊失色。虞公收声停止歌唱,宵戚敛手羞愧叹息。锺子期放弃听琴而改听啸歌,孔子如闻《韶》不知肉味忘记饮食。百兽听到啸歌依着乐声一齐跳舞,凤凰翩翩起舞扇动羽翼。这才知道长啸歌声之奇妙,也是音乐之中尽善尽美无与伦比。

# 情

## 宋玉

见卷第十三《风赋》作者介绍。

## 高唐赋一首　并序

### 【题解】

《高唐赋》是描写高唐胜观的山水赋，与赋写神女的《神女赋》既是独立完整的两部作品，又如同一篇作品的上下两部。上部写山水，下部写神女，山水的惊奇骇俗与神女的绝美神奇相映成趣，协调谐和。

《高唐赋》言"游云梦之台，望高唐之观"，据此，高唐观似在云梦之中，其实不然。黄侃先生在《文选平点》中指出："高唐不得在云梦中，当在巫山之旁，文可证也。"作者以传神之笔描绘了高唐胜观：从巫峡的陡峻到下临水势的险急；从山中猛兽鸷禽，说到水中鱼鳖；再及山林树木，风波飘荡。时而惊心动魄，震撼人心，时而离奇幻变，引人入胜。

这篇山水赋以其成功的艺术描写，确立了宋玉在文学史上山水诗描写中的地位，对后世山水诗的描写产生了深远影响。

昔者楚襄王与宋玉游于云梦之台①,望高唐之观②。其上独有云气,崒兮直上③,忽兮改容,须臾之间,变化无穷。王问玉曰:"此何气也?"玉对曰:"所谓朝云者也。"王曰:"何谓朝云?"玉曰:"昔者先王尝游高唐,怠而昼寝④。梦见一妇人曰:'妾,巫山之女也,为高唐之客。闻君游高唐,愿荐枕席⑤。'王因幸之⑥。去而辞曰⑦:'妾在巫山之阳⑧,高丘之阻⑨,旦为朝云⑩,暮为行雨,朝朝暮暮,阳台之下⑪。'旦朝视之,如言。故为立庙,号曰'朝云'。"王曰:"朝云始出,状若何也?"玉对曰:"其始出也,晰兮若松榯⑫。其少进也⑬,晣兮若姣姬⑭。扬袂鄣日,而望所思⑮。忽兮改容,偈兮若驾驷马⑯,建羽旗⑰。湫兮如风⑱,凄兮如雨,风止雨霁⑲,云无处所。"王曰:"寡人方今可以游乎?"玉曰:"可。"王曰:"其何如矣?"玉曰:"高矣,显矣,临望远矣,广矣,普矣,万物祖矣。上属于天⑳,下见于渊,珍怪奇伟,不可称论㉑。"王曰:"试为寡人赋之。"玉曰:"唯唯㉒。"

【注释】

①云梦:古泽薮名。在今湖北境内。按,古籍中云梦除指以其为名的泽薮,一般也用以指春秋战国时楚王的游猎区。

②高唐:台观名。观(guàn):楼台之类。

③崒(zú):高峻。

④昼寝:白天睡觉。

⑤荐枕席:进献枕席。指欲与楚王同席共枕,以求亲昵。

⑥因:于是。幸之:楚王就巫山女之请。幸,古代帝王亲临其处或亲近某人皆言"幸"。

⑦辞：告。

⑧阳：古称山南、水北为阳。

⑨阻：险阻。此指险峻之处。

⑩朝云：早晨的云气。即朝霞。

⑪阳台：神女自言的台名。

⑫敦(duì)：茂盛的样子。榯(shí)：挺拔直立的样子。

⑬少：渐渐地。

⑭晢(zhé)：光明。姣姬：美女。

⑮"扬袂(mèi)"二句：朝霞之形态，宛如美人举袖遮日而望思念之人。扬袂，举起袖子。鄣，通"障"，遮掩。所思，思念的人。

⑯偈(jié)：奔驰状。驷马：四匹马拉的车子。

⑰建：竖立。羽旗：用五色鸟羽做的旗子。

⑱湫(qiū)：凉飕飕。

⑲霁(jì)：雨止。

⑳属(zhǔ)：连接。

㉑称论：备说。称，具，备。

㉒唯唯：恭敬的应词，意若"是是"。

**【译文】**

　　从前，楚襄王与宋玉在云梦泽的台馆游览，遥望高唐楼台。楼台上方独有一股云气，其状如高峻的山峰直上九天，忽而改变了形状，顷刻之间，变幻无穷。襄王便问宋玉说："这是什么气啊？"宋玉回答说："这就是所谓的朝云。"襄王又问："什么叫朝云？"宋玉回答说："从前，先王曾到高唐游览，由于疲倦，白天卧息。睡梦中梦见一位妇人说：'我是巫山之女，是来高唐观作客的。听说大王您来此游览，想与您同床共枕。'于是襄王就和她亲昵。巫山之女离开时告诉襄王说：'妾在巫山南面，住在高坡的险峻之处，早晨变成朝霞，晚上化为流雨，朝朝暮暮，都在阳台之下。'第二天一早前去观看，果如其言。因此便为巫山之女修了座庙,并取名'朝云'。"襄王问道:"朝云刚出时是什么形状呢?"宋玉回答说:"朝云初现之时,郁郁葱葱,如同挺拔的青松。过了一会,光亮照人,好似娇艳的美女。举袖遮日,遥望思念的人儿。忽而形容改动,变幻迅速,如驰驷马快车,骤然立起五彩旌旗。冷飕飕似风刮,凄凉凉像雨下,风息雨止,云霞全无。"襄王问:"我眼下可以游览高唐吗?"宋玉回答说:"可以。"襄王又问:"高唐现在如何呢?"宋玉回答说:"高大、豁亮,四下远望,广阔无边,万物皆由此兴生。它上接青天,下临深渊,怪异奇美,不可胜言。"襄王说:"你试着为我给高唐胜观赋上一首。"宋玉答应说:"是,是。"

惟高唐之大体兮①,殊无物类之可仪比②。巫山赫其无畴兮③,道互折而曾累④。登巉岩而下望兮⑤,临大阺之稸水⑥。遇天雨之新霁兮⑦,观百谷之俱集⑧。濞汹汹其无声兮⑨,溃淡淡而并入⑩。滂洋洋而四施兮⑪,蓊湛湛而弗止⑫。长风至而波起兮,若丽山之孤亩⑬。势薄岸而相击兮⑭,隘交引而却会⑮。崒中怒而特高兮⑯,若浮海而望碣石⑰。砾磥磥而相摩兮⑱,巆震天之礚礚⑲。巨石溺溺之瀺灂兮⑳,沫潼潼而高厉㉑。水澹澹而盘纡兮㉒,洪波淫淫之溶㴥㉓。奔扬踊而相击兮㉔,云兴声之霈霈㉕。猛兽惊而跳骇兮㉖,妄奔走而驰迈㉗。虎豹豺兕㉘,失气恐喙㉙。雕鹗鹰鹠㉚,飞扬伏窜㉛。股战胁息㉜,安敢妄挚㉝?于是水虫尽暴㉞,乘渚之阳㉟。鼋鼍鳣鲔㊱,交积纵横㊲,振鳞奋翼㊳,蜲蜲蜿蜿㊴。

【注释】
①大体:等于说大观。
②殊:异,独特。仪比:匹比。仪,匹配。

③赫:盛况。无畴:无与伦比。畴,匹比。

④互折:交互曲折。曾累:层层重叠。曾,通"层"。

⑤巉(chán)岩:形容山势陡峻。

⑥阺(dǐ):坡堤。稸(xù):同"蓄",积蓄。

⑦新霁:雨刚刚停住。

⑧谷:山谷,两山间的水道。

⑨濞(pì):山水暴发到来时的响声。汹汹:水势汹涌水波翻腾状。其无声:指洪水汹涌猛至的巨响,令其他声息似未存在。

⑩溃:指百谷之水相交流过。淡淡(yǎn):水流静静而平满的样子。

⑪滂洋洋:形容大水涌流,水势浩大无边。四施:四下漫溢。施,散布。这里指大水漫溢散流。

⑫蓊(wěng):形容水流涌聚的样子。湛湛:深厚的样子。弗止:指水势动静不定。

⑬若丽山之孤亩:言大风掀起波浪,如同孤零零地附着在山上的田垄。丽,附着。亩,田垄。

⑭薄岸:迫岸。薄,迫近。

⑮隘交引而却会:言迫岸相击的波涛冲到狭隘的水口处,交相卷退回来,又汇聚成流。隘,狭窄之处。引、却,皆退却意。

⑯崒中怒而特高兮:言两股波涛骤聚,从中高隆突起。崒,聚集状。怒,形容水势迅猛。特,突出、突起。

⑰碣石:山名。

⑱砾(lì):小石块。礨礨(lěi):山石众多状。

⑲嵤(hōng):水石相互冲击的响声。礚礚(kē):象声词,轰鸣声。

⑳溺溺:沉没。瀺灂(chán zhuó):石出没水中之状。

㉑沫:水浪冲击而激起的浪花。潼潼(tóng):高扬的样子。厉:扬起。

㉒澹澹(dàn):水流波动状。盘纡:水流盘回纡曲。

㉓淫淫：水流远去之状。溶裔(yì)：水波涌荡貌。

㉔奔：大水奔腾。扬踊：波涛踊跃。

㉕云兴：指波涛汹涌如云而起。霈霈(pèi)：形容波涛奔腾之声。

㉖跳骇：惊逃。跳，同"逃"。

㉗妄：言不明方向地四下乱跑。驰迈：狂奔。

㉘兕(sì)：独角兽，古代犀牛之一种。

㉙失气：停止呼吸，此言不敢出气。恐喙(huì)：吓得不敢出声。喙，兽嘴。

㉚鹗(è)：雕类鸟之一种，善捕鱼，俗称鱼鹰。鹞(yào)：一种似鹰而小的猛禽。

㉛飞扬：这里指无明确方向地躲逃。伏窜：逃避隐藏。

㉜股战：恐惧得大腿发抖。胁息：屏住呼吸。形容十分恐惧。

㉝妄挚：肆意攫取。

㉞水虫：鱼鳖之类水生动物。暴：暴露于水外，指到陆地上居处。

㉟渚(zhǔ)：水中小块陆地。阳：水北为阳，这里是说其渚在水北面。

㊱鼋鼍(yuán tuó)：大鳖和猪婆龙。鱣(zhān)、鲔(wěi)：皆为鲟类。

㊲交积纵横：纵横交叉地积压。

㊳振鳞：张开鳞甲。翼：鱼的胸鳍。

㊴蜿蜿蜒蜒：龙蛇盘旋曲折之状。

**【译文】**

高唐大观的盛景啊，独异超凡无与伦比。巫山巍峨显赫举世无双，道路纵横交错层层重叠。登上陡峻山岩而下望，面临大堤积水。赶上大雨刚停，观看百川汇集。只见山洪汹涌，水波翻腾，轰鸣巨响淹没其他响声，百川之水交叉横流，沟满谷平，并入深池。汪洋澎湃，四下横溢，洪水汇聚，池深莫测。长风吹来掀起波澜，浪涛起落，犹如田垄孤零零地附在山梁。惊涛迫岸，交相撞击，遇阻回旋，又相汇聚。激流骤聚，洪峰突起,似漂游过海而望碣石。洪波冲滚、众石相击,礚礚轰响,声震云天。巨石翻滚,时显时没,浪花飞溅,巨浪掀扬。水波摇动,旋转迂回,洪波浩荡,奔向远方。洪水奔腾,波涛相击,如云踊跃,响声霈霈。猛兽闻声惊惶逃窜,狂奔乱突,不知所向。虎豹豺儿,闭息掩声。雕鹗鹰鹞,飞逃避藏。发抖屏气,岂敢随意攫取?于是水鳖鱼虾尽皆出水,纷纷爬出小洲南面。鼋鼍鳣鲔,交相积压,鳞张鳍竖,宛如龙蛇。

　　中阪遥望①,玄木冬荣②,煌煌荧荧③,夺人目精④,烂兮若列星,曾不可殚形⑤。榛林郁盛⑥,葩华覆盖⑦,双椅垂房⑧,纠枝还会⑨。徙靡澹淡⑩,随波暗蔼⑪。东西施翼⑫,猗狔丰沛⑬。绿叶紫裹⑭,丹茎白蒂⑮,纤条悲鸣⑯,声似竽籁⑰。清浊相和⑱,五变四会⑲。感心动耳,回肠伤气⑳。孤子寡妇㉑,寒心酸鼻㉒。长吏隳官㉓,贤士失志㉔,愁思无已㉕,叹息垂泪。登高远望,使人心瘁㉖。盘岸巑岏㉗,裖陈碨硊㉘。磐石险峻,倾崎崖隤㉙。岩岖参差㉚,从横相追㉛。陬互横忤㉜,背穴偃跖㉝。交加累积,重叠增益,状若砥柱㉞,在巫山下。

【注释】

①中阪(bǎn):半坡。阪,山坡。

②玄木:冬季开花的树木。玄,即玄冬,指冬季。冬荣:冬日所开的花。

③煌煌荧荧:指草木开花发出的光彩。煌煌,光辉貌。荧荧,微微闪烁的样子。

④目精:眼珠子。

⑤殚形:形容详尽。殚,尽,竭尽。

⑥榛(zhēn)林:栗树林。郁盛:茂盛,茂密。

⑦葩华：指栗树之花。葩，花。覆盖：此指栗花自相遮盖。

⑧双椅：合枝的桐树。椅，桐类树木，又称山桐子。垂房：果实下垂。房，椅实。

⑨纠枝：枝条卷曲下垂。还会：指枝条相交叉。

⑩徙靡：枝条随风来回摆动的状态。澹淡：水波的细纹。

⑪暗蔼：幽暗不明。

⑫东西施翼：形容茂密的树枝向四面八方分布，如鸟展翅。

⑬猗狔(yǐ nǐ)：犹如说"婀娜"，柔弱下垂的样子。丰沛：盛多。

⑭紫裹：紫色果实。裹，果实皮。

⑮蒂：花及瓜果与枝茎相连的部分。

⑯纤：细。

⑰竽：一种古乐器，状似笙而略大。籁：一种箫类管乐器。

⑱清浊：风吹树枝发出的清脆与低沉的响声。

⑲五变：五音（宫商角徵羽）的变化。四会：与四方乐声相会合。

⑳回肠伤气：形容声音动人肺腑，令人悲伤。

㉑孤子：此指无父者。

㉒寒心：因恐惧而胆战心惊。

㉓长吏：指地位较高的官吏。隳(huī)官：废官。隳，毁废。

㉔失志：丧失意志。

㉕已：止。

㉖心瘁：形容心情过度忧伤。

㉗盘岸：盘绕渠岸。巑岏(cuán wán)：山高锐貌。

㉘袗(zhěn)陈：指池岸如同整顿过的笔挺陈列。硊硊(wéi)：形容山岩高峻。

㉙倾崎：倾侧不稳。形容山势向外倾倒，令人不安。崖隤(tuí)：峭崖坍塌。

㉚岩岖：山岩崎岖不平。参差：高低不平。

㉛从横相追:形容山势纵横交错,仿佛相互追逐。

㉜陬(zōu)互横忤(wǔ):指山岩石角相互横伸直出。陬,山石棱角。忤,逆,不顺。

㉝背穴偃跖(zhí):背掩洞穴,拦住道路。背穴,背掩洞穴,反露出隙缝。偃,堵塞。跖,脚掌。

㉞砥(dǐ)柱:山名。因山现于水中如石柱一般,故名。

**【译文】**

置身半坡,放眼眺望,但见冬树开出冬花,辉煌灿烂,光彩夺目,犹如群星,层出不穷,难以名状。栗树成林,郁郁葱葱,栗花间杂于绿叶,交相遮掩,山桐之实成对垂吊,枝条弯曲紧紧相交。树枝随风摇摆,撩起微澜,绿荫浓郁晃动,时掩水波。枝条四下伸展,宛如鸟儿展翅,婀娜多姿,茂密繁盛。绿叶紫果,红茎白蒂,风吹细枝,发出声声悲鸣,其声凄婉,好似籁竽之音。清音浊音,相为谐和,五音变幻交织,相会四方之音。扣动心弦,悦耳动听,回肠荡气,令人伤悲。孤儿寡母,闻之寒心,酸鼻欲泣。高官为之罢职,贤士因此丧志,愁思不绝,叹息流涕。登高远望,令人心伤。山岩峻峭,盘绕渠岸,笔挺高耸,成排列立。磐石险峻,好似悬崖将倾。怪石参差不平,纵横交错,仿佛相互追逐。山棱石角,旁伸侧出,背掩洞穴,横塞路径。岩石交加,重峦叠嶂,高险倍增,状如中流砥柱,屹立巫山之下。

仰视山颠,肃何千千①,炫耀虹霓②,俯视峥嵘③。窒寥窈冥④,不见其底,虚闻松声⑤。倾岸洋洋⑥,立而熊经⑦。久而不去,足尽汗出,悠悠忽忽⑧,怊怅自失⑨,使人心动,无故自恐。贲育之断⑩,不能为勇。卒愕异物⑪,不知所出。缊缊莘莘⑫,若生于鬼,若出于神。状似走兽,或象飞禽,谲诡奇伟⑬,不可究陈。上至观侧,地盖底平⑭,箕踵漫衍⑮,芳草罗生⑯。秋兰茝蕙⑰，江离载菁⑱，青荃射干⑲，揭车苞并⑳。薄草靡靡㉑，联延夭夭㉒。越香掩掩㉓，众雀嗷嗷㉔，雌雄相失，哀鸣相号。王鴡鹂黄㉕，正冥楚鸠㉖，姊归思妇㉗，垂鸡高巢㉘，其鸣喈喈㉙。当年遨游㉚，更唱迭和㉛，赴曲随流㉜。有方之士㉝，羡门高谿㉞，上成郁林㉟，公乐聚谷㊱。进纯牺㊲，祷璇室㊳，醮诸神㊴，礼太一㊵。传祝已具㊶，言辞已毕，王乃乘玉舆㊷，驷仓螭㊸，垂旒旌㊹，施合谐㊺。绅大弦而雅声流㊻，冽风过而增悲哀㊼。于是调讴㊽，令人怵惕惨凄㊾，胁息增欷㊿。

**【注释】**

①千千：山色青青。千，通"芊"，碧绿色。

②虹霓：相传虹有雌雄之别，雄曰虹，雌曰霓。

③峥嵘(zhēng róng)：即峥嵘。形容山势高峻陡突。

④窐(guī)寥：空洞深邃。窈(yǎo)冥：幽暗。

⑤虚闻：仅仅听见。

⑥倾岸洋洋：岸岩摇摇欲倾，水流浩大湍急。

⑦熊经：十分恐惧的样子。

⑧悠悠忽忽：言因惊恐而心神迷茫恍惚，不知所措。

⑨怊(chāo)怅：伤感失意的样子。

⑩贲(bēn)育：指孟贲、夏育，皆上古勇武果决之士。古书中常将二人并提。

⑪卒愕：猝然惊愕。卒，猛然。

⑫缞缞(xǐ)莘莘(shēn)：众多的样子。

⑬谲(jué)诡：怪异多变。

⑭厎(dǐ)平：平坦。

⑮箕踵漫衍：形容山势如同簸箕似的脚掌，前宽后狭，平坦而宽大。

漫衍,宽阔平坦。

⑯罗生:如网罗密排而生。

⑰茝(chǎi)蕙:皆兰草之类的香草。

⑱江离:香草名。载:则,乃。菁(jīng):花,开花。

⑲青荃(quán)、射(yè)干:皆香草名。

⑳揭车:香草名。苞并:密集丛生。

㉑薄草:丛生之草。靡靡:形容香草倾伏而相依的样子。

㉒联延:连绵不断。夭夭:体志舒缓的样子。

㉓越香掩掩:散发出浓郁的香气。越香,指香气散发。掩掩,形容
　香气沉郁。

㉔嗷嗷:象声词,鸟禽哀鸣声。

㉕王鸲(jū):鸟名。又名鸲鸠。鹂黄:即黄鹂,亦名黄莺。

㉖正冥:不详,疑为鸟名。楚鸠:鸟名。即布谷鸟。

㉗姊归:杜娟鸟,又名子规。思妇:鸟名。

㉘垂鸡:鸡名。也有认为是鸟名。高巢:高居于巢。

㉙喈喈(jiē):鸟叫声。

㉚当年遨游:此句疑错简,于此处不顺。遨游,戏游。

㉛更唱迭和:更相啼唱,相迭而和。

㉜赴曲随流:言鸟之哀鸣如同歌曲,与流水相随和。

㉝有方之士:即方术之士,古代好讲神仙方术的人,自言能使人长
　生不老。

㉞羡门高谿(xī):谿,疑为"誓"。《史记·秦始皇本纪》:"始皇之碣
　石,使燕人卢生求羡门、高誓。"依此"羡门""高誓"当为二人。

㉟上成郁林:言上山求仙之人稠盛如林。

㊱公乐聚谷:言上山求仙之人聚集在山阿,共餐同乐。

㊲进纯牺:献上纯洁的祭品。牺,古代作祭品用的毛色纯一的
　牲畜。

㊳琁(xuán)室：用玉石装饰的房屋。琁，美玉。

㊴醮(jiào)：祭祀。

㊵礼：祭神以求福。太一：也作"泰一"，传说中的天神。

㊶传祝：向神表达求福之辞。

㊷玉舆：用宝玉装饰的帝王乘车。

㊸驷仓螭(chī)：犹言驾蛟龙，以蛟龙为驷车。仓螭，指苍龙。仓，通
　"苍"，青色。螭，传说中的蛟龙。

㊹旒(liú)：古代旗帜下边垂有装饰物的旗子。旌：用牛尾和彩色鸟
　羽作竿饰的旗子，亦旗之通称。

㊺斾(pèi)：古代旗帜末端形状如同燕尾的旒旗。

㊻绸(chōu)：抽引。大弦：古代琴、瑟、琵琶等弦乐器的宫声弦。雅
　声：指合于礼仪与道德规范的音乐。雅，正。

㊼冽风：寒风。

㊽调讴：奏乐歌唱。

㊾惏悷(lín lì)：悲伤的样子。惨凄：悲痛。

㊿胁息：因悲痛而气息敛缩。增欷(xī)：因抽泣而呼吸加快。

## 【译文】

仰望山巅，青葱翠绿，如彩虹高悬，光耀奇目。俯视山谷，陡突高峻，空旷幽暗，深邃莫测，不见谷底，但闻松涛声声。崖岸倾危面临万丈深谷，站立之处悬危，犹似熊攀高枝，悬吊空中。久立不敢移动，冷汗直流脚下，恍恍惚惚，怅然若失，使人惊心动魄，无端惶恐。纵有孟贲、夏育之果断，也难做出勇敢无畏的举动。猝然见到怪物，不知从何而来。怪物纷纭众多，好似鬼斧神工雕琢而成。有的状如奔兽，有的形同飞禽，奇形怪状，变化无常，不可尽述。登上大观之侧，地表低宽平坦，状如簸箕足掌，前宽后狭，芳草密布丛生。秋兰、茝、蕙、江离，遍地盛开；青荃、射干、揭车，密集杂生。芳草萋萋，倾伏相依，连绵不断，舒缓绚美。芳香郁发，百鸟齐鸣，雌雄失散，哀叫相唤。王鸥、黄鹂、正冥、布

谷、子规、思妇、垂鸡，高居乌巢，喈喈啼叫。逍遥戏游，此唱彼和，如歌宛转，似水涓流。方术之士，羡门、高誓上山求仙，求者如林，在此同乐，共就餐食。祭献上纯色的牲畜，祈祷于玉饰的宫室，祭诸神，敬太一。祈祷之辞备，求福之言毕，于是先王乘王车，驾蛟龙，旌旗猎猎，飘展和谐。拨动琴瑟宫弦，流出雅音正声，凛冽寒风掠过，哀愁之情倍增。于是奏乐歌唱，令人凄惨悲凉，呼吸为之紧缩，抽泣由此加剧。

　　于是乃纵猎者①，基趾如星②。传言羽猎③，衔枚无声④，弓弩不发，罦罕不倾⑤。涉漭漭⑥，驰苹苹⑦，飞鸟未及起，走兽未及发，何节奄忽⑧，蹄足洒血，举功先得⑨，获车已实⑩。王将欲往见，必先斋戒⑪，差时择日⑫。简舆玄服⑬，建云旃⑭，霓为旌⑮，翠为盖⑯，风起雨止，千里而逝，盖发蒙⑰，往自会⑱。思万方，忧国害，开贤圣，辅不逮⑲。九窍通郁⑳，精神察滞㉑，延年益寿千万岁。

【注释】

①纵：安置，分布。猎者：指随王打猎的兵士。

②基趾：指山脚。如星：指分布在山脚的猎者星罗棋布。

③羽猎：帝王狩猎，士卒负羽箭随从，因名羽猎。

④衔枚：古代行军时，为防止军队言谈喧哗，令士兵将枚横衔于口中，以免张口。枚，形如筷子的器具。

⑤罦罕（fú hǎn）：捕禽兽的网子。罦，捕兽网。罕，捕兔网。泛指狩猎用的网。

⑥漭漭（mǎng）：水面宽广无边。

⑦苹苹：杂草丛生的样子。

⑧何节：也作"弭节"，犹少时。此指鸟兽未及远飞少时之间。奄

忽：迅疾。

⑨举功先得：对首先猎获者论功举用。

⑩获车：指载猎获之物的车。实：充实，载满。

⑪斋戒：古人在祭祀前沐浴更衣，不饮酒不吃荤，不与妻妾同寝，整
洁心身，以示虔诚。

⑫差时：择时。差，选择。

⑬简舆：省简其车。玄服：黑色衣服。

⑭云斾：云旗，指高入云霄之旗。

⑮霓为旌：以彩虹为彩带。

⑯翠为盖：以翠鸟的羽毛为车盖。盖，车盖，其状如伞。

⑰发蒙：启发蒙昧。

⑱会：指与神女相会。

⑲"开贤圣"二句：开通圣贤之路，让他们来补足自己的不足之处。
逮，及。

⑳九窍：九孔。眼、耳、鼻、口七窍，加上大、小便处，称为九窍。此
处泛指人体各个器官。郁：郁结不畅。

㉑瘵滞：舒通精神上的郁结之气。瘵，清爽，舒畅，此处用作动词。

**【译文】**

于是猎手分置山脚，星罗棋布。传布命令，狩猎开始，衔枚禁哗，弓
箭不发，罗网不撤。涉过瀁瀁水泽，穿过茂密草坡，飞禽不及展翅，走兽
未能奔逃，瞬息之间，蹄足洒血，一举即获，猎物满车。大王欲见神女，
必须先行斋戒，择选吉日。驾乘简车，身着黑服，云霓为旌旗，翠羽为车
盖，待到风起雨住，飞越千里，启发蒙昧，相会神女。思天下大事，虑国
家忧患，广开圣贤之路，弥补君王不周。九窍通畅，心旷神爽，延年益
寿，千秋万岁。

# 神女赋一首　并序

【题解】

　　这篇言情赋是中国文学史上的第一篇神女赋,也是第一篇美女赋。宋玉笔下的巫山神女外在之美"其象无双,其美无极",就连绝世美女西施也"比之无色"。她的内心感情既丰富,又细腻。"望余帷而延视兮,若流波之将澜……意似近而既远兮,若将来而复旋。"仅寥寥数笔,便淋漓尽致地刻画出神女充满激情而又娇羞含蓄的复杂感情。她是那样姣美"无极",又是那样圣洁无瑕。"怀贞亮之洁清兮,卒与我兮相难""含然诺其不分兮""曾不可乎犯干"。这位神女既是活灵活现,令人"私心独悦"的美人,又是一位神圣不可亲近的女神,使人欲近不敢,欲远不能,故而"徊肠伤气,颠倒失据"。表现出作者不仅善于人物的状貌描写,而且非常善于心理描写。

　　宋玉这篇赋给后世文人墨客描写美女以很大影响。曹植的《洛神赋》所受的影响最为明显。宋玉之后的许多作家,如王粲、杨修、江淹等人都曾写过神女赋,但论其成就与影响,皆未能超过宋玉的《神女赋》。

　　楚襄王与宋玉游于云梦之浦①,使玉赋高唐之事②。其夜,王寝,果梦与神女遇。其状甚丽,王异之,明日以白玉。玉曰:"其梦若何?"王曰:"晡夕之后③,精神恍忽,若有所喜,纷纷扰扰④,未知何意。目色仿佛⑤,乍若有记⑥。见一妇人,状甚奇异。寐而梦之,寤不自识,罔兮不乐⑦,怅然失志。于是抚心定气⑧,复见所梦。"玉曰:"状何如也?"王曰:"茂矣,美矣,诸好备矣;盛矣,丽矣,难测究矣。上古既无,世所未见。瑰姿玮态⑨,不可胜赞。其始来也,耀乎若白日初出照屋梁;其少进也,皎若明月舒其光。须臾之间,美貌横生⑩,晔兮如华⑪,温乎如莹⑫。五色并驰⑬,不可殚形⑭,详而视之,夺人目精⑮。其盛饰也,则罗纨绮缋盛文章⑯,极服妙采照万方⑰。振绣衣,被袿裳⑱,秾不短,纤不长⑲,步裔裔兮曜殿堂⑳。忽兮改容,婉若游龙乘云翔㉑。嫷被服㉒,倪薄装㉓,沐兰泽㉔,含若芳㉕,性和适㉖,宜侍旁,顺序卑,调心肠。"王曰:"若此盛矣,试为寡人赋之。"玉曰:"唯唯。"

**【注释】**

①浦:水边。

②高唐之事:详见《高唐赋》。

③晡(bū)夕:黄昏。晡,指申时,即下午三点至五点。

④纷纷扰扰:纷乱不安的样子。

⑤目色:指视力。仿佛:模糊不清。

⑥乍:初。

⑦罔:惘然若失。

⑧抚心:安静下来。抚,安。

⑨瑰姿:瑰丽的姿容。玮态:美好的形态。

⑩横生:处处洋溢出来,充分显露出来。

⑪晔(yè):光彩灿烂。华:花。

⑫温乎:温润的样子。莹:光洁的玉石。

⑬五色并驰:五光十色,光彩齐放。驰,施放。

⑭殚(dān)形:详尽地形容。

⑮夺人目精:耀眼夺目。目精,眼珠子。

⑯罗、纨、绮、缋(huì):皆丝织品。文章:指文彩,错杂的色彩或花纹。

⑰万方:犹言四方。

⑱袿(guī)：古代妇人的上衣。裳：古人穿的下衣。

⑲"袯(nóng)不短"二句：此言神女衣着长短肥瘦皆得体，衣着丰腴不嫌短，纤薄亦不觉长。袯，衣厚。纤，细。

⑳裔裔：形容步履轻盈柔美。曜(yào)：照耀。

㉑游龙：游动的龙。比喻姿态柔婉婀娜。

㉒嬥(tuǒ)：华美。

㉓侻(tuì)：相宜，可体。

㉔沐：涂抹。兰泽：以香兰浸制的头油。

㉕若芳：杜若的芬芳。若，即杜若，香草名。

㉖和适：温和柔顺。

**【译文】**

楚襄王和宋玉在云梦泽畔游览，让宋玉为他陈述了先王游览高唐梦遇神女的传说。那天夜里，襄王睡后，果真梦见与神女相会。神女的容貌非常美丽，令襄王惊异，第二天，襄王就把梦中相遇神女之事告诉宋玉。宋玉问："梦遇神女的情景如何？"楚王说："傍晚之后，我就神情恍惚，好像有什么喜事将至，弄得心神不定，不知想些什么。当时眼神昏昏糊糊，但起初的情景还记得。只见一位妇人，容貌甚为出众。睡梦中遇见她，醒来后自己却记不起来，令人怏怏不乐，怅然若失。于是平心静气，又重现梦遇神女的情景。"宋玉问："那妇人的容貌如何？"襄王答道："丰盈俊美，具备了所有的美；充满朝气，俏丽，简直无法形容。自古没有，今世不见。瑰丽的姿容，完美的形态，实在赞美不尽。神女刚出现时，光彩耀人，宛如旭日初升光照屋梁；稍进一点，皎洁明晰，恰似明月散发柔光。顷刻之间，美貌显现，如花之光彩照人，似玉之温和润泽。五彩并放，形容不尽，注目而视，光耀夺目。其服饰之华丽，绫罗绸缎，文彩斑斓，艳服妙彩，光照四方。抖绣衣，着长裙，丰腴而不觉肥短，纤薄而不觉细长。步履轻盈柔美，风采映照殿堂。忽然姿容变幻，体态柔婉，宛如游龙腾云翱翔。裳服华美，薄装可体，头抹兰草香油，蕴含杜若芬芳，性情温和，宜伴君侧，柔和恭顺，可调心情。"襄王接着说："如此盛美的神女，请为寡人做首神女赋。"宋玉连声应道："是，是。"

　　夫何神女之姣丽兮①，含阴阳之渥饰②。被华藻之可好兮③，若翡翠之奋翼。其象无双④，其美无极。毛嫱鄣袂⑤，不足程式⑥；西施掩面，比之无色。近之既妖，远之有望。骨法多奇⑦，应君之相⑧。视之盈目，孰者克尚？私心独悦，乐之无量。交希恩疏⑨，不可尽畅。他人莫睹，王览其状。其状峨峨⑩，何可极言？貌丰盈以庄姝兮⑪，苞温润之玉颜⑫。眸子炯其精朗兮⑬，瞭多美而可观⑭。眉联娟以蛾扬兮⑮，朱唇的其若丹⑯。素质干之酡实兮⑰，志解泰而体闲⑱。既姽婳于幽静兮⑲，又婆娑乎人间⑳。宜高殿以广意兮㉑，翼放纵而绰宽㉒。动雾縠以徐步兮㉓，拂墀声之珊珊㉔。望余帷而延视兮，若流波之将澜。奋长袖以正衽兮㉕，立踟蹰而不安㉖。澹清静其愔嫕兮㉗，性沉详而不烦。时容与以微动兮㉘，志未可乎得原㉙。意似近而既远兮，若将来而复旋㉚。褰余帱而请御兮㉛，愿尽心之惓惓㉜。怀贞亮之洁清兮㉝，卒与我兮相难。陈嘉辞而云对兮，吐芬芳其若兰。精交接以来往兮㉞，心凯康以乐欢。神独亨而未结兮㉟，魂茕茕以无端㊱，含然诺其不分兮㊲。喟扬音而哀叹㊳，颓薄怒以自持兮㊴，曾不可乎犯干㊵。

【注释】

①何：多么。姣丽：美丽。

②渥（wò）饰：谓含天地渥厚之美饰。渥，厚，丰厚。

③被:同"披"。华藻:犹言华饰,华丽的服饰。可好:刚好合适,恰
　　到好处。

④象:相貌。

⑤毛嫱(qiáng):古代美女。《庄子·齐物论》:"毛嫱、丽姬,人之所
　　美也。"鄣袂(mèi):以袖掩面。鄣,同"障",遮掩。

⑥程式:比示姿容。程,显示,显露。式,样式,榜样。

⑦骨法:即骨相,旧时看相的人,称人的骨骼、形体、相貌为骨法,以
　　骨相推论人的命运和性格。多奇:出奇,特别出众。

⑧应君之相:有适合侍奉君侧的骨相。

⑨交希:交往疏浅。这里是淡薄之义。

⑩峨峨:形容容貌端庄盛美。

⑪庄姝(shū):端庄美丽。

⑫苞:饱满。温润:温和而润泽。玉颜:姣美如玉的容颜。古以温
　　润描写玉色,此用以形容人的容颜。

⑬眸(móu)子:瞳仁,亦泛指眼睛。炯:形容目光明亮。精朗:清澈
　　明朗。

⑭瞭:眼珠明亮。

⑮联娟:微微弯曲状。蛾扬:蛾眉挑扬。形容美女的笑貌。

⑯的:鲜明。

⑰素:生就的。质干:躯干,身段。酦(nóng)实:丰满盈实。酦,
　　丰厚。

⑱解泰:心志闲适安详。体闲:体志娴雅。

⑲姽嫿(guǐ huà):娴静的样子。幽静:指幽隐寂静之处。

⑳婆娑:盘旋。

㉑宜高殿:宜于置身高殿之上。

㉒翼放纵:自由舒缓,如鸟舒展翼翅。绰宽:宽绰。

㉓雾縠(hú):轻薄如雾的绉纱。縠,绉纱。徐步:缓缓而行。

㉔拂:擦拭。墀(chí):殿堂的台阶。珊珊:玉在轻纱缓行中抖动发
　　出的响声。

㉕奋:抖动。正衽(rèn):将衣服整理端正。

㉖踟蹰(zhí zhú):徘徊不定。

㉗淡:安静。愔嫕(yīn yì):和顺贤淑。

㉘容与:安闲自得的样子。

㉙志未可乎得原:指摸不透她的本意。原,本,本意。

㉚旋:回,回转。

㉛褰(qiān):撩起。帱(chóu):床帐。请御:请求侍奉君王。

㉜惓惓(quán):犹言"拳拳",诚恳的样子。

㉝贞亮:贞风亮节。

㉞精交接:神交,精神上的交往。交接,人与人之间的交往。

㉟亨:亨通。未结:未曾交结,指身体未曾接触。

㊱茕茕(qióng):孤孤单单,无依无靠的样子。无端:无因,无缘
　　无故。

㊲含然诺:含有许诺之心。不分:没有直截了当地表露出来。

㊳扬音:扬声,高声。

㊴頩(pǐng):因怒而脸色发青,一说指收敛容貌。薄:微。自持:自
　　守矜持。

㊵曾:加强否定的副词。犯干:干犯,触犯。

【译文】

　　那神女是何等的俏丽啊,得天独厚,天生丽质。衣着华丽而可体,
宛如翠鸟展双翅。其貌无双,其美无比。毛嫱掩袖,不配展示姿容;西
施遮面,自愧姿色不如。近看俊美,远看可观。骨相非凡超群,具有侍
君之相。视之怿悦满目,谁能超越其上?我独自喜悦,其乐无穷。然而
交浅恩薄,不能倾诉衷肠。别人看之不见,大王独览其貌。其貌端庄俊
美,语言难以详述。体态丰腴,端庄秀丽,容颜似玉,饱满润泽。眸子清

澈明朗,秀目明亮耐看。蛾眉弯弯微挑扬,红唇鲜亮似朱丹。身段丰满盈实,心态安适,体态娴雅。幽处于仙境,徘徊在人间。真该让她高堂大殿抒情怀,如同鸟儿展翅任舒宽。飘动着薄雾般的轻纱缓缓而行,擦着上下台阶发出玉响声声。她朝我的床帷引颈探望,眼如秋水泛起微波。挥动长袖端正衣襟,徘徊往复心神不安。贤淑文静神态安详,不烦不躁生性恬静。时而悠然有所表示,她的本心无法猜透。其心似欲亲近,举动却是远离;似要前来,却又返身离去。撩开我的床帐请求陪侍,欲尽拳拳之诚意。却又心怀贞风亮节,始终难与我亲近。以嘉言美辞同我作答,口溢芳香,浓郁如兰。凭着神交而往来,内心康乐又欢悦。唯在神通,全无接触,灵魂孤独,无缘无故,内心允诺,口不直言。喟然长叹,哀声高扬,她敛容微怒,矜持庄重,令人不敢冒犯。

　　于是摇佩饰,鸣玉鸾[1],整衣服,敛容颜,顾女师[2],命太傅[3]。欢情未接,将辞而去。迁延引身[4],不可亲附。似逝未行,中若相首[5],目略微眄[6],精彩相授[7],志态横出,不可胜记。意离未绝,神心怖覆[8],礼不遑讫[9],辞不及究[10],愿假须臾[11],神女称遽[12]。徊肠伤气[13],颠倒失据[14]。暗然而暝[15],忽不知处。情独私怀[16],谁者可语。惆怅垂涕,求之至曙。

**【注释】**

①玉鸾:玉铃,挂车前横木上的铃铛。

②女师:古代向女子教授妇德的教师。

③太傅:官名。古代三公之一,亦指辅佐教育太子之官。此当指辅教女子之官。

④迁延:退而离去。引身:动身。

⑤相首:相向,相对。

⑥微眄(miǎn)：轻轻地扫了一眼。眄，斜视。

⑦精彩：神采。

⑧怖覆：有所惶恐而反复不定。

⑨不遑：来不及。讫：尽，毕。

⑩究：尽，毕。

⑪假：借，凭借。须臾：短暂的机会。

⑫称遽(jù)：声称急于离去。遽，急迫。

⑬徊肠伤气：即回肠荡气，指神女的言辞缠绵悱恻，离愁难解。

⑭颠倒失据：神魂颠倒，失去凭据。

⑮暗然：昏暗的样子。暝：昏暗不明。

⑯情独私怀：独自暗怀思念之情。

**【译文】**

于是神女摇动玉佩，鸣响玉铃，整理衣装，收敛面容，回叫女师，命唤太傅。未能承受欢情，就将辞别而去。动身退离，不能亲近。欲去未行，心有所向，秋波微动，神采传情，心态横生，奥妙难言。然而离去之心尚在，精神惶恐不定，礼节未能尽施，言辞不及毕陈，愿借片刻以求亲近，神女却称急于离去。使人内心辗转，离愁难解，神魂颠倒，无所依托。骤然天昏地暗，顿时手足无措。独怀离情别绪，有谁可诉衷肠。惆怅而泪下，想她到天亮。

# 登徒子好色赋一首　并序

**【题解】**

这篇言情小赋写登徒子大夫在楚王面前说宋玉是好色之徒，宋玉则反唇相讥，用反证法表明了自己的清白、高洁，而登徒子才是好色之徒。一篇好色赋让登徒子成了千古所非的好色之徒的代称。爱其糟糠陋妻的登徒子何色之好？看来古人于"好色"的看法在观念上异于后代。《孟子》就把厮守妻子而不离视为好色:"昔者太王好色,爱厥妃。《诗》云:'古公亶父,来朝走马,率西水浒,至于岐下,爱及姜女,聿来胥宇。'"

　　这篇诙谐的小赋读似风趣,但作者所要表达的主题是严肃的:爱美之心,人皆有之,但当发乎情愫,止乎礼义。恰如李善所曰:"此赋假以为辞,讽于淫也。"文章正是围绕情与礼的矛盾来展开的,旨在说明"好而不淫"之理,是其所讽也。刘勰亦如是评价:"宋玉赋好色,意在微讽,有足观者。"(《文心雕龙》)

　　大夫登徒子侍于楚王①,短宋玉曰②:"玉为人体貌闲丽③,口多微辞④,又性好色,愿王勿与出入后宫。"王以登徒子之言问宋玉,玉曰:"体貌闲丽,所受于天也;口多微辞,所学于师也。至于好色,臣无有也。"王曰:"子不好色,亦有说乎⑤?有说则止,无说则退。"玉曰:"天下之佳人,莫若楚国;楚国之丽者,莫若臣里;臣里之美者,莫若臣东家之子⑥。东家之子,增之一分则太长,减之一分则太短;著粉则太白,施朱则太赤⑦。眉如翠羽⑧,肌如白雪,腰如束素⑨,齿如含贝⑩。嫣然一笑,惑阳城,迷下蔡⑪。然此女登墙窥臣三年,至今未许也。登徒子则不然。其妻蓬头挛耳⑫,龂唇历齿⑬,旁行踽偻⑭,又疥且痔⑮。登徒子悦之,使有五子。王孰察之⑯,谁为好色者矣。"

**【注释】**
　①大夫:古官名。登徒:姓氏。子:古代男子的通称。
　②短:说人坏话。
　③闲:娴雅。

④微辞：委婉之辞。

⑤说：辩说。这里指辩说之辞。

⑥东家：东邻。

⑦"著粉"二句：著、施，并有附加之义。这里等于说涂抹上。

⑧翠羽：翡翠鸟的羽毛，青黑色。

⑨束：约，缠束。素：未染色的丝绸。

⑩贝：海贝。

⑪"惑阳城"二句：阳城、下蔡，二县名。为楚国贵族封邑，此借指封
　　于两地的贵族、公子。

⑫挛：卷曲。

⑬龂(yǎn)唇：指嘴唇豁缺，不能掩齿。龂，张口露齿。历：稀疏。

⑭旁行：走起来歪歪斜斜。旁，偏，歪斜。踽偻(jǔ lǚ)：即伛偻，腰弯
　　背曲。

⑮疥：疥癣。

⑯孰：同"熟"，仔细周详。

**【译文】**

　　登徒子大夫侍奉在楚王身边，对楚王说宋玉的坏话："宋玉这人长
得容貌俊美，举止娴雅，能言善辩，而且生性好色，望大王不要带他出入
后宫。"楚王将登徒子说的这番话问宋玉，宋玉回答说："举止娴雅、容貌
俊美，这是老天赐与的；能言巧辩，那是从老师那儿学来的。至于好色，
为臣的没有那回事。"楚王说："你不好色，你有辩解之词吗？有理由澄
清就留下，说不清楚就退下去。"宋玉说："天下的美人，没有谁赶得上楚
国的；楚国的丽人，谁也比不上我家乡的；我家乡的美女，莫过于臣东邻
的女子。那女子增高一分就显得太高，减去一分又显得太矮；抹上香粉
则显得太白，涂上胭脂又显得太红。秀眉好似那翡翠的黑羽毛，肌肤宛
如那洁白的冰雪，腰肢恰像一束白色的细绢，牙齿如同洁白的海贝。嫣
然一笑，颠倒了阳城公子的神魂，迷乱了下蔡王孙的方寸。然而，这般

姿色的美女,登上墙头偷看了我三年,臣子至今尚未搭理她呢。登徒子就不同了。他的妻子蓬头垢面,耳朵卷曲,唇不掩齿,门牙稀疏,走路偏偏倒倒,驼背弯腰,患有疥癣,外加痔疮。登徒子喜欢她,与她生养了五个孩子。请大王细加明察,谁是好色之徒。"

　　是时,秦章华大夫在侧,因进而称曰①:"今夫宋玉盛称邻之女,以为美色。愚乱之邪,臣自以为守德,谓不如彼矣。且夫南楚穷巷之妾②,焉足为大王言乎?若臣之陋目所曾睹者,未敢云也。"王曰:"试为寡人说之。"大夫曰:"唯唯③。臣少曾远游,周览九土④,足历五都⑤。出咸阳⑥,熙邯郸⑦,从容郑、卫、溱、洧之间⑧。是时,向春之末,迎夏之阳⑨,鸧鹒喈喈⑩,群女出桑⑪。此郊之姝⑫,华色含光⑬,体美容冶⑭,不待饰装。臣观其丽者,因称诗曰:'遵大路兮揽子祛⑮,赠以芳华辞甚妙⑯。'于是处子恍若有望而不来⑰,忽若有来而不见。意密体疏,俯仰异观,含喜微笑,窃视流眄⑱,复称诗曰:'寤春风兮发鲜荣⑲,洁斋俟兮惠音声⑳。赠我如此兮,不如无生㉑。'因迁延而辞避㉒。盖徒以微辞相感动,精神相依凭。目欲其颜,心顾其义,扬诗守礼,终不过差㉓,故足称也。"

【注释】

①称:称举,称赞。

②穷巷:陋巷。

③唯唯:《文选》诸本皆于"唯唯"处结段,以下另起行,似未妥。黄侃先生《文选平点》即指出:"'臣少曾远游'句不当提行。"黄说是。

④九土:九州之土。

⑤五都:五方的都邑。此指各地繁华的都市。

⑥咸阳:古地名。战国时秦国国都,在今陕西咸阳东北二十里。

⑦熙:通"嬉",游玩。

⑧从容:这里是行为举动的意思。郑、卫:指春秋时郑国与卫国,分别在今河南与河北境内。溱(zhēn)、洧(wěi):郑国境内的两条河水,在今河南境内。

⑨迎:接近,将近。

⑩鸧鹒(cāng gēng):黄鹂。喈喈(jiē):鸟鸣声。

⑪群女出桑:此句典出《诗经·豳风·七月》:"女执懿筐,遵彼微行,爰求柔桑。"据说卫地的桑林间,往往是男女相聚而生恋情之处。群女,采桑女。

⑫姝(shū):美女。

⑬华色含光:花容般的美色透着光洁。

⑭容冶:容貌艳丽。冶,妖艳。

⑮遵大路兮揽子祛(qū):此句出自《诗经·郑风·遵大路》,原句为:"遵大路兮! 掺执子之祛兮?"遵,循,沿着。揽,持。祛,衣袖。

⑯芳华:芳草的花。

⑰恍若:即恍然,指似见非见模糊不清的样子。

⑱流眄(miǎn):指目光流动传情而不正视。眄,斜视。

⑲寤春风:等于说因春风而唤醒。寤,醒。鲜荣:鲜花。

⑳洁:纯洁。斋:庄重,庄严。

㉑不如无生:不如不生。此句出自《诗经·小雅·苕之华》。

㉒迁延:引退。

㉓过差:过失,差错。

## 【译文】

此时,秦国的章华大夫正在旁边,就上前声称道:"适才宋玉盛赞他邻居的女子,视之为天姿绝色。我这愚钝而昏乱的不正之臣,自认为是坚守德操的人,说起来的话,我守德方面就不及他宋玉了。再说楚国南部穷乡陌巷的贱女,哪值得对大王一提呢!像下臣这种目光短浅的人所看到过的美女,就不敢对大王夸耀。"楚王说:"那就说说你看到的女子吧!"章华大夫连声道:"好,好!臣年轻之时曾出外遨游,遍览九州各地,足经五方都市。出入于咸阳,戏游在邯郸,逗留于郑国与卫国,溱水与洧水之间。那时暮春将尽,夏暖迎来,黄鹂声声啼唱,众女外出采桑。这一带郊外的美女,面色如花,容光焕发,体态柔美,姿容妖艳,全不用修饰与打扮。我看上了其中一位美女,于是颂诗道:'沿着大路一同走啊,我牵着你的衣袖。我献上芳香的鲜花,道出动听的话语。'于是乎那姑娘恍惚在相望而未曾前来,似乎想前来却又不敢接近。一俯一仰,生出异态万端;微微一笑,透出心中喜欢。偷眼暗视,眼波流转,美女也回颂诗道:'春风唤醒万物啊,鲜花吹又生。我洗心洁面,庄重地恭候你的佳音。你却颂以这轻佻的大路诗,真不如不赠。'于是她缓缓告辞而去。彼此仅靠诗句倾诉衷情,独以精神相互寄托。我多么想端视她的秀容呵,而心中却顾念着礼义,扬诗以传情而持守礼义,终究没有过失之举,因此值得称赞。"

于是楚王称善,宋玉遂不退。

【译文】

于是楚王应声道好,宋玉才没有退下。

# 曹子建

曹植(192—232),字子建,谯(今安徽亳州)人。三国魏文学家。曹操之子,曹丕同母弟,封陈王,谥思,世称陈思王。他在年轻时就很有文学才能,又有建功立业的强烈愿望,颇得曹操喜爱,一度欲立为太子,终因其"任性自行,不自雕励"而改变初衷。后来曹丕、曹叡父子相继为帝,他备受猜忌与迫害,终于在41岁时郁郁死去。

　　曹植是建安时期成就最高的作家,他的文学成就是多方面的,诗、赋、文兼善,现存其诗八十多首,辞赋、散文四十余篇。他的辞赋既继承了前人的优秀传统,又充分体现了时代气息和自己的独特风格,代表了建安时期辞赋发展所到达的新的高度。其诗赋均善用比兴手法,语言精练,词采华茂。宋人辑有《曹子建集》。

## 洛神赋一首　并序

**【题解】**

　　《洛神赋》是曹植的代表作品。叙述作者与洛神相遇,互相爱慕,但因人神道殊,未能结合,终于含恨分离的故事。关于此赋的本意,历来说法不一,有的认为是仿效宋玉的《神女赋》,赞美一位美丽的神女;有的认为是寄寓作者对君王的思慕和怀才被黜、衷情不能相通的苦闷;有的认为是感叹甄后的事。据说曹植深爱甄后,但她为曹丕所娶,后又被郭后谗死,曹植感泣怀念,遂作此赋。后说虽因无充分的史实根据而被人认为是小说家附会之辞,但根据此赋内容,确属爱情故事,和以美人香草象征君臣关系之作显然不同。全赋以宋玉的《高唐赋》和《神女赋》为借鉴,表现出更生动的形象和更丰富的想象力,生动细腻地刻画出洛神这个优美的妇女形象,深刻地表现出作者与洛神的真挚爱情和离愁别恨。全赋词采流丽,抒情味浓,并具有浓厚的生活气息,艺术感染力很强。

黄初三年①,余朝京师②,还济洛川③。古人有言,斯水之神④，名曰宓妃⑤。感宋玉对楚王神女之事⑥，遂作斯赋，其辞曰：

**【注释】**

①黄初三年：222年。黄初，魏文帝曹丕年号（220—226）。

②京师：此指当时京都洛阳。

③洛川：洛水。源出陕西洛南西北部，东入河南，经卢氏、宜阳、洛阳，经偃师纳伊河后，称伊洛河，到巩义的洛口流入黄河。

④斯：指示代词，这。

⑤宓（fú）妃：古代传说为伏羲氏的女儿，淹死于洛水，为洛神。伏羲亦作"宓羲"。

⑥宋玉：战国时楚国的文学家，善辞赋，有《高唐赋》《神女赋》等。

**【译文】**

黄初三年，我去京城朝见皇帝，回来时渡过洛川。古人说，洛水之神名叫宓妃。我有感于宋玉对楚王所说的神女的故事，于是作了这篇赋，其辞为：

余从京域①，言归东藩②。背伊阙③，越轘辕④，经通谷⑤，陵景山⑥。日既西倾，车殆马烦⑦。尔乃税驾乎蘅皋⑧，秣驷乎芝田⑨，容与乎阳林⑩，流眄乎洛川⑪。于是精移神骇⑫，忽焉思散⑬。俯则未察，仰以殊观⑭，睹一丽人，于岩之畔。乃援御者而告之曰⑮："尔有觌于彼者乎⑯？彼何人斯⑰？若此之艳也！"御者对曰："臣闻河洛之神，名曰宓妃。然则君王所见，无乃是乎？其状若何？臣愿闻之。"余告之曰："其形也，翩若惊鸿⑱，婉若游龙⑲，荣曜秋菊⑳，华茂春松㉑。仿佛兮若轻云之蔽月㉒，飘摇兮若流风之回雪㉓。远而望之，皎若太阳升朝霞;迫而察之㉔,灼若芙蕖出渌波㉕。秾纤得衷㉖,修短合度㉗。肩若削成,腰如约素㉘。延颈秀项㉙,皓质呈露㉚。芳泽无加㉛,铅华弗御㉜。云髻峨峨㉝,修眉联娟㉞。丹唇外朗,皓齿内鲜,明眸善睐㉟,靥辅承权㊱。瑰姿艳逸㊲,仪静体闲㊳。柔情绰态㊴,媚于语言㊵。奇服旷世㊶,骨像应图㊷。披罗衣之璀粲兮㊸,珥瑶碧之华琚㊹。戴金翠之首饰㊺,缀明珠以耀躯。践远游之文履㊻,曳雾绡之轻裾㊼。微幽兰之芳蔼兮㊽,步踟蹰于山隅㊾。于是忽焉纵体㊿,以遨以嬉○51。左倚采旄○52,右荫桂旗○53。攘皓腕于神浒兮○54,采湍濑之玄芝○55。"

**【注释】**

①京域:京都地区。

②言:语助词,无义。东藩:古代帝王分封在东方的屏藩朝廷的诸侯。曹植当时被封为鄄(juàn)城王,鄄城在今山东,处于洛阳之东,故称东藩。

③伊阙:山名。在洛阳城南。《水经注·伊水》:"伊水又北入伊阙,昔大禹疏以通水。两山相对,望之若阙。伊水历其间北流,故谓之伊阙矣。"

④辗(huán)辕:山名。关口名。在河南偃师东南。山路险阻,凡12曲。循环往复,故称辗辕,为后汉何进所置八关之一。

⑤通谷:山谷名。在洛阳南五十里。

⑥陵:登。景山:在今河南偃师境。

⑦殆:疲乏。烦:疲倦。

⑧尔乃:这就,于是。税(tuō)驾:解马卸车。税,通"脱"。驾,指车。蘅皋(héng gāo):生有香草的水边高地。蘅,杜衡,香草。

⑨秣驷:喂马。驷,一车四马。此指驾车的马。芝田:长满灵芝之处。

⑩容与:安闲悠然的样子。此指从容散步。阳林:地名。

⑪流眄(miǎn):随意眺望。

⑫精移神骇:惶惑失态。

⑬忽焉:急速。思散:思绪涣散。

⑭殊观:奇异的现象。

⑮援:手拉。御者:驾车人。

⑯觌(dí):看见。

⑰斯:句末助词,无义。

⑱翩:轻快飞翔之态。惊鸿:受惊的鸿雁。形容体态轻盈貌。

⑲婉:体态柔婉之状。游龙:游动的龙。形容婀娜多姿貌。

⑳荣曜:荣盛光彩。

㉑华茂:光灿丰茂。

㉒仿佛:隐隐约约,看不清楚。

㉓飘摇:飘扬。流风:轻风。

㉔迫:近。

㉕灼:鲜明。芙蕖:荷花。渌(lù):澄清。

㉖秾(nóng)纤:胖瘦。得衷:适中。衷,同"中",即不胖不瘦。

㉗修短:高矮。合度:适当。即不高不矮。

㉘约素:捆着的白绢。形容腰身苗条。

㉙颈、项:脖子前部为颈,后部为项。延、秀:此皆指长。

㉚皓质:莹白的皮肤。呈露:显现,露出。

㉛芳泽:香脂。无加:不用。

㉜铅华:铅粉。古代烧铅成粉,故称铅华。华,化妆用的粉。弗御:不用。

㉝云髻(jì):发髻卷曲如云。峨峨:耸起貌。

㉞联娟:细长而弯曲。

㉟明眸(móu):明亮的黑眼珠。善睐(lài):眼珠流转,顾盼含情。

㊱靥(yè):脸上酒窝。辅:面颊。权:通"颧"。

㊲瑰姿:美好的丰姿。艳逸:艳美飘逸。

㊳仪静体闲:仪容文静,体态娴雅。

㊴绰(chuò)态:柔美姿态。

㊵媚于语言:语言含情动人。

㊶旷世:世间所无。旷,空,没有。

㊷骨像:形体。应图:像画图一般。

㊸璀粲:鲜明闪光。

㊹珥(ěr):耳环。此作动词,戴的意思。瑶碧:美玉。华琚:有花纹的玉佩。

㊺金翠:闪金辉的翠鸟羽毛。

㊻文履:彩绣的鞋子。

㊼曳:拖着。雾绡(xiāo):轻细如云雾之薄纱。裾(jū):此指衣裙。

㊽芳蔼:花的芳香。

㊾踟蹰(chí chú):徘徊。山隅(yú):山的旁边。隅,靠边之处。

㊿焉:同"然"。纵体:身体轻举。

(51)遨嬉:游戏。

(52)采旄(máo):彩旗。采,通"彩"。

(53)桂旗:以桂木为杆的旗。

(54)攘(rǎng):此指"伸"。神浒:神水边。即洛水边。

(55)湍濑:水急流的浅滩。玄芝:黑色灵芝。

**【译文】**

　　我从洛阳京城,向东方藩国回还。离开伊阙,越过辕辕,经过通谷,登上景山。太阳逐渐西下,已是马倦车慢。于是在长着杜衡的河边解缰,在种着芝草的田间喂马,我在阳林散步,观看那洛川。不觉精神恍惚,思绪涣散。俯瞰未见什么,仰视出现奇观,看见一个美人,立在山崖旁边。于是拉着车夫询问他:"你看见那个人吗? 她是谁呀? 怎么这样美艳?"车夫答道:"我听说洛水之神,名叫宓妃。君王所见的美人,莫非就是她吧? 她的形态怎样? 我很想听你说啊!"我告诉他:"她的形态呀,像惊鸿一样翩跹,像游龙一样柔婉,像秋菊一样荣盛,像春松一样光灿。她若隐若现,好像明月被轻云笼罩;她飘摇不定,好像雪花被流风回旋。远远望去,好像朝霞中的太阳一样皎洁;近处观看,好像清波上的荷花那样明艳。肥瘦适中,高矮合度。两肩轮廓分明,好像削成一般;腰肢袅娜柔软,好像一束白绢。她有着秀长的颈项,白皙的肌肤露于领上。不施膏脂铅粉,自然白嫩芬芳。高髻如云,眉毛弯长。朱唇鲜丽,皓齿洁亮,明亮的眼睛善于顾盼,美丽的酒窝在脸旁。丰姿美好飘逸,举止文静安详。性情温柔宽和,语言妩媚无双。世上少有她那奇丽的服装,骨骼状貌完全符合仙女的图像。她穿着璀璨的罗衣,戴着精镂的佩玉。头上插着金翠的首饰,身上缀着闪光的珠玑。脚上穿着远游的花鞋,腰间系着轻软的裙裾。微微散发幽兰的香气,缓缓漫步在山的一隅。她轻灵地舒展着身体,一边漫步一边游戏。左边倚着彩旄,右边荫着桂旗。伸出洁白的双手,在水边把黑色的芝草采取。"

余情悦其淑美兮①,心振荡而不怡②。无良媒以接欢兮③,托微波而通辞④。愿诚素之先达兮⑤,解玉佩以要之⑥。嗟佳人之信修⑦,羌习礼而明诗⑧。抗琼珶以和予兮⑨,指潜渊而为期⑩。执眷眷之款实兮⑪,惧斯灵之我欺⑫。感交甫之弃言兮⑬,怅犹豫而狐疑⑭。收和颜而静志兮⑮,申礼防以自持⑯。于是洛灵感焉,徙倚傍徨⑰,神光离合⑱,乍阴乍阳⑲。竦轻躯以鹤立⑳,若将飞而未翔。践椒涂之郁烈㉑,步蘅薄而流芳㉒。超长吟以永慕兮㉓,声哀厉而弥长㉔。尔乃众灵杂遝㉕,命俦啸侣㉖。或戏清流,或翔神渚㉗,或采明珠,或拾翠羽㉘。从南湘之二妃㉙,携汉滨之游女㉚。叹匏瓜之无匹兮㉛,咏牵牛之独处㉜。扬轻袿之猗靡兮㉝,翳修袖以延伫㉞。体迅飞凫㉟,飘忽若神。陵波微步㊱,罗袜生尘。动无常则,若危若安㊲。进止难期㊳,若往若还。转眄流精㊴,光润玉颜。含辞未吐㊵,气若幽兰。华容婀娜㊶,令我忘餐。

**【注释】**

① 情悦:真情喜悦。淑美:善良美丽。

② 振荡:激动。不怡:不愉快。

③ 接欢:传达喜爱之情。

④ 微波:细浪。通辞:传话。

⑤ 诚素:真诚的情愫。素,通"愫",真实的情意。

⑥ 玉佩:玉质的佩带装饰品。要(yāo):邀约。

⑦ 信修:真的美好。

⑧ 羌:发语词,无义。习礼而明诗:指有品德和文化素养。

⑨ 抗:举起。琼珶(dì):美玉。和:答赠。

⑩ 潜渊:深渊。洛神居处。期:期约。

⑪ 眷眷:怀念貌。款实:真诚。

⑫ 斯灵:这个神灵,即洛神。

⑬ 感交甫之弃言兮:《韩诗内传》有载郑交甫游于汉江岸上,遇见两位姑娘,对她们说:"希望得到你们的玉佩。"两位姑娘将玉佩送给他。交甫藏于怀中,走了十几步,玉佩不见了,回看两位姑娘也不见了。弃言,空话。

⑭ 怅:怅惘。犹豫、狐疑:都是半信半疑,下不了决心之貌。

⑮ 和颜:和悦的面容。静志:使心情冷静。

⑯申:伸张。礼防:礼教规范。自持:自我约束。

⑰徙倚:低回留恋。傍徨:同"彷徨",徘徊。

⑱神光:洛神周围的祥光。离合:祥光有时向四周远远放射,有时集中于洛神的周围。

⑲乍阴乍阳:有时忽然阴暗,有时忽又明朗。

⑳竦(sǒng):通"耸"。鹤立:如白鹤之伫立望远。

㉑椒涂:长满香椒的道路。涂,道路。郁烈:香气浓郁。

㉒蘅薄:香草丛生。薄,草木丛生。流芳:花香流传。

㉓长吟:曼声吟唱。永慕:深沉爱慕。

㉔哀厉:强烈的哀愁。厉,强烈。弥长:更加悠长。

㉕众灵:众神女。杂遝(tà):众多的样子。

㉖命俦啸侣:呼朋唤友。命、啸,呼唤。俦、侣,友伴。

㉗翔:此指舞。渚(zhǔ):水中的小块陆地。

㉘翠羽:翡翠鸟的羽毛。

㉙南湘之二妃:相传舜帝南巡不归,其妃娥皇、女英寻至湘水,知舜已死于苍梧,遂投湘水而死,成为湘水女神。

㉚游女:此指汉水之滨的女神。

㉛匏(páo)瓜:星名。因其不与别星相接,故称没有配偶。匹:配偶。

㉜牵牛:牵牛星。独处:传说牵牛星与织女星除了每年七月七日通过鹊桥相会一次之外,均为银河所阻隔,故曰"独处"。

㉝袿(guī):妇女的上装。猗靡:风吹衣飘之状。

㉞翳(yì):遮盖。修袖:长袖。延伫:久立期待。

㉟体迅:行动轻捷。飞凫:飞行的野鸭。

㊱陵波:行于波上。陵,通"凌",渡水。此指行于水上。

㊲若危若安:似危倾又似安稳。

㊳进止难期:或前行或驻足,难以预料。

㊟转眄(miǎn)：转动眼珠。流精：流露神采。

㊵含辞未吐：含情未诉。

㊶华容：花容。婀娜：柔美多姿。

**【译文】**

我爱慕她的善良美丽啊，内心震荡没有欢喜。没有良媒去转达情意啊，只能托水波去传达言语。希望我的真情能最先表白啊，还解下玉佩作定情的表记。我赞叹洛神实在美好啊，她习礼明诗没谁能够相比。她举起琼珶回答我的情意啊，并指着水府约定欢会的佳期。我满怀真挚的感情啊，又怕被这位神仙所欺。想到郑交甫曾被遗弃啊，不禁又犹豫而且怀疑。收敛了笑容冷静了情绪啊，注意以礼法来约束自己。洛神因此深深感动，在那儿徘徊彷徨，她的身影若隐若现，忽暗忽亮。耸立起轻盈的身体，像欲飞的白鹤而未翱翔。她走在充满香气的椒路上，穿过杜衡时飘过来阵阵芬芳。她用长吟来表达相思的深情啊，声音是那么悲哀、激越而悠长。于是仙女纷纷出现，她们个个呼朋引伴。有的游戏在清流中间，有的飞翔在沙洲上面，有的将珍珠采，有的把翠羽捡。其中有湘江的两位女神，还有汉滨的那个女仙。洛神感叹匏瓜星没有配偶，同情牵牛星生活孤单。她扬起轻柔飘忽的上衣，用衣袖遮在眼上远看。她身体敏捷像只飞凫，她举止轻盈飘飘欲仙。她快步在水波上行走，罗袜好像扬起尘烟。她行动没有规则，看上去时危时安。她进退难以预料，像离去又像回还。她转眼顾盼之间流露出奕奕神采，她光泽温润的容貌就像美玉一般。话语尚未说出口，散出的香气若幽兰。她那轻盈柔美的姿态，令我忘记进餐。

　　于是屏翳收风①，川后静波②。冯夷鸣鼓③，女娲清歌④。腾文鱼以警乘⑤，鸣玉鸾以偕逝⑥。六龙俨其齐首⑦，载云车之容裔⑧；鲸鲵踊而夹毂⑨，水禽翔而为卫。于是，越北沚⑩，过南冈，纡素领⑪，回清阳⑫，动朱唇以徐言，陈交接之大纲⑬:"恨人神之道殊兮,怨盛年之莫当⑭。"抗罗袂以掩涕兮⑮,泪流襟之浪浪⑯。"悼良会之永绝兮⑰,哀一逝而异乡⑱。无微情以效爱兮⑲,献江南之明珰⑳。虽潜处于太阴㉑,长寄心于君王㉒。"忽不悟其所舍㉓,怅神宵而蔽光㉔。

**【注释】**

①屏翳:风神。

②川后:水神,即河伯。

③冯(píng)夷:传说中的天神名。

④女娲(wā):传说中的女神。曾炼五色石以补天,并创制笙、簧等乐器。

⑤文鱼:有翅能飞之鱼。一说,有斑采之鱼。警乘:警卫车驾。

⑥玉鸾:玉饰的鸾铃。鸾,古代的一种车铃。偕逝:一同离去。

⑦六龙:传说神仙出游,以六条龙驾车。俨:庄严貌。齐首:齐头并进。

⑧云车:传说神仙以云为车。容裔:同"容与",舒缓前进貌。

⑨鲸鲵:鲸。夹毂(gǔ):护卫在车的两旁。

⑩沚(zhǐ):水中的小块陆地。

⑪纡:回转。素领:白皙的颈项。

⑫清阳:指眉目之间。清,指目。阳,指眉。也指眉目清秀。

⑬大纲:此指礼法。

⑭盛年:青壮年时。莫当:不能匹配。当,相配。一说莫当,未相逢。

⑮掩涕:掩面流泪。

⑯浪浪:泪水涌流貌。

⑰悼:感伤。良会:愉快的会晤。永绝:永不再来。

⑱异乡:各在一方。

⑲效爱:体现爱情。

⑳明珰(dāng):明珠镶制的耳环。珰,古代女子的耳饰。

㉑潜处:幽居。太阴:神仙洞府。

㉒寄心:系心,钟情。君王:指鄄城王曹植。

㉓不悟:不见。悟,通"晤"。所舍:所在。

㉔神宵:女神的形象消逝。蔽光:光彩隐没。

【译文】

后来风神停息了飘风,水神平静了波浪。冯夷把鼓敲响,女娲把歌清唱。文鱼飞出水面,负责警卫车辆,众神一同前进,銮铃叮叮当当。六龙拉车排列成行,云车前进平稳安详;鲸鲵涌出围绕在两旁,水鸟护卫在上空飞翔。终于越过北沚,经过南冈,洛神回过白皙的颈项,清澈的目光向我这边张望,她启动朱唇慢慢诉说交接的礼数纲常:"人与神的道路有显著的差别,虽然都当盛年也难如愿以偿。"她举起罗袖掩面哭泣啊,滚滚的眼泪如雨往下淌。"痛心永远难以欢会啊,分别之后将天各一方。未能以微情来表示爱慕啊,愿献上江南出产的明珰。虽然此后深居水府之中,但是内心永远怀念着君王。"忽然不知道洛神的去向,形影消逝令我无限怅惘。

于是背下陵高①,足往神留②。遗情想像③,顾望怀愁。冀灵体之复形④,御轻舟而上溯⑤。浮长川而忘反⑥,思绵绵而增慕⑦。夜耿耿而不寐⑧,沾繁霜而至曙。命仆夫而就驾⑨,吾将归乎东路⑩。揽骓辔以抗策⑪,怅盘桓而不能去⑫。

【注释】

①背下:离开低下之处。陵高:登上高旷的地方。

②足往神留:人走心留。

③遗情：情思留恋。想像：思念洛神的形象。

④冀：希望。灵体：洛神的形体。复形：重新出现。

⑤御：驾驶。上溯：逆流上航。

⑥长川：长河，指洛水。

⑦绵绵：悠长不断貌。

⑧夜耿耿：有月色的夜晚，大地一片光明。此指主人公通宵不寐。
　耿，光明，光亮。

⑨就驾：备好车。

⑩东路：归东边鄄城。

⑪骈(fēi)：车辕两旁的马。抗策：举鞭。抗，举。策，马鞭。

⑫盘桓：徘徊不进貌。

【译文】

　　于是我离开低低河岸，登上高高山冈；脚步虽然前进，心神还在岸旁。满怀深情把洛神容貌想象，回顾岸边更令我愁满胸膛。我希望洛神重新出现，登上轻舟而逆流上航。飘浮在洛水上忘了返回，绵绵的思绪无限漫长。整夜都心神不安难以入睡，遍身沾满浓霜直到天露曙光。命仆夫整理好车马，我将要返回东方。当我拉着马缰高高举起马鞭，却又徘徊彷徨内心无限惆怅。

# 诗甲

# 补亡

## 束广微

　　束皙(261？—约300)，字广微，阳平元城(今河北大名)人。晋朝文学家、史学家。汉太子太傅疏广之后。父龛(李善注引王隐《晋书》作"惠")，兄璙(李善作"璨")，俱知名。皙博学多闻，尝为《劝农》及《饼》诸赋，文颇鄙俗，时人薄之。生性沉退，不慕荣利，作《玄居释》，以拟东方朔《答客难》，张华见而奇之。

　　太康二年(281)，盗发魏襄王墓，或言安釐王冢，得竹书数十车，有《纪年》《易经》等七十五篇，皙随疑分释，皆有义证。迁尚书郎。所著《三魏人士传》《七代通记》《晋书纪志》皆亡佚。有《五经通论》《发蒙记》《补亡诗》《文集》数十篇行世。今存《发蒙记》一卷，集七卷。

## 补亡诗六首

**【题解】**

　　《诗经》三百零五篇，尚有《南陔》《白华》《华黍》《由庚》《崇丘》和《由仪》等六篇有题无词，《毛诗》亦仅存小序。束皙《补亡诗》六首乃依据《毛诗》小序之诗旨，"遥想既往，存思在昔"，追而补之。亦聊备一体耳。

张溥《汉魏六朝百三家集题辞》曰:"《补亡诗》志高而词浅,欲以续经,罢不胜任也。三百风微,古诗终绝,韦孟《讽谏》,傅毅《迪志》,俱非昔响,降而西晋,谁为朱弦哉?"可见难继绝响。

　　《南陔》,孝子相戒以养也<sup>①</sup>。

　　循彼南陔<sup>②</sup>,言采其兰。眷恋庭闱<sup>③</sup>,心不遑安<sup>④</sup>。彼居之子<sup>⑤</sup>,罔或游盘<sup>⑥</sup>。馨尔夕膳<sup>⑦</sup>,洁尔晨餐。循彼南陔,厥草油油<sup>⑧</sup>。彼居之子,色思其柔<sup>⑨</sup>。眷恋庭闱,心不遑留。馨尔夕膳,洁尔晨羞<sup>⑩</sup>。有獭有獭<sup>⑪</sup>,在河之涘<sup>⑫</sup>。凌波赴汩<sup>⑬</sup>,噬鲂捕鲤<sup>⑭</sup>。嗷嗷林乌,受哺于子<sup>⑮</sup>。养隆敬薄<sup>⑯</sup>,惟禽之似。勖增尔虔<sup>⑰</sup>,以介丕祉<sup>⑱</sup>。

【注释】

①"《南陔》"二句:陔(gāi),垄。丘垄,田埂。戒,防备,警惕。养,供养父母。

②循:顺。

③眷恋:思慕。庭闱:父母亲之居处。

④心不遑安:言孝子欲思归供奉父母,否则其心无以自安。不遑,不暇。

⑤居:指未仕而居家者。

⑥罔:无。游盘:纵乐在外。

⑦馨:芳香。

⑧厥:其。油油:草初生柔嫩貌。

⑨色思其柔:此句谓承望父母颜色,须其柔顺。色,色难。

⑩羞:同"馐",美膳。

⑪有獭(tǎ):《礼记·月令》孟春之月:"鱼上冰,獭祭鱼,鸿雁来。"

又《王制》:"獭祭鱼,然后虞人入泽梁。"按,獭祭鱼谓獭捕得鱼,陈列水边,若祭祀状。此谓孝子循陔如求珍异,归养其亲。

⑫涘(sì):河边。

⑬凌波:起伏的波浪。汩(yù):急流。

⑭噆:吞。鲂:鳊。

⑮受哺于子:小鸟反哺大鸟。

⑯养隆敬薄:鸟类亦知反哺,然不若人之知礼敬,故曰养隆敬薄。反之,人虽有供养而无礼敬,则禽兽无异。

⑰勖(xù):勉励。虔:敬。

⑱介:助。丕:大。祉:福。

【译文】

《南陔》:孝子相互警戒,要好好供养父母。

沿着南边田埂,去采集兰花。思慕高堂双亲,想念唯恐不暇。为人之子,切莫乐而忘家。香喷喷的晚餐,美滋滋的早点,都已安排下。沿着南边田垄,嫩草碧绿如茸。为人之子,颜色柔和顺从。思慕高堂双亲,想念平添愁容。香喷喷的晚餐,洁净的早点,由我亲自送。到处寻觅珍奇食品,供奉我的双亲。为捕肥鲂鲜鲤,顾不得波涛汹涌。林中乌鸦嗷嗷叫,老鸦张嘴等待子鸦来喂料。只知喂料,礼数不到,无异于禽鸟。多多尊敬老人,福寿齐高。

《白华》,孝子之洁白也①。

白华朱萼②,被于幽薄③。粲粲门子④,如磨如错⑤。终晨三省⑥,匪惰其恪⑦。白华绛趺⑧,在陵之陬⑨。蒨蒨士子,涅而不渝⑩。竭诚尽敬,亹亹忘劬⑪。白华玄足⑫,在丘之曲⑬。堂堂处子,无营无欲⑭。鲜侔晨葩⑮,莫之点辱⑯。

**【注释】**

①"《白华》"二句：言孝子养父母，常自洁如白花之无玷污也。白华，白色之花。

②朱萼：红色花托。萼，承华者。

③被：同"披"，加。幽：幽远。薄：草丛生曰薄。

④粲粲：鲜明貌。门子：卿大夫的嫡子。《周礼·小宗伯》："其正室皆谓之门子，掌其政令。"

⑤如磨如错：指道德之磨砺。错，磨刀石。用以治玉石者。

⑥三省(xǐng)：《论语·学而》："曾子曰：'吾日三省吾身，为人谋而不忠乎？与朋友交而不信乎？传不习乎？'"省，反省。

⑦匪：非。惰：懈怠。恪(kè)：恭敬。

⑧绛：深红色。跗(fū)：同"跗"，萼足。

⑨陵：土山。陬(zōu)：山脚。

⑩"蒨蒨(qiàn)"二句：谓孝子之鲜明，虽染不变。蒨蒨，鲜明貌。此指道德明盛。涅，染。渝，变。

⑪"竭诚"二句：谓尽其诚敬，勉勉忘其劬劳。亹亹(wěi)，勤勉不倦。劬(qú)，劳。

⑫玄足：谓花根为黑色者。

⑬曲：山坳。

⑭"堂堂"二句：谓孝子不得有所营欲。堂堂，出众貌。处子，处士。按，不官于朝而居家者谓处士。无营无欲，无所追求，无所欲望，淡然处世。

⑮鲜侔晨葩：谓鲜洁效法晨葩。鲜，鲜洁。侔，效法。葩，花。

⑯莫之点辱：犹言无所污辱。点辱，即玷辱。

**【译文】**

《白华》：孝子之心洁白无瑕，犹如白色花朵。

洁白花朵，鲜红花萼，生于丛林，鲜明突出。正室的嫡子啊，光灿夺目,千锤百炼,磨砺道德。每日三省,不敢自足。洁白花朵,深红花萼,不在山顶,生在山脚。有道德的士人啊,永不变色。竭尽孝敬,勤勉永日。洁白花朵,黑色花足,不在山腰,生在山谷。堂堂的处士啊,清心寡欲。纯净如朝花,永不受玷辱。

《华黍》,时和岁丰,宜黍稷也①。

黮黮重云②,辑辑和风③。黍华陵巅④,麦秀丘中⑤。靡田不播,九谷斯丰⑥。弈弈玄霄⑦,蒙蒙甘溜⑧。黍发稠华⑨,亦挺其秀⑩。靡田不殖⑪,九谷斯茂⑫。无高不播,无下不殖⑬。芒芒其稼⑭,参参其穑⑮。穑我王委,充我民食⑯。玉烛阳明⑰,显猷翼翼⑱。

**【注释】**

①黍稷(jì):小米黏者为黍,不黏为稷。这里泛指五谷。

②黮黮(dǎn):黑貌。重云:浓云。

③辑辑:风声和貌。

④黍华:黍稷之花。陵巅:土山之顶。

⑤麦秀:麦扬花。丘中:土丘之腰。

⑥"靡田"二句:言无地不播种,九谷从此丰稔。靡,无。九谷,稷、黍、秫、稻、麻、大豆、小豆、大麦、小麦。

⑦弈弈:即奕奕,光。玄霄:黑云。

⑧甘溜:雨。

⑨稠:多,密。

⑩挺:出。

⑪殖:种植。

⑫茂:茂盛。

⑬"无高"二句：高、下，指地的位置或高或下。

⑭芒芒：多貌。稼：种。

⑮参参：长貌。穑(sè)：泛指耕耘收种。

⑯"穑(xù)我"二句：谓为王之穑积，以充人食。穑，积蓄。委，积。

⑰玉烛：四季气候调和。言人君德美如玉，可致四时和气之祥。阳明：阳光。

⑱猷：道。翼翼：光明貌。

**【译文】**

《华黍》：四时和顺，年岁丰登，最宜谷物生长。

浓云重重，习习和风。小米开花在山顶，麦子抽穗在丘垄。满栽满种，全面丰收在望中。云黑雷轰，细雨蒙蒙。小米开花密丛丛，出类拔萃兆年丰。满栽满种，全面丰年在望中。高处、低处，无处不播种。庄稼一垄一垄，长势郁郁葱葱。为我君王粮食堆满仓，百姓其乐融融。一年四季风调雨顺，天下有道，康乐无穷。


《由庚》，万物得由其道也①。

荡荡夷庚，物则由之②。蠢蠢庶类，王亦柔之③。道之既由④，化之既柔⑤。木以秋零⑥，草以春抽⑦。兽在于草⑧，鱼跃顺流⑨。四时递谢⑩，八风代扇⑪。纤阿案晷，星变其躔⑫。五是不逆⑬，六气无易⑭。惜惜我王⑮，绍文之迹⑯。


**【注释】**

①"《由庚》"二句：孔疏："由庚废则阴阳失其道理矣。"由，从。庚，道。

②"荡荡"二句：万物由之以生。喻王者之德，群生仰之以安。荡荡，浩大貌。夷庚，平常之道。夷，常。

③"蠢蠢"二句：言王者以道安抚百姓。蠢蠢，动。庶类，指百姓及
　万物。王，指周成王。柔，安。

④道之既由：万物既来自道。

⑤化之既柔：百姓又安于教化。

⑥木以秋零：草木因秋临而零落凋谢。

⑦草以春抽：草木又因春气萌动而抽条发华。言草木随性而盛衰。

⑧兽在于草：兽食草赖以生。

⑨鱼跃顺流：鱼得水而赖以活。言动物亦得其时。

⑩递谢：依次而更替。

⑪代扇：风向因季节而变换。

⑫"纤阿"二句：谓星月各按其规律运行而不失常。纤阿，古代传说
　中御月运行的月神。晷（guǐ），日影。躔（chán），日月运行五星的
　度次，指其行经的轨迹。

⑬五是：《尚书》指的五是为雨、旸（yáng，晴）、燠（yù，暖）、风、时。
　五是来备，各以其序。故曰不逆。

⑭六气：指阴、阳、风、雨、晦、明。无易：不改易。

⑮愔愔（yīn）：安和貌。我王：指成王。

⑯绍：继。文：指周文王。

【译文】

《由庚》：万物生息都顺乎规律。

万事万物，来自伟大的天道。人类得以生存，也须王道来协调。上
天派生万物，王者辅以化教。秋天草木凋零，春天发芽抽条。牛羊以草
为食，鱼虾水中逍遥。四季依次更迭，风向顺时飘飘。月神纤阿移月
影，星宿转移按天道。五时不可违，六气不能倒。贤明君主，继轨文王
是圣朝。


《崇丘》，万物得极其高大也①。

　　瞻彼崇丘,其林蔼蔼②。植物斯高,动类斯大③。周风既
洽,王猷允泰④。漫漫方舆,回回洪覆⑤,何类不繁?何生不
茂⑥?物极其性⑦,人永其寿。恢恢大圆,芒芒九壤⑧。资生
仰化⑨,于何不养。人无道夭⑩,物极则长。

【注释】

①"《崇丘》"二句:言万物生长于高丘,皆遂其性,得极其高大也。
　　崇丘,高丘。

②蔼蔼:茂盛貌。

③"植物"二句:言动植物备得其所宜而高大。植物,草木。动类,
　　禽兽。

④"周风"二句:周室风化既洽,王道信通上下。周风,周王朝之教
　　化。洽,协和。猷,同"犹"。泰,通。

⑤"漫漫"二句:漫漫、回回,大。方舆,地。洪覆,天。

⑥"何类"二句:谓生类茂盛,各尽性命之寿。繁、茂,盛。

⑦极:极尽。性:天性。

⑧"恢恢"二句:恢恢、芒芒,大。大圆,指天。九壤,九州。

⑨资生仰化:言取生者皆仰德而化。

⑩人无道夭:言天地养万物,皆极其性而无夭伤。夭,人未成年
　　而死。

【译文】

《崇丘》:万物生长尽其天性,故而能高能大。

　　看那高高丘陵地,丛林密密有生机。植物高,动物肥。周室有道,
政通人和有王基。苍苍昊天,茫茫大地,何物不繁荣?何物无生气?万
物顺其天性,人寿年丰应天机。天地广袤无边,宇宙南北东西。万物生
长,尽性而为。半途无夭折,物尽得永期。

《由仪》，万物之生，各得其仪也①。

肃肃君子②，由仪率性③。明明后辟，仁以为政④。鱼游清沼⑤，鸟萃平林⑥。濯鳞鼓翼⑦，振振其音。宾写尔诚⑧，主竭其心。时之和矣，何思何修⑨。文化内辑⑩，武功外悠⑪。

**【注释】**

①"《由仪》"几句：言万物之生，各由其道，得其所宜。仪，宜。

②肃肃：恭敬貌。

③率性：循其本性。

④"明明"二句：言明君以仁爱为政。明明，察。后、辟，皆为古代天子或诸侯的通称。

⑤沼：水池。

⑥萃：栖息。平林：平原上的树林。

⑦濯（zhuó）：洗。鼓：扇动。

⑧宾：指群臣。写：抒发。向子期《思旧赋》："停驾言其将迈兮，遂援翰而写心。"

⑨何思何修：李善注："时既和矣，何所思虑，何所修治。"

⑩辑：和。

⑪悠：远。

**【译文】**

《由仪》：万物的生长都有相宜的条件。

德行高尚的君子，由他的本性和相宜的条件才能产生。明察秋毫的人君，都施以仁政。仁政之所及，鱼翔清池，鸟栖平林。自由自在地鼓动双翼，闪耀鱼鳞，发出美妙的声音。君臣抒发忠诚之志，君王竭尽爱民之心。时通政和，还有什么顾虑，还须什么更新？教化使人民和顺，武德令天下归心。

# 述德

## 谢灵运

　　谢灵运（385—433），陈郡阳夏（今河南太康）人。宋初文学家。谢玄之孙，袭封康乐公，世称谢康乐。初，为武帝太尉参军，后迁太子左卫率。少帝时贬为永嘉太守，文帝时曾为临川郡守。灵运少而好学，博览群书，文章之美，江左莫逮。后移籍会稽，修营别业，傍山带江，尽幽居之美。与隐士王弘之、孔淳之等纵放为娱。每有一诗至都邑，贵贱莫不竞写，远近钦慕，名动京师。后为有司所纠，徙封广州。卒年四十九，有集二十卷。《宋书》《南史》皆有传。锺嵘《诗品》列为上品，评语曰："兴多才高，寓目辄书，内无乏思，外无遗物，其繁富，宜哉！"清沈德潜《古诗源》曰："（谢诗）经营惨淡，钩深素隐，而一归自然，山水闲适，时遇理趣，匠心独运，少规往则。建安诸公都非所屑，况士衡以下？"

## 述祖德诗二首

### 【题解】

　　《述祖德诗》二首，灵运颂其先祖之功德勋业。陆机《文赋》所谓："咏世德之骏烈，诵先人之清芬。"东晋谢玄是谢灵运的祖父，时前秦君主符坚灭前燕，取仇池，占汉中，取成都，克前凉，定代地，有灭东晋而统一域内之志。谢安荐谢玄为建武将军、兖州刺史、领广陵相，监江北诸军事。383 年淝水一战，玄为前锋，射伤符坚，杀死符融，以少胜多，大获全胜，封康乐县公。

　　在这两首诗里,谢灵运一方面竭力颂扬了谢安、谢玄打败异族入侵的功绩,一方面又指出谢安去世以来,世道人心,江河日下,唯有出世归隐,游荡江湖,才是真正的归宿。

　　李善注引此诗《序》曰:"太元中,王父龛定淮南,负荷世业,尊主隆人,逮贤相徂谢,君子道消,拂衣蕃岳,考卜东山。事同乐生之时,志期范蠡之举。"

达人贵自我<sup>①</sup>,高情属天云<sup>②</sup>。

兼抱济物性<sup>③</sup>,而不缨垢氛<sup>④</sup>。

段生蕃魏国<sup>⑤</sup>,展季救鲁人<sup>⑥</sup>。

弦高犒晋师<sup>⑦</sup>,仲连却秦军<sup>⑧</sup>。

临组乍不缀<sup>⑨</sup>,对珪宁肯分<sup>⑩</sup>。

惠物辞所赏<sup>⑪</sup>,励志故绝人<sup>⑫</sup>。

苕苕历千载<sup>⑬</sup>,遥遥播清尘<sup>⑭</sup>。

清尘竟谁嗣<sup>⑮</sup>,明哲时经纶<sup>⑯</sup>。

委讲缀道论<sup>⑰</sup>,改服康世屯<sup>⑱</sup>。

屯难既云康,尊主隆斯民。

**【注释】**

①达人:远见卓识者。这里指隐居者。

②高情:高洁的情操。属:连接。

③兼:兼济之兼。济物:拯救人类于危难之中。

④缨:绕,沾染。垢氛:尘秽。

⑤段生:段干木。战国晋人,流寓魏国,为魏文侯所敬重。因魏文侯能礼贤下士,故秦国不敢攻魏。蕃:篱笆,屏障。

⑥展季:即展获,字禽,亦即柳下惠。春秋鲁僖公二十六年(前634)

夏,齐孝公出兵伐鲁,齐兵尚未攻入鲁国国境,僖公即派展喜去慰劳。展喜按展季的指示说服齐国退兵。

⑦弦高:春秋时郑国商人。秦将兴师伐郑,贾人弦高遇之,一面派人通知郑国国君,一面佯作犒劳秦师。秦军以为郑国已设防,便放弃了偷袭郑国的计划。犒:以辛劳而赏赐以财帛、食物。

⑧仲连:即鲁仲连,齐人。赵孝成王时,秦将白起在长平破赵军四十万,乘胜围困赵国首都邯郸。魏安釐王派晋鄙领兵十万去救赵。晋鄙惧怕秦军强大,不敢对垒,反派辛垣衍间道入邯郸劝说赵王尊秦为帝。这时鲁仲连正在围城之中,他驳斥了辛垣衍的主张,时魏信陵君设法偷得魏王虎符,指挥魏军进攻,秦军乃退。却:退。

⑨组:丝带,古人用来佩玉挂印。乍:止。缲(xiè):打结。

⑩珪:瑞玉。古代皇帝分封爵位皆赐珪璧以为符信。

⑪惠物:有惠于人。辞:谢绝,辞却。

⑫励:勉励。绝人:不同一般世俗之人。

⑬苕苕:遥远。

⑭播:发扬。清尘:清高的遗风。言高让之德,清尘远播千载。

⑮嗣:继承。

⑯明哲:深明事理者,指谢玄。经纶:本指治丝,以喻人的组织才能。言我祖有明智经纶之才。

⑰委讲:放弃清谈。委,弃。缀道论:停止对道学的讨论。

⑱改服:改换服装。指脱下隐士的服装,而改穿戎装。康:平定。世屯:世难。指符坚的南侵。

## 【译文】

见识超群的人自有主见,高洁的情操直逼云天。

怀抱着拯世济物的秉性,不因污浊的环境而蜕变。

段干木的贤德可以退却秦兵,柳下惠的智慧确保了鲁国的平安。

商人弦高免除郑国一场灾难,鲁仲连却秦军仗着非凡的胆识。

面对官爵而不动心，玉佩于我如粪土般轻贱。

做了好事不思图报，坚定志向藐视世俗之见。

高风亮节无远不至，流芳百世历尽千年。

至清至高的境界谁来继承，是我的祖父谢玄。

放弃那言不及义的清谈，抵抗北方的侵略者苻坚。

天下已经平定，尊王爱民保平安。

　　　中原昔丧乱①，丧乱岂解已②。

　　　崩腾永嘉末③，逼迫太元始④。

　　　河外无反正⑤，江介有蘼圮⑥。

　　　万邦咸震慑⑦，横流赖君子⑧。

　　　拯溺由道情⑨，龛暴资神理⑩。

　　　秦赵欣来苏⑪，燕魏迟文轨⑫。

　　　贤相谢世运⑬，远图因事止⑭。

　　　高揖七州外⑮，拂衣五湖里⑯。

　　　随山疏浚潭⑰，傍岩薮枌梓⑱。

　　　遗情舍尘物⑲，贞观丘壑美⑳。

【注释】

①中原昔丧乱：西晋末，怀帝、愍帝时有石勒、刘聪之乱，破洛阳。
　怀帝殁于平阳。中原，指北方洛阳一带。

②解已：止息。言在昔中原丧乱不已。

③崩腾：原指山岳崩毁，以喻国家遭受破坏。永嘉：西晋怀帝年号
　（307—312）。此指石勒、刘聪之乱。

④逼迫：压迫，指在异族势力压迫下。太元：东晋孝武帝年号
　（376—396）。

⑤河外：指淮河以外地区，即洛阳、长安等地。反正：由邪归正，指收复失地。

⑥江介：江间。指东晋。蹙圮(cù pǐ)：紧促坍毁。指偏安江南的东晋王朝。

⑦万邦：万国。咸：都。震慑：震动而畏惧。指为前秦符坚势力所震慑。

⑧横流：本指水泛滥则横流，以喻符坚侵略势力之危害。君子：指谢玄。

⑨拯溺：救人于水没之中。《孟子·离娄》："天下溺，援之以道。"道：指一种正义的力量。

⑩戡暴：即戡暴，平定暴乱。神理：指应付事变的卓越见识。

⑪秦赵：指当时已为氐族符坚所统治的今河南、陕西一带。来：指晋军的北来。苏：是说人民摆脱苦难而得到苏复。

⑫燕魏：指当时已为鲜卑族慕容氏所统治的今河北、山东一带。迟：等待。文轨：表示统一祖国的愿望。

⑬贤相：指谢安。谢世运：此婉指去世。

⑭远图：高远的图谋。

⑮高揖：拱手让位。揖，辞。七州外：指东晋以外之地，意指隐居。七州，指徐、兖、青、司、冀、幽、并七州，谢玄做过七州都督。

⑯五湖：或说指太湖，或说太湖和附近四湖。其说不一。

⑰疏：开凿。浚潭：深渊。

⑱蓻(yì)：种植。枌(fén)：白榆。

⑲遗情：遗其世俗之情。尘物：俗物。

⑳贞观：正视，专心注视。

## 【译文】

西晋末年中原一带闹丧乱，石勒、刘聪折腾得没个完。

永嘉末年国土被侵犯，太元中期形势更危险。

北方失地未收复，江南一隅暂偏安。

四面八方都震惊,未曾灭顶都亏有谢安。

救民深渊凭着正气和道义,戡乱救亡依仗卓越的识见。

失地人民盼望早日能光复,沦陷区百姓叨念祖国统一早实现。

谢安已去世,国家前途没人管!

离别本土去归隐,放棹五湖四海间。

随山有河流,碧树傍山岩。

世俗情怀尽抛弃,优哉游哉大自然!

# 劝励

## 韦孟

韦孟,生卒年不详,鲁国邹(今山东邹城)人。曾为楚元王傅,又傅元王子夷王、孙王戊。戊荒淫不遵道,孟作诗《讽谏》。后遂去位,徙家于邹,又作一篇,载《汉书·韦贤传》,但后人疑其子孙好事者所作。《文选》只录第一首。

## 讽谏一首

**【题解】**

此诗首述韦氏家族的来源及演变,豕韦氏始自殷商,历经有周一代,至周赧王而绝,然后迁于彭城。次述暴秦之违天抗时,大汉因此建立。楚元王乃汉高祖刘邦之少弟,在位二十七年,国泰民安,治国有方。夷王即位四年而亡,以后王戊为嗣。又述王戊荒淫无道,不理政务,既对不起祖宗,又削弱了自己在诸侯中的地位。最后,以历史上称霸于春秋的秦穆公为例,希望王戊起用老臣,改过自新,才能使国家兴旺发达。

全诗层次分明,结构谨严,感情充沛。

孟为元王傅①,傅子夷王及孙王戊②。戊荒淫不遵道③,作诗讽谏曰:

肃肃我祖,国自豕韦。黼衣朱黻,四牡龙旂④。

彤弓斯征，抚宁遐荒。总齐群邦，以翼大商⑤。

迷彼大彭，勋绩惟光。至于有周，历世会同⑥。

王赧听谮，寔绝我邦。我邦既绝，厥政斯逸⑦。

赏罚之行，非繇王室。庶尹群后，靡扶靡卫⑧。

五服崩离⑨，宗周以坠⑩。我祖斯微，迁于彭城⑪。

在予小子⑫，勤唉厥生⑬。厄此嫚秦，耒耜斯耕⑭。

悠悠嫚秦⑮，上天不宁。乃眷南顾⑯，授汉于京⑰。

於赫有汉⑱，四方是征。靡适不怀，万国攸平⑲。

乃命厥弟⑳，建侯于楚㉑。俾我小臣㉒，惟傅是辅㉓。

矜矜元王㉔，恭俭静一㉕。惠此黎民㉖，纳彼辅弼㉗。

享国渐世㉘，垂烈于后㉙。乃及夷王㉚，克奉厥绪㉛。

咨命不永㉜，惟王统祀㉝。左右陪臣，斯惟皇士㉞。

如何我王㉟，不思守保㊱。不惟履冰，以继祖考㊲。

邦事是废㊳，逸游是娱㊴。犬马悠悠㊵，是放是驱㊶。

务此鸟兽㊷，忽此稼苗㊸。蒸民以匮，我王以媮㊹。

所弘匪德，所亲匪俊。唯囿是恢㊺，唯谀是信㊻。

瞵瞵谄夫㊼，谔谔黄发㊽。如何我王，曾不是察㊾。

既藐下臣㊿，追欲纵逸。嫚彼显祖，轻此削黜㉛。


**【注释】**

① 傅：古官名。汉高后元年置太傅。元王：指楚元王。楚元王，名
　交，字游，汉高祖刘邦之弟。高祖即位，立为楚王。

② 傅：辅导，辅助。夷王：元王子，名郢客。戊：夷王子。《汉书》颜
　师古注曰："官为楚王傅而历相三王也。"

③ 不遵道：不遵守王道。

④"肃肃"几句：谓韦氏封为诸侯，故得服黼黻(fǔ fú)、建龙旂。肃肃，敬。我祖，指韦姓之祖。豕韦，豕韦氏，古国名。黼衣，衣上画斧形，黑白为彩。朱黻，古代上公之服。四牡，四匹雄马。龙旂，画龙图纹之旗，古代王侯作仪卫用。

⑤"彤弓"几句：谓使诸侯联合起来辅助殷王朝治理好天下。彤弓，赤色弓。《诗经·小雅》篇名。毛序曰："《彤弓》，天子锡有功诸侯也。"按，诸侯有功于天子，天子赐以彤弓等物，设宴款待之。颜师古曰："言受彤弓之赐，于此得专征伐也。"故曰"彤弓斯征"。抚宁，安抚。遐荒，边远。荒，远。总齐，统一，协同。群邦，指诸侯。翼，佐助。商，殷。

⑥"迭彼"几句：言豕韦氏历世为诸侯预会同礼。迭，互。大彭，《国语》曰："大彭、豕韦为商伯矣。"光，光大。有周，周朝。历世会同，世代相继为诸侯而参与盟会。

⑦"王赧(nǎn)听谮(zèn)"几句：言自从绝了豕韦氏之后，政教逸漏，政令不行。王赧，周末王，听谗受谮，绝豕韦氏。谮，诬陷之言。绝，灭绝。逸，放。

⑧"赏罚"几句：谓赏罚之行不由王室，而由诸侯出。众官、诸侯无扶卫之者。庶尹，众官之长。群后，诸侯。靡，无。

⑨五服：古代王畿外围，每五百里为一服，以距离远近分为五服：甸服、侯服、绥服、要服、荒服。崩离：意谓亲疏距离被打乱。

⑩宗周以坠：言周之宗社从此而坠。

⑪"我祖"二句：言我之祖先于此遂微，于是迁居彭城。微，衰微。

⑫予小子：韦孟自称。

⑬唉：叹词。叹己生之微。

⑭"厄此嫚(màn)秦"二句：言因厄于秦之嫚毒之法而耕于野。厄，困厄。嫚，轻慢。耒耜(lěi sì)，上古时代翻土农具。耜以起土，耒为其柄。早先用木，后改为铁。

⑮悠悠：忧思。

⑯乃眷：谓上天眷念生命。南顾：高祖起事在丰沛，在秦之南边，故曰南顾。

⑰授汉于京：以秦之京邑，授予汉。

⑱於：叹词。赫：明亮貌。

⑲"靡适不怀"二句：谓汉兵所往之处，人皆思附而来，万国所以平也。适，处。怀，思，来。攸，所。

⑳乃：于是。厥弟：其弟，指高祖之弟元王。

㉑建侯于楚：诸侯封于楚。

㉒俾：使。小臣：韦孟自谦之辞。

㉓惟傅是辅：忠于傅之职守。

㉔矜矜：坚强貌。

㉕恭俭静：恭敬静守一道。

㉖惠此黎民：言能惠爱众庶。

㉗纳：采纳。辅弼：辅佐。弼，亦辅。

㉘享国渐世：谓楚元王即位二十七年而薨。渐，没。

㉙垂烈于后：垂遗业于后嗣。烈，业。

㉚夷王：元王子，立四年而薨。

㉛克奉厥绪：谓奉其次序。

㉜咨：嗟。永：长。

㉝惟王：谓王戊。统祀：续其嗣。

㉞皇士：美士。谓左右陪从之臣皆美上。

㉟我王：指王戊。

㊱守保：守其富贵，保其社稷。

㊲"不惟"二句：言不思念敬慎如履薄冰之义，用继其祖考之业也。祖考，本指祖、父。这里指祖辈大业。

㊳邦事：国家大事。废：废弃不理。

㊴逸游：逸乐，嬉戏。

㊵犬马：言王戊沉湎于犬马声色。

㊶放、驱：犬为放，马为驱。

㊷务：专事。

㊸稼苗：庄稼。

㊹"蒸民"二句：言庶民失此稼穑，以致困匮，而王反以为乐。蒸民，
　　百姓。媮（yú），快乐。

㊺囿：苑囿。恢：扩大。

㊻谀：谄言。

㊼睮睮（yú）：眼色谄媚貌。

㊽谔谔（è）：直言争辩貌。黄发：指老人。

㊾曾：岂。

㊿藐：小看。下臣：韦孟自谓。

㊿"嫚彼显祖"二句：谓轻视先王之业，无德而被削黜。嫚，轻视。

**【译文】**

韦孟曾为楚元王傅，后来又辅佐过元王之子夷王，和元王之孙王
戊。王戊荒淫无道，就作了这首《讽谏》诗规劝他。诗这样说：

我所敬仰的先辈，建邦立国唤作豕韦氏。朱裳绂衣，四马龙旗。

天子赐以彤弓，恩威八荒尽披。会集了诸侯，来拥戴殷商。

与大彭互称为伯，功业勋绩闪耀着光芒。到了周朝，参与诸侯盟会
历代享有荣光。

周赧王听信谗言，灭了我的家邦。豕韦氏既灭，国政从此逸放。

王室大权旁落，赏罚无方。诸侯属国，零落无所依傍。

天下分崩离析，周朝至此而亡。我祖从此衰落，于是迁到彭城。

像我这样不起眼的人，还是勤敬一生。后又遇上暴秦，豕韦氏失去
了爵位，只能躬耕于田野。

暴秦啊暴秦，上天难以安宁。苍天有灵，高祖起事取代了秦嬴。

大汉既立,四方是征。人心思归,天下升平。

于是分封高祖之弟,就有楚王大名。我这无能之人,成了元王傅臣。

兢兢业业元王,勤勉专一朝政。接受我的辅佐,造福黎民百姓。

元王去世之后,至今盛传美名。郢客即位为夷王,一切依循原章程。

可叹天不假年,夷王四年而薨。王戊继嗣,上下仍是有识之士。

为何王戊这人,不懂守富贵保社稷。不肯谨慎从事,唯祖业是继。

国家由此衰败,只求游猎嬉戏。声色犬马,无所不喜。

专事游猎,忽略农桑。庶民困匮,我王反以为乐。

与德乖离,亲近佞臣。扩建游乐之所,信任奸佞鼠辈。

邪恶之徒沾沾自喜,忠信老臣衰老不济。为何我王,全然不知。

既看不起我老朽无能,又一味穷奢极侈。慢侮了先王之业,又不管国力的日益衰微。


嗟嗟我王,汉之睦亲。曾不夙夜,以休令闻①。

穆穆天子②,照临下土③。明明群司④,执宪靡顾⑤。

正遏由近⑥,殆其兹怙⑦。嗟嗟我王,曷不斯思⑧。

匪思匪监⑨,嗣其罔则⑩。弥弥其逸⑪,岌岌其国⑫。

致冰匪霜,致坠匪嫚⑬。瞻惟我王,时靡不练⑭。

兴国救颠,孰违悔过⑮。追思黄发,秦缪以霸⑯。

岁月其徂,年其逮耇⑰。於赫君子,庶显于后⑱。

我王如何,曾不斯览⑲。黄发不近⑳,胡不时鉴㉑。


## 【注释】

①"嗟嗟"几句:谓王不能早起夜卧,以美善闻也。嗟嗟,感叹词,可叹。我王,指王戊。睦,亲近。夙夜,早晚。休,美。令,善。闻,声名。

②穆穆：敬美。

③照临：《诗经·小雅·小明》："明明上天，照临下土。"郑笺："照临下土，喻王者当察理天下之事也。"

④明明：明察。群司：各部门主管的官员。司，主。

⑤执宪：执法。靡顾：言执天子之法，无所顾望。

⑥正遐由近：言欲正远人，先从近始。

⑦殆其兹怙（hù）：言王戎怙恃与汉亲属，不自勖慎，以致危殆。殆，危。怙，恃。

⑧曷：何。思：思考，反省。

⑨匪思匪监：言不反省、不鉴戒。

⑩嗣其罔则：令后嗣无所法则。

⑪弥弥：稍稍。

⑫炭炭其国：言放纵逸乐，则危及家国。炭炭，危殆。

⑬"致冰"二句：冰固然不是霜，然致冰无不先由微霜；嫚固然不是坠，然致坠无不先由骄慢也。

⑭"瞻惟"二句：言考察我王之作为，不以往昔之事为训鉴。瞻惟我王，以此来观察王戎。练，阅历。引申为教训。

⑮"兴国"二句：谓欲兴其邦国，救其颠危，当无违悔过。兴，振兴。颠，覆。过，过失。

⑯"追思"二句：秦穆公伐郑，为晋所败而归，乃作《秦誓》曰："虽则员然，尚猷询兹黄发，则罔所愆。"谓虽有员然之失，庶几以道谋于黄发之贤，则行无所过矣。

⑰"岁月"二句：谓岁月骤往，年将及耇，不可殆忽。徂，往。逮，及。耇（gǒu），老寿。

⑱"於赫"二句：谓昔之君子，庶几善道，所以能光显于后世。於，叹词。庶，庶几。

⑲曾不斯览：谓王戎如何不察看种种。

⑳黄发不近：谓斥远老寿之人。

㉑胡不时鉴：何不以此时为鉴戒。

【译文】

可叹我的君王，你与大汉同根相傍！但不曾起早摸黑操持政务，以赢得好名望。

可叹堂堂天子，理应明鉴四方。手下群臣勤勉执法，决不徇情顾望。

正远人先从近始，王戎有恃无恐必然危及家邦。可叹我的君王，你为何不自思量。

不反省不鉴戒，后嗣以何为准则？现在稍稍放纵自己，将来会家破国亡。

冰冻三尺非一日之寒，社稷崩溃始于你一贯骄横！看看你的作为，难免将来遭祸殃。

振兴国家免于灭亡，定要痛改前非。要信任忠心耿耿的老臣，秦穆公因此而称霸兴旺。

岁月匆匆，老之将至。昔之君王，治国得法光显后世。

为何我王，不去察看？纵然不依靠老臣，也应以时为鉴振作自强！

# 张茂先

见卷第十三《鹪鹩赋》作者介绍。

## 励志一首

【题解】

张华《励志》一首，李善曰："四言。《广雅》曰：'励，劝也。'此诗茂先自劝勤学。《晋书·张华传》称："华学业优博，辞藻温丽，朗赡多通，图纬方伎之书莫不详览。少自修谨，造次必以礼度。勇于赴义，笃于周急。器识弘旷，时人罕能测之。"张华在有晋一代，位高权重，名著一代，奖掖后进，为人称道。这种精神也可以从《励志》诗中窥见一二。

全诗分九节，大处落笔，有高屋建瓴之势。

大仪斡运，天回地游①。四气鳞次②，寒暑环周③。

星火既夕④，忽焉素秋⑤。凉风振落⑥，熠耀宵流⑦。

吉士思秋⑧，寔感物化⑨。日与月与⑩，荏苒代谢⑪。

逝者如斯，曾无日夜⑫。嗟尔庶士⑬，胡宁自舍⑭。

仁道不遐，德輶如羽⑮。求焉斯至，众鲜克举⑯。

大猷玄漠⑰，将抽厥绪⑱。先民有作⑲，贻我高矩⑳。

虽有淑姿，放心纵逸。田般于游，居多暇日㉑。

如彼梓材，弗勤丹漆㉒。虽劳朴斫㉓，终负素质。

养由矫矢㉔，兽号于林㉕。蒲卢萦缴㉖，神感飞禽。

末伎之妙㉗，动物应心㉘。研精耽道㉙，安有幽深㉚。

安心恬荡㉛，栖志浮云㉜。体之以质㉝，彪之以文㉞。

如彼南亩，力未既勤㉟。厥壤致功，必有丰殷㊱。

水积成渊，载澜载清㊲。土积成山，歊蒸郁冥㊳。

山不让尘，川不辞盈。勉尔含弘，以隆德声㊴。

高以下基，洪由纤起㊵。川广自源，成人在始㊶。

累微以著，乃物之理㊷。纆牵之长，实累千里㊸。

复礼终朝，天下归仁㊹。若金受砺，若泥在钧㊺。

进德修业，晖光日新㊻。隰朋仰慕，予亦何人㊼。

**【注释】**

① "大仪" 二句：言大道回运，天地则转动。大仪，大道。斡（wò），旋转。

② 四气：四时，四季。鳞次：如鳞之比，以次而列。

③ 寒暑：四季之概称。环周：循环以往，周而复始。状如圆环而无端。

④ 星火：流火。《诗经·豳风·七月》："七月流火。" 孔疏："于七月之中有西流者，是火之星也。"

⑤ 素秋：西方色白，故曰素秋。

⑥ 振：落。落：落叶。

⑦ 熠耀：萤火虫发出的时隐时现的光亮。宵流：夜飞。

⑧ 吉士：古代对男子的美称。思秋：悲秋。

⑨ 寔感物化：感物之迁化。

⑩ 日与月与：日月。与，虚词。

⑪ 荏苒（rěn rǎn）：渐进。代谢：来者为代，去者为谢。此指更迭。

⑫ "逝者" 二句：《论语·子罕》："子在川上曰：'逝者如斯夫，不舍昼夜。'" 二句谓日月如流水，时不我待。

⑬ 庶士：多士，众士。

⑭ 胡：何。宁：肯。自舍：自弃。

⑮ "仁道" 二句：仁德之道，其求不远；其轻如羽，求之则至。仁道，仁德之道。遐，远。輶（yóu），轻。

⑯ "求焉" 二句：谓仁德之道虽求之不难，然众人少有能求至者。

⑰ 大猷（yóu）：大道。玄漠：幽远而寂寞。

⑱ 抽：理。厥绪：头绪。

⑲ 先民：前人，指古代圣贤。有作：已有所作为，有榜样可依循。

⑳ 贻：遗，留。高矩：高大之规矩、榜样。

㉑ "虽有" 几句：言纵心盘游，居多暇日，唯不修德业耳。淑姿，美好

的姿容。这里指美好的姿质。般、游,娱乐、游逸。

㉒"如彼"二句:谓匠人治材以为器,当勤于理削,而不勤于丹漆。梓材,匠人治材。弗勤丹漆,不勤于丹漆。丹漆,所以饰器者也。

㉓朴斫:匠人施以刀斧削理木材。

㉔养由:养由基。春秋楚人,善射,百步之外射柳叶,无不中。矫矢:矫正弓箭。

㉕兽号于林:楚有白猿,楚恭王自射之,猿则搏矢而顾,使养由基射之,始调弓矫矢,未发而猿抱树号矣。事见《淮南子》。

㉖蒲卢:指蒲且子,蒲且射双凫,一中而一不中,不中者亦随之下,言皆至妙之感。缴(zhuó):矫射。

㉗末伎:微末小技,指缴射。

㉘动物应心:动于物而感于心。物,指兽与禽。

㉙研精:穷研使精。耽道:沉浸于道。

㉚安有幽深:岂有幽深而不可达哉。

㉛恬荡:恬淡闲散。

㉜栖志浮云:栖志于浮云之上,言心地高洁超脱。

㉝体:体现。质:质素。

㉞彪:此指文饰。

㉟耒:泛指耕作。

㊱"薅蓘(biāo gǔn)"二句:以农为喻,农夫勤耘草、壅苗则殷丰,学者勤于道德,亦致光大。薅,耘田除草。蓘,为植物培土。

㊲澜:波涛。

㊳歊(xiāo):气上升貌。郁冥:深远。

㊴"山不让尘"几句:山川不辞让其尘盈,故能高深。言人亦当含弘光大,以崇德声。

㊵"高以下基"二句:高必以在下者为基,洪当由纤细者为始。

㊶"川广自源"二句:川之广大,在于泉源;人之成德,在于初始。

㊷"累微以著"二句：积微以至于著，乃物之理。累微，积累细微。

㊸"缦(mò)牵之长"二句：千里之马系以长索，则为累矣。人虽有容貌而不修德，如千里马之累缦牵也。

㊹"复礼终朝"二句：《论语·颜渊》："子曰：一日克己复礼，天下归仁焉。"

㊺"若金受砺"二句：若金属之受磨砺以成其利，泥从钧以成器。人亦因学以就其德。钧，作瓦之轮。

㊻"进德修业"二句：进德修业为日新之道。

㊼"隰(xí)朋"二句：隰朋，春秋齐大夫名。《庄子·徐无鬼》记载，管仲有病，齐桓公问他如果病重谁能代替他？管仲说："则隰朋可。其为人也，上忘而下不畔，愧不若黄帝而哀不己若者。以德分人谓之圣，以财分人谓之贤。以贤临人，未有得人者也；以贤下人，未有不得人者也。其于国有不闻也，其于家有不见也。勿已，则隰朋可。"此二句言隰朋犹慕德，我是何人而不慕乎？

## 【译文】

大道回运，天地转动。春夏秋冬，周而复始。

七月流火，秋送金风。凉风吹落黄叶，夜空闪耀萤火。

堂堂男子亦悲秋，万物凋零使人愁。日月如穿梭，冬去春自来。

孔子临川而叹逝，光阴荏苒若水流。衮衮诸公，怎能自弃。

仁德之道所在不远，其轻如羽。求之则至，可是得道者委实太少。

大道幽远飘渺，点滴努力方可达到。古代圣贤已立下榜样，只有虚心向之求教。

即使有着好姿质，一味放纵于逸乐。游戏无度不收敛，平居在家不努力。

犹如木匠当勤于理削，而不勤于丹漆。否则纵然精心制作，辜负良材太可惜。

养由基刚矫正弓箭，白猿便开始号叫。蒲且子射中一只大雁，另一只也伤心得直往下掉。

　　弓箭不过小道末技，动物却能神会心到。只要深入钻研道，又何愁幽深而达不到？

　　心地恬淡，立志高洁超脱。以本质的东西为体，以文采使之彰明。

　　就好像躬耕南亩，勤奋肯干。经常除草培土，秋后定会是丰年。

　　积水成川，汇成波涛滚滚。积土成山，远望雾气蒸腾。

　　高山不辞尘土才有其高，大海不辞涓滴才有其深。人应努力发扬大道精神，才能使仁德崇高。

　　高必以低为基础，大必以小为起步。江河万里自有源头，人们修炼道德也有起始。

　　积微以至于著，乃万物之理。千里之马系以长索，反为之累。

　　克己复礼，天下归仁。就像泥钧成器，百炼成金。

　　进德修业，为日新之道。贤如隰朋尚慕德，我如果不努力还算什么人？

# 献诗

## 曹子建

见卷第十九《洛神赋》作者介绍。

## 上责躬应诏诗表

**【题解】**

魏武帝曹操,以子建之才与己相类,屡次想立子建为太子。子建与文帝各树党羽,而子建党羽尤盛。然而终于不济者,以子建未得兵权之故。武帝死后,文帝绝无授以兵权之理。虽多次请领兵权,终不可得,不但不得兵权,且使文帝深以为忌。此后文帝之于子建几无手足之爱。

文帝即位,即诛子建党羽丁仪、丁廙,并其男口,令子建及诸侯并就国,黄初二年(221)监国奏"植醉酒悖慢,劫胁使者",欲治罪,因太后故得免于罪,贬为安乡侯。黄初四年,徙封雍丘王。其年,朝京都,上疏。可见此诗作于黄初四年,即 223 年。

臣植言:臣自抱衅归藩①,刻肌刻骨②。追思罪戾③,昼分而食,夜分而寝④。诚以天网不可重罹⑤,圣恩难可再恃⑥。窃感《相鼠》之篇⑦，无礼遄死之义⑧。形影相吊⑨，五情愧赧⑩。以罪弃生⑪，则违古贤夕改之劝⑫；忍垢苟全⑬，则犯诗人胡颜之讥⑭。伏惟陛下⑮，德象天地，恩隆父母⑯。施畅春风，泽如时雨⑰。是以不别荆棘者，庆云之惠也⑱。七子均养者，《鸤鸠》之仁也⑲。舍罪责功者⑳，明君之举也。矜愚爱能者，慈父之恩也㉑。是以愚臣徘徊于恩泽，而不敢自弃者也㉒。前奉诏书，臣等绝朝㉓，心离志绝㉔，自分黄耇永无执珪之望㉕。不图圣诏猥垂齿召㉖。至止之日㉗，驰心辇毂㉘。僻处西馆，未奉阙庭㉙，踊跃之怀㉚，瞻望反侧㉛，不胜犬马恋主之情㉜。谨拜表并献诗二篇。词旨浅末，不足采览㉝，贵露下情㉞，冒颜以闻㉟。臣植诚惶诚恐，顿首顿首，死罪死罪。

## 【注释】

①抱衅(xìn)：抱罪。《三国志·魏书·陈思王植传》曰："黄初二年，监国谒者灌均希指，奏植醉酒悖慢，劫胁使者。有司请治罪，帝以太后故，贬爵安乡侯。其年改封鄄城侯。三年，立为鄄城王，邑二千五百户。四年，徙封雍丘王。其年，朝京都。"归藩：当指回到鄄城。藩，诸侯对朝廷称自己的封地为藩。

②刻肌刻骨：即今言刻骨铭心，深自为诫也。

③追思罪戾：回忆自己的罪过。戾，恶。

④"昼分而食"二句：昼分，日中时。夜分，夜半时。

⑤诚以天网不可重罹(lí)：谓这次取得了皇上的宽恕，下次天网决不疏漏。天网，上天布下的罗网。罹，遭遇。

⑥圣恩：皇恩。恃(shì)：凭借，依靠。

⑦《相鼠》：《诗经·鄘风》篇名。第三章曰："相鼠有体，人而无礼。

人而无礼,胡不遄死?"相,视。

⑧礼:礼仪。遄(chuán):急,速。

⑨形影相吊:只身孤立之谓。吊,问。

⑩五情:喜、怒、哀、乐、怨。愧赧(nǎn):惭愧,内疚。

⑪弃生:轻生。

⑫古贤夕改之劝:谓古之君子朝有过而夕改之,今欲以罪弃生,则
违先贤之教也。

⑬忍垢:忍辱。

⑭诗人胡颜之讥:《诗经·小雅·巧言》:"巧言如簧,颜之厚矣。"郑
笺:"颜之厚者,出言虚伪而不知惭于人。"

⑮陛下:对帝王的尊称。

⑯"德象天地"二句:言皇帝之德类天地之厚,皇帝之恩若父母
之深。

⑰"施畅春风"二句:春风养物,时雨润物,言天子施惠润泽,通深如
此也。畅,通。泽,润泽。时雨,及时之雨。

⑱"是以"二句:谓庆云荫物,不分荆棘兰桂而复之。庆云,《汉书·
天文志》:"若烟非烟,若云非云,郁郁纷纷,萧索轮囷,是谓庆云。
庆云见,喜气也。"

⑲《鸤鸠》(shī jiū):《诗经·曹风》篇名。其首章云:"鸤鸠在桑,其
子七兮。淑人君子,其仪一兮。其仪一兮,心如结兮。"毛苌曰:
"鸤鸠之养其子,朝从上下,暮从下上,平均如一。"

⑳舍罪责功:赦免其罪而求责其功。

㉑"矜愚"二句:李善注引《论衡》曰:"父母之于子恩等,岂为贵贤加
意,贱愚不察乎。"矜,怜。

㉒自弃:死。

㉓臣等:奉诏绝朝者尚有任城王彰、吴王彪等,故曰臣等。绝朝:先
有诏书,不许藩王朝。

㉔心离志绝：犹言已灰心绝望。

㉕自分：自甘。黄耇(gǒu)：年老。执珪：臣子上朝时手执圭版。

㉖不图：不意。猥：曲。

㉗至止：来到。止，虚字。

㉘辇毂(gǔ)：天子的车舆。用以指代天子，也用来指代京师。

㉙阙：皇帝所居曰阙。庭：指朝廷。

㉚踊跃之怀：指跃跃欲试，急于谒见的心情。

㉛瞻望反侧：言急迫地想见到皇帝，见不到又辗转反侧的心理状态。

㉜不胜：不尽。犬马恋主：自比犬马，以文帝为主。

㉝采览：纳而览之。

㉞贵：敬辞。

㉟冒颜：掩面，自惭之意。

## 【译文】

臣曹植禀告：臣自从负罪回到鄄城，对所犯过错刻骨铭心。回想自己的所作所为，饭也吃不下，觉也睡不好。这样宽大的处置，于我不可再得；如此浩荡的皇恩，也难以重遇。我私下记起《诗经·鄘风·相鼠》里说的："人而无礼，胡不遄死。"深感惭愧。臣扪心自问，心情沉重而内疚。如果我因犯罪过而轻生，就违背了古代圣贤"朝过夕改"的遗训；如果我负罪苟活，又应承了《诗经·小雅·巧言》"巧言如簧，颜之厚矣"的嘲笑。臣拜倒在陛下跟前再禀：圣上德厚如天地，恩重似父母。春风和畅，滋养万物。像庆云笼罩大地，使荆棘野草也蒙受瑞气。如布谷鸟哺育幼雏，七子待遇均衡如一。赦免罪孽，表彰功劳，是圣明君王的行为。怜悯愚顽，珍爱贤能有着慈父般的恩情。所以愚臣沐浴皇恩而不敢擅自轻生。上次奉接诏书，不准臣等参与朝会，真是痛心疾首，以为这辈子绝无执圭朝见圣上之望了。万万没有想到，圣上又下诏书，恩准臣等再与朝会。这个大好日子到来之时，心比身疾，早已来到了京师。寄居在西馆，虽然尚未奉朝会之旨，急迫的心情已按捺不住，甚至夜眠不宁，真担当不起犬马眷恋追随主人心情。恭敬地拜上此表，并献诗二首。虽然词意浅近，不值得一读，但总算呈上了在下一片热切之情，愿掩面听候垂教。臣曹植诚惶诚恐，叩头再拜，死罪死罪。

## 责躬诗一首

於穆显考①，时惟武皇②。受命于天③，宁济四方④。
朱旗所拂⑤，九土披攘⑥。玄化滂流⑦，荒服来王⑧。
超商越周⑨，与唐比踪⑩。笃生我皇⑪，奕世载聪⑫。
武则肃烈，文则时雍⑬。受禅于汉，君临万邦⑭。
万邦既化⑮，率由旧则⑯：广命懿亲⑰，以藩王国。
帝曰尔侯，君兹青土⑱。奄有海滨⑲，方周于鲁⑳。
车服有辉，旗章有叙㉑。济济俊乂㉒，我弼我辅㉓。
伊余小子㉔，恃宠骄盈㉕。举挂时网㉖，动乱国经㉗。
作蕃作屏㉘，先轨是隳㉙。傲我皇使㉚，犯我朝仪㉛。
国有典刑，我削我黜。将置于理，元凶是率㉜。
明明天子，时惟笃类㉝。不忍我刑，暴之朝肆㉞。
违彼执宪，哀予小臣㉟。改封兖邑，于河之滨㊱。
股肱弗置㊲，有君无臣㊳。荒淫之阙，谁弼予身㊴。
茕茕仆夫㊵，于彼冀方㊶。嗟余小子，乃罹斯殃。
赫赫天子，恩不遗物㊷。冠我玄冕㊸，要我朱绂㊹。
光光大使㊺，我荣我华㊻。剖符受土㊼，王爵是加。
仰齿金玺㊽，俯执圣策㊾。皇恩过隆，祗承怵惕㊿。
咨我小子(51)，顽凶是婴(52)。逝惭陵墓，存愧阙庭。

匪敢傲德<sup>㊾</sup>，寔恩是恃。威灵改加<sup>㊼</sup>，足以没齿<sup>㊺</sup>。
昊天罔极<sup>㊻</sup>，生命不图<sup>㊼</sup>。尝惧颠沛<sup>㊽</sup>，抱罪黄垆<sup>㊾</sup>。
愿蒙矢石<sup>㊿</sup>，建旗东岳。庶立毫厘，微功自赎。
危躯授命<sup>㉑</sup>，知足免戾<sup>㉒</sup>。甘赴江湘，奋戈吴越<sup>㉓</sup>。
天启其衷<sup>㉔</sup>，得会京畿<sup>㉕</sup>。迟奉圣颜<sup>㉖</sup>，如渴如饥。
心之云慕<sup>㉗</sup>，怆矣其悲<sup>㉘</sup>。天高听卑，皇肯照微<sup>㉙</sup>。

## 【注释】

①於(wū)：虚词。穆：美。显考：古人称高祖为显考。亦有称亡父
　为显考者。此处指曹操。

②时：是。惟：助语。武皇：指曹操。

③受命于天：谓曹魏得汉之天下为受天之命。

④宁济：安济。

⑤朱旗：汉为火德，曹操为汉臣，故建朱旗。拂：飘拂，飘扬。

⑥九土：九州。披攘：犹披靡。

⑦玄化：谓道德之化。滂流：若水之滂沱而流。

⑧荒服：五服之一，谓遥远之疆土。来王：咸来归顺于君王。

⑨超商越周：商、周以武力得天下，曹魏未用武，故有此说。

⑩与唐比踪：唐虞以禅让得天下，曹操可与比肩连踪。唐，唐尧和
　虞舜。

⑪笃生：禀淳厚之德而生。我皇：当今皇帝。指文帝曹丕。

⑫奕世：累世。载：言武皇既聪，而文帝又聪，故曰载聪。载，通
　"再"。

⑬"武则肃烈"二句：谓武定祸乱，文经天地。肃烈，威猛。时雍，
　时和。

⑭"受禅于汉"二句：谓受汉禅位为人君，以临万邦。

⑮化：归化。

⑯率：循。旧则：旧时法规。

⑰命：告。懿亲：皇室宗亲。

⑱"帝曰"二句：建安十九年(214)，曹植徙封临淄侯。临淄属齐郡，旧青州之境。君，统治，主宰。

⑲奄：大。海滨：青州东北临海。

⑳方周于鲁：亦犹周武王封周公旦于鲁。

㉑"车服"二句：车服、旗章，均以别贵贱者也。旗章，旌旗和名号。叙，秩叙。

㉒济济：众多貌。俊乂：德高望重的长者。

㉓弼、辅：助。

㉔伊：虚词。小子：自谦之辞。

㉕骄盈：骄傲自满。

㉖挂：碍。时网：国家现存法规。

㉗国经：国之常法。

㉘作蕃作屏：王室贵族之分封为诸侯者谓之蕃屏。

㉙先轨：先前定的国家法规。隳(huī)：毁坏。

㉚傲：傲慢。皇使：指监国使灌钧。奏植醉酒，劫胁使者事。

㉛朝仪：朝廷的种种规定。

㉜元凶：大凶。率：类。

㉝笃：厚。类：谓兄弟。

㉞暴：露。肆：杀人陈其尸曰肆。

㉟"违彼"二句：此处指天子不忍让曹植暴尸于朝市，所以违执法者以示对他的哀怜。

㊱"改封"二句：帝以太后故，贬爵安乡侯。黄初二年(221)，改封鄄城。属东郡，旧兖州之境。又近济河，故曰于河之滨。

㊲股肱(gōng)：大腿和胳膊。以喻辅佐君主的大臣。弗置：不设。

意谓诸侯无臣。

㊳有君无臣：君谓诸侯。为永剪其羽翼，故不设臣。

㊴"荒淫"二句：言己荒淫而不遵道，故无人辅弼。

㊵茕茕（qióng）：孤独貌。仆夫：驾驭车辆者，以自况。

㊶于：往。冀方：《后汉书·郡国志》邺属冀州魏郡。冀方，指邺。
子建于改封鄄城侯后，为王机、仓辑所诬。文帝迁子建于邺，以
禁锢之。旋诏还鄄城，晋加王爵，故本集《谢封鄄城王表》云："自
分放弃，抱罪终身，不悟圣恩爵以非望，枯木生叶，白骨更肉。"盖
指此也。

㊷恩不遗物：谓蒙恩得还于京师邺城，谓皇恩不遗于自身。

㊸玄冕：泛指黑色冠冕。

㊹朱绂（fú）：古代系佩玉或印章的红色丝带。

㊺光光：光明显要。大使：指代表帝王封邑授爵的使者。

㊻我荣我华：使我荣华。

㊼剖符：古时帝王授予诸侯的凭证。竹制，剖分为二，帝王与诸侯
各执其一，故称剖符。受土：土，别本均作"玉"。玉即指圭，封爵
的标记。

㊽齿：列。金玺：诸侯王皆金玺。

㊾圣策：圣上的策书。策书，皇帝命令之一种，多用于封土授爵
之事。

㊿怵惕：戒惧。

51咨：叹词。

52婴：环绕，羁绊。

53傲德：言不敢愧也。

54威灵：威严的神灵。

55没齿：没尽齿年，犹言没世，一辈子。齿，年。

56昊天罔极：言上天神灵无边。昊天，上天。罔极，无极。

(57)生命不图：言生之夭寿不可预谋。不图，不虑。

(58)颠沛：倾覆。

(59)黄垆(lú)：坟墓。

(60)愿蒙矢石：使挡矢石。矢石，箭与石。古时作战发矢抛石以御敌。

(61)危躯：犹言待罪之人。

(62)免戾：免罪。

(63)"甘赴"二句：言愿东征西讨、南北转战以立功赎罪。

(64)启其衷：敞开胸怀。

(65)得会京畿：得以在京城朝会。

(66)迟：待。奉圣颜：见皇帝一面。

(67)慕：敬慕。

(68)怆矣其悲：悲怆。

(69)"天高听卑"二句：谓天之高，所听者卑，何暇明我微诚。皇，君。肯，可。

**【译文】**

勋绩光辉的武皇，是我们的父亲。他老人家受上天的嘱托，统一天下四方安宁。

红旗飘扬处，九州归顺。道德教化流播，八方诸侯莫不朝聘。

德化超越商周，可与唐虞比肩。当今皇上禀淳厚之德而生，积累了累世的聪明才智。

武以威猛平定天下，文以皇恩体察民情。受汉朝禅让，使万邦听命。

天下既已归化，仍循旧章：分封王室宗亲，以捍卫王国。

皇帝封我为临淄侯，于是寄身青州之境。青州东北靠大海，正像武王分封周公管辖鲁境。

车服闪烁着光辉，旗章标志着等级。德高望重之士，辅佐我治政。

我这个不争气的罪人，依仗皇上恩宠骄横任性。触犯现存法规，违反朝廷规定。

作为王室诸侯,竟带头破坏国家的法律章程。傲慢地对待国家的使者,使朝廷礼仪失去威信。

国家有常法常刑,削爵去职我自当领承。将我送交司法议处,按理是元凶当惩。

正大光明的天子,顾念同胞手足之情。不忍对我施极刑,暴尸朝市而无人照应。

于是曲意徇情,怜悯我这罪臣。先将我贬爵,后又改封鄄城。

不设大臣,只有我这个诸侯。荒淫而无道,谁来辅佐我这罪臣。

孑然一身,来到京师邺城。可叹我这卑微之人,遭此灾祸危及性命。

光照千秋的皇上啊,恩辉施于罪臣。我终于又戴上了玄冕,腰间佩上朱色绶带。

地位显要的皇者之使,重使我荣华加身。给了我皇帝的信物,授予我侯爵的凭证。

使我重新进入诸侯之列,金玺圣策上有了我的姓名。皇恩浩荡啊,谨小慎微地敬承。

可叹我这罪人,顽冥凶险总不离我身。既对不起列祖列宗,又愧对当今朝廷。

只怪自己胆大妄为,有恃无恐。尊严的神灵竟改加皇恩,一生一世难以忘情。

上天法力无边,人之寿夭难以测定。常担心一朝倾覆,负罪于黄泉。

我愿作挡箭盾牌,立足泰山之境。立下菲薄功劳,以赎以往罪行。

待罪之人受天之命,以免罪为幸。甘愿东征西讨,南北转战。

天子敞开胸怀,得以在京城朝会。等待一睹圣颜,如饥渴之难忍。

我心向往敬慕,悲怆使人动魄惊心。上天垂听下闻,能否明白我的诚意?

# 应诏诗一首

肃承明诏<sup>①</sup>，应会皇都<sup>②</sup>。星陈凤驾<sup>③</sup>，秣马脂车<sup>④</sup>。
命彼掌徒<sup>⑤</sup>，肃我征旅<sup>⑥</sup>。朝发鸾台，夕宿兰渚<sup>⑦</sup>。
芒芒原隰<sup>⑧</sup>，祁祁士女<sup>⑨</sup>。经彼公田<sup>⑩</sup>，乐我稷黍<sup>⑪</sup>。
爰有樛木<sup>⑫</sup>，重阴匪息<sup>⑬</sup>。虽有糇粮<sup>⑭</sup>，饥不遑食。
望城不过<sup>⑮</sup>，面邑不游<sup>⑯</sup>。仆夫警策<sup>⑰</sup>，平路是由<sup>⑱</sup>。
玄驷蔼蔼<sup>⑲</sup>，扬镳漂沫<sup>⑳</sup>。流风翼衡<sup>㉑</sup>，轻云承盖<sup>㉒</sup>。
涉涧之滨<sup>㉓</sup>，缘山之隈<sup>㉔</sup>。遵彼河浒<sup>㉕</sup>，黄坂是阶<sup>㉖</sup>。
西济关谷<sup>㉗</sup>，或降或升。骕骖倦路<sup>㉘</sup>，再寝再兴<sup>㉙</sup>。
将朝圣皇，匪敢晏宁<sup>㉚</sup>。弭节长骛<sup>㉛</sup>，指日遄征<sup>㉜</sup>。
前驱举燧<sup>㉝</sup>，后乘抗旌<sup>㉞</sup>。轮不辍运，銮无废声<sup>㉟</sup>。
爰暨帝室<sup>㊱</sup>，税此西墉<sup>㊲</sup>。嘉诏未赐，朝觐莫从<sup>㊳</sup>。
仰瞻城阈<sup>㊴</sup>，俯惟阙庭。长怀永慕<sup>㊵</sup>，忧心如酲<sup>㊶</sup>。

**【注释】**

①肃：敬。诏：诏书。秦汉后专指帝王的文书命令。魏晋时应帝王
之命而作的诗文通称为应诏。也称应制。

②应会：上既有诏，下自有应。应会者，应赴朝会也。

③星：雨止星见。陈：陈列。凤：早。

④秣马：以料饲马。脂车：以油膏润车。

⑤命：命令。掌徒：掌管徒役之人。

⑥肃：戒。

⑦"朝发鸾台"二句：鸾台、兰渚，指车之所经地，非真地名，美言
之耳。

⑧芒芒:大貌。原隰(xí):广平低湿之地。

⑨祁祁:众盛貌。

⑩公田:公家的田。或言诸侯、领主之田。

⑪乐我稷黍:言见田中稷黍丰茂而心乐之。

⑫爰:曰。樛(jiū)木:枝向下弯曲的树木。

⑬重阴:浓荫。匪息:不事休息。

⑭糇(hóu)粮:干粮,食粮。

⑮过:过望。

⑯面:向。

⑰仆夫警策:犹言马夫扬鞭。

⑱由:从。

⑲玄:黑色。驷:四马。蔼蔼:壮盛。

⑳扬镳(biāo):驱马前进。漂沫:谓泡沫飘飞。

㉑翼:扶。衡:车轭。

㉒承:接。盖:车盖。

㉓滨:涯。

㉔隈(wēi):曲。

㉕遵:沿。河浒:河边。

㉖黄坂:黄土斜坡。阶:因。

㉗关谷:即大谷。

㉘骓骖(fēi cān):四马驾车时,中间两马夹辕者名服马,两旁之名骓马,亦称骖马。此处泛指拉车的马。

㉙再寝再兴:又睡又起,言奔走之劳。

㉚晏宁:安逸。

㉛弭节:安志。

㉜遄(chuán):疾速。

㉝前驱:行列之前导。举燧:执火把而夜行。燧,火。

㉞乘：骑乘。抗：高举。旌：以彩色鸟羽作竿饰的旗子。

㉟銮：装于轭或车衡上的饰物。上部为扁圆形的铃，下部为座。铃内弹丸，车行则摇动作响，声似鸾鸟。

㊱暨：及。

㊲税：舍。西墉：西馆。墉，城。

㊳"嘉诏"二句：谓虽至京师，未奉诏书，故觐见无从。

㊴阈：门楣。

㊵长怀：引颈长望。

㊶酲（chéng）：病酒，酒醉后神志不清。

**【译文】**

敬承圣上的诏书，为赴朝会来到京都。披星戴月风雨兼程，饱马轻车正好赶路。

下令管行伍的长官，做好戒备莫误征途。早上从鸾台起程，晚上定要赶到兰渚。

茫茫大平原，男来女往不胜数。经过诸侯的公田，庄稼茂密心欢欣。

虽有高林浓荫，着急赶路不歇息。虽有干粮，行步匆匆无暇食。

遇到城邑不问津，路过市镇无意游。车夫扬鞭驱马，沿着大道往前闯。

四匹健壮黑马，口沫飘飞情高昂。和风抚摸车把，轻云承托车梁。

逢水涉水走，遇山绕山岗。沿着水边行，顺着斜坡走。

闯关过谷，忽升忽降。马匹累了歇一夜，明日又是神飞扬。

为了朝觐皇上，岂敢延误时光？意志坚定长驱直入，快马加鞭指日可达。

先头部队火把照烛，殿后之师旌旗在握。车轮滚滚，銮声大作。

到了京城，西馆下榻。诏书未逢，朝会有日。

仰看城墙，俯观宫阙。引颈长望，衷心急迫。

# 潘安仁

见卷第七《藉田赋》作者介绍。

## 关中诗一首

### 【题解】

西晋惠帝元康六年（296），西羌齐万年与杨茂作乱于关中，给人民生命财产带来巨大损失。平乱之后，惠帝命诸臣作《关中诗》以献。潘岳此诗是应皇帝诏而作，是为应诏诗。诗前附《表》，说明作诗的缘起。

潘岳《关中诗》共分十四小段，于西晋开国说起，重点描述氐羌作乱及平乱过程，并为孟观、夏侯骏评说功罪。何焯《义门读书记》曰："观《晋书·孟观传》所载事甚略，此诗可补其阙。议论奇伟，非陆士衡所及。"李善注引潘岳《上诗表》曰："诏臣作《关中诗》，辄奉诏竭愚，作诗一篇。"

於皇时晋①，受命既固②。三祖在天③，圣皇绍祚④。
德博化光⑤，刑简枉错⑥。微火不戒，延我宝库⑦。
蠢尔戎狄⑧，狡焉思肆⑨。虞我国眚⑩，窥我利器⑪。
岳牧虑殊⑫，威怀理二⑬。将无专策⑭，兵不素肆⑮。
翘翘赵王⑯，请徒三万⑰。朝议惟疑⑱，未遑斯愿⑲。
桓桓梁征⑳，高牙乃建㉑。旗盖相望㉒，偏师作援㉓。
虎视眈眈㉔，威彼好畤㉕。素甲日曜㉖，玄幕云起㉗。
谁其继之㉘，夏侯卿士㉙。惟系惟处㉚，列营棋跱㉛。

夫岂无谋，戎士承平<sup>㉜</sup>。守有完郛，战无全兵<sup>㉝</sup>。
锋交卒奔<sup>㉞</sup>，孰免孟明<sup>㉟</sup>。飞檄秦郊<sup>㊱</sup>，告败上京。
周殉师令<sup>㊲</sup>，身膏氏斧<sup>㊳</sup>。人之云亡<sup>㊴</sup>，贞节克举<sup>㊵</sup>。
卢播违命<sup>㊶</sup>，投畀朔土<sup>㊷</sup>。为法受恶<sup>㊸</sup>，谁谓荼苦<sup>㊹</sup>。
哀此黎元<sup>㊺</sup>，无罪无辜。肝脑涂地，白骨交衢<sup>㊻</sup>。
夫行妻寡<sup>㊼</sup>，父出子孤<sup>㊽</sup>。俾我晋民，化为狄俘<sup>㊾</sup>。
乱离斯瘼，日月其稔<sup>㊿</sup>。天子是矜，旰食晏寝<sup>○51</sup>。
主忧臣劳，孰不祗懔<sup>○52</sup>。愧无献纳，尸素以甚<sup>○53</sup>。
皇赫斯怒<sup>○54</sup>，爰整精锐<sup>○55</sup>。命彼上谷，指日遄逝<sup>○56</sup>。
亲奉成规<sup>○57</sup>，稜威遐厉<sup>○58</sup>。首陷中亭<sup>○59</sup>，扬声万计<sup>○60</sup>。

**【注释】**

①於：虚词。时：是。晋：晋朝。

②受命：受命于天。既固：言王基已坚固。

③三祖：宣帝追号曰高祖，文帝号曰太祖，武帝号曰世祖。在天：言已逝。

④圣皇：指晋惠帝司马衷。绍：继。祚：福。

⑤德博：普施以德。化光：德化光大。

⑥刑简：简刑。枉错：纠正错误。

⑦宝库：武库。

⑧戎狄：泛指古代我国西北部的民族。此处专指西羌。

⑨狡：乱。思肆：思恣凶逆。

⑩虞：测度。眚（shěng）：过错，盖指宝库之灾。

⑪利器：喻国家权力。

⑫岳牧：相传尧时有四岳、十二州牧分管政务和方国诸侯，合称岳牧。后为封疆大臣的泛指。虑殊：谓或威或怀，有着两种

考虑。

⑬威怀理二:言威猛、柔怀,治以二法。

⑭将无专策:言主将无谋,战守不定。

⑮素:平素。肄:练习。

⑯翘翘:出群貌。赵王:指赵王伦。

⑰请徒三万:曾请领兵三万往平氐羌。朝议勿许。

⑱惟疑:疑其未必胜。

⑲未遑:未能遑其平羌之愿。

⑳桓桓:武貌。梁征:梁王肜为征西大将军,西讨氐。

㉑高牙:将军之旗。建:立。

㉒旗盖:军旗和车盖。

㉓偏师:军队的一部分,区别于主力部队。援:助。

㉔眈眈:深视貌。

㉕好畤:地名。在今陕西境内。梁王出兵、屯兵之地。

㉖素甲:明光甲。日曜:日照素甲反射之光。

㉗玄幕:营房。云起:言营房建帐之快。

㉘谁其继之:谁人继梁王而西讨氐羌。

㉙夏侯卿士:齐万年帅羌胡,围泾阳。遣安西将军夏侯骏西讨
　　氐羌。

㉚惟系惟处:系,解系。处,周处。解系,字少连,济南人。为雍州
　　刺史。周处,字子隐,吴兴人。朝廷以处忠烈,欲遣讨氐,乃拜建
　　威将军。

㉛列营棋跱:言营垒如棋之峙立。跱,立。

㉜"夫岂无谋"二句:谓岂无谋略,但以士卒承平,不经练习,故败。
　　无谋,无谋略。戎士,战士。承平,治平相承。言天下太平。

㉝"守有完郭"二句:谓守者且全其城,战兵尽为贼败,无全者。完,
　　全。郭,城。

㉞锋交：两军对垒，前锋相交。即交锋。卒：急遽貌。奔：逃遁。

㉟孟明：春秋秦百里奚之子，名视，字孟明。鲁僖公三十三年（前 627），秦穆公命出兵袭郑，败于崤山。文公二年（前 625），再领兵伐晋，又败。

㊱飞檄：檄，古代官方文书，以木为简，多作征召、晓喻、申讨之用。若有急事，则插羽毛。秦郊：秦之郊外，氐羌所在。

㊲周：指周处。殉：殉命。师令：军令。

㊳膏：润。氐斧：谓周处殉命于西羌人之斧钺。氐，西羌别名。

㊴人之云亡：谓周处已死。

㊵贞节克举：高节可高扬。

㊶卢播：李善注引王隐《晋书》曰：“卢播诈论功，免为庶人，徙北平。”违：背。

㊷畀（bì）：赐予。朔土：指北平。

㊸为法受恶：言卢播为狡诈之法而受恶。

㊹谁谓荼（tú）苦：怎能以为苦呢？荼，苦菜。

㊺黎元：众人。

㊻“肝脑”二句：谓无辜众人为氐贼所杀，肝脑涂于地，白骨相交于通衢。

㊼行：谓死。

㊽出：死。

㊾“俾我”二句：谓使我晋朝人民皆成为戎狄之俘虏。

㊿“乱离”二句：谓乱离为病既久，日月已经一熟。瘼（mò），病。稔（rěn），庄稼成熟。

51“天子”二句：谓天子怜众人遭祸，故晚寝旰食。矜，怜。旰（gàn），晚。

52“主忧”二句：谓天子既忧，谁不敬惧。主，指皇帝。祗，恭敬。懔（lǐn），危惧，戒惧。

(53)“愧无”二句:谓愧无谋略献纳于君,唯尸位素餐而已。献纳,贡献进纳。尸素,尸位素餐。谓居位食禄而不尽职。

(54)赫:怒。

(55)爰:于是。精锐:精锐之师。

(56)“命彼”二句:谓天子见诸将败,乃拜观为建威将军,令速往击氐羌也。上谷,积弩将军孟观,封上谷郡公,关中氐反,诸将败退,乃遣孟观。

(57)成规:既定之计划。

(58)稜(léng)威:威严,威势。遐:远。厉:烈。

(59)首陷中亭:陷贼于中亭。

(60)扬声:声威远扬。万计:为所诛氐贼之数。

**【译文】**

大晋朝的皇帝,受天之命建立王基。高祖、太祖、世祖在天有灵,当今圣皇社稷为继。

德行广大,减刑纠错最仁慈。一场火灾未能防范,国家宝库付之一炬!

蠢蠢欲动的西羌,肆无忌惮。发现宝库之灾,趁机侵犯国土。

封疆大吏意见有殊,怀柔、用兵各有主张。可惜主将无谋略,战士平素少操练。

出类拔萃赵王伦,曾请领兵三万战。朝议纷纷不许可,壮志未酬功难论。

威武英勇的梁王彤,高举战旗去远征。旗盖相望声势浩,偏师助战作后盾。

虎视眈眈真威武,屯兵好畤待战鼓。日照盔甲光闪闪,兵营一片黑沉沉。

谁继梁王为统帅,夏侯将军伐氐羌。解系周处并肩战,兵营林立争汉楚。

　　难道没有好计谋,实因承平日久士兵少操练。防守城市还可以,攻城讨贼战术不齐全。

　　两军交锋便奔逃,孟明之恨也难免。飞檄来自西秦外,告败上京讨救援。

　　周处英勇战沙场,葬身氐羌斧下亡。自古人生谁无死,高风亮节美名扬。

　　卢播欺君骗取功劳,后被削职为民贬朔方。罪有应得诚后人,自找苦茶自先尝。

　　可叹平头老百姓,无缘无故遭祸殃。肝脑涂地,尸横遍野。

　　丈夫去世妻守寡,孤儿可怜父母亡。我晋朝人民,皆成戎狄之俘虏。

　　乱离世道难为生,旷日持久一年整。天子垂怜众人遭祸,废寝忘食亦劳神。

　　皇帝发愁臣子忧,家国有难心如焚。惭愧自己无良谋,尸位素餐不应该。

　　当今圣上变龙颜,整顿精锐重开战。命令孟观出奇兵,决胜之日在眼前。

　　作战方案规划好,声震远近有威严。中亭一战捷报传,杀敌万千声名扬。


　　兵固诡道①,先声后实②。闻之有司,以万为一③。
纠之不善,我未之必④。虚晶涌德,谬彰甲吉⑤。
雍门不启⑥,陈汧危逼⑦。观遂虎奋⑧,感恩输力⑨。
重围克解⑩,危城载色。岂曰无过⑪,功亦不测⑫。
情固万端,于何不有。纷纭齐万⑬,亦孔之丑⑭。
曰纳其降,曰枭其首⑮。畴真可掩,孰伪可久⑯。

既征尔辞,既蔽尔讼<sup>⑰</sup>。当乃明实,否则证空<sup>⑱</sup>。
好爵既靡<sup>⑲</sup>,显戮亦从<sup>⑳</sup>。不见窦林,伏尸汉邦<sup>㉑</sup>。
周人之诗,寔曰《采薇》<sup>㉒</sup>。北难猃狁,西患昆夷<sup>㉓</sup>。
以古况今,何足曜威<sup>㉔</sup>。徒悯斯民,"我心伤悲"<sup>㉕</sup>。
斯民如何,荼毒于秦<sup>㉖</sup>。师旅既加,饥馑是因<sup>㉗</sup>。
疫疠淫行<sup>㉘</sup>,荆棘成榛<sup>㉙</sup>。绛阳之粟<sup>㉚</sup>,浮于渭滨<sup>㉛</sup>。
明明天子,视民如伤<sup>㉜</sup>。申命群司<sup>㉝</sup>,保尔封疆<sup>㉞</sup>。
靡暴于众,无陵于强<sup>㉟</sup>。惴惴寡弱<sup>㊱</sup>,如熙春阳<sup>㊲</sup>。

**【注释】**

①兵:犹言用兵。固:本来。诡道:此指兵不厌诈。

②先声后实:先以威名震敌,而后大军显其实力。

③"闻之"二句:谓有司闻之,疑孟观言诛万有诈,有司以之为一。有司,主管部门的官员。

④"纣之不善"二句:此以殷纣喻孟观。言孟观虽张大其词,而同纣之不善有别,我以为未必然,有司抑之太甚。

⑤"虚晶(xiāo)湳(nǎn)德"二句:谓孟观虚报诛二羌之功,此孟观之过也。晶,光明。湳,氐羌之帅,名德,号湳。甲吉,亦氐羌之帅。彰,显。

⑥雍:雍县。

⑦陈:陈仓县。汧(qiān):汧城。危逼:为氐贼所围。

⑧观:孟观。虎奋:如猛虎之奋击。

⑨感恩输力:感天子之恩,尽力而击之。

⑩重围克解:李善注引《晋中兴书》曰:"观从中亭北出,何恽领二万人以继之,雍围解。"

⑪过:指孟观"虚晶湳德"。

⑫功：指孟观"重围克解"。不测：功劳深不可测。

⑬纷纭齐万：类似齐万年之徒。纷纭，众多貌。

⑭孔：大。丑：恶。

⑮"曰纳其降"二句：谓孟观曰纳降，夏侯骏曰枭首。枭，斩首悬于木以示众。

⑯"畴真可掩"二句：谓谁为真事而可蔽掩，谁行伪事而可久施？言真伪之事即可明。孟观功真，夏侯骏功伪。

⑰"既征尔辞"二句：谓验词以断孟观与夏侯骏之争讼。征，验。蔽，断。

⑱"当乃明实"二句：谓其言当者，明示事实。其理否者，显告之状空。当，确实。证，告。

⑲好爵：高官厚禄。靡：系。

⑳显戮：明正典刑，处决示众。

㉑"不见"二句：事见本诗《上诗表》。

㉒《采薇》：《诗经·小雅·采薇》之毛序："遣戍役也。文王之时，西有昆夷之患，北有猃狁之难。以天子之命，命将率，遣戍役，以守卫中国。"

㉓"北难"二句：谓文王之时，西有昆夷之患，北有猃狁之难，故作《采薇》之诗遣征役。猃狁，匈奴。昆夷，西戎。

㉔"以古"二句：古弱而患之，今强而胜之，不足以耀威。

㉕"徒悯"二句：谓周之大患，我之小患，小患虽不足耀国家威武，但悯人之苦，亦足使"我心伤悲"。

㉖荼毒：苦。氐羌之乱，使秦之人受荼毒。秦：指今陕西一带，即氐羌活动地。

㉗"师旅"二句：言秦人既受兵乱之苦，又加饥馑之害。师旅，军事。

㉘疫疠：时病。疠，疫气不和之疾。淫：久。

㉙榛：木丛生。

㉚绛阳：地名。

㉛渭滨：渭水之滨。

㉜"明明"二句：言天子视人民痛苦如伤于己者。

㉝申命：发布命令。群司：众有司。

㉞保尔封疆：保守所卫之边疆。

㉟"靡暴"二句：言无以众暴寡，以强凌弱。

㊱惴惴：恐惧貌。

㊲熙：兴，照。

【译文】

自古以来，兵不厌诈，虚虚实实，真真假假。主管长官听说之后，认为孟观谎报浮夸。

但将孟观比为殷纣王的作恶多端，出入实在太大。涌德、甲吉为氐羌二帅，孟观妄称被他所杀。

雍县、陈仓和汧城，已被氐贼所围困。孟观奋力如猛虎，竭尽全力报皇恩。

关中失地都收获，转危为安建大功。纵然也有错误在，功大于过如海深。

人的感情太复杂，喜怒哀乐什么没有。氐贼齐万年之流，无恶不作也太丑。

孟观准许他投降，夏侯一定要杀头。孟观功高事实俱在，夏侯虚假丢人显丑。

验供词，断其案，是非真假便判然。言词确实当以事实为凭，理而无据便是谎言。

谎报成绩受刑罚，功臣自当封高官。君不见，汉朝窦林下狱死，千秋万代引为鉴。

《诗经·小雅》有首诗，篇名《采薇》人皆知。说的是，周朝北方有猃狁之难，西边有戎狄为患，闹得举国无宁时。

过去国力弱，常被骚扰之；今天国力强，战而能胜之。今古相比较，不应炫耀而自恃。想到人民遭受的苦难,心里不免自惨凄。

氐羌之乱,关中人民受尽了苦难。兵荒马乱,再加上饥饿为患。

瘟疫蔓延,田野荆棘丛生,粮食颗粒无收。运绛阳之粟以救济关中,真像解人倒悬之难。

圣明天子啊,您把人民的苦难看作自己的苦难。命令有司保卫国土,使之秋毫无犯。

不准以多欺少,不准以强凌弱。这样,忧心忡忡的人民,才能如沐春光,国泰民安。

# 公宴

## 曹子建

见卷第十九《洛神赋》作者介绍。

## 公宴诗一首

【题解】

《文选》吕延济曰:"公宴者,臣下在公家侍宴也。此宴在邺宫,与兄丕宴饮。"公宴而赋诗,是为公宴诗。颜子推《颜氏家训·勉学》曰:"三九公宴,则假手赋诗。"

曹植因与文帝有隙,作诗不敢畅所欲言,以免遭不测之祸,然又不敢不作。故此诗实际上只是和魏文帝《芙蓉池作》一诗,黄节《曹子建诗注》卷一有具体分析。

何焯《义门读书记》评此诗曰:"何等兴象! 明月一联,赋而比也。"

公子敬爱客①,终宴不知疲②。
清夜游西园③,飞盖相追随④。
明月澄清景⑤,列宿正参差⑥。
秋兰被长坂⑦,朱华冒绿池⑧。
潜鱼跃清波⑨,好鸟鸣高枝。
神飙接丹毂⑩,轻辇随风移⑪。

飘摇放志意<sup>⑫</sup>，千秋长若斯<sup>⑬</sup>。

**【注释】**

①公子：指魏文帝曹丕。时武帝在，故称丕为公子。

②终宴不知疲：《后汉书·光武帝纪》曰："每旦视朝，日仄乃罢。数引公卿、郎、将讲论经理，夜分乃寐……帝曰：'我自乐此，不为疲也。'"

③西园：张载《魏都赋》注曰："文昌殿西有铜爵园，园中有鱼池。"

④飞：高。盖：车顶篷。古称伞为盖。相追随：一个接着一个。

⑤澄：湛，清。景：光。

⑥列宿(xiù)：众星宿。参差：不整齐。

⑦被：覆盖。长坂：长的斜坡。

⑧朱华：荷花。冒：覆。

⑨潜鱼：池水深处之游鱼。跃：指鱼跃出水面。

⑩飙：疾风。丹毂(gǔ)：朱红色的车。

⑪轻辇：天子、王者之车。随风移：为车之轻盈疾速。

⑫飘摇：随风飞舞。放：纵逸。志意：情志。

⑬千秋：累世。长：常。

**【译文】**

公子敬爱宾客友好，彻夜宴请不知疲劳。

乘着良宵共游西园，冠盖相连宾朋如潮。

明月在池中映出清光，众星列列或近或遥。

秋兰覆盖着幽径，荷花在碧波中浮漂。

潜鱼跃出水面，鸟儿高栖枝头喳喳叫。

朱红色的车辆行驶犹如一阵风，王者之车风送驾到。

纵情逸乐须畅怀，但愿年年月月如今朝。

# 王仲宣

见卷第十一《登楼赋》作者介绍。

## 公宴诗一首

【题解】

　　《文选》五臣注张铣曰:"此侍曹操宴。时操未为天子,故云公宴。"李善以为此诗与前诗(曹子建《公宴诗》)位置先后错乱。何义门也认为此诗与下篇刘公幹《公宴诗》:"一时所作。"

昊天降丰泽①,百卉挺葳蕤②。凉风撤蒸暑③,清云却炎晖④。
高会君子堂⑤,并坐荫华榱⑥。嘉肴充圆方⑦,旨酒盈金罍⑧。
管弦发徽音,曲度清且悲。合坐同所乐,但诉杯行迟⑨。
常闻诗人语⑩,不醉且无归⑪。今日不极欢⑫,含情欲待谁⑬。
见眷良不翅⑭,守分岂能违? 古人有遗言⑮,君子福所绥⑯。
愿我贤主人,与天享巍巍⑰。克符周公业⑱,奕世不可追⑲。

【注释】

①昊天:夏天。丰泽:时雨。

②百卉:众草木。葳蕤(wēi ruí):草木初生貌。

③撤:去。蒸:热气。

④炎晖:指夏天之日。

⑤高会:大会。君子:指曹操。

⑥荫:恩泽被。华榱(cuī):华屋。

⑦嘉肴：美食。充：满。圆方：指盛佳肴之容器有圆有方。

⑧旨酒：美酒。罍（léi）：酒器，形似壶。

⑨杯行迟：言饮酒速度慢。

⑩诗人语：《诗经》语。

⑪不醉且无归：《诗经·小雅·湛露》："厌厌夜饮，不醉无归。"孔疏："是王宴诸侯，恩厚至于厌厌安闲之夜，尚与宴饮。其意殷勤，以留宾客。言不至于醉，不得归也。"

⑫极欢：尽兴。

⑬含情：情之未畅。

⑭见眷：被垂怜、眷顾之意。不翘：言见眷过多，守分不敢违迕。

⑮古人有遗言：指《诗经》中语。《诗经·周南·樛木》："乐只君子，福履绥之。"

⑯君子福所绥：言福禄使君子安宁。绥，安。

⑰"愿我"二句：谓太祖与天同享其高。主人，谓曹操。享，受。巍巍，高。

⑱克符周公业：言能符周公辅佐之业。克，能。

⑲奕世不可追：言其业之伟，远代不可追及。奕，远。

**【译文】**

炎热的暑天降下一场甘霖，百草如洗挺拔而清新。阵阵凉风吹散了暑热，清云舒卷为日遮阴。

恩泽所披华屋生辉，曹公大宴宾客群臣。山珍海味堆满了盘碗，美酒溢香斟满了金樽。

丝竹演奏着美妙的乐曲，泠泠音声凄楚而动人。酒过三巡精神格外振奋，大家都说无妨举杯频频。

古代诗人曾经说过，不醉不得打回程。如果今天酒不尽兴，这份欢乐留与谁？

曹公对大家垂怜厚爱，我们也不要越出常分。古人有语说得好，有福有禄王者安宁。

祝愿敬爱的主人:洪福齐天永享太平。像周公辅弼一样,千秋万代无与伦比。

# 刘公幹

刘桢(? —217),字公幹,东平(今属山东)人。汉末文学家。与王粲、陈琳、徐幹、阮瑀、应场、孔融相友善,号称"建安七子"。建安中,司空曹操以为军谋祭酒掾,历平原侯庶子,五官将文学,有《毛诗义问》十卷,集四卷,已失传。明人张溥《汉魏六朝百三家集》辑有《刘公幹集》。《世说新语·言语》注引《典略》:"建安十六年,世子为五官中郎将,妙选文学,使桢随侍太子。酒酣,坐欢,乃使夫人甄氏出拜,坐上客多伏,而桢独平视。他日,公闻,乃收桢,减死,输作部。"张溥说:"公幹平视甄夫人,操收治罪,文帝独不见怪。死后致思,悲伤绝弦,中心好之,弗闻其过也。"(《三曹资料汇编》)

曹丕《与吴质书》曰:"公幹有逸气,但未遒耳。至其五言诗,妙绝当时。"锺嵘《诗品》评其五言诗曰:"陈思已下,桢称独步。"

# 公宴诗一首

【题解】

公宴诗,侍王公贵族宴饮之所作,故多为歌功颂德、赞美阿谀之词。既非真情之流露,则其自卑矣。锺惺《古诗归》云:"邺下西园,词场雅事,惜无蔡中郎、孔文举、弥正平其人以应之者。仲宣诸人,气骨文藻,事事不敢相敌,公宴诸作,尤有乞气,故一切黜之。"快人快语。

永日行游戏①,欢乐犹未央②。

遗思在玄夜③,相与复翱翔④。

辇车飞素盖⑤,从者盈路傍。

月出照园中,珍木郁苍苍⑥。

清川过石渠⑦,流波为鱼防⑧。

芙蓉散其华,菡萏溢金塘⑨。

灵鸟宿水裔⑩,仁兽游飞梁⑪。

华馆寄流波,豁达来风凉⑫。

生平未始闻,歌之安能详⑬。

投翰长叹息⑭,绮丽不可忘。

**【注释】**

①永日:长日,尽日。游戏:嬉笑娱乐。

②未央:未尽。

③遗思:犹言未尽之欢。玄夜:元夜,尽夜。

④翱翔:亦言游戏。

⑤辇车:王者之车。飞:言疾驰。素盖:车盖无华饰者。

⑥珍木:珍奇之木。郁苍苍:树木茂盛。

⑦石渠:观名。讲论之处。

⑧鱼防:防鱼逸。

⑨菡萏(hàn dàn):荷花。溢:满。金塘:金堤。

⑩灵鸟:凤。水裔:水边。

⑪仁兽:麟。飞梁:桥。

⑫"华馆"二句:谓在水中豁然通达,而凉风自达。

⑬歌之安能详:谓生平未之见闻,安能一一道来。

⑭投:弃。翰:笔。

【译文】

一天到晚地娱乐游戏，尚未尽兴。

把余兴放在夜晚，夜以继日再接再厉。

王者之车飞驰而过，随从人等十分拥挤。

皓月当空照亮了西园，奇花异树繁盛浓密。

清溪碧水流经石渠，游鱼逸出幸有堰堤。

荷花开放香气四散，铺满池塘不见塘底。

凤凰栖宿在水边，麒麟在桥上嬉戏。

华馆建造在流水旁边，开敞宽阔送来了丝丝凉意。

生平未闻这些稀世珍奇，一首诗怎能说得详细？

叹为观止而就此搁笔，如此美丽世界岂能忘记！

# 应德琏

应场(? —217)，字德琏，汝南(今属河南)人。汉末文学家。曹操征为丞相掾属，后为五官将文学。与孔融、陈琳、王粲、徐幹、阮瑀、刘桢齐名，称"建安七子"。有集，已不传。张溥辑有《应德琏休琏集》。张溥于《汉魏六朝百三家集题辞》云："低回建章，仰送朝雁，予尤善其足传云。"可见在公宴诗中德琏亦可称首。应场除诗作外，长于词赋，严可均《全后汉文》载其赋十四首。曹丕《与吴质书》云："德琏常斐然有述作意，其才学足以著书，美志不遂，良可痛惜！"

## 侍五官中郎将建章台集诗一首

【题解】

建安十六年(211)正月，天子命世子曹丕为五官中郎将。应场此诗当为侍世子曹丕于建章台宴饮时所作。何焯《义门读书记》云："音节自壮，叙致亦款曲。"

朝雁鸣云中，音响一何哀①。问子游何乡，戢翼正徘徊②。
言我寒门来，将就衡阳栖③。往春翔北土，今冬客南淮④。
远行蒙霜雪，毛羽日摧颓⑤。常恐伤肌骨，身陨沉黄泥⑥。
简珠堕沙石⑦，何能中自谐。欲因云雨会⑧，濯翼陵高梯⑨。
良遇不可值⑩，伸眉路何阶⑪。公子敬爱客，乐饮不知疲。
和颜既以畅⑫，乃肯顾细微⑬。赠诗见存慰⑭，小子非所宜⑮。
为且极欢情，不醉其无归。凡百敬尔位⑯，以副饥渴怀⑰。

**【注释】**

①"朝雁"二句：作者以鸿雁自况。

②戢翼：敛翅。

③"言我"二句：瑒自喻卑微，不蒙恩泽。寒门，积寒所在，故曰寒门。

④"往春"二句：谓春翔北土，冬客南淮。往、今，泛指时间。

⑤"远行"二句：言在北土遭受霜雪摧残，使毛羽凋零。自伤命舛之词。蒙，遭遇，蒙受。

⑥陨：落。既言常恐，则肌骨未伤。

⑦简珠：喻贤人。

⑧云雨：以喻蒙恩泽。

⑨濯：洗，谓一洗尘垢。高梯：高阶。

⑩良遇：良机。遇，机遇。不可值：不可多得。

⑪伸眉：犹言扬眉吐气。

⑫和颜：颜色和悦。畅：充。

⑬顾：关照。细微：瑒自谓。

⑭赠诗：现存曹丕诗中未见有赠应场之作。存慰：抚慰存问。

⑮小子：场自指。非所宜：犹言不敢当。

⑯凡百：凡百君子。列位。

⑰副：符合，相称。饥渴：思贤若渴。怀：心思。

## 【译文】

大雁鸣叫在云端，叫声多么地凄惨。请问大雁飞往何处去？敛翼徘徊不向前。

我从北方寒门来，飞到衡阳暂不还。春暖花开去北土，秋去冬来到江南。

远行遇上霜雪天，毛羽凋零形自残。唯恐寒风入肌骨，身坠生陨赴黄泉。

好似明珠失落在沙石中，自我振作太困难。今蒙恩泽到我身，脱胎换骨变新颜。

如此良机真难得，扬眉吐气即可盼。公子好客敬嘉宾，待客宴饮不疲倦。

颜色和悦心头喜，万望关心多垂怜。赠诗抚慰不敢当，小子何人胆包天？

今天宴乐当尽欢，不醉情愿不回转。公子思贤如渴急需人才，诸位勤谨相戒等待公子来挑选。

# 陆士衡

见卷第十六《叹逝赋》作者介绍。

## 皇太子宴玄圃宣猷堂有令赋诗一首

### 【题解】

《太平御览》载此诗，诗前有序云："太子宴朝士于宣猷堂，遂命机赋诗。"

　　皇太子,即愍怀太子,惠帝之子。名遹,字熙祖。永熙元年(290)八月立为皇太子。永康元年(300)三月遇害。

　　此诗首叙三代尧舜之事,继叙三后创业维艰,再叙武帝、惠帝克绍宏业,弘道继隆,末叙卑微小臣得负重位,感恩不尽之心情。

　　何焯《义门读书记》评曰:"入本题后太促,亦绝无劝勉愍怀之语。"


　　　三正迭绍①,洪圣启运②。自昔哲王③,先天而顺④。
　　　群辟崇替⑤,降及近古⑥。黄晖既渝⑦,素灵承祜⑧。
　　　乃眷斯顾,祚之宅土⑨。三后始基⑩,世武丕承⑪。
　　　协风傍骇⑫,天晷仰澄⑬。淳曜六合⑭,皇庆攸兴⑮。
　　　自彼河汾⑯,奄齐七政⑰。时文惟晋⑱,世笃其圣⑲。
　　　钦翼昊天⑳,对扬成命㉑。九区克咸㉒,宴歌以咏㉓。
　　　皇上纂隆㉔,经教弘道㉕。于化既丰㉖,在工载考㉗。
　　　俯厘庶绩,仰荒大造㉘。仪刑祖宗,妥绥天保㉙。
　　　笃生我后㉚,克明克秀㉛。体辉重光㉜,承规景数㉝。
　　　茂德渊冲,天姿玉裕㉞。蕞尔小臣㉟,邈彼荒遐㊱。
　　　弛厥负檐㊲,振缨承华㊳。匪愿伊始,惟命之嘉㊴。


【注释】

①三正:指夏、殷、周三朝。周建子为正月,殷建丑为正月,夏建寅
　　为正月。迭:更替。绍:继。

②洪:大。运:气运。

③自昔哲王:谓尧禹递相禅代。

④先天而顺:指尧禹之所为,皆先天而行,事天不违而顺从。

⑤群辟:指前代众君王。辟,天子、诸侯君主的通称。崇:终。替:废。

⑥近古:犹今言近代。

⑦黄晖：魏土德故云黄晖。渝：变。

⑧素灵：晋金德故曰素灵。祜：福。

⑨"乃眷"二句：吕延济注："天顾我晋，降之以福，所使居此土也。"祚（zuò），王位。

⑩三后：谓宣帝、景帝、文帝。始基：开始奠基。

⑪世武：指世祖武皇帝。丕承：大承其业。丕，大。

⑫协风：和风。骇：起。

⑬晷（guǐ）：日影。澄：不相侵害。

⑭淳曜（yào）：光大美盛。

⑮皇：大。庆：幸。

⑯河汾：水名。晋所封之地。

⑰奄：统。七政：指日、月和金、木、水、火、土五星。一说以春、秋、冬、夏、天文、地理、人道为七政。

⑱时文惟晋：言晋崇盛文化。

⑲世笃其圣：谓一代比一代尊重贤圣。笃，厚。

⑳钦翼：钦敬。

㉑对扬：报答称扬。成命：注定的天命。

㉒九区：九州。咸：和。

㉓宴歌以咏：谓讴歌以咏我王之德。

㉔皇上：指惠帝。纂：继。

㉕经：理。弘：大。

㉖化：指大道之化。

㉗工：官。载：则。考：成。

㉘"俯厘"二句：谓俯理众功，仰法天之大成。厘，理。绩，功。荒，大。造，成。

㉙"仪刑"二句：言法祖宗，于是以安。仪，则。刑，法。绥，安。保，位。

㉚我后：指太子。

㉛克明克秀：有明秀之德。

㉜体：体法。重光：体辉光之德，承明圣之嗣，故曰重光。

㉝景：大。数：历数。

㉞"茂德"二句：言茂盛之德如渊之深，天然之姿容如玉。冲，深。裕，容。

㉟蕞(zuì)尔：小貌。小臣：机自谓。

㊱邈：远。荒遐：荒远之地。盖陆机自谓来自吴地。

㊲弛：废。负檐：指过去担任的职务。

㊳振：整。缨：缨绂。封建时代的官饰和印绶。承华：太子宫门名。

㊴"匪愿"二句：谓今日荣宠非初始所敢愿，唯君命之善，得至于此。

## 【译文】

夏商周三代伟业相继，大圣朝气数宏大无比。古代的圣哲贤王，他们都顺乎天时。

一朝一朝的更替，直到近代为止。曹魏时代已经过去，司马氏承受福祉。

上天有灵垂恩于晋朝，统一天下建立了王基。宣帝、景帝、文帝奠定了基础，大展雄风是武帝。

和风吹来瑞祥之气，阳光灿烂普照大地。太平盛世布六合，万民幸福永无期。

当初晋国的封地在河汾，如今一统江山七政齐。崇尚文化要算大晋朝，尊圣敬贤历来施厚礼。

敬佩上天的安排，称颂上天的意志。九州协和，用歌声唱出心中的赞美之意。

当今皇上继承大业，把德政弘扬到底。教化既已光大，业绩丰硕无比。

勤勤恳恳治国，顺乎人道天理。按祖宗制定的法规，国家安全永无危机。

天生仁德的皇太子，明秀之德无人不知。您是光辉德行的化身，圣明天子的嫡嗣。

望重德深深如海，如玉姿质多明丽。我这个微不足道的小臣，来自东吴蛮荒之地。

您卸去了我的重重负担,在承华门内充此公职。这绝非是我当初所敢期望的,只得唯命是从出点力。

# 陆士龙

陆云(262—303),字士龙,西晋文学家。与兄陆机并称"二陆"。史传谓,性清正,有才理,十六岁举为贤良。为吴王郎中令,出宰浚仪,有惠政。成都王颖表为使清河内史,又表为持节大都督前锋将军。河桥之败,与兄机并诛。《文心雕龙·才略》云:"士龙朗练,以识析乱,故能布采鲜净,敏于短篇。"诗歌长于四言,张溥云:"士龙所传,四言偏多,有皇思文诸篇,诵美祁阳,式模大雅,类以卑颂尊,非朋旧之体。余篇一致,间有至极,使尽其才,即不得为韦侯讽谏,仲宣思亲,顾高出《补亡》六首,则有余矣。"

## 大将军宴会被命作诗一首

### 【题解】

成都王颖,字章度。赵王伦篡位,颖与齐王同诛之。进位大将军。宴会作诗之事,史传无载。

此诗可分为六段:一曰司马氏承上天意志建晋之伟业;二曰圣明之道,隆自于天,道布众人,福禄自至;三曰赵王伦兵变篡位,成都王颖、齐王同讨伐之;四曰反贼败北,天子重光;五曰上下交泰,华堂宴会;六曰献诗祝愿,天赐寿考。

皇皇帝祜,诞隆骏命①。四祖正家②,天禄保定③。
睿哲惟晋,世有明圣④。如彼日月,万景攸正⑤。

巍巍明圣,道隆自天⑥。则明分爽,观象洞玄⑦。
陵风协纪,绝辉照渊⑧。肃雍往播,福禄来臻⑨。
在昔奸臣⑩,称乱紫微⑪。神风潜骇⑫,有赫兹威⑬。
灵旗树旆⑭,如电斯挥⑮。致天之届⑯,于河之沂⑰。
有命再集⑱,皇舆凯归⑲。颓纲既振⑳,品物咸秩㉑。
神道见素㉒,遗华反质㉓。辰晷重光㉔,协风应律㉕。
函夏无尘㉖,海外有谧㉗。芒芒宇宙,天地交泰㉘。
王在华堂,式宴嘉会㉙。玄晖峻朗㉚,翠云崇霭㉛。
冕弁振缨㉜,服藻垂带㉝。祁祁臣僚,有来雍雍㉞。
薄言载考,承颜下风㉟。俯觌嘉客㊱,仰瞻玉容㊲。
施己唯约㊳,于礼斯丰。天锡难老,如岳之崇㊳。


【注释】

①"皇皇"二句:言美帝之福,能大盛天命。皇皇,美盛。祜(hù),
　福。诞,大。隆,大。

②四祖:指晋宣帝、景帝、文帝、武帝。

③天禄:天之福禄。保定:长保永定。

④"睿哲"二句:谓晋代代有圣王。睿,明。哲,智。

⑤"如彼"二句:言圣德如日月之明,则万景之表正。

⑥"巍巍"二句:谓明圣之道德天然。

⑦"则明"二句:言法天之明以分之,观象之玄以通之。则,法。爽,
　明。观象,观天象。洞,通。

⑧"陵风"二句:言风教上升,协于辰极,光炎绝远,下照深渊。陵,
　乘风。

⑨"肃雍"二句:言和睦之道往布于人,故天地福禄来至。肃,敬。
　雍,和。播,扬。臻,至。

⑩在昔:往昔。奸臣:指赵王伦。

⑪紫微:帝王官殿通称紫微。

⑫神风:神兵。潜骇:骤惊。

⑬有赫:显赫。

⑭灵旗:指讨贼部队之军旗。灵,威灵。

⑮挥:散。

⑯致天之届:犹云致天之罚。

⑰沂:岸。

⑱有命:指天子之命。再集:言重居帝位。

⑲皇舆:国君所乘之车,借喻为国君、朝廷。凯归:凯旋。

⑳颓纲:颓落之纲纪。振:举。

㉑品物:众物。秩:次序。

㉒神道:神妙不测的造化自然。素:无华,无欲。

㉓遗华:遗弃其浮华。反质:返回神道之素质。

㉔辰晷:天子。

㉕协风:和风。应律:应律而至。

㉖函夏:华夏。无尘:无尘垢。

㉗谧:宁静。

㉘天地交泰:上下平安。

㉙"王在"二句:谓王于华堂用崇宴礼,以会宾客。王,指成都王司
　　马颖。

㉚玄:指天,天玄地黄。晖:日。峻:高。朗:明。

㉛崇霭:高高的云气。

㉜冕弁(biàn):戴帽。振缨:整理冠带。

㉝服藻:穿上饰以水藻和火焰之形的衣服。垂带:拖挂着袍带。皆
　　卿大夫法也。

㉞"祁祁"二句:谓众官有来者,皆和悦。祁祁,众貌。僚,官。雍

雍,和悦貌。

㉟"薄言"二句:谓薄德为言,则成此诗。承王之颜色于下风。下风,本指风之下方。后引申为居于卑位。

㊱觌(dí):相见。嘉客:宾客。

㊲仰瞻:随尊卑之理。玉容:容如玉。

㊳约:薄。

㊴"天锡"二句:谓天赐我难老之惠,如山岳之崇高。锡,赐予。

**【译文】**

显赫的皇家威福,使天命更加昌隆。宣、景、文、武四祖振兴家邦,永保天禄恢宏。

聪明智慧的司马家世,使晋朝代有明君建立大功。好像日月悬于当天,物影无斜居于正中。

伟大的圣明天子,您的大恩大德来自天道。像日月一样灿烂辉煌,无微不察无幽不照。

教化之功上至于天庭,光炎普照连深渊也洞晓。和睦之道布及众人,天地福禄自然会来到。

出了个奸臣名叫赵王伦,叛变朝廷弄得天下乱纷纷。神兵十万骤然而起,赫赫威戚吓散惊魂。

军旗高扬威风凛凛,疾如雷电,快如旋风。顺天之时讨伐叛贼,黄河之岸大败敌军。

遵从天命重居皇位,凯旋再定乾坤。重振纲纪临天下,万物有序重归位。

上天爱怜质朴无华,反对浮艳而独钟真淳归一。天子之道既已再放光明,和睦亲仁之风也应运而至。

华夏无尘天下太平,四海内外安宁恬谧。浩茫宇宙,上下平安无愁。

今天成都王华堂宴请,嘉宾来客尽欢无留。天日高朗照四海,瑞气祥云满九州。

衣冠博带穿着齐整，诸卿大夫各路诸侯。参与宴会的列位官员，仪表雍容和悦。

才疏学浅而谬作此诗，承王之福献丑于前。既见笑于各位宾客，又冒昧了大将军玉颜。

尽管我已勤谨从事，于大将军犹不足为欢。天赐您青春常驻，福如东海寿比南山。

# 应吉甫

应贞(? —269)，字吉甫，西晋文学家。魏侍中应璩之子。应家自汉至魏，世以文章显，下暨相袭，为郡盛族。贞善谈论，以才学称。举高第，频历显位。武帝为抚军大将军，以贞为参军，及践阼，迁给事中。有文集，已亡佚，今存四言诗两首。

## 晋武帝华林园集诗一首

**【题解】**

《洛阳图经》曰："华林园在城内东北隅。魏明帝起名芳林园，齐王芳改为华林。"又，干宝《晋纪》曰："泰始四年二月，上幸芳林园，与群臣宴，赋诗观志。"又，孙盛《晋阳秋》曰："散骑常侍应贞诗最美。"按，房玄龄《晋书》亦云："帝于华林园宴射，贞赋诗最美。"

悠悠太上①，民之厥初②。皇极肇建，彝伦攸敷③。
五德更运④，膺箓受符⑤。陶唐既谢，天历在虞⑥。
于时上帝，乃顾惟眷。光我晋祚，应期纳禅⑦。

位以龙飞⑧，文以虎变⑨。玄泽滂流⑩，仁风潜扇⑪。
区内宅心⑫，方隅回面⑬。天垂其象⑭，地曜其文⑮。
凤鸣朝阳⑯，龙翔景云⑰。嘉禾重颖⑱，蓂荚载芬⑲。
率土咸序⑳，人胥悦欣㉑。恢恢皇度，穆穆圣容㉒。
言思其顺，貌思其恭㉓。在视斯明，在听斯聪㉔。
登庸以德㉕，明试以功㉖。其恭惟何，昧旦不显㉗。
无理不经㉘，无义不践㉙。行舍其华㉚，言去其辩㉛。
游心至虚㉜，同规易简㉝。六府孔修㉞，九有斯靖㉟。
泽靡不被，化罔不加㊱。声教南暨，西渐流沙㊲。
幽人肆险㊳，远国忘遐。越裳重译㊴，充我皇家㊵。
峨峨列辟㊶，赫赫虎臣㊷。内和五品，外威四宾㊸。
修时贡职，入觐天人㊹。备言锡命㊺，羽盖朱轮㊻。
贻宴好会㊼，不常厥数㊽。神心所受，不言而喻㊾。
于时肄射㊿，弓矢斯御[51]。发彼五的[52]，有酒斯饫[53]。
文武之道，厥猷未坠[54]。在昔先王，射御兹器[55]。
示武惧荒[56]，过亦为失[57]。凡厥群后[58]，无忝于位。

**【注释】**

①悠悠：远貌。太上：太古。

②民之厥初：言人之始。

③"皇极"二句：言皇帝统治之准则，常理从是所布也。皇，大。极，
　中。肇，初。彝，常。伦，理。

④五德：秦汉方士以金、木、水、火、土五行附各王朝之命运，分为金
　德、木德、水德、火德、土德。更：递。

⑤膺：受。箓（lù）：帝王自称受命于天的符命之书。符：符命。古代

谓天赐祥瑞与人君,以为受命的凭证。

⑥"陶唐"二句:谓尧去位后,历数归舜。陶唐,即帝尧。尧初居于陶,后封于唐,为唐侯。故称陶唐。天历,天之历数。虞,古代部落有虞氏之简称,古帝舜属有虞氏,故称虞舜。此虞指舜。舜受禅继尧位。

⑦"光我"二句:谓上天眷我晋德,故应期运而纳魏禅。光,光大。祚,皇位。纳禅,受禅为皇。

⑧龙飞:喻天子升位。

⑨虎变:虎皮花纹斑驳多彩。

⑩玄泽:圣恩。

⑪仁风:仁惠之风。扇:动。

⑫区内:犹言九州以内。宅心:安心。

⑬方隅:言九州以外边境之地。回面:归顺。

⑭天垂其象:垂天象。天象指日月。

⑮地曜其文:曜地文。地文指山岳河流。

⑯朝阳:山东。

⑰景云:祥云。

⑱重:重复,重叠。颖:禾穗。

⑲蓂(míng)荚:瑞草名。载:则。

⑳率土:疆域以内。咸:皆。

㉑胥:相。

㉒"恢恢"二句:谓天子大量度,美容貌。恢恢,大。穆穆,美。

㉓"言思"二句:谓言顺貌恭。

㉔"在视"二句:谓视明听聪。

㉕登庸:举而用之。庸,用。

㉖明试以功:《尚书·舜典》:"明试以功,车服以庸。"疏:"各使自陈进其所以治化之言,天子明试其言,以考其功。"

㉗昧旦：天未全明之时。丕显：大明。

㉘理：指言行。

㉙义：仁义之事。

㉚华：浮华不实。

㉛辩：巧言。

㉜游心：注意，留心。至虚：极虚无的境界。

㉝易：平易。简：简要。

㉞六府：水、火、土、木、金、谷等藏财之处。孔：甚。

㉟九有：九州。

㊱"泽靡"二句：靡、罔，无。

㊲"声教"二句：言惠化声教，无所不至，无所不入。暨，至。渐，渐入。流沙，远国名。

㊳幽：远。险：高险。

㊴越裳：古南海国名。相传周公辅成王，制礼作乐，越裳氏以三象重译而献白雉。重译，多次翻译。

㊵充我皇家：言教化遍布，夷狄来朝，贡聘满我国家。

㊶峨峨：指仪容端庄盛美。列辟：诸侯。

㊷赫赫：众盛貌。虎臣：勇猛之臣。

㊸五品：指五等诸侯。

㊹四宾：指四夷之宾。

㊺"修时"二句：各因朝见之时，修职贡于天子。修，因。觐，见。

㊻备：周备。命：加爵服之名。

㊼羽盖、朱轮：皆诸侯之车饰。

㊽贻：贻请。好会：友好的会见。

㊾数：礼。

㊿"神心"二句：言圣心所与者，不言则自晓。神心，圣心。

51肄：习。

○52 御：执。

○53 的（dì）：箭靶的中心。

○54 饫（yù）：私宴。

○55 "文武"二句：指周文王、周武王之道。猷，道。

○56 射御：古六艺之二。六艺，指礼、乐、射、御、书、数六种科目。此御字，因射而及之。兹器：此器。器，谓器用，与道相对而言，指具体的技艺。

○57 示：炫耀。荒：废。

○58 过亦为失：用之过，亦为失矣。

○59 群后：众诸侯。

【译文】

遥远的上古，在那生民之初。治理天下的准则刚刚建立，公理向民众公布。

五德轮回更替，皇帝受天命登基全凭策符。唐尧既已禅让天下，虞舜即位应承天数。

于是乎上天有灵，顾念垂怜。光大我大晋社稷，承天意而纳魏禅。

司马氏登上了帝位，若虎豹有文彪炳灿烂。皇恩流布天下，仁义之风四方吹遍。

九州之内安居乐业，四方属国犹如民屏藩。天上光辉的日月星辰，地下壮丽的山川河流。

凤凰鸣叫于山之东，飞龙在祥云间漫游。五谷丰登一禾九穗，瑞草开花香溢四周。

九州王土无不有序，天下安宁永无忧愁。美好的圣上玉颜，恢宏的皇家度量。

言谈顺乎百姓心愿，容貌谦恭端庄。高瞻远瞩秋毫无遗，察微听幽闻无不广。

对于臣属则凭仗仁德择善而用，经受考验有试必当。勤政的程度又怎样？从天黑工作到天明。

日常政务无不躬亲，仁义之事无不实行。反对浮华不实的作风，摒弃夸夸其谈的辞令。

用心于清虚自守，致力于去烦简政。国库充实，天下宁静。

朝廷恩泽没有不到之处，圣上教化没有不到之地。惠化声教自北至南，由东而西直抵流沙。

幽远之地的人感到了安全，荒服之国也觉近在咫尺。蛮越之国通过翻译而接受教化，岁岁来朝增进了友谊。

举止端庄的众位诸侯，勇猛威武的列位大臣。各级官员要和睦相处，四方之宾要以礼相敬。

各守其职各尽其心，按时觐见勿违号令。有功者赐其车服，气概不凡羽盖朱轮。

天子邀请各位友好会见，这种殊荣难得再现。圣上所给予我们的礼遇，大家心照不宣。

于是乎习射开始，手执箭弓上弦。箭发中靶的，把酒言欢。

文王武王的治国之道，历经万代而永世不消。从前的帝王，练习弓矢技巧。

炫耀武艺常恐荒废，万事过头反而糟糕。列位大臣诸侯，忠于职守多事操劳。

# 谢宣远

谢宣远（383—421），名瞻，又字通远，晋末宋初文学家。年六岁，能属文，为《紫石英赞》《果然诗》，当时才士，莫不叹异。曾为高祖镇军、琅邪王大司马参军，转主簿，安成相，中书侍郎，宋国中书、黄门侍郎、相国从事中郎。高祖以瞻为吴兴郡，又自陈请，乃为豫章太守。

谢瞻善于文章，词采之美，与族叔谢混、族弟谢灵运相抗。有集三卷已亡佚,现存五言诗六首。

# 九日从宋公戏马台集送孔令诗一首

## 【题解】

《南齐书·礼志》曰:"宋武为宋公,在彭城。九日,出项羽戏马台,至今相承,以为旧准。"又沈约《宋书·孔季恭传》曰:"孔靖字季恭……宋台初建,令书以为尚书令,加散骑常侍,又让不受……辞事东归,高祖饯之戏马台,百僚咸赋诗以述其美。"按,沈约《宋书·孔季恭传》谓孔靖会稽山阴人,故曰"东归"。又,戏马台集诗事当在义熙十二年,即416年。当时谢宣远、谢灵运都有诗送孔令。

何焯《义门读书记》评曰:"宣远与康乐诗皆从九日直起,都忘此集宋公乃为孔令出也。"

风至授寒服①,霜降休百工②。
繁林收阳彩③,密苑解华丛④。
巢幕无留燕⑤,遵渚有来鸿⑥。
轻霞冠秋日⑦,迅商薄清穹⑧。
圣心眷嘉节⑨,扬銮戾行宫⑩。
四筵沾芳醴⑪,中堂起丝桐⑫。
扶光迫西汜⑬,欢余宴有穷⑭。
逝矣将归客⑮,养素克有终⑯。
临流怨莫从,欢心叹飞蓬⑰。

【注释】

①风:指秋风。授:与。

②百工:各种工匠。

③阳彩:阳光。

④解:散。

⑤巢幕:筑巢于帷幕之上。喻处境危险。

⑥遵:依。渚:水中小块陆地。

⑦冠:覆盖。

⑧迅商:迅疾之商风。商,商风,秋风。薄:迫近。清穹:苍穹,苍天。

⑨嘉节:指九月九日。

⑩扬銮:扬鞭驱銮。銮,皇家之车。戾:至。行宫:京城以外供帝王出行时居住的宫殿。此处指戏马台。

⑪四筵:四座。沾:润泽。芳醴:美酒。

⑫中堂:堂中。丝桐:琴,以丝桐为之。

⑬扶光:扶桑之光,日光。西汜(sì):即蒙汜,太阳没入之处。

⑭穷:极,顶点。

⑮逝:去,离去。归客:谓孔靖。

⑯养素克有终:养淳素以终其事。

⑰“临流”二句:李善注:“言已牵于时役,未果言归。临流念乡,已结莫从之怨。而以侍宴暂欢之志,重叹飞蓬之远也。”

【译文】

秋风既起催我寒衣,霜降已到百工休息。

树林之中阳光日少,满园花卉零落渐稀。

帷幕之上已无燕雀为巢,渚涯之间大雁到此歇栖。

一抹轻霞遮住了秋阳,西风动疾直逼云霄。

九月九日皇上圣恩,金銮御驾戏马台为礼。

四座嘉宾频频饮酒,中堂乐奏丝竹声起。

从日出欢宴到日落,余欢未尽宴会已矣。

回乡去吧孔尚书,全真养性福寿永颐。

我暂不能随你挂冠归去,在欢乐中难免有未遂之意。

# 范蔚宗

　　范晔(398—445),字蔚宗,顺阳(今河南淅川)人。南朝宋史学家、文学家。少好学,博涉经史,善为文章,能隶书,晓音律,善弹琵琶,能为新声。晋末为刘裕(宋武帝)子彭城王义康参军。宋王朝建立后,为尚书吏部郎,左迁宣城太守。不得志,于是删定自《东观汉记》以下诸书,撰为《后汉书》,成一家之言。自范书行而诸家书皆废。元嘉二十二年(445),以参与孔熙先谋立义康,事泄被杀。

　　范晔为人行己任怀,狂放不羁。《狱中与诸甥侄书》自谓其《后汉》之作曰:"既造《后汉》,转得统绪,详观古今著述及评论,殆少可意者。"又自赞其作曰:"此书行,故应有赏音者……自古体大而思精,未有此也。恐世人不能尽之,多贵古贱今,所以称情狂言耳。"

　　今存《后汉书》九十卷,五言诗两首。

## 乐游应诏诗一首

**【题解】**

　　《丹阳郡图经》曰:"乐游苑,宫城北三里,晋时药园也。"应宋文帝诏改名为乐游苑。

　　此诗首叙人各有秉性机遇,或孔或尧,或朝或野;次叙御驾亲临乐游苑,流云车盖,晨风金銮;次叙苑中风物,原薄平蔚,台高涧深,兰池消暑,修帐含阴;次叙极目远眺,寄情自然;末叙闻道有年,而身颜志存,虽已视荣禄为身外之物,有感林泉之思,而又难离魏阙之身。

崇盛归朝阙①，虚寂在川岑②。

山梁协孔性③，黄屋非尧心④。

轩驾时未肃⑤，文囿降照临⑥。

流云起行盖，晨风引銮音⑦。

原薄信平蔚，台涧备曾深⑧。

兰池清夏气⑨，修帐含秋阴⑩。

遵渚攀蒙密⑪，随山上岖嵚⑫。

睇目有极览，游情无近寻⑬。

闻道虽已积，年力互颓侵⑭。

探己谢丹黻，感事怀长林⑮。

**【注释】**

①崇盛：崇业之人。朝阙：朝廷。

②虚寂：谓虚静之人。川岑：山泽。

③山梁：《论语·乡党》："山梁雌雉，时哉时哉！"后因以山梁为雉的
　代称。协：合。孔：指孔子。

④黄屋：帝王车盖，以黄缯为盖里，故名。汉制，唯皇帝得用黄屋。
　尧：唐尧。

⑤轩驾：帝王车驾。肃：戒。

⑥文囿：文王之囿。古代畜养草木禽兽的园林。此指乐游苑。

⑦"流云"二句：谓流云似启车盖，晨风引发銮音。起，启。盖，
　车盖。

⑧"原薄"二句：谓平原草木繁盛，台高涧深。薄，草木丛生。蔚，繁
　茂。备，尽。曾，高。

⑨兰池：兰池观在城外。

⑩帐：帷帐。

⑪遵渚:循水中小洲。蒙密:茂密。

⑫岖嵚(qīn):不平貌。

⑬"睇目"二句:谓目览既极,游情自远。

⑭"闻道"二句:谓闻道已久而年老力衰,不能实行之。闻道,懂得自然人生的道理。积,久。颓侵,衰弱。

⑮"探己"二句:谓探己年已老,惭荣禄之饰,感此事思归于长林。丹黻(fú),亦作"赤绂"。诸侯卿大夫所用的蔽膝。以喻荣禄。长林,深林。

## 【译文】

经世治国之士应归附于朝廷,清虚空寂之人应隐居于泉林。

野鸡得时于山梁,很合孔子的入世本性,金銮黄屋不符唐尧向往之情。

未戒车驾而欲访道,光临乐游苑充满爱怜之情。

御驾车盖上接浮云,晨风拂动着銮声丁丁。

平原上草木繁茂,俯仰之间只见台高水深。

兰池消暑气,帷帐御秋阴。

大雁飞来栖息于渚洲密林之间,踏上崎岖山道高低不平。

极目远望,山水寄情。

闻道虽有多年,无奈身颓体衰力不从心。

扪心自问应谢绝荣禄,唯愿长怀山林。

# 谢灵运

见卷第十九《述祖德诗》作者介绍。

# 九日从宋公戏马台集送孔令诗一首

## 【题解】

李善注谢宣远同题诗曰："高祖游戏马台，命僚佐赋诗，瞻之所作冠于时。"何义门评二人诗曰："康乐较优于宣远。然皆不见宋公优贤，孔令知止之美。此齐梁间诗人知体要者鲜也。"

此诗首叙彭城风物，以旅雁南飞喻孔靖洁身东归；次叙御驾亲临彭城戏马台，为孔令饯行；次叙圣上为政宽仁，得万邦欢欣；次叙孔靖脱身朝列，将往故乡归隐；末叙彼清我浊，叹己之薄劣不如也。

季秋边朔苦①，旅雁违霜雪②。凄凄阳卉腓③，皎皎寒潭洁。
良辰感圣心④，云旗兴暮节⑤。鸣葭戾朱宫⑥，兰卮献时哲⑦。
饯宴光有孚⑧，和乐隆所缺⑨。在宥天下理⑩，吹万群方悦⑪。
归客遂海嵎⑫，脱冠谢朝列⑬。弭棹薄枉渚⑭，指景待乐阕⑮。
河流有急澜⑯，浮骖无缓辙⑰。岂伊川途念⑱，宿心愧将别⑲。
彼美丘园道⑳，喟焉伤薄劣㉑。

## 【注释】

①季秋：九月。一季的初月曰孟，中月曰仲，末月曰季。边朔：北方的边界，指彭城（今江苏徐州）。当时淮北为异族侵占，故彭城已成北方边境。

②违：避。

③阳卉：秋阳下之百草。卉，草总称。腓（féi）：病貌。

④圣心：天子之心。其时刘裕虽为宋公，而实际上已被看作天子。前篇谢宣远同题诗中亦有"圣人眷嘉节"语。

⑤云旗：言旗旐似云。暮节：指秋季。

⑥鸣笳：即鸣笳，笛子之属。皇帝仪仗队所用之乐器。戾：至。朱宫：指戏马台处的宫观。

⑦兰卮(zhī)：盛美酒之杯。卮，酒杯。献：敬献。时哲：当代哲人，指孔靖。

⑧饯宴：送行之宴会。光：明。孚：信。典用《周易·未济》："有孚于饮酒，无咎。"谓逸乐而不废政事也。

⑨和乐：此句用《诗经·小雅·鹿鸣》的诗意，说古时群臣嘉宾宴会时，有酒有乐，宾主和乐。隆：兴起。所缺：谓此种典礼已长期废弃。

⑩在宥(yòu)：意为任物自在，宽仁处之。

⑪吹万群方悦：意谓给人民以自由，人民才能欣悦爱戴。吹万，大地自发地吹出千万种不同的音调。群方，万国。

⑫归客：指孔靖。遂：往。海峤：海边一角。孔靖回会稽山阴。

⑬脱冠：挂冠归去。谢：离去。朝列：朝臣的行列。

⑭弭(mǐ)棹：停泊舟船。弭，停止。棹，指舟船。薄：到。枉渚：弯曲的洲岸。

⑮指景：指日影。乐阕：音乐终了。

⑯急澜：急速流去的波澜。

⑰浮骖：马拉着车子疾驶。浮，行。辙：车轮之迹。

⑱川途：指水路和陆路。

⑲宿心：素昔的心愿。愧：以恋位为辱，故曰愧。

⑳彼：指孔靖。丘园：指隐居之处。

㉑喟：叹息。薄劣：才质低下。

## 【译文】

九月边防，辛劳异常。为避霜雪，雁群南翔。金风肃杀，百花萎黄。明净清洁，潭闪寒光。

良辰吉日，圣心唯祥。季秋暮节，云旗飘扬。朱宫马台，鸣笳仪仗。

兰芝美酒,孔靖其当。

　　饯宴送行,逸乐无伤。古礼再现,君臣重光。宽仁为怀,归顺四方。
吹万不同,欣悦万邦。

　　孔令归去,在天一方。挂冠作别,永离朝行。止棹停舟,船泊曲港。
只待曲终,便可启航。

　　河流虽急,逝志难挡。车马飞驰,吾心向往。水路陆路,岂能彷徨?
宿心已足,愧有遥想。

　　栖身丘园,如愿以偿。嗟我愚钝,顽冥如盲。


# 颜延年

见卷第十四《赭白马赋》作者介绍。


## 应诏宴曲水作诗一首

### 【题解】

　　曲水,旧名乐游苑。宋文帝元嘉十一年(434)三月丙申,禊饮于此;
并祖道江夏王义恭,衡阳王义季,有诏会有赋诗。武帝时,曾引流转酌
赋诗。此宴,颜延年与焉,是以作诗纪之。

　　全诗共分八章:首叙藉先王之德行,感文帝之创业;次叙圣朝教化
遍惠,下及众生;次叙灵贶人和,远夷来贡;次叙皇太子润身有德,兰芳
渊映;次叙文昭武穆,诸蕃臣服;次叙气象升平,风化无间,开荣洒泽,舒
虹烁电;次叙会庭之乐;末叙丰施微物,作者自谦之辞也。


　　道隐未形①,治彰既乱②。帝迹悬衡,皇流共贯③。
惟王创物,永锡洪算④。仁固开周,义高登汉⑤。

祚融世哲，业光列圣⑥。太上正位，天临海镜⑦。
制以化裁⑧，树之形性⑨。惠浸萌生，信及翔泳⑩。
崇虚非征⑪，积实莫尚⑫。岂伊人和，寔灵所贶⑬。
日完其朔，月不掩望⑭。航琛越水，辇赆逾障⑮。
帝体丽明⑯，仪辰作贰⑰。君彼东朝⑱，金昭玉粹⑲。
德有润身⑳，礼不愆器㉑。柔中渊映㉒，芳猷兰秘㉓。
昔在文昭，今惟武穆㉔。於赫王宰㉕，方旦居叔㉖。
有晬睿蕃，爰履冢牧㉗。宁极和钧㉘，屏京维服㉙。
朏魄双交㉚，月气参变㉛。开荣洒泽，舒虹烁电㉜。
化际无间㉝，皇情爰眷㉞。伊思镐饮㉟，每惟洛宴㊱。
郊饯有坛㊲，君举有礼㊳。幕帷兰甸㊴，画流高陛㊵。
分庭荐乐㊶，析波浮醴㊷。豫同夏谚㊸，事兼出济㊹。
仰阅丰施，降惟微物㊺。三妨储隶㊻，五尘朝黻㊼。
途泰命屯，恩充报屈㊽。有悔可悛，滞瑕难拂㊾。

**【注释】**

①道隐未形：形，谓可见之物。谓大道则隐而未见，以喻宋公未为天子时，若大道之隐而不显。

②治彰既乱：彰，明。言乱极则治至，以喻晋乱，则明宋之治明也。

③"帝迹"二句：谓五帝的功绩在于明法正义，若悬权衡于量轻重，三皇的遗训亦在于一群臣也。帝，指古之五帝。迹，业绩。衡，秤。皇，指古之三皇。流，传。贯，一。

④"惟王"二句：谓宋文帝创制万物，上天永锡大数以使宋长久。王，指宋文帝。创物，创造万物。洪，大。算，数。

⑤"仁固"二句：谓仁义之道超周越汉。登，升，超越。

⑥"祚融"二句：谓福德丰盛，代生哲贤；德业光于往列之圣。祚，福。融，长远。世哲，一代继一代的贤哲。列圣，往昔之众位圣贤。

⑦"太上"二句：谓文帝临人如天镜之照海。太上，天子。这里指宋文帝。正位，当其位。临，以上视下。海镜，以镜照海。

⑧化裁：即化而裁之，意谓将道与器结合起来，加以斟酌调整。

⑨形性：即形体与神理之统一。

⑩"惠浸"二句：谓恩惠浸养万物。萌生，万物。翔泳，指鸟和鱼，以其飞翔、潜泳。

⑪崇虚非征：崇尚虚假，谅非有征。征，证明。

⑫积实莫尚：积累成实，则莫能尚也。尚，上。

⑬"岂伊"二句：谓岂唯人和而已，实上天神灵所赐其福。岂伊人和，岂止人和。伊，虚字。贶(kuàng)，赐惠。

⑭"日完"二句：完，全。朔，农历初一。望，农历十五。

⑮"航琛"二句：谓舟车满载纳贡之珍宝，跋山涉水而至。航，舟。琛，珍宝。赆(jìn)，纳贡的财礼。

⑯帝体丽明：言太子附帝，故有明德。帝体，谓太子。丽，附丽。明，明德。

⑰仪：匹。辰：北辰。贰：副。

⑱东朝：东宫，太子所居。

⑲昭：明。粹：纯。

⑳德有润身：《礼记·大学》曰："富润屋，德润身。"

㉑礼不愆(qiān)器：言礼足以使人成器。不愆，不丧失，不妨碍。

㉒柔：和。中：中心。渊映：渊冲深厚之茂德映耀照人。

㉓芳歊兰秘：谓其道如兰之芳香而积于身。秘，指兰芳之幽秘。

㉔"昔在"二句：文昭、武穆，昭穆，古代宗庙或墓地的辈次排列。以始祖居中，二世、四世、六世位于始祖左方，称昭；三世、五世、七世位于右方，称穆。用以分别宗族内部之序次。晋文王讳昭，后改为韶。

㉕於赫：美。王宰：谓王为宰辅。

㉖方：比。旦：指周公旦。居叔：周公以叔父之身份而辅佐成王，故曰居叔。

㉗"有睟（suì）"二句：谓温润明智之诸侯，于所履之地能镇定其郊牧也。睟，温润。睿，明智聪慧。蕃，指江夏王义恭、衡阳王义季。爰，于。履，所履之界。莫牧，诸侯祭祀名山大川。牧，郊外。

㉘宁：安。和钧：谓王宰。

㉙屏京：指诸侯封地。服：臣服。

㉚朏（fěi）魄：日月。双交：谓日月交会。

㉛月气参变：二十四节气与日月相参而变。

㉜"开荣"二句：谓德总万化之美，如虹电舒光。开荣，开发万物之荣。洒泽，洒其渥泽。烁，光亮。

㉝化际无间：言风化之微，入于无间。化，风化。际，至。间，隙。

㉞皇情：天子之情。爱眷：眷及下人。

㉟伊思：思。镐（hào）：西周国都。周武王既灭商，自酆徙都于此，谓之宗周，又称西都。

㊱惟：思。洛宴：指周公卜洛邑，因流水以泛酒事。

㊲郊饯：祭祖。有坛：作坛以祭。

㊳君举有礼：谓君之举措，必依于礼。

㊴幕帷：帐帷。兰甸：兰生郊野。

㊵画流：分流。陛：阶。

㊶分庭：谓东西厢。荐乐：频频作乐。

㊷析波：分水以流杯。醴：酒。

㊸豫同夏谚：《孟子·梁惠王》："夏谚曰：'吾王不游，吾何以休？吾王不豫，吾何以助？一游一豫，为诸侯度。'"豫，游。

㊹出济：出宿于济，言欢豫之事兼同于古。

㊺"仰阅"二句：谓我仰视天子丰厚之施，下思于己诚为微物。阅，

视。丰施,丰厚之施。微物,自谓。

㊻三妨储隶:谓延年三任东宫官。妨,妨贤人之路。

㊼五尘朝黻(fú):谓五任朝官。尘,污。

㊽"途泰"二句:谓王道泰而己命屯,王恩充满而己报犹屈。泰、屯,二卦名。

㊾"有悔"二句:谓有过悔之,事可自改;积滞之瑕,难可除拂。悛(quān),改。瑕,秽。拂,去。

## 【译文】

大道隐而不显形,晋乱导致宋彰明。五帝功在明法度,三皇遗绩统群臣。

唯王创物宋文帝,天赐洪福永不泯。仁义之道无前例,超周越汉万古新。

福祉悠长继世哲,德业光华胜前贤。赫赫文帝当其位,君临照海镜自天。

道器相融善化裁,形性相参和又宽。皇恩惠养及万物,不遗飞鸟与鱼潜。

崇虚原本无其事,积善累实世无前。大治之年缘人和,神灵赐福靠上天。

初一十五日月全,天下和乐有征验。珍奇珠宝来纳贡,跋山涉水仗车船。

太子附丽有明德,北辰双悬照乾坤。刘劭缱绻东宫里,金相玉质太子身。

唯有德行能养性,礼以成器铸完人。茂德渊冲中心和,道如兰芳德如馨。

文昭武穆列序次,千祀一例有后先。美哉王宰彭城王,一如当年周公旦。

温润明智诸侯王,牧守履地镇边关。安和理宁王宰德,四周封地服臣蕃。

日月交会更替迭，月令节气互变参。万物开荣洒渥泽，德总万化如虹电。

教化无微而不至，皇恩无处不传遍。想起当年镐饮时，每忆周公卜洛宴。

筑起高坛以祭祖，君之措举必循礼。帷幕笼香兰生野，画地通水高而低。

东厢西厢频作乐，分水流杯敬酒醴。出游巡视如夏谚，欢豫事兼若出济。

天子所赐甚丰厚，可怜自己诚微物。三封高官挡人道，五称显职辱朝服。

道路通坦命偏乖，恩重如山难报答。有过自当悔改之，积滞之瑕难除拂。


# 皇太子释奠会作诗一首

## 【题解】

宋文帝元嘉二十年(443)三月，皇太子刘劭释奠于国学。释奠为置爵于神前而祭，设祭馔酌奠。时颜延年为国子祭酒，与焉而作。

全诗共分为九段：第一段叙国家重教尊师器重后学；第二段叙皇太子刘劭继天接圣，偃武兴文，弘扬文化，万民倾心；第三段叙彪炳儒学，馆饰睿图，致使陈书献器，天下归仁；第四段写以史为鉴，规周矩值；第五、六、七、八段叙释奠场面之盛况，歌笙广宴，庭宿金悬，台保皇戚，比彦兼徽，云动风驰，朝野蔚然，日丽中天，无微不照；末段作者自叙徒忝国子祭酒之列，微冥之才，难任智效之力。


国尚师位[①]，家崇儒门[②]。禀道毓德，讲艺立言[③]。

浚明爽曙[④]，达义兹昏[⑤]。永瞻先觉，顾惟后昆[⑥]。
大人长物[⑦]，继天接圣[⑧]。时屯必亨，运蒙则正[⑨]。
偃闭武术，阐扬文令[⑩]。庶士倾风[⑪]，万流仰镜[⑫]。
虞庠饰馆[⑬]，睿图炳睟[⑭]。怀仁憬集，抱智麇至[⑮]。
踵门陈书[⑯]，蹑蹻献器[⑰]。澡身玄渊，宅心道秘[⑱]。
伊昔周储[⑲]，聿光往记[⑳]。思皇世哲[㉑]，体元作嗣[㉒]。
资此凫知，降从经志[㉓]。遏彼前文[㉔]，规周矩值[㉕]。
正殿虚筵[㉖]，司分简日[㉗]。尚席函杖[㉘]，丞疑奉帙[㉙]。
侍言称辞[㉚]，惇史秉笔[㉛]。妙识几音，王载有述[㉜]。
肆议芳讯，大教克明[㉝]。敬躬祀典，告奠圣灵[㉞]。
礼属观盥[㉟]，乐荐歌笙[㊱]。昭事是肃[㊲]，俎实非馨[㊳]。
献终袭吉，即宫广宴[㊴]。堂设象筵[㊵]，庭宿金悬[㊶]。
台保兼徽[㊷]，皇戚比彦[㊸]。肴干酒澄[㊹]，端服整弁[㊺]。
六官视命[㊻]，九宾相仪[㊼]。缨笏匝序[㊽]，巾卷充街[㊾]。
都庄云动，野馗风驰[㊿]。伦周伍汉，超哉邈猗[51]。
清晖在天[52]，容光必照[53]。物性其情[54]，理宣其奥[55]。
妄先国胄，侧闻邦教[56]。徒愧微冥[57]，终谢智效[58]。

**【注释】**

①尚：注重，尊重。师位：谓尊师授道，不使处臣位。

②儒门：专事教授之业者。

③"禀道"二句：谓师之道在于禀授道艺以养德立言。禀道，授人以道。育德，育人以德。讲艺，讲授技能。立言，著书立说。

④浚明爽曙：大明之道学者多蔽暗。浚，大。爽，差。曙，明亮。

⑤达义兹昏：道既未明，义则不达。昏，不明。

⑥"永瞻"二句：谓长瞻先觉之人义有乖舛者，顾思后昆以正之也。永，长。先觉，先觉之人。顾，回顾。后昆，后生。

⑦大人：对尊者之称谓。此处指太子。长物：长育万物。

⑧继天接圣：谓皇太子刘劭继承天意衔接圣绪。

⑨"时屯"二句：谓逢凶化吉，遇难呈祥。时屯必亨，屯、亨，卦名。屯为艰难，亨为通。运蒙则正，蒙，卦名。愚昧。

⑩"偃闭"二句：谓偃武修文。偃闭，停息。武术，武道。文令，文教政令。

⑪庶士：众士。倾风：倾慕其风。

⑫万流：万人。仰镜：仰之以为鉴镜。

⑬虞庠(xiáng)：周之学校名。饰馆：谓以睿图饰馆。

⑭睿图：孔子之图像。炳：光辉，明亮。睟(suì)：温润。

⑮"怀仁"二句：谓怀仁韬智之士，皆自远而群至。怀仁，《礼记·礼器》曰："君子有礼，则外谐而内无怨，故物无不怀仁。"憬(jǐng)，远。抱智，《礼记·儒行》曰："戴仁而行，抱义而处。"羣(qún)，群。

⑯踵：至。陈书：陈列政理之书。

⑰蹑跻(jué)：谓远行。蹑，踩。跻，鞋。

⑱"澡身"二句：谓身心浸润于道德。澡身，沐浴其身。宅心，居心。玄渊、道秘，皆指道德深远之处，犹言玄之渊、道之秘处。

⑲周储：文王为太子时，言恭孝事上，一日三朝。储，储君。君位之继承者；亦称副，君之副者。

⑳聿(yù)：述。光：光辉，光耀。往记：前史。

㉑皇：美。世哲：谓太子。

㉒元：大。嗣：继嗣。

㉓"资此"二句：谓太子资于儒学，早知之人，下从伏膺，以学经典为之志。资此，谓太子资于儒学。夙，早。降，下。经志，以经典为志。

㉔逷(tì)：远。前文：古文。

㉕规周矩值：规矩与之相当。值，当。

㉖正殿：前殿。虚筵：设筵以待。

㉗司分：主历之官。简日：择吉日。

㉘尚席：尊称学者的座席，儒席。函杖：即函丈。

㉙丞疑：即疑丞。古官名。传说供天子咨询的官。帙（zhì）：书帐。

㉚侍言称辞：传太子言语之官。

㉛惇（dūn）史：直词之官。秉笔：执笔。

㉜"妙识"二句：谓侍从之官，皆妙识几微之音，帝王法则有所述作。几，几微之音。载，法则。

㉝"肆议"二句：谓习议者以芳美之道相问，故大道能明。肆，也作"肄"。肆，习。芳，美。讯，问。大教，大道。

㉞"敬躬"二句：谓恭敬行祀典，奠酌先圣之神灵。祀典，祭祀之礼仪制度。告奠圣灵，《礼记·文王世子》曰："凡始立学者，必释奠于先圣、先师。"

㉟观盥：谓礼之盛。盥谓贮水器，所以净手。

㊱荐：进。歌笙：雅乐。

㊲昭事：昭事神祇，崇肃敬之德。肃：敬。

㊳俎实非馨：言俎实非足称馨，盖德为馨也。俎，祭器。实，祭物。

㊴"献终"二句：谓献祭既毕，得其吉祥；还就于宫，以广宴乐也。献终，祭毕。袭，因。吉，吉祥。即，就。

㊵象筵：以象牙为席。

㊶宿：夜。金悬：金鼓之乐。

㊷台：三公之位。按，三公为古代辅助国君掌握军政大权的最高官员，指太师、太傅、太保。保：太保。徽：美。

㊸皇戚：皇家之戚。比：比肩。彦：美士。

㊹肴干酒澄：《礼记·聘义》曰："酒清人渴而不敢饮也，肉干人饥而不敢食也。"澄，清。言祭毕

㊺端服整弁(biàn)：即端整服饰，意谓去祭服，就常服。

㊻六官：六卿。指天官冢宰、地官司徒、春官宗伯、夏官司马、秋官司寇、冬官司空，合称六官。视命：言视王命。

㊼九宾：谓九卿。系古时九种高级官员。周以少师、少傅、少保、冢宰、司徒、宗伯、司马、司寇、司空为九卿。秦以奉常、郎中令、卫尉、太仆、廷尉、典客、宗正、治粟内史、少府为九卿。汉改奉常为太常、郎中令为光禄勋、典客为大鸿胪、治粟内史为大司农。相仪：助行礼仪。

㊽缨笏：谓垂缨秉笏。缨，冠饰，结冠的带子。笏，古朝会所执之手版。匝：周，遍。序：东西墙谓之序。

㊾巾卷：何焯《义门读书记》："国子太学生冠葛巾，服单衣，以为朝服，执一卷经，以代手板，此所谓巾卷也。"充街：充满街衢。

㊿"都庄"二句：都，市邑。庄，道路。野，郊野。馗，四通八达之大道。云动、风驰，言观礼之人于道路，有如云动风驰。

○51"伦周"二句：谓比周汉之德，超然远矣。伦，比。伍，参。猗，语助词，同"兮"。

○52清晖：日。此指帝王。

○53容光：小隙。

○54物性其情：言万物各任其情。

○55理宣其奥：明理以宣深奥之义。

○56"妄先"二句：李善注引《宋书》曰："元嘉中，延之迁国子祭酒，司徒左长史。"国胄，帝王之长子。胄，长。妄先、侧闻，谓先、闻之谦辞。邦教，国教。

○57微冥：微贱而暗冥。

○58终谢智效：无此智而效故曰谢。

## 【译文】

国家最宜重师道，户户都应尚读书。敬德修业教育人，多习技艺勤著述。

　　大明之道常蔽暗，道义不达多昏然。先觉之辈当永瞻，须请后人多指点。

　　抚育万物皇太子，继承天意接圣绪。偶逢凶险能化吉，运遭乖舛却大利。

　　干戈每能化玉帛，政令教化为一体。众人倾慕其高风，有口皆碑万人喜。

　　学馆之中善教化，孔子画像丹青好。天下归仁垂古训，韬智之士闻风到。

　　纷至沓来献书籍，礼乐之器近复遥。浸润其间身与心，居心无非德与道。

　　文王当年为太子，青史留名有光辉。美哉伟矣皇太子，堂堂王位作继嗣。

　　儒学为资先觉辈，如琢如磨志不移。前贤文藻虽久远，伐柯取则亦同理。

　　正殿虚席以待之，吉日良辰好时光。儒席为上宜函丈，承问时时引华章。

　　侍言称词待有司，挥笔直书笔底香。见微知著妙者识，王者之道善弘扬。

　　芳美之道敢相同，能使大道天下明。毕恭毕敬勤祀典，告奠先圣与先灵。

　　恪守古代之礼法，歌笙雅乐日日进。肃敬神祇唯守德，俎实是虚德是馨。

　　献祭已毕吉且祥，还宫宴乐乐未央。象牙为设庆佳筵，金鼓作乐彻夜响。

　　三公太保有光彩，皇亲国戚自辉煌。酒酣耳热祭祀毕，脱去礼服换旧妆。

六官九卿听王命，各适其宜行礼仪。垂缨执笏比肩列，六街巾卷无东西。

都邑通道如卷云，郊外人烟如风驰。德过前朝历代少，周汉难为与伦比。

如日中天丽而明，无微不至有皇恩。天下动植各任性，人情物理相发明。

敢充教席胄之先，邦国之教唯侧闻。区区贱躯甚顽愚，无智效力恕不能。

# 丘希范

丘迟(464—508)，字希范，吴兴乌程(今浙江湖州)人。南朝梁文学家。八岁便能属文。及长，辟徐州从事，举秀才，除太学博士，迁大司马行参军。天监三年(504)，出为永嘉太守。

初，劝进梁王及殊礼，皆丘迟文也。高祖著《连珠》，诏群臣继作者数十人。迟文最美。陈伯之在北朝，临川王宏北伐，迟为谘议参军，领记室，迟以书喻之，伯之遂降。张溥《汉魏六朝百三家集题辞》曰：“其最有声者，与陈将军伯之一书耳……独希范片纸，强将投戈，松柏坟墓，池台爱妾，彼虽有情，不可谓文章无与其英灵也。”其诗亦佳，锺嵘《诗品》评丘迟曰：“范云婉转清便，如流风回雪；迟点缀映媚，如落花依草。虽取贱文通，而秀于敬子。”其见称如此。后人辑有《丘中郎集》。

## 侍宴乐游苑送张徐州应诏诗一首

【题解】

关于本诗题，李善注引刘璠《梁典》曰：“张谡，字公乔，齐明帝时为北徐州刺史。"题中"张徐州"盖指北徐州刺史张谡也。又,五臣本《文选》题无"张"字,故吕向曰:"希范时为中郎,武帝弟宏为徐州刺史,应诏送王。"何焯《义门读书记》曰:"按,诗中有'匪亲孰为寄'之语,则五臣本是也。"

何焯评此诗曰:"体制未工而有新句。"盖谓通体未善而警策独标。

> 诘旦闻闾阖开①,驰道闻凤吹②。
> 轻薆承玉辇,细草藉龙骑③。
> 风迟山尚响,雨息云犹积④。
> 巢空初鸟飞,荇乱新鱼戏⑤。
> 寔惟北门重⑥,匪亲孰为寄⑦。
> 参差别念举⑧,肃穆恩波被⑨。
> 小臣信多幸⑩,投生岂酬义⑪。

**【注释】**

①诘旦:平旦,早晨,天亮。闾阖(chāng hé):一指天门,一指宫之正门。后闾阖泛指宫门。

②驰道:古代供君王行驶车马的道路。凤吹:笙箫等细乐为凤吹。

③"轻薆"二句:轻薆、细草,互文,皆言路边草之细嫩者。薆,茅始生。承,受。玉辇,王者乘坐之车。借,同"铺"。龙骑,马。

④"风迟"二句:风虽迟缓,山谷间尚余回响;雨已停歇,天空中彤云犹在。写景。

⑤"巢空"二句:言鸟飞巢空,鱼戏乱荇。荇(xìng),水生植物名。

⑥北门:徐州梁之北门。重:犹言门第高重。

⑦匪亲孰为寄:非亲王谁者可寄。亲王指徐州刺史、武帝弟萧宏。

⑧参差:不齐貌,言临别之际,心中参差。别念:谓武帝别弟。

⑨肃穆：和穆。恩波被：天子之恩泽波及。

⑩小臣：丘迟自谓。信：诚。

⑪投生岂酬义：言投生此命，犹不足答酬其义。

【译文】

清晨宫门正大开，笙歌声里玉辇来。

细草铺地御车过，绿茵驰道马徘徊。

和风过时山尚响，微雨已停云犹霏。

飞鸟展翅剩空巢，鱼嬉荇间弄柔苔。

徐州北门门第重，若非亲王为谁开。

忐忑心思举别念，浩荡恩泽承关怀。

微臣自来多幸事，欲报皇恩再投胎。

# 沈休文

沈约（441—513），字休文，吴兴郡武康（今浙江德清）人。南朝梁文学家、史学家。沈约历仕三代，该悉旧章，博物洽闻，取则当世。天监十二年（513）卒，终年七十二岁，谥曰隐。

约幼而孤贫，笃志好学，昼夜不倦。昼之所读，夜辄诵之，博通群籍，能属文。好坟籍，聚书至二万卷。京师莫比。时，谢玄晖善为诗，任彦昇工于文章，约兼而有之，然不能过也。自负高才，昧于荣利，乘时借势，颇累清谈。史谓其所著《晋书》百一十卷、《宋书》百卷、《齐纪》二十卷、《高祖纪》十四卷、《迩言》十卷、《谥例》十卷、《宋文章志》三十卷、《文集》一百卷。今独传《宋书》，《文集》仅存数卷，见严可均辑《全梁文》。又撰《四声谱》，自谓入神之作。今佚。

锺嵘《诗品》评沈约曰："观休文众制，五言最优。详其文体，察其余论，固知宪章鲍明远也。所以不闲于经纶，而长于清怨。"又曰："词密于范（云），意浅于江（淹）也。"

# 应诏乐游苑饯吕僧珍诗一首

## 【题解】

吕僧珍，字元瑜。武帝受禅，以为冠将军、前军司马，寻迁给事中、右卫将军，顷之转左卫将军。天监四年(505)冬，大举北伐，自是军机多事，僧珍昼直中书省，夜还秘书。又据《梁书·武帝纪》："冬十月丙午，北伐。"是知此诗当作于此时。何焯《义门读书记》曰："大手不重乐游，故只'饯席樽上林'一句点命师一联。"

> 丹浦非乐战[1]，负重切君临[2]。
> 我皇秉至德，忘己用尧心[3]。
> 悯兹区宇内[4]，鱼鸟失飞沉[5]。
> 推毂二崤岨[6]，扬旆九河阴[7]。
> 超乘尽三属[8]，选士皆百金[9]。
> 戎车出细柳[10]，饯席樽上林[11]。
> 命师诛后服[12]，授律缓前禽[13]。
> 函镮方解带[14]，嶤武稍披襟[15]。
> 伐罪芒山曲[16]，吊民伊水浔[17]。
> 将陪告成礼，待此未抽簪[18]。

## 【注释】

①丹浦：丹水之崖。丹水，河名。发源于陕西商洛商州区冢领山，东入河南省境，经内乡、淅川二县，东注均水。相传为尧子丹朱之封地。非乐战：尧时，丹水国不服，尧征而克之，此非乐战。

②切：急切。君临：犹言凌驾、统治。

③"我皇"二句：谓武帝执至圣之德而忘其身，用帝尧之心以安人。

我皇,指梁武帝萧衍。秉,执。至德,德之至者。忘己,谓执至德
乃至忘其身。

④悯:怜。区宇内:疆域之中。

⑤鱼鸟失飞沉:犹言不宁。鱼游于水,鸟飞于云,得其所也。失飞
沉,不得其所之谓。盖指北魏南侵,宇内失宁。

⑥毂(gǔ):车轮中间车轴贯入处的圆木。二崤:崤山,在今河南洛
宁西北。山分东崤、西崤,故称二崤。岨(zǔ):险要。

⑦旆:旗。九河:古代黄河自孟津而北,分为九道,故名。九河古
道,湮废已久。阴:水之南曰阴。

⑧超乘:跳跃上车,言勇武。三属:古代战士之铠甲。

⑨百金:言立百金以招士。

⑩戎车:兵车。也泛指军队。细柳:细柳营,地名。在今陕西咸阳
西南。汉文帝时,周亚夫屯兵细柳,以备匈奴。文帝亲往劳军,
无军令不得入。此言细柳,下言函、辗,地名皆非实指。

⑪饯:送行饮酒曰饯。樽:樽酒。上林:原为汉代上林苑。秦时旧
苑,汉武帝扩建,方圆三百里,苑中养禽兽,供皇帝春秋打猎之
用。这里借上林之名,实指乐游苑。

⑫命师:命令部队。后服:战而后服者。服,降。

⑬授律:授部队以刑法、军纪。前禽:未战而降者。禽,同“擒”。

⑭函辗:函谷关和辗辕。辗辕,洛东坂名。

⑮峣(yáo)武:峣关、武关。二关尽为中国之襟带咽喉。解带、披
襟:带而解,襟而开,言披解而出。披,开。

⑯伐罪:征讨有罪者。芒山:洛阳北芒岭,故王伐罪吊人皆于此。
曲:山曲。

⑰吊民:抚慰人民。伊水:水名。浔:涯。

⑱“将陪”二句:谓作者自云将陪待此礼,故未解簪缨而归。何焯
《义门读书记》评此二句曰:“结有千钧力。”

【译文】

丹浦一战甚艰辛，负重君临如履冰。

武帝秉承至圣德，克己尽职忘己身。

可怜宇内众百姓，鸟失飞翔鱼失沉。

圣上劳军亲推毂，扬幡吹号举义兵。

全副武装众三军，好里挑好百炼金。

战车开出细柳营，宴筵樽酒别上林。

命令部队斩顽虏，不战而降当减刑。

函辕嵩武皆要地，势如破竹若披襟。

征伐罪师北芒山，伊水慰问众兵丁。

忍将簪缨暂束发，为迎焚柴告苍神。

# 祖饯

## 曹子建

见卷第十九《洛神赋》作者介绍。

## 送应氏诗二首

【题解】

自此题以下七题,标为"祖饯"诗。李善注引崔寔《四民月令》曰:"祖道神也。黄帝之子好远游,死道路,故祀以为道神,以求道路之福。"

《送应氏诗》二首,是曹植于建安十六年(211)随曹操西征马超,路过洛阳时送别应玚、应璩兄弟所作。时董卓迁献帝于西京,洛阳经战乱,宫殿被毁,田园荒芜,满目疮痍,惨不忍睹,曹植目击此象,以诗记之。

何焯《义门读书记》曰:"'清时'首,缠绵百折。"

步登北芒坂<sup>①</sup>,遥望洛阳山。

洛阳何寂寞<sup>②</sup>,宫室尽烧焚<sup>③</sup>。

垣墙皆顿擗<sup>④</sup>,荆棘上参天<sup>⑤</sup>。

不见旧耆老,但睹新少年<sup>⑥</sup>。

侧足无行径<sup>⑦</sup>,荒畴不复田<sup>⑧</sup>。

游子久不归,不识陌与阡<sup>⑨</sup>。

中野何萧条<sup>⑩</sup>,千里无人烟<sup>⑪</sup>。

念我平常居，气结不能言⑫。

**【注释】**

①北芒：山名。在洛阳东北。芒，亦作"邙"。坂：山坡。

②寂寞：萧条，冷落。

③宫室尽烧焚：初平元年(190)，董卓挟汉献帝迁都长安，将洛阳宗庙宫室全部焚毁。

④顿擗(pǐ)：塌坏，分裂。

⑤荆棘上参天：极言洛阳之荒凉。

⑥"不见"二句：言耆老皆遭乱见杀，国中但见少年耳。六十岁曰耆。

⑦侧足：置足。行径：道路。

⑧荒畴：荒芜的田亩。田：耕作。

⑨"游子"二句：谓游子旷久未归，又逢兵灾，家乡面目已非，道路难辨。游子，流落在外之人。陌、阡，道路。东西曰陌，南北曰阡。

⑩中野：野中。

⑪千里无人烟：极言兵灾之苦。

⑫"念我"二句：代应氏设词。谓思念平生游居之处所，尽成丘墟。应氏或曾家于洛阳。

**【译文】**

攀登北芒之山坡，远望洛阳之南山。

满目疮痍洛阳城，王室宫殿尽烧坍。

围墙断裂或崩塌，遍地荆棘上参天。

昔时故旧皆为鬼，出门所见唯少年。

道毁难分东与西，四郊良田变荒原。

游子日久未曾归，归来难辨陌与阡。

四望中野何落寞，数千里内无人烟。

想我平生所居处，伤心泪落难为言。

清时难屡得①,嘉会不可常②。

天地无终极③,人命若朝霜④。

愿得展嬿婉⑤,我友之朔方⑥。

亲昵并集送⑦,置酒此河阳⑧。

中馈岂独薄⑨,宾饮不尽觞⑩。

爱至望苦深⑪,岂不愧中肠⑫。

山川阻且远⑬,别促会日长⑭。

愿为比翼鸟⑮,施翮起高翔⑯。

**【注释】**

①清时:清平之时。屡:数。

②嘉会:美好的宴会。不可常:难得。

③无终极:无有尽时。

④朝霜:见日而消,言短促。

⑤嬿(yàn)婉:欢乐。

⑥我友:指应氏。之朔方:去到北方。

⑦亲昵:亲近。集:聚集。

⑧置酒:犹言设筵。河阳:河之北岸。

⑨中馈:食。岂独薄:谓不薄。

⑩不尽觞:犹言别意怏怏,难以尽杯。

⑪爱至望苦深:言情爱至极,相望苦深。

⑫岂不愧中肠:言今为离别,岂不各愧于中肠。愧,罪苦。

⑬阻:险阻。

⑭别促:分别在即。会日长:来日相会,遥遥无期。

⑮比翼鸟:鸟名。旧时诗文中常以喻好友或爱侣。

⑯施翮(hé):展翅。

【译文】

天下太平不易得，朋友嘉会更无常。

天地悠长无尽日，人生短促若朝霜。

但愿欢乐长相伴，今送好友去北方。

友朋相约来送别，设宴河岸别怏怏。

筵席丰盛不为薄，情深更觉难尽觞。

相亲相爱难为别，怅然相望牵愁肠。

前路山河阻且远，会面安知在何方？

但愿化为比翼鸟，展翅齐飞双翱翔。

# 孙子荆

孙楚(? —293)，字子荆，太原中都(今山西平遥西北)人。西晋文学家。楚才藻卓绝，爽迈不群，多所陵傲，缺乡曲之誉。年四十，始参镇东军事。同郡王济状楚曰："天才英博，亮拔不群。"钟嵘《诗品》将其列为中品，评语曰："虽不具美，而文采高丽，并得虬龙片甲，凤皇一毛。"张溥辑有《孙子荆集》。

## 征西官属送于陟阳候作诗一首

【题解】

吕向曰："子荆仕晋，为冯翊太守。时司马俊为征西将军，俊下官属住者送至陟阳候，故于此作也。陟阳，亭名。候，亭也。"

沈约《宋书·谢灵运传论》云："子荆零雨之章，正长朔风之句。"曾经享有一时之誉。何焯《义门读书记》评此诗则曰："漫浪无归，等于狂易。时方贵老庄而见之于诗，亦为创变，故举世推高。"按，此诗独具浓重之哲学意味，感叹人生生死无常，而又以生死齐物同观。

晨风飘歧路①,零雨被秋草②。
倾城远追送③,饯我千里道。
三命皆有极④,咄嗟安可保⑤。
莫大于殇子,彭聃犹为夭⑥。
吉凶如纠缠⑦,忧喜相纷绕⑧。
天地为我炉,万物一何小⑨。
达人垂大观,诚此苦不早⑩。
乖离即长衢⑪,惆怅盈怀抱。
孰能察其心,鉴之以苍昊⑫。
齐契在今朝⑬,守之与偕老⑭。

**【注释】**

①晨风:早晨的风。飘:吹。歧路:岔道。

②零雨:《诗经·豳风·东山》:"我来自东,零雨其濛。"疏:"道上乃
遇零落之雨,其濛濛然。"

③倾:尽。

④三命:《养生经》:"黄帝曰:上寿百二十,中寿百年,下寿八十。"皆
有极:皆有终极。

⑤咄嗟:犹呼吸之间。安可保:岂能长保。

⑥"莫大"二句:《庄子·齐物论》曰:"天下莫大于秋毫之末,而太山
为小;莫寿乎殇子,而彭祖为夭。"殇子,未成年而夭。彭,彭祖,
活八百岁。聃,李耳,名聃,百六十余岁。

⑦纠缠(mò):绳索。引申为缠绕联结。

⑧纷绕:犹互起。

⑨"天地"二句:言天地为炉,陶冶万物。居其间,一何微小。言不
足自爱。

⑩"达人"二句：达观之人不贱物贵我，物我通为一观。我觉此道，苦其不早。诚，警诫。

⑪乖离：分别。长衢：大道。

⑫苍昊：苍天。

⑬齐：齐生死。契：大约。

⑭偕老：同老。

## 【译文】

歧路作别起晨风，秋草枯黄零雨濛。

倾城而出送我别，千里为饯意融融。

人生百年有终极，谁保此身永无穷。

少儿夭折最为寿，彭祖八百雨后虹。

祸兮福兮相依伏，忧耶喜耶本相通。

天地本是大熔炉，万物与我一般同。

达人达观心坦荡，此道此理早该通。

别意绵绵在长路，愁绪纷纷满心胸。

此情可鉴唯苍天，更有何人得环中。

齐物等量生即死，与君做伴共始终。


# 潘安仁

见卷第七《藉田赋》作者介绍。


# 金谷集作诗一首

## 【题解】

晋武帝时，石崇拜太仆，出为征虏将军，假节，监徐州诸军事，镇下郊。石崇故居在河阳金谷,崇出为城阳太守,潘岳作诗送之。

此诗首叙作诗之缘起,重点在铺叙金谷之物宜风光,宴筵之礼乐盛况,末叹愧天地悠长而人生短促,当与石崇白首同归。

何焯《义门读书记》评曰:"胜地盛游,兼叙景物。拟建安公宴,犹与应氏为近。"

王生和鼎实①,石子镇海沂②。亲友各言迈③,中心怅有违④。
何以叙离思⑤,携手游郊畿⑥。朝发晋京阳⑦,夕次金谷湄⑧。
回溪萦曲阻⑨,峻阪路威夷⑩。绿池泛淡淡,青柳何依依⑪。
滥泉龙鳞澜⑫,激波连珠挥⑬。前庭树沙棠⑭,后园植乌椑⑮。
灵囿繁若榴⑯,茂林列芳梨。饮至临华沼⑰,迁坐登隆坻⑱。
玄醴染朱颜⑲,但诉杯行迟⑳。扬桴抚灵鼓㉑,箫管清且悲。
春荣谁不慕,岁寒良独希㉒。投分寄石友㉓,白首同所归㉔。


**【注释】**

①王生:指王诩。石崇《金谷诗序》曰:"余以元康六年从太仆卿出为使,持节监青、徐诸军事、征虏将军,有别庐在河南县界金谷涧,时征西大将军祭酒王诩当还长安,余与众贤共送涧中,赋诗以叙中怀。"和鼎:即和羹,本指调味以配制羹汤,后用以比喻大臣辅助君王,和心合力治理国家。实:器中之物。

②石子镇海沂:指石崇。时石崇出守阳城,阳城在海畔,故云镇海。沂,沂水。

③言:虚词。迈:行。

④有违:徘徊貌。

⑤离思:即离情别绪。

⑥郊畿(jī):城郊。

⑦晋京阳：指晋都洛阳。

⑧次：止，住。金谷湄：《晋书·石崇传》曰："崇有别馆，在河阳之金谷，一名梓泽，送者倾都，帐饮于此焉。"湄，水岸。

⑨回溪：曲涧。萦：萦绕。曲阻：曲山。

⑩峻：高。威夷：险。

⑪"绿池"二句：自此以下十句写金谷之景物。

⑫滥泉：涌出的泉水。龙鳞：言金谷之水，蹙而为文，灿若龙鳞。

⑬激波连珠：言激水喷石，形如珠然。挥：挥散。

⑭沙棠：木名。干与叶类棠梨，果红如李，木材可造舟。

⑮乌椑（bēi）：椑柿树。

⑯灵囿：美园。若榴：石榴。

⑰至：到。

⑱迁坐：移坐。隆坻（chí）：水中高地，或小洲。

⑲玄醴：黑黍酒。朱颜：因酒而脸红。

⑳杯行迟：举筋不频。

㉑扬桴（fú）：举起鼓槌。抚：击鼓。

㉒"春荣"二句：春荣喻少，岁寒喻老。春荣，春天到来万物向荣。

㉓投分：谓意气相投。石友：石崇吾友。

㉔白首同所归：言倾心相寄。

【译文】

王诩辅政操实情，石崇镇守在徐青。相送亲友漫言走，迟迟不发难为行。

何以慰我离别意，携手同游出帝京。朝从都城洛阳发，暮宿金谷别有村。

涧水潺潺绕山去，坡高路险更难登。绿池清澈水淡淡，杨柳依依诉愁情。

泉涌灿然闪鳞甲，激流奔腾珠玉喷。前庭森森有沙棠，后园郁郁乌椑林。

果实累累结石榴,香梨压断斜枝沉。酒到华池情已醉,坐移芳洲兴来频。

美酒染得朱颜改,频举金樽手不停。鼓声随桴响彻耳,箫管悠扬悲且清。

少年应知时光好,岁后松柏几枝青? 一片深情寄石崇,白头相伴永相亲。

# 谢宣远

见本卷《九日从宋公戏马台集送孔令诗》作者介绍。

## 王抚军庾西阳集别时为
## 豫章太守庾被征还东一首

### 【题解】

《晋书·王弘传》云,义熙十四年(418),弘迁监豫州之西阳、新蔡二郡诸军事,抚军将军、江州刺史,是知此诗当作于是年。集序曰:"谢还豫章,庾被征还都,王抚军送至溢口南楼,作。"三人于此叙别,故赋此诗。

全诗可分为三段:首先交代作意:庾登之将北上,谢宣远即南下,王弘送别。次叙人生相见之不易。今日相逢,明隔山岳,年命短促,世事茫茫,不胜嗟叹。末叙朋友之谊,一片深情挚爱,毫素之难罄,唯中心常体念之耳。何焯谓:"'来晨无定端'四句,上二警痛,下二如画。"

祗召旋北京①,守官反南服②。

方舟新旧知③,对筵旷明牧④。

举觞矜饮饯⑤,指途念出宿。

来晨无定端,别晷有成速⑥。

颓阳照通津⑦,夕阴暧平陆⑧。

榜人理行舻⑨,辁轩命归仆⑩。

分手东城闉⑪,发棹西江隩⑫。

离会虽相亲⑬,逝川岂往复⑭。

谁谓情可书,尽言非尺牍⑮。

**【注释】**

①祗:恭敬。召:西阳太守庾登之被召还京。旋:还回。

②守官:时谢瞻为豫章太守,将南归赴职。南服:犹言南方。服,诸
　侯之国。

③方舟:两船相并。新:因分别而使新。犹生。旧知:老相识。指
　庾登之。

④对筵:相对于筵宴上,犹言对酒。旷:远。明牧:指王抚军。王弘
　任江州刺史,刺史亦称牧。明,敬辞。

⑤矜:因离别在即而拘束矜持。

⑥"来晨"二句:谓来时未可期,离别之时日影速移。晨,时。晷,
　日影。

⑦颓阳:夕阳。津:渡口。

⑧夕阴:夜幕。暧:昏暗,朦胧。平陆:陆地。

⑨榜人:船工。舻(lú):船。

⑩辁(yóu)轩:轻车。

⑪闉(yīn):城曲重门。

⑫隩(yù):水岸内曲处。

⑬离会:分别后再会面。

⑭逝川:时光如水一般长流不复。

⑮"谁谓"二句:人之深岂可尽书,书又安能尽怀。

## 【译文】

登之奉诏还帝京,供职豫章向南行。

人生相逢又相别,三人对酌几时曾?

离情别绪杯难举,前路敢问车马程。

漫漫来日苦无多,日移光阴添几分。

斜阳墟落照津渡,平原暧暧月色昏。

船家牵篷看风水,扬鞭但闻马蹄声。

东城分手望中去,缆解西江岸边绳。

今日暂离何日会,江水东流问苍昊。

书不尽怀难尽意,尺书那得寄深情?

# 谢灵运

见卷第十九《述祖德诗》作者介绍。

# 邻里相送方山诗一首

## 【题解】

据《宋书》,少帝出灵运永嘉郡守,邻里相送于方山。按,方山有东西两处,一为江宁东五十里,下有湖水,为西方山;一为扬州四津,为东方山。此盖为西方山也。

此诗首叙出皇邑、憩瓯越,相送方山;次叙解缆怀旧,明月衰林,寡欲摄生,志之所在;末叙林泉为居,以日新其志相勉励尔。

何焯《义门读书记》曰:"析析一联,直书即目,绝去雕饰。"

> 祗役出皇邑[①],相期憩瓯越[②]。
> 解缆及流潮,怀旧不能发[③]。
> 析析就衰林[④],皎皎明秋月。
> 含情易为盈,遇物难可歇[⑤]。
> 积痾谢生虑,寡欲罕所阙[⑥]。
> 资此永幽栖,岂伊年岁别[⑦]。
> 各勉日新志[⑧],音尘慰寂蔑[⑨]。

**【注释】**

①役:所供之职。皇邑:京都。

②憩:止。瓯越:越之别称。少帝出灵运为永嘉太守。永嘉,在今浙江温州,故曰瓯越。

③"解缆"二句:谓原本解缆乘潮而去,因怀故旧,不能即发。缆,系船索。及,入。流潮,潮流。

④析析:风吹木声。衰:"盛"之对。

⑤"含情"二句:谓含别离之情已多,感叹遇此风物更益难歇。含情,含别离之情。盈,多。

⑥"积痾(kē)"二句:谓积病是由于少摄生之虑,但能寡欲,则可少有所阙失。痾,病。谢,拒。生虑,摄生之虑。寡欲,清心寡欲。罕所阙,少有所阙失。

⑦"资此"二句:谓资寡欲之理为幽栖之道,岂须思年岁之别。栖,山居。伊,惟。

⑧日新:即日新其德。

⑨音尘:本指声音和灰尘,后指信息。

【译文】

供职皇城远离家,又奉君命守永嘉。

顺流欲发未解缆,为有友谊尚牵挂。

风吹寒林声渐渐,一轮秋月伴淡霞。

离情恰到别时烈,如此风物悉宜加。

病体常因摄生少,寡欲方能病少加。

林泉自有幽栖乐,齐物无论别年华。

人各自勉新其德,传来佳音胜看花。

# 谢玄晖

谢朓(464—499),字玄晖,陈郡阳夏(今河南太康)人。南齐文学家。少有美名,文章清丽。解褐豫章王行参军,稍迁至尚书吏部郎,兼知卫尉事。江祏等谋立始安王遥光,朓不肯。祏白遥光收朓下狱死。

《南齐书·谢朓传》称:"朓善草隶,长五言诗,沈约常云:'二百年来无此诗也。'"《颜氏家训·文章》云:"刘孝绰当时既有重名,无所与让,唯服谢朓,常以谢诗置几案间,动静辄讽味。"梁武帝绝重谢朓诗曰:"三日不读谢诗,便觉口臭。"张溥《汉魏六朝百三家集题辞》曰:"今反覆诵之,益信古人知言。虽渐启唐风,微逊康乐,要已高步诸谢矣。"历代推重如此。

## 新亭渚别范零陵诗一首

【题解】

齐建元初,范云出为零陵郡内史。《梁书》曰:"在任洁己,省烦苛,去游费,百姓安之。"是诗为谢朓送别诗。新亭,地名。据《十洲记》谓,新亭在丹阳郡中思里,为吴国旧亭。

　　此诗流畅、紧凑。"洞庭"以下六句,言湖、湘间诸郡,范去而己思之也。何焯《义门读书记》称:"'云去'一联,既有兴象,兼之故实。"


洞庭张乐地[①],潇湘帝子游[②]。
云去苍梧野[③],水还江汉流[④]。
停骖我怅望,辍棹子夷犹[⑤]。
广平听方籍,茂陵将见求[⑥]?
心事俱已矣,江上徒离忧[⑦]。


## 【注释】

①洞庭:指湖南洞庭湖。相传尧之二女娥皇、女英嫁于舜居此。范云齐世为零陵郡内史,故及之。张乐地:《庄子·天下》:"帝张《咸池》之乐于洞庭之野。"张,施展。言洞庭为演乐娱乐之处所。

②潇湘:湘水之别称。

③云去苍梧野:李善注引《归藏启筮》曰:"有白云出自苍梧,入于大梁。"按,苍梧,山名。又名九疑。相传舜葬于苍梧之野。

④江汉:《尚书·禹贡》:"江、汉朝宗于海。"

⑤"停骖(cān)"二句:谓谢送范之场面。谢在陆故云停骖,范在舟故云止棹。骖,驾车时位于两旁的马。这里泛指驾车之马。夷犹,犹豫。

⑥"广平"二句:谓范云出任零陵内史,必如周处之守广平,声振一方。谓己犹如司马相如之退归故里。广平,周处为广平太守,三十年滞讼一朝断决。广平,地名。今河北永年东南。籍,多,盛。听,名声。茂陵,《史记·司马相如列传》:"相如既病免,家居茂陵。"

⑦"心事"二句:言己之惆怅之情。

【译文】

洞庭曾张咸池乐,娥皇女英游潇湘。

九疑山前闲云去,江汉东流入汪洋。

驻马岸边尚踟蹰,停棹不前两相望。

广平周处声名好,谢病相如归故乡。

回首心事俱已矣,秋风木落徒忧伤。

# 沈休文

见本卷《应诏乐游苑饯吕僧珍诗》作者介绍。

## 别范安成诗一首

【题解】

范岫,字懋宾。文惠太子在东宫时,沈约之徒以文才引见,岫亦预焉。岫文章虽不及沈约,而名行为时辈所重,博涉多通,尤悉魏晋以来吉凶故事。《梁书》记载,沈约常称其:"范公好事该博,胡广无以加。"南乡范云谓人曰:"诸君进止威仪,当问范长头。"永明中,出为建威将军、安成内史。

此诗为沈约送别范岫之作。何焯《义门读书记》谓:"清便婉转,自成永明以后风气。"

生平少年日,分手易前期①。

及尔同衰暮,非复别离时②。

勿言一樽酒,明日难重持③。

梦中不识路,何以慰相思④。

【注释】

①"生平"二句：此言春秋既富，前期非远。分手之际，轻而易之。言不难也。前期，指后会有期。

②"及尔"二句：言年寿衰暮，死日将近，交臂相失，故曰非时也。及尔，我与你。

③"勿言"二句：此言勿以此一樽酒为轻，生死无期，明日恐不得与之重持。持，执。

④"梦中"二句：李善注引《韩非子》记载，六国时，张敏与高惠二人为友，每相思不能得见，敏便于梦中往寻。但行至半道，即迷，不知路，遂回。如此者三。

【译文】

往昔咱俩是少年，分手轻易约前期。

如今你我已衰老，非复少年别离时。

勿辞今朝一杯酒，须知明日难重持。

梦里相逢不识路，别后何以慰相思。